國際文憑大學預科項目

中文 A 文學課程指導

第 二 版

2nd edition

上

國際文憑大學預科項目　IB DIPLOMA PROGRAMME

中文 A 文學課程指導
CHINESE A LITERATURE COURSE STUDY GUIDE

董　寧＿＿編著

第二版　2ⁿᵈ edition

三聯書店（香港）有限公司

責任編輯　李玥展　鄭海檳
書籍設計　吳冠曼
排　　版　周　敏

書　　名　國際文憑大學預科項目中文 A 文學課程指導（第二版）（繁體版）（上、下冊）
編　　著　董　寧
出　　版　三聯書店（香港）有限公司
　　　　　香港北角英皇道 499 號北角工業大廈 20 樓
香港發行　香港聯合書刊物流有限公司
　　　　　香港新界大埔汀麗路 36 號 3 字樓
印　　刷　美雅印刷製本有限公司
　　　　　香港九龍觀塘榮業街 6 號 4 樓 A 室
版　　次　2012 年 1 月香港第一版第一次印刷
　　　　　2017 年 2 月香港第二版第一次印刷
規　　格　大 16 開（215 × 275 mm）上冊 316 面
國際書號　ISBN 978-962-04-4108-0（套裝）
　　　　　© 2012, 2017 Joint Publishing (H. K.) Co., Ltd.
　　　　　Published & Printed in Hong Kong
封面照片　© 2017 微圖

目錄

Part 3　電影與文學的賞析評論

下冊

Part 4　相同文體作品的比較分析

Part 5　翻譯文學作品的跨文化解讀

Part 6　文學經典的跨時代解讀

附錄

後記

再版序言

　　《國際文憑大學預科項目中文 A 文學課程指導》是我寫的第一本 IBDP 中文教材。我心中的目標讀者不是資深的文學教師，而是那些初次接觸 IB 文學課程的教師和學生。我無意使之成為一本單純的大綱詮釋，而更注重對基本文學知識的傳授，所以在體例的編排上考慮到教學先難後易的順序，在內容的取捨上盡可能具體和詳盡，文字上則爭取做到深入淺出、準確明白。上海市版權代理公司的楊女士看了本書之後曾來信說："課程內容編寫得很好。我在想，如果我上大學的時候能有這樣的教材就好了。"

　　初版至今，我直接、間接地和讀者不斷交流，得遇知音無數。當我聽到老師們告訴我，因為讀了這本書而了解 IB 文學課程、開啟了 IB 教學生涯的時候，當我聽到學生和家長告訴我，這本書幫助考生順利完成了考試的時候，甚感欣慰。短短數年間，IB 事業興旺，中文隊伍壯大，教學人才輩出，相關的信息資料也在網絡上下不斷湧現。若這本書對 IB 課程的推廣和文學知識的普及起到過拋磚之用，引出了眾玉紛呈的話，我將榮幸之至！

　　這本書是根據 2013 年頒佈的大綱編寫的，將沿用至 2018 年。因此，這次再版主要是對初版內容進行修訂，並調整了個別章節，總體變化不大。新的大綱將從 2019 年開始實行，屆時，本書亦將根據新的內容進行全面修訂。

　　認認真真教書、安安靜靜做事是一個老師的本分。教書忙碌緊張，做事耗費心力，但是只要對教學有用，對人類有益，所有的辛勞與付出都是有價值、有意義的，也是快樂無比的。

董寧

2017 年 2 月於香港

前言

　　古今中外優秀的文學作品都是人類值得珍視的精神財富。社會的進步、人類的健康成長都離不開它們的滋養。學習如何欣賞和評論文學作品，應該是所有青少年的人生必修課。

　　欣賞評論文學作品是中學語文課程不可缺少的一部分。如何向中學生傳授文學欣賞和評論方面的知識，培養相關的能力，是值得探討的問題。其中，從教學理念和目標的設置到課程內容的悉心規劃，都十分重要。世界各地的中學課程都有成功的嘗試。以國際文憑大學預科項目的文學課程為例，該課程要求學生學習不同時代、不同文化背景、不同體裁和內容的文學作品，掌握本語言文學和翻譯文學作品所表現的文化內涵及文學藝術特色，瞭解具有不同表達方式、不同主題思想、不同文化與政治觀點的文學作品如何探索人類共同關注的普遍問題，在探索的過程中呈現出哪些共同特點。課程還要求學生在深入理解的基礎上，對本語言和翻譯文學作品進行分析、欣賞和評論，讓學生運用文學鑒賞的知識和技巧，發現優秀文學作品的審美價值，感受作品的藝術魅力，瞭解文學作品對人類與社會的影響。課程的另外一個重要目的，就是使學生具有良好的口頭和書面交流能力，能夠將個人的發現和感受清楚、有條理地表達出來。和其他的中學文學課程相比，國際文憑文學課程具有顯著優勢。

　　從 2011 年開始，國際文憑大學預科項目第一和第二組語言課程有很大的改動。新的"語言 A：文學課程"脫胎於現有的"語言 A1 課程"，但是有了明顯的變化。新課程更加突出了課程的前瞻性和創新意識，以適應培養未來世界公民的需要。新課程立足於培養學生樹立文學與時俱進的觀念，在課程設計方面有意識地嘗試選用一些新形式的文學作品，探討不同時代、社會和文化形態之下形成和發展的各種文學樣式和作品，鼓勵學生關注文學發展的新趨勢、新現象，瞭解文學在社會生活中發揮的具體作用，瞭解文學與生活的關係以及文學與時代社會的關係。新課程讓學生有機會熟悉傳統文學樣式以外的文學形式，探索這些文學形式的藝術特點。這些更新讓國際文憑大學預科項目文學課程再一次走在了文學課程的最前列。

　　本書根據《國際文憑大學預科項目語言 A：文學指南》編寫而成，全面介紹該文學課程的基本內容和要求，系統講授文學作品賞析和評論的知識與方法，向任課教師推薦課程規劃和教學策略，引導新加入國際文憑課程教學行列的教師理解課程的理念和宗旨以及在文學教學中的反映，為非文學專業的中文教師提供一個全面瞭解文學課程教學的契機。同時幫助學生掌握文學課程的學習方法和應試策略，順利完成課程的學習，在考試中取得理想成績。

本書特色

本書專為 "國際文憑大學預科項目中文 A 文學課程" 的教師和學生所編寫，也適用於對文學欣賞和批評有興趣的所有中學生。

本書向讀者提供一個完整的文學作品分析、鑒賞、評論的學習系統。書中匯集了相當程度的文學理論知識、文學欣賞和文學批評的技巧方法，目的是幫助學生掌握分析、鑒賞、評論文學作品的基本知識和技能。在內容編排上，注重知識積累的循序漸進，詳細講述詩歌、散文、小說、戲劇等文學體裁的基本特徵及主要表現手法，注重鑒賞評論的實際演練。

本書突出以學生為主體的教學理念，以學生的閱讀欣賞實踐活動為教學中心。課堂學習以學生為主體，教師的講述與課堂活動相互結合，讓學生自己動手動腦，發現問題，尋找答案，總結規律，再依據規律進行更多的閱讀賞析實踐。

本書旨在為學生提供一個實用性強的課程學習指導，注重一書多用，既可作為課本，也可作為自學讀本，將教師的講解和學生的練習集中在一起，方便學生邊聽講邊演練。本書特意在書頁上留有空白，方便學生在閱讀或聽講時，把自己的感悟、思考、理解和疑問記錄下來，課後反覆閱讀複習以加深理解。

本書設計了課堂思考題目和練習活動，教師可以選擇在講解前或後甚至課堂講解時讓學生完成相關的練習，加強理解鞏固成效。同學之間可以互相觀摩討論，提出修改的建議，教師也可以在適當的時候查看學生的答案，通過審閱瞭解學生的掌握情況，適時調整教學。

使用說明

文學的欣賞評論是一個知識積累的過程，也是一個知識運用的過程。邊學邊用，邊讀邊評，才能學以致用。本書分六大部分，配合五項評估方式，引導學生從賞析入手，經過口頭表達和寫作練習，完成課程要求的考核。每一部分的上編重在講解和欣賞作品，下編重在針對評估要求進行實際演練。有關文學評論寫作的部分注重對學生習作進行有針對性的評改，讓學生明確評分標準，掌握寫作技巧，提高實際能力。

　　本書可以滿足不同層次的教學需求，注重各種文體的全面講解，便於師生根據各自需要選擇相關部分靈活使用。其一，幫助教師確定教學的內容，規劃和制訂教學方法，開闢正確的學習路徑，給學生提供自由空間以發揮其潛能，幫助他們建立自信與成就感。其二，幫助學生明確學習目標，選擇正確的學習方法，在接受和表達方面齊頭並進，從對作品的欣賞和理解的能力，到分析和評論的能力，以及口頭和書面的表達能力得到全面提高。教師可以根據自己學生的實際水平，有選擇、有重點地講解有關的部分，選用習題。學生也完全可以利用本書，系統地自學有關知識。

　　本書不是一本教科書，書中的內容也不需要死記硬背。它是一本可以靈活運用的學習指導，是一個可以相信和依賴的好夥伴。

Part 1

國際文憑大學預科項目
中文 A 文學課程概述

課程一般介紹

時間

- 兩年

教學內容

- 第 1 部分：翻譯作品
- 第 2 部分：精讀作品
- 第 3 部分：按文學體裁編組的作品
- 第 4 部分：自選作品（作品可以自由選擇）

（《國際文憑大學預科項目語言 A：文學指南》，2013 年首次考試，下稱《指南》，第 5 頁）

評估目標

- 知識與理解
- 分析、綜合與評價
- 選擇並運用適當表達形式和語言技能

（《指南》第 11 － 12 頁）

評估項目

- 校內評估兩次："個人口頭評論"（普通課程）或"個人口頭評論（和高級課程的討論）"（高級課程）；"個人口頭表達"。
- 校外評估兩次（考試）：試卷一"附有引導題的文學分析"（普通級課程）或"文學評論"（高級課程）；試卷二"論文"。
- 書面作業：翻譯文學部分的"反思陳述"（基於口頭活動）和"文學論文"。
- 附加：專題研究論文*（可以自選）。

（《指南》第 24 － 26 頁）

* 有關論文寫作的內容，請參看作者專著《國際文憑大學預科項目中文 A 文學專題研究論文寫作指導》一書。

第 1 講　｜　國際文憑大學預科項目中文 A 文學課程概要

課程的定義

　　本書是國際文憑大學預科項目中文 A 文學課程的學習指導，這個課程是文學欣賞和文學批評的課程，在本書中簡稱為"課程"。

　　文學欣賞指對文學作品一種感性直覺的、審美的接受；文學批評指通過自己對文學作品的思考和分析，進一步領會作品的內涵意義，體察作品的藝術特色，對它做出情感判斷和理性認知。本課程的核心，就是對文學作品進行有效的欣賞和評論，學生要學習不同時代、不同文化背景、不同體裁和題材的文學作品。學生在學習的過程中能發現優秀文學作品具有的藝術與審美價值，感受作品的魅力和對人類社會的影響，並能將個人的發現和感受通過口頭和書面的方式清楚條理地表達出來。

　　這個任務決定了本課程各個部分的學習內容與評估要求，也決定了這門課程和一般的中學語文課程不同，有鮮明的特殊性。

教學宗旨

　　1. 鼓勵學生廣泛閱讀各種類型、時期、風格、流派，受不同文化影響的文學作品，幫助學生在文學閱讀中獲得愉悅的感受，培養濃厚的文學閱讀欣賞的興趣，建立良好的文學閱讀習慣，養成終身的文學愛好。

　　2. 培養學生建立文學與時俱進、不斷更新發展的觀念，探討不同時代、社會和文化形態之下興起、形成和發展的各種文學形式和作品的狀況。鼓勵學生關注文學發展的新趨勢、新現象及其代表作家作品。讓學生瞭解文學在社會生活中發揮的具體作用，瞭解文學與人們生活的關係，文學與時代社會的關係。

　　3. 培養學生勤於思考的習慣，以及對各種文學作品進行詳細分析、比較研究、判斷評價的能力；加深學生對各種文學技巧、文學風格、審美現象的理解；展開對文學的主題、文學和時代、社會和作者關係的探討，提高學生的文學修養及文學欣賞和批評的水平。

　　4. 鼓勵個性化的文學欣賞和批評，鼓勵學生採用不同的方式和方法表達自己對文學作品的感受和評價。提倡勇於挑戰、深入探究、敢冒風險的精神。與此同時，培養學生口頭表達的技巧，提高其書面寫作的能力。

　　5. 師生要保持開放的心胸，以國際的眼光審視千差萬別的文學現象。人類的精神財富是沒有國界的，鼓勵學生欣然接受跨越文化、地域、時代的優秀文學作品，欣賞評論者不同文化角度的觀點見解，擴展自己的知識領域。

　　6. 引導學生熟悉瞭解和掌握各種文學研究的

方法，學會能動地接受和處理信息，創造性地表達個人的見解。

課程介紹

本課程分為兩個級別，一個是普通課程，一個是高級課程。兩個級別的課程都是為以中文為母語、愛好文學的學生所設，課程的內容和要求基本相同，只是在程度上有所區別。課程學習時間分別是：普通課程為 150 課時，高級課程為 240 課時。

一 閱讀範圍

普通課程的學生要求閱讀十本指定的文學作品，高級課程的學生要求閱讀十三本指定的文學作品。每個學校的任課老師可以根據指定作家名單和指定翻譯作品目錄選擇適當的作品作為教材，每一個考生要詳細查看自己所在學校規定的閱讀書目。

儘管具體的作品可能不一樣，但是不同學校各個部分選擇的作品都要符合課程統一的原則和規定，也要符合指定書目的規定與要求。作品要包括不同的地域（國別、地區）、不同時代（歷史時期）、不同體裁（長篇小說、短篇小說、散文、詩歌、戲劇）、不同風格、不同形式、不同主題內涵的文學作品。

二 課程內容

要求學生全面掌握以上提及的各類文學作品，探討它們所具有的文學和文化內涵及藝術特色，通過比較分析，領會出不同作品儘管有着不同表達方式、不同的語言風格、不同的主題思想、不同的文化與政治的觀點，但同樣都是以文學來探索人類共同關注的某些問題，都對人類的文化社會生活起着積極的影響和作用。學生必須細讀每一部指定作品，全面理解和掌握文學的特徵與表現手法，賞析各種手法和技巧在具體作品中所發揮的作用。

本課程分為四個不同的部分，每部分突出一個教學的重點，要求學生有目的地完成相關的學習任務，達到評估要求，提高相應的能力。

1. 第一部分 "翻譯文學作品"

這部分的學習內容是外國文學作品的中文譯本，重點學習跨文化、跨時代、跨語種的文學作品，感受和理解翻譯文學作品中的文化特質，從文化的角度對文學作品進行解讀，展開分析和評論。我們討論的是文學的問題，但是更加側重作品的文化和歷史背景的研究，要讓作品的學習與學生的個人經驗和文化處境相互聯繫，從文化的解讀、欣賞和批評的角度學習文學作品。這一部分的評估考核方式是口頭討論和書面論文寫作。相關內容在本書第五部分有詳細講解。

2. 第二部分 "精讀作品"

這部分的學習內容是對不同時代、不同樣式的經典文學作品的研習。產生於不同時代的各種類別的文學作品具有什麼樣的藝術特點，產生了什麼樣的文學效果，是學習的重點。學生要對每一個精彩的作品片斷深入理解，並能做出具有個人見解的評價和論述。這一部分要求普通課程的學生針對給出的精彩作品片段進行口頭的評論；高級課程的學生不僅要按照規定對一首詩歌（詩詞）作品進行口頭的評論，還要完成對另一部作品的討論。相關內容的講解將在本書第六部分展開。

3. 第三部分"按文學體裁編組的作品"

這一部分要求對同一種體裁的文學作品進行研讀和評論。課程要求在兩年之中完成至少四種文體作品的學習：詩歌、散文、小說、戲劇。不同的學校可以選擇其中一種作為本部分的學習內容。在本書中，我們選取了長篇小說作品作為本部分的學習內容。這部分的重點是對長篇小說的文學慣用表現手法、寫作策略和技巧做出研究和評論。

我們知道，文學作品具有一些共同的慣用表現手法和技巧，比如象徵、比喻等。而不同體裁的作品，又有一些各自的慣用表現手法和技巧。這部分重點強調文體的特點，要求學生對各種文體所特有的表現手法與方式進行深入研究，對不同文體寫作過程中逐漸形成的慣用手法或者"套路"有準確的把握。例如，詩歌中的意境、戲劇中的獨白、小說的情節鋪排，等等，都是這部分重點研習的內容。這個部分的評估方式是寫一篇命題論文。相關內容將在本書第四部分進行講解。

4. 第四部分"自選作品"

本部分提供了三種不同類別的選擇，突出了本課程的前瞻性和創新意識。

任課教師可以自由選擇作品，不必拘泥於指定的作家名單和翻譯作品的目錄規範：

■ 選擇 1：非虛構性散文（可以包括遊記、自傳、信札、議論文、演講稿等）

■ 選擇 2：新興文本形式（如繪畫式小說、

超文本敍述和同人小說等）

■ 選擇 3：文學與電影

考慮到文學發展很快，新的文學樣式不斷出現，文學觀念不斷更新的現實，在傳統的文學體裁以外，文學課程的教學需要思考在我們的社會生活中，文學以什麼方式存在，以及和生活有什麼關聯。生活中常見的遊記、自傳、信札、議論文、演講稿等種種紀實性（"非虛構性散文"）的作品，同樣具有研習評論的價值。

今天的教育實際上是在為我們的未來培養有用的人才，所以，新課程的設計具有前瞻性，有意識地嘗試選用一些新文體的作品，讓學生大膽探索。教師要引導學生探討這些文學樣式對我們的生活產生什麼樣的影響和作用。學生可以就這些作品的特色和作用展開評論。

在今天的社會，文學和其他藝術形式的結合越來越密切。在本書中，我們選用了電影文學作為第四部分的研習對象，讓學生有機會熟悉傳統文學形式以外的文學形式，探索這些形式的文學藝術特點。

"文學與電影"選項要求學生探討電影和文學作品之間的相互關係，以及各自不盡相同的社會效用，瞭解並評價一些電影獨特的重要元素，例如電影中的音樂、音響和蒙太奇藝術手法；瞭解電影中文學手段的運用，如象徵手法的運用及其效果。學生將以個人口頭表達的方式進行演示，完成本部分的評估。相關內容將在本書的第三部分展開講解。

三 評估要求

為了平衡發展學生的口頭和書面欣賞、表達、評論的能力，在兩年的課程學習中，要求學生完成有針對性的評估活動：

- 書面寫作評估兩次：試卷一、試卷二
- 口頭評估兩次：個人口頭評論（普通課程）、個人口頭評論和另一部作品的討論（高級課程）；個人口頭表達
- 論文寫作一篇：書面作業（翻譯文學論文）

有關評估考試的詳細情況，請看本書下冊附錄一："國際文憑大學預科項目語言 A：文學課程評估一覽表"。

每個考生必須完成一篇專題研究論文寫作，中文 A 課程考生可以選擇中文的文學專題研究來進行論文寫作（相關內容將在本書下冊第七部分展開講解）。

課程要求學生完成兩項口頭評估活動：口頭評論和口頭表達。口頭評論旨在評估學生對文學作品的文本局部細微之處的研讀能力。高級課程的考生要針對一首詩歌（詩詞）進行評論，然後要對另一部作品進行討論。普通課程的考生要針對一個作品的片段進行口頭評論。相關內容將在本書第六部分講解。口頭表達則要求學生運用所學的文學知識和對作品的理解，開放思路，把自己的學習成果用論述性或創意性的方式表達演示出來。具體的內容和要求，將在本書第三部分講解。

書面寫作評估試卷一、試卷二兩篇文章的要求各有側重。試卷一要求對一篇沒有閱讀過的文學作品進行限時閱讀和分析評論，表達出自圓其說的觀點和見解。普通課程和高級課程的寫作要求有所區別。具體的要求及其考核標準，將在本書第二部分予以講解。

試卷二要求對已經學過的兩部以上的作品進行比較評論，完成一篇命題論文。考核的目的，

在於培養學生對所學作品不僅具有感性欣賞的能力，也要在全面理解作品的基礎上，善於運用文學知識，對所選作品的體裁、文學慣用手法有清晰的分析研究，並能採用比較的方法對作品做出有說服力的論述和評價。具體的要求及其考核標準，將在本書第四部分予以講解。

四　課堂活動

為了配合教學，本書將根據課程的要求，安排多種課堂活動。教學活動的細節設計，是為了創造一種教學氛圍，激發學生學習的興趣，高效完成各項內容的教學。課堂活動主要有下面幾類：

1. 課堂讀說

引導學生讀一讀，說一說，讓學生成為課堂活動的主體，在讀與說的活動中鼓勵學生參與，發現學生的問題，有針對性地講解和輔導，同時也達到了訓練學生口頭表達能力的目的。

2. 寫作練習

引導學生把自己的閱讀理解或探究的問題寫下來，激發學生的個體體驗和創造性的解讀，重視學生對作品的整體把握，特別是對文本價值的獨到理解，同時也達到了訓練學生書面表達能力的目的。課堂寫作包括以下三個大方面：一是內容概述，即寫一段文字，概述作品的內容主旨。二是特點評論，要求針對一個作品的特點，舉例加以評論。三是感想表達，即聯繫生活體驗，寫出文學作品對不同時代和人們的影響和作用。

3. 小組討論

以小組活動的形式讓學生根據教師設置的話

題進行研討。引導學生在理解話題、展開話題的過程中完成對作品的理解與欣賞，讓學生在自主、合作、探究及相互交流中共同提高。

劇本改編、戲劇活動、個人演講、辯論、角色扮演等等課堂活動都能對課程的學習起到積極促進的作用。教師可以根據學生的程度、喜好和課程的內容，相應地設計和進行，以此滿足不同學生的學習習慣和興趣，促進文學作品欣賞和批評的展開。

在開始的階段，學生對課程內容和學習方法還不是很熟悉情況下，教師應該多做引導，有意識地要求學生進行課堂表達訓練，如課堂的提問與回答。當學生的知識和技能水平提高時，學生就可以習慣性地用準確、完整和通順的語言去表達自己的看法和見解，主動參與課堂教學。

文學的賞評沒有固定的標準，文學欣賞與評論的考試沒有標準答案。我們提倡創新和獨立的精神，鼓勵學生將文學的學習研究與人生的體驗、民族文化的理解、社會歷史的思索結合在一起，做到對作品進行多元的開放性解讀，對作品的意蘊有新的發現；能運用現代觀念審視作品，對作品的思想內容或藝術特色作出富有創意和個性的評述。在使用口頭和書面方式來表達自己的見解時，要表達有個性，有創見，有水平的一家之言，並一定要言之成理，持之有據。

本課程要求不但注重培養學生的閱讀能力、欣賞水平，還要啟發學生的想像能力，提高其發現和評價能力。面對多種作品，學生要善於從不同角度和層面發現其內涵意蘊，瞭解人類社會生活和情感世界與作品的關係，提高思考判斷能力，不斷獲得新的閱讀體驗。

五　新舊指南對照

從 2011 年開始，本課程開始啟用新的指南。新舊指南之間有着明顯的變化。如果你想知道具體的細節，可以對照查看下頁表。

1. 四個部分的名稱變化

新舊指南相比，新課程第三部分，更加突出了文學作品體裁的特點，要求對作品的賞析更加細緻和深入；第四部分更加突出了課程的前瞻性，顯示出本課程與時俱進的特色。（見表一）

2. 規定書目的數量變化

新舊指南相比，新的課程閱讀作品整體數量減少。普通課程減少一部作品，高級課程減少兩部作品。(見表二，高級課程 =HL、普通課程 =SL)

3. 考試形式的變化

新舊指南相比，第一部分翻譯文學的評估方式變化較大，新課程的評估更加多層次、多步驟；普通課程和高級課程相比，高級課程的要求更嚴更高。明顯的差別也表現在個人口頭評論和作品評論寫作的評估中：在個人口頭評論方面，高級課程強調對詩歌作品的學習，還增加了作品的口頭討論；在作品評論寫作部分，高級課程的學生必須注重論點的展開論述，以滿足評估的具體要求。(見表三，IOC= 口頭評論、IOP= 個人口頭表達)

表一

新指南	舊指南
Part One: Works in Translation 翻譯文學	Program One: World Literature 外國文學
Part Two: Detailed Study 精讀作品	Program Two: Detailed Study 精讀作品
Part Three: Literary Genres 按文學體裁編組的作品	Program Three: Groups of Works 組別作品
Part Four: Options 自選作品 Option 1: The Study of Prose other than Fiction leading to various forms of student writing 選擇 1：非虛構性散文 Option 2: New Textualities 選擇 2：新興文本形式 Option 3: Literature and Film 選擇 3：文學與電影	Program Four: School's Free Choice 學校自選作品

表二

新指南：SL：10 部　HL：13 部	舊指南：SL：11 部　HL：15 部
Part One: Works in Translation 翻譯文學 SL：2 部 HL：3 部	Program One: World Literature 外國文學 SL：3 部 HL：3 部
Part Two: Detailed Study 精讀作品 SL：2 部 HL：3 部	Program Two: Detailed Study 精讀作品 SL：2 部 HL：4 部
Part Three: Literary Genres 按文學體裁編組的作品 SL：3 部 HL：4 部	Program Three: Groups of Works 組別作品 SL：3 部 HL：4 部
Part Four: Options 自選作品 SL：3 部 HL：3 部	Program Four: School's Free Choice 學校自選作品 SL：3 部 HL：4 部

Part 1

表三

新指南：SL：10 部　HL：13 部	舊指南：SL：11 部　HL：15 部
Part One: Works in Translation 翻譯文學 SL 和 HL 相同： 分成四個部分，完成三個寫作 佔總分的 25%	Program One: World Literature 外國文學 SL：一篇論文，佔總分的 20% HL：兩篇論文，佔總分的 20%
Part Two: Detailed Study 精讀作品 SL：IOC 口頭評論一個作品片段 佔總分的 15% HL：IOC 包括兩個部分，一個是口頭評論一首詩歌（詩詞）作品，加上另外的一個作品討論 佔總分的 15%	Program Two: Detailed Study 精讀作品 SL 和 HL 相同： IOC 口頭評論一個作品片段 佔總分的 15%
Part Three: Literary Genres 按文學體裁編組的作品 SL 和 HL 相同：試卷二 一篇命題論文寫作，佔總分的 25%	Program Three: Groups of Works 組別作品 SL 和 HL 相同：試卷二 一篇命題論文寫作，佔總分的 25%
Part Four: Options 自選作品 SL 和 HL 相同： IOP 個人口頭表達，佔總分的 15%	Program Four: School's Free Choice 學校自選作品 SL 和 HL 相同： IOP 個人口頭表達，佔總分的 15%
試卷一： SL：一篇文學分析回應引導題 佔總分的 20% HL：一篇作品評論論文寫作 佔總分的 20%	試卷一： SL 和 HL 相同： 一篇作品評論論文寫作 佔總分的 25%

在校自修生

本課程鼓勵學生能夠用他們的母語學習一門文學課程。除了一般的在校學生以外，學生還可以選修獲得學校支持的自學課程，允許一些自修生在教師的指導下，以自修的方式進行本課程的學習。在校自修生只可以選修"語言 A：文學"的普通課程。選修普通課程"語言 A：文學"的自修生，要和其他普通課程學生一樣達到教學指南中的各項要求。

一 學習內容

和一般的在校生相比，自修生的學習內容也包括了四個部分。值得注意的是，在新的指南中規定，在課程的第四部分"自選作品"的三種不同類別的選擇中，自修生只有第一種類別"選項 1"一項可選，所有三部作品都必須選自指定作家名單。另外，在第一部分翻譯文學的學習過程中，自修生和普通考生一樣要分四個步驟完成四個部分的內容。和普通課程考生不同的是，在第一步驟中，自修生要以撰寫學習日誌的方式取代普通考生的口頭交流活動，對口頭交流回答的問題，採用寫個人日記的方法進行書面回答。在最後遞交論文和反思陳述的同時，也要遞交自己的學習日誌。

除此之外，自修生課程學習的基本方法和普通課程的在校生是一樣的。因此本書的內容完全適合自修生自學，幫助他們有效地完成課業。

二 評估細則

和一般的在校生不同，在校自修生參加的所有考試項目均進行校外評估。試卷一和試卷二對於在校自修生和普通在校生來說是相同的。試卷中各種成分所佔的比重及使用的評估標準也與普通在校生相同。但是，在校自修生的口頭評估操作方式和一般在校生有所不同，兩次口頭活動都要進行校外評估。有關的評分標準和具體的要求，本課程的新指南中有明確詳細的規定，自修生的輔導教師都要清楚地告訴學生。由於篇幅的關係，本書不再進行詳細地解說。

三 學習方法建議

在學習的各個具體方面，輔導教師有責任為在校自修生盡可能提供有效的幫助。有條件的學校可以為自修生開辦特別輔導班，也可安排他們到普通課程在校生的班上聽課。所有的這類安排，都是為了幫助自修生瞭解課程的具體要求，掌握完成第一部分作業、試卷一和試卷二的評論寫作所必須知道的規定以及相關要求和技巧。

除了書面評論寫作以外，自修生在完成口頭評估時，也需要得到教師的指導。比如在學生應該如何選擇材料，如何為完成口頭評估進行具體準備等方面，教師都要給學生明確的指導。

建議自修考生認真閱讀這本課程指導，掌握本課程的學習方法和相關內容。

第 2 講 ┃ 教師的任務與作用

本課程的設計，為每一個有教育理想、有文學探求精神的教師提供了展示自我、不斷創新、實現理想的最廣闊空間和寶貴的機會。教師擁有選擇作品、採用教學方法的自主權，可以充分發揮自己專長，體現個人喜好，在每一個教學的環節都可以不斷創新、深入鑽研，取得理想的教學成果。

本課程不是為了培養文學批評家和作家，而是為未來的世界培養具有文學知識和能力的國際公民。一個優秀的本課程教師，首先要考慮和看重的是每一個學生個體的發展和需要，在教學過程中不僅注重傳授給學生本學科的知識，更要教給學生獲取這個學科知識的方法和途徑；不但要熟悉本學科的教學要求和規範，也要考慮到接受者的實際情況，要從整體的教學體系出發，考慮通過教學內容對學生進行全面培養，思考課堂究竟能教授哪些有益於學生成長或能使他們終身受益的東西。

在文學賞評學習中，教師是學生學習過程中的引導者和陪伴者，不是學生唯命是從的權威和專家。教師必須注重學生的個體特性，尊重學生的學習習慣，建立一種師生互相激勵、共同探索的學習體系，和學生共同探索，有效地完成本課程的學習任務。

一個優秀的教師，必須明確教學的目標，能夠準確地把握這個課程教學的核心重點。在開始教學之前，必須全面掌握課程的評估要求，根據這些具體的要求規劃教學，選擇教材，安排教學活動，並把教學的任務有針對性地貫穿在每一個教學環節、每一堂課中。

慎重選材

選擇合適的文學作品，是成功教學的開始。國際文憑文學課程要求教師根據規定書目選擇文學作品作為課程學習的內容。和課程相關的書目有兩個：語言 A 作品規定書目（指定作家名單）和翻譯文學規定書目（翻譯作品目錄）。此外，教師也可以在書目之外選擇幾部作品，作為自選作品部分的教材。選擇什麼作品為課程所用，學校和教師有相當的自主權。教師的選擇，為因材施教提供了最大的方便和可能。各地各校的教師可以根據自己學生的實際情況，按照教學和評估的要求，選取可用的作品。

有關如何根據要求選擇作品，請參考本書附錄三："書單模板"。

選作品之前，教師要做到心中有數，要有明確的意識：所選的作品是否有針對性？是否易於實現欣賞與評論的教學目的？作品類別是不是豐富多樣，能滿足學生的學習需要？

慎重選材的好處很多。首先，所選擇的作

品應該讓課程的學習和學生的生活盡可能發生聯繫，調動他們有限的生活經驗，加深他們對作品的理解。這樣的作品，學生學習起來有興趣，欣賞分析時才有話可講，評論中才能夠講出個人的見解和感受，體現出獨立創新的精神。其次，選作品也應該方便教師考慮到有利於教學的其他方面，如教師個人的專長、作品的研究價值、參考資料的多少與利用的方便與否、所選作品是否宜於確定相應的話題而作有價值且深入的探討，等等。這些都是課程學習成功的關鍵。

必要的輔助教學資料也很重要。學習文學欣賞和批評的理論知識，在這門課程的學習中相當必要。一般來說，這方面的知識對中學生尚是空白。教師要有意加以補充。隨着新作品的出現，新的文學形式和文學觀念不斷更新，文學理論的發展也與之相應。若用太陳舊的條款、例證和解釋說明，是起不到好的效果的。

教師應該利用有限的課時給學生補上必需的文學理論基礎知識課，讓學生掌握必備的文學欣賞和評論的標準和方法。要進行文學作品的欣賞與批評，不但要理解作品，還要掌握文學欣賞與批評的基本概念，熟悉評價的標準和相應的理論基礎知識。

教師精講

"教師精講"有兩層意思，除了指對作品精細講解，還指教師的課堂講授必須要精心安排，合理規劃，全面考慮，這樣才能實現教學的目的。

文學課的講解，目的在於打動和吸引學生，激發他們對文學作品的興趣和喜愛。教師對文學的熱愛、對作品的深入理解和有聲有色的精闢講解，會讓很少接觸文學作品的學生感受到文學的魅力，激發他們對作品的興趣和熱愛。除了按照傳統的方式口頭講述，教師還可以調動各種輔助工具（聲像技術以及相應的教學資源）達到更好的教學目的。

課時有限，更要求教師精心安排講課的內容，全面考慮各個相關層面，合理分配講授的時間。每一部分的學習都應該包括以下幾個方面：課程概要、本部分的學習目標、與本部分內容相關的文學理論基本概念、評估的具體要求、相關的課堂活動、閱讀與練習的思考題目、常見問題與應對方法、作業分析與講評。當然，不同的學習內容與評估的要求，決定每一部分的講課重點不盡相同。同時，也要留有機動的課時，針對學生不同的接受程度和存在的其他問題進行有效的分配使用。以下三個部分缺一不可：

1. 課前：介紹課程要求和相關概念；佈置閱讀篇章、思考題目。

2. 課堂：有講解與相關的課堂活動。

3. 課後：有具體的練習與針對練習的講評。

設計行之有效的課堂活動

精心設計課堂教學活動，有助於提高學生的學習興趣和積極性。不同的課堂活動，提供了不同的思考、表達、創造的機會。除了課堂的提問回答外，討論、辯論、表演、口頭演講、創造演示等方式都可以使用，給程度不同的學生個人選擇的機會。比如，根據閱讀情況，選擇一些題目，允許學生課前準備，課堂上進行個人或小組的表演、展示、講解，大家提問和補充，可以收到很好的效果。在有限的課時內要做到這一切，難度相當大。因此，每一節課都必須有明確的教學目標，課堂上更要有相應的課堂教學活動來保證這些目標的實現。

創造自學與互學的機會與氛圍

巧妙安排課時，給學生相互學習、自我表達的機會，讓同學有機會進行批判性思考和交流，有利於培養他們敢於和善於發表個性化見解的習慣。同時，在聆聽他人看法後，提出自己的觀點展開討論，能相互彌補知識的缺陷，加深對問題的理解，是事半功倍的有效學習方法。

提供機會讓學生互相交流，如採用口頭講述的形式、開展課堂討論，這也是口試訓練的好機會。每部作品的課堂教授，都要在學生自己熟讀的基礎上進行。為了幫助學生有效地閱讀，在學習長篇作品之前，要根據作品的內容，給出相關的題目，讓學生思考內容、藝術手法和特點方面的問題，使學生閱讀的目標明確而具體，從而達到深入理解。在學生熟讀的基礎上，教師應該安排課堂演講，之後，教師要進行細緻的講評，澄清必要的概念，明確指出問題的所在與改進的辦法，讓聽者和講者都得到提高與進步。

書面評論和論文寫作完成後，可採取同學相互閱卷的方式，讓他們自己按照評分標準彼此評分，寫出批語，交流討論，提出改進的具體意見，再交由老師核准，講評。通過評判和討論，學生可準確地理解寫作的要求，同學間互相學習，取長補短，相互啓發，相互激勵，可以提高學習的

熱情和效果。互評的作用，不僅有利於課業的進步和提高，也能培養學生正確看待成績與問題的心態，養成對自己學業負責的習慣。

及時評估與講解，向學生提供反饋

無論是口頭還是書面的作業，及時又明確的評估與有針對性的講解是教學過程中必不可少的環節。通過評估，學生可以瞭解他們是否已經達到學業的要求，有哪些方面需要繼續努力，如何努力。

作業的要求要及早明確地告知學生；評分標準要盡早交給學生，在每一份作業和考卷上都要附上明確的評分標準，讓每一個學生知道得分的準則和要求。

每一次作業完成之後，教師都要作詳盡的分析，並反饋給學生。在時間允許的情況下，教師應該與學生個別交談，當面講清問題所在，並給出改進的意見。

讓學生當考官，採取相互閱卷的方式，讓他們自己按照評分標準彼此評分，發現問題，共同改進與提高。

教師的作用無疑是至關重要的，只有真正把入門的鑰匙交到學生的手裡，才有可能把他們領進文學的大門。

給老師的話

一 如何引起學生閱讀參與的興趣？

首先要想辦法讓所講的篇目和學生本人發生聯繫，引起學習的興趣，讓學生覺得自己有參與的機會，有表達的慾望。具體辦法就是：

在設計導讀思考題目時，考慮到學生的生活經驗和理解能力，提出一些令他們感興趣的問題來，吸引他們從關心作品內容、周圍的世界及人生社會的角度閱讀指定的作品。

佈置課前閱讀，讓學生通過思考發現問題，回答引導題目。如在學習翻譯文學作品《遠大前程》之前，可以提問學生類似這樣的問題：你人生裡的第一次最恐怖難忘的經歷是什麼？和小說中人物的恐怖經歷有什麼不同？這樣的經歷對一個少年的成長有什麼影響和作用？在學習翻譯文學作品《頑童流浪記》之前，誘導學生思考：你如何看待 "代溝" ？你和父母之間存在理解的障礙嗎？這和小說中父子間的關係有什麼相似與不同？這個問題在不同的社會時代、文化背景下有什麼不同的表現？

讓學生先發言，表達自己的觀點，教師不要打斷。學生的程度不同，學習的態度也不一樣，不要對差的學生抱有偏見，不要流露出對學生幼稚觀點的輕視和忽略。教師應該認真思考每一個人的答案，盡可能找到每一個學生的閃光點，給予充分的肯定。

開展小組討論，讓學生輪流擔任主持人。教師應該鼓勵大家各抒己見，自由發言，從各自不同的角度解讀作品，同時學會寬容地接納別人的不同看法，從多角度理解文學作品。

最後，教師要進行歸納和小結，明確一些關鍵性的、規律性的問題。在表達自己的觀點時，教師應該誠懇而謙虛，教師的看法也是一家之言，不是唯一的標準答案。建立和學生互信互動的關係，增加學生的自信心和成就感，才可以讓他們喜歡上這門課。

二 如何幫助學生深入理解文學作品？

1. 如何提出問題？

（1）首先讓學生閱讀作品，關注文本本身，提問學生作品寫了什麼內容。

（2）引導學生從文學和社會人生的角度分析作品，關注作品的內涵意蘊。提問學生作者為什麼寫這樣的內容。

（3）引導學生從文學的角度思考問題，關注藝術手法的使用。提問學生作者是如何寫的，作者用什麼樣的文學技巧和手法、要達到什麼目的。

2. 閱讀討論後，教師要向學生說明所有的文學作品都是出於人對生命的體驗，對自身和社會的認識。所以，閱讀文學作品就是思考人生和社會、文化問題的過程。在閱讀作者的生命體驗的同時，結合自己的生命體驗，就能得出屬於自己的見解和心得。

教師和學生都應該理解一種觀點：有多少讀者，就有多少種文本，不以 "一己之見" 輕易下定論，更不要輕易否定別人的看法。

3. 啟發學生思考：生命的體驗從哪裡來？

（1）生命體驗不只是來自年齡的增長和實際生活經驗的積累，也來自一個人對眼前生活的觀察。讓學生觀察身邊事物的變化，想像這些變化的原因是什麼，變化帶來的影響是什麼，有沒有影響到人們的具體生活。

（2）觀察人情世態的變化也很重要。讓學生思考：人與人的關係、社會地位和生活狀況有什麼變化？這些變化的原因是什麼？變化的好處和弊端是什麼？哪些文化或者時代的因素影響了這種變化？我們能為這些變化做些什麼？這些變化在文學作品中有沒有寫到？如何表現的？對我們有什麼樣的啟發？

　　學文學，就是要瞭解世界，瞭解人和人生。教師的作用，是引導學生聯繫自己的生活體驗閱讀，理解，分析和評論作品。

三 如何利用有限的課時，幫助學生提高閱讀的效率？

　　教師應善於利用課前時間安排學生閱讀。在課堂上，教師應該把精心選擇的一些文學作品交給學生閱讀。在開始階段，教師要提醒學生邊讀邊標出感興趣的重點或者要分析的要點。在這個基礎上，學生的學習才可以更深一步，能自主進入學習的更深層次；在教師的引導下，練習寫出更深一層的讀書筆記乃至評論和分析論文的提綱。

　　善於利用下課前的幾分鐘時間給學生佈置作業。例如，教師可以精選一些重要的文學理論概念和術語，在下課前交給學生其中一個，請他們利用各種手段查閱資料，明確意義，掌握運用，在下次上課的時候和同學分享。

四 如何強調學習和評估的重點？

　　文學有自身發展的規律，各種不同體裁的作品有各自獨特的常規創作手法和技巧，它們是如何傳承演變的，在具體的作品中是如何使用的，產生了什麼作用和影響，這些方面的知識，教師在教學過程中一定要借助具體的作品讓學生瞭解

清楚；在課堂練習中，提供適當的機會讓學生在評論實踐中加以運用。

　　成功的課堂教學應該有趣、有益、有挑戰。

第 3 講 ︱ 學生的任務與對策

掌握閱讀的方法，克服閱讀的困難

　　本課程是文學作品欣賞和評論的課程。欣賞是批評的基礎，而閱讀又是欣賞的基礎。如果不能深入理解作品，就談不上對作品的欣賞，更沒有辦法開展評論。閱讀是欣賞的前提，沒有閱讀就沒有欣賞，更沒有批評。通過閱讀才能對作品的細節和感情變化有敏銳的感受，通過閱讀才能對作品的主體結構與形象特徵有整體把握。

一　閱讀心態

　　頭一次面對一篇難理解的作品，不要緊張，想像一下這是你在和作者做一個有趣的遊戲，這樣可以克服你的心理障礙。要知道，作者的目的是用各種手法和技巧隱藏自己的寫作意圖，你的任務則是借用自己的知識和生活經驗探索作者的意圖。當然，作者的意圖和你作為讀者的發現兩者不可能是完全等同的，你要借助作品的描寫形成自己的看法。

二　閱讀方法

1. 閱讀作品要帶着問題來讀

　　（1）寫了什麼？

　　作品主要在談什麼？哪一部分是重點？作品中哪些內容的描寫最細膩？小說為什麼要突出這個人的性格特點？（如：為什麼這個人這樣老實？

為什麼這個人這樣粗暴？）

　　（2）作者如何寫？

　　能否區別出作品是小說還是散文？你的依據是什麼？作者寫作的意圖是什麼？他想要達到什麼目的？你覺得達到了嗎？為什麼？有什麼根據？

2. 連貫閱讀

　　第一遍閱讀一氣呵成，不要中斷；集中注意力通讀，不要被個別的字詞干擾。盡量回答問題：這個作品大概講了什麼？什麼事、什麼人？什麼道理？

　　第二遍閱讀要帶着更多的問題，向作品提問，尋找答案：

　　重點在談什麼？突出了哪一個人？哪一件事？作品用了什麼順序講？先講什麼？後講什麼？所講的事、人和你有什麼關係？你感到熟悉還是陌生？作品的描寫讓你想到了什麼？你從中得到了什麼？

3. 自我評論

　　（1）你喜歡不喜歡這個作品？為什麼？（從你的內心感受來看）

　　（2）你喜歡什麼內容？是哪些具體的描寫讓你喜歡？（從作品中的描寫來找）

　　（3）你喜歡的原因是什麼？為什麼喜歡？

（從你已知的文學理論、文學創作的規律中找）

（4）反覆閱讀每一部文學作品，參考所有能搜集到的資料，全面理解作品的主要內容，包括作品的時代背景、主題、人物、結構、情節、藝術特色等。

掌握理解作品的策略

一　個人生活經歷在閱讀中扮演着重要的角色

閱讀就是經歷一次全新人生旅程。作為讀者，從開始閱讀的那一刻起，你就要走進新的地域疆界，瞭解陌生的社會歷史環境，結識不同種類的朋友，面對前所未有的問題甚至是對付新的困難。好比自己突然間轉到了一個新的城市中的一所新學校裡一樣，又或者自己突然移居到了一個新的國家，搬進一個新的居住地，從此就要和這裡的一切朝夕相處共同生活。

以讀小說為例。先觀察周圍的環境，即根據小說的描寫，仔細觀察這是什麼地方，在什麼季節，有什麼樣的氣候。

先從認識作品中最先出場的人物開始。根據小說的描寫，仔細觀察人物，盡快結識人物。有的小說先描寫了人物的外貌，如《駱駝祥子》，讓你有機會從人物的外貌直接瞭解人物，知道他的身高、長相、年齡，等等；也有的小說，先從側面描寫開始，如從一件事情寫起，或者從別人的角度談起，等等，你就要從側面來間接瞭解人物。無論是那一種，你都要把人物當成你要結識的新朋友一樣盡快瞭解他，結識他。

為了更好地瞭解人物，要給你的新朋友列出一個表格來：

他的外貌特徵（如年齡長相）	
他的職業身份（如工作職務）	
他的日常生活	
他的習性愛好	
他的家庭情況	
他和周圍人的關係	
他對生活的態度	
他的性格特點	

比如，在閱讀翻譯文學作品《局外人》時，你可能感覺到人物的生活環境和生活內容都和我們的日常生活距離較遠。你要結識一個新的人物形象莫爾索，你要瞭解有關他的情況。可以根據作品的描寫，完成下表：

他的外貌特徵（如年齡長相）	
他的職業身份（如工作職務）	
他的日常生活	
他的習性愛好	
他的家庭情況	
他和周圍人的關係	
他對生活的態度	

根據上面的資料，試着回答下面的問題：

在你的生活中你見過這樣的人嗎？	
他為什麼是這個樣子？你能從作品的描寫中找出他行為的原因嗎？	
是什麼原因影響了他的生活？哪些人和事對他的生活造成了什麼樣的影響？	
如果是你，在這樣的影響下會如何？	

二　情感體驗在閱讀中扮演着重要的角色

所有的文學藝術作品都和情感相關，都是為了表達情感的。所有的文學欣賞批評也離不開對作家作品情感體驗的關注。有的作品表達的感情鮮明強烈，欣賞者易於把握，比較容易體驗到與作家近似的情感，於是就容易產生出和作家創作時相同或相近的情緒感覺，這就是"共鳴"現象。有些作品表達的情感比較隱秘，欣賞者需要借助更多的語言媒介來體驗情感。在敍事文學作品中，作者的情感常常是在情節的鋪排和人物形象的塑造中逐步表露出來的，所以，理解作者的情感必須先要把握作品的內容，把握人物的性格特徵。

以閱讀詩歌為例。讀一首詩歌，哪些文字喚起了你的情緒？哪些文字引起了你的思考？哪些文字明確了一些概念？哪些段落和句子給你留下了深刻的印象？

語句的結構和排列順序，突出了不同的含義。一首詩所能表達的東西，常常不是語言和文字可以直接描述出來的。詩歌作品把日常生活的經驗和體驗，用獨特的書寫方法組合創造出來，構成一個藝術的世界，來表達作者的情感。在閱讀詩歌的過程中，你會不斷找到新的樂趣，得到啟示。

主動有效閱讀的標誌，就是看你在閱讀的時候會不會提出問題。沒有提出問題，自然永遠不會得到答案。

有效規劃利用學習時間

兩年的學習相當緊張，學生要善於把學習和生活統籌安排，合理規劃；按時完成每一個階段的課程任務；合理安排課堂學習、課外學業和其他社會活動。

一　課堂時間的使用

在規定時間內進行有效的學習，課堂上認真聽講，積極參與各種類型的教學活動，自覺爭取多講、多練的機會，發現自己的問題及時地解決，提高自己的能力和水平。

二　假期時間的使用

兩年中有幾個假期要充分利用，完成作品的預習閱讀，完成翻譯文學作業的寫作和專題論文寫作的資料準備與初稿寫作。

三　有限時間內的閱讀與寫作練習

養成在規定時間內進行有目的的閱讀與寫作練習的習慣。普通課程的同學要能夠在一個半小時內完成一篇作品的閱讀並寫出一篇書面的評論文章。高級課程的同學要能在兩個小時內完成一篇作品的閱讀，並寫出評論論文。

按時完成規定的所有作業，勤於練習。把兩年的學習當做一次長跑，目標明確，每一步都是關鍵、都要全力以赴，才能取得最後的勝利。適當安排作息時間，保證身心愉快健康，保持學習的效率。

善於反思總結

■ 善於發現問題、及時解決問題。

■ 掌握有效的學習方法。

■ 善於和同學合作交流。

■ 瞭解考試的具體要求和評分標準，做到不輕易丟分。

文學的評論不能離開對作品深刻的審美感受，只有深入到作品中去，體會作品的內涵、感受它的藝術魅力，才能有感而發。寫作命題論文、翻譯文學論文、文學專題研究論文時，要把作品當作一個內容與形式相互統一的整體。一個作品是由內容要素和形式要素等方面相互結合組成的，是不可以割裂開來的，盡可能多地學習和瞭解有關作品的作家、作品等情況，盡量從作者－作品－讀者的角度全面分析作者的創作與讀者的接受情況。善於從文化的角度進行分析評論，把文學作品的研究活動和個人的生活體驗以及自己對社會現實的觀察思考相互聯繫起來。

給學生的話

人們常把老師比作種樹的園丁，學生比作成長中的樹苗。這個比喻強調種樹的人應該盡心盡力，給小樹提供成長最需要的幫助。但是小苗長得如何，還是要看樹苗本身，它必須有成長的慾望、決心，也要為自己的成長付出相應的努力。這說明事物發展的外因與內因的關係是，內因的作用是主要的，外因的作用是輔助的。小樹需要水時，園丁多澆水就有助於其成長。需要得越多，澆得越多，效果就越好。 反過來講，一個不想成長的樹苗，就算被澆了再多的水，也不會因此長成大樹，有時候還會被水淹死。

時刻提醒自己，不要做一棵被功課之"水"淹死的樹苗。要做一棵有理想、有成長願望的樹苗，鼓起你成長的勇氣，享受成長的快樂。

第 4 講 ｜ 文學欣賞與文學批評

課堂活動

　　兩人一組，說說什麼是文學的欣賞與批評。

　　寫出三條理由，說明為什麼要進行文學的欣賞和批評。

文學欣賞

　　"文學欣賞"是指讀者對文學作品所進行的閱讀、感受、理解和評判的一種特殊的精神活動，是由欣賞客體（文本－文學作品）和欣賞主體（讀者－文學接受者）之間建立起的一定的聯繫互動而形成的。它是人們在接觸文學作品的過程中，通過多種心理因素──感覺、知覺、表象、思維、情感、聯想和想像等的綜合作用，接受、理解並把握作品，從中得到某種思想上的啟迪和藝術上的享受，從而產生出審美評價活動。

　　"欣賞"更突出顯示的是接受者以欣喜愉悅的心態對作品進行感知和接受，這是一種感性直覺的接受。欣賞者在閱讀的同時，對文學作品產生一種直觀的感受，對作品的形式或者是內容產生心領神會的領悟，被作品的情感所深深打動。在本課程中，欣賞能力是進入文學作品的基礎。課程對這方面的能力培養有明確的規定。從評估的層面來講，個人口頭評論和書面評論，更多的就是評估學生這方面的能力。

文學批評

　　"文學批評"是以文學作品為對象，批評者在對文學作品進行審美感受性的鑒賞和創造性闡釋的基礎上，根據一定的批評標準對各種文學現象、特別是對文學作品本身進行研究、分析和評價的活動。因為批評的原則和方法具有一定的客觀性，批評者一定要按照一定的批評標準、從一個恰當的切入角度、針對作品進行判斷和分析，在論證之後得出清楚明確的結論。所以說，文學的批評是客觀的、理性的。批評者可以對一個具體的文學作品提出自己的看法，也可以對某一時代的文學現象和文學思潮給予一定的、具有理論依據的評說。為此，批評者不僅要瞭解作品本身，還必須掌握相關的文學理論。在本課程中，文學批評是指以一定的理論和方法，對文學作品進行創造性的閱讀、理解和理性的分析、評價的文學活動。

本課程的第三部分要求考生在讀完幾部相同體裁樣式的文學作品之後，按照給出的文學論題對作品和創作現象作出論述，我們叫做"命題論文"。命題論文的寫作要求考生對不同體裁的文學作品所具有的文學特徵、所使用的慣用表現手法和寫作技巧進行分析和評論。不同的命題是根據不同文體如小說、詩歌、戲劇、散文的特點提出的，明確要求考生根據自己的理解和判斷作出回應，完成論文的寫作。命題論文的寫作，要求批評者不但熟悉作品文本內容，也要熟悉文學創作活動的基本規律，熟悉一些有關慣用手法技巧的作用效果、影響發展的理論概念。比如說，散文作品一般會使用哪些手段與技巧才能有效地表達作者的情感和作品的立意，而戲劇作品一般會使用哪些手段與技巧來揭示主題。顯然，不同文體的慣用手法和技巧是不盡相同的。而文學理論可以更好地闡明這些問題。

影響文學欣賞和文學批評的因素

文學欣賞是文學批評的基礎，文學批評是在文學欣賞的基礎上發展起來的，批評是欣賞的昇華。兩者的主要區別在於：文學欣賞因感情的自由投入和個人的興趣愛好不同，具有較大的主觀隨意性；文學批評則更多的是依據一定的理論對作品作出較理性的評價。

一 文學的欣賞和批評，必然受到民族、文化、歷史積澱的制約和影響

具有不同文化背景的人，對同樣的作品會有不同的看法。當一定的社會價值觀念積澱到了閱讀者的內心深處，就會變為一種審美的規範，影響和制約欣賞和批評作品的活動，也就形成了不同的審美趣味和審美觀。

二 文學的欣賞和批評也必然受到欣賞評論者個人的人生經驗、社會閱歷、教育程度的影響

文化水平高、生活閱歷豐富的人，對作品的理解就會深刻一些；如果受教育程度低，閱讀能力有限，對作品的理解也會受到影響。

三 文學的欣賞和批評會受到欣賞批評的對象——文學文本的制約

文學文本是一個客觀存在，作家在自己作品特定的內容、結構與語言形式中凝聚了自我對人生社會的認識和見解，浸染着作者特定的思想感情。欣賞和批評者可以從不同的角度、層次來感受和解讀它們，但不能改變它們。比如，我們在分析一篇寫景狀物的作品時，作品所描繪出的畫面和構圖規定了欣賞的範圍和內容。欣賞者可以在這個基礎上展開想像，但是不能改變已有的畫面和構圖。

四 文學的欣賞和批評也必然受到欣賞評論者審美判斷能力的影響

審美判斷能力是一個人理性判斷、藝術想像能力的綜合表現。在文學作品的閱讀批評中，沒有審美的能力，就不能鑒賞和評判文學作品；沒有了感悟和情感體驗的能力，就不能很好地理解文學作品。學習文學作品的過程也是一個提高自己的審美能力的過程。

五　文學的欣賞和批評應具有開放的胸懷和國際視野

今天的學生是未來社會的建設者。本課程的目的在於讓學生不但瞭解本民族文化的優秀作品，也要瞭解整個人類的優秀精神產品。文學作品的欣賞評論活動，對培養我們的人生觀、幫助我們瞭解不同的民族文化、社會歷史，讓我們能從不同的角度審視我們固有的傳統，明確其優點和短處，增進對整個世界和人類的理解，提高世界公民意識和自身的修養情操，都是必不可少的。

我們要強調的是，一個人的審美趣味是可以不斷更新的。尤其對新的文學現象、對不同文化背景的作品、對自己不熟悉的文學作品以及對不合乎個人偏愛的文學作品，一定要保持一種開放和欣然接受的心態，不能在心理上拒絕。

文學欣賞和批評的意義

文學不僅僅是用來娛樂的，它還具有認識功能和教育作用。它的最高境界是對人所置身的現實世界有所思考和發掘。優秀的文學作品在對人類的歷史、人生、自然、宇宙萬物藝術形象的表達中，總是蘊涵了作者的感悟和哲理。我們欣賞和批評文學作品，一個主要的目的就是在文學作品中認識世界和人生，認識自我。所以，從自我的角度出發，是理解和欣賞作品的一個重要切入點。讓我們把文學作品當成一面鏡子，通過它來認識世界和社會，瞭解人生，完善自我。

一　文學作品的學習是提高語言知識和能力的最佳方式

過去，我們的語文課程以培養聽、說、讀、寫的能力為目的。其實，具備這些能力的真實目的是運用它們。對文學作品進行欣賞和批評，實際上就是綜合運用語言文字的知識和能力。這一點將在課程學習過程中清楚地顯示出來。對文學作品的閱讀欣賞，可以有效地促進聽說讀寫能力的全面提高。語文學習和其他學科一樣，新鮮的學習內容、適量的學習難度，對提升學生的學習樂趣和提高知識水平是必不可少的。不僅如此，對學習者來說，把語文的基礎知識運用在閱讀優秀的文學作品中，要比單純的語言學習更有趣味。

二　借助文學的欣賞和批評，我們可以獲得對作品的充分理解

一部文學作品寫出來，只能說是文學創作過程的完成；只有當讀者閱讀了這部作品，才等於整個文學活動過程的完成。作品是讀者欣賞的對象，文學的欣賞就是讀者通過閱讀作品，從作品的語言符號、藝術形式、信息內容中獲得審美愉悅以達到精神滿足的過程。沒有文學欣賞，文學作品的價值、功能就無從體現。任何一種文學作品，無論多麼出色和優秀，如果沒有人對它進行欣賞和批評，都不會顯示出它的作用，不能體現它的文學藝術價值。通過對作品的思想內容和藝術特色的分析評論，閱讀者可以深入理解作品，提高文學的欣賞和批評的能力。

三　借助於文學的欣賞和批評，我們能滿足自己的審美需要，提高審美能力

閱讀文學作品首先是一種美的享受。欣賞與

批評的過程更是充滿了情感的活動。通過閱讀欣賞，我們可以感受作品中的情感，學習借鑒作家的創作經驗和技巧，並從中獲得審美愉悅，提高自身的藝術修養和審美能力，從而豐富我們的心靈世界。

四　借助文學的欣賞和批評，我們可以瞭解人生，認識世界，發現自我

　　文學作品展示了古往今來優秀的文學家對人生社會的認識和體驗，昭示了這種個體體驗與普遍人性的聯繫，表現出人類對生命意識共同恆久的追求。我們從作品中可以看到不同時代、地域、種族、文化背景下的各種社會生活，體驗人們的不同情感，瞭解歷史和人生，可以從作品描繪的情景中得到不同程度的啓發和感悟。

第 5 講 | 文學欣賞與批評的原則和方法

文學欣賞和批評的必要條件

文學的欣賞和批評，不但要求讀者運用聯想和藝術想像，還要有理性的思考與判斷。讀者要通過自己的思考和分析，進一步領會作品的內涵意義，體察作品的主旨，為它的成功之處叫好，為它的不足之處嘆息，從而進行情感判斷和理性認知。

一般來講，只有具有了以下幾個方面的條件，才可以很好地欣賞和批評文學作品：

一 具備一定的文學理解能力

文學的欣賞和批評是欣賞者的主觀認識同作品的客體實際相互作用的結果。在欣賞與批評的整個過程中，作品（文本）、欣賞者（文學接受者）兩個重要的角色缺一不可。相比較而言，作為主體的欣賞者，起着更加主動和主要的作用。優秀文學作品好比是一件精美的藝術品，欣賞者就是這件藝術品的愛好者和鑒賞家。人們常常說：不懂得音樂的人，就無法欣賞音樂的美，也就無法評價音樂的好壞；同樣，只有具有文學修養的人，才能享受到文學的藝術魅力，才能欣賞和批評這個作品。

要想欣賞和批評文學作品，首先要讓自己具備一定的文學知識和文學的理解能力。這種知識和能力完全可以在文學學習中得到培養和提高。廣泛閱讀各種不同類型的文學作品，培養良好閱讀習慣，有意識地對所閱讀的作品進行欣賞和分析，有意識地閱讀一些文學作品分析批評的文章，都是提高自己知識和能力的有效辦法。

除了從書本中獲取知識外，善於觀察生活，注重生活的體驗，積累實際生活的經驗和知識，也是提高文學理解能力的重要途徑。只有這樣，我們才能在閱讀的同時深刻地領悟作品的內涵。

二 具備一定的語言感悟能力

閱讀文學作品，你是否能從作品的外部形式感知到一些有意味的東西？比如說，場景和色彩給你一種什麼樣的印象和感覺？你是否理解作者使用的文字語言抒發什麼樣的情感？你是不是發掘出了作品中蘊藏着的深刻含意，被其中的人生哲理或者感悟所打動？這一切都是通過語言和文字表達出來的，只有具備對語言文字的感知力，才能欣賞文學作品的形式與內容之美。

三 具備一定的文學理論的知識

文學理論是以文學現象作為研究對象的一門學科。文學理論對文學作品的欣賞和批評起到規範的作用。反過來，文學作品的欣賞和批評也影響着文學理論的發展和完善。可以說，文學理論指導了文學欣賞和評論的實踐，文學欣賞和批評促進了文學理論的發展。

文學理論是以各類文學現象，包括作家、作品、創作、閱讀、欣賞批評等作為研究對象的。

它從理論的角度來闡明文學的性質、特點和一般規律。它的內容包括：文學的觀念理論、作品理論、文學創作理論、文學接受理論、文學的源流理論等方面。它是對文學創作、文學批評、文學發展經驗的理論性總結。

文學的觀念理論研究文學的性質以及人們對文學的看法等問題，比如文學與生活的關係、文學對生活的作用等。文學的創作理論研究作家如何把生活變成文學，藝術創作的過程與規律等問題。作品理論研究各種體裁的文學作品的獨特語言、形象、類別與風格的問題。文學接受理論研究對文學作品的閱讀、傳播、接受和批評的問題。文學的源流理論研究文學發生和發展的一般規律。

課堂活動

討論下列問題：

1. "體裁" 和 "題材" 有什麼區別？

2. 常見的文學體裁有哪些？

3. 這些文學的體裁經歷了怎樣的傳承發展的過程？

4. 各種體裁的作品具有什麼慣用的表現手法和寫作技巧？

提示

"體裁"，就是指文學作品的樣式，不同樣式的文學作品有不同的文體特點。常見的文學體裁有小說、戲劇、詩歌和散文。每一種文學體裁都經過了長期的傳承發展，而且還在繼續不斷地發展演變。各種不同的體裁都有自己相應的表現手法和技巧，成為作家們共同遵循的常規手法。

通過文學理論的學習，我們可以把握各種文學範疇和文學理論的相關知識，為文學欣賞和批評打好基礎。我們從文學理論中找到欣賞和評論的理論依據，讓我們對文學作品的藝術手法有了更加清楚的瞭解。所以說，文學的理論是在文學活動的實踐基礎上產生和發展的，它對文學作品的欣賞和批評有着指導作用。為了學好文學欣賞和批評課程，我們必須掌握一些相關的文學理論知識。

文學欣賞和批評的方法

一 聯想與想像

文學作品的創作需要聯想和想像，文學作品的欣賞和批評同樣需要聯想和想像。

首先，理解文學作品的意象和意境需要豐富的聯想和想像。比如說，作品中常常借用物的意象來表達象徵的寓意，讀者就必須具有相似聯想的能力理解這些意象。

此外，理解和感悟作品中描繪出的人生情境也需要借用聯想與想像。在閱讀中，讀者往往通過聯想和想像把自己和作品中的人物聯繫起來，在作品中發現自己。例如，在閱讀翻譯文學作品《頑童流浪記》時，讀者可以從哈克的少年人生經歷聯想到自己，從他和父親的關係想到自己和父母的代溝問題。把握作品的細節和情感需要想像，把握作品的主題與形象特徵也同樣需要想像。

聯想與想像可以讓我們在閱讀和批評作品時超逾時空和自我生活經歷的界限，認識不同時代、國度、文化背景下人們的生活，體驗他們的情感。

聯想和想像也是我們理解作品"言外之意"——即人生哲理和社會意識等深刻思想內涵的必要手段。只有理解了作品的深層含意，我們的欣賞和批評才能進入更高的層次，文學作品的教育和感染的作用也才能得以實現。

二 分析與比較

對具體作品深入細緻的分析，和對不同作品的比較研究，都是文學欣賞和批評必要的手段。"比較"是發現問題、歸納問題、得出結論的有效方法。在一些敍事文學的作品中，學生可以對人物進行比較研究，可以就人物生平的前後特徵進行縱向比較，也可以就不同人物間的同異進行橫向比較，從而有效地把握人物的特點和性格發展變化的軌跡。在不同作家的同類體裁的文學作品中，可以比較各自的語言特色、作品風格，從而更準確地評價作品的文學價值。沒有比較就沒有鑒別，就無法進行文學作品的欣賞和批評。

必須具備比較分析的能力。根據課程的要求，學生不但要對同一種樣式、同一時代、同樣文化背景下產生的文學作品進行比較賞析，也要對不同的時代、不同文化背景下的文學作品進行有效的分析和研究。比較是一種有意識的欣賞批評活動。通過比較，學生可以提高分析評判能力，並把這種能力運用到其他知識領域的學習中去。

三 個人見解與積極創造

文學作品的寫作是作家的創造，文學作品的欣賞評論是欣賞者的創造。作家的創造產生了文學作品，欣賞批評者的創造則是挖掘和發現作品的內涵意蘊。有的時候，閱讀欣賞者所發現的遠遠超出了作者所要表達的。欣賞者的創造使作品內容更加多層次化，使作品的社會影響力更加廣泛。

一個作品對不同時代、文化、地域的讀者所產生的影響是無法估量的。一部相同的作品給不同的閱讀欣賞者提供了不一樣的創造空間，每一個欣賞者都可以在閱讀賞析的過程中根據個人的能力、體驗和情感需求，創造出個人心目中的藝術形象，挖掘出他所能感知的內涵，從作品中得到相應的啓發，獲得藝術的享受。

本課程鼓勵學生發揮自己的創造力，在文學作品的欣賞批評中，不只是被動、消極地閱讀作品中寫到的東西，更要積極地調動自己的思想認識、生活經驗和藝術修養，通過聯想、想像去補充和豐富藝術形象。學生應該敢於對前人的看法、已有的結論提出自己的質疑；敢於在事實的基礎上闡述自己個人的見解。學生要有意識地對所閱讀欣賞的作品進行獨立、創新的評價，把自己的欣賞與評論變成一個有價值有意義的"再創造"活動。

文學欣賞和批評的原則

文學藝術有自己的規律。要用文學藝術的眼光來看文學藝術作品。

一 把握藝術的真實

我們知道，在實際生活中河流不能燃燒，但是在文學作品中河流可以"燃燒"，還可以"哭泣"，這種"燃燒"和"哭泣"是創作主體——作者個人感受造成的，是作家心靈的產物。在藝術作品中，現實世界可以變形、變質，這是作家創造的藝術的真實。

藝術家的藝術虛構能力對藝術作品的成就起着很大的作用，作家的主體精神力量越強，就越能在作品中展示給人們比客觀自然真實更加深刻、層次更高的內容，就能構成生動的藝術世界。

藝術作品的主體性和假定性，決定了文學作品源於生活而又高於生活。文學作品當然要以真實生活為基礎，但不等於生活真實。所以，超越生活真實進入藝術真實的境界，是欣賞和理解文學作品的關鍵。

二 進入作品的藝術世界

賞析文學作品，不能只當局外人；你需要置身其間，深入到這個藝術的世界中去，做一個"探訪者"。這就好像你搬到了作品的生活場景中一樣，認識那裡的人物，和他們生活在一起，感受他們的感受，體驗他們的人生。例如，在讀一首詩的時候，就要努力使自己進入詩情畫意之中，開始一種新的生活體驗和情感經歷。當然，把握自己的角色和觀察角度，也是非常重要的。一個讀者不應把自己當成作品中的某一個角色，不可把自己"遺忘"在作品中。只有"進得去，出得來"，才能達到理想效果。

三 思考"我"與作品的關係

在閱讀文學作品的過程中思索以下問題：

■ 你是否專心閱讀了這篇作品？

■ 你瞭解作品寫的內容了嗎？這些內容和你已有的社會經驗、人生閱歷有什麼直接或者間接的關係？

■ 你喜歡這部作品嗎？

■ 作品讓你看到了什麼？聯想到了什麼樣的問題？學到了什麼知識？得到了什麼新的信息？體驗到了什麼樣的情感？

■ 作品讓你對自己或者對周圍的世界、未來的人生有什麼新的想法？

■ 在閱讀中遇到的最大問題是什麼：字詞句難懂？結構複雜？表現手法陌生？內容朦朧艱深？

■ 你能不能說出對作品的感受？你在閱讀時產生了什麼樣的情緒波動？想哭？想笑？生氣？

■ 作品中哪一些部分激發起你這樣的情感？你能不能用語言概括一下這些內容？

■ 你喜歡這個作家嗎？作品中的哪些特色讓你最喜歡：文字？語調？內容？結構的方法？

四 從文本出發

"知人論世"是一個有效的賞析方法，但是對一個中學生來講，這一點不容易做到。所以，我們要以文本分析作為主要的賞析方法：

■ 把文本當成一個獨立的藝術品、一個完整的欣賞對象。

■ 意識到不同體裁作品有不同的藝術特徵、創作規律、書寫的原則，在欣賞和評論中品味其中的異同。

■ 從文本出發展開聯想和想像，挖掘作品的內涵。

五 開放胸懷，不抱有成見和偏見，敢於挑戰自我

國際文憑課程的學生應該具有開闊坦蕩的襟懷。對不同類型和內容的作品，學生應該持有願意接受的態度，不可保守和封閉自我。遇到符合自己品味和欣賞習慣的作品就讚揚，反之就反感排斥的做法，是不宜提倡的。

把作品放到特定的歷史環境中去看，根據當時的社會文化背景來看待人物，評價作品，不要只是從自己個人喜好的角度看待。瞭解作品的歷史價值和作用，打破文化和地域的界限，從全人類所共同關心的問題角度來看待作品，瞭解優秀作品的真正價值和意義。挑戰自我，知難而上。

Part 2
不同文體作品的賞析與評論

試卷一

附有引導題的文學分析(普通課程)評分標準

A 理解與詮釋

- 考生的詮釋在何種程度上顯示出對選文思想和情感的理解?
- 考生的思想觀點在多大程度上從選文的例證中得到了支持?

B 對作者選擇的鑒賞

- 考生的分析在多大程度上顯示出對作者在語言、結構、技巧和風格上加以選擇以形成意義的鑒賞?

C 組織

- 考生在表達思想觀點時,對文章各部分組織得怎樣,是否連貫?

D 語言

- 考生使用語言的清晰、變化和準確程度如何?
- 在何種程度上選擇了適當的語體、風格和術語?

(《指南》第 36 − 37 頁)

試卷一

文學評論(高級課程)評分標準

A 理解與詮釋

- 考生的詮釋在何種程度上表現出對選文思想和情感的理解?
- 考生的思想觀點在多大程度上從選文的例證中得到了支持?

B 對作者選擇的鑒賞

- 考生的分析在多大程度上顯示出對作者在語言、結構、技巧和風格上加以選擇以傳達意義的鑒賞?

C 組織與展開

- 考生在表達思想觀點時,對文章各部分組織得怎樣,是否連貫?

D 語言

- 考生使用語言的清晰、變化和準確程度如何?
- 在何種程度上選擇了適當的語體、風格和術語?

(《指南》第 44 − 46 頁)

第 6 講　│　詩歌的文體特徵

學習目標

瞭解詩歌的文體特徵

熟悉詩歌的藝術形式

和舊的指南相比，新的課程更加突出強調了詩歌學習的重要性和必要性。不僅在試卷一文學作品評論的寫作部分，所有考生要面對一篇沒有讀過的詩歌作品或散文作品進行分析評論，而且每一個高級課程的同學，在個人口頭評論部分，必須針對一首詩歌作品進行口頭評論。試卷一尚有選擇的餘地，個人口頭評論則別無選擇。可以說，選擇本課程，就必須要學好詩歌。

許多學生對詩歌有畏懼感。從口頭和書面的評論來看，主要存在兩個方面的問題：

第一，不能透徹理解詩歌的內容，看不懂、講不出詩歌中蘊涵的寓意，找不到“言外之意”。有的學生對詩歌這種文體形式表達情感的特殊方式感覺陌生，賞析詩歌時，缺乏必要的想像和聯想能力，對作品中跳躍的思維、大膽的想像、隱含的寓意不能理解，所以看到詩歌就感到為難，只好盡量迴避。

第二，沒有掌握欣賞詩歌的方法，抓不住詩歌文體形式上的特點，把詩歌的分析評論寫成了內容翻譯或大意解釋；不明白詩歌的書寫形式、音樂節奏等要素對表達詩歌內容和情感所起到的重要作用。這種學習詩歌的方法，就像“盲人摸象”不可取。

怎樣解決以上兩個問題？首先要抓住詩歌的文體特點。讀詩歌作品斷章取義不可取，只看一個方面而忽略其他方面就更不可取。

你有沒有想過，詩歌、散文和小說有什麼根本的區別？

 想一想

什麼是詩歌？

　　詩歌是非常高級的一種文學形式，它用最精練的文字、最美的書寫形式，配合最和諧的韻律節奏來表達最凝練的意蘊，抒發最強烈的情感。

　　一首優秀的詩歌作品，是一個完整的藝術品。優秀的詩歌必須具備三個方面的重要元素：

一　用最精練的語言來表達濃縮的、深刻的思想感情

　　詩歌通過使用意象構造意境來抒發情感。體會這樣的情感，需要調動聯想和想像能力去感受和體味。

二　用精密的結構方式來排列字句，造成獨特的視覺效果

　　詩歌不同於其他文體最顯著的標誌，就是詩歌的書寫形式。詩歌分成行段、小節的格式，讓讀者一眼看上去就明白是詩還是別的文體。這個書寫格式是詩歌的一個最基本的文體特點。詩行的排列還講究構圖效果，符合視覺審美的要求。

　　欣賞詩歌書寫格式造成的美感，視覺觀察是必不可少的手段。詩行的排列整齊劃一，還是變化多樣，都有講究。每一種固定的格式和字句的排列都與作品的內容和表達的情感相互關聯，是作品不可分割的一個組成部分。

三　用有規律的節奏、和諧的韻律傳達出詩歌的情感和意蘊

　　詩歌為了突出某種情緒和情感，會採用字句音節的重複、迴環、變化等手段達到預期的效果，給讀者留下深刻的印象。讀有些詩的時候，在詩的節奏中你似乎可以感覺到詩人急促的呼吸，緊張的心跳。這些節奏本身就是情感內容的一個組成部分。

　　詩本來是可以歌唱的，所以詩要押韻，要有音樂性和節奏感。詩人在作詩的時候，已經把音樂性和節奏感融入詩中。作為讀者的你，要學會辨別詩中音樂的韻律和節奏。

　　中國古代格律詩對書寫的形式與韻律有嚴格的要求。現代的詩歌在格式、聲律上有了很大的自由，甚至沒有了固定的規範。但是，書寫形式和節奏韻律對表達詩歌的意思仍然起着重要的作用。比如，詩歌的不同排列方式就是在表達不同的意義，意象、字句、詞語、語音等重複或交替的使用，在詩中就起到

你在學習詩歌中遇到過什麼樣的問題？你覺得評論詩歌最大的困難是什麼？

? 想一想

Part 2

31

了突出某種特定含義和強化某種情感的作用。

由上可知，詩歌是立體的。欣賞詩歌，解讀內容，離不開觀賞詩歌的書寫格式和感受詩歌的語音節奏。欣賞詩歌也要是立體的，要調動眼、耳、心同時並用，觀其形，辨其音，想其意，用各種感官去感受和欣賞詩歌。

在欣賞一首詩時，學生不僅要講得出這首詩的意思、內涵，也要理解詩歌的聲調韻律給閱讀者的感受。這種感受和詩歌的內容之間有什麼聯繫，詩歌的形式有何特點，如何突出了內容所要強調的部分，造成什麼樣的效果，都是要關注的內容。學生要養成從多方面分析評論詩歌的習慣。

在這一部分，我們將全面細緻地講解詩歌的文體特點，結合具體作品的分析，學習一些詩歌寫作的慣用手法和表現技巧。

 寫作練習

兩人一組，選一首自己熟悉的詩歌作品，試着根據這首詩歌的特點給詩歌下一個定義。寫出你的定義，大約三百字左右。

提示

詩歌是與小說、戲劇、散文並列的一種文學體裁，能最凝練地反映生活，有強烈的感情色彩，高度集中地表現社會生活和人物的精神世界。

詩歌有獨特的書寫格式，詩中的語句一般分行排列，巧妙而有序。

詩歌具有鮮明的形象、飽含豐富想像和情感的畫面、精巧的構思和優美的意境；詩歌所塑造的形象，不僅具有視覺的美感，還做到有聲有味，生動新穎，把聽覺、嗅覺、觸覺等感官作用融合在一起，從多方面多角度去表現形象。

詩歌的語言必須和諧，富有音樂性，符合一定的音節、聲調和韻律的要求，具有節奏鮮明的音樂節奏。

詩歌的內容具有高度的概括性、鮮明的形象性、濃烈的抒情性。詩歌的主要表現手段是訴諸讀者直觀感覺的形象和聲韻。

詩歌是集中多種綜合元素來抒發強烈的感情的一種文學樣式。

閱讀徐志摩的《雪花的快樂》，填寫下列表格。

雪花的快樂

假如我是一朵雪花，
翩翩的在半空裡瀟灑，
我一定認清我的方向——
飛揚，飛揚，飛揚，——
這地面上有我的方向。

不去那冷寞的幽谷，
不去那淒清的山麓，
也不上荒街去惆悵——
飛揚，飛揚，飛揚，——
你看，我有我的方向！

在半空裡娟娟的飛舞，
認明了那清幽的住處，
等着她來花園裡探望——
飛揚，飛揚，飛揚，——
啊，她身上有朱砂梅的清香！

那時我憑藉我的身輕，
盈盈的，沾住了她的衣襟，
貼近她柔波似的心胸——
消溶，消溶，消溶——
溶入了她柔波似的心胸！

（選自《志摩的詩》，新月書店 1928 年版）

內容特點：
語言特點：
書寫格式：
其他特徵：

新詩和現代詩

中國文學史上的"新詩"指的是從 1917 年胡適提倡白話文以來，人們用白話文寫作的詩。後來人們把中國的現代和當代詩歌作品稱為新詩。

新詩和中國古代的格律詩（舊體詩）有明顯的區別。新舊的不同，表現在內容與形式多方面，包括詩歌的語彙、體式、規範等。

1950 年代，紀弦等人成立現代詩社，接受西方現代主義詩作新潮影響進行創作，作品被稱為現代詩。其後，新詩和現代詩兩種名稱並行使用。現代，除了是一個時間的概念以外，其實還意味着反對傳統的既成模式的意思。

本課程試卷一的考卷，會提供一首新詩作品供考生閱讀評論，要求考生在規定的時間內完成閱讀分析，並寫出書面評論。面對這篇課程中沒有學過的詩歌作品，如何才能較為準確地進行分析和評論，從哪些方面入手，是你非常關心的、也是本課程需要解決的問題。

什麼是好詩？

每一首詩歌都不相同，哪一首詩歌才是優秀的？什麼樣的作品才是好的？

作品是不同的，但是優秀的作品往往具有相同的要素。比如，好詩具有情感深刻、技巧獨特圓熟、想像新奇豐富、形象獨特鮮明、語言含蓄生動、節奏和諧優美的特點，體現詩人豐富的藝術想像力和創造力。

從內容上看，一首好的詩歌應該有三個層次的內容：第一，展示出鮮明具體的藝術形象；第二，從形象產生出聯想，抒發出人物的情感；第三，情境交融揭示出人生的哲理。好的詩歌能感人至深、發人深省，是作家觀察聯想、領悟人生的結晶。

但是，詩歌的思想情感總要通過句子結構的安排、聲音韻律、節奏語調的形式來表現。沒有了這些元素的組合，內容和情感就無所依附。所以，好的詩歌必須是形式與內容的統一。

徐志摩的《雪花的快樂》，是否做到了作品的內容與形式的完美結合？如何做到的？

? 想一想

詩歌有哪些突出的特性？

一 強烈的抒情性

詩歌是最古老的文學樣式，中國的古人認為"詩言志"，詩歌可以表達人的理想和願望；"詩緣情"，詩歌可以抒發人的情感，激發人的想像。詩歌的創作，不是為了明確概念、傳授知識，而是為了表達人的內在心靈體驗和情感變化。

以徐志摩《雪花的快樂》為例，自然界的雪花是沒有感情的，作者賦予雪花情感，是為了表達人的情感，從作品中我們感受到的是詩人強烈的情感。

二 豐富的想像

沒有想像就沒有詩歌。在詩歌的想像中，所有的畫面、情境、大千世界的變化、人物的內心活動，等等，都可以變成生動的形象。一切無生命、無感情的東西，都可以富有生命，充滿情感。

詩人可以對過去、現在和未來所有的事情以及事情發生的原因、過程、結果進行自由的想像。在想像中，消失了的生活可以重現，未來的一切可以預示；

在想像中，各種不連貫的藝術形象和畫面可以串聯起來，構成詩歌神奇的意境。

詩歌中的移情手法離不開想像，誇張的手法也是想像的產物。詩人運用想像就增強了作品的感染力。

詩人的想像力可以調動讀者的想像力。想像，可以超越物我之間、時空之間、理想和現實之間的限制，讓讀者從有限的意象中感受無限的意境，領略詩歌無窮的魅力。

課堂活動

徐志摩的《雪花的快樂》中，表現出作者怎樣豐富的想像力？舉例說明。

三 鮮明的形象性

詩歌通過對形象、畫面具體生動的描繪，表現出作者的情感。讀者可以根據作品展現出的情景進入詩歌的意境之中，理解和接受作品的情感。

詩歌的抒情離不開形象。寫景的詩歌裡有景物的描寫，景色的形象描繪能引起人們內心情感的波動，使作者的情感得到形象化的展示。

詩歌中哲理的闡述也必須要借用具體的形象，我們熟悉的詩句"不識廬山真面目，只緣身在此山中"，就是借用了山的形象來講述了一個看問題必須全面的抽象哲理。

四 和諧的音樂性

優秀的詩歌作品具有音樂的節奏韻律。詩歌中使用的字句要有恰當的語氣語調，有規律的押韻、和諧的節奏，形成詩歌朗朗上口、抑揚回環的音樂美感。

詩歌的音樂性有助於表達詩中的強烈感情。音樂性會加深詩味，喚起讀者的注意。詩歌的音樂性不僅僅是詩歌的外在形式，更是內心情緒的律動，是詩人的內心高低起伏、波動不平情緒的外在表現。在詩作中，音樂性主要通過幾個方面體現出來：

1. 押韻

押韻指的是詩句末尾的一個音節的韻母要相同或相似。起伏的音調變化和交替出現的韻腳，造成了特定的音節，就能傳達出特定的神韻，表現詩歌特有的意味。全詩通押一韻，就把詩歌的各個部分連接為一個整體；押韻得當，詩歌的情感內容就會得到渲染和強化，詩歌讀起來就會上口好聽，體現出音樂美、聲音美、節奏美的藝術效果，給讀者愉悅的美感。

2. 聲調

聲調是指發音過程中音高和音長的變化。音韻、語調與情感之間有着密切的關係，在表達情感上有一定的規律。開口度較大的韻字，易於表現高昂的情感，傳達慷慨之意；反之，則易於表現淒婉之情，傳達悲傷抑鬱之意。語調，比字詞的語音更能表現感情，長句平緩顯得平靜，短句急促顯得激動迫切。語氣的變化，比如羨慕的、驚奇的、深情的、熱烈的，或者鄙視的、諷刺的、輕蔑的語氣，都直接鮮明地表現出人物的情感傾向，傳達出滲透了褒貶情感的信息。聲調的高低起伏、長短快慢表現不同的情緒、氣氛。聲調與語氣或者歡快或者哀愁，配合着歌唱或者是哭泣，本身也是內容的一部分。所以，欣賞詩歌一定要讀出聲來，品味其中的音韻美。

3. 節奏

節奏是體現詩歌音樂性的重要因素。詩歌的節奏是和詩人內心情感變化相互一致的，它符合人的呼吸調節以及生理感覺的節奏。有人說詩歌的節奏是人心跳的節奏，是人呼吸的節奏，就是這個道理。詩人的情緒平和時，詩歌的節奏就較為舒緩；詩人的情緒激動時，詩歌的節奏就較為急促。詩歌節奏的快慢、強弱，可以將人物內在的情緒律動、情緒的變化、感情的波動和外在的韻律、聲音節奏和旋律感完美地結合在一起。

詩歌的節奏是從作品中字句的組合和有規律的停頓安排上表現出來的。在漢語中，一個字一般是一個音節，有獨立意義的單音節、雙音節或多音節構成一個音組，每組後面有或長或短的停頓。古詩的節奏，五言詩一般為"二、二、一"，七言詩為"二、二、二、一"；新詩的節奏則自由開放，獨特新穎，變化中各有規律。

課堂活動

大聲朗讀徐志摩《雪花的快樂》，兩人一組，分析這首詩的音樂性。

五 優美的意境

　　一首好詩，應該營造出情景交融的意境，表達言外之意、味外之旨的神韻。有了這樣的意境，就達到了詩歌創作極高的藝術境界。

　　意境是詩人內心情境的藝術再現，不同性格、情趣的詩人，其作品的意境風格各不相同。例如，徐志摩《雪花的快樂》營造出了一種輕盈柔美、流動飄逸的詩歌意境。

　　好的詩歌意境，是詩人情感真實的思想內容和詩歌獨特新穎的藝術形式的完美結合。有關意境的構成和作用，我們將在下一講作詳細講解。

六 精妙的結構

　　詩歌的結構安排是以情感的需要和想像的邏輯為準則，不必按照一般文字敍述的邏輯安排。詩歌中可以省略語言的過渡、轉折和聯繫交代的詞語，可以打破語法的一般規則，滿足情感與想像飛躍變化的需要。根據情感的跳躍和思維的跳躍，作品中的時間和空間都可以跳躍。各種跳躍可以出現在詩中節與節、行與行的中間，也可以出現在同一行之內。要善於把握詩人的情感線索來賞析作品的結構。

1. 分行、分段排列的書寫格式

　　詩歌與其他文學體裁最顯著直觀的區別就是書寫格式不同。詩歌必須分行、分段排列。

　　中國古典格律詩詞有嚴格的書寫格式要求，行數、字數都有精確的規定。新詩在形式上沒有固定的格式的規定，但是也需要採用分行、段、節的方法來突出詩歌的特別之處。這種書寫格式是詩歌鮮明突出的外在形式標誌。閱讀賞析詩歌，千萬不能忽視這個視覺標誌。

　　是不是也有不分行、段、小節的詩歌呢？當然有，比如人們常說的散文詩就是一例。但是，典型的詩歌必須具有詩歌的特殊形式。本課程中所選用的詩歌要求具備詩歌書寫格式的特點。

　　詩行的外在書寫形式之所以重要，是因為它是由詩歌內在的情緒節奏和內心情緒變化來決定的。分行就是一種把詩歌的內在情感外在化、視覺化地加以展示出來的方法。通過分行的方法，詩歌能達到加強節奏感和旋律感進而體現出音樂性的效果。

　　詩歌根據內容特點和表達情感的要求，來決定分行的長短、疏密和參差。一般來說，表現開拓豪放、自由浪漫的情感時，詩行可以很長；表現劇烈多變的情感時，詩行就會呈現多種起伏變化，參差不齊。

　　詩行運用省略、跳躍，隨意性較大，可以造成一種審美效應，吸引讀者的注意。把一句話分為兩行或者以上（跨行）時，就可以起到讓讀者停頓下來，集中注意力去欣賞下一行的作用。

　　分行、分段可以自由靈活，體現出作者的獨創性和個人的風格特色。詩歌的結構形式是詩人個性化的標誌。對詩歌來說，形式不僅是手段，本身就是內容的一個不可分割的部分。書寫的格式就是理念，就是情感，就是詩歌的內容。

2. 詞語、句子排列與標點符號的使用

　　使用標點符號也可以傳達一定的情感。如破折號可以傳遞一種不確定的情感；刪節號則表示沒有完結的情緒。有意識地將句子從中間斷開，可以將詞句有限的意思加以延伸與擴展。把詞句放在不同的位置，就起到了強調關鍵詞語的作用，突出顯示了最有價值、最光彩的語句，提醒讀者的注意。另外，這也是達到句子之間的均衡美的一個辦法。

課堂活動

分析王獨清的《我從 Cafe 中出來》分行排列的形式特點。

我從 Cafe 中出來……

我從 Cafe 中出來，

身上添了

中酒的

疲乏，

我不知道

向哪一處走去，才是我底

暫時的住家……

啊，冷靜的街衢，

黃昏，細雨！

我從 Cafe 中出來，

在帶着醉

無言地

獨走，

我底心內

感着一種，要失了故園的

浪人底哀愁……

啊，冷靜的街衢，

黃昏，細雨！

（選自《聖母像前》，光華書局 1926 年版）

提示

　　全詩兩個小節，排列對稱，句數字數一致，具有整體的美感。作者採用了把一句話分成數行排列的方式，是為了增強詩歌表達情緒的深度和濃度。句子的中斷突出了要強調的字詞，省略號的使用起到了延長情感的作用，長短不一的句子讀起來有一種斷斷續續、有氣無力、上下不能貫通的感覺，仿佛能看見人物酒後踉踉蹌蹌的步態、極度痛苦孤獨的樣子，表達出借酒消愁愁更愁的內心情感。結合詩歌題目,這樣的形式更加巧妙地表達出,詩中人物身在遠離故國的異鄉,經歷着無法排解的孤獨與痛苦。

詩行排列的方法,突出了結構的特點和作用:它把重要的詞放在明顯處,加以突出。長短不同的分行排列,形成一種視覺美和聽覺美的極佳效果。形式就是表達內容的一部分,形式的排列絕不是無所謂的排列,都是作者苦心經營創造的。要把詩歌當成一個整體來分析其結構。除了分行排列,還有詞語的組合方式,加上節奏和用韻等,從局部到整體,找到它的特點,全面把握詩歌的意境和格調。

3. 脈絡清楚的整體結構

一首詩是一個有機的整體,不能殘缺不全;要有頭有尾,有起有結,有原因有結果,有來龍去脈;有鋪墊和高潮,有意境營造,有形象描繪,有情感的渲染。

詩歌的整體結構貴在脈絡清楚、層次分明。一首詩分幾個部分、幾個層次、幾個小節,如何安排順序,先寫什麼,再寫什麼,都有講究。好的詩歌在小節之間有清晰的劃分,又不是彼此割裂,內容是連貫的;各段之間意思相互照應,以意貫穿。在分段與分行時,好的詩也注意到視覺的美感和內容的連接;也可用詩歌中的時間、層遞的詞語、反覆的詞語等來貫穿,使全詩渾然一體。

 課堂活動

重讀徐志摩的《雪花的快樂》,請分析這首詩歌的結構特點。並在課堂上和大家分享你的評論。

七　含蓄多意的語言

　　詩歌的語言講究精練準確、生動含蓄、色彩豐富、形象可感、音樂性強，能夠表現出人的心理感受。

　　精練準確，指選擇使用詞語要在意思、色彩、音韻等方面與詩歌的內容貼切，能恰如其分地表達出作品蘊涵的深沉豐富的感情。

　　生動含蓄，指詩歌的語言要豐富多義，選用的語言意味豐富，含蓄蘊藉，微妙朦朧，每個詞、每個意象都有很大的容量，字面表層義以外，含有深層寓意。

　　形象可感，指詩歌的語言形象鮮明。詩歌用形象來表達情感和哲理。一方面，選用的語言本身要有具象性，比如具有色彩感、具體感，能讓讀者看得見，感受到語言本身的形象性。另一方面，具有可感性，讓讀者借助這樣的語言聯想到或者創造出形象。這樣的詞語一般都和人的五官感覺相互聯繫，讓讀者能從視覺、聽覺、嗅覺、感覺和觸覺方面感知形象。

　　色彩豐富，是因為詩歌作品中的文辭色彩直接決定作品的情緒基調和所表達的感情色彩，所以，作品中的每一個詞語的色彩，都與作者要表達的內容與情緒相聯繫。明亮的色彩，就表示情感的輕鬆和歡快；灰暗的色彩，就表示沉重與悲哀。具有不同色彩的詞語，含有不同的意義，包括詞的本義和引申含義，恰當使用就會產生意在言外的效果。

　　詩歌語言的音樂性首先體現在語音和節奏和諧順口上。閱讀詩歌時能感受到起伏有致的節奏感，抑揚變化的聲調語氣、和諧自然的押韻，能把內心情感恰到好處地抒發出來。其次，語言的音樂性也能在視覺上觀看出來，語詞安排有序，音節整齊勻稱；疊字、疊詞、疊句構成美感的同時也造成疊音的效果。

　　使用擬聲詞、語氣詞，有助於寫景狀物，傳情達意，增強詩歌的音樂性。

　　詩歌的語言還具有跳躍性強的特點。在作品中，詩歌的語言可以不用任何介詞、連詞等關聯詞而組合，可以詞類活用，還可以邏輯混亂，詞序變化，任意交錯，不連貫地表現心理的活動，突出人物的情感變化。

　　一般的詩歌多用短句和散句，也可用長句和整句。許多詩歌中多用口語句，偶爾也用否定句和被動句。句型的類別和句子的長短，構成了視覺形式美。語言的使用是作家創造力的一種表現。

課堂活動

閱讀下面的句子，說說詩歌語言的特點。哪一句像是詩歌的語言？為什麼？

1. 風兒吹拂，花兒開放，河水在流淌。

2. 風在吼，花在笑，河水在燃燒。

3. 清風在歌，百花在舞，河水開懷微笑。

4. 晨風壓抑地嗚咽，黃花傷心地顫抖，河流洶湧着我們的悲憤。

寫作練習

舉出一些自己喜歡的詩句，分析並明確說出詩句符合哪些特點。

提示

詩歌語言的特點可以簡單概括為以下幾點：

· 豐富的含義

· 濃烈的情感

· 可感的形象：可聽、可見、可觸、可嗅

· 鮮明的色彩

· 意與象結合

· 想像與創新

· 音韻優美

八 詩歌的藝術特徵：“有限”與“無限”的矛盾

　　詩歌的文體特點決定了詩歌的藝術特性。詩歌要表現的內容可以是深刻無限的，但是詩歌的形式必須受到特殊的規範和限制；詩歌要抒發的情感是抽象廣泛的，但是抒發情感的手段必須是形象的、具體的。從表面看，詩歌在內容與形式、手段與目的之間存在着相互矛盾。

　　當你熟悉掌握了詩歌的文體特點後，你會發現正是因為這種矛盾的對立統一，才構成了詩歌獨特的審美特色。這些矛盾可以簡稱為“有限”與“無限”的矛盾。

1.“有限”與“無限”的結合

　　有限指的是具體的詩句。詩歌的語言文字、篇幅是有限的，但是詩歌要表達的深刻的情感內涵往往是無限的，有限的詩句中蘊涵了無限的情思內涵。其次，有限也指詩歌中描寫的具體客觀的物、景、事總是有限的，而通過它們來表現抽象主觀的情、思是無限的。所以，詩歌是以“有限”來表達“無限”。

2.“有形”與“無形”的結合

　　詩歌必須以形象鮮明的各種意象營造詩歌的意境，把無形、無量的主觀情感、深刻的思辨哲理，用恰到好處的意象、出乎人們意料的方式、誇張與寫實的藝術手法表達“弦外之音”。無論是敍事、寫人，還是寫景、詠物的詩歌，都是要借助人們可感知的、生動的形象表達出來。

3.“虛”與“實”的結合

　　詩歌是想像力的展現，好的詩歌總是能借助詩人的想像力做到“化實為虛”、“化虛為實”。實，指的是人們可以把握的客觀事物、客觀現實，詩歌的“實”是對客觀的形象描繪；虛，指的是通過聯想和想像而可能間接獲得的主觀的、精神情感方面的信息。詩歌中常見的寫景抒情，就是“化景物為情思”，產生以實生虛、虛實結合的效果。一些敍事詩則是採用了化虛為實，把抽象感情與哲理賦予具體而生動的故事、鮮明的形象，運用比喻、象徵等方式表達出來。言理的詩歌也是採用虛實相生的藝術手法，以含蓄的、暗示的、象徵的手法來表達對生活的深刻的理解，闡述人生的哲理。

　　以上三種矛盾的對立與統一，構成了詩歌藝術最突出的特點，在分析評論時要細細領悟。

課堂活動

選讀一首你喜歡的詩歌作品,試從中找出你所看到的詩歌特點,完成表格並予以講解。

情感內涵:
想像力的表現:
具體形象:
意境:
結構形式:
音樂性的表現:
語言的特點:

第 7 講 ｜ 詩歌的意象和意境

學習目標

理解詩歌的重要概念

把握詩歌的意象意境

講詩歌首先從意象、意境這兩個概念開始講起，因為它們是詩歌創作欣賞中最基本也是最重要的概念。

詩歌、散文和小說的根本區別

根本區別在於文體不同。不同文體就具有各自的文體特點，就要使用不同的結構方式和藝術手法。所以我們在欣賞詩歌、散文和小說時，也必須要有針對性地瞭解不同的文體各自有哪些特點，各自有哪些獨特的表現形式和手法。

一般來說，分析小說要從人物形象入手，分析散文要找出文章的立意，而分析詩歌作品就必須緊緊抓住詩歌的意象。以意象為核心，才能理解詩歌的內容、感受詩歌的意境，才能成功地對作品進行欣賞和評論。沒有意象就沒有詩歌，不把握意象就不能有效地分析和評論詩歌。

意象在詩歌中具有什麼作用？

請看一首詩歌作品：余光中的《鄉愁》。

鄉愁

小時候
鄉愁是一枚小小的郵票
我在這頭
母親在那頭

長大後
鄉愁是一張窄窄的船票
我在這頭
新娘在那頭

後來呵
鄉愁是一方矮矮的墳墓
我在外頭
母親在裡頭

而現在
鄉愁是一灣淺淺的海峽
我在這頭
大陸在那頭

（選自《白玉苦瓜》，台灣大地出版社 1974 年版）

懷鄉之愁，原本是中國古代詩歌中一種常見的情感。1949 年以來，由於中國政局的變動，台灣和大陸分割，鄉愁成為台灣新詩相當普遍的主題。余光中親身經歷了戰爭與遷徙，他和千千萬萬從大陸漂流到孤島台灣的大陸人一樣，有鄉難歸，對故鄉的思念成為了一生都無法排遣的濃烈情懷，於是寫作了《鄉愁》，用詩歌來表達自己的情感。

　　如果是小說，作者可以描寫一個人背井離鄉的經歷和遭遇，寫一個感人的故事來表達這種情感；如果是散文，作者可以借敍述往事、回憶家鄉風景人物等等直接表達自己的感情；但是，詩歌不能像小說，不能像散文，也不能直接說明自己的經歷和情感，必須用詩歌的創作方法和藝術技巧來表現這樣的情感。詩歌必須借用典型的意象，把想要表達的感情濃縮在裡面，把所有的意象組合在一起，構成一個整體的圖畫意境，把自己的情感凝聚其中，借形象和畫面來表達作者的感情。

這首詩歌作品，選用了一些典型的詩歌意象，這些意象不但高度濃縮了作者個人悲歡離合的人生經歷，又體現了大時代國與家的沉浮興衰，意象中，包含了自己對家鄉、對故國、對親人的深情。

課堂活動

從《鄉愁》中找出詩歌的意象，看看有什麼特點。想一想，作者為什麼選用這些意象？從中能看出作者的哪些人生經歷和感受？

提示

余光中的詩歌中選用了四個精緻的意象，分別是"郵票"、"船票"、"墳墓"、"海峽"：

一寸見方的郵票承載了詩人對家人的牽掛。在詩人的青少年時代，書信是唯一的通訊聯繫方式，遠別的親人只有通過書信才能互通信息、傳遞問候、相互交流。"家書抵萬金"，書信凝聚了親人間的關切深情，小小的郵票就是親人的問候和平安的見證。等信，就是等待親人的消息。

一張窄窄的船票凝聚了詩人對家人的依戀。每一張船票都記錄了盼望與親人團聚時焦急不安的心情和甜蜜溫馨的體驗。離家在外求學謀生的人們，無時無刻不在思念着親人，他們和親人的相見只能借助來來往往、沒有定期的漂泊旅行，船票似乎是一道橋樑。盼歸，就是盼望團聚。

一塊冷冷的墓碑隔斷生與死兩個世界，無情的碑下，埋葬了兩代人相聚的渴望。墓碑上刻着生者刻骨銘心的遺憾與無奈、絕望與悲傷。親人已經變成了故土的一部分。思人，就是思鄉。

一灣淺淺的海峽，是一道無情的屏障，一道不可踰越的天塹，是自然的更是人為的，是歷史的，也是現實的。這道天塹，成為刻在人心中一道不可癒合的傷痕，隔斷了千千萬萬中華子孫和故鄉的聯繫，有鄉難回，有國難歸，有思念難忘。鄉愁，也是國愁。

郵票、船票、墳墓的意象，具有了詩人個人的經歷，海峽的意象則包蘊了家國變遷、時代特徵、民族情緒等深廣的內涵，四個意象從小到大，把個人的體驗，納入了故土、國家、民族、時代的大領域，是個人體驗的濃縮，更是對時代社會的概括。

　　以上四個意象概括了詩人個人一生的離鄉與思鄉的經歷，凝聚了詩人內心深刻、濃厚的情感，構成了詩歌"鄉愁"的意境，這鄉愁不僅僅是詩人個人心中的相思和苦悶，也是千千萬萬中華兒女的相思和苦悶。

　　由於這些意象，這首短短的詩歌交融了作者對親人、故鄉的思念和對國家民族歷史現象的思考，比其他單純的鄉愁作品有更加廣闊的內涵，能給人更加豐富的想像，抒發的情感更濃烈，能引起人們更加深刻的思考。

什麼是意象？

　　閱讀不同的文學作品時，經常會有一些不熟悉的詞語，當你面對一些不太明白的概念詞語時，該如何應對呢？

　　我們知道詞語是由單字組成的，遇到不太明白的詞語時，我們可以把它拆成單字來看，運用學過的文字知識設法猜一猜看。

　　從字面上看，"意象"的"意"部首是"心"，"意"和人的內心思想、意念、情感有關；"象"是說形象、樣子，指物體展現出來讓人們看到的外在形式，外表之象。"意象"就是主觀的"意"和客觀的"象"的結合。如"一張郵票"、"一張船票"這些詩歌中描述出的、讀者看得見的物象就是例子。這些物象已經融入詩人的體驗，詩人創造它們是為了表達特殊的情感，在作品中，它們已經不是普通的物象，而是具有文學意味的藝術形象，這就是意象。

　　如同前面所講，詩歌的意象選取，是作品成功的關鍵，"意"是主觀的情，"象"是客觀的物與景。意象，就是寓"意"之"象"，是凝聚着詩人主觀意蘊、用來寄託詩人情思的藝術形象。成功的意象包含了詩人的情感，凝聚了詩人個人的經歷和感受，被賦予了特殊的象徵意義，同時還具有形式上的美感。比如，《鄉愁》的四個具體的意象，都聯繫着詩人人生中每一個重要階段的經歷和詩人心中的感情。每一個都是具體可感的，都能引起人們的想像和思考。因此當讀者在閱讀詩歌時，就能根據這些藝術形象，在內心進行想像和聯想，理解詩人所見所感，發掘自己的生活體驗，進而產生共鳴。

　　如果生活體驗不夠豐富，怎麼辦？其實，間接的生活體驗也是有用的。平時在生活中聽到見到的、文學作品中讀到的、影視作品裡看到的，都可以作為自己的一種體驗。理解文學作品時，讀者的親身經歷或者是間接的經歷，都能幫助讀者進行聯想和想像。善於思考，善於聯想，就能提高文學的感悟能力。

"意象"的字面意思是什麼呢？
如果你在閱讀中，遇到了不明白的詞語概念，怎麼辦？

？想一想

意象如何發揮作用，引起讀者的共鳴？

？想一想

挖掘一下記憶裡和生活經歷中的體驗，領悟意象所激發的感情。談一談，和大家分享。

？想一想

"意"與"象"有什麼關係？

"意象"一詞是中國古代文學理論中的一個重要概念。意是內在的抽象的心意，需要借助象來表達；象是外在的具體物象，是意的寄託之物。也就是說，詩人的心裡先有了一種情緒和思想，就要找到一個對應的物，利用這個形象把內心的情緒表達出來。兩者之間的關係必然是先意後象，意離不開象，作者寓意於象，讀者以象解意。

課堂活動

重讀《鄉愁》並思考：
作者先有了什麼意？才找到了"船票"的象？
作者先有了什麼意？才找到了"墓碑"的象？

提示

作者先有了盼歸的意，才找到了"船票"的象。
作者先有了生死永別、不能忘懷的意，才找到了"墓碑"的象。

我們經常看到的一些描寫景物的文章，就是借用景物表達感情。所以，在中國傳統詩論中，"意象"也和寓情於景、借景抒情、情景交融的藝術表達相聯繫。在這裡，"意"與"象"的關係，就是"情"與"景"的關係，"心"與"物"的關係，也是"神"與"形"的關係，相互對應。情為意，景為象，景為情所設所用。

詩歌中很多意象是自然意象，如月光、植物等。此外，為表現社會生活，詩中也可以使用各種賦予了深刻含意、形象生動、具有美感的物件、人物、場景、生活情節和歷史事件等作詩歌的意象，寄託詩人的情思。"船票"、"墓碑"就是如此。

詩歌創作為什麼要用意象？

首先，使用意象可以使抽象的情感變得可感可觸、具體生動。

人的情感是抽象的，詩歌中運用意象，是為了將作者想要表達的抽象主觀情思，寄託在具體的客觀物象身上，如一張郵票、一棵枯樹，這些意象是讀者可感可觸的藝術形象，有鮮明的情感色彩，讀者由此可以理解和領悟作者要表達的情感。這就是意象化抽象為具體的作用。

使用意象還可以產生化個別為普遍的效用。詩歌中的每一個意象都是具體的、可觀可感的，有時候因為它們本身的形狀、顏色的特點引起讀者的感觸，有時候因為它們的屬性、用途、功能等能引發讀者的聯想，促使讀者明白作品的內容，理解詩歌的內在含意；每一個意象都代表了一些特定的情緒和感受，讀者藉同一個具體的物，引發出各自不同的情感體驗、想像和聯想，這個具體的意象，就超出形象本身，具有了廣泛、普遍的意義。

反過來，如果作者在某一個意象中，注入了鮮明的情感色彩，不同的讀者，就會從中間體驗到類似的情感。比如，“中秋節的月亮”作為一個意象凝聚了思親和團圓的情感，就會引起不同人們心中共同的感受和聯想，引發相應的情感，共鳴現象就是這樣產生的。

意象在詩中究竟起什麼作用？和同學談談你的看法。

? 想一想

課堂活動

想一想，如果意象是一幅生動的自然景物的圖畫，如“月亮圖”，不同經歷的人，在不同的時間、地點，懷有不同的心情，一起看它，大家的感受一樣嗎？

鄉愁是人們對家鄉的思念之情。你有過這種感情嗎？在什麼時候？什麼情況下？對你產生了什麼影響？簡單談談當時的情景。

? 想一想

比如“鄉愁”這個意象，古代的人、現代的人可能都體驗過，但是鄉愁這種抽象的情感，並沒有一種具體的形狀，很難作出一個準確的界定。而且，不同時代和地域的人們鄉愁的程度、具體的內涵以及表達的方式，都不盡相同。作者在表達個人的情感時，必須通過不同的具體意象才能準確地表達出來。元代馬致遠曾用古老荒蕪的道路、寒冷的西風、瘦弱無力的老馬來表現鄉愁，這些意象是那個時代、地域、生活內容的概括，表現出的是那個特定環境中人的鄉愁。

余光中的《鄉愁》也有特定的歷史時代和地域特點，詩人精練地提取了幾個單純的意象：郵票、船票、墳墓、海峽，形象地表現了他的鄉愁，從他求學的青少年到他成年，鄉愁貫穿了他一生的各個重要階段，成為他生活的一個組成部分，這種情感不限於一時一地，而是一種混合在血液裡、不可忘懷的相思，是無限深廣、沒有窮盡的哀愁。有了這些意象，作品就把抽象的情感，變得具體化了，由此，讀者會更容易地感受到這一份鄉愁，與之共鳴。

此外，使用意象可以使詩歌表達感情含蓄蘊藉，產生出朦朧的藝術效果。

優秀的藝術形象有豐富的內涵，語言的解釋和概括常常難以窮盡。在詩歌作品有限的篇幅中，邏輯語言不能完美地表達詩人心中的主觀情感和思想見解，就只好用有限的"象"來表達無限的"意"，以"象"來喻示或象徵"意"。

《鄉愁》裡使用了"一灣海峽"的意象，就表達出了海峽兩岸的歷史和政治問題。如果作者要用論文的形式表明自己的態度，就要寫出許多的文字，要明確地表明自己的個人觀點。但是使用意象，就能達到一種說出了但是又沒有明說的效果，留下了多種理解的可能，留下了回味的餘地。讀者可以根據這個意象，聯想到時代、社會、歷史、人生、兩岸政治等許多問題，根據自己的體驗，發揮自己的想像，體會詩人的情感。這樣的書寫，給讀者留下了想像的空間，作品蘊涵豐富了，情感深沉了，有了一種朦朧美的效果。這就是詩歌的含蓄。

詩歌表達感情的目的是抒發，是宣泄，並不是找原因，出答案，下結論。所以，在詩中運用意象手法，常常可以抒發難抒之情，明辯難言之理。情與理常常是相對抽象的，使用典型的意象，可以闡明語言不能表達透徹的意思。意象本身具有多義性和不確定性，每一個人都可以根據自己的體驗來理解，這樣就給讀者提供了廣闊的想像空間和回味餘地，讓讀者自己去品味，去領悟。仁者見仁，智者見智，同一首詩歌的主題和意蘊也就變得含蓄蘊藉、耐人回味。

另外，運用詩歌意象，給詩人提供了一個想像創新的空間，詩人借助各自獨創的意象，使相同或相似的情思得到獨特的藝術表現，不至於有雷同之感。譬如鄉愁詩，雖然古今中外所有的同類詩都是同一個母題，但是因為意象選取的不同，不同的詩歌作品，就表現出不同程度、內涵的情感。

值得注意的是，現當代的一些詩歌裡所要表現的內容是人對世界深邃的思考和豐富微妙的情感體驗，這些常常不能和客觀物體一一對應，不能找到恰當的意象來表現。有些詩歌採用直言其意、直抒其懷、直發其論的表達方式，也是必要的。

Part 2

如果你想寫你的鄉愁詩，你會選用什麼樣的意象？

？ 想一想

傳統的詩歌意象有什麼特點？

要想更好地賞析詩歌，首先要積累一些有關傳統詩歌意象的知識。中國古典詩詞中一些傳統的意象和古老的詩歌一樣歷史悠久。受到民族文化與民族心理的影響，它們具有約定俗成的含意。每一種意象，都有相對固定的意思，不可隨意改變。熟悉常用意象，掌握意象本身具有的特定意義，有助於我們理解詩歌的情感和內涵。

在古今詩文中，有些意象被反覆使用，寄託和傳達作者的某種感情、抱負和志趣，比如梅花、蓮花，等等。這些意象，起到了言簡意賅、寓意深刻的作用，增強了詩歌的意味。作者寫它們，都不是單純地讚美這些植物，而是借它們來讚頌某些美德，歌頌具備這些美德的人，或借以抨擊某種社會現象，講述事理，闡發感悟。讀者一看到這些意象就理解了作品的意思和情感傾向。作者將傳統的意象巧妙地組合放置在各種特定的情境中傳情達意，就能恰當表現出作品的文化意蘊，深化作品的情思哲理。

課堂活動

你熟悉哪一些傳統的詩歌意象？請你列出一個簡表來：

物象	
含意	
象徵意	
詩句	

物象	
含意	
象徵意	
詩句	

例如，傳統詩歌的 “象” 梅花、柳樹表達相對固定 “意”。梅花在嚴寒中最先開放，被人看作不怕挫折打擊、敢為天下先的品質；梅花爛漫芳香，具有純淨潔白、香色俱佳的特點，被當成身處逆境、堅定頑強、不屈不撓的人格化身。詩人借詠梅，表達對梅化的敬仰與讚頌，也就表達了自己的情志。宋代的詩人陸游寫《詠梅》，借梅花來比喻自己的不幸遭遇和堅持人生原則的高尚情操。元代詩人王冕寫《墨梅》，也是以梅花反映自己高潔不俗的品質。

“柳” 和 “留” 諧音，古人在送別之時，往往折柳相送，以表達依依惜別的深情。詩歌作品中寫離情常常伴有柳，一方面因為柔弱的柳枝具有搖擺不定的形體，仿佛能夠牽扯住離人，表達出雙方離別時那種依依不捨之情，另一方面可能是用了字的諧音。因此，柳樹可以引發離別之情，或對遠方親人的思念之情，以及行旅之人的思鄉之情。“楊柳依依” 就成了難捨難分的形象代名詞。

傳統詩詞中的意象數不勝數，這裡僅舉兩例。瞭解常用傳統意象的含意，才能準確把握詩歌的情感內涵。所以，學生要有意識地廣泛閱讀，積累一些相關的知識。

課堂活動

閱讀余光中的《鄉愁四韻》，想一想：詩中使用了哪些意象？有哪些傳統的意象？這些意象有什麼特點？表達了詩人什麼樣的感情？

鄉愁四韻

給我一瓢長江水啊長江水
酒一樣的長江水
醉酒的滋味
是鄉愁的滋味
給我一瓢長江水啊長江水

給我一張海棠紅啊海棠紅
血一樣的海棠紅
沸血的燒痛

是鄉愁的燒痛

給我一張海棠紅啊海棠紅

給我一片雪花白啊雪花白

信一樣的雪花白

家信的等待

是鄉愁的等待

給我一片雪花白啊雪花白

給我一朵臘梅香啊臘梅香

母親一樣的臘梅香

母親的芬芳

是鄉土的芬芳

給我一朵臘梅香啊臘梅香

（選自《白玉苦瓜》，台灣大地出版社 1974 年版）

提示

　　詩歌多角度、多感官的意象選用含意深刻，意象中的形狀和顏色給人以美感。"長江水"的意象突出了"愁"無窮無盡、不可斷絕的特點。

　　從余光中的作品中我們看到，詩歌的意象必須是能夠刺激和激發讀者情緒反應的藝術形象，但還不僅如此。好的意象，還必須具有美感，要能給讀者帶來聽覺、視覺、嗅覺、觸覺的審美享受，還要新奇、生動，引起讀者豐富的聯想想像，達到強烈的情緒共鳴，帶領讀者進入一個激動人心的藝術世界。

課堂活動

自選一首詩歌作品進行分析，找出意象，完成下面的表格：

意象 1
特徵和含意：
引起的聯想：
引申意義：
對應的情感：

意象 2
特徵和含意：
引起的聯想：
引申意義：
對應的情感：

意象是詩歌中寓意深刻的藝術形象，詩歌是借助意象來表情達意的。讀詩必須先觀意象。具體的步驟應該是：先尋找單一意象，再看意象組合，最後看系列意象，由具體的意象來分析和判斷詩歌的內容，明確詩歌所抒之情。

意象賞析：鄭愁予《錯誤》

錯誤

我打江南走過
那等在季節裡的容顏如蓮花開落

東風不來，三月的柳絮不飛
你底心如小小的寂寞的城
恰若青石的街道向晚
跫音不響，三月的春帷不揭
你底心是小小的窗扉緊掩

我達達的馬蹄是美麗的錯誤
我不是歸人，是個過客……

一九五四年

（選自《鄭愁予詩選》，中國友誼出版社 1984 年版）

課堂活動

思考並討論：鄭愁予的《錯誤》中有哪些傳統意象？

提示

鄭愁予的《錯誤》中也採用了許多傳統的意象，如：蓮花、東風、柳絮，等等。詩人對古典意象的運用相當成功，作品因此具有了中國古典詩歌的韻味。

詩歌中有幾個主要的意象：

1. "江南"

"江南"是詩詞中常見的意象。風景秀麗的江南，原本是富饒、美好、幸福、理想家園的代名詞。但是，戰亂和社會動蕩常使江南變成了今非昔比的傷心地。詩中對江南的描繪表現出人生變遷的悲哀和滄海桑田的感慨。詩歌中使用了江南意象，就營造了一種物是人非的情境，奠定了詩歌中籠罩的相思、愁悶的情緒和悲愁的氣氛。《錯誤》這首詩歌以"江南"為故事發生的具體環境背景，江南小城為作品奠定了一種美麗哀愁的情調，為詩歌增添了一份濃鬱的詩味。

2. "蓮花"

"蓮"與"憐"音同，"蓮子"即"憐子"。古代詩文中有不少寫蓮的句子，採用諧音雙關的修辭法，語意雙關，表達愛情的純潔與真摯。此外，蓮花品質清純，容顏美麗，在古典詩詞中常用來比喻少女。少女清純高雅就如同出水的荷花一樣純潔無瑕，紅潤艷麗，如同荷花般令人賞心悅目。自古以來，有很多詩人借對蓮花的描寫，突出女子像荷花一樣美麗的容顏、清純高雅的品性。這首詩中用了"蓮花的開落"的意象，暗喻了一個美麗女子美貌的消退。為什麼消退呢？我們猜想原因可能有兩種：一是女子內心的相思之情太深，無法消遣使她容顏憔悴；二是女子盼望團聚，等待太久已經絕望了，這種感情折磨使她美麗不再。詩作從人物的外貌變化，揭示出人物的內心感受，讓讀者對這個形象和詩歌情感有了更加深刻的理解。

3. "東風"

"東風"指的是春風。用東風來寫寂寞之情，是因為東風與傷春之情有關。東風容易引起人們感傷之情：東風吹拂，春天來到，但東風繼續吹拂，就會把春天吹走，吹盡。春盡，意味着春花將要在無情的風雨中殞落，春天裡一切美好景象失散而去。詩文中常用這個意象寫暮春之景，表現欲留春住而不得的傷懷情感。春天將盡又和女子紅顏漸老有一定的可比性，兩者都是指美好的事物將要逝去，引起人們無限傷悲。所以東風，會讓喜歡春天的人們產生出惆悵和哀傷。在這首詩中，作者顯然從一個特定的角度化用了東風的意象，"東風不來"，就是春風不來，春花就不會開放。在這首詩中，"春"不是自然界的，而是女子內心的。由此可見，這裡的東風，指的是能夠吹來女子內心春天的情感力量，隱喻女子充滿期盼等待的人遲遲沒有出現，內心的春花沒有開放，只有傷感、寂寞和無奈。

4. "柳絮"

　　詩中"柳絮不飛"與"東風不來"相呼應，同樣表現抒情主人公內心的淒涼無奈。楊花柳絮因其弱小輕浮、具有隨風漂泊的特點，在古詩詞中常被用作表達飄零之感、離別之恨的意象。暮春時節，柳絮身不由己，隨風飄散，紛紛揚揚的樣子，又被用來比喻綿綿不絕、纏綿不斷的愁思，也能隱喻着人生飄忽不定、命運難以把握、生死無常的感慨。借助"柳絮"意象，詩人把抽象的感情變成觸手可及的東西。這首詩歌中，突出了"柳絮"蘊涵的愁思不絕的意味。

　　除此以外，這首詩歌中還描寫了多種意象：有靜態的"窗扉緊掩"、"春帷"、"街道向晚"、"寂寞的城"，也有動態的"達達的馬蹄"；有比喻性的"跫音不響"、"蓮花的開落"，也有象徵性的"美麗的錯誤"。

如何把握意象的組合？

把握意象組合的要點

借助聯想想像

找出情感線索

繪出整體圖畫

　　在一首詩歌中，為了充分表現作者豐富變化的感情，必須把眾多的個體意象組合在一起，組織成綜合的意象體系，才能完整表達作品多重複雜的思緒情懷，使讀者感受到詩歌的整體美。所以分析詩歌的意象時，不但要把握詩歌中的每一個單個的意象，還要注意把握意象的組合。

　　例如《錯誤》這首詩，如下表所示，有許多單個的意象：

意象	聯想和引申	詩歌的內容與情感
蓮花	純潔、美麗、女性的形象	讚美、愛戀、長久的思念
東風	春天、希望	愛情、友情、美好的希望
窗扉緊掩	江南小城的寂靜	寂寞、孤獨、等待、盼望
街道向晚	等待的長久	思婦內心的苦寂
跫音不響	全心等待的神情、 音信皆無、久等不至	等待中人的無盡的愁思、失望
達達的馬蹄	遊子、路途、奔波	不能駐足、沒有停頓的無奈

一首詩從藝術構思的角度看就是意象的巧妙組合。一個意象接一個意象，組成了詩歌中一個又一個的畫面；這些意象和其他眾多的意象組合在一起，畫出了圖畫，講述出故事，構成了一個藝術的天地。

課堂活動

根據《錯誤》這首詩，用自己的語言或者圖示把詩歌所寫的意象、所營造的意境用圖畫描摹出來，展現詩歌描繪的整體圖景畫面。

提示

詩人騎馬走進江南一個寂寞的小城，小城裡有一位在閨中癡癡等待愛人的女子，女子聽到達達的馬蹄聲，以為日夜盼望的心上人歸來了。然而打開窗扉，看到的卻只是一個過路人。轉瞬間，無限的喜悅變成了無限的失望，苦苦等待卻沒有結果，落寞、失望和悲哀讓人感到難過和憂傷。

Part 2

由於意象之間的邏輯關係並不總是很確定，欣賞意象時一定要運用聯想和想像，根據字面的意思，看與意象有關的時間、地點、畫面，聯想出各種意象之間內在的、深層的聯繫。

　　《錯誤》這首詩以有代表性的意象組合成一幅江南小城的暮春圖。東風、柳絮、春帷的意象，本是用來描繪江南的春天景色；但是柳絮不飛、跫音不響、春帷不揭的幾個意象，揭示出女子內心沒有春天。自然景色跟思婦的內心情景形成了鮮明的對比，反襯出思婦內心的落寞。從這些意象中可以感受到失落寂寞的哀愁。

　　詩中有兩個抒情人物："我"是過客、遊子，"我打江南走過"；"你"是閨中思婦，憑窗翹首久久等待。"我"達達的馬蹄聲給了你希望，思婦的心情發生了變化：當跫音響起時，思婦期待的內心充滿了歡樂驚喜，以為愛人來到身邊，可是最後只能讓她更加失望。美麗的女子、多情的哀傷，"我"這個過客被深深地打動了！面對她的哀傷，過客在想：是我的錯嗎？但我又能如何呢？我只是一個騎馬過客，不是歸人。我又怎能預知這樣的相會結果呢？那麼這是誰的錯誤？詩歌的結尾，無能為力的我，表達出一種對女子深深理解同情和憐惜的感情，這種感情伴着深深的惆悵、濃濃的失落，感染了讀者，令人久久回味，難以忘懷。

課堂活動

　　說說《錯誤》表達的思想情感。

意象

↓

情感　寓意　哲理

意象的組織和聯繫

以《錯誤》這首詩為例，這首詩的意象很多，看起來相對孤立，"蓮花的開落"和"達達的馬蹄"之間似乎沒有直接關聯，把這些表面孤立的意象連在一起的是什麼呢？

在詩歌作品中，有的意象從象的方面看去好像是孤立的，在這種情況下，你就要有意識地從意的方面尋找聯繫，看看象與意之間有什麼樣的內在感情聯繫。

"蓮花的開落"和"達達的馬蹄"，表面上似乎沒有關係，可它們分別代表的閨中女子的哀婉凄苦和天涯過客的顛沛流離之間卻有一條紐帶：那就是情感軌跡。兩個人物，都有着相同的情緒感受，等待者的失望、流浪者的落魄，構成了詩歌中表達的那種人生中的擦肩而過，無法彼此慰藉，感同身受又無可奈何，真是兩處辛酸，一種凄涼！這樣的感受，貫穿了詩歌的始終，這就是連接組合各種意象的一條情感的線索。

詩歌中的意象總是彼此相連的，有時是連接的紐帶被隱蔽了起來，沒有顯露，但是在深層意義上互相聯繫着，這說明有一種內在的、深層的聯繫，閱讀詩一定要善於從作品中找到這種聯繫的線索。

《錯誤》這首作品中，各種的意象紛雜而來，貌離實合、似斷又續，給讀者留下許多想像的餘地和進行再創作的可能，因此讀起來便有一種含蓄、優美的感覺，多讀幾次才能漸漸領會其中的味道。

綜上所述，意象在詩歌中有着舉足輕重的作用，通過意象才可以感悟作品的情感，破解作品的寓意，詮釋作品的哲理。忽略了意象就不能窺見多層次、多方面的詩歌之美，就不能領會到詩歌的美妙之處。

分析和欣賞詩歌，要學會從意象入手，還要掌握意象組合的特點，順着感情的線索從整體上把握詩歌作品。

什麼是詩歌的意境？

詩歌的意境是由意象來營造的。前面讓大家根據詩歌的種種意象繪出一幅整體的圖畫，如果你能從繪出的圖畫中感受和領悟到了作品的情感和意蘊，其實你就已經進入了詩歌的意境中了。

有沒有意境，是詩歌成就高低的一個重要標誌。"意境"指的是詩歌作品中所描繪的生動形象的圖景，與詩人強烈豐富的思想感情融合一致，是意、象交融而形成的一種情景交融的藝術境界。意境就是詩境，是作者的藝術構思和作品的藝術效果相互統一完美的結合。

意境是文學藝術作品通過形象描寫表現出來的境界和情調。詩歌中各種意象組合起來，組成一幅完整和諧的畫面，就構成了意境。我們通常都用馬致遠的《天淨沙·秋思》來作例子說明意象和意境的關係："枯藤老樹昏鴉，小橋流水人家"，詩句裡的枯藤、老樹、昏鴉，小橋、流水、人家這些事物就是詩中的意象，這些意象組合在一起，就成了一幅暮色蒼茫、孤獨淒涼、遊子浪跡天涯、思鄉盼歸不得的圖畫，這樣的圖畫和隱藏其間淒涼傷感的情緒構成了蒼涼的意境。由這個例子可見，意象是具體事物，意境是具體事物組成的融入了鮮明濃烈感情的整體圖境。讀者進入這個圖境，必然被這樣的情感深深打動，這就是意境的魅力。

在詩歌作品中，情寄託在景中，景中有情，情隨景生，情景交融。景的具體形象構成了色彩鮮明的情感圖景，這樣的圖景，誘發出讀者的內心情感，開拓出讀者的審美想像空間，引領讀者進入作者的感情世界，從而領悟到情感，受到感染啟發，與詩人產生共鳴。

如何營造詩歌的意境？

"意"指的是情與理，即詩人對生活獨特的情思和認識，是作者想要表達的主觀情意；"境"指的是形與神，即客觀事物的外在形貌和內在的意蘊，指詩歌中描寫的客觀生活物景，情境、畫面及藝術形象，等等。意境就是選用的意象或意象的組合完全統一，相互交融後形成了一個相輔相成、和諧一致的藝術境界。

一般來說，意象構成意境主要有兩種情況：

第一種是一個意象構成詩歌的意境。如王冕的《墨梅》，詩中只有一個意象——梅花。這梅花不是自然之梅，而是作者心中有顏色、形態、香味，具有獨特性格的梅，是具有了詩人精神氣質的梅。這個梅的意象，就構成了詩中所要展現出的一種特立獨行、純潔高雅的藝術境界，這就是詩歌的意境。

第二種是意象組合構成詩歌的意境。如前所述，《錯誤》由一系列單個的意象——蓮花、東風、柳絮等組合在一起，便成了一幅藏情於景的逼真畫面，雖不言情，但情藏景中，更顯得情深意濃，構成了一個傷感、哀愁的意境。表面上這首詩句句是寫景，寫物，實際上卻句句都在抒情，引發讀者無盡的審美想像，形成了詩歌的意境。

判斷一首詩歌是否構成了詩歌的意境，可以從幾個方面着手：

1. 看詩歌中的意象是不是表達情感的恰當合適的對應物。比如，《鄉愁》中幾個單純的意象，每一個都凝聚了鄉愁情感，恰如其分地對應了不同層次、階段的感受經歷。幾個意象組合在一起，將人與物、經歷與感受、時間與空間有機地聯繫在一起，構成了一個情感天地。

2. 看詩歌表達的情感是否真實深厚、具有普遍的意義。《鄉愁》中的思念，不是一個人的個人情感，而是表達了一個民族幾代人共同的情感，具有深厚的意蘊。好的詩歌，可以超越時代、國界、語言、種族的界限，表達人類共同的美好情感。

3. 詩歌能引人思考，提供豐富的空間，激發讀者聯想想像的能力，引起共鳴。《鄉愁》能夠引起人們強烈的共鳴，詩的意境由此得到了昇華。從個別表現出普遍，詩歌不只是詩人自我相思和苦悶的感歎，也是千千萬萬人的共同感受，這樣的意境，使《鄉愁》一詩成為委婉動人的名篇佳作。

4. 詩歌中的意象必須形象生動，具有藝術的美感。詩人必須借助多種藝術手法和修辭技巧，把澎湃的激情濃縮在精緻形象的意象之中。具有形、色、聲俱佳的意象，才能構成詩歌美好的意境。因此要明白，並非所有的意象組合都能構成優美的詩歌意境。在賞析詩歌作品時，要根據具體的情況作出分析與判斷。

課堂活動

讀鄭愁予的《錯誤》，回答下列問題：

1. 把幾個意象組合在一起，構成了一個怎樣的意象群體？營造了一個什麼樣的情感深厚的環境氛圍？

提示

意象有："蓮花開落"、"東風不來"、"柳絮不飛"、"窗扉緊掩"、"街道向晚"、"跫音不響"；各種意象翩然飛入，無一字寫人，可總有一個美麗的倩影若隱若現。長久等待，癡情又哀傷。

2.使用哪些意象表達情感更加真摯而深切？它們是如何引起讀者的共鳴的？

　　詩歌表達回味無窮的情感體驗──癡情的等待、長久的盼望、希望與失望、驚喜和惆悵、無奈與悲傷，表現了人生過程中典型的複雜感情。擦肩而過，無可奈何，又難以忘懷。不是當事的任何一方，而是命運的"錯誤"。這不單是個人的感受，也是所有有過類似情感經歷的人的共同感受，能夠引起人們一種強烈的共鳴。

3.使用意象表達情感，如何做到含蓄蘊藉，耐人回味？

　　江南小城的寂靜、思婦內心的苦寂和無盡的愁思；遊子的馬蹄叩響了思婦的希望之門，卻不能在思婦身邊駐足，惆悵又無奈；具有深層的象徵意義，耐人尋味。

如何賞析詩歌的意境？

賞析詩歌意境的要點

抓住特點分析形象
找出人物把握性格
手法運用實際效果
經驗聯想還原畫面
想像創造準確表達

　　意境被稱為詩歌創作的最高境界。欣賞詩歌時，要善於借助豐富的想像和聯想，將詩的語言化為生動具體的畫面，邊讀邊想像畫面，把自己融入詩歌的意境之中。感受作者如何將主觀情感融合進客觀物象中，捕捉詩歌深邃的意蘊，喚起自己的情感。

課堂活動

概括說明《錯誤》和《鄉愁》中的詩歌意境。

意象就是作品中典型的藝術形象，由詩的意象推及詩的意境，必須準確把握詩歌中的藝術形象，抓住形象的特徵，如形狀、顏色、功能、品性，等等。要結合字面意思，通過想像、聯想來挖掘形象的內涵。如《鄉愁》中的郵票、船票，等等。有些詩歌描繪的形象較多，要先對眾多的單個形象進行組合加以想像，構成全詩的整體形象，如《錯誤》。有些詩歌描繪的形象並非實指，而是有比喻或象徵的內涵，把握這類作品的形象就不能望文生義，浮於表面，而是要借助自己已有的多方面知識和生活體驗，對作品進行整體把握和深層理解。

體味意象中凝聚的情感色彩，找出意象組合的內在線索，是把握作品思想感情、欣賞詩歌意境的關鍵。《錯誤》中，幾個意象的選取與描繪，正是作者主觀感情的流露，它們有機地組合在一起，構成了密集的意象群，這種看似簡單的意象組合，卻產生了強烈的藝術感染力，描寫了富有特徵而又互有聯繫的景物，並巧妙地構成一幅瀰漫着相思愁緒、氤氳着惆悵感歎、極富美感的江南小巷暮春圖，共同構成了情景交融、令人回味無窮的意境。

充分把握住抒情主人公的性格和形象特點，有助於進入詩歌的意境。詩歌作品是詩人心靈的歌，往往在很大程度上就是詩人人格的自我寫照。《錯誤》作品中有兩個抒情人物："我"是過客、遊子，"你"是閨中思婦。所描繪的客觀圖景與所表現的思想感情融合一致。"我"身為現代人，面對人生中隨處可見的那種希望與失望、無可把握的必然，面對不可迴避現實的痛心和無奈，表露出濃厚的感傷、失落的情緒。由此，詩人對人生的深刻體驗和感悟表現了出來。這種感悟既有現代人的體驗，更有傳統文化的淵源，所以營造出了一種婉約悵惘的藝術境界，淡淡哀愁，虛實相生，令人難忘。

　　細緻分析詩歌中的藝術手法，是進入詩歌意境的必要途徑。意境的成功營造，要求"意"與"境"巧妙融合，而相互的結合必須借助恰當巧妙的藝術手法。詩人可以通過象徵、暗示、雙關等藝術手法，營造出"情景交融"的意境。賞析詩歌，一定要明辨使用了哪些藝術手法，產生了怎樣的效果，如何引發讀者的聯想和想像。這樣的分析會引領你進入詩歌的意境。

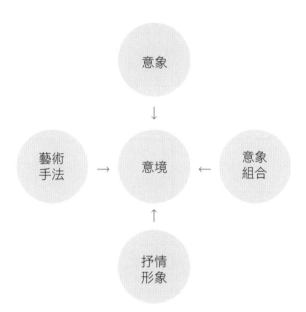

　　有一些約定俗成的術語專門用來概括和界定不同的詩歌意境。理解這些術語，將有助於你品味詩歌作品。當你分析評論詩歌意境時也可以參考使用，使自己的語言表述更加準確並具有文學的意味。切記，不要使用自己不太明白或理解不確切的詞語，養成認真求實的學習態度。

課堂活動

　　下面這些詞語是什麼意思？哪一些能用來概括你熟悉的詩歌作品的意境？填寫表格並和同學們說一說你的答案。

詞語	詞語含義	作品名稱
幽靜		
深遠		
熱烈		
高昂		
空靈		
遼闊		
蒼涼		
幽美		
朦朧		
悲涼慷慨		
纏綿婉轉		
雄渾壯闊		

第 8 講 │ 詩歌賞析的步驟

學習目標

明確分析詩歌的路徑
掌握賞析詩歌的技巧

想一想，面對一首初次看到的新詩，你該如何着手進行閱讀分析呢？
下面我們以一首詩歌為例，為考場上的限時閱讀分析和評論進行有效的練習。
閱讀昌耀的《峨日朵雪峰之側》。

峨日朵雪峰之側

這是我此刻僅能征服的高度了：
我小心地探出前額，
驚異於薄壁那邊
朝向峨日朵之雪傍徨許久的太陽
正決然躍入一片引力無窮的山海。
石礫不時滑坡，
引動棕色深淵自上而下的一派囂鳴，
像軍旅遠去的喊殺聲。
我的指關節鉚釘一樣楔入巨石的罅隙。
血滴，從撕裂的鞋底滲出，
真希望有一隻雄鷹或雪豹與我為伍
在鏽蝕的岩壁，
但有一隻小得可憐的蜘蛛
與我一同默享着這大自然賜予的
快慰。

（選自《中國現當代詩歌賞析》，浙江大學出版社 2005 年版）

課堂活動

看《峨日朵雪峰之側》的標題，說說你的看法。

細看詩歌的標題

　　看到一首詩歌，考生一般都會從詩歌的標題開始看起。詩歌的標題，往往就是詩歌的主旨，是作者畫龍點睛之"睛"。絕大部分詩歌，可以從標題上看出詩歌所描寫的對象是什麼，由此預測這首詩歌大致的內容。如余光中的《鄉愁》。掌握了詩歌標題的意思和所指，就可以根據題目來揣測和判斷詩歌中可能提供的信息：詩歌所寫何人、何事、何時、何地，詩人想要傳達何種情感，等等。

　　上面這首詩的標題"峨日朵雪峰之側"分為了兩個部分："峨日朵雪峰"和"之側"。前一部分是一座山峰的名字，如果只有這一部分，我們可以判斷詩歌是描寫這座山峰，但是加上後一部分"之側"，你就會猜測在山"之側"的東西才是詩歌描寫的重點，那就是詩中的人物形象"我"了。

辨析字詞的語義

　　明白了標題的意思之後，接下來就要盡快閱讀全詩，盡可能理解詩歌的內容大意。

　　詩歌的語言，就是引領讀者走進詩歌藝術境界的橋樑，讀者必須借助語言的媒介來理解詩歌的含意。詩歌的字詞具有兩重含義：字面義和暗含義。字面義就是字面的直接意思，暗含義是指字詞中所隱含和暗藏的引申、雙關、比喻、象徵等種種意思。看詩歌，首先要理解字詞的表層語義，然後再進一步理解字詞的暗含義。經常會有這樣的情況，在閱讀的詩歌中，偶爾出現了一兩個生詞，成為我們對詩歌內容理解的障礙。假如這些詞語不是關鍵的詞語，我們可以忽略，但是往往這些詞語比較關鍵，不搞明白它們的意思就會影響我們準確把握上下文的內容，影響到對整首詩歌的理解。在這樣的情況下，先不要着急，試着從幾個方面探明詞義：一是明確生詞的字面意思，把一個詞或組詞分開，理解單字的字義，再合起來理解詞或詞組的意思。二要看詞語的搭配，結合前後內容推測生詞的意義。這兩種方法可以靈活掌握，要學會把詞語放入句子和段落中、甚至全詩中進行考察，看是否合乎句意，符合詩境。這樣處理之後，即使意思不精準，也不會差別太大。

當然，我們的閱讀不能只是停留在理解詩歌的表層意思上，能夠理解字詞的暗含義才是目的。在理解了表層語義的基礎上，進一步挖掘詩歌深層的含意，才能瞭解其中豐富的情感信息和深層的內涵。詩歌的語言意味豐富蘊藉，十分含蓄、微妙、朦朧、隱曲，每個詞和每個意象都有很大的容量。理解詩歌的語言，就要善於聯想想像、善於感悟。閱讀分析時必須把字句文辭表面的意義，轉變為概念、圖畫、景物，分析情感傾向，進行欣賞。

詩人常常通過象徵、暗示、雙關等藝術手法，來加強詩歌語言的多義性，所以理解語言的比喻、象徵意義，捕捉到作者在詩歌中表現出來的思想感情，才能找出言外之意。

課堂活動

閱讀《峨日朵雪峰之側》，下列詞語的字面意思與隱含意思是什麼？

僅能：	撕裂的：
引力無窮：	滲出：
囂鳴：	為伍：
軍旅遠去：	但有：
鉚釘一樣：	小得可憐：
楔入：	默享：
巨石的罅隙：	快慰：

分析揣摩意象

　　詩歌是詩人感悟生活，精選意象，營造意境，借助形象表達感情的文學形式，分析詩歌必須從意象入手。抓住意象並反覆揣摩，分析作者對意象進行了怎樣的形象描繪，比如，作者用了什麼樣的色彩詞、哪些修辭手法來描繪這個形象，有哪些關鍵的詞語值得細細玩味，這樣就可以瞭解意象的情感傾向，挖掘出形象的內在意蘊。

　　根據具體的意象判斷詩歌的意境時，要善於調動自己的經驗，借助一定的想像力，把詩歌的句子轉化成形象，補充出一幅完整的畫面，產生身臨其境的感覺，體會詩人的心情和感覺，理解作品深層的意思。

課堂活動

　　《峨日朵雪峰之側》這首詩歌作品中有哪些意象？你如何根據這些意象判斷詩歌的內容與情感取向？

把握藝術形象

　　分析欣賞詩歌必須準確把握詩歌中的藝術形象，要根據作者對形象的具體描繪和塑造來抓住形象的特徵。詩歌塑造形象的手法很多，可以對形象直接描寫，或者間接描寫來刻畫和塑造形象；可以採用白描的手法，也可以濃墨重彩；可以使用對比、反襯等手法來突出形象特點，加強藝術效果。在分析時，作為讀者也需要借助想像、聯想來理解，欣賞和把握它們。只有真正理解了詩歌的形象，才能深入領會詩歌所抒發的感情。

　　有些詩歌描繪的形象較多，對這樣的情況要有選擇地先對其中的單個形象進行分析欣賞，然後再把它們組合起來構成整體形象加以想像；對寫景抒情的作品，就要從有限的景物描寫入手，展開聯想，想像一個整體的畫面，把握感受詩歌中的自然美景，感悟抒情主人公的情感傾向。有些詩歌描繪的形象遠遠超過了實際的形象本身，具有深刻的比喻意或象徵的內涵，把握這類形象就不能單從字面入手，要通過想像、聯想結合上下文的字句意思來挖掘形象的內涵。

　　詩歌飽含的強烈情感，是通過詩歌中的形象來承載的，這個形象來源於生活中一些具體的可以感知的事物，作品通過這些形象創造出詩歌的意境去感染人們。在詩歌評論中，是否能抓住形象的特點進行恰如其分的分析，是成功的關鍵。所以，理解詩歌的形象應立足於深層理解和整體把握，不能望文生義，浮於表面。

課堂活動

《峨日朵雪峰之側》中哪些形象的塑造和描寫給你留下了深刻的印象？

《峨日朵雪峰之側》中的形象塑造：

一　大自然的形象

> 這是我此刻僅能征服的高度了：
> 我小心地探出前額，
> 驚異於薄壁那邊
> 朝向峨日朵之雪徬徨許久的太陽
> 正決然躍入一片引力無窮的山海。

　　在歷經艱難跋涉之後，終於看到了生命真實境況的震撼和感慨，這是人對生命、對人生體驗的藝術展現，構成了一幅真實而頑強的生命圖畫。

二　"我"的攀登形象

> 我的指關節鉚釘一樣楔入巨石的罅隙。
> 血滴，從撕裂的鞋底滲出

以一個特寫鏡頭,寫出人類面臨的困境是那樣的壯烈、那樣觸目驚心。鮮血淋漓的景象,把生存的艱難展現出來,表達出一種刻骨銘心的悲痛意識。詩人昌耀把展現人類高貴的抗爭與悲壯的美感作為了作品的藝術精神。

三 蜘蛛的形象

> 在鏽蝕的岩壁,
> 但有一隻小得可憐的蜘蛛
> 與我一同默享這大自然賜予的
> 快慰。

"小得可憐"這個修飾語準確地表達出一種情感,"岩壁"上的蜘蛛,構成了一幅令人驚歎的圖畫。蜘蛛的處境、攀登的艱難、不平凡的意境等由此而生,加上下面的整個句子,就表現出詩人對一隻常常被人忽略的蜘蛛表達了一種理解、同情、感激和深深的敬意,情感的深厚與豐富難以窮盡。

四 形象的對比

> 真希望有一隻雄鷹或雪豹與我為伍

雄鷹和雪豹與蜘蛛的對比描寫意蘊深遠。以雄壯、強大的動物來對比反襯渺小的生靈,表現出作者對生命意義與價值的態度和觀點:前者固然值得敬畏,但後者更可以親近;從對生命的追求和抗爭的意義上講,弱小者的努力和付出絲毫不比強者差,弱者的成功更加艱難,也就更加值得讚許。從一個普通人的角度來看,嚮往偉大,也肯定卑微,肯定一切人的努力和付出,就是人生的意義和價值。從偉大中見渺小,從細微處見偉大,這是詩的哲理所在。

"真希望"一句,表現出詩人內心一直有着與雄鷹或雪豹共舞的期許和願望,以及這個願望不能實現的遺憾。從中表現出現實處境殘酷的一面,表明詩人對人類殘酷的現實處境有着清醒的認識。儘管如此,詩人並沒有放棄,既然不能偉大,那麼就像蜘蛛一樣吧,只要是生命,就要頑強。普通的人、細小的物都一樣有生命的渴望,都會為生命抗爭。詩人承認弱小,並對弱小生命的倔犟、堅固的韌性表示深深的敬佩和同情。

蜘蛛有象徵意義，攀登有象徵意義。攀登意味着承擔、堅韌和忍受。對願意與自己為伍的蜘蛛，詩人表達出一種感恩之情。

太陽、薄壁、高山、山海，都是具有象徵意義的事物。這個世界是多麼的廣大、無窮，有多少是人力不可征服和企及的東西，在宇宙萬物面前，人是天然渺小的。在這裡，詩人表達了對宇宙、自然的崇敬的感情，同時也表達了渺小、孤獨、艱難、悲涼的真實感受，以及詩人自己對宇宙世界、人生、命運的態度。

明確抒情主人公

充分瞭解詩歌中抒情主人公的形象性格特點，有助於進入詩歌的意境。一個成熟偉大的詩人的作品在很大程度上就是他個人人格的自我寫照。由於詩人所處的時代不同，所站的立場不同，詩人的心胸氣度、品格修養、審美標準有異，所創造出來的詩歌藝術境界也不盡相同。比如，同樣是寫苦難的詩歌，有的意境就是悲苦淒涼的，而有的就是堅毅豪邁的，原因在於抒情主人公對待苦難的態度不同。人生境界有別，表達出的情感必然也不一樣。

在詩歌作品中，抒情主人公主要有兩種情況：一是採用第一人稱的"我"，直抒胸臆，感情表達得淋漓盡致；二是採用第三人稱，借助於一定的形象來表達感情。

有許多詩歌作品屬於第一種情況。詩中的抒情主人公是以"我"的形象出現的，這類詩的好處是便於抒發情感。詩中直呼"我"，寫我所看、所感、所想，直接表達了自己的情感，一般來說，我們可以把抒情主人公"我"看作是詩人自己的化身。例如《鄉愁》的主人公"我"表現出的思鄉之情，就出自詩人自身。在聞一多的《發現》、艾青的《我愛這土地》中，情況都是如此。

還有一種情況是詩歌中沒有出現"我"的字眼，有時直接用了第三人稱，或者詩人借助形象，通過形象的塑造和描寫來折射出自己的情感。如在曾卓《懸崖邊的樹》中，詩人選擇"樹"這一意象表現自己的所思所感所悟，用了第三人稱"它"，寫樹的形象、樹的性格。實際上，詩人是在以樹喻人，以樹喻生命。詩人借樹頑強求生、抵抗命運，來象徵詩人的人格精神，表達對黑暗現實的否定，抒發了身處逆境、堅強奮鬥的情感和生命不息、奮鬥不止的堅定的信心。抒情的主人公是樹，也是作者本人。

《峨日朵雪峰之側》中的抒情主人公是誰？他是一個什麼樣的人？

？想一想

把握形式與結構

詩歌文體的一個突出標誌就是分行排列的書寫格式。現代詩歌注重章法的精美、詩句勻稱的形式之美。比如，《鄉愁》詩共四節，每節都四行，押韻到底，採用了重章疊句的表現形式，迴環往復。不同的句式結構構成詩歌不同的形式美：長短句形成的參差之美，整句對偶形成的整齊之美等等。

獨到的結構方式與內容相結合，最能體現出詩人的創作個性和才能。

一首詩是一個有機的整體，不能殘缺不全。要有頭有尾，有起有結，有原因有結果，有來龍去脈。有鋪墊和高潮，有意境營造，有形象描繪，有情感的渲染。

詩歌的整體結構貴在脈絡清楚、層次分明。一首詩分幾個部分、幾個層次、幾個小節、如何安排順序、先寫什麼、再寫什麼，都有講究。好的詩歌在小節之間有清晰的劃分，不是彼此割裂，內容是連貫的。各段之間意思相互照應，以意貫穿。在分段與分行時，好的詩也注意到視覺的美感和內容的連接。也可用詩歌中的時間、層遞的詞語、反覆的詞語等來貫穿，使全詩渾然一體。

分析結構時，可以把開頭和結尾當成重點來看待。開頭非常關鍵，好的詩歌常常第一句就給讀者以強烈的震撼；結尾的作用常常表現在點明全詩的含意，引起讀者的無限感慨和深思，增強抒情的效果。看一首作品是不是能首尾照應，也是評價一首詩歌好壞的一個重要依據。

詩歌的開頭多種多樣，有的詩歌以作者的感慨開頭，也有的詩歌以發問的形式開頭，造成了很強的懸念，吸引讀者。有些開頭本身就是詩歌的題目，這種直接入題的開頭，確定了詩歌的立意。有的詩歌在開頭說明了時間地點、人物事件，同時營造出氣氛，交代了詩歌的背景，同時開闢出一個廣闊的詩歌意境。也有的詩歌，在開頭寫景，全詩以比興的手法寫景表情，營造意境。優秀的詩人，總會盡力表現出個人的創意，在閱讀詩的時候，我們要具體分析。

一般來說，詩歌的結尾要起到總結全詩、深化主題的作用。結尾句就是點睛句，是闡述哲理、總結全詩的關鍵句。好的結尾在詩的最後一句將立意點明，表明自己的心志和情懷，餘意無窮，引起讀者共鳴，造成強烈的抒情效果。

課堂活動

分析聞一多《發現》的結構特點：

發現

我來了，我喊一聲，迸着血淚，
"這不是我的中華，不對，不對！"
我來了，因為我聽見你叫我；
鞭着時間的罡風，擎一把火，
我來了，不知道是一場空喜。
我會見的是噩夢，那裡是你？
那是恐怖，是噩夢掛着懸崖，
那不是你，那不是我的心愛！
我追問青天，逼迫八面的風，
我問，（拳頭擂着大地的赤胸）
總問不出消息；我哭着叫你，
嘔出一顆心來，——在我心裡！

（選自《死水》，新月書店 1928 年版）

提示

《發現》的構思十分出色。開頭一句很突然，有如空穴來風，把失望的情緒強烈地表達出來，緊緊抓住讀者，吸引讀者。按照時間的順序，應該把這句放在後面，這種顛倒，突出了情感的急切和強烈。

開頭時的"發現"是，眼前的國家不是我愛的中華，真實的不是理想的。結尾時的"發現"是，我愛的中華就在我的心裡，理想的卻不是虛幻的。

中間部分則有意境營造、形象描繪、情感的渲染。詩人創造了一個有聲（喊聲、叫聲、追問聲）、有色（火紅、心紅、天青）、有動（鞭、擎、攝、嘔）的意境，從多角度、全方位書寫了詩人的感情和心態。

結尾出人意料，揭示出詩歌的主題。最後一句詩喊出了強烈的呼聲，更具一種震撼力量，表達了詩人對祖國熱愛的堅定信念。古代詩論中有一種說法：詩歌的開頭要像放爆竹一樣，響亮震撼引人注目，結尾要像敲擊大鐘一樣回音繚繞留下久久的迴響。《發現》的開頭和結尾就具有這樣的美感效果。

賞析慣用手法技巧

賞析詩歌運用了什麼藝術手法與技巧，達到了什麼樣的抒情效果，是詩歌評論的一項重要內容。詩歌最常用的表達手法有象徵、誇張、擬人、比喻、借代、抑揚關係、對比襯托、層層渲染、虛實結合，等等。要善於借助想像和聯想，分析作者使用某種表達手法的意圖及其效果，從而準確判斷它的藝術特色和成就。

象徵與比喻有什麼區別？

? 想一想

一　什麼是"象徵"？

你也許會說："龍是中華民族的象徵。""白鴿象徵和平。"這說明你對"象徵"是有所瞭解的。那麼，你能否用自己的語言，對"象徵"作一個簡明的概括？給"象徵"一個明確的定義？

有些同學明白了象徵和比喻的相同之處，但是不太清楚象徵與比喻的差別。比喻是以一個具體的事物比喻另一個具體的事物，象徵是以一個具體事物象徵某種抽象的事物。例如從下邊的兩組句子中能否看出象徵與比喻的區別？

白鴿象徵和平
白鴿如一朵祥雲
白鴿是和平的使者

龍是中華民族的象徵
龍是一種神奇、勇猛、威力無比的動物

比喻是以具體對具體，象徵則是以具體對抽象。比喻可以用兩種不同的具體事物相互作比，如，明燈像太陽，比喻的雙方都是看得見、摸得到、有形狀、有色澤的；而象徵是以具體的事物來象徵那些看不見摸不到的無形狀觀念，如情理、感情，等等。

在文學藝術創作中，象徵是一種修辭手法，通過某一具體特定的形象來表達抽象的觀念或情感，如用"龍"這種具體的形象來表達"中華民族"這個抽象的觀念。這裡是借用了"龍"這種看得見的符號來表示"中華民族"這個看不見的、凝聚了深厚思想感情的、具有某種特定涵義的概念。"中華民族"這個概念，因為"龍"的形象符號，就具有了具體形象的特性，包容了含蓄深沉的情感，蘊藏了較為深遠的意義。熟悉龍的特點和傳說的人們，就會從這個形象上更加深刻地瞭解這個特定概念的意蘊內涵。

你瞭解"象徵"在文學藝術創作中的作用嗎？

？ 想一想

其實，我們大家學習過的許多文學作品，都採用了象徵手法，借用事物的外在或內在特徵，來寄寓作家的某種深邃思想，或表達某種富有特殊意義的事理。例如，周敦頤《愛蓮說》，就是借用了蓮花這種植物，來表達作者的思想情感。文章中的蓮花就是一種象徵物，作者抓住了蓮的形象特點，通過對它具體的描繪，來抒發作者對一種人格品質的讚美，表達自己的志向和情趣。

可以看出，象徵是通過特定的、容易引起聯想的具體形象，表現一些與這種形象的特點相近似或相關聯的概念、理念、思想或感情的藝術手法。和比喻手法的使用相類似，象徵手法的使用要借助兩個方面才能完成：一方面是象徵客體，一方面是本體。象徵客體和本體之間的聯繫是依靠聯想來建立起來的。聯想，就是從某一事物的特徵想到有相同特點或者相關聯的其他事物。具有了聯想的能力，就能在象徵的本體和象徵客體之間找到相互連接的點，也就是把本體的特徵和象徵體聯繫起來，通過聯想使抽象的思想意義變得形象具體化。

什麼是聯想？

？ 想一想

根據客體的外形特點發揮聯想的作用，找到與本體的聯繫，明確兩者的相同或者相似的地方，可以發掘出內在的象徵意義。例如在《愛蓮說》中，作者由蓮筆直的幹、筆直的枝的外形特點，聯想到中華民族的精神品質"正直"的特點，把兩者的相似點"直"聯繫了起來，便能明白蓮具有的一種人格品質的象徵意義。

根據象徵體的性能特點找到與本體的聯繫，如"歲寒三友"（松、竹、梅）、"四君子"（梅、蘭、竹、菊）中的梅花，因為具有耐寒的性能，被借用來象徵人們在艱難的環境中不畏艱險的人格品質。

有的時候，象徵體與本體的聯繫不是那樣的直接和明顯，而是具有了一些

什麼是想像？
為什麼說具有聯想和想像的能力，是理解象徵的基礎？

？ 想一想

深層的意義。也有的時候，讀者只能看到作品中的象徵客體，作者沒有明確指出象徵的本體，讀者必須根據作品中的描寫或者暗示，利用聯想和想像的能力，來理解象徵的意義。在這樣的情況下，作品就具有了一種含蓄、朦朧、神秘和陌生化的美感。

課堂活動

詩歌為什麼要使用象徵的手法？它有什麼特殊的作用？

二　詩歌與象徵

　　在詩歌創作中，象徵具有非常重要的作用和意義。象徵不僅是修辭手法，本身就是詩歌最基本的特徵。尤其對現當代的詩歌來講，可以說，沒有象徵就沒有詩歌。

　　詩歌裡的象徵手法，要求象徵客體（詩歌的表層意象）與本體（詩歌的深層意象）之間有某種相似的特點，從而可以引起由此及彼的聯想。例如臧克家的《老馬》，詩歌的表層意象是“老馬”，詩歌的深層意象為“像老馬一樣、讓人可憐又讓人憎恨的人”。越是準確、深入地理解了表層文字的含義，就越能深刻地理解詩歌深層的象徵意義。

三　象徵手法的運用

　　詩歌可以選用人、景、物（動植物）、事件等各種意象或各種象徵意象進行創作，營造詩歌的意境。

　　詠物類詩歌作品，大都使用了象徵的藝術手法，如以“梅”象徵高潔，以

"菊"象徵傲霜鬥雪的堅強，等等，都能引發人們豐富的聯想，使人獲得詩歌的言外之意。或借以說明某個事理，表現出深刻寓意。這類詩中也有"托物言志"的作品。托物言志，也是採用象徵的手法，通過描寫客觀事物，表明人生的態度和對人生的感悟，寄託、傳達作者的某種感情、抱負和志趣。這樣詠物，開拓了詩歌的意境，表現了別致而深厚的哲理。

一些以人物、動物為描寫對象的詩歌，也都採用了象徵的手法表現深刻的思想與情感。如臧克家的《老馬》、李瑛的《蟋蟀》、牛漢的《華南虎》，等等。象徵要表達的思想就在作者對人、物的描寫和評價中，運用眼前的特殊人物、動物、植物，寄託深遠之意。沒有象徵，詩歌就失去了魅力。

一些詩歌作品只有個別意象具有象徵意義，而另一些作品則是整首詩歌具有象徵意義。臧克家的《老馬》屬於後者。不僅詩歌中的老馬是象徵的意象，整首詩歌也具有鮮明的象徵意義。老馬象徵了那些生活在水深火熱之中的社會底層被壓迫剝削的勞苦大眾；老馬的遭遇象徵了當時貧苦的大眾的共同的命運；老馬的處境象徵了當時的社會環境。整首詩歌藉着描寫老馬這個形象，寫出了那個時代貧苦大眾的命運，是對整個社會的血淚控訴。所以，整首詩歌都具有濃厚的象徵意義。

象徵的詩歌作品，有的注重隱寓性的象徵，也有的突出暗示性的象徵，它們之間有細微的差別。在賞析詩歌作品時，必須根據詩歌的上下文具體分析判斷。有時同一個事物在不同的場合、不同的情境中，可以被賦予不同的象徵意義，分析時必須在本體和象徵體之間找到相似點把它們聯繫起來，做到明確意象，感悟暗示，全面把握。

課堂活動

閱讀戴望舒的《雨巷》，找出詩歌中的象徵意象有哪些。試着完成下表，並賞析其象徵意象。

雨巷

撐着油紙傘，獨自
傍徨在悠長，悠長

詩歌中使用象徵手法能產生什麼樣的作用與效果？

想一想

回想一下你所學過詩歌作品，哪些詩歌中使用了象徵的手法？

想一想

又寂寥的雨巷，
我希望逢着
一個丁香一樣地
結着愁怨的姑娘。

她是有
丁香一樣的顏色，
丁香一樣的芬芳，
丁香一樣的憂愁，
在雨中哀怨，
哀怨又彷徨；
她彷徨在這寂寥的雨巷，
撐着油紙傘
像我一樣，
像我一樣地
默默彳亍着，
冷漠，淒清，又惆悵。

她靜默地走近
走近，又投出
太息一般的眼光，
她飄過
像夢一般地，
像夢一般地淒婉迷茫。
像夢中飄過
一枝丁香地，
我身旁飄過這女郎；
她靜默地遠了，遠了，
到了頹圮的籬牆，
走盡這雨巷。

在雨的哀曲裡，

消了她的顏色，

散了她的芬芳，

消散了，甚至她的

太息般的眼光，

丁香般的惆悵。

撐着油紙傘，獨自

傍徨在悠長，悠長

又寂寥的雨巷，

我希望飄過

一個丁香一樣地

結着愁怨的姑娘。

（選自《小說月報》，1928 年 8 月號）

象徵體	本體	連接點／相似點	象徵意義

提示

　　"丁香"，是美麗純潔、憂愁哀怨的象徵；姑娘是美好理想化身的象徵；雨巷是詩人的現實處境，幽暗、寂寞、孤獨、看不到前景和希望的象徵。

　　用花草類的植物作為象徵意象來象徵不同的抽象事物和情感，已經成為了一種文學傳統。前面提到過，人們常用蓮花和梅花象徵人的情操和品格。要記住，詩歌裡的花草，絕不只是自然界的花草，而是情感化了的、被賦予象徵意義的藝術形象，作者寫它們是為了利用它們的象徵意義，表達出作者的情感。

　　丁香是一種非常美的花，為白色或紫色，香氣清幽淡雅。每年五月開放，極易凋謝。丁香在古詩詞的傳統中，是集美麗、高潔、愁怨於一體的象徵意象。古代的詩歌作品中常常使用丁香引起憂愁之情。瞭解了這些，當你看到丁香的意象時，就會明白詩歌的情感色彩了。

《雨巷》中丁香一樣結着愁怨的姑娘，承繼了傳統詩歌意象的意蘊，成為了充滿象徵意味的抒情形象。

詩中還有其他象徵意象："我"，撑着油紙傘、在雨巷中徘徊、尋覓、期待。"丁香姑娘"，可以看作詩人心中理想愛人的化身，也可以看成是詩人所追求的人生理想的象徵。"雨巷"，一條江南城市梅雨季節的小巷，是詩人所處的社會生活環境的象徵。詩人把當時黑暗的社會現實暗喻為悠長狹窄而寂寥陰沉的"雨巷"：狹窄、陰暗、沒有陽光，也沒有生機和活力。孤寂、迷惘、惶惑的獨行者，徘徊在其間，給人一種不安、無奈、不知所措、透不過氣來的感覺。通過充滿象徵意味的抒情形象，表現出作者迷惘、感傷、又懷有期待的情懷，造成了一種含蓄、朦朧的美感，達到了情景交融的詩歌意境。

課堂活動

《雨巷》這首詩歌是不是具有整體象徵的意義？

《雨巷》是一首象徵派的抒情詩，不僅詩中的意象有象徵性，整首詩歌本身也具有整體象徵的意義。詩中主人公"我"嚮往美好的理想，不甘放棄理想，但是又把握不住，只能徬徨。這樣複雜的情感，因為作者使用了暗示象徵的手法，把一切都隱蔽起來，讓讀者去領會、感受，但是又能表現得淋漓盡致。這首詩在寫作手法上很有特色：象徵主義手法和傳統詩歌意象的完美結合，絕妙地表達出現代知識分子靈魂深處所潛藏的那份理想及其幻滅後的痛苦。

作者選定的意象有撑着油紙傘的"我"、寂寥悠長的雨巷和像夢一般地飄過的丁香姑娘。詩人採用一些藝術手法刻畫意象，使意象具有突出的形象特點，給讀者一種身臨其境、如見其人的真實感和美感。

我們來看看丁香姑娘的形象特點。她是一個具有中國江南特色的美麗女性形象，她有"丁香一樣的顏色、丁香一樣的芬芳"，她孤獨、冷漠，有"丁香一樣的憂愁"。這些細節刻畫生動而準確。那像夢一般飄過、有着丁香般憂愁的姑娘是美好理想的象徵，作者採用了多感官、比喻等手法，讓她更有真實感、更加吸引讀者。同時，這個表層的具體意象對應了詩人內心的情感，達到了詩人借用象徵去表現內心真實情感的目的。

詩中的"我"是一個彷徨的孤獨者，他在孤寂彷徨中尋找理想。兩個青年男女不期而遇而又失之交臂的故事，可以看作一個真實的愛情事件的再現。在詩中所抒發的感情是追求而不可得、寂寞徘徊的心境，渲染了詩人對理想破滅後的悲悼。

在讀詩時，讀者一方面要抓住關鍵詞語，感悟形象所蘊涵的深層意義，還要深入到詩人的內心世界，瞭解詩人如何通過詩歌中的藝術形象來揭示自己的內心世界。另一方面，讀者也不要忘記探究詩人借助了什麼具體手法來抒發情感，分析一下這樣的手法產生了什麼樣的作用和效果。

通過以上的作品分析，我們可以得出下面幾個要點：

第一，象徵體和象徵意義兩方面之間密切聯繫。在這首詩裡，"雨巷"中兩個青年男女不期而遇、失之交臂的悲劇就是象徵體，詩歌蘊涵的思想感情就是象徵意義。這個悲劇和詩人要表達的思想感情之間有密切的聯繫。

第二，孤獨徘徊，期待又失望，是生活中常見的情境，正因為如此，它所象徵的意義才容易打動讀者，引起共鳴。越是貼近生活，象徵就越有感染力。

第三，象徵必須通過對具體形象讓讀者領會，並因此獲得美的享受。如對那個像夢一般飄過有着丁香般憂愁的姑娘，作者採用了多感官、比喻等手法刻畫，讓她更有真實感和美感，展示出她所具有的象徵意義。

第四，詩歌作品具有表層意義和象徵意義兩個層次：象徵體表層的具體意象，必須對應詩人內心的深層情感，以達到詩人通過象徵表現內心真實情感的目的。

課堂活動

重讀徐志摩的《雪花的快樂》，回答下面的問題：

1. 詩歌中有哪些象徵性意象？

2. 整首詩歌是否具有象徵意義？

提示

　　雪花是"我"的象徵，在這首詩中，詩人把自己想像成一朵雪花，並借助雪花的口吻和動作深切地表達了自由追求的快樂、理想目標的確定以及堅定不移的決心。雪花的快樂，是一種追求的快樂，這種追求是一種執着而忘我的追求，直到達到目的，消融了自我。

　　詩人選取"雪花"作為全詩的中心意象是有其寓意的。雪花輕盈而飄逸，是詩人飄逸、灑脫姿態的幻化；雪花潔白、晶瑩，是純潔愛情的象徵；雪花美麗、自在，寄託着詩人對光明與自由的渴望。詩中的雪花，是擁有詩人生命的雪花，因此它不僅具有自然雪花的純潔無瑕、自由瀟灑，同時還有自己堅定的理想和明確的奮鬥方向。

　　接下來在詩中，詩人選取了幾個具有悲涼意味的物象：冷寞的"幽谷"、淒清的"山麓"、令人惆悵的"荒街"。詩人連用了"不去"表明了明確的選擇目標和他堅定的決心："你看，我有我的方向！"

　　第三節，詩人深情地刻畫了追求對象的美好："清幽的住處"、"朱砂梅清香"，是"她"的所在，是詩人的理想聖地。儘管這只是詩人徐志摩的主觀想像，卻包含着詩人心靈中深邃的情懷。晶瑩純潔的雪花、嬌艷孤傲的紅梅，詩人雖然沒有直接描述女郎的形象和氣質，但通過這兩組意象的描寫，我們很自然地能想像到"她"嬌美的面容和清高的性格。

　　在詩的最後一節，"飛揚"的雪花"沾住了她的衣襟，貼近了她柔波似的心胸"，表明詩中主人公執着追求的決心。詩人緊緊抓住了雪花自身的特點，以"消溶，消溶，消溶"、"溶進了她柔波似的心胸"表明甘願付出一切、不惜犧牲自我的堅定決心，將全詩的感情推向高潮。詩的結句，與開頭雪花的飛舞相呼應，構出了全詩意境。全詩洋溢着歡快的氣氛，詩人在追求的過程中充分享受着選擇的自由、熱愛的快樂，絲毫不感痛苦。"飛揚，飛揚，飛揚"多麼堅定、歡快和輕鬆自由的執着，富有強烈的感染力。

　　詩中散發着"朱砂梅清香"的姑娘，不只是一個理想的愛人形象，她應該是一切美好事物的化身，是詩人心中美好的理想。

四　什麼是"賦、比、興"？

　　從古代詩歌的創作實踐中，人們總結出了一些藝術手法和技巧，它們在現當代的詩歌創作中依然被沿用。要想更好地欣賞和評論詩歌作品，我們應該知道古人總結的"賦、比、興"在詩歌創作中的特殊意義。

　　"賦"即平鋪直敍，就是"描寫"和"敍述"的手法。"賦"是文學作品創作中最基本、最常見的手法，一切文體都離不開它，詩歌也一樣。

　　詩歌要有敍述和描寫。詩歌的描寫講求形神兼備，就是既要形似，又要神似。形就是要準確地描畫出事物的形貌，神就是要在描畫的事物中注入詩人的主觀感情。在借景抒情的詩歌作品中，描寫要情景交融，借助寫景來喚起讀者相應的感情。詩歌的描寫還要做到虛實相生、細緻入微、生動可感。

在分析詩歌的描寫手法時，要注意哪些具體的描寫與作品的情感表達有密切的聯繫，此外注意觀察詩歌作品在描寫上有哪些值得注意的創新。

"比"就是比喻。很多詩人認為，"比"是詩的靈魂。比喻是詩歌重要的表現手法，優秀的詩歌裡總有一些新奇、恰當的比喻，令人讚嘆。好的詩人往往獨具慧眼，善於發現其他人未曾發現的內容，寫出新穎、精彩的比喻。

比喻，將陌生變為熟悉，將抽象變成具體，深奧變成淺顯，平淡變成生動，能更加形象地表達感情。善用比喻是詩人創造力的體現。在閱讀詩歌時，一開始常常看到一些被比較的雙方，在表面上看來毫無共同之處，但是深入分析下去會發現也許在一方事物的形狀或者屬性上，可以與另一方建立起聯繫並能找到共同點，構成比喻，這樣的比喻往往稱為奇喻。在分析作品時，不但要看到一些直觀的比喻和它們產生的作用，也要能發現一些不太直觀的比喻，明確它們的特殊含意和產生的效果。

"比"也是對比。對比是為了襯托、突出和強調。"對比"就是將兩個極不相同的東西並列在一處，形成很大的反差。採用對比的方法，經常產生更鮮明、更強烈、更具活力的奇特效果，詩歌使用正反對比的方法，從這種對照裡，訴說一種強烈的情感，闡述人生的哲理。

課堂活動

閱讀魯藜的《泥土》，思考：這首詩是如何使用對比手法的？

泥土

老是把自己當珍珠
就時時有怕被埋沒的痛苦

把自己當作泥土吧
讓眾人把你踩成一條道路

（選自《白色花》，人民文學出版社 1981 年版）

Part 2

比喻能產生什麼效果？

？ 想一想

《泥土》的對比手法：

1. 選擇了兩種相反的物品，"珍珠"和"泥土"在一般認定的價值上，一個極貴，一個極賤。

2. 強調了兩種相反的品質，分別賦予"怕被埋沒"和"捨身成路"的特質。

3. 造成了相反的結果：前者是一種"痛苦"，後者卻是值得讚美的奉獻。

4. 得到了完全相反的評價：前者是反面的，後者才是正面的，從而揭示出了全詩真正的主旨所在：作者用珍珠來陪襯泥土，由衷歌頌了犧牲奉獻的可貴精神。正與反的對比參照，造成極大的反差，引起讀者的注意。

有些詩人能熟練巧妙、富有創造性地處理詩歌創作中所有對立的關係，包括相反事物的對立、相交、相合的關係，使詩歌具有藝術的張力，產生好的效果。

"興"就是起興，用開頭的句子，奠定詩歌的節奏、韻律，為全文定調、營造氣氛，也可以通過聯想引出下文。比如"一二三四五，上山打老虎"這首兒歌裡的開頭句，用數字喚出下文。前面的數字和後面要說的話沒有任何語意聯繫，而是像喊號子一樣，只是用來統一節奏。

"興"這種樸素的表現手法在民歌中用得較多，尤其在陝北的"信天游"中常見，往往用在一段歌的開頭，沒有語意上的聯繫，僅僅起到為歌詞定下節奏和音韻的作用。

還有一些"興"中，讀者能找到意義上的某些關聯：

> 微風吹動我的頭髮，教我如何不想她？
>
> （劉半農《教我如何不想她》）

微風和思念都有溫柔的感覺。"興"的句子和詩歌的內容有了一些聯繫。尤其是後面的一句，可以看出"興"所起的作用不僅僅是奠定節奏，還令人產生聯想，激發讀者的好奇心。

所以說，"興"這種表現手法的成功運用可以強化詩歌的節奏韻律，並營造氣氛，也可能通過聯想引出下文。

比興手法可以結合使用，效果很好。例如唐代詩人李白在《贈汪倫》中寫到："李白乘舟將欲行，忽聞岸上踏歌聲。桃花潭水深千尺，不及汪倫送我情。"由眼前桃花潭水的清和深，尤其是深，自然而然地想到汪倫對詩人的情誼深厚。詩人是從感情的深和潭水的深這一相似性來展開比興聯想的。

賞析音韻美

詩歌的音樂美由押韻、聲調、節奏來構成，也可以通過修辭中的反覆、錯綜、排比等手段來形成。

詩人根據情緒的變化來決定字詞的選擇、句式語調的排列、句子的長短、詞語的音律。句子的長短和語調比字詞語音更能表現感情。長句平緩，短句急促。表示疑問、請求的語氣時，多用升調。表示完結、肯定、命令等語氣時則用降調。不同的語調表現不同的感情。句子長短、語調起伏的變化、詩歌的句式都可以調動讀者不同的感情。詩歌利用語音引起聽覺上的感受，使詩歌在聲律上和內容情感上保持一致，具有音樂的美感，從而打動讀者。讀者要從音律節奏的強弱起伏、抑揚頓挫中感受詩情，從詩歌的聲情並茂中聽出詩歌的意境來。

此外，反覆也是造成聲律美的一種技巧。詩歌裡所反覆的部分是一些重要的詞語，反覆幾個詞語，造成語氣和音韻的重複出現，增強了感染力，可以將深沉強烈、縈繞心頭、揮之不去的感情反覆吟詠，造成一唱三嘆的效果。

擬聲詞也能造成聲律美。在詩歌作品中常常藉自然界的聲音造成特殊的效果，產生出音韻的美來。

課堂活動

請分析評論《雨巷》的音韻美。

提示

詩中第一小節和最後一個小節重複，詩歌中一些詞語的反覆，造成了纏綿悱惻、低迴委婉的情調，表現出無限的惆悵，造成音韻的美感。

分析語言特色

分析作品的語言特點，可以參考前一講中的相關內容。

詩歌的語言要求能用最簡潔的詞句來傳達盡可能豐富的內容，這就形成詩歌語言凝練、含蓄、跳躍性強的特點。詩歌的語言，要求詞義的準確，注意詞語的聲律與詩歌內容一致，要做到整首詩歌的聲律在整齊平衡中錯落有致，讀起來輕重相間，高低起伏，急徐交互，抑揚頓挫，體現出節奏美與韻律美。

在學習詩歌時，我們要注意分析詩歌詞語的性質、色彩、含義等與內容的關係。要分析詩歌的詞句形式與內容表達之間的關係。也要分析詩歌的描述語言、概括語言和闡述哲理語言的特點。

注重個人情感體驗

寫作試卷一的評論文章時，應該表明閱讀詩歌作品後，自己獲得了什麼樣的感悟和啟示。本課程鼓勵學生表達自己個人見解，學生要結合自己的實際表達觀點。

在閱讀過程中，聯繫自己的生活經驗，借助自己的想像能力，對作品加以理解和闡述是非常必要的。只有充分調動自己的生活經驗，才能較好地理解領悟作品。要充分展開聯想與想像，這是詩歌鑒賞中必須具備的一種能力。沒有想像就沒有詩歌，沒有想像就不能欣賞詩歌。

例如，看這句詩，你的腦海裡出現了什麼樣的圖景？

> 我的指關節鉚釘一樣楔入巨石的罅隙。
>
> 血滴，從撕裂的鞋底滲出

作者描繪出一個觸目驚心、鮮血淋漓的鏡頭，讀者想像出一幅攀登者掙扎求生的悲壯圖景，這就是一種再造想像。

借助於自身的藝術修養、人生體驗，通過想像加以再創造來豐富詩的內涵，在詩歌作品的欣賞中注入自己的情感。也許讀者會假想這是自己的一次艱難經歷，想像當時的情境和自己的感受，就能理解詩人在歷經艱難跋涉之後，終於看到了生命真實境況的震撼和感慨，那就不難理解人在逆境中作為弱小者應該持有的生活態度，就能理解作品描繪了一幅真實而頑強的生命圖畫。

　　要學會使用"我認為"這樣的句子，表達自己的發現、見解和看法。讀者的感受和發現是閱讀中的想像創造。

課堂活動

選一首自己喜歡的詩歌，分析詩歌的特點。按照下表的順序，簡單地記錄下自己閱讀分析的結果。

分析對象	具體特點	詩歌的內容情感	深層蘊涵
標題			
語詞含義			
意象選用			
節奏與音韻			
語言特點			
結構與佈局			
獨特的表現手法			

第 9 講 ｜ 詩歌的類別劃分

學習目標

明辨各類詩歌的特點

有針對性地賞評詩歌

　　在試卷一的考場上，有的考生拿到一首新的詩歌作品時，覺得這種類型的詩歌十分陌生，於是被從來沒有見過的作品難住了，覺得找不到入手的角度。也有的考生，覺得詩歌似曾相識，瞭解這類詩歌常用的手法和表達的特點，下筆很有信心。前者的情況並不少見，這樣就很難保證考生能在有限的時間裡，比較準確地分析作品，寫出高質量的評論文章，而後者，是可以通過學習和訓練做到的。

詩歌的分類

　　根據什麼標準給詩歌作品分類？嚴格地說，詩歌的表達方式是無限豐富和靈活多樣的，內容也是無所不包的，哪一種界定與劃分都有一定的標準和依據，也會有局限。

　　本書在這一講裡，只是根據分析評論詩歌作品的實際需要，將詩歌作品"分類"，以方便學生從一個具體的角度入手，展開對詩歌的賞析評論。為此，本書根據詩歌的內容將詩歌作品大致分為四個大類：描寫類、敍事類、抒情類、其他類。

　　描寫類的詩，在對人物、動物、客觀物體進行描繪的過程中抒發情感；敍事類的詩在對事件、經歷、境遇、場景的敍述過程中抒發情感。抒情類的詩包括了直接抒情和間接抒情的作品，或者借景抒情，或者托物言理，表達對人生的感悟、見解，闡述哲理，抒發情懷。其他類，顧名思義，指那些看起來晦澀深奧、不太容易歸類的作品。借助分類，能找出作品的一些共同特點，分析它們在表現形式上的一般規律，幫助考生更好地完成賞析和評論的寫作。

描寫類詩歌

在這類詩歌作品中，讀者可以看到詩人選定一些描寫對象，並把這些描寫對象放置在特定的環境下進行直接描寫。如描寫一幅畫面、一個場面、一種動態或靜態的個體形象、一種特殊的現象、一種動物、一個典型的場景，等等。詩人在進行客觀描寫的同時，展開豐富的想像，加上主觀的詮釋，從而表達出詩人的觀點、見解，抒發出濃烈的情感。

分析這類作品的關鍵是觀察和領悟作者所選擇的對象的特點。一般來講，作品中會有一個貫穿全詩的中心象徵意象，有時候這個意象是具體的，可能是一隻老虎，或是一棵樹，等等，這個具體的象徵意象表面上是明晰的，如梅花、長城等。但是作品中被象徵的本體卻是隱蔽的、模糊的，蘊涵着作者的內心情感、深刻思考和獨特的生命體驗，必須要通過字裡行間的細緻分析才能找到其深層含意。

值得注意的是，詩歌中的象徵意象，比起一般的意象來說，有特定的要求：它必須是貫穿全詩的中心形象，其含義寓意是無限、深廣的，它必須是形象可感的。

作品的文字描寫要求形似，在視覺層面上給人以形象生動的感受，盡可能表現作者的內心世界；透過形象，可以讓讀者產生出豐富的聯想，領悟和理解詩歌的深層意蘊，瞭解作品中的無限蘊涵，產生出強烈的情感共鳴。

還有一些作品，作品中的象徵意象並不是那麼明白和具體，看上去作品描寫的對象和所象徵的意義之間，有些風馬牛不相及，但是仔細分析，就可以找到一些不為人們所熟知的相通點，借助聯想，讀者可以領悟和理解詩歌的深層意蘊。

在試卷一的考卷中，多次出現過描寫事物、動物形象的詩歌，較早的有杜谷的《泥土的夢》，近年有李瑛的《蟋蟀》，等等。牛漢的《華南虎》這首詩歌曾被選入現行中文 A1 課程試卷中，是一首描寫動物的詩歌作品。此類作品在考卷中多次出現，考生應給予足夠的重視。

華南虎

在桂林
小小的動物園裡
我見到一隻老虎。

我擠在嘰嘰喳喳的人群中
隔着兩道鐵柵欄
向籠裡的老虎
張望了許久許久，
但一直沒有瞧見
老虎斑斕的面孔
和火焰似的眼睛。

籠裡的老虎
背對膽怯而絕望的觀眾
安詳地臥在一個角落，
有人用石塊砸它
有人向它厲聲呵喝
有人還苦苦勸誘
它都一概不理！

又長又粗的尾巴
悠悠地在拂動，
哦，老虎，籠中的老虎，
你是夢見了蒼蒼莽莽的山林嗎？
是屈辱的心靈在抽搐嗎？
還是想用尾巴鞭擊那些可憐而又可笑的觀眾？

你的健壯的腿
直挺挺地向四方伸開，
我看見你的每個趾爪

全都是破碎的，
凝結着濃濃的鮮血，
你的趾爪
是被人捆綁着
活活地鉸掉的嗎？
還是由於悲憤
你用同樣破碎的牙齒
（聽說你的牙齒是被鋼鋸鋸掉的）
把它們和着熱血咬碎……

我看見鐵籠裡
灰灰的水泥牆壁上
有一道一道的血淋淋的溝壑
像閃電那般耀眼刺目！

我終於明白……
羞愧地離開了動物園。
恍惚之中聽見一聲
石破天驚的咆哮，
有一個不羈的靈魂
掠過我的頭頂
騰空而去，
我看見了火焰似的斑紋
火焰似的眼睛，
還有巨大而破碎的
滴血的趾爪！

（選自《牛漢詩選》，花城出版社 1998 年版）

課堂活動

細讀《華南虎》，參考下面的引導題目，把閱讀過程中的思考和發現記錄下來。

1. 詩歌中的意象有什麼特點？

2. 詩人如何刻畫了描寫對象（細節描寫）？詩人運用了哪些表現手法來抒發感情？

3. 詩中的形象有哪些特點？它有怎樣的象徵意義？

4. 詩歌的語言有什麼特色？

5. 詩歌的結構方式有哪些特點？

6. 詩歌達到了什麼樣的藝術效果？

7. 詩人在詩中表達了什麼樣的哲理思考？

Part 2

課堂活動

兩人一組，尋找《華南虎》中的意象，完成下面的表格。

意象	聯想	引申	內容與情感
老虎	高山峻嶺、大森林、山中之王	強壯、威風、自由的世界、無敵的力量	

意象	聯想	引申	內容與情感
鐵柵欄	囚禁、監獄、被困	失去自由、失去了權利、屈辱	
安詳地臥	舒適、習以為常	滿足、遲鈍	
又粗又長的尾巴悠悠地在拂動	氣定神閒、悠然自得的樣子	不懼怕、不求饒、傲氣十足	堅定的信念、高貴的人格、寧死不屈
破碎、凝血的趾爪			
破碎的牙齒			
牆壁上血的痕跡			
咆哮			

一　解讀《華南虎》

　　《華南虎》如題目所指，以老虎為描寫對象。作品描寫了"我"在一個動物園裡觀看被囚老虎的經歷和感受。

　　作品一方面描寫老虎的動作和神態，另一方面寫圍觀者包括"我"的舉止言行、心理感受，來突出老虎的處境、遭遇。這些描寫看起來都是真實的、具體的，是現實性的描寫，其實都是象徵性的，具有超現實的寓意。老虎是一個象徵性的藝術形象，每一個具體的描寫都具有深刻的象徵意義，表達作者暗含其中的思想傾向和情感。這正是此類詩歌的共同特點。

　　作品不僅僅寫虎，還將虎與觀眾從兩個方面和角度來描寫，"我"開始是觀眾中的一員，但是後來離開了。這樣的一個變化過程深刻揭示了作品的主題，表達了作者強烈的悲憤情感。這個變化通過"我"對老虎從不理解到理解體現出來，是借助對老虎的肢體樣貌、舉止動作、神態的描寫展示給讀者的。所以，

98

抓住詩中有關老虎的描寫分析，是理解詩歌的關鍵。

　　華南虎是這首詩的核心形象。它有着"斑斕的面孔、火焰似的眼睛"，美麗的容貌和強健的形體，被囚於人類的牢籠中，遠離了廣袤的山林，離開了自己的靈魂和力量的家園。

　　一開始，作者眼中的虎"背對膽怯而絕望的觀眾，安詳地臥在一個角落"，對觀眾"一概不理"。是遲鈍，或是滿足現狀？接着，作者發現虎的尾巴"悠悠地在拂動"，不在乎，不懼怕，絲毫沒有奴顏媚骨，不求饒，傲氣十足。可見"安詳"地"臥"，透露出虎對"觀眾"以及"觀眾"所代表的生存形式的輕蔑，顯示它的威嚴。

　　仔細看，虎的腿、爪、牙齒這些最能體現老虎力量的部位，受到最殘酷的摧殘。人們在肉體上折磨它，囚它馳騁四方的"健壯的腿"於斗室，"活活地鉸掉"它充滿戰鬥力的"趾爪"，用"鋼鋸鋸掉"它堅強的"牙齒"。它囚困在囹圄中，被人"用石塊砸"、"厲聲呵斥"，但"它都一概不理"，"牆壁"上的血跡說明它決不妥協的反抗鬥爭！

　　華南虎不屈不撓不悔地抗爭下去，因為抗爭是它活下去的全部寄託和意義。它的高傲和威嚴反而壓迫着、威逼着囚困它的人們。作為觀眾一員的"我"感到"耀眼刺目"，感到"羞愧"，感到靈魂的陣痛。

　　"我"由虎及人，聯繫"我"自己：身體可以被囚禁，被虐待，但是精神不可屈服。於是，恍惚之中，聽見一聲"石破天驚的咆哮"，"有一個不羈的靈魂……騰空而去"，這既是"我"對華南虎不屈靈魂的膜拜，也是"我"的屈辱靈魂的覺醒。

　　這"咆哮"既是老虎的，又是詩人的，是詩人借老虎發出的，這是一聲對壓迫者的強烈抗議，也是對愚昧觀眾的熱切呼喚！

1.《華南虎》中的象徵與情感

　　通過對虎象徵性的描寫，暗示了人的情感：對嚴酷現實的反抗、對精神自由的追求、對不屈的人格尊嚴的讚美、對那個造成種種悲劇的社會的批判。被囚在牢籠中的華南虎，象徵着不屈的生命、執着的靈魂；鐵籠象徵邪惡對自由的禁錮。"我"代表了靈魂覺醒的有良知、有思想的人。老虎不屈的抗爭象徵人類對精神自由、人格獨立的渴望追求。

　　華南虎本屬於大山與森林，擁有自由，卻被囚禁在鐵籠裡，供人觀看，被人呵斥和捉弄。鐵籠恰是邪惡與困厄的象徵，它要扭曲原本屬於曠野深山、屬於野性的生命。這既是現實性的描述，又是超現實的喻指。詩人把環境典型化，具有了象徵的作用。

把虎人化，以此來寫一個不屈的生命，展示一個執着的靈魂。虎，在這裡成了生命與靈魂的符號，顯示頑強的意志。詩人把充滿哲理的思索和充滿激情的想像、把自己的人生體驗，寄託在華南虎身上，寫虎正是寫人。

圍觀者的象徵在於嘲諷了冷漠與麻木的旁觀眾人。

詩中還有人類精神的象徵：肉體可以被囚禁，被蹂躪，但是精神的自由、靈魂的尊嚴是無法被剝奪和摧毀的。詩歌宣揚了一種超越現實痛苦、拒絕世俗誘惑、追求精神自由、堅守生命尊嚴的寶貴精神力量。

在第二小節，細緻生動的刻畫，將現實的描寫與想像中描寫相互結合，表現出人物心理變化的過程：

> 老虎斑斕的面孔
> 和火焰似的眼睛

這是作者期望看到的想像中的景象，因沒有看到而失望。

最後一小節：

> 火焰似的眼睛，
> 還有巨大而破碎的滴血的趾爪！

作者在想像中終於看到他期望看到的景象，表現了作者主觀和老虎客觀兩者合為一體，虎的形象是作者情感精神的再現。

試着體驗詩歌的情感：華南虎既有無奈的憤怒、蒼涼悲壯的孤獨感，也有蔑視困境的傲氣。借老虎的形象，詩人頌讚了人對自由生命的頑強追求，傾訴了抗爭中備受屈辱但毫不屈服的精神意志，以及觀者羞愧、震撼、覺醒的情感體驗，表達了高尚的精神終究會戰勝世俗卑劣的堅定信念。

2.《華南虎》相關介紹

作者牛漢 1923 年生，40 年代開始詩歌創作，是 "七月" 詩派的重要成員。已出版多本詩集。《華南虎》一詩寫於 1973 年 6 月，正是中國 "文化大革命" 期間。詩人在動物園裡見到了一隻趾爪破碎、鮮血淋漓的老虎，強烈地感受到了一個不屈的靈魂嚮往自由的頑強精神。詩人以華南虎作為象徵，表現自己在困境中不屈的人格和對自由的渴望。這就是詩歌的立意。

值得注意的一點是，雖然我們掌握了作者生平能更好地理解作品，但在試卷一的考場上我們沒有條件考察作者的情況。考生切記，試卷一的寫作，一定要以詩歌本身為唯一的依據進行分析評論，不要猜想作品以外的東西進行沒有依據的評判。

二　描寫類詩歌的藝術手法

對客觀物體進行描繪的詩歌，其特點是賦予描寫對象以"人"的生命形象和性格特點，把它當作典型的人物形象如英雄、不幸者、悲劇人物等來刻畫和描寫。

使用擬人、移情的手法，寫這類人的經歷遭遇、所感所想、人格特徵，從外到內逐步深入，使之人化成為具有文化、歷史意義的典型代表，表現廣泛普遍的意義。

注意，描寫類的詩歌，大都採用了虛實相生的表現手段。"實"就是詩歌作品所描寫的實體形象，被作者加以細節描寫；"虛"就是由作者的想像而引出的抽象理念，是作者在描述形象的過程中表達出的人生哲理和生命體驗以及它們的言外之意。"實"是誘發個人情感的具體的背景、形象；"虛"是從個別昇華為普遍、從具體引申中出抽象的概括和結論。作為讀者，你要把握詩歌的具體描寫"實"，並且在此基礎上加以理解，補充，再創造，明確地解釋出詩中"虛"的含意。

一般來講，這類詩歌一開始，首先勾畫出一幅形象生動的圖畫，展現出特定的物在特定環境中的境況，如《華南虎》中，老虎被囚禁、被圍觀、遭殘害的刻畫和細緻描寫為"實"寫。面對這幅形象的圖畫，你要設法找出詩歌的"虛"，即詩歌的言外之意。

前面講過，詩不像小說散文那樣可以呈現全景式的人物故事，詩歌中必須有許多詩人故意留下的空白，即想像的空白，讓讀者思索體會。作者描寫了老虎美麗的容貌、強健的形體、苦難的遭遇、屈辱的處境以及孤獨和憂憤，但是它為什麼如此痛苦、悲憤，詩人並沒有直接描述，反而留下了空白供讀者填補。此外，華南虎不屈不撓的形象，讓"我"感到"耀眼刺目"、"羞愧"的描寫是實，但是為什麼有這樣的感覺，詩中也沒有明言。當讀者運用想像聯想和生活體驗填補了空白之後，詩歌本身的象徵意義也就被發掘出來了。

從細緻生動的描寫，到轉入人物內心感受的揭示，就把這類詩歌上升到一個深遠和雋永的藝術境界，實現了由實生虛的轉化過程。詩歌的象徵意義，就通過某一特定的具體形象間接地表達了出來。越是具體、生動鮮明的形象，越是能表現與之相似或相近的概念、思想和感情。老虎如此，蟋蟀如此，一切賦予象徵意味的詩歌藝術形象都是如此。

分析描寫類詩歌的要點

確定意象內涵
鎖定細節描寫
分析藝術手法
把握借實補虛
發掘象徵意義

敘事類詩歌

此類詩歌作品採用敘述、抒情的手法，通過對事件、經歷、境遇、場景的敘述來抒發情感。值得注意的是，詩歌的敘事和散文有所區別：散文的敘事要實，詩歌的敘事要虛；散文的記事有典型的時空環境，詩歌的記事無須提供具體的時空背景。和散文不同，詩歌中的記述不是真實事件的描寫，更多的是想像虛構。作家借助了想像的力量來營造出一種氣氛，構建出一種場景，安排出一些故事情節和情境氛圍，有時只是借助於一個輪廓模糊的事件來表現一種相應的情緒和感受。由對事件、場景進行深度開掘，表現出詩歌的言外之意。

詩歌敘事不是單純地對事件、場景進行"敘述"和描摹，而是借描述來詩意地傳達生命的情感與體驗，表現詩人對日常生活、日常場景的感受和理解。詩人把捕捉到的情緒、情感、思想等主觀感受，滲透到生活場景與事件的描述之中詩意地展現出來，把自身的感情巧妙地嵌入在詩歌的字裡行間和整體的佈局結構之中，抒發詩人的主觀情感。

此類詩歌敘述的一般特徵：

一　有一定順序的結構方式

以作者觀察點的推進為線索，隨着時間的推移或空間的展開，把所見所聞所感融成一體。順序的結構方式從前到後，由遠及近。

二 典型的場景意象

選擇使用典型集中、生動具體、特徵鮮明的場景意象，有逼真的效果，可感實在。

有的作品截取了詩人感觸最深的一個生活或者意識片段，借助對一個事件、一段人生經歷、一個典型場面、情境，甚至一瞬間的記述描寫，表現獨特的情緒和感受。有的作品突出了事件發生的過程，借助對典型情節片段的深入細緻的描寫刻畫，把詩人強烈的情感濃縮到了場景以及場景中的人物之上。

同類作品如梁宗岱的《途遇》，記述了一個黃昏裡的偶遇，構造出了一個場景、一種氣氛，突出了人物的一個動作、一個表情，來表現詩人內心愛慕與眷戀的細微情感。

徐志摩的《沙揚娜拉》，記述一個告別的場面和一個動作與表情，把詩人傾慕、讚美等內心複雜的情感波瀾生動外現。

> ### 沙揚娜拉
>
> 最是那一低頭的溫柔，
> 像一朵水蓮花不勝涼風的嬌羞，
> 道一聲珍重，道一聲珍重，
> 那一聲珍重裡有蜜甜的憂愁——
> 沙揚娜拉！
>
> （選自《志摩的詩》，新月書店 1928 年版）

三 化虛為實的方法

化虛為實是把抽象的感情，借助事件的過程、場面的情境、人物的舉止言談表現出來。在敍事過程中，隨着敍述的展開，表現感情的產生、發展和變化，直至高潮。採用這樣一種有跡可循、有形可感的描寫方法，能更好地抒發無形、抽象的情感，把內心情感變化發展的經歷，用事件發生發展的過程展現出來。

曾卓的《有贈》曾被選入現行中文 A1 課程試卷一。這是一篇比較典型的敍事詩歌，考生應從中掌握相關的賞評方法。

《有贈》要表現的“愛”，是一種無形、抽象的情感，詩人借用了沙漠來客的經歷表現出來：愛是一杯水、一口酒、一個微笑……無形之虛由有形之實表現出來。詩人將愛實化，化成了一個具體的人生經歷，一種感受，一種動力，因為愛，失望的人心中有了希望，困頓的人獲得力量，哭泣的人口裡有了歌聲。愛是可以感受的。

四　細節描寫的作用

在"敘事"中，通過對事物或事件的具體形象進行深入細緻的描寫，達到突出作品真實含意的目的。好的作品是以細節取勝的，通過對具體事物或事件的細節把握，把一些具有廣泛代表性的畫面展現在讀者面前。這些畫面具體可見，融合了詩人的主體情感，營造出詩的意境，具有了超越具體形象本身的更加深刻和廣泛的象徵意義。

> 你為我引路、掌着燈。
> 我懷着不安的心情走進你潔淨的小屋，
> 我赤着腳走得很慢，很輕，
> 但每一步還是留下了灰土和血印。
>
> （《有贈》節選，選自《曾卓抒情詩集》，中國文聯出版公司 1998 年版）

細節表現的是人的動作和場景，描繪的是一個畫面，但是外現的是詩人的心跳、脈搏、感受、劫後餘生的驚悸不安、經歷苦難留下的烙印、受到接待的感激忐忑、言談舉止的小心翼翼。這些都融入了詩人的主體情感。

五　語言表現力

首先，詞彙的選用十分重要，常常使用形容詞與副詞，可以使描寫更具情感色彩。其次，敘述過程中使用的語詞、詩句看起來平易、簡明、口語化，但都具備一定的隱喻和象徵功能，這樣才能深化和豐富詩歌文本的意義。

課堂活動

閱讀曾卓《有贈》，分析敘事詩歌的特點。

提示

　　詩人曾卓用濃厚的情感和生動的筆墨，描寫一段劫後餘生的經歷，一個相逢得救、重獲新生的場面。形象地塑造了一位在孤寂的沙漠中長途跋涉、歷盡苦難、陷入絕境的路人，得到了愛的溫暖和拯救的過程，借此表達受難者對愛的理解、感激和對愛的力量的歌頌。

　　詩歌採用了化虛為實、由實生虛的手法：把"愛"、"愛的力量"這樣一個抽象的概念和感受，借着具體的意象圖畫般形象地展現出來。"愛"是"窗前的光亮"、"默默地凝望"、"潔淨的小屋"、"舒適的靠椅"、一杯茶水，是母親般溫存的眼睛的關懷注視。愛是寬容的理解和善良的同情，是巨大精神慰藉，是生活勇氣，是一種信任和激勵。得到真愛的人，不會就此滿足，而是獲得力量，擔起責任。作者把對愛的理解，借用了一段經歷的記敘完整形象地表現出來。把看不見的情感，轉化為可以看到的形象和可以描寫的經歷表現出來。

1.《有贈》的藝術特色

　　一是以小寓大。詩歌抓住了與人物情感相關的意象，從平凡的現象、日常的活動、點滴的事件中，看出人生的意義，見出人生的哲理，從平常中表現深刻。個人的生活體驗、人類對同類的關注、對社會的思考和人的使命承擔，是詩歌最感人的所在。

　　二是以輕寫重。整首詩基調真誠、溫和而又感傷，用看似平淡的語氣表達了濃烈的情思，平淡中寓濃烈，憂傷中含歡樂，淒苦中帶甜蜜，表現了豐富又複雜的感情。"輕輕"、"啜泣"、"一瞬間"等等，這些詞語的使用，看似平淡，內在更具有一種打動人的強烈的衝擊力，加上字面與內涵的一種對比效果，造成讀者心靈的感動。

　　三是象徵意象的運用十分有特色。沙漠象徵絕望無奈、肉體的傷病、精神意志的崩潰、陷入絕境。綠洲象徵生機、希望、絕處逢生。

2. 賞析《有贈》

　　作品一開始，描述了"我"的處境（經歷過巨大的悲痛和幾乎絕望的人）和對溫暖的渴望——"遠遠地看到你窗前的光亮"，對一個在孤寂的沙漠中長途跋涉的人來說，看到了"我生命的燈"，這種感受是刻骨銘心的。

　　接着，作品細膩地刻畫歷經磨難後久別相逢的場景，兩個人物"你"、"我"之間的描寫與刻畫，暗含了"我"的一種感激、一種崇拜、一種敬仰的情感，表現了"你"的平凡、無私、善良、聖潔和偉大，深刻揭示出作者對"愛"

的感受。用動作、表情和神態描寫了兩個人物之間的互動：先寫出了一個鏡頭——"我""叩門"激動、驚慌失措，然後是一系列的動作——"你微笑慌張地為我倒茶、送水"，寫"你"為"我"無私的付出，"你"對"我"的慰藉和溫馨，"我"受到的震撼和感激，這個場面的描寫揭示出千言萬語都無法表達的深情厚誼，展現出兩者真摯的情感交流。

"我"本來經受了太多磨難，"背負着的東西卻很重"，對生活已經絕望，但在"你"的指引下和關愛中，獲得了新生，"你""解救我的口渴"，"使我醉了"，"我全身灼熱"，於是"我"明白了愛不僅是溫情、信任和關懷，"我"從愛中得到的還有覺醒、勇氣、激勵和使人再生的力量。"你給了我力量、勇氣和信心"，使"我"能夠戰勝自己、征服苦難、正視生活，可以生活下去。愛，使"我"在得到愛的同時，也關愛對方。"我有力量承擔你如此的好意和溫情麼？"反覆不斷地為對方着想，思考生活，愛在這裡成為了感激、自省、反思和精神境界的昇華：他可以不怕苦難，不怕打擊，但他怕信任他的人失望、難過、受到牽連，他要給這種無私的愛以回贈，"你的含淚微笑着的眼睛是一座煉獄，你的晶瑩的淚光焚冶着我的靈魂"，表達了他的決心和崇高的誓言。生命與心靈一起再生，精神得到昇華。詩歌塑造出一個感人至深的抒情形象，把人物高尚的心靈情感外化。

曾卓的詩能將苦難轉化成美感帶給讀者溫情。詩歌的詞語和節奏深情舒緩，吟詠反覆，產生一種感人至深的藝術感染力。

詩歌的分行和分段組合成了一幅幅動人的畫面，淒苦中帶有甜蜜，傷感中蘊涵希望。

課堂活動

根據自己對《有贈》的理解，回答下面的問題：

詩歌中記敘描寫了什麼？

詩人如何營造氣氛、構建場景？詩人以此來表現怎樣的情緒和感受？

詩中的意象有哪些特點？具有怎樣的象徵意義？

詩歌的語言使用有什麼特色？

詩歌的結構方式有哪些特點？是否以作者觀察的順序為線索？

詩歌中有沒有象徵、暗示、隱喻？達到了什麼樣的藝術效果？

詩人在詩中想要表達什麼樣的情思？如何化虛為實進行哲理表達？效果如何？

簡單地記錄下自己閱讀分析的結果，並進行分析評論。

同類的詩歌有馮至的《南方之夜》。請自行閱讀。

課堂活動

閱讀馮至的《南方之夜》，根據上面的問題，寫出對作品的評論。

提示

詩歌借助一個特定的環境、特定的時間和空間，對人物的所見、所聞、所感、所言，進行象徵性的描述，暗示出人的心理感受，具有深刻的象徵意義。我們很難說，這樣的一次經歷等同於真實的經歷，但是詩歌的描述盡可能地逼真，給人以置身其間的感受。造成這樣的效果，是由於意象的選用。通過南歸燕子的姿態、動作、言語等真實的描述，象徵性地表達出人物對即將到來的必然變化的欣喜之情。

詩歌中的象徵意象有燕子，作為春天的信使，燕子來了春天也就來了。對比與反襯則是以南方的溫暖對比北方的寒冷。

分析敘事類詩歌作品的要點

明辨所敘對象

抓住細節描寫

分析語言特色

把握化虛為實

感受情感體驗

挖掘象徵意義

抒情類詩歌

一　直接抒情

　　在這類詩中，有一些作品是明確直接地表達詩人對人生的理解、對社會的看法，闡述自己感悟出的人生哲理。這些作品一般可以從標題上分辨出來，標題本身就是詩歌的觀點和見解，比如艾青的《我愛這土地》。

　　在表現方法上，直接抒情的詩直抒胸臆、自白心聲，明確表白自己對人生、世事的理解認識和態度。各種激烈的情感如感歎、呼喚、嗚咽、歡呼、怒吼、悲怨，等等，都通過直接抒發的方式表達出來。此類詩歌有以下特點：

　　1. 用詩歌的標題突出詩歌的主旨。

　　2. 抒情人是"我"，採用第一人稱。

　　3. 以精練的言辭將自己的看法、見解、感受、感情直接明白地表達抒發出來。

　　4. 借助比喻、擬人等等多種修辭手法，把這種抽象的感受變為形象化的事物生動地再現出來，加以突出強化，給讀者以深刻的印象。有時，在結尾處使用警句概括詩歌中的人生見解和哲理，如："為什麼我的眼裡常含淚水？因為我對這土地愛得深沉。"

　　5. 這類作品往往表現了一種衝動、不可遏制的強烈情感，因為直截了當，而產生了震撼人心的效果，具有很強的感染力。

　　例如，艾青的《我愛這土地》就是一首直接抒情的佳作：

我愛這土地

假如我是一隻鳥，

我也應該用嘶啞的喉嚨歌唱：

這被暴風雨所打擊着的土地，

這永遠洶湧着我們的悲憤的河流，

這無止息地吹刮着的激怒的風，

和那來自林間的無比溫柔的黎明……

——然後我死了，

連羽毛也腐爛在土地裡面。

為什麼我的眼裡常含淚水？

因為我對這土地愛得深沉……

（選自《北方》，文化生活出版社 1939 年版）

抒情主人公"我"，以一隻鳥自比。"嘶啞的喉嚨"比喻一種執着歌唱和歌聲激越的情境。詩歌用了一系列的意象揭示歌唱的豐富內涵：

1. 隱喻人民苦難："暴風雨"、"悲憤的河流"這些意象勾勒出生命的悲慘處境，都表現出詩人對人民苦難的深情關注。

2. 隱喻人民反抗："激怒的風"象徵着中華民族不屈不撓的反抗精神，"無止息"暗寓反抗精神的傳承，"刮"、"激怒"表示力量的強大。

3. 象徵鬥爭前景：溫柔的黎明可以看作是充滿生機希望的象徵，"林間"是人民大眾的象徵。詩人的情思由悲憤進入對"溫柔的黎明"的憧憬，表現出堅定的必勝信念。

4. "我死了，連羽毛也腐爛在土地裡面"，表達了獻身的決心，抒發愛國深情，借鳥的自白直接抒情。

這首詩的語言十分直白。"常"、"深沉"表達出熾熱、真摯的感情強度。六個沉重的省略號，表達未盡的情感，留下不盡的餘韻，激起讀者持續的共鳴。"為什麼我的眼裡常含淚水？因為我對這土地愛得深沉……"，結尾句凝聚了詩歌巨大的震撼力。

二 間接抒情

在這類詩中，有一些作品是採用化虛為實的方法，把詩人對人生的理解、對社會的看法、對人生的見解和一些具體的事物相互聯繫起來，加以形象化表達。或者直接把抽象的理念化為某種物或景，或者一段經歷進行藝術的闡釋和表達。要強調的是，這類詩歌和前面提到的寫人寫物的詩歌有明顯的區別，前者以人、物為詩歌的中心，而此類的詩歌是以哲理見解的闡述為核心。最簡單的辨別方法是審視詩歌的標題。如徐志摩的《偶然》、余光中的《鄉愁》、鄭愁予的《錯誤》等詩歌的標題，是抽象的概念而不是具體的物或人。

以徐志摩的《偶然》為例：

偶然

我是天空裡的一片雲，

偶爾投影在你的波心——

你不必訝異，

更無須歡喜——

在轉瞬間消滅了蹤影。

你我相逢在黑夜的海上，

你有你的，我有我的，方向，

你記得也好，

最好你忘掉，

在這交會時互放的光亮！

（《中國現代抒情詩一百首》，天地圖書有限公司 1987 年版）

這類詩作使用間接表達的手法，把抽象的概念、情感和哲理，把詩人對人生、世事的理解，化為可見可感的藝術形象進行闡述和表達。此類詩的特點有：

1. 抒情人可以是 "我" ，採用第一人稱。也可以不出現 "我" ，採用第三人稱，把我的情感從具體的形象中滲透出來。

2. 用詩歌的標題突出詩歌的主旨。

3. 注重選擇典型的意象，塑造和描寫可以激發情感的具體形象。借景抒情的詩歌往往借助描繪景物而抒發感情，感情寓於寫景之中，通過生動的景物描寫來表達 "我" 當時的心境感情。 "托物言志" 、 "因物說理" 、 "借物詠懷"

等詩歌作品也是如此。

4.通過比喻、象徵等手法引起聯想，借用對事與物的描寫，達到激發感情、產生聯想的作用，最後在情境交融中領悟出人生世事的哲理。

這類詩不是直截了當地抒情，因而產生了更加深刻、耐人尋味的效果，具有含蓄濃厚的詩意。

課堂活動

閱讀徐志摩的《偶然》，按照下列引導題的順序，簡單地記錄下自己閱讀分析的結果：

1.標題的字面意思和深層寓意是什麼？

2.選取了哪些意象？構成了怎樣的意境？

3.結構佈局有什麼特點？

4.採用了哪些獨特的表現手法？起到了怎樣的作用？

請舉出作品中的實例進行分析評論。

徐志摩的《偶然》體現了此類作品的幾個明顯特點：

用標題突出詩歌的主旨。抒情人"我"，用第一人稱。借用客觀的事與物的特徵，表達主觀的見解和哲理，以自然界中的"偶然"，來陪襯人事聚合中的"偶然"，極為和諧優美地傾訴了"偶然"的短暫及珍貴。

詩歌採用敍述的手法，直接抒發抒情主人公的情懷："我是天空裡的一片雲"，描繪雲朵投影於波心聚首的自然現象，作者對此表達了自己的見解，看似瀟灑曠達，其實透露出惋惜和惆悵。接着，作者把自然和人事聯繫在一起，人與人偶然相逢在特定的環境，在各自航行的流離動盪中，更加增添了"偶然"性和短暫性。相聚是美麗的，但分離是必然的，因為"你有你的，我有我的方向"。離別後的忘記卻很難，因為我們畢竟在"交會時"互相放射出了"光亮"。但是既然是"偶然"，注定是短暫的，還是應該"忘掉"。作者反覆的議論，表達出一種複雜的心情和感受，凝聚着眷戀、曠達和瀟灑的情感。

穆旦的《有別》曾被選入現行中文 A1 課程試卷中，細讀作品時請思考下面的問題：

詩歌中選用了哪些意象？它們之間有什麼樣的聯繫？

詩中的意象有哪些特點？具有怎樣的象徵意義？

詩歌的語言有什麼特色？使用了哪些新奇的詞語和反常的語法？

詩歌的結構方式有哪些特點？有哪些省略、跳躍？達到了什麼樣的藝術效果？

詩歌中有沒有象徵、暗示、隱喻、通感的手法運用？

詩人在詩中想要表達什麼樣的情思？如何進行哲理表達？效果如何？

分析《有別》可採用以下步驟：

1. 分析標題

分析這首詩歌，可以從抓住題目"別"入手。有別就是不同，作品突出"別"字，為了表示差別，作品用了兩幅色彩鮮明的圖畫進行對比，來展示不同。

2. 找出意象和意境

"煙塵籠罩"、"蜘蛛結網"、"蒼老"，多種意象構成了一幅圖畫："不美麗的城"中的生活。正是這樣的環境，決定了人們的生活狀況，導致了人們對生活的態度，影響了人對人生社會的看法。因此，"我的哲學""越來越冷峭"，充滿憤懣、悲哀、無奈。這些意象組成的圖畫代表了人生的一種困境，象徵着扼殺生命摧殘人性的社會環境。它僵化、醜惡，失去了生活的光彩，任何人處在這個環境中都會窒息，被困束，"像蜘蛛結網在山洞"。外部的環境、人際的關係，影響到人的內心，制約着人的情感和行動。情景的描寫和情感的表達相互結合，構成了詩歌的意境。

3. 從細節的描寫把握情感的傾向與變化

詩歌的第二部分筆鋒一轉，"春風"、"夢"、"花"、"樹"的意象，花開花謝的季節的變換，自然環境的變化，象徵着社會生活環境的變化，兩種不同形成了鮮明的對比。環境的改變，引起了人的精神狀態、心理和情感的改變。"消融了我內心的冰雪"，改變了心中想法，人可以擺脫困境，從室內的"望"而"看到"希望，再走出去"慢步巡遊"獲得了內心的勇氣和行動的自由，進而"頓感到這城市的魅力"，在結尾處奏出了激情高昂的音符。

4. 通過形象發掘內涵

"有別"的核心在"別"，突出表現了一種變化、一種轉變。由前者人被困、情被困、身不由己、心不由己的狀況，轉變為後者充滿了希望、擁有了自由，轉變的動力是因為有了"你"。"你"在這裡是指什麼呢？是希望，是力量，是信念，還是一種寄託？詩歌的作者沒有明言，也不必明言，這樣就使詩歌的內容有更大的想像空間。有的人把"你"解作友情，有的人解作愛情，無論是什麼，一定要根據詩歌的內容，有所依據，才能自圓其說。

5. 明確詩歌中傳達出的人生體驗或見解

"你"是一種力量、一種希望，作者呼喚得親切而又熱烈。變革，不是一帆風順的，有"喜悅"也有"刺痛"，但是必須經過變革才能拯救這個世界和我們的心靈，作品表達了對現實的不滿，渴望改變的情感，更展示了改變的希望帶給人們的信心和力量。這樣的情感線索是鮮明的。

6. 賞析藝術手法

採用了由實生虛的手法，以實景、事物的描寫，勾畫出一幅圖景，表現一個人生的困境，揭示一種心靈的狀態，抒發一種人生的感受和看法。符合詩歌用比興手法、借形象來抒情、含蓄蘊藉的特點。

（1）象徵："城"的象徵意義——困境、絕境。

（2）對比的意象：上片的意象充滿了無奈、消極、絕望的情緒，這個"城"，將人的心和行動牢牢地困住。"蜘蛛"說明錯綜複雜，"山洞"說明身不由己，"空洞"說明不實際、毫無用處，"蒼老"說明陳舊、過時。這些詞語意鮮明，表達出詩人對社會現實的批判和控訴。"哀莫大於心死"。一個令人心死的社會，多麼可怖。暗含詩人對新的變革的無限期望。同一個城，前後的差別對比鮮明。下片用色彩鮮明的意象，對即將到來的希望作了生動形象的描繪。春風、花、夢想、視野、冰雪消融，一派多麼生機勃勃的春天景象！一切有新生的機會。人們有了心靈的自由，可以夢想；有了行動的自由可以巡遊，歌頌和讚美了人間的希望。

（3）情景交融：作者以"城"的景象，寫"城中之人"，再寫出人的內心、情感，表達了渴望變革，渴望合理的社會環境和和諧的人際關係，渴望現實的改變和進步等強烈的願望，全詩洋溢着作者對社會現實的深切關注，對生活的熱愛和激情。

7. 注意語言詞彙的運用

上片使用形容詞，更好地表現了人物被動無奈的狀態；下片使用動詞，突出人物有了主動的行為，可謂恰到好處。

分析抒情類詩歌的要點

審視作品標題

明確抒情形象

分析關鍵語句

掌握表現手法

解讀深層意蘊

領悟情志傾向

其他類詩歌

除了以上三類作品，一些朦朧難懂的詩歌也經常出現在考題中，要求考生對此類作品作出分析和評論。初讀之時，學生很難把握這類作品的線索和要表達的內容，難以分析和評論。我們在此暫且將其歸入"其他"類。此類作品在內容和形式上有以下特點：

一　內容

注重從特殊視角對現實與歷史進行反思，對人的自我價值進行重新認識，對人道主義與人性進行肯定，着重思考在重壓之下的生命、死亡、背叛等主題，有很強的生命意識。一些作品體現了現代人的沉痛深刻的生命體驗、對人性的思考、社會異化，等等。詩人的目的是挖掘人無限的精神世界，許多詩歌表達了作家身處困境的生存智慧和對時代的獨立思考，具有嶄新的審美情趣和情感內容。

二 形式

此類詩歌多採用反叛傳統的藝術形式，把意象化、象徵化、立體化與隱喻性作為重要的創作追求，內心獨白、象徵手法、無序的情節、奇特的意象、反諷等成為常用的手段。

此類詩歌廣泛運用象徵手法，通過一系列意象含蓄地表達出對社會人生的認識與態度。詩歌的形式排列打破常規，按照詩人情緒的律動，凸現詩人內在情感的波動排列。句式有長有短，沒有固定的形式，在明顯處突出重要的詞語。

如，現代派詩人穆木天的《蒼白的鐘聲》（節選）：

聽　殘朽的　古鐘　在灰黃的　谷中

入　無限之　茫茫　散淡　玲瓏

枯葉　衰草　隨　呆呆之　北風

聽　千聲　萬聲──朦朧　朦朧──荒唐

茫茫　敗廢的　永遠的　故鄉　之　鐘聲　聽　黃昏之深谷中

（選自《旅心》，創造社出版部 1927 年版）

詩人採取詞句間隔排列的"斷行法"，收到視覺與聽覺相融合的效果，這斷斷續續的詩句與飄散的鐘聲相互吻合；詩中用了"鐘"、"中"、"瓏"、"風"、"朧"等（韻母 ong）的韻腳，造成對鐘聲的直接模擬的效果，在聽覺上產生出逼真傳神的效應。

現代派詩歌作者有意拋開傳統的方法，在意象的選擇和使用上力求與眾不同。新奇的意象、與眾不同的方法、想像的奇特、內容的深刻等幾方面的結合，產生出朦朧、晦澀的感覺。

此類詩歌表現手法的特點是要創造神祕，用具有音樂性與暗示性的意象來展示人對生命和宇宙感悟的哲理情思，強調以超現實的意象開掘人的直覺、幻覺、潛意識等體驗，表現作者對人生的感情體驗、人文關懷和生命信念。

象徵派代表作家李金髮注重詩歌的音樂性、暗示性，講究作詩不能明瞭和確定，只寫出七分，留下三分讓讀者補充。他的代表作《棄婦》，發揮新奇和活躍的想像，能把表面並不相關的事物和形象通過深層的聯想組合在一起，造成奇特、朦朧的藝術效果。詩歌中的省略過多，書寫的章法不合乎常規，有意地創造出神秘的、富於暗示性的意象。以象徵、隱喻、變形和通感為主要的表現手法，展現出對人、對生命、對宇宙世界的認識感悟。

此類詩歌的作者有時採用視覺意象的新奇擴大思考的空間。在一些優秀的作品中，典型獨特的視覺意象，經過了詩人的精心組織和巧妙的安排，傳達出詩人對人與世界的探索與思考，蘊涵深刻，寓意無窮。

三 語言

有些詩歌在語言上借鑒了大量的西方現代詩歌的意象和語彙，感覺敏銳奇特，聯想豐富，情境錯位，句法乖謬。精心釀造朦朧氣氛，反映現代人的精神情感。

課堂活動

兩人一組，閱讀分析洛夫的《與李賀共飲》。

提示

洛夫的《與李賀共飲》中，硬把性質不同的事物連接在一起，具有強烈的視覺衝突力。故意營造出奇異的詩歌的意象，把各種感覺錯亂交換描寫，使語意生動奇特，喚起讀者對形象的美感直覺。比如把訴諸視覺的物質用味覺感覺來描寫，把聽覺的聲音用視覺來表示，各種感官互通。甚至超越通感的界線，打破描寫的常規，使人產生強烈的陌生感，造成離奇、意外、費人猜想的奇特效果。

我試着把你最得意的一首七絕

塞進一隻酒甕中

搖一搖，便見雲霧騰升

語字醉舞而平仄亂撞

甕破，你的肌膚碎裂成片

曠野上，隱聞

鬼哭啾啾

狼嗥千里

　　刻意營建詭奇的意象，表達出詩人鮮明強烈的情感傾向。句子的長短安排、分行排列和詞語的組合方式，加上節奏和用韻等突出了作品的情感，強化了詩人獨有的感情色彩。詩歌把重要的詞放在明顯處，然後依次排列成階梯，形成一種視覺美的效果，同時又突出了聽覺美的相互配合："石破、天驚、秋雨嚇得驟然凝在半空"，造成了可視、可聽、可感的審美效應。

好瘦好瘦的一位書生

瘦得

猶如一支精緻的狼毫

你那寬大的藍布衫，隨風

湧起千頃波濤。

　　詩歌中大量的生動比喻與想像的發揮，造成隱晦而朦朧的美感，暗示給讀者詩人和李賀兩個詩人之間隱伏着的聯繫和意義。這種暗示給讀者留下了許多的空白，必須借用詩人的想像聯想進行解讀。

　　同時這種暗示渲染了詩歌的氣氛與情調，給讀者留下了深刻的感覺印象。如果把詩歌中的意象聯繫起來分析，讀者就可以看到，詩人以李賀為知己，通過表現對李賀的遭遇的同情，頌揚了李賀蔑視權貴豪門的人格與詩才，同時也就抒發了自己的情懷，表達了自己和李賀一樣的孤高自傲的個性形象。

　　這首詩的特點在於，用現代的觀念和技巧來表現古代的題材，兩者的結合，造就了意蘊豐富的詩歌意境。

課堂活動

　　詹澈的《金醒的石頭》曾被選入現行中文 A1 課程試卷中。有的考生認為作品朦朧難懂。請閱讀分析此詩在意象選用、表現手法、語言詞彙上有什麼特點。

提示

　　1. 意象的選用：作品中選用的意象生僻、新奇，難以和以往的積累發生聯想；不同的意象之間表面上沒有直接的聯繫和相關的地方，初看似毫不相關。如"石頭"和"西瓜"。分析此詩應設法找出意象及意象群之間的聯繫，例如太陽、白天、夜晚、風、雲、山石、植物。

　　2. 表達的含意：萬物共存，生命不息，各種生命只是以不同的方式存在着，被人們所認識和利用着，它們的區別可能只在於歷史進程的長短而已，本質上是相同的。倘若你是西瓜，不要自喜，倘若你是石頭，也不必自卑，兩者都是同一天空下、同一自然界的生命，各自有着自己的生命軌跡、歷程和使命。

　　這首詩歌揭示了自然界、生命、歷史、人類各自不可抗拒的進程，以及生命的意志力量，高度禮讚了生命。

分析其他類詩歌的要點

抓住具體意象

解讀關鍵詞語

分析象徵寓意

探求深層內涵

找出奇特之處

賞析審美效果

無論分析哪一類詩歌作品，都要注意以下幾個重要的方面：

首先，分析詩歌時能夠知人論世固然好，但是考場上沒有條件也不必拘泥詩歌的寫作背景，好詩可以離開背景，詩歌的蘊涵具有普遍性。好的詩歌有獨立的生命，可以超越時空表達全人類的感情。不瞭解背景，仍然可以從另一個視角去理解，比如，寫自身生命存在狀態的詩歌，不同的讀者會有相通的感情和體驗，可以根據自己的感受進行解讀。

其次，在分析評論詩歌的深層意蘊時，可以自圓其說，但是一定要言之有據，一定要舉出作品中的具體事例證明自己的見解。在詩歌作品的欣賞中要有意識地融入自己的感情。根據詩歌的具體描寫，講出詩歌裡沒有明確寫出的含意，說出你的感受和發現，表現你在閱讀中再創造的能力。

再次，不要忘記把詩歌的形式和內容結合在一起評論。優秀的作品是內容與形式的完美結合。要有意識地考察作者用了什麼結構佈局和詞語組合的方式，以及節奏和旋律等，來有效地表現詩歌的內容。獨到的結構方式、藝術手法與內容的結合，最能體現出詩人的創作個性和才能。從形式和內容進行統一分析，不僅可以把握不同類別詩歌的特點，而且可以看出詩人獨到的寫作風格。

第 10 講 │ 散文的文體特徵

　　散文是生活中人們使用最多的文體，也可能是大部分學生在小學和中學學習最多的文體。大部分同學對散文要比對詩歌和小說更為熟悉，在讀散文的時候，似乎不存在看不明白內容的問題。但是，這和你能對散文作品進行有效的分析和評論，還有相當大的距離。

　　在課程的試卷一中，除了詩歌以外，還有一篇散文或者散文的選段讓學生進行分析和評論。面對這篇沒有讀過的散文，學生要在規定的時間內進行有效的分析，寫出評論文章，就不僅要看明白作品寫的是什麼內容，更要看明白這樣的內容是如何寫出來的。學生要在評論文章裡清楚地寫出，這篇散文的作者採用了什麼樣的結構方式，使用了什麼樣的寫作技巧，運用了什麼樣的語言詞彙表達出了什麼樣的主旨，抒發出了什麼樣的感情，給讀者帶來怎樣的啟迪。

　　有些考生常常容易被作品的內容所吸引，注意力集中在對作品內容意義的思考上，忽略了對作品風格特色的分析。如果只是關注作品的內容，就不能寫出符合要求的、高水平的散文評論文章。要知道，鑒賞作品的文學特色和藝術風格要比概括它的內容更加困難，你必須依據作品中的實例進行深入的細節分析，才能完成對作品文學特色和藝術風格的評論。要達到以上的要求，必須經過一定的練習，有目的地進行準備。

　　在這一部分中，我們對散文文體進行概括介紹，幫助考生掌握散文的特點，學會運用一些必要的分析技巧有效地對散文展開賞析評論。

散文的概念和定義

"散文"的定義經過了不斷演變。"散文"是與"韻文"相對而來的。中國古代，文章分為兩大類，押韻的稱為"韻文"，不押韻的便是散文。所以當時的歷史政治等文獻都可以稱為散文。散文也是中國最古老的文體，各個朝代都有優秀的散文代表作品。《尚書》是中國第一部散文總集。先秦諸子散文、唐宋八大家的散文、明代的晚明散文和小品文等都是成就很高的散文經典，稱為古代散文。

古代散文奠定和開創了後世散文在內容與形式上的特點。《左傳》屬記事散文，是中國第一部具有文學價值的編年史。《論語》是一部記錄孔子和其門人言談的語錄體散文集。《孟子》的特點是好喻、雄辯，成為了論辯性散文的代表作品。《莊子》充滿了浪漫奇麗的色彩，在先秦諸子散文中的藝術成就最高。《史記》是中國第一部紀傳體的史書，開創了我國的史傳文學，對後世的記人敘事文學具有示範價值。從後世的優秀散文作品中，我們都能看到這些經典作品的傳承和影響。

我們常聽到一句話"文史不分家"，這句話是什麼意思？

? 想一想

中國現代白話散文

中國現代白話散文是指與小說、詩歌、戲劇並列的一種文學體裁，這種文體在 20 世紀初的辛亥革命和"五四"新文化運動的推動下產生，繼承了中國古代優秀散文的傳統，同時也吸收外來文化思潮的影響而日漸興盛。和古代的散文相比，現代散文具有一些特點：

1. 在語言方面，現代散文語言接近現代白話，不同於古代散文使用的文言文。現代散文的詞彙、語言表達形式等受到外來語的影響。

2. 在內容方面，現代散文突出個性解放、民主自由、民族獨立的時代主題，反對封建社會的黑暗、落後。

3. 在形式方面，作家風格各異，內容廣泛。作品多流派，多風格，多層次。

從"五四"新文化運動以後，散文和詩歌、小說、戲劇並駕齊驅，成為文學作品的四大文體之一。現代散文有廣義和狹義兩種定義。廣義的散文，是指詩歌、小說、戲劇以外的具有文學性的散體文章。除以議論抒情為主的散文外，還包括通訊、報告文學、隨筆雜文、回憶錄、傳記等文體。狹義的散文可稱為

121

純文學散文，是一種以真實描寫為基礎，靈活運用記敘、描寫、議論等表現方法抒發作者真情實感的文學樣式。

散文的特點

文學散文，是一種自由、靈活的抒寫見聞感受的文體。散文沒有詩歌的音樂節奏，沒有小說的故事情節，也沒有戲劇激烈的衝突。

散文不像小說、戲劇靠虛構的故事情節、矛盾衝突和塑造的人物形象吸引讀者，而是靠濃鬱的詩意和理趣來感染讀者。抒情、敘事類的散文追求的是用文章的意蘊情感打動讀者；說理類的散文表達的是作者對人生的感悟與哲理。閱讀和欣賞散文，能夠讓我們通過一種十分親切隨意的形式，領略作者對人生的經歷體驗或者對自然的感悟。

在閱讀散文、評論散文的過程中，我們既要細心領會作者對人生或自然的感悟，也一定要認真分析作者用以表達這種感悟的方法手段形式特點。與其他文學樣式比較起來，散文有以下幾個顯著的特點：

一 "形散神不散"

散文的取材十分廣泛。我們把散文的取材叫"形"，把作者的感悟叫"神"。

所謂"形散"，其一是指散文的題材廣泛，山川流水、日月星辰、人生百態、歷史現象都可以作為散文寫作的對象。其二是指散文的寫作方法靈活多樣，各種手法都可拿來運用。散文常把記敘、抒情、議論等融為一體，夾敘夾議。

所謂"神不散"，是指散文所要表達的中心思想必須明確而集中。

形散神聚是散文最能突出所長的文體特點。這個長處發揮得好，文章就寫得生動活潑，蘊藉無窮，使人讀後感到自然親切，有趣味，可以由此及彼領會出更多更深的道理。文學理論家強調"散文貴散"原因就在這裡。清代的文學家劉熙載在《藝概》中把散文"形散"這一特殊性概括為一個字，叫"飛"，說散文的神妙之處，就是能飛，隨意來去。多麼形象準確！

但是散文的散，絕不是結構上的鬆散。和其他文學樣式一樣，散文也必須精心地構思，認真地剪裁，力求結構巧妙。所有的材料都要經過作者巧妙的構思聯想，把這些看似形散的內容，有機地聚合在一起。散文的選材雖說是無比的自由與廣闊，但作者所寫的總是自己感悟至深的部分。而這些材料一旦出現在文章中，就立即有了作者的主觀色彩，代表着作者的人生經驗、觀點情感。不論散文的筆法怎樣自由，也不論所寫的材料多麼散，最終都必須"聚"結在一個鮮明的主題下。

課堂活動

用自己的語言，歸納一下散文"形散神不散"的特點，以及這個特點如何在散文中體現出來：

內容取材上：

寫作手法上：

文章結構上：

散文的主要目的是抒情和述志，只要有利於情和志的抒發，什麼樣的內容、手法、技巧都可運用。散文可以自由地使用敍述、描寫、抒情、議論等各種表達方式，也可使用暗示、象徵、比興、聯想等表現手法。表現在具體的作品中，一篇散文的結構安排可跳躍，可穿插，可盤繞，但不管怎樣變化，都要以表現作者的"情"和"志"為核心，都要突出文章的立意才行。

課堂活動

閱讀徐志摩的《想飛》，從作品的內容與手法兩個方面分析散文"形散神不散"的特點。

想飛（節選）

假如這時候窗子外有雪——街上，城牆上，屋脊上，都是雪，胡同口一家屋簷下偎着一個戴黑帽兒的巡警，半攏着睡眼，看棉團似的雪花在半空中跳着玩……假如這夜是一個深極了的啊，不是壁上掛鐘的時針指示給我們看的深夜，這深就比是一個山洞的深，一個往下鑽螺旋形的山洞的深……

假如我能有這樣一個深夜，它那無底的陰森捻起我遍體的毫管；再能有窗子外不住往下篩的雪，篩淡了遠近間揚動的市謠；篩泯了在泥道上掙扎的車輪；篩滅了腦殼中不妥協的潛流……

我要那深，我要那靜。那在樹蔭濃密處躲着的夜鷹，輕易不敢在天光還在照亮時出來睜眼。思想，它也得等。

青天裡有一點子黑的。正衝着太陽耀眼，望不真，你把手遮着眼、對着那兩株樹縫裡瞧，黑的，有排子來大，不，有桃子來大——嘿，又移着往西了！

我們吃了中飯出來到海邊去。（這是英國康槐爾極南的一角，三面是大西洋）。勯麗麗的叫聲從我們的腳底下勻勻的往上顫，齊着腰，到了肩高，過了頭頂，高入了雲，高出了雲。

啊！你能不能把一種急震的樂音想像成一陣光明的細雨，從藍天裡衝着這平鋪着青綠的地面不住的下？不，那雨點都是跳舞的小腳，安琪兒的。雲雀們也吃過了飯，離開了它們卑微的地巢飛往高處做工去。上帝給它們的工作，替上帝做的工作。瞧着，這兒一隻，那邊又起了兩！一起就衝着天頂飛，小翅膀活動的多快活，圓圓的，不躊躇的飛，——它們就認識青天。一起就開口唱，小嗓子活動的多快活，一顆顆小精圓珠子直往外唾，亮亮的唾，脆脆的唾，——它們讚美的是青天。瞧着，這飛得多高，有豆子大，有芝麻大，黑刺刺的一屑，直頂着無底的天頂細細的搖，——這全看不見了，影子都沒了！但這光明的細雨還是不住的下着……

飛。"其翼若垂天之雲……背負蒼天，而莫之夭閼者"那不容易見着。我們鎮上東關廟外有一座黃泥山，山頂上有一座七層的塔，塔尖頂着天。塔院裡常常打鐘，鐘聲響動時，那在太陽西曬的時候多，一枝艷艷的大紅花貼在西山的鬢邊回照着塔山上的雲彩，——鐘聲響動時，繞着塔頂尖，摩着塔頂天，穿着塔頂雲，有一隻兩隻，有時三隻四隻有時五隻六隻蜷着爪往地面瞧的"餓老鷹"撐開了它們灰蒼蒼的大翅膀沒掛戀似的在盤旋，在半空中浮着，在晚風中泅着，仿佛是按着塔院鐘的波蕩來練習圓舞似的。那是我做孩子時的"大鵬"？

有時好天抬頭不見一瓣雲的時候聽着貌憂憂的叫聲，我們就知道那是寶塔上的餓老鷹尋食吃來了，這一想像半天裡禿頂圓睛的英雄，我們背上的小翅膀骨上就仿佛豁出了一銼銼鐵刷似的羽毛，搖起來呼呼聲的，只一擺就衝出了書房門，鑽入了玳瑁鑲邊的白雲裡玩兒去，誰耐煩站在先生書桌前晃着身子背早上的多難背的書！

啊！飛！不是那在樹枝上矮矮的跳着麻雀兒的飛；不是那湊天黑從堂區後背衝出來趕蚊子吃的蝙蝠的飛；也不是那軟尾巴軟嗓子做窠在堂簷上的燕子的飛。要飛就得滿天飛，風攔不住雲擋不住的飛，一翅膀就跳過一座山頭，影子下來遮得陰二十畝稻田的飛，要天晚飛倦了就來繞着那塔頂尖順着風向打圓圈做夢……聽說餓老鷹會抓小雞！

飛。人們原來都是會飛的。天使們有翅膀，會飛，我們初來時也有翅膀，會飛。我們最初來就是飛了來的，有的做完了事還是飛了去，他們是可羨慕的。但大多數人是忘了飛的，有的翅膀上掉毛不長再也飛不起來，有的翅膀叫膠水給膠住了，再也拉不開，有的羽毛叫人給修短了像鴿子似的只會在地上跳，有的拿背上一對翅膀上當舖去典錢使過了期再也贖不回……真的，我們一過了做孩子的日子就掉了飛的本領。

課堂活動

三人或四人一組，討論：《想飛》一文的結構有什麼特點？請根據內容，畫出一個文章結構圖來，和大家分享。

作品的“形”指文章中寫出的人、事件、情節、細節，等等；“神”指的是文章的中心思想，也就是文章的立意。形散，指文中的各種因素可以不緊密連貫，但是，文章必須要圍繞一個中心，這就是“神聚”。在這篇散文中，“神聚”的中心就是對自由的嚮往追求。

這篇文章“形散神聚”的特點集中體現在兩個方面：一是內容豐富，旁徵博引，中西兼容，古今貫通。二是表現手法多樣靈活。《想飛》將寫景、抒情、敍事和議論巧妙完美地結合在一起。

1. 寫景

文章的開頭，先是一幅雪夜的圖畫：夜不是一個時間的概念，而是一幅融情於景、可視可感的雪天深夜畫面。鋪陳意象，用山洞來描寫夜的深，字裡行間能感受到夜很深，很靜，扣人心弦。對雪天以及深夜的描寫，營造出了一種神秘、沉寂的氣氛，將讀者的思緒帶入文章刻意營造的情境之中。

雪夜的深、靜，完全脫離了白日的約束，在這樣的自由中才有思想的活躍、心靈的動蕩、想像的躁動、思緒自由飛翔的可能。於是“夜鶯”在這樣的時刻睜開眼睛了。心靈的自由飛翔為文章“飛”的主旨揭開了帷幕，為後面的描寫埋下伏筆。

白天的畫面包括海邊、天空、鳥鳴、飛翔，從景物的描寫引出“飛”的話題。用比喻、擬人動態地描寫雲雀，連用了好幾個“多快活”讚美了飛翔。疊詞的選用造成節奏的歡快活潑，如“亮亮的唾，脆脆的唾”，多種感官交叉滲透，把叫聲比作細雨的奇喻給人觸覺感受，新奇生動，許多準確生動的形容詞描寫鳥和“飛”，形象生動精彩。

作者的描寫產生出無窮的聯想，一步步深入下去，從雨聯想到雨的跳動，從跳動聯想到舞姿，從舞姿聯想到舞者雲雀，從雲雀聯想到美好和自由，最後歸結到“飛”，完成了對“飛”的讚美，引出全文的主旨：飛就是快樂，就是自然，就是自由自在。作者把對飛的喜愛之情、嚮往之心表達得淋漓盡致。

這樣的描寫是對客觀景物的描寫，更是對主觀內心情感的展示，作者借景抒情，使用了各種修辭手法把景和情生動地描繪出來，把美麗動人的景色和人歡樂欣喜的情感結合在一起。夜景和日景的描寫，有一種現實和理想交融的感覺。通過“夜”展開的現實世界的思考，描寫“日”具有的理想色彩、浪漫激情的想像，使文中對“飛”的論述更加形象生動，充滿了思辨，洋溢着激情。

2. 敍事

採用記敍往事來描寫記憶中的"飛"。地點有"我們鎮上"、"黃泥山"、"七層塔"等。時間是"我做孩子時"。威武的"大鵬"——老鷹的飛翔是壯麗的，是風雲攔擋不住的飛，而不是堂簷上燕子的飛。這些都形象地說明自己心目中對"飛"由來已久的嚮往和渴望。文中連用了"不是……不是……也不是"的排比句，展開了對飛的議論，闡明了自己最欣賞的飛是有高度、有氣勢的飛。這裡借記憶中的事書寫藏在心中的情，既是敍事、議論，又是抒情。

3. 議論

作品直接議論人與"飛"的關係：會飛而不能飛，能飛而不飛。天生具有飛的能力，但是能力在蛻變。在對"飛"的議論中，文章包含了作者對人類生存狀況的思考，對人的現實困境進行的深入辨析。文章表達了作者個人的看法和觀點，有鮮明的情感傾向。

"人們原來都是會飛的"，正是因為人自身的原因，不僅失去了飛行的能力，也失去了對飛的勇氣和想像。"大多數人是忘了飛的。"作者深入挖掘了個人內心真實的感受，暗示"身子卻養肥了……也是難飛"，貪圖安逸，就無法展翅高飛。

作者連用了幾個"飛出這圈子"的排比句，表達了強烈的情感，並且把飛的問題上升到了人生的意義和價值的高度來認識："凌空去看一個明白——這本是做人的趣味，做人的權威，做人的交代。"為了增加說服力，作者緊接着展開對人類歷史的回顧，引用了西方的神話傳說，從人到神論述了人與飛的關係，闡述人類最大使命是製造翅膀，人類最大成功是飛，飛可以超脫一切，籠蓋一切，掃蕩一切，吞吐一切。

與此同時，作者反思"人類的工作是製造翅膀還是束縛翅膀"，"承上了文明的重量"是人不能飛行的原因，文明的代價就是讓今天的飛行付出代價，承擔後果。

整個作品睹現狀、憶往事、思未來，將自己的人生體驗、未來理想、生活追求、苦樂情感、哲理思辨集合在一起，給人以歷史的、現實的警誡與啟迪。

散文貴"散"，又忌"散"。要想做到"形散神聚"，散文就要有明確的中心立意，對所描述的人和事物表現出愛憎好惡傾向鮮明的觀點。而且一定是"意在筆先"。根據立意，選擇和安排內容材料，才能把一切零散的材料統一起來。

這篇散文，聯想自由，無時空界限，抒情議論隨意自由，就是因為全文始終貫穿着一根主線，表達了作者對自由理想的嚮往追求。

課堂活動

閱讀徐志摩的散文《想飛》，寫出自己對作品的看法，並舉出作品的例子加以分析評論。

二 真實性強，以實為主

寫真人真事，或對真人真事進行藝術加工，是散文區別於小說、戲劇的一個顯著標誌。小說、戲劇反映生活的真實，但不是描寫真人真事，而是根據表達主題的需要，以現實生活為基礎來虛構故事情節。散文則不同，在內容上，散文不能虛構，散文中的人物、事件、景物，應當是生活中真實存在的，至少也是有真實根據的。

散文中的"我"大多是作者自己，和小說中的"我"不同。小說中的"我"通常是作品中經過虛構塑造出來的一個人物，即使取材於作者的某些經歷，也不能和作者等同。從這一點上來講，散文中作者的思想和感情傾向更加明顯，散文的主題立意更容易把握。

虛構是文藝創作普遍採用的一種方法，它對概括社會生活、塑造典型形象、突出作品主題均有不容忽視的作用。散文是文學作品，所以散文可以使用虛構這種文學作品常用的手法，但這種虛構只能是以實為主。

三 取材廣泛，無所不容

散文的取材範圍十分廣泛，可以不分古今，不分中外，不分大小，凡能給人以知識、美感，陶冶人情操的東西都可寫成文章。螞蟻樣的小昆蟲，路邊普通的小草，能生出偉大的精神。許多散文都是通過寫作者的所見、所聞、所感的細小之事，來展示作者的內心世界，表達作者對生活的認識和評價，給人以思想的教養或感情的熏陶。

課堂活動

想一想，在你所學過的散文中，有哪些屬於下表中的類別，請加以填寫：

類別	作品名稱
隨筆	
文藝評論	
人物傳記	
日記	
偶感抒懷	
知識小品	
文壇軼事	
懷人記事	
借事抒情	
悼文	
借物言理	
遊記	
演講稿	

從取材的角度看，小說、戲劇、詩歌都不能與散文相比。小說的題材，要有完整的故事情節，鮮明生動的人物形象。戲劇的題材，要有激動人心的矛盾衝突。詩歌的題材，要有深刻的情韻。而散文卻沒有這些限制，凡可以寫小說、

什麼是散文化的表現方法？請舉例說明。

？ 想一想

戲劇、詩歌的材料，都可以寫散文；不可寫小說、戲劇、詩歌的題材，也可以寫散文。

四　形式多樣，自由靈活

散文的表現形式靈活多樣，不拘一格。四大文體中，散文是最實用、最靈活、最沒有約束、最貼近人們生活的文體。

散文的結構主線多種多樣：散文可以用人物為結構主線，如魯迅的散文《藤野先生》。可以用典型的細節為結構中心，如朱自清的《背影》。可以用景物為結構中心，如郁達夫的《故都的秋》。也可以用某一象徵事物作結構中心，如楊朔的《茶花賦》。

散文的結構順序也不拘一格，有按時間發展的先後順序或空間的轉移來結構全文的。有以作者的思想認識和感情變化為序來結構全篇的。

課堂活動

在你所學過的散文中，有哪些散文的結構順序屬於下表中的類別？請加以填寫：

類別	作品名稱
時間順序	
空間順序	
情感變化過程	
認識問題的層次	
事物變化的經過	

散文在表現方式上也不拘一格。為了表達某種思想感情，可以談古論今、談天說地，可以勾勒描繪、倒敘追述。還可以像小說那樣做形象描寫、心理刻畫、環境渲染、氣氛烘托，也可以像詩歌那樣運用比喻、象徵、擬人等藝術手法，還可以像戲劇文學那樣做對話描寫。敘述、描寫、議論、抒情，都可靈活運用。

五 表現自我，突出個性

散文注重表現自我，表現個性，能將作者的人格、品性、嗜好、習慣藝術地表現出來。

和其他的藝術形式相比，散文具有強烈的主觀抒情性。散文表現情感比其他藝術形式更加直接，於是也更加強烈。對比小說可以看出，小說的作者要在作品的後面，而散文的作者則站在前面。

和詩歌相比，詩歌的抒情依附於一般的事、理、景。散文的抒情常常依附於自我的親身經歷。比較而言，散文更加突出自我，散文中的"我"常常是作者自己，在"我"的身上，能表現出作者與眾不同的個性。散文一般採用第一人稱，寫"我"的所見所聞所感。無論寫什麼，都是為了抒發作者的生活感受和思想見解。

議論性散文注重追求文章的理趣，突出的是作者本人深邃的思想和理性的思考。在議論性的散文中，作者對社會人生的獨到見解是和他的個性密切結合在一起的。閱讀散文時要能從文字中，看出作者的個性特點。

六 以小見大，言近旨遠

散文一般篇幅短小，層次較少，結構不複雜，具有選材精要、言簡意賅、立意深邃的特點。

散文往往透過平凡的現象展示不平凡的本質，用細小的局部顯示宏大的整体，通過生活的瑣事表達深刻的哲理，運用象徵手法昇華主題。寫散文就是以"小"寫"大"，讀散文就是要從小中見大。

"以小見大"指借用小的題材、從小的角度表現深刻問題的寫作方法，就是小處着筆，表現大的主題。這種手法，往往借助於具體而平凡的小事情、小物件，或生動的細節描寫，加以適當的抒情、議論，講述深刻的道理。

散文作家必須尋找合適的角度和切入口，從平常熟悉的凡人小事入手，反映深刻的人生哲理，發掘平凡中的不平凡。所謂"一葉知秋"，講的就是這個意思。

以小見大，就是將抽象的事物具體化。比如一篇文章以生命為話題，而生命的意義是很抽象的，如果能借助人們熟悉的實例，用那些細小的形象（如蝴蝶和小草）來探討生命的頑強，就會言之有物，生動感人。

以小見大，所托之物小，所表達的寓義大。以小見大是散文藝術構思的原則。無論敍事、寫景還是寫人的散文一般都是選擇小處着筆。"小"不一定指小事，而是能引起作者寫作激情的一個着眼點。小中見大是一種境界，欣賞散文一定要善於發現“小”中之“大”。表達一個具有永恆價值的人生哲理，是散文的意境所在，發現了這個“大”，就同時領略了散文的意蘊和理趣。

巴金有一篇短小的散文《星》是體現散文“以小見人”特徵的精品。這篇散文曾被選入現行中文 A1 課程試卷中。在散文《星》中，所托之物“小”如星星，但是由寄所托的“大”，是人們能堅持生活下去的支柱：慰藉、寄託、祝福、希望。

如何分析這樣的散文？我們要從立意的角度，找出作品如何表現“大”與“小”，分析其構思的特點即構思的線索，看作者：

1. 採用何種主要表達方法？對話、議論、記敍、畫面的描述、事件的敍述？

2. 借用何物，抒發何情？

3. 表達的先後順序如何？直接、間接、跳躍、連貫及具體的步驟方式等是如何在文中運用的？

“大”，通常蘊藏在作者的所托之物中。“大”，經常可以在文章的夾敍夾議中找到，有些“大”是在議論中直接點出的。在文章的開頭、中間或結尾處都可能點出。

第 11 講 ｜ 散文的表現手法

學習目標

明確相關概念術語
掌握慣用手法技巧

　　散文和詩歌小說一樣，都是以語言文字為工具創造的藝術品，在表現手法上彼此相通、兼收並蓄。詩歌和小說的藝術表現手法在散文中都有應用。由於散文的內容豐富多彩，形式自由靈活，所使用的表現手法也是多種多樣的。

　　在這一講裡，我們講解散文常用的表現手法：抒情手法和描寫手法，目的是要讓大家明確各種表現手法雖不是散文所獨有的，但在散文的使用中會有一些特殊之處。閱讀和分析散文，就必須瞭解和掌握各種表現手法在具體文章中如何使用，以及對表達作品內容和抒發作者感情起着怎樣重要的作用。

課堂活動

你知道哪些散文常用的表現手法？和大家分享一下。

提示

　　1. 抒情手法有直接抒情、間接抒情、借景抒情、托物言志。

　　2. 描寫方法有人物描寫和景物描寫。人物描寫包括：肖像語言描寫、行動心理描寫、細節描寫、側面正面、白描細描、概括描寫。景物描寫包括：遠景、近景、靜景、動景、烘托渲染、襯托對比、動靜相襯。

　　3. 修辭手法有象徵、誇張、對比、比喻、擬人、雙關、用典。

根據你讀過的散文
作品，你能不能舉
出幾個直接抒情的
例子？

想一想

抒情手法

散文的抒情手法有直接和間接抒情兩種方式：

一　直接抒情

直接抒情就是以第一人稱"我"為抒情主體，直接表現作者的思想感情的一種方法。

寫作練習

閱讀畢淑敏的散文《我很重要》節選，寫一段文字，分析直接抒情的效果。

我很重要（節選）

我很重要。

我對我的工作我的事業，是不可或缺的主宰。我的獨出心裁的創意，像鴿群一般在天空翱翔，只有我才捉得住它們的羽毛。我的設想像珍珠一般散落在海灘上，等待着我把它用金線串起。我的意志向前延伸，直到地平線消失的遠方……沒有人能替代我，就像我不能替代別人。我很重要。

我對自己小聲說。我還不習慣嘹亮地宣佈這一主張，我們在不重要中生活得太久了。我很重要。

我重複了一遍。聲音放大了一點。我聽到自己的心臟在這種呼喚中猛烈地跳動。我很重要。

我終於大聲地對世界這樣宣佈。片刻之後，我聽到山嶽和江海傳來迴聲。

是的，我很重要。我們每一個人都應該有勇氣這樣說。我們的地位可能很卑微，我們的身份可能很渺小，但這絲毫不意味着我們不重要。

重要並不是偉大的同義詞，它是心靈對生命的允諾。

人們常常從成就事業的角度，斷定我們是否重要。但我要說，只要我們在時刻努力着，為光明在奮鬥着，我們就是無比重要地生活着。

讓我們昂起頭，對着我們這顆美麗的星球上無數的生靈，響亮地宣布——

我很重要。

（選自《我很重要：畢淑敏哲理散文精選》，時代文藝出版社 2005 年版）

二 間接抒情

間接抒情是通過作品中的人事物景的描寫來抒情。間接抒情不同於直抒胸臆，往往借助多種方法，委婉地表達自己的思想感情。

1. 借景抒情和托物言志

借景抒情和托物言志都是間接抒情，它們的共同點在於：首先，都是借助敍述、描寫和議論的方式來抒情，使抽象的感情客觀化、具體化、形象化，易於被人理解接受。其次，它們都可以使用象徵、變形等藝術手法和比喻、排比、誇張、擬人等修辭方法，以增強藝術感染力。那麼，借景抒情和托物言志的區別何在？

請你舉幾個間接抒情的例子。

？想一想

兩者的不同之處在於：第一，"借景抒情"是借助對自然風景的描寫來抒情，可以是景中含情，情隨景而流露；可以是情寓景中，蘊而不露。"托物言志"是通過描寫某種物品來抒情，即詠物抒情，常常借助於某些具體的植物、動物、物品等的一些特性，委婉曲折地將作者的感情表達出來。

第二，"借景抒情"中的"情"，專指熱愛、憎惡、讚美、鞭撻、快樂、悲傷等感情。"托物言志"中的"志"，含義很廣，可以指感情、志向、情趣、愛好、願望、要求等。

第三，"借景抒情"要求達到思與境相諧，情與景交會，寓情於景，情景相生，形成情景交融的審美意境。"托物言志"是將作者的某種感情、志向通過與之相關的實物傳達出來，作者可以通過敍述和議論，將自己的人生感悟和哲理表達出來。

2. 借景抒情的手法在散文中的運用

借景抒情是文學作品中常見的一種抒情手法，就是借助描寫自然景物來抒發作者的主觀感情。借景抒情的表達方式也反映了中國文化的一種獨特現象，中國人以"天人合一"的觀念審視自然，認為外部自然世界的風雲變幻、花開花落、日月輪迴等都能引起人的生命感受。所以在自然景物和人的情感上構成了心物相感與情景交融的關係。

自然萬物養育了人類，也激發着人的情感。作者在觀察或接觸自然萬物之時，景物引發了作者的感受，誘發了想像，"情無景不生"。詩人本來沒有情感，或者本來沒有強烈的情感，因為看到了自然的景色，或因景的美麗而歡喜，或因景的蕭瑟而感傷。情感由景激發出來，景決定了情，情是受制於景的。比如，在陽光燦爛的日子人的心情就舒暢，在狂風暴雨的日子裡，人可能就會擔憂緊張。這就叫觸景生情。

在作品中，情又能決定景。所謂借景抒情，就是作者創作時有着強烈的感情需要抒發，必須借助一定的景色描寫來表現這種情感。作者在文中不是直接抒發感情，而是將自己的感情轉移到景物上去，使景物帶上感情色彩。景是為情服務，受情的制約，如果作者歡樂，見到的景色都會洋溢歡樂的氣氛；如果作者悲哀，所寫的景都會蒙上哀愁的色彩。因為作者帶着有情的眼光觀察景物，景物被染上感情，這就叫物隨心動，景因情變。

觸景生情和借景抒情，都是為了達到情景交融、情與景的統一。如在魯迅的《風箏》開頭一段中，作者並沒有直接抒發"我"的悲涼心情，而是通過生動的景物描寫來表達"我"當時的心境：壓抑、窒悶、悲涼。

在現代人的作品中，自然景物的描寫中不但凝聚了作者喜怒哀樂的情感，還滲透了強烈的時代感與現代意識，這樣的描寫，把作者的主體人格力量和情感宣泄與大自然融而為一，創作出了融情入景的審美境界，使得文章含而不露，意蘊深厚。在分析具體的作品時，一定要細細地品味作品中描繪的景物，把握其中蘊涵的感情。

課堂活動

閱讀馮至的散文《一個消逝了的山村》的節選，品味散文中借景抒情的藝術魅力。

一個消逝了的山村（節選）

最可愛的是那條小溪的水源，從我們對面山的山腳下湧出的泉水；它不分晝夜地在那兒流，幾棵樹環繞着它，形成一個陰涼的所在。我們感謝它，若是沒有它，我們就不能在這裡居住，那山村也不會曾經在這裡滋長。這清冽的泉水，養育我們，同時也養育過往日那村裡的人們。人和人，只要是共同吃過一棵樹上的果實，共同飲過一條河裡的水，或是共同擔受過一個地方的風雨，不管是時間或空間把他們隔離得有多麼遠，彼此都會感到幾分親切，彼此的生命都有些聲息相通的地方。我深深理解了古人一首情詩裡的句子：「日日思君不見君，共飲長江水。」

其次就是鼠曲草。這種在歐洲非登上阿爾卑斯山的高處不容易採擷得到的名貴的小草。在這裡每逢暮春和初秋卻一年兩季地開遍了山坡。我愛它那從葉子演變成的，有白色茸毛的花朵，謙虛地摻雜在亂草的中間。但是在這謙虛裡沒有卑躬，只有純潔，沒有矜持，只有堅強。有誰要認識這小草的意義嗎？我願意指給他看：在夕陽裡一座山丘的頂上，坐着一個村女，她聚精會神地在那裡縫什麼，一任她的羊在遠遠近近的山坡上吃草，四面是山，四面是樹，她從不抬起頭來張望一下，陪伴着她的是一叢一叢的鼠曲從雜草中露出頭來。這時我正從城裡來，我看見這幅圖像，覺得我隨身帶來的紛擾都變成深秋的黃葉，自然而然地凋落了。這使我知道，一個小生命是怎樣鄙棄了一切浮誇，孑然一身擔當着一個大宇宙。那消逝了的村莊必定也曾經像是這個少女，抱着自己的樸質，春秋佳日，被這些白色的小草圍繞着，在山腰裡一言不語地負擔着一切。後來一個橫來的運命使它驟然死去，不留下一些誇耀後人的事跡。

......

兩三年來，這一切，給我的生命許多滋養。但我相信它們也曾以同樣的坦白和恩惠對待那消逝了的村莊。這些風物，好像至今還在述說它的運命。在風雨如晦的時刻，我踏着那村裡的人們也踏過的土地，覺得彼此相隔雖然將及一世紀，但在生命的深處，卻和他們有着意味不盡的關連。

1942 年，寫於昆明

（選自《馮至全集》第 3 卷，河北教育出版社 1999 年版）

這是一篇借描寫自然景物，抒發對生命歷史感慨的抒情散文。這樣的選題與立意繼承了借景抒情的文學傳統。

為什麼説借景抒情的選題與立意體現了中國文學的傳統意義和價值？

? 想一想

中國是一個農業古國，農耕生產必然依賴大自然，所謂的 "靠天吃飯" 就是這個意思。古代先民在長期的農耕生產過程中，遵守節氣，留心季節氣候，觀察日月星辰，與大自然生命相依。

在中國古代哲學文化觀念中，自然物象是具有人本意義的。人與自然生命同一，這是一種天人合一的哲學文化觀念。在這個基礎上，自然界的萬物和人之間存在着心心相印的聯繫，因此，人的內在心靈和外在物象之間構成了一種互相映照的關係，具有心物相互感應特徵的情感對應。中國文化意識的自然情結深深植根在以自然為描寫對象的文學作品之中，成為一種文學傳統。所以，中國古代文人不僅喜愛將自然意象作為作品的歌詠對象，而且大多表現出心物相感、物我相得的意趣。比如，文學作品中經常出現的意象是秋天、月亮、花草等，作者借寫秋思表現對世事變遷、青春不再等惆悵的情感。

馮至的《一個消逝了的山村》先描寫景物的自然狀態，又對景物進行了感覺化的描寫，所描寫的景物帶有了作者特定的心境和感覺。代表人類文明的山村消失了，曾在山村中生活着的人消失了，而滋養過他們的小溪卻仍在流淌。情景交融，表達出作者對大自然的感激、敬畏。

作者對小小的鼠麴草，先進行了自然狀態的描寫："這種在歐洲非登上阿爾卑斯山的高處不容易採擷得到的名貴的小草。在這裡每逢暮春和初秋卻一年兩季地開遍了山坡。"接着進行了人格化的描寫："我愛它那從葉子演變成的，有白色茸毛的花朵，謙虛地摻雜在亂草的中間。但是在這謙虛裡沒有卑躬，只有純潔，沒有矜持，只有堅強。"最後揭示出它的象徵意義："有誰要認識這小草的意義嗎？……這使我知道，一個小生命是怎樣鄙棄了一切浮誇，孑然一身擔當着一個大宇宙。"水、草、山看似平凡，實則偉大。只有自然能成為歷史與現在連接的紐帶。自然對人類的貢獻、人類與自然和諧的關係，是永恆的、神聖的。

只有大自然能記錄人類的歷史，維持人類的現狀。自然與人類歷史、人類發展之間存在着相互依靠的關係，作者從眼前的自然景物看到了人類發展的必然現象。作者強調對自然的感念和敬畏的情感，強調人生應有的態度。他將自己對生活的認識和人類的期望都注入了對自然景物的描寫之中，從身邊的平凡風物得到了感悟：人和自然如此密切相關，生命之間又是這樣相互依賴。

馮至的散文《一個消逝了的山村》曾被選入現行中文 A1 課程試卷中。同類的寫景抒情的文章多次出現在考卷中，例如李廣田的《秋》。

課堂活動

閱讀李廣田的《秋》，分析其中的借景抒情。

提示

　　有許多散文名篇是以秋天為描寫對象的，魯迅的《秋夜》、林語堂的《秋天的況味》、李廣田的《秋》都是如此。秋天這個自然意象聚合了傳統與現代的不同文化心理與審美感受。

　　在有些人的眼裡，秋是悲涼、淒惶、蕭瑟、肅殺的代名詞，是"悲"的象徵。也有人為秋天而感到喜悅，因為秋天是一個收穫的季節。不同的看法決定了作品的立意不同。

　　李廣田的《秋》是一篇頗具象徵意味的散文。面對早春，"他"既愛又恨，春去了又思春。而夏日的紅花令"他"膩煩，灼人的日光讓"他"討厭。只有秋天，使"他"感到世界人生都是"真實的"。面對秋色變幻，作者心中時而感到時光易逝，時而感到生命短促，時而感到"恐怖"，時而感到"親切"、"安定而沉着"，最終悟出人生的真諦：人生要有"更遠的希望、向前的鞭策"，要有"沉着的力量"。

　　作者勾畫出一幅蕭索的晚秋圖，以秋天象徵人生之旅途，象徵"更遠的希望，向前的鞭策"和"沉着的力量"，其實也是記錄了 20 世紀二三十年代中國青年知識分子苦悶彷徨的心境以及對人生前途的探索和追求。

　　作者認為秋天給了人希望和鞭策，所以他把秋天當作朋友。李廣田的《秋》表明了他對人生的態度，一種積極、進取的態度：走在路上，不願停留在途中，積極進取而又踏實沉着。

　　李廣田的語言清秀雋永，就像跟一個老朋友在秋日的下午閒聊家常，共同抒發對秋的感悟和對人生的看法，讓人覺得無限親切。

3. 景物描寫的作用

在這類的散文中，作者總是試圖把自己文章的"立意"和所要表達的情感，通過對景物的細緻生動的描寫展現出來。景物描寫得越是詳細、生動、別緻、突出，文章的立意就越深刻，越能打動讀者，引起共鳴。

在閱讀此類文章時，我們一定要注意對景物描寫的細緻分析，來領會作品的內涵意蘊。

4. 托物言志的手法在散文中的運用

"托物言志"是指通過描寫客觀事物寄託傳達作者的某種感情、抱負和志趣。自然界的萬事萬物不僅激發人的情感，更會引發人對社會人生、宇宙、生命的智性體驗與哲理的思考，讓人們得到啟發和感悟。在這一點上，托物言志的方式和借景抒情是一致的。

托物言志，就是認為在所描寫的"物"和想要表達的思想看法之間有着一定的聯繫或者相通之處。作者抓住物的特徵，借用對某種物的記敘、描寫，把自己的志趣、思想寄託在物的身上，找準兩者的"相托點"，把一個深刻的道理表達出來。比如，從事物的特徵上看到了人的精神、品格、性情、風貌，以體現文章的立意。這樣的方法，將主觀思想感情客觀化、物象化，使作品達到了情景相生、物我渾然，主客觀統一的完美境地。

課堂活動

閱讀陸蠡的《囚綠記》的節選，分析托物言志的作用與效果。

囚綠記（節選）

綠色是多寶貴的啊！它是生命，它是希望，它是慰安，它是快樂。我懷念着綠色把我的心等焦了。我歡喜看水白，我歡喜看草綠。我疲累於灰暗的都市的天空和黃漠的平原，我懷念着綠色，如同涸轍的魚盼等着雨水！我急不暇擇的心情即使一枝之綠也視同至寶。當我在這小房中安頓下來，我移徙小枱子到圓窗下，讓我面朝牆壁和小窗。門雖是常開着，可沒人來打擾我，因為在這古城中我是孤獨而陌生。但

你曾經學習過哪些托物言志的文章？

？想一想

我並不感到孤獨。我忘記了困倦的旅程和以往的許多不快的記憶。我望着這小圓洞，綠葉和我對語。我瞭解自然無聲的語言，正如它瞭解我的語言一樣。

我快活地坐在我的窗前。度過了一個月，兩個月，我留戀於這片綠色。我開始瞭解渡越沙漠者望見綠洲的歡喜，我開始瞭解航海的冒險家望見海面飄來花草的莖葉的歡喜。人是在自然中生長的，綠是自然的顏色。

我天天望着窗口常春藤的生長。看它怎樣伸開柔軟的卷鬚，攀住一根緣引它的繩索，或一莖枯枝；看它怎樣舒開折疊着的嫩葉，漸漸變青，漸漸變老。我細細觀賞它纖細的脈絡，嫩芽，我以揠苗助長的心情，巴不得它長得快，長得茂綠。下雨的時候，我愛它淅瀝的聲音，婆娑的擺舞。

……

可是每天早晨，我起來觀看這被幽囚的"綠友"時，它的尖端總朝着窗外的方向。甚至於一枚細葉，一莖卷鬚，都朝原來的方向。植物是多固執啊！它不瞭解我對它的愛撫，我對它的善意。我為了這永遠向着陽光生長的植物不快，因為它損害了我的自尊心。可是我囚繫住它，仍舊讓柔弱的枝葉垂在我的案前。

它漸漸失去了青蒼的顏色，變得柔綠，變成嫩黃；枝條變成細瘦，變成嬌弱，好像病了的孩子。我漸漸不能原諒我自己的過失，把天空底下的植物移鎖到暗黑的室內；我漸漸為這病損的枝葉可憐，雖則我惱怒它的固執，無親熱，我仍舊不放走它。魔念在我心中生長了。

……

離開北平一年了。我懷念着我的圓窗和綠友。有一天，得重和它們見面的時候，會和我面生麼？

（選自《囚綠記》，文化生活出版社 1940 年版）

提示

作者陸蠡（1908—1942）是一位有自己獨特風格的散文家。抗日戰爭爆發後，陸蠡寫下了托物言志的名篇《囚綠記》。在民族危機日益嚴重的關頭，他關注中華民族的命運，表現了崇高的民族氣節。陸蠡死於日本侵略者的牢中。他年輕的生命像一棵永不屈服於黑暗的常春籐。

作品構思巧妙，記敘了北平舊寓裡一棵常春藤"永遠向着陽光生長"，熱情歌頌永不屈服於黑暗的囚人"綠色"。作者抒發了自己對象徵着生命與自由的綠色深沉的情感,深情委婉而又充滿浩氣。

分析此類散文的特點,主要抓住"物"與所抒發情感之間的相互聯繫點,有時候也是兩者的相似點。比如,綠色植物的自由生長的環境與人的生存環境,或植物的生命與人的生命,植物對自由的嚮往與人對自由的嚮往之間是具有相互連接點的。所以,分析這類作品時,一定要細心觀察作者如何對物進行了形象傳神的描寫,突出了哪些特點,在具體的描寫中傾注了什麼樣的思想情感。要能夠"以小見大",在景物的描寫中領會作者所揭示出的哲理。

這段文字不僅僅是對生命的謳歌,而且表達了作者對堅韌不拔意志品質的崇敬之意。

描寫方法

散文中常常有人物描寫和景物描寫。從描寫手法的角度來看,白描和細描、渲染烘托、夾敘夾議等,都是散文常用的。

一 白描和細描

"白描"原是中國畫的一種技法,是指一種不加色彩或很少用色彩,只用墨線在白底上勾勒物象的畫法。作為一種文學描寫方法,白描是指抓住事物的特徵,以質樸的文字,不用修辭手法、不用各種修飾詞語,寥寥幾筆勾勒出事物形象的描寫方法。魯迅先生非常善於使用白描手法。如《藤野先生》中關於藤野先生外貌衣着言語的一段介紹,就是一個人物白描的好例子。

"細描"是指對事物的一筆一畫的精雕細刻,相對白描,細描也可以稱為工筆。新鳳霞的《傻二哥》是一篇出色的散文。作者對人物進行了白描和細描,細膩地把一個賣藥糖的勞動者"傻靈傻靈"的特徵刻畫得淋漓盡致。從他穿的衣服、使用的用具、吆喝前的準備、吆喝的聲調、吆喝的內容,到他對顧客和鄰里窮哥們兒的態度,作者都細細寫來,描繪出了一個活生生的善良、勤快、樂觀、窮而有志的年輕人形象。

二 渲染烘托

"渲染"是中國畫的一種畫法,指用水墨或顏色烘染物象,分出陰陽向背,增加質感和立體感,用水墨或淡的色彩塗抹畫面,以加強藝術效果。在文學作品中，作者常用環境描寫或抒發感情，來渲染一種氣氛，使讀者在具體的氛圍中迅速進入作者所抒寫的特定情境中去。

在臧克家的《老哥哥》中，一開頭作者就渲染了孤寂淒涼的環境氣氛，從而形象地展現了人物心頭無可解脫的愁苦之情。對環境、景物作多方面的描寫，會起到突出形象、加強藝術效果的作用。

《老哥哥》開頭一段寫了深秋的景色，描寫了蟋蟀在夜中鳴叫，涼風、月光穿窗而入的景色。"涼風"、"月光"的詞語與意象，體現出了作者的情緒以及感受，刻畫出典型景物來渲染特定情緒，選用色彩詞來營造時空背景、渲染氣氛。我們在閱讀散文時，要善於根據這樣的詞語來判斷作品的內容與情感。

"烘托"本是中國畫的一種技法，用水墨或淡的色彩點染物象的輪廓外部，使物象鮮明突出。文學創作的"烘托"指從側面着意描寫，作為陪襯，使所要表現的事物鮮明突出。"烘托"可以是人烘托人，也可以是物烘托物，更多的是物烘托人。

渲染和烘托的區別在於，渲染是指作者通過對人物的外形、行為、心理、語言或事件、環境、景物等作多方面的集中描寫，突出人或事物的本質特點，用以加深主題。烘托是指不直接地對主要的人物或事物進行描寫，而是對其背景、與之相關的人或事物加以描繪，使其形象突出。這種寫法除了利用反差對比使主要形象更加鮮明外，還會使文章曲折含蓄，獨具風格。

三 夾敍夾議

"夾敍夾議"指的是記敍與議論交叉運用的寫法，使文章輕鬆活潑地闡發議論，讀來饒有興味，使人深受教益。文章中的記敍是為議論服務的，而議論又以記敍為基礎，敍為議提供了事實依據，使立論有根有據，具有很強的說服力：

1. 記敍文中的議論往往起畫龍點睛、揭示記敍目的和意義的作用。

2. 議論文中的記敍往往起到例證的作用。

3. 說明文中描寫、文學性筆調起到點染作品，使之更加生動形象的作用。

徐志摩的《想飛》一文中就使用了夾敍夾議的方法來闡明自己的見解。在閱讀時應該多留意。

第 12 講 │ 散文的類別劃分

學習目標

明辨各類散文的特點

有針對性地賞評作品

根據你學過的散文
作品，可以將它們
分為哪幾個類別？

？想一想

根據內容，散文一般可分為記人敘事、寫景狀物、議論隨筆三個大類。

記人敘事類

以記敘人物、事件為主的散文，稱為記敘散文，這類散文以人物、事件為主要的表現對象，以記敘為主要的表達方式，借記人敘事來抒情寫意，帶有極強的感情色彩。

一 記人散文及其特點

記人散文是通過記敘一些和人物有關的事件來表現人物，表達作者對所寫人物的認識、感受、情感、看法和評價等，帶有濃厚的抒情成分。

記敘散文寫的人，大都與作者有密切的關係。所寫的事，或是作者自己的親身經歷，或是對作者自己啓發大、影響深的事。在寫這些人和事的時候，作者自己的真情實感都體現在其中。

記人散文一般選寫真人真事，描寫人物"粗中有細"，表現作者"處處有我"。記人散文可以記一個人的或一群人生命的歷程、側面、細節、生活的片段和場景。閱讀這樣的散文，不能只是停留在人物、事情的表面把它當成故事來讀，而忽略了作品中所蘊涵的情理意趣，要借助對藝術手法的分析來深入地理解作品。

小說寫人，是要塑造人物的形象，表現人物的性格特徵，以此反映客觀現實。散文寫人是為了表現作者的感情，表達作者對人生和社會的某種感受，表達內心主觀感情。小說寫人要虛構、要典型化；散文則在真人真事的基礎上，進行某些剪裁加工，注重對人物進行寫意式的描寫。小說寫人講究形象的豐滿、性格的發展、展現全貌；散文寫人則要抓住某些局部片段、細節特徵，突出刻畫人物性格中的某一種特徵，不求展現人物的全貌，而要突出人物的神韻。散文寫人不是純客觀的刻畫，而帶有強烈主觀情感，抓住最能代表人物性格特徵的動作、習慣來描繪。對人物的描寫，不能太詳細、太密集，而要虛實相間，把描寫、敍述、議論、抒情結合起來，在勾勒人物特徵的同時，對關鍵的細節加以詳盡的描繪，突出特點，抒發作者的內心情感。

賞析寫人的散文要注意人物形象，賞析人物形象要注意：

1. 作品對人物語言神態、動作、心理的細節刻畫。

2. 環境對人物的烘托作用。

3. 作品中作者對人物的評論。

作者選定人物對象來寫，是因為這個人和作者有深厚的感情。所以散文寫人一定是從作者的角度來寫人，明確表達作者的所見、所想和經歷，是作者對所寫人物情感的表露，是作者的人生態度的表白，是作者對人生社會的評價。所以在評論這類文章時，要能從所寫的文字中看到作者的情感和見解。閱讀時注意考慮以下幾個問題：

1. 如何通過直接抒情、間接抒情，表達作者對問題的想法、看法、主觀的願望？

2. 如何通過一個人物個別的問題，表現作者對整個人類的廣泛關注？

3. 如何由寫人引出深刻的寓意，從而拓展文意，揭示出作者對人生意義的思考、對社會現象的思考？

二 記事散文及其特點

散文所記的事以真人真事為基礎，抒發真實的情感。散文的記事不是目的而是手段，是為了表現作者獨特的生活體驗、感受，事件只是情感的載體。

作者選擇感受最深的生活片段，描寫出簡明生動的生活圖畫，不求複雜曲折的情節，而是在記述客觀事件時，寫出自己的主觀感受。在記事的過程中，寫出當事人的感情和內心活動，更要寫出作者的體驗、感受、思考和見解。

散文對人和事物進行具體描繪和敍述。記敍的過程就是抒寫情感的過程，有濃厚的抒情性。要用非常具體、細膩的描寫，如動作描寫、神情描寫來展示事件的過程，同時明確地表示"我知道"、"我想"的內心活動。通過對事件

散文的記事有什麼特點？

? 想一想

記敍性的散文和小說有什麼異同？

？ 想一想

的敍述議論，表達自己的觀點和見解。

面對記敍性的文學作品，有些學生難以準確地分辨它是小說還是散文。要注意掌握散文和小說的區別所在。

散文和小說都借助形象反映現實生活，表達見解和感受。但是，散文中可以清楚看到作者想要表達的觀念和情緒，而小說則是把它隱藏在故事裡，需要讀者去發掘。散文和小說敍述的角度不同：小說 "客觀" 地敍述故事，而散文 "主觀" 地抒情。小說的敍事往往是表現作品人物的經歷、人物的感受，沒有作者主觀的抒情和議論；散文的敍事有作者的影子，處處可見作者的主觀情感的表述。

散文中的事件一般故事性不強，沒有完整的情節，沒有尖銳的衝突，不注重懸念和巧合的設置。散文要有動人的畫面和細節的描寫，具有強烈的情緒的感染力。其特點包括：

1. 條理清晰

一般來說，散文會對事件的時間、地點、人物、原因有個清晰的交代，讓讀者知道是怎麼回事。交代時空很重要。"有一次"、"那一年"、"童年時"、"黃昏"、"冬天的田野上" 等等都是交代時空的常見詞語。散文中所寫的事件都是過去發生的事，文章中的時空指示未必清晰明確，往往有種朦朧的感覺，這種感覺已經融入了作者主觀的情感。以臧克家的《老哥哥》為例，在作品的開頭，作者用一些具有情感色彩的詞語來引讀者進入這個特殊的時空環境，既交代了事件發生的具體時空，也表達了作者的主觀感受，營造出籠罩全文的氣氛，奠定了文章的情感色彩。

2. 詳略得當，記敍結合

在好的敍事散文中，一般的事件過程略寫，重點內容詳寫。詳寫，不僅從篇幅上表現出來，更重要的是突出細節描寫，藉具體細節的刻畫來表現作者的體驗和感受，渲染感情，深化意蘊，把事件的記敍和描寫與感情的表現巧妙地結合起來。

3. 角度恰當，主線明確

選擇恰當的角度來抒發感情，突出主旨。一篇散文可以從時間、地點、事件的先後、情感的變化等不同的線索中，選擇一條線索來結構全文，不能雜亂無章。記事的主線和感受的主線往往是相互交織的。

在魯迅的散文《風箏》中，記事主線和心理感受線平行又交織：事件的時間、地點、起因、經過、結果，和作者的蠻橫、粗暴、自以為是、發現、懺悔、反思、質疑等心理感受相互配合。

散文中的寫人和記事常常結合在一起，不能截然分割開來。只是根據其中主要的一方面來定，着重事件過程的被看作是記事，而着重人物刻畫的就是寫人。如朱自清的《背影》是寫人的，豐子愷的《東京某晚的事》是記事的。

課堂活動

讀讀下面的散文標題，看看哪個屬於記人，哪個屬於敘事？

1.《滿抽屜的寂寞》

2.《哭小弟》

4. 以小見大，立意深遠，引發思考

散文善於在平凡和常見的題材中，發掘深刻的思想意蘊。從日常生活中發掘哲理，得到理性的啟示。通過作者本人在事件結束時的所見、所感、所為、所想，點明文章的深刻含意，引發讀者的思考。

臧克家的《老哥哥》描寫了自己家的一個普通的長工。老哥哥把自己的一生都貢獻給了主人家，養育了主人一家三代，自己卻沒有兒女，沒有家業，失去了健康，待血汗流盡時，主人把他趕出家門。一無所有的他無怨無悔，仍然關心體諒別人。老哥哥是一個典型的中國下層勞動人民的代表。作者寫他，因為這是養育作者成長的恩人，作者愛戴他，喜歡他，對他懷有感恩的情感。作者寫他，還因為他代表了廣大的下層社會勞動人民，作者對他受到的遭遇感到憤慨和不平。

作者把老人和自己的家人相互比較，寫老人的善良、正直、勤勞的性格，一方面歌頌了人性的善良與美好，另一方面也揭示了人性的醜惡和自私，同時

揭示了社會的不公平現象，在當時具有了引發讀者思考、喚起人民起來改變社會的作用和意義。文章的立意非常深刻。

寫景狀物類

這類散文以自然景觀和特定物件為主要的表現對象，以描寫為主要的表達方式，輔以記敘、抒情、議論、說明等手段，借對人文環境、自然景物和特定物件的描寫來抒情寫意。作者描寫的景與物是承擔了作者情思的藝術形象和載體，寫它來寄託自己的情懷。作品注重描寫景與物的形、聲、色、味和神韻的優美，使讀者能感受到其中包含的情意韻味。

一　寫景抒情類散文

寫景散文作品寫的是真實自然的景色實物。解讀這類的作品，需要根據內容展開聯想和想像。注意上一講講解過的借景抒情的表現手法的靈活運用。

寫景抒情追求的是借景抒情、情景交融的創作境界和藝術效果。作品就是要表現出人與景、情與景的相互作用與關係，表達人在特殊環境下的特定情感。具體特點如下：

1. 先有情，才寫景。作者以寫情為主，寫景為輔。帶着主觀的情感來描寫客觀的景物，這樣的寫景，才可以寫出情化了的景、景物化了的情。

2. 借助對景物的形象的細節刻畫和描寫，表現出獨特的情感體驗。

3. 營造出一種與景色相應的氣氛來，突出情感的色彩和意蘊，構成一種意境，達到情景交融的效果。

4. 突出主觀感受，把寫景、抒情、議論幾方面相連起來，闡明自己的所感所想，達到景我合一。

如果仔細觀察，可以發現不同的作品有一些區別：

1. 實寫景物

實景實寫，沒有隱喻和象徵，一切情與理都從描寫對象本身的形態中顯示出來，作者的主觀意圖也都是從場景、景物的描寫之中表露出來。讀者看文章，就像是隨着攝影師的鏡頭進入景中，細膩真切。不加修飾和評說的描寫，需要讀者的反覆品味，才能感受到文中的意蘊。葉紹鈞的《晨》就是一個例子。文章描寫了鄉村田野的景色，從冷靜真切的角度觀察，進行深入細緻的描述，向讀者展示真實的景象，而景象之中又蘊藏着作者想要表達的情意。

2. 感覺化的景物描寫

感覺化的景物描寫，就是描寫景物時，加上了作者的特定心情、感覺，作品中的景物，不是純客觀的景物。朱自清的《春》便是一例。

3. 情意化的景物描寫

情意化的景物描寫，是指作者選寫的景物滲透了作者的主觀情意，再通過所描述的景物來感染讀者。景雖然還是真的景，物也是真的物，但是景物中蘊涵了情意，成為了有情意的景和有意味的物。這類散文借景抒情，用強烈的主觀情意感染讀者。張秀亞的《杏黃月》便是一例。

二　狀物類散文

狀物散文是以某一個物件為表現主體，通過對物件的描摹刻畫寫出物件的形貌、神采，從而達到托物寄意的目的。這裡的"物"指植物、動物或生活中的其他物件。作者可以選寫一種物品為描寫的對象，抓住這個物品的形狀特點，寫出自己和此物的交往過程、因緣情由、特殊關係，表現自己對這一類物的認識、體驗和感受，抒發自己對此物的特殊的情感以及藉由此物引出對人生、世界的思考。

寫物正是為了寫人，寫人與物的關係正是寫人與人的關係，寫人與社會、人與自然的關係。此類散文正是借用特定的物的形象，形象化地表達作者對人生、社會、生命的深刻思考。

這類散文所寫的物沒有限制，可大可小，可多可少。可以注重物體形態特徵的描摹，可以講述物件的身世、演變的故事。作者將情感融於具體事物的描寫中，將獨到的生活體悟凝聚到一種物象之上。或者作者因為一個特別的景物觸動生發出了一種感悟，借助象形聯想或意蘊聯想把主觀情感表現出來。可分為兩類：

1. 在物件描摹上寄託情意

這類散文常常通過寫物的經歷和命運來寫人，寫人與物之間的交往聯繫，表現人與物共同的愛恨悲歡，從而表現出作者對人情事態、社會問題的思考和感悟。老舍的《小麻雀》寫的是一隻小麻雀的貓口餘生的遭遇，卻能讓我們從中讀出社會人生的況味。作者以動物寓示人生，感悟可謂深刻。

2. 將物件人格化

把描寫的物作為一種人格象徵來描寫。周敦頤的《愛蓮說》將蓮人格化，是把蓮作為一種高貴品質的象徵。通過描寫客觀事物，在蓮的形象中寄託、傳達了自己不慕名利、潔身自好的情操。

議論隨筆類

此類散文以議理見長，充滿了智慧和思辨，表現作者的智慧和才思。這類散文可以分為：

一　論題議論

在一個話題下，系統地表述自己的看法和個人的見解。作者常常引經據典，縱橫上下，將各種內容集中在一起闡明事理，追求一種藝術性、形象性的說理效果。

賈平凹的《朋友》是此類散文的一個代表。請大家閱讀分析。

散文的說理不同於一般的議論文，不用邏輯推理，不用事實求證，而主要用文學形象來說話，以述志或論理為主要內容，是一種文藝性的議論文。既要以情動人，又要以理服人。融形、情、理於一爐，合議論與文藝於一體。可以將深奧的事理隱藏於形象的描畫中，也可以將事理寓含於事件的鋪敍之中，可以邊敍述邊議論，邊議論邊抒情。

二　隨想議論

採用隨想隨議的方式表達自己對所見所聞的看法和見解，闡述自己從中獲得的感悟。

史鐵生的《從"透析"到"安樂死"》是此類散文的一個代表。請大家閱讀分析。

《從"透析"到"安樂死"》這篇文章提出了一連串的問題，質疑現存的社會現象，深深撼動了讀者，引發了人們對一系列問題的思考，如對生命的意義、價值、尊嚴、金錢與生命的關係、科技發展等問題的思考。

三　小品文和雜文

　　小品文和雜文是有區別的，前者強調個人的感知與理性的見解，後者更強調對現實問題的干預。前者是對一時一事的個別偶然現象發表議論，抒懷言志，目的是啟迪讀者的心智；而後者是有針對性地批判和揭示，目的是使讀者的明瞭事理。

　　小品文借助對物象的生動的細節描述和事件情節的有趣描述，描摹出完整的寓言形象，在其中寄寓作者要闡述的義理。夏衍的《野草》就是這樣的散文。

　　雜文則是對帶有普遍性的、現實性的社會現象來發表議論，用特別的幽默諷刺的筆調，含沙射影，嬉笑怒罵，達到"針砭時弊"的目的。魯迅先生的雜文是優秀的代表作品。

　　雜文和隨感小品一樣行文自由，把具體的記敍和抽象的議論結合在一起。但雜文更側重於議論時事政治、社會問題，隨感只限於一般的個人感觸。

　　現行中文 A1 課程考卷曾選用白墨的《蒼蠅》，這是一篇雜文的代表作，可以參看。

　　議論說理散文借助一定的意象，闡述道理，也不乏抒情。在冷靜的理性分析中飽藏強烈的思想感情。一些作品採用寓言或荒誕的故事來寄寓褒貶，把抽象的理念形象化。在閱讀評論時，我們要善於從作品生動可感的形象當中尋找超越了表面形象所蘊藏的內涵，透過文字描寫的本身找到深層言外之意。

課堂活動

　　閱讀《野草》和《蒼蠅》兩篇散文，分析兩者有何不同。

第 13 講 | 散文賞析的步驟

學習目標

明確分析散文的路徑

全方位賞析散文作品

課堂活動

回想一下,你是從哪幾個方面着手分析《想飛》一文的?請按照先後的順序排列出來。

先看文章立意

散文寫作的一般規律是先立意再為文。作者對事物、人生突然有了感悟,才通過描寫、記敍、議論將這種感悟表達出來。散文的立意就是作者對人生或自然的感悟,這感悟滲透着作者強烈的主觀感情,是散文的靈魂。閱讀和欣賞散文的一個重要目的,就是借助作品中具體的描寫和敍述來領悟作者的立意,較為準確地把握住其中所含之理、所寓之情。賞析立意要注意下面幾個方面:

一 立意新穎

散文的立意要求新穎獨特。也就是說,散文要表達的感悟是自我的,不是人云亦云。好的散文，因為表達了作者獨特的情志和感受，才吸引讀者，打動讀者。

二　立意深刻

雖說散文是個人情志的表述，但是好的散文具有深刻廣泛的意義，可以引起人們共鳴，給人以啓迪，引發人們的思考。個人的無病呻吟，是沒有價值的。

三　真情實感

散文的情志是個人的、主觀的，來自於作者本人對生活的體驗和感悟，但必須是真情實感，不能虛構編造。

四　形象生動

散文作品的形象一般包括三種：人物形象、自然景象和客觀物象。人物形象即作品塑造的人物形象和作者的自我形象，作品中的"我"一般指的就是抒情主人公。抒情作品，往往是借助山川草木等客觀景象，表現作者的主觀感情。這些山川草木，即是散文形象中的自然景象。詠物作品，往往借助具有某種特性的物件，來表明作者的感悟，闡發人生的哲理。這些物件，便是散文形象中的客觀物象。

散文的立意要通過作品中的人物、事件、場景等生動的形象表現出來。情感的表達、哲理的闡述總是滲透在形象的具體描寫中。朱自清的《背影》，把作者對父親那種難言的悔愧、深情的感激、對父愛的深刻感悟，通過父親過鐵道、上下月台買橘子的形象描寫表現出來，讓讀者難以忘懷。

五　細節精彩

散文的立意要通過生動的細節描寫才能表現出來。寫散文要從小處着筆，以小見大。細節描寫要逼真形象，要能準確地表現出立意所在。《背影》中作者對父親的懷念、對父愛的歌頌，就是通過對背影的細節描寫表現出來的。

六　如何尋找立意

一是看標題。文章的立意常常從作品的題目中透露出來，所以，從題目着手是一個好辦法。

二是看意象。和詩歌抒情一樣，散文把抽象的情感哲理凝聚在形象的"意象"上加以表達，作品的意象或明或暗地指出作者的情緒和感悟，指向文章的立意。散文的說理和抒情，是作者以身邊最平凡、最普通的、最為常見的、親身經歷的體驗為據展開的。散文從自身感悟出發，表達出一種頗有普遍意義的感悟和哲理，引人思考。《杏黃月》就是這類文章的一個代表。閱讀時，要學會通過意象分析判斷文章的立意。

課堂活動

分析臧克家的《老哥哥》的立意。

賞析散文的整體構思

散文是從寫平凡、普通的、親身經歷的體驗着手，表達出頗有共性的感悟和哲理。所以，佈局的巧妙非常重要。一般的結構分三個部分：起始於熟悉平淡，中間伸展開掘，結尾點睛昇華。

開頭，先寫身邊瑣碎之事，平淡無奇。中間，話題展開，縱橫鋪敍，旁徵博引，夾敍夾議。結尾則巧妙收攏，適當點化，畫龍點睛，用首尾呼應結束全篇，讓人感慨萬千、回味無窮。

面對一篇作品，學生在閱讀的過程中要有意識地問自己：文章分了幾個部分，各自寫了什麼？這樣做的目的是把握文章的整體結構。一篇好散文的整體的構思可以從以下幾個方面來看：

一 中心是否突出

散文通常圍繞一個中心來組織材料，控制思路，表現方式可以靈活自由，但一定要突出表現出文章的中心立意。即前面提到過的散文最大的特點：形散神不散。

二　層次是否分明，詳略是否得當

　　在一篇文章裡，作者可以將描寫、記敘、抒情、議論等方式綜合起來使用，但是脈絡、層次要清晰可辨，詳略要恰到好處，這樣才能表現出作者的藝術匠心和功力。

三　記敘類散文有相對固定的結構模式

1. 記敘散文模式

　　（1）開頭：先從眼前的事講起，引出作者與將要敘述的人或事件的關聯。從眼前的景物引出自己的情緒，用概括的語言講述"我"和某人之間的感情關係，引出往事。

　　（2）中間：展開對人物或事件的描寫與敘述。對一個事件進行細緻敘述，對人物進行多方面的描寫，展示人物的性格特點，同時強調"我"和人物的聯繫。也可以選取幾件事進行描寫和敘述，表現人物不同層面的性格特徵。在這中間，穿插"我"對人物和事件的感受、評價和議論。

　　（3）結尾：回到眼前，照應開頭。強調"我"與人物、事件的感情關係，闡發出感悟與哲理。

課堂活動

　　閱讀《老哥哥》，分析寫人散文的結構模式。

所學過的散文作品中，是以什麼為線索來寫作的？

？想一想

2. 記敘散文的結構特點

　　（1）文章可以按時間順序或事件發生、發展的順序來結構全篇。

　　（2）可以按作者的見聞、感受、認識、感情的變化過程來結構全篇。

散文的線索

　　好的散文必須設置一條線索，把文章的內容串聯起來。閱讀散文時要找出文章的線索，包括情感的線索、敍述的線索、描寫的線索，才能理清作者的思路，明確作者寫作的意圖，只有弄清人、事、物之間的相互關係，才能準確地把握住散文的中心立意。

　　散文可以根據時間推移、空間轉換、情景變化、思維邏輯順序等線索來鋪排內容。也可以根據要表達的情感、要闡發的哲理等作為線索來安排內容；有的時候不同的線索可以交叉或平行進行。一邊展開對人物和事件的具體描繪，一邊抒發作者的情感，闡述出對人生的感悟和引發人生哲理。散文的線索可分以下幾類：

一　感情發展的線索

　　感情的變化過程往往是一個重要的線索，用這條感情的線索把一些似乎沒有關聯的材料聯結起來。要借助文章中的形象描寫找出情感的線索，從整體上把握文章的主旨及作家的情感。

　　以張秀亞的《杏黃月》為例，通過對作者所寫景物、所憶所想的閱讀，聯繫當時的處境，就可以想像出作者的感受，看到作者的情感的變化過程：心情從煩躁不安、寂寞、失落到歡快、愉悅，再回到平靜。

　　作者通過細膩的描寫，流露出對過去生活的眷戀情緒，對眼前生活的落寞之情和對未來生活的感悟之情。

　　文中的描寫都塗上了作者濃厚的"主觀色彩"，不同的描寫，就表達出了作者不同的感受，最後突出作者對人生的感悟，對生活的珍愛與信心。

課堂活動

　　《杏黃月》中有哪些意象表達了作者煩躁的心情與感受？哪些意象表達了作者歡悅的心情與感受？又有哪些意象，表達了作者坦然面對現實的心情與感受？

二　敍述的線索

敍述類的散文需要一條有始有終的線索，把發生在不同地點、不同時間、不同情況下的事件組合在一起。在敍述的過程中，層層深入，突出作品的中心立意。

三　描寫的線索

描寫人物和物件的散文，常常以描寫的對象作為線索，抓住人物的特點，把人物在不同時間、不同地點的活動，串連起來。

四　景物的線索

寫景抒情的文章，常常是以景物的描寫為線索，在寫景的細緻描寫中融進作者的理解和感悟，藉着景物的描寫表達作者的思想感情。

一般的模式為開頭部分敍述"我"與景物的關係，議論景物和"我"自己。中間部分細緻描寫景物，分出層次，表現景物特色，發揮聯想。結尾部分重申景物特色，照應開頭，深化感情，發出感慨。

五　行蹤的線索

記遊的散文往往是以人物的遊蹤作為線索，採用步移法來描寫自己的所見所感，闡發自己的見解，表達自己的情感。

藝術手法及其效果

課堂活動

兩人一組，討論下面常用術語的意義，學會在評論分析中加以使用：

動靜相襯：

以小見大：

虛實相間：

欲揚先抑：

托物言志：

承上啟下：

直抒胸臆：

烘托渲染：

情景交融：

　　好的文章將各種表達方式結合使用，敍述、描寫、說明、抒情、議論可以融合在同一篇作品之中。賞析和評論散文，一定要看作品具體使用了什麼樣的表現手法，這些手法如何有效地表達了作者的感悟與思考，對讀者產生了什麼樣的影響。可以從以下幾個方面分析：

　　1. 運用的修辭手法，如比喻、排比、象徵、對比、比擬、聯想、誇張、反襯、通感等，起到了什麼作用。

　　2. 如何結合敍述、描寫、抒情、議論幾種方法。

　　3. 作品的描寫部分有什麼特點，哪裡是粗筆、哪裡是細描，哪些細節比較精彩。

　　如畢淑敏的散文擅長把比喻和擬人結合在一起使用，造成了一種新奇的表意效果和獨特的感受，非常好地表現了作品的立意。

　　為了更好地分析評論散文作品的表現手法和藝術特色，應該做到：明確概念，細緻分析，準確表述。

　　掌握散文寫作中一些慣用的寫作手法和技巧。常用的修辭手法有排比、對比、比擬等；常用的結構方式有插敍、倒敍等；常用的抒情手段有借景抒情、借物言理、形散神聚、以小見大等。根據具體文章進行分析，說明具體手法的使用目的、產生的作用，就可以顯示出對這些慣用手法和技巧的充分理解和運用。所有這一切，都必須用準確的語言加以清晰流暢的表述。無論是試卷一的文學評論的寫作，還是試卷二的命題論文寫作，都要符合這個要求。

課堂活動

　　在規定時間內，閱讀一篇老師指定的散文，邊讀邊作必要的標注，記錄你看到的散文慣用寫作手法和技巧，然後和同伴相互討論。試着用自己的語言說說它們的作用和效果。

散文的語言

一 優秀散文的語言特點

1. 準確優美

"準確"指的是所用的字詞語義準確恰當，清晰簡潔，可以表現事物的本質特徵，傳達人物的神情特點，描繪出生動的形象，勾勒出動人的場景，顯示出深遠的意境。

"優美"指的是語言色彩鮮明，生動活潑，形象生動，富於節奏感和音樂美，讀起來朗朗上口。

2. 表現力強

散文的語言要能準確地傳達作者的思想與情感。文章所描繪的意境、所蘊涵的哲理，都是要借助語言來實現的。所以，句式、語法的安排，詞語的選用，詞彩的修飾，等等，都要有助於內容的表達，從而增強文章的表現力。梁啓超的《敬業與樂業》一文堪為範例。請詳細閱讀第五段的文字，感受文字的感染力。

3. 敍述語言和描寫語言並重

散文可以一邊描繪形象，一邊抒發感情。靈活使用形容、比喻、擬人等文學修辭手法，使用多角度多感官的描寫技巧，使描繪的形象生動逼真，更加具有感染力。如，在朱自清的《春》中，開頭幾句就描繪了一幅色彩艷麗、有聲有色、動靜結合的春花爛漫圖。

還要注意詞語的性質和情感的搭配：色彩明亮的詞語表現輕鬆愉快的情緒，色彩灰暗的詞語表現沉重愁悶的情緒。褒義詞、貶義詞的使用表達出愛與憎的情感。

4. 語言形式豐富

為了表達的需要，散文可以借用文言詞語、方言俚語、歌謠諺語等語言形式，使句式富於變化，造成駢散相間、平仄相調、長短交錯、張弛相映的語言效果，令作品富有美感。散文也可以引用名人名言、警句等點出立意，表達思想情感。

二 論理散文找"警句",看論點

議論散文的論點往往多次在文章中出垷,最引人矚目的是作者用一些最具有情感色彩和最能表明觀點的關鍵詞句來強調和重申自己的論點,這樣的詞句可以成為文章的"警句"。

"警句",就是散文中最精彩、最有力、最傳神、最能表明自己的觀點態度、最能打動讀者的感情、最能引發讀者思考的詞語和句子。好的議論散文,常常會給讀者留下一些精彩難忘的句子。梁啟超的《敬業與樂業》中引用老和尚的一句話"一日不做事,一日不吃飯"成為了文章的警句,增強了文章論點論述的說服力。

課堂活動

選取一個自己最喜歡的散文段落進行分析,舉例說明散文語言的特點。把自己的感受寫成一段文字,不少於 350 字。

散文的風格

你能不能概括一下你個人的風格?

❓ 想一想

在中國古代漢語中,"風格"一詞最早是指人的品格、氣質、風度。後來,"風格"一詞才進入文學評論中,用來概括文學創作者和作品的特點。

一個人的風格就是他個人的品格氣質、他的行為方式的特色,是他與眾不同的鮮明標誌。有時候,我們會比較兩個為人處世不同的人:一個是豪放爽朗,落落大方,大聲說笑,不拘小節;另一個是細緻溫柔,說話輕聲細氣,善於考慮他人,做事周到,想問題仔細。我們說這就是兩種風格。

一部作品的風格就是作品表現出來的總體特點，是這個作品區別於其他作品的標誌。不同作家、不同作品就像是不同的人一樣，由於各種不同因素的作用，呈現出不同的特色，就形成不同的風格。

每一個作家都可以有個人的風格。一個流派、一個時代、一個民族的文學，具有流派風格、時代風格和民族風格。識別一部作品的風格特點，是評論和欣賞作品一個必不可少的方面。在你的評論文章中，你應該明確指出選文的風格特色，只有這樣才能表明你對作品藝術特點的透徹理解，體現出你對文學特色較為準確的把握。

歸納一個人的風格特色，需要看他一貫的表現和具體的言談、舉止。就一部作品來說，風格體現在作品的內容和形式上。每個作家都有自己的選材角度和書寫方式，作品中使用的詞或句式，都體現出不同作家所追求的藝術特色和創作個性。

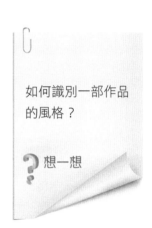

如何識別一部作品的風格？

? 想一想

一　風格是怎樣形成的？

一個人風格的形成，受到自身的文化環境、家庭背景、生活習慣、教育程度的影響。由於不同作家的生活經歷、思想觀念、個性氣質、審美理想不一樣，藝術修養不相同，對社會人生的看法和態度、感情體驗的深淺程度、運用語言文字的能力不同，寫作時必然形成一些不同的特色。這些特色在作家的作品中反覆出現，成為區別於其他作家的顯著的個性標誌，這就是作家的風格。

對一個作家和作品來說，影響風格的客觀因素包括時代社會因素、各民族不同的生活方式、思維方式和語言方式，以及不同的風俗習慣、文化傳統、心理素質等。不同時代的作家在風格上會帶有不同的時代印記。

對一個具體的作品來說，因為它所描寫的對象不同，會影響到作品的風格。比如，一些描寫很可笑的事情的作品，和一些描寫非常嚴肅的事情的作品，不能具有相同的風格。作品的獨特內容與形式必須相互統一。

具有獨創風格的作品能夠產生巨大的藝術感染力。分析一篇文學作品時，千萬不要忽略了對作品的風格特色進行有效的分析評論。這在口頭評論和書面寫作中都是非常重要的一項內容。

幽默機智的風格特色如何表現出來？

? 想一想

二　怎樣分析作品的風格？

學生可能會問，作品的風格具體體現在哪裡？我從哪方面可以看出來？

風格是在內容和形式的統一中表現出來的。我們從以下幾個方面來看：

1. 內容

從作品描寫對象的特點、文章立意的深廣、作者個人感悟的深刻程度幾個方面，能看出作品的風格特點。

2. 形式

從作家塑造作品形象的手法、結構文章的方式、使用慣用手法的獨創性，以及抒發情感、闡明哲理的方法等，能看出作品的風格特點。

3. 語言

從詞語、修辭手法、語氣和語調、詞語的色彩、句子的長短、修飾詞語的使用，能看出作品的風格特點。文如其人，不同作家使用語言的方式不一樣，作品的情緒、節奏、語調和色彩各異，構成了不同的特色：幽默、明快、輕柔、儒雅、辛辣、平實自然、簡潔明快、含蓄深沉等。

課堂活動

選取《想飛》一文中的一個片段，分析作品的風格特色。

> **提示**
>
> 文中詞語的使用、外文的引用體現了中西文化的結合，作品的語言有很強的表現力，清新流暢、典雅秀美。
>
> 作者的內心情感和作品所描寫的事物相互和諧融合，坦誠傾瀉，構成一種獨特的氣氛與情調，表現出作者的主體情緒和個性氣質。
>
> 象徵手法是這篇作品引人注目的特點之一。文章的標題"想飛"本身，就是象徵手法的體現，表達了脫離束縛、追求自由的願望。充分表達了作者對人生的夢想和對現實的看法。
>
> 徐志摩的作品情感熱烈，追求美、真誠，崇尚自由。文章對"美"的表達，體現在用詞、意境和韻律上。同時作者也很講究構思。
>
> 徐志摩的作品言我之志，抒我之情，體現了作者對身邊的社會和世界的觀察，傳達出他對人生社會的真知灼見。他的文章張揚了個性，字裡行間透露出來的一種情調與氣氛，反映出作者既浪漫又現實的風格。徐志摩的散文如天馬行空，具有瀟灑自如的風格。

課堂活動

選一篇學過的朱自清的散文，試分析其風格特色。

提示

　　朱自清記人記事的作品，大多寫親友交往、家庭瑣事。這些平凡無奇的小事在朱自清筆下真實感人、催人淚下。《背影》裡的父親為 "我" 買橘子過鐵道的背影感人至深。作品的語言樸實無華，親切自然，"真摯樸實" 是朱自清記敍散文的風格特色。

　　一個作家用自己的詞語、句型和表達方式給作品造成了一種節奏、一種韻味、塗上一種色彩，恰如其分地透徹表達出情理，這些因素加在一起，就構成了作品的風格。

　　如果作品是以太陽、群山、天空、海洋等巨大廣袤的意象為描寫對象，構成了情景交融的意境，詞語堅定、有力，有着高揚的音調，那麼作品的感情一定是昂揚、激烈、震撼人心的，作品便具有雄壯的、高昂的氣勢，表現出豪邁奔放的風格特色。

　　如果作品是以細小、輕柔的意象為描寫對象，加上了婉轉、遲疑等類型的副詞、形容詞的修飾，表達一種不夠強烈、不夠激盪的情感，如淡淡的憂傷、惆悵、不捨或者輕柔、愉悅和舒適的情感，那麼往往可以看出作品的風格是婉約、柔美的。這樣的作品讀起來，詞語輕柔、纏綿，韻腳的音韻有着輕慢的音調，表現出清新柔美或是纏綿的風格特色。

什麼是好散文

　　看一篇散文是不是好的散文，大致要從三個方面來判斷：立意與情感、知識與趣味、文采與風格。好的散文立意深遠，感情真摯，知識學養豐富、情趣盎然，文字與表達方式能表現作者獨特的個性特點。

在你學過的散文中，什麼樣的散文是好的散文？

 想一想

課堂練習

根據以上的標準，評論一下：《想飛》是不是一篇好的散文？為什麼？它具有哪些特點？填寫下邊的表格：請按照你的理解由主到次以數目字排列順序，並從文章中舉例說明。

順序	特點	文中實例
	選用最能打動人們情感的內容。	
	誠摯坦白，抒情性強。	
	行文如行雲流水，想像豐富生動。	
	說理無拘無束，旁徵博引、情理透徹。	
	描寫細緻入微、情景交融，讓讀者動情、動容。	
	抒情淋漓盡致，大力渲染、着力烘托。	
	褒揚貶斥態度的鮮明，讓讀者會心、會意。	

一篇散文的精妙之處往往就是散文的獨到之處。它可能表現在作者選材的新穎之處；可能表現在作者闡發的感悟與哲理的深刻之處；可能表現在作品謀篇佈局的巧妙與精緻之處；可能表現在表現手法的多樣性上；也可能表現在語言運用的準確性和生動性上，等等。我們賞析和評論散文，就是要發現文章的這些精妙之處，並對其進行深入的分析，給予較為準確的評價。評價散文可以考慮從以下幾個方面入手：

　　首先，明確文中運用了何種技巧手法。主要從五個方面去審視：

　　1. 表達方式：敍述、說明、議論、描寫、抒情。

　　2. 表現手法：想像、聯想、象徵、渲染、襯托。

　　3. 材料安排：主次、詳略、線索。

　　4. 行文結構：承上啟下、起承轉合、銜接、鋪墊、伏筆、照應。

　　5. 修辭手法：比喻、比擬、設問、對偶、排比、對比等。

　　其次，分析作者在文中運用某種表達技巧寫了什麼內容。

　　最後，分析評價文中運用某種表達技巧有什麼作用，主要分析評價其表現中心思想的作用，以及在人物形象的塑造、感情的抒發、意境的營造和謀篇佈局等方面收到什麼效果。

　　一定要分析透徹，說出自己的見解和觀點，說明某種表達技巧的效果和作用。注意下面有一些引導題目，在閱讀散文的過程中試着回答：

　　1. 從全文看，所寫的事件在文章的內容和結構上起什麼作用？作者為什麼在開頭或結尾寫到了它？

　　2. 文中成功地運用了什麼藝術手法？請簡要分析。

　　3. 文章寫到了哪些方面的對比？簡要分析這種寫法的好處。

　　4. 作者是怎樣把文章寫得情趣盎然的？為什麼要用這樣的詞語來描寫？

　　5. 文章以什麼為線索？可以分為幾層？請分析這樣安排有什麼好處和作用。

　　6. 細節描寫有什麼精彩之處？

寫作練習

　　選用一篇從未讀過的散文篇章，進行一個閱讀分析的練習，學習在規定時間內進行有效的賞析。

第 14 講 | 小說的文體特徵

Part 2

學習目標

掌握小說的具體特點

明確欣賞的方法要求

長篇小說和短篇小說

從文學欣賞與評論的角度來看，欣賞和分析各種文學作品所需要具備的理論知識和技巧一般是相同的。但是，詩歌、散文、戲劇與小說畢竟屬於不同的文學體裁，在表現的內容和形式上有所不同，有自己的特殊性。作為一個欣賞評論者，只有掌握了欣賞對象的具體特徵，才能對這種文體的作品進行更好的理解欣賞。因此，在本章的學習中，需要特別注意短篇小說的文體特點，以便掌握分析評論短篇小說的途徑與方法。

如果你留意看以往的試卷一，你會發現，考卷所提供的小說選文除了完整的短篇小說作品外，也有較長作品的節選。所以，在這一部分，我們主要學習一些短篇小說，同時也會針對一些長篇作品的片段進行分析和賞析，目的是掌握小說的文體特點、文學特色和特殊的表現手段。

小說可以分為長篇和短篇小說兩大類，兩者有一些區別。

一　長篇小說

1. 時間的跨度大。包括了故事發生的時間和敍述的時間，長篇小說着重寫出人物長期生活的歷程，如一個人一生的經歷。長篇小說篇幅長，容量大，作品包含繁多複雜的內容，通過對各種人物的塑造和描寫廣闊的社會生活，揭示出各種複雜的社會現象。

2. 多條情節線同時發展，故事的頭緒多，情節結構複雜，除一條主線之外，還常常有幾條副線。

3. 人物眾多，主要人物的性格複雜，有發展和變化。作品中往往有幾組不同類型的人物，有正面人物、反面人物，角色有主次之分。

4. 敍述者的角度與方法多種多樣。

二 短篇小説

與長篇小説相比，短篇小説有以下特點：

1. 篇幅短小，人物少，一般集中刻畫一個人物，其他人物則作為陪襯，為突出主要人物服務。

2. 場景集中，一般在較為集中的一兩個或幾個場景中，描寫自然環境和社會環境背景，展開故事，刻畫人物。

3. 截取生活的一個橫斷面，不寫人物的一生，而選取其經歷、性格品質中最突出的部分進行刻畫描寫。

4. 情節單純，一般以一件事或一種事物作為貫穿全篇的情節線索，牽引出若干個小的情節來表現人物，突出主題。

5. 突出精選的細節，細緻地刻畫人物，達到以精練的語言描寫，產生強烈藝術效果的目的。

小説和散文的區別

上一節我們剛講過散文。你可能會問：和散文相比，小説有什麼突出的特點？

小説和散文是兩種不同的文體，在閱讀時要注意到它們之間有兩點值得注意的區別：

1. 散文重在抒情，小説重在敍事。小説最明顯的特徵就是敍事，或者說"講故事"。為了抒情，散文可以從多方面、多角度寫多件事，用多種寫法來抒發同一種情感，闡明同一個道理。而小説不是這樣，它講究情節的完整複雜曲折變化。

2. 散文貴在真實，小説必須虛構。小説的虛構具有一定的規則、特殊方法和文學技巧，我們將在後面詳談。

為了創作小説，作者要把現實生活中的人物、事件、時間、環境等進行個人化的加工改造，要用語言和文學的技巧進行非常細緻的、充滿想像力的技術來創作。作家借小説這種載體，抒發自己對生活和人生的看法、思考，通過可

Part 2

見的故事，透露出不可見的真實。

舉一個簡單的例子，在翻譯小說《小王子》的開頭，故事的講述者講述了他在六歲畫蛇的經過。這是一個讀者看得見的故事，你在閱讀時有沒有想過，為什麼作者要寫這些關於畫畫的故事？通過這件事，作者想表達一種什麼樣的想法？在這個故事的背後，你是不是看到了作者所表達的對人和社會的一些觀點和看法？

小說開頭畫蛇的故事，凸顯了大人和孩子的區別：大人沒有孩子那樣的豐富想像力和創造力。故事也形象地展示出大人與孩子的關係：大人對待孩子的態度，嚴重地影響了孩子的成長。這個故事暗喻了作者對成人社會的關注，書的一開始表明了對成人行為的不滿，在書中進而揭示出了成人社會存在的種種問題，引起讀者的深思。

從這個例子可知，在你欣賞和評論小說的時候，不僅要看到小說這個藝術世界有什麼樣的外觀，有哪些形式特點，描寫了什麼人和什麼事，更要知道作家用了什麼樣的手段、技巧去構造這個世界，它的風格特色是什麼，產生了什麼樣的效果。還要知道作家通過這樣的人和事來表達什麼樣的認識和看法，什麼樣的態度感情，這一切對讀者有什麼影響與作用。

小說的虛構性

小說是虛構的，小說的故事不是真實故事的紀錄，不是真實世界事件的照搬和再現。小說是一個人造的藝術世界，它的故事、人物是作家通過個人想像創造出來的藝術品。著名的小說作家王安憶在她的《小說家的十三堂課》（上海文藝出版社 2005 年版）書中給小說這樣一個定義：小說是作家"個人的心靈世界"，說明了小說的特點。

當你面對小說作品進行分析和賞析時，你要清楚地告訴自己：小說是人為經營出來的，小說家就是一種特殊的工匠，小說就是這些工匠用語言和生活的經驗為材料，把現實世界、真實的生活拆成磚瓦，然後再用他認為適當的、可以使用的文學技巧、文學手段來精心構建起的藝術宮殿。不同的原材料決定了作品不同的質地規模；不同的構制方法、不同的裝飾，形成了作品各自的風格特色；不同的思想境界和情感傾向顯示出作品不同的色彩與光澤。

許多考生有過這樣的閱讀經歷：讀小說時，對故事的內容深信不疑，讀得如癡如醉，好像世界上真有這樣的事。這除了說明小說成功、你熱愛閱讀之外，還說明你不是很瞭解小說虛構的特性。如前所說，小說建立在虛構的基礎上，絕不等於生活真實。作家的敍事策略就是將真實與虛假巧妙地進行編排組合，盡量抹去真實與虛假的界限，給虛構的世界披上一層真實的外衣，讓讀者完全相信故事的真實性，營造出亦真亦幻的藝術效果。

舉一個簡單的例子。有的小說使用第一人稱的敍述方法，從"我"的角度來講述故事。這個"我"既是講故事的人，又是故事中的一個主要人物。但這個"我"絕不等同於作者本人，就算你知道作者本人有過類似的經歷，你還是要明白，小說不是人物的傳記，小說裡的人物不等同於作者。反過來說，如果這個"我"等同於作者，那這個作品就不是一篇真正的小說。

請看下面的兩則選文，選自著名作家老舍的兩篇小說：

月牙兒（節選）

我記得。我倚着那間小屋的門垛，看着月牙兒。屋裡是藥味，煙味，媽媽的眼淚，爸爸的病；我獨自在台階上看着月牙兒，沒人招呼我，沒人顧得給我做晚飯。我曉得屋裡的慘凄，因為大家說爸爸的病……可是我更感覺自己的悲慘，我冷，餓，沒人理我。一直的我立到月牙兒落下去。

（選自《老舍小說全集》第十卷《櫻海集》，長江文藝出版社 2004 年版）

我這一輩子（節選）

事情要是逼着一個人走上哪條道兒，他就非去不可，就像火車一樣，軌道已擺好，照着走就是了，一出花樣准得翻車！我也是如此。決定扔下了手藝，而得不到個差事，我又不能老這麼閒着。好啦，我的面前已擺好了鐵軌，只准上前，不許退後。

我當了巡警。

……

（選自《老舍小說全集》第十一卷《火車集》，長江文藝出版社 2004 年版）

文中的"我"是小說作品中的一個人物，不等於作者。

你可以看出，同一個小說作家在不同的作品中，虛構了不同的小說人物"我"，體現了小說虛構的特性。在欣賞時，要能夠看出作者將真實與虛假巧妙編排的敍事策略，所以不要混淆了"我"與作者。

小說的特性，決定了小說中人物、情節、環境都具有的虛構性，掌握這一點對小說的賞析評論非常重要。

小說的三要素

小說是一種敍事性的文學樣式，它通過以講故事為主要的方法反映社會生活，再現社會生活的真實面貌，揭示出社會生活的本質。

一 人物

我們知道，在社會生活中，人是真正的主體和主宰，小說反映社會生活就要以各種各樣的人物作為描寫的主要對象。人物性格的養成是和一定的時代、社會、具體的事件密切相關的，寫人，就寫出了這一切。

二 情節

人物的性格不是一成不變，而是發展和變化的，除了環境的影響，人與人之間的互動也是一個重要的因素。小說要表現出不同人物之間、社會與人物之間具體的矛盾衝突，人的個性常常在具體的矛盾衝突中才能表現出來。這些錯綜複雜的矛盾就構成了小說的情節。小說必須借助完整、複雜的故事情節，才能多方面、細緻深入地刻畫人物的性格。矛盾衝突越激烈，人物的個性才表現得越充分，因此，優秀的小說作品要有完整、複雜的故事情節，並借此來多側面、深入細緻地展示人物的性格特徵。

三 環境

故事總是在一定的環境裡發生發展。人總要在一定的環境中生活，環境可以影響人，在不同的環境中成長起來的人有着不同的個性品質。人也可以影響甚至改變環境，對不同的人來說，環境有不同的作用。小說必須重視環境的描寫，只有具體地描繪環境，才能具體、真實和深刻地表現出人物和事件的特徵，才能揭示出人物的活動和矛盾衝突發生、發展的原因和背景。

小説的人物

分析小説首先要從分析小説的人物開始，人物是小説的靈魂，一部小説作品中，如果沒有一個成功的人物形象，就不是一個成功的作品。沒有了老人桑地亞哥，小説《老人與海》就不能是一部享譽全球的傑作；沒有車夫祥子，就沒有了優秀的小説《駱駝祥子》。因此，人物是小説三大要素的第一要素。

怎樣看待小説中的人物？以下三個方面要格外注意：

1. 小説的人物不受真人真事的局限，是虛構的藝術形象。小説人物是作者在綜合了生活中各種各樣真實人物的基礎上，加以改頭換面創造出來的。他們被稱作是典型環境中的典型人物。對人物進行大膽的想像和虛構是十分必要的。

2. 寫人物是為了展現人物的性格特色，人物的性格特色需要通過多方面的描寫來表現。不同性格的人，有不同的行為方式，如人物微妙複雜的感情、心理活動、音容笑貌、談吐舉止、行為動作等。小説多方面、細緻地刻畫人物形象，展示出人物的全貌和豐富的內心世界。除了直接描寫以外，小説還可以憑藉敘述人的語言，對人物進行多方面的描述。

3. 描寫人物的性格特色，就要寫出人物性格形成的過程，寫出人物性格的複雜性和豐富性。一個人物性格的形成與發展變化，常常是這個人物與其他人物的互動行為的結果，是人物受到環境影響的結果。人物與人物間的相互影響、相互作用，人物間的關係變化、人物生存環境的變化等，都會成為導致人物性格發展和變化的重要的因素。

你開始閱讀一篇小説，就意味着你要開始認識作品中的人物。如同我們在現實生活中一樣，認識一個人，往往先從看外表開始，看他的長相，聽他的言談，觀察他做事的方法，還可能和他交談，瞭解他的過往經歷。最後就會越來越多地知道他的想法、內心感受，到了這樣深入瞭解的階段，你才會成為他的知心朋友。文學作品寫人物有着和生活中認識人一樣的規律，我們在閱讀分析的過程中，要尋找這個規律，並且按照這種規律着手進行作品的分析。

在閱讀中，注意關注下面的這些問題：

這部作品集中描寫了哪幾個人物？

這些人物出場時是什麼樣子？有什麼明顯的特點？

在故事結尾的時候，他們有沒有發生變化？哪些地方變了？

如果有變化的話，你有沒有看到導致他們變化的原因？比如什麼樣的事件、環境或哪些人物促使他們發生了變化？

這些變化是怎樣表現出來的？是變好了還是變壞了？這些變化是正常的、正面的？還是反常的、負面的？

作者對他們有什麼樣的看法和評價？同情的？歌頌的？還是批判的、諷刺的？

這樣的看法，是作者直接告訴你的？還是你從作品的描寫中發掘出來的？

有哪些細節描寫、刻畫讓你對這些人物有了深入的瞭解？你喜歡哪一些、哪一個人物？為什麼？

劉國芳的小說《狗》，請大家閱讀分析，掌握賞評要點。

課堂活動

閱讀劉國芳的小說《狗》，觀察作品對"村裡人"的描寫，回答下面的問題：

1.這些人出場時是什麼樣子？有什麼明顯的特點？故事結尾時，他們有沒有發生變化？具體表現是什麼？

2.有哪些細節描寫使你看到了這些變化？

小說的情節

小說的特性決定了小說的情節也是藝術虛構的。小說的故事情節不等於生活中真實發生過的故事，這樣的情節被稱為是"經驗性的情節"（王安憶，《小說家的十三堂課》，上海文藝出版社 2005 年版）。為了進一步明確說明，王安憶給小說的情節下了另外一個定義，叫作"邏輯性的情節"，用我們的話概括就是，小說的故事情節，不是生活中現存可以照搬的，而是作家根據生活的經驗特意加工創造出來的。

　　小說的情節要有因果聯繫，這裡的"因"就是事件的起因，而"果"就是事情發生的結果。好的小說故事，從一件平常的、很小的事情開始，然後意外地出現了轉機，事件有了發展，有關鍵的情節出現，最後竟然導致一個重大的結果發生，從而改變了當事人的生活甚至命運，引出了故事的結局。起因可以很小，但從這個因，能引起令人注意的大結果，這樣的情節才是小說的情節。

　　法國小說《局外人》的起因是主人公摩爾索的媽媽死了，在葬禮上他沒有哭。這樣的一個小事，成為了小說的"因"，後來法庭因為這個原因，判他有殺人罪，導致了他的死亡。這是一個很好的例子。

　　中國古代小說《水滸傳》中林沖的故事也是一個好的例子。林沖有個漂亮的老婆，這是一件很平常的事，林沖的上司想霸佔她，林沖不想得罪上司，不想丟掉職位，一直忍氣吞聲，但是上司千方百計陷害他、殺害他，最後逼得他殺了好多人，上了梁山。這裡一個看來很小的"因"，導致了一個很嚴重的"果"，故事的情節非常生動。

　　林沖老婆非常漂亮，是作者故意突出來的。虛構和誇張，是小說的特點。用這個虛擬的"因"，引出了情節中的主要人物，情節才能發展下去。可見"因"的重要作用。

　　長篇小說是這樣，短篇小說也是如此。劉建超的《朋友，你在哪裡？》，小說的"因"是一次偶然相聚時，賈興力邀老劉去他所在的城市相會。老劉本不想去，但又覺得其情難卻，不能拒絕，勉強為之，不料引出了意想不到的結局。

　　好的小說情節不但要有起因，還要有一些關鍵的情節讓故事有高潮，讓事件發生意想不到的轉變，讓人物在轉變之中表現出變化，性格特色得到發展。小說中情節的展開一定要同人物的塑造相互結合起來，故事情節的轉折點，也是人物性格發展和變化的關鍵之處，因為關鍵事件的影響，人物的外表、行為或心理的感受以及人生的命運都發生了變化。《局外人》中的關鍵情節是主人公摩爾索誤殺了一個人。林沖故事的關鍵情節是他的上司指使他的好朋友殺死他。人物的性格由關鍵情節得到了發展變化：摩爾索由漫不經心變成了格外執着；林沖由軟弱愚忠變為堅強反叛。這樣的關鍵情節是作者想像創造的，是虛擬的，其目的和作用就是把前面的"因"展開來，引出後面的"果"。《朋友，你在哪裡？》的情節以聚合開始，以分離結束，同時達到了故事的高潮，從而揭示出作品的主題。

在好的小說中，最後的結果是整個事件發展變化的必然，人物的命運也可能被徹底改變。一個不起眼的起因，會引出一個發人深省的結局。顯然，這樣的結果也是出自藝術的創造和虛構。

從上面的分析可知，小說的故事情節由三個主要部分組成：

一是起因，就是引發小說中事件發生的原因。在小說中，我們看到的是事件開始和人物出場的描寫，人物行為的動機也可以從這裡看出來。

二是關鍵情節，就是小說中故事的高潮。在小說中，我們看到的就是故事和人物命運發生變化的轉折點。

三是結果，就是小說中事件的結局，人物命運的展現。

情節的三個組成部分是相互聯繫、不可或缺的。

情節是小說人物性格發展的線索，小說要通過情節來展示人物的思想性格。情節的完整、複雜，是為了多方面、細緻入微地展示人物性格的多面性、立體感。

課堂活動

兩人一組，試着編一個故事，突出故事情節的三個組成部分："因"要小，情節轉變要突然和意外，"果"要大、要嚴重。編好後講給大家聽。

小說的環境

一　什麼是小說的環境

小說的環境是指小說作品中人物生活其間的、影響人物思想性格的形成發展並驅使人物行動的特定環境，是小說人物活動的舞台。

優秀的作家能夠深刻地概括出現實生活中各種社會關係和自然條件的總和，把具體真實的社會環境、時代歷史的特殊條件、自然環境的風物景致和人物的日常生活有機融合在一起，為小說的典型人物搭建一個真實可感、活靈活現、佈景道具一應俱全的舞台，讓人物在其中充分表演，讓他們的性格得到發展變化。小說環境的描寫，能夠突出表現作家鮮明獨特的藝術個性，展示作家的創造力與想像力。

　　人總是在一定的環境中生存和發展的，小說通過描寫具體環境中的典型人物來反映社會生活。小說中的環境是經過典型化了的，這個環境不受真實環境的局限，是由作家虛構想像創作出來的。

二　環境描寫

　　小說的環境是作品中描寫的具體而獨特的環境，包括自然景物、社會環境、文化背景、時間（時代氛圍）、地點（活動場所）、人與人之間的複雜關係，等等。小說中的自然環境和社會環境，是人物活動的舞台，是情節發展的依託。自然環境的描寫常常是為製造氣氛、襯托人物的心境、表現人物的情趣而安排的。社會環境的描寫是為展示人物間的相互關係和展示人物性格服務的。

　　和故事情節一樣，小說的環境也是作家虛構出來的特定場景，是人工搭建出來、供故事中人物表演的特定舞台。小說中的環境往往濃縮了真實社會和具體時代的特點，但經過了作者的藝術加工和創造以後，就成為一種具有了藝術特色、符合作品內容的藝術環境。不同類別的小說，在環境的描寫上所表現出來的真實程度和特色也不盡相同。有的小說注重真實地再現一個特定的社會與時代的環境，這樣的環境描寫具有較強的真實感（如《駱駝祥子》）；有的小說採用了想像幻化的方法，大膽地虛構了小說的環境（如《西遊記》）；也有的小說，在環境的描寫中融入了象徵的寓意（如《月牙兒》）。環境描寫體現出了作品的風格特色。

　　分析環境描寫，首先要把人物同典型環境聯繫起來，因為人物性格的形成、變化始終離不開環境。其次，要看到人物對環境的改造作用。人總是在努力地改變着自己的生存環境，常常使環境發生變化。優秀的環境描寫，並不是靜止地為人們的活動提供場所和製造氣氛，而是與人物和情節水乳交融地聯繫在一起，成為刻畫人物性格的有機組成部分。優秀的環境描寫往往和揭示人物命運結合在一起，產生強烈的藝術效果。

　　在閱讀中，應該關注一下下面的這些問題：

作品集中描寫了什麼樣的特定環境？

這個特定環境怎樣影響或決定了人物的活動、事件的起因、情節的發生和發展？

人物的言行舉止、個性特色、內心活動、思想感情和這樣的環境有什麼關係？

課堂活動

閱讀老舍小說《月牙兒》中有關景色的描寫，思考並回答上面的問題。

月牙兒

是的，我又看見月牙兒了，帶着點寒氣的一鈎兒淺金。多少次了，我看見跟現在這個月牙兒一樣的月牙兒；多少次了。它帶着種種不同的感情，種種不同的景物，當我坐定了看它，它一次一次的在我記憶中的碧雲上斜掛着。它喚醒了我的記憶，像一陣晚風吹破一朵欲睡的花。

那第一次，帶着寒氣的月牙兒確是帶着寒氣。它第一次在我的雲中是酸苦，它那一點點微弱的淺金光兒照着我的淚。

……

我坐在她旁邊，看着月牙兒，蝙蝠專會在那條光兒底下穿過來穿過去，像銀線上穿着個大菱角，極快的又掉到暗處去。我越可憐媽媽，便越愛這個月牙，因為看着它，使我心中痛快一點。它在夏天更可愛，它老有那麼點涼氣，像一條冰似的。我愛它給地上的那點小影子，一會兒就沒了；迷迷糊糊的不甚清楚，及至影子沒了，地上就特別的黑，星也特別的亮，花也特別的香——我們的鄰居有許多花木，那棵高高的洋槐總把花兒落到我們這邊來，象一層雪似的。

……

（選自《老舍小說全集》第十卷《櫻海集》，長江文藝出版社 2004 年版）

通過上面的片段，我們看到作者就是借助了對環境的描寫，來設定故事發生的特殊場景，如季節、天氣狀況、地域等，營造出了特有的氣氛，為故事的開始和人物的出場做足了鋪墊，也為後邊人物的行動創造了條件。環境的描寫也展現出了小說中人物活動的特殊社會背景，如特殊的時代、特殊的生活條件等。於是，人物形象才有了鮮明的時代特色，人物的具體活動就具有了特殊的意味，人物之間的互動、人物的遭遇、人物的內心情感、人物的命運歸宿才得以充分展示，以此塑造出鮮明的人物形象。通過這樣的描寫，深刻揭示了作品的主題，感染了讀者。所以環境的描寫是不能忽略的。

三　人物與環境的關係

描寫環境，就要表現出人物在不同環境下的變化。環境可以改變人，有的人有着很強的適應環境的能力，隨着環境的改變而改變。還有的人根本沒有能力改變環境，同時也不會隨環境的改變而改變。也有另一些人，即使環境變了，也還是能保持自我，而不會隨環境的變化而變化。人物和環境的關係在小說中根據不同的具體情況表現出來。尤其是在社會環境的影響下，不同的人會有不同的表現。

在你過去的閱讀中，你有沒有關注過下面的這些問題？

作品中的人物在他所置身的特定的社會環境中，是感到舒適得意，適應順從，還是與環境格格不入，衝突抗爭？

如果是衝突，是同社會的哪一方面的衝突？家庭？社會制度？宗教組織？學校？

衝突的結果是什麼？

小說《駱駝祥子》中的祥子，是在什麼樣的環境影響下徹底改變的？《圍城》中的方鴻漸，在什麼樣的環境中進退兩難？美國小說《麥田裡的守望者》中的人物，和什麼樣的環境發生尖銳的衝突？這些描寫都是很好的例子，值得認真分析。

描寫環境，更需要表現出人物對環境的改造作用。實踐證明，人總是在努力地改變着自己的生存環境，小說中的許多人物是為着改變環境而生存的。

在小說作品中，作者往往把不同的人物放在同樣的環境中來描寫，通過對比他們不同的變化，體現人物的性格特點，體現作者的情感和傾向，表現了作品的主題。小說《月牙兒》中的母女在同樣的社會環境下，同樣逃不出悲慘的命運。作者有意將她們進行對比，從而揭示出深刻的主題。有時，作家也會把

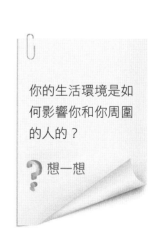

你的生活環境是如何影響你和你周圍的人的？

？ 想一想

同樣的人物放在不同的環境中展示他們性格的發展變化，同樣達到體現人物的性格特點，展現作者的情感和傾向的目的。作品中各種自然環境和社會環境因素對人的作用，使人物有了不同的發展變化，也正是體現作者對人生、社會的看法，表現作品主題的手段和過程。

課堂活動

從《月牙兒》這部作品中，找出有關環境的描寫，分析作者如何描寫環境：

暗示、隱喻、誇張：

色彩、景物、感覺、氣氛：

詞語的選用、句子的結構：

提示

在《月牙兒》中，生動細緻的環境描寫，給讀者留下了深刻的印象。作者使用聲音、視覺、聽覺等通感手法來描寫環境、製造氣氛，把一種真實的感受體驗和一種藝術的想像虛構結合在了一起，逼真而神奇。

作者採用了誇張、比喻、象徵的方法，構造出了情景交融的環境，寓當時的社會環境、人物生存的境況於其中，也表現了人物的情感變化和心理情緒，造成了一種突出的氛圍，這樣就吸引了讀者的注意力，讓讀者受到極強的影響，對敘述者的感覺感同身受，進入小說的規定情境。這樣的環境具有情節的暗示作用，為後來的情節發展奠定了一種基調、一種情緒。這樣一種強烈的氣氛，和後來情節發展相輔相成，從而產生了強烈的藝術效果。

課堂活動

閱讀小說《駱駝祥子》片段，回答問題：

1. 作者用了什麼樣的詞語、句子、修辭手法描寫作品的環境？

2. 作家描繪的自然環境和人物的生活命運有什麼關係？

3. 社會環境的描寫如何反映社會的狀況，表現人的情緒、感受？

　　……雨點停了，黑雲鋪勻了滿天。又一陣風，比以前的更屬害，柳枝橫着飛，塵土往四下裡走，雨道往下落；風，土，雨，混在一處，聯成一片，橫着竪着都灰茫茫冷颼颼，一切的東西都被裹在裡面，辨不清哪是樹，哪是地，哪是雲，四面八方全亂，全響，全迷糊。風過去了，只剩下直的雨道，扯天扯地的垂落，看不清一條條的，只是那麼一片，一陣，地上射起了無數的箭頭，房屋上落下萬千條瀑布。幾分鐘，天地已分不開，空中的河往下落，地上的河橫流，成了一個灰暗昏黃，有時又白亮亮的，一個水世界。

　　祥子的衣服早已濕透，全身沒有一點乾鬆地方；隔着草帽，他的頭髮已經全濕。地上的水過了腳面，已經很難邁步；上面的雨直砸着他的頭與背，橫掃着他的臉，裹着他的襠。他不能抬頭，不能睜眼，不能呼吸，不能邁步。他像要立定在水中，不知道哪是路，不曉得前後左右都有什麼，只覺得透骨涼的水往身上各處澆。

　　……

（選自《駱駝祥子》，香港鴻光書店 2007 年版）

　　以上，我們重點介紹了從三個角度入手欣賞和分析小說作品。人物、情節、環境被稱為小說的三要素，這三個要素的密切聯繫，相互作用，構成小說的世界。學生要據此三個基本點來展開小說的評論，把握相應的技能。

第 15 講 | 小說欣賞的要點

學習目標

熟悉賞析的策略技巧
全方位分析評論小說

欣賞小說作品，要有意識地掌握一些小說中常用的藝術手法和技巧，比如，刻畫人物的一些慣用手法和技巧，鋪敘情節的方法和技巧，構建環境與營造氣氛的方法和技巧。各種各樣的手法和技巧，都是小說成功必不可少的手段。相同的手法和技巧被不同的作家、以不同的方式使用，就造成了不盡相同的藝術效果。

描寫人物的方法

如前所說，文學作品描寫人物的一般規律就是對人物有一個從外到內的描寫過程：作者先對人的外貌進行描寫，讓讀者結識人物；通過動作、語言等描寫使讀者對人物有進一步的瞭解；使用對話、語言的描寫，讓讀者親近人物；作者還使用能表現人物的內心活動、情感的心理描寫，讓讀者深入瞭解人物。所有的描寫加起來，就會讓讀者全面瞭解人物的性格特色。由此可見，用來描寫人物的方法是多種多樣的：

一　概括描寫

概括描寫就是對人物進行具體的、綜合性的介紹，通過具體描寫人物的一件或數件事情，來概括介紹人物的生平、性格、思想、品質、作風、習慣等，一般都是安排在人物出場的前後。這種概括的具體介紹方法，通過選擇描寫對象的典型行為或突出事件，收到舉一反三的效果，把人物的思想性格突現出來。

二 肖像描寫

肖像描寫是對人物外形容貌的描寫，包括了人物的容貌、體格、姿態、神情和衣飾等描寫。肖像描寫是刻畫人物的重要方法之一。一個人的出身、地位、經歷、性格、思想、作風，都可能在人物的外形上留下痕跡。所以，人物的肖像描寫得好，往往可以由表及裡，把人物的生活經歷、思想性格、內心世界清清楚楚地展現出來。

三 行動描寫

行動描寫，是通過描寫人物具體行動，以展示人物思想性格的一種方法。這是人物描寫最重要的方法之一。因為人物的行動，能最充分有力地展示人物的思想性格。

四 語言描寫

語言描寫是指對人物的獨白、談話或幾個人物之間對話的具體描寫。古語說："言為心聲。"人物的語言是人物思想感情的自然流露，顯示出人物的性格特徵和內心世界。人物的語言描寫，要求具有個性化，讓讀者只聞其聲就知其人才行，小說《紅樓夢》對王熙鳳的描寫就是一例。

小說的語言，包括個性化的人物語言、豐富的潛台詞、作品的敍述性語言等。不同人物使用的語言不盡相同；每個人都有自己獨特的語言習慣，講話的腔調、使用的詞語也各不相同。因此，要塑造個性鮮明的人物形象，必須以人物語言的個性化為必要條件。在小說中為了突出表現人物與人物之間的關係，突出主要人物的性格特點，對話也是一個經常使用的技巧。在閱讀賞析時要格外注意。

五 心理描寫

心理描寫是小說刻畫人物的一個重要手段。和其他的文體相比，小說更有條件對人物在各種環境下和處境中的心理狀態、精神面貌以及內心活動展開直接深入的描寫。我們可以看到，小說中常常使用獨白、回憶、幻想等各種方式揭示人物內心精神世界的複雜和豐富。尤其是一些採用了第一人稱手法的小說作品，更能直接敍寫出人物的七情六慾，揭示人物靈魂深處的奧秘。可以說，心理描寫是刻畫人物性格特徵必不可少的手法和技巧，它可以把外部形象描寫難以表現的人物內心感受準確清晰地揭示出來，使文學作品中的人物形象立體化，更加完整豐滿，更加真實生動。

六　景物描寫

　　景物描寫指通過對周圍景物的描寫，來襯托人物情緒和人物性格。我們知道，環境和人物之間是相互作用、相互影響的：環境可以影響人物的思想性格，而具有一定思想性格的人物，反過來又可以影響周圍的環境。通過對景物的特徵、色調的變化和人物心情之間的關係的描寫，或者通過對景物對人物有所影響的描寫，可以表現人物的情緒和人物的性格特點。優秀的小說一定具有一些景物描寫的精彩片段，它的作用是多方面的，其象徵寓意不僅能起到揭示主題的作用，還常常和人物命運聯繫在一起，給讀者帶來多重的藝術享受。

　　小說中環境描寫是不可缺少的。恰當的環境描寫既對刻畫人物、表現主題起到很好的作用，又能增添作品的美感，同時，還能襯托出人物的心理。

　　例如，《月牙兒》中的景物描寫，恰當襯托出了人物的情緒感受。作者抓住景物特徵，緊扣人物的心理，從視覺、嗅覺、觸覺、聽覺等方面着墨，將人物的悲喜之情恰當地襯托出來。給讀者留下了深刻的印象，為下面情節的發展做了充足的鋪墊。

　　值得注意的是，小說作品對人物的描寫，不是單獨使用一種方法，常常是有目的地把幾種方法結合起來加以使用。通過多種多樣的描寫，才能把人物的思想性格多方面地、生動地、具體地展示出來。

課堂活動

閱讀《水滸傳》中描寫魯智深的片段，進行分析，回答以下幾個問題：

在這個片段中，作者如何：

1. 通過人物的動作描寫表現出人物內心的活動和情感，刻畫了魯智深粗、莽、急、善良、憐惜貧老的性格？

2. 使用了哪些詞語進行描寫，給讀者一種什麼樣的感受？

智深肚飢，沒奈何；見了粥，要吃；沒做道理處，只見灶邊破漆春台只有些灰塵在上面，智深見了，人急智生：便把禪杖倚了，就灶邊拾把草，把春台揩抹了灰塵；雙手把鍋掇起來，把粥望春台只一傾。那幾個老和尚都來搶粥吃，被智深一推一交，倒的倒了，走的走了。

智深卻把手來捧那粥吃。才吃幾口，那老和尚道："我等端的三日沒飯吃！卻才去那裡抄化得這些粟米，胡亂熬些粥吃，你又吃我們的！"

智深吃了五七口，聽得了這話，便撇了不吃。……

（選自《水滸傳》，中華書局 2003 年版）

課堂活動

閱讀劉建超《朋友，你在哪兒？》，請分析兩個人物初次見面的片段，從這個片段中，你能否看出：

1. 作品描寫人物時使用的詞語、句子的結構，怎樣描繪和呈現出人物的具體形象，給讀者什麼樣的感受？

2. 作者是如何表現人物的情感、態度的？

3. 人物之間的對話、神情舉止的描寫對於表現人物起到了什麼作用？

4. 作者用了什麼樣的詞語、修辭手法來表達作者對人物的情感？

人物性格的發展變化

一　故事情節的發展過程就是人物性格變化的過程

在小說作品中，人物性格有時會隨着情節的發展而發生了變化，特別是在人物經過了一系列的意外事件之後。《水滸傳》中的林冲就是一例。

對比林冲在作品開頭（剛出場時）和"火燒草料場"之後的言行舉止，你會發現巨大的變化，這個變化表明他的性格變了，命運也從此徹底改變。

課堂活動

人物的性格變化發展是在關鍵的故事情節中完成的，分析林冲的性格變化與情節的關係。

二 特殊的環境是人物性格發展的重要因素

與林冲不同，一些小說作品中有一些人物始終沒有改變，意外的事件和艱難的環境反而強化了他們本來的性格，《老人與海》中的老人就是一個例子。老人的性格發展有着特定的環境的因素。

三 人物與人物之間的互動關係，是促進人物性格變化發展的動力

小說裡，有了人與人之間關係變化的恩怨情仇才有了小說生動的故事。作家通過對不同類型人物之間關係的描寫來表現主要人物的性格特徵。人物之間有了衝突、矛盾和鬥爭，就有了情節的發展，也就有了人物性格的發展變化。閱讀作品時，要對此進行觀察和具體的分析。

例如《駱駝祥子》裡的祥子，在故事的開頭與結尾之處也截然不同，社會的環境是重要的因素，人物與人物之間的互動關係也扮演了重要的角色。

課堂活動

閱讀小說劉建超的《朋友，你在哪兒？》，回答問題並舉例加以分析。

1.作品中的人物賈興和老劉各有什麼性格特徵？

2.作品通過哪些具體的描寫（如人物的舉止、言談）表現兩人的性格特徵？

3.作者對賈興這個人物的情感態度是什麼樣的？

　　對賈興形象的塑造有一個由表及裡的過程，對其在人前、人後、外在與內心各方面進行了展示，表現出賈興的假熱情、真虛偽、假大方、真小氣、假重情意、真重自我。

　　作者運用了動作描寫，表現出賈興粗俗、生硬，沒有教養和禮貌。他的表情表現出他的為人狡猾、欺騙、不誠實、虛偽、隨便、自私自利，不為別人着想。

　　人物的語言描寫，揭示了人物的內心世界。表現出賈興言過其實、誇誇其談、滿口謊言、滿不在乎的特點。人物的幾個謊言從自我編造到自我揭穿，淋漓盡致地表現了人物的性格特點，深入地開掘了主題。

　　作品中對賈興打電話過程中的表情、語調、語氣、聲音高低的細節描寫，惟妙惟肖，造成了令人忍俊不禁的喜劇效果。人物像小丑一樣盡情地表演，他的所作所為只是希望利用朋友這種關係得到利益，而不希望為對方有任何的付出。兩個人物從見面到分手，雙方交往的過程是一個人物真實性格暴露的過程，也是另一個人物認識明白的過程。

　　讀者從作者對人物的動作、語言、神態、心理活動的細緻的描寫中，看出了"我"對賈興（假惺惺，諧音）從感到彆扭、不認真、應付、不以為然的遊戲態度，經過開玩笑，到最後看透了真相，感到失落和悲哀。這個經歷引發了"我"對"友情"和相關的社會問題的深入思考。

　　小說對人物的心理、情感的變化，進行了精彩細緻的刻畫。作者用心理描寫的手法，突出了主人公勉強、被動地接受賈興的舉止行為，這樣的感受和心理變化過程，是通過對人物的具體描寫展示出來的。

小說的結構

　　一般的小說結構分為開端、發展、高潮、結局幾個部分。一般的作家會按照這樣的順序和結構方式來講述故事。

　　開端就是小說的開頭部分，其作用一般是交代故事背景，引出故事的人物，鋪墊下文。小說的發展部分也是小說內容的重點部分，這一部分要起到刻畫人物形象，充分展示人物性格的作用。小說的高潮部分也是故事的矛盾衝突最為激烈的部分，尖銳的衝突往往伴隨着人物性格的發展，從而揭示出作品的主題。結局的作用在於，不僅可以使矛盾得到解決，使主題得以深化，也可以留下空間餘地，讓讀者進行深入的思考。好的小說結構往往與人物性格的形成、成長、發展的階段相吻合。

不同的作家會針對不同的內容採用不同的結構方式來講述故事。比如，打亂一般的結構順序和方式，在選擇敍述情節的方法、安排情節發展的線索和順序、製造故事的懸念、渲染和強化矛盾衝突、烘托故事的高潮等方面別出心裁，進行新的創造，以製造出獨特的藝術效果，引領讀者進入故事的世界。

一般來講，短篇小說由於篇幅的關係，情節線索要簡單明了，多以單線的線狀結構為主，將事件一個接一個描繪出來。

小說的敍述順序，也是小說結構的一個組成部分。作家會根據小說的內容特點確定相適應的敍述順序，如按事件發生的順序和相互間聯繫來選擇是以順敍、倒敍、插敍還是補敍的敍述方法來講述故事，不同的方法可以對不同的情節有所強調和側重，產生不同的藝術效果。

在這一部分我們主要介紹一下短篇小說的結構特點。

一　短篇小說的結構特點

短篇小說的篇幅短小，一般選取生活中的一個側面或一個片段進行描寫，人物比較少，結構形式的要求也因此比長篇小說更高。短篇小說的結構方式必須和故事情節的發展、人物性格的展示相互聯繫。

不同的小說有不同的結構特點。傳統的短篇小說故事情節和故事的結構有着密切的聯繫，保持着相互一致的關係，讀者在閱讀故事的過程中，可以明顯地看出開頭、發展、高潮、結局幾個部分。不過在現代的一些短篇小說中，故事的發生、發展與結局並不一定和小說結構的開頭、中間的發展、結局幾個部分相一致，小說的開始並不一定是故事的開頭，小說的結尾也並不一定就是故事的結束。所以從結構上看，有了更加多樣的開頭和結尾的形式，值得你細心留意。

二　短篇小說的開頭

由於篇幅的關係，短篇小說的開頭非常重要。它要在最短的篇幅中，盡快地告訴讀者一些最重要的內容，以便最大限度的抓住讀者的注意力，將毫無準備的讀者帶入小說的規定情境之中，帶入小說的藝術世界中去，吸引他們閱讀的興趣，甚至是讓讀者直接參與到故事的進展中來。下面我們重點分析一下短篇小說的開頭。

王璞在《怎樣寫小說》（香港匯智出版社 2008 年版）中，對小說的開頭進行了淺顯明白的分析，認為傳統小說、現代小說、超現實主義小說在開頭上有所不同：

第一種是從故事發生時講起，故事時間與敍述時間同步。第二種是從故事的中段講起，故事時間與敍述時間不同步，但閱讀時間與敍述時間基本同步。第三種最為複雜，故事的時間、敍述時間和閱讀的時間都不同步。

這裡提到了小說的三種開頭：

第一種是傳統小說的開頭：從故事開始發生的時間講起，故事的時間與敍述的時間同步，清晰地交代人物、地點、時間，並在平和的敍述語氣中佈下小說的懸念。這樣的開頭完成了幾個重要任務：交代主要的人物，交代故事發生的背景，安排好懸念。

很多小說都用了傳統的開頭。通過開頭部分，先點明故事發生的時間、地點、環境，交代主要人物的情況，安排好故事的懸念，引起讀者的興趣，讓他們心存疑問，想要知道人物之間的關係將會如何發展，故事將有什麼樣的結局。

例如老舍的《月牙兒》的開頭：

那第一次，帶着寒氣的月牙兒確是帶着寒氣。它第一次在我的雲中是酸苦，它那一點點微弱的淺金光兒照着我的淚。那時候我也不過是七歲吧，一個穿着短紅棉襖的小姑娘。戴着媽媽給我縫的一頂小帽兒，藍布的，上面印着小小的花，我記得。我倚着那間小屋的門垛，看着月牙兒。屋裡是藥味，煙味，媽媽的眼淚，爸爸的病；我獨自在台階上看着月牙兒，沒人招呼我，沒人顧得給我做晚飯。

（選自《老舍小說全集》第十卷《櫻海集》，長江文藝出版社 2004 年版）

這篇小說在開頭部分做到了以下幾點：

1. 交代主要人物："我"——一個年僅七歲小姑娘。

2. 交代故事發生的背景：貧困的家境、不幸的遭遇。

3. 安排好懸念：將會發生什麼？

第二種開頭，在現代小說中常用。敍述是從已經發生的故事的中間講起，故事的發生時間與敍述的時間不同步。敍述者講述一個已經發生並且正在繼續發生的故事，所以，讀者可以隨着敍述者的講述開始走進故事，讀者的閱讀時間與敍述者的講述基本同步。這種開頭給讀者設置了更多重的懸念。

例如王蒙的《海的夢》的開頭：

下車的時候趕上了雷陣雨的尾巴。車廂裡熱烘烘、亂糟糟、迷騰騰的。一到站台，只覺得又涼爽、又安靜、又空蕩。……

……五十二歲的繆可言卻從來沒有到過外國，甚至沒有見過海。他嚮往海。

（選自《百年中國小說精選》，浙江文藝出版社 2004 年版）

故事發生的時間明顯地早於講述的時間，但讀者和講述者一起從故事的一個新階段進入故事，從"火車站"開始走進故事，走近人物。由於不知道故事在此之前已經發生過什麼樣的事，所以從故事的一開頭，就給讀者設下了雙重的懸念：此前的繆可言發生了什麼？此後的繆可言將會發生什麼？繆可言和海究竟有什麼關係？

這篇小說在開頭部分做到了以下幾點：

1. 交代主要人物：一個五十二歲的翻譯家繆可言，來到海濱療養院休養，他自己講述一件經歷過和將要經歷的事情，像是自言自語。

2. 交代故事發生的背景：一個海濱療養院。

3. 安排好懸念：這個人物為什麼現在才看到海？在看到了多少年來嚮往的大海後會如何？

《海的夢》與傳統小說有所不同。它不是以敘述一個故事為目的，而是為了表現一種情感意緒，為此營造出一種特殊的意境。營造典型的意境，是現代小說塑造人物性格的一種手段。作者借小說的人物寄託自己的一些感受和思想感情，表現出對生活不斷探索、追求的激情以及對未來的信心。這樣的開頭符合小說內容的特點和要求。

第三種開頭最為複雜，常常在開頭短短的幾句話中，隱含了多重敘述時間，讓故事本身也變得複雜迷離、難以捉摸。侯德雲的小說《冬天的葬禮》就是一例。請大家閱讀賞析。

這篇小說的開頭很有意思。敘述人"我"講敘了一個他還沒有出生時發生的故事，故事的當事人是他的父母一輩，他是在轉述一個自己聽說來的故事。這個開頭和傳統小說有很大的不同，很值得一讀。

這篇小說在開頭部分明確了以下幾點：

1. 提供了多重時間：故事講述的時間、聽故事的時間、故事發生的時間。

2. 交代了人物："我"，現在的故事轉述者；父親，故事的講述者；父母，故事中的當事人。

3. 安排好懸念：那個冬天到底發生了什麼？

如上所示，這幾種開頭儘管有種種不同，但是在不同之中，還是可以找到小說開頭的幾點共同之處，各種開頭起到了一些共同的作用，在開頭的部分作者要讓作品完成以下幾個任務：

1. 交代作品的主要人物。

2. 交代故事發生的背景。

3. 為故事的開展佈下誘人的懸念。

因此，我們可以這樣理解，不論是哪一種小說，開頭必須能夠達到如下的目的才能發揮開頭的作用，並為小說的成功奠定基礎：

1. 盡快交代故事的核心信息，給讀者一幅整體的圖畫或是深刻的印象，如主要人物和事件的情況。

2. 突出描寫故事的場景、環境，製造出一種強烈的氣氛，讓讀者有所預感、期待和猜想：下面將要發生什麼？

3. 提出一些值得深思的問題、現象，讓讀者在思考中進入故事的閱讀。

4. 語言的選擇、文學技巧、修辭方法的使用奠定了小說的整體作品的風格基調。

5. 製造一些懸念，埋下伏筆，使後面的情節發展更加出人意料，產生更加強烈的藝術效果。

在分析小說時，能夠抓住開頭部分進行深入的分析，就會起到事半功倍的作用，對下一步理解作品的人物、挖掘作品的主題有很大的幫助。所以，在看到一篇從未見過的小說作品時，你一定不要忽略開頭的部分，要詳細地審視作者究竟在這一部分描寫了什麼，用了什麼樣的詞語、技巧去寫，描寫是直接的，還是間接的，是明白的，還是隱晦的，這樣的描寫產生了什麼效果。

常見的一些短篇小說在開頭部分是這樣展開故事的：

1. 作者直接介紹這個故事的情況。

2. 作者先描寫和渲染這個故事的環境氣氛和背景。

3. 作者不是直接講述，而是用一些暗示的手法給讀者一些信息，引出故事。

4. 立即進入故事，用一些詞語、句子、修辭手法直接抓住讀者的注意力。

課堂活動

閱讀一篇你喜歡的短篇小說的開頭，找出：

1. 作品的開頭有什麼特點？

2. 作者用了什麼文學的技巧開始這個故事？語言運用上有何特點？

3. 在開頭部分你看到了哪些環境的描寫？哪些人物的描寫？

寫作練習

請閱讀劭寶健的《永遠的門》這篇小說的開頭，進行賞析評論，寫一篇 400 字的短文。

三 短篇小説的結尾

短篇小説的結尾和開頭一樣多種多樣，它也是小説結構中非常重要的一個組成部分，不容忽視。

傳統的小説結尾，要能夠起到解決故事的矛盾與衝突，揭示出作品的主題，交代主要人物的去向和歸宿，讓故事有一個較為完整的結局的作用。這樣的結局最能滿足讀者的欣賞心理，中國古代的話本小説不僅都是這樣完整的結局，而且還是"大團圓"的結局——善有善報，惡有惡報，苦盡甘來，皆大歡喜。

但是，許多現代的短篇小説不再採用這樣的結局，因為現代小説的重點不在故事的結局如何、人物的去向如何，而是要突出情節發展過程給讀者留下的深刻印象，突出作品所表達的思考等。現代小説常常採用"開放式"的結局方式：事件沒有結尾，人物的結局也沒有明確的交代，但這一部分恰恰給了讀者強烈的震撼和刺激，給他們留下思考、發掘和進一步想像創造的空間。

這樣的結局，更加符合生活真實複雜的多樣性，同時也給讀者更大的參與空間。這樣的結尾並不是沒有結尾，作者需要更加高超巧妙的文學技巧，留下重要的線索、標記、隱形的揭示等，使小説的結局部分成為整個小説的一個有機的、重要的部分。

你要能在作品中找到這樣的一些印記，分析這些印記，並由此判斷出作者為什麼要這樣結尾，這樣的結局對整個作品的主題揭示有什麼作用，這樣的結局造成的藝術效果如何。

課堂活動

閱讀分析劭實健的《永遠的門》的結尾，回答下面的問題：

1. 這個結尾屬於哪一種？

2. 這個結局和整個故事的發展有什麼關係？

3. 作者在這個部分留下了什麼樣的印記使你理解了作品的主題？

4. 如果你是作者，你會怎樣寫這個結尾？

小說的敘述角度

為了更好地欣賞小說，你在閱讀的時候，要有一種明確的意識：是誰在講故事？是置身故事之外的作者，還是故事之中的一個人物？作者採用的是第一人稱、還是第三人稱的角度和手法？作者為什麼要選擇這個角度來講這個故事？同樣的一個故事，如果換了一個講述的角度，會有什麼不同？在不同的情況下，第一人稱和第三人稱的寫法各有什麼優勢和不足？這些問題，其實就是小說的視角問題。

有關小說敘述角度以及其它術語，請參看《國際文憑大學預科項目中文 A 課程文學術語手冊》一書的相關部分。

一 什麼是小說的視角

在敘事文學中，敘述者在敘述故事的時候所採用的敘述角度叫作視角。視角的運用，是小說中極為重要的敘事技巧。可以從兩個方面來看：

1. 視角是指觀察者觀察事物的角度和具體的位置。在文學作品中，作者可以根據自己的意願安排敘述者的位置和角度，可以將他擺在千里之外，也可以把他置於讀者的面前。可以讓他作為一個歷史人物，也可以讓他作為故事發生時的一個目擊者、故事以外的轉述者，或者故事中的當事人。

2. 視角也體現在敘述者對事物所表達的態度中。讀者可以根據敘述者的敘述來分辨作者的態度，從敘述文本使用的語言、字裡行間的情感色彩上，找到作者在談論某事物時不同態度的視角。敘述者在敘述一件事情或是描述一個事物的特點時，採用的視角就成為了讀者分辨作者態度的線索。

不同的敘述視角，就形成了不同的敘述模式。

二 全知性視角

在全知視角敘述模式下，文本中明確存在着一個全知的敘述者，他洞悉故事中所有人物（或一些人物）的內心，隨時揭示出人物的思想感情。他不受時間、地點、人物的限制，可以隨心所欲地出現在故事中，並隨時作評論。雖然這種全知視角看起來是最靈活的，但是卻拉開了讀者與故事中的人物的距離。這種全知性的視角非常適合中國文學史上具有說教色彩的小說。中國古代的話本小說《醒世恆言》就是一個例子。這種視角常常和第三人稱連在一起。

第三人稱的寫法，被看作是一種全知角度的寫法，作者站在故事的外邊，可以隨意地展現出故事中各個角落發生的事。敍述者的目光無所不在，可以讓讀者瞭解故事中每一件事的每一個方面。作者可以全面地介紹人物，介紹他們的語言、行動和心理感受，在讀者和人物之間建立起一種聯繫。

三 非全知性視角

在短篇小說中，更多的時候文本中明確的敍述者就是故事中的一個人物。作為故事中的一個人物，敍述者親身參與了整個事件，所以講述就會有很強的真實感，容易將讀者帶入故事的發展中去，有助於讀者更加深刻地理解人物與事件，與敍述者產生共鳴。閱讀這類小說時，讀者可以直接進入故事人物的內心，通過人物的眼睛洞悉故事中的人物和情景，非常自然。由於讀者所看到的一切都經過了視角人物眼睛的過濾和加工，所以很容易拉近與視角人物的距離，讀者將自己與視角人物融為一體，從而真切地體驗和經歷視角人物的所思所想，在閱讀中得到奇妙的視覺享受和真實體驗。這種視角常常和第一人稱連在一起。

作者採用第一人稱的角度，重述一個特別的事件，比如作者從某處聽說了一個故事。這樣，雖然作者並不是當事人，但是還是能增強故事的真實感和人物的親近感，也能結合故事中的人和事表達自己對社會、環境等問題的態度與感受。

不要忽略了這樣一種現象：有時作品雖然採用了第三人稱的寫法，但作者仍然是作品中的一個角色，或者說，他是通過作品中一個角色（當事人）的眼光和角度來講述故事，表達看法和感情的，這樣的好處是可以使讀者瞭解每個不同人物的所做所想。也有的作品將兩種結合起來並相互轉換，比如，狄更斯的小說《遠大前程》就是一個例子。敍述者還可以比較不同人物的所作所想，讓讀者從不同的角度和方面瞭解人物，分享他們不同的感受。

以《朋友，你在哪兒？》為例，小說使用了第一人稱的敍事方法。小說中的敍述者就是故事中的一個人物。全知的敍述者在這個文本中完全退出，故事的講述者讓讀者直接進入故事人物的內心，通過人物的眼睛，非常自然地把故事中的人物和情景展現在讀者的面前。老劉"我"和另一個人物賈興之間發生的一切，都由"我"的眼睛過濾和加工，在"我"看的同時展現給了讀者，所以很容易拉近讀者與人物的距離，引導讀者將自己與視角人物融為一體，讀者所看到的一切事物都和視角人物有同樣的位置和角度，從而真切地體驗和經歷視角人物的所思所想，在閱讀中得到真實體驗。

小說選擇的視角恰到好處。在小說中，一開始"我"對這種"朋友"的虛偽感到無所謂甚至認可，對超乎正常的熱情舉動雖有不滿但是也被動應付。隨着故事的發展，"我"對朋友關係漸漸承認和接受了。而到了最後，"我"看清了問題的真相，從而對所謂"友情"作了深入的思考。這期間有一個對"朋友"、"友情"問題和社會現象的觀察、瞭解與思考的過程。小說將這個生活現象發生的過程，作了藝術的展現，讓讀者對時下人們這種表裡不一、虛偽不實、誇誇其談的行為，有了一個清醒的認識。這個展現的過程引領讀者進行一個思考的歷程，敍述者的觀察、理解，也就成了讀者的觀察、理解，深刻的主題便由此揭示出來。

從另一個角度來看，這篇小說的結局含糊不清，留下疑點和懸念：是不是"我"錯怪了賈興？有些讀者也許認為賈興的行為，認為這類人的性格特點和為人做事的方式，也有可以理解之處。讀者可以根據自己的分析判斷得出自己的結論。小說結尾造成這種含糊不清、歧義叢生的效果，無疑增添了小說的閱讀趣味。這種策略的高妙之處，就是作者利用第一人稱視角的局限，故意留存疑點造成的。

和傳統的小說結局相比，作者並沒有把一切問題都講清楚，也沒有明白告訴讀者誰好誰壞，這種結局給讀者提供了更加廣闊的參與、想像、思考的空間，小說因此具有了更強的"現代味"，更有吸引力。

小說的風格

作品的風格就是作品的特色，是作家為表達內容和情感而使用語言、寫作技巧的特別之處，是一部作品區別於其他作品的標誌。（有關風格的問題，可以參看散文部分的相關內容）

小說作品的風格也體現在作者對語言的選擇和使用等具體的藝術表現技巧和方法上。

小說以語言作材料，小說的世界是用一個個詞語、句子構造出來的，離開了具體的詞語、句子，就沒有了小說的人物、故事。語言有不同的形式和特點，用不同的語言表達方法，如詞彙的選用、句子的組合，可以達到不同的藝術效果。閱讀不同的語言表述，讀者就可以有不同的反應，有的文字可以讓你笑，有的又可以讓你難過，也可以使你悲傷和生氣。在盡情感受的同時，你要細緻分析和思考：是哪些詞語的使用、哪種書寫的方式，造成了這樣不同的效果，形成了這種獨到的風格？

作家的情感表述有時需通過人物形象的塑造，也有時介入事件中。無論那一種，都必須要借助具體的詞語和句子的結構形式來體現。比如，作家對現實的不滿與批評，或者是對人物的同情與讚揚，都可以從作品中選用詞句的褒貶、對物體的形容中表現出來。在具體的比喻、象徵中我們可以看到作者的寓意和明顯的傾向性。有些語氣、語調的變化又表明了作者懷疑、肯定、不理解或者輕蔑的態度和情感，而這樣的態度直接影響到了作品中人物，也影響到了讀者。比如，《三國演義》的作者的正統歷史觀念，決定了作品尊劉貶曹的人物形象塑造，也影響到了讀者對人物的看法。作者的立場往往通過滲透在作品字裡行間的情感被讀者所接受並產生影響。

所以，為了分析作品的風格特色，要在分析作品中具體的人物、故事情節的時候，特別注意留心：這些人物是用什麼方法和技巧塑造的？故事的情節中蘊藏的態度情感是通過什麼樣的詞語句子傳達給讀者的？作者使用這樣的方式和技巧，產生了什麼樣的效果，有什麼作用價值？

要重點掌握小說文體特有的、常規的表現手法、描寫技巧，賞析這些技巧在具體的作品中如何使用和起到了什麼效果。對此，你必須在評論文章中明確地展示出來。

請看下面一些賞析小說作品的引導題：

1. 人物：

（1）細節描寫對人物刻畫有何作用價值？

（2）小說為什麼離不開對人物的心理描寫？

（3）從精彩的人物對話中讀者能看到什麼？

2. 情節：

（1）情節的轉折如何對人物性格的變化產生影響？

（2）小說的開頭和結尾各有什麼作用？

（3）敘述的角度與方式如何影響到小說的成功？

3. 環境：

（1）自然環境的描寫對人物的塑造起到什麼樣的作用？

（2）人物與環境的關係如何揭示了主題？

（3）小說的環境描寫如何表現出了作者的創作個性？

以《朋友，你在哪兒？》為例，要瞭解作品的風格，先要分析作品具體的表現手法和描寫技巧：

一是精心安排的情節結構：通過兩位人物的聚合、分離來揭示出人與人之間表面和真實的關係。

二是貼近現實生活的題材：作者意在從生活中的點滴小事，演繹出生活中繽紛繚亂的片段，有着親切的真實感，增強讀者的閱讀慾望，揭露出複雜與虛偽的人際關係。

三是對比：兩個人物冷與熱的對比、主動與被動的對比，實際上就是真與假的對比、言與行的對比。例如，當賈興的火車開動時，"他還探出頭扯着嗓門喊：'你一定來啊，不然我可跟你急！'"讀者可以真切地體會到當時賈興的誠意。然而，他這裡表現得越加真誠，就與文章後部他的謊言形成越加鮮明的對比，越加暴露出他內心的虛偽。

四是雙關：問句"朋友，你在哪兒？"在小說三次出現，不僅是小說人物的一句問句，也是文章想要揭示出的深刻含意，作為文章的標題，起到了畫龍點睛的作用，真正的朋友究竟在哪裡？

五是口語化的語言恰到好處：例如，"當賈興說'朋友，有機會來玩啊。'我也打着哈哈說，一定一定。""哈哈"一詞，將"我"對賈興敷衍的心態表露無遺，"我"滿不在乎、敷衍了事的形象鮮明突出。

六是細節的描寫：例如，賈興打電話過程中的表情、語調、語氣、聲音高低的細節描寫，惟妙惟肖，造成了令人忍俊不禁的喜劇效果。

七是諧音："賈興"，暗示假惺惺。字裡行間表現出作者對人物的評價態度。

八是作品的風格：作品像是一幕輕喜劇，通過人物的言行舉止的表演，諷刺、嘲弄了一種社會現象，讓讀者在發笑的同時或過後，有種深思和感歎。作者誇張但不失真，幽默又暗含譏諷，語調輕鬆幽默但又引發沉思。

小說的主題

文學作品都是為表達作者的主觀情感而創作的，小說作家寫小說也是有感而發，來表達他對人生、社會的態度看法和感情。

小說作品的主題和主旨，就是作者最希望告訴讀者的感受與情緒、理想和願望以及態度看法。但是這種表達與散文不同，不能直接地、真實地展示，而一定要通過作品中的人物活動和故事情節的發展傳遞給讀者。小說的主旨，集中體現在作家對人物與人物的關係和他們所處的社會環境的細緻描寫中，他們必須把主旨轉化成藝術的想像，轉化為具體詞句的描寫，"轉化為生動的故事，轉化為性格鮮明的人物形象"（王安憶，《小說家的十三堂課》，上海文藝出版社 2005 年版）。欣賞閱讀小說的過程，也是理解小說主題的過程。我們可以把這個過程看成是一個完整的文學賞析的歷程。

作家是借小說這種載體，抒發自己對生活與人生的看法和思考，通過可見的故事，透露出不可見的真實。小說的最高境界是將作品的主旨、主題融化在故事之中，讓人們從故事的背後得到更多的東西，所以，分析作品不能不談藝術特色，只找主題思想。主題思想只能通過藝術特色來表現。

小說塑造人物形象、描寫典型環境，都是為了表現一定的主題。在人物形象身上、環境描寫之中，都寄寓着作者的思想和感情。我們在閱讀和評論小說時，要分析人物、情節和小說的環境描寫，而最終的落腳點還是把握小說的主題。只有把握了小說的主題，才能認識到這篇小說的價值和作用。

課堂活動

分析《朋友，你在哪兒？》的主題：

1. 從主要人物的性格塑造看小說的主題。
2. 從作品的典型事件看反映的普遍社會現象。

提示

　　1. 對人物的塑造突出了人物性格的特點——表裡不一。作品對人物進行了生動的描寫：如人物言過其實、誇誇其談、滿口謊言的語言特點；人物的動作粗俗、生硬，沒有禮貌教養。這樣的外在描寫，揭示人物狡猾、虛偽、不誠實的內在特點。這樣就塑造了一個為人處事隨便、浮誇、自私自利、不為他人着想的人物形象。

2. 反映的普遍社會現象：小說中這個人物極力地誇耀和渲染他和老劉之間所謂的"友情"，只因借這個關係就有利可圖，只是希望利用這種關係得到利益好處，根本不想要給對方有任何的付出，"朋友"這種關係中應有的信任、互助的觀念，傳統的中國人的"重義輕利"觀念，完全被異化扭曲了。

對待人與事"不當一回事"，遊戲、隨便的態度："筆會上熱熱鬧鬧嘻嘻哈哈，過後新鮮勁兒也就風吹雲散，誰也不會把幾天會上承諾的事太當真。"人與人之間缺乏真誠的關係。這是一個典型的故事，也是一種普遍的社會現象。

作品以幽默諷刺的手法，反映出社會中的異化現象，從友情的問題，看到人與人之間的關係，看到虛假不實、缺乏真誠的社會現象。使讀者反思當今社會的人際關係，思考造成這種現象的根源。

課堂活動

閱讀《朋友，你在哪兒？》，就其主題進行討論：

1. 讀者會有什麼樣的思考？這是一種人生的態度？一種社會風氣？這樣的虛假浮誇對社會的發展、人們的生活會有什麼樣的影響？"遊戲人生"的人，會有什麼樣的結果？

2. 說說你個人的感想和見解：傳統的中國人"重義輕生"、"一諾千金"的觀念還是美德嗎？你對小說揭示的主題有什麼思考、看法和評價？

短篇小說的賞析要點

你在分析評論短篇小說時，要把關注和賞析的焦點集中在以下幾個方面：

1. 故事的情節結構：在什麼情況下？有什麼人？發生了什麼事？故事是按照時間順序展開的，還是倒敘進行的？容易看懂，還是隱晦艱深？

2. 誰在講這件事？為什麼從這個角度講述？有什麼特別的意義和作用？讀者的反應會是什麼樣的？

3. 人物是什麼類型的？作品用了什麼樣的手法描寫刻畫他們？人物之間的關係如何？人物前後有沒有發生變化？人物的關係有沒有變化？如果有，是哪一個關鍵的情節導致了這種變化？說明了什麼問題？

4. 小說的語言風格是什麼樣的？文字是樸實的、曉暢容易明白的？是好笑幽默的？小說用了什麼修辭的手法，如比喻、誇張、象徵？產生了什麼樣的效果？句子的結構是什麼樣的，長句？短句？問句？標點的使用有什麼特點？

小說的發展：氛圍小說

　　文學隨着時代和生活的發展而發展變化，學習文學的人，要關注它的發展，瞭解它，研究它。現代短篇小說的種類很多，有各種新的寫作嘗試，它們與傳統的小說在表現手法上有所不同，其中有一些不重視故事情節，而是講究小說的意境，重視別緻新奇的藝術效果。有人把這種小說叫作氛圍小說。我們以這種小說為例，看看它們和傳統的小說有何差異，從而引起大家的注意。

　　氛圍，有人也叫小說的意境，指小說中創造的一個藝術的空間世界，一個具體可感的場景，這種場景不等於客觀事物的本身，而是主觀的信息和情感結合的產物，它象徵、暗示着某些深刻的內容與情感，從而表現出作品的深刻內涵。小說就是通過典型的場景，構成富有象徵意味的氛圍，揭示作品的主旨。

　　對傳統小說來說，人物形象的塑造和故事情節的敍述是作品成功的關鍵要素；但是在現代小說裡，作品着重營造一種與眾不同的“氛圍”，人物和故事不再被當成重點，完整的故事情節、完整的人物形象不能作為評論作品優劣的標準，氛圍在小說中具有關鍵的作用和意義。當我們看到這樣的一些不像小說的小說作品時，不要因為自己不熟悉和不喜歡而拒絕閱讀接受它們。想一想，這樣的小說究竟想表現一種什麼樣的意圖？傳達一些什麼樣的意念？也許這種意念本身就是不完整、不清晰的，所以它不能採用傳統小說的情節結構和人物塑造的手法加以表達。比如，一個作家想要表達一種難以言傳、曲折隱晦的人生感悟時，它的語言方式也要相應地調整，變得含糊不清。在氛圍小說中，氛圍就是這些語言，而且比語言更加形象具體，飽含象徵、隱喻、暗示等等意味，讓讀者從中領悟作者想要表達的內容。此類小說對主題的展現，不是依據人物與情節表現，而是從“氛圍”中散發。

　　以侯德雲《冬天的葬禮》為例，賞析閱讀時要注意以下幾點：

　　1. 作者是以第一人稱的手法，用平靜的語氣敍述令人震撼的歷史事件；一種荒誕的怪異感，使人對這個不正常的事件產生深刻的印象；故事中的敍述者有幾重身份，故事套故事，盡量拉近敍述者與事件的關係；故事的結構不是線狀的，而是圈狀的。

2. 人物有當事人及身邊的人，作者以轉述故事的口吻和角度講述故事，闡發自己的觀點與評價，混淆虛構與真實之間的界限。

3. 語言精練、明白、形象化。對人物的內心感受的刻畫與剖析具有強烈的個人感情色彩和鮮明的思想傾向性。

4. 小說營造出一種氣氛：將飢餓給人類造成的恐懼、殘酷、悲愴表達得淋漓盡致。瘋狂的場景與真實的細節結合在一起，將虛與實混為一體。人物的對話、行為動作、視覺感覺，都被一條線所貫串。飢餓像一個怪獸、一個幽靈一樣改變了人們的言談、舉止、生活態度、思維和對整個世界的看法，造成完全超出常人的想像和預料的藝術效果，令人無法忘卻。小說形象地描繪了飢餓，引起人們對那種現象的深思。

5. 小說開放式結尾留給讀者疑問與感嘆。這樣的結尾留下了想像的空間，有更多的發展預期，刻意讓讀者有所思考。小說有一種沒有結尾的感覺，看似結束，實則又像有新的開始，讓讀者充滿疑問與感嘆。和傳統的小說那種非常肯定的結局不同，含有多種複雜的情感和傾向性，符合現代小說的欣賞要求。

 寫作練習

選讀一篇短篇小說，或者一個小說的片段，對所選作品進行全面賞析，寫出一篇評論文章。

短篇小説賞析案例

我們以畢淑敏的短篇小說《不會變形的金剛》（見《畢淑敏小說──名家精品閱讀之旅》，吉林文史出版社 2006 年版）為例，來進行賞析。

一　人物形象

從人物形象入手欣賞小說，可以達到瞭解社會現象，發現作品所揭示的問題，體會作者情感，鑒賞作品藝術手法、風格特色的目的。

1. 小說寫一個單純的人變成一個複雜的人，一個好人變成壞人，通過描寫人物性格形成的過程和原因，來抨擊人物生存的社會環境中不合理的社會現象。

作品中的兒子開始時天真、乖巧、懂事，理解別人，關心別人，家庭環境起到了積極的作用；在成長過程，受到社會環境的不良影響，產生變化，重視金錢物質而忽視情感，不再為別人着想，更加關注自己的需求，自私自利。

2. 寫人物的經歷與命運的變化，用人物的生活經歷來表現他置身的社會與時代，揭示出作品的主題。

媽媽看到兒子的變化，感到失望及痛心。由此表現了小說的主題：物慾對人們情感與心靈的侵蝕。社會上人們因為物質的缺乏而貶低精神與情感價值的現象令人痛心。作者認為，對人的尊重、對人的情感的重視是比金錢更為重要的。青少年的教育問題，不只是一個家庭的問題，而是一個嚴重的社會問題。社會上重物質而輕情感精神的現象，值得人們注意，它已經影響到青少年的健康成長。

3. 採用有效的表現手法。為了展示人物的人生際遇、人物的關係變化、人事的變遷，來突出表現當時社會的真實境況，揭露或批判不合理的社會現象，作者必然借用最有效的藝術表現手法來塑造人物的形象。通過分析作品對人物性格的精細刻畫，可以具體看出作者的描寫手法、語言運用，從而瞭解作品的藝術特色和價值。

4. 主要人物賞析：媽媽是一個什麼樣的人？

畢淑敏創作的人物形象具有鮮明的特色，她筆下的母親形象具有善良、寬容、無私的品格，她敦厚溫柔、堅忍寬容，對孩子擁有無私的愛。

她是一位堅強的母親，憑藉一己之力在困難的環境中生存，一方面要應付來自外部環境的挑戰，一方面又要應付這些挑戰所帶來的內心衝突。畢淑敏創作的女性人物形象善良而不屈從，包容而不懦弱，不依附於任何人和任何勢力，

《不會變形的金剛》中有幾個人物？主要人物是什麼人，有何性格特點？

? 想一想

有自己清醒的個人意志。在她們身上，讀者看不到女性對男性的依賴。人物既有傳統的民族精神又有現代女性的個性獨立、張揚自尊的特點。

她是一位智慧的母親。母親溫柔但不缺乏膽識與智慧，她是普通的"賢妻良母"，有自己的是非標準、價值觀念，不迎合世俗的潮流，按照自己的行為標準來做事。母親有做人的智慧，細緻、周到，能看到問題的關鍵，有現代知識女性的特色。

她是一位有責任感的母親，對家庭、兒女、社會有着崇高的責任感與使命感，她想盡自己有限的能力，養育一個優秀的孩子。

二 小說的情節結構

一篇小說，不管人物如何典型，思想如何深刻，它的外在形式還是故事，人物和思想都要隨着故事的發生發展，才能顯現出來。

小說結構的基本任務就是組織情節，短篇小說一般採用單線型結構方式。這是中國古典小說的結構特點，圍繞中心人物展開有頭有尾的情節，強調故事情節的離奇曲折和完整。

小說《不會變形的金剛》整個故事情節只有一條線索：兒子想要一個變形金剛的玩具，買了玩具，和朋友交換玩具，損壞玩具，兒子要求好朋友賠償玩具。小說將媽媽的心理感受和兒子的變化結合在一起，結構形式是單線型的。情節單純，線索明晰，屬於中國小說創作傳統的結構形式。

1. 開頭的作用

短篇小說的開頭，作用重大，要讓讀者看到小說的重要人物出場、情節發展的線索、作品敍述的角度，等等。

課堂活動

閱讀《不會變形的金剛》，從小說的開頭段，找出下面提示的一些重要的線索，並進行討論：

1. 誰是敍述者？你看到了哪些有關敍述者的介紹？作品採用了第幾人稱？

2. 有什麼人物在這一部分出場？他們如何被介紹給讀者？從這些介紹和描寫中你對他們有了怎樣的瞭解？

3.這一部分有沒有對環境和背景的介紹與描寫？作品如何進行了描述？製造出了一種什麼樣的氣氛和情調？

　　4.故事的開始是不是按照時間和事件的發展順序進行的？是從故事的開始、中間還是結尾開始的？故事的講述是倒敘還是順敘？

　　5.故事看起來是簡單明白，還是複雜難懂？是直接具體，還是隱晦抽象？

　　6.你能不能從這一部分的內容猜想出故事的走向和發展的趨勢？有什麼伏筆和線索暗示出作品的主題？

　　7.看了這一部分後，你還想繼續讀下去嗎？如果是，想一想作者用了什麼方法和技巧吸引了你的注意力和好奇心？

2. 分析作品的情節

　　閱讀時注意：是什麼樣的社會生活現象、人生經歷、人與人之間的關係影響了兒子性格的形成和發展？

寫作練習

閱讀小說《不會變形的金剛》，填寫下表並解釋原因：

故事的經過／主要情節	買玩具	玩、交換	損壞、賠	索賠
小說的結構	起	承		
主要人物性格的發展變化：媽媽				失望、痛心、愛但不溺
主要人物性格的發展變化：兒子	單純、懂事，考慮家庭的情況及媽媽的感受	天真、可愛、理解、關心別人、重視友情	關注自己的需求，自私自利、重視金錢物質而忽視情感	對媽媽的失望、痛心並沒真正的理解、並不真正的長大；尚未成熟、還有可以教育的可能
人物的關係變化	媽媽兒子親密無間			
作品的主要內容／主題	家庭的影響與教育	孩子的天性	社會的影響對青少年成長的作用	家庭教育的失敗，社會問題的提出

三 小説的主題

貧富不均的現象歷代不乏，在今天，還有許多人為了溫飽而辛苦地掙扎，尚未考慮到精神需求的問題，如小說中的父親；也有些人物質富裕卻精神貧窮，在追求物質的同時，不考慮他人，不考慮將來，如同學的母親。在不平等的貧富狀況和不正確的風氣影響下，年輕人的成長面臨挑戰：為解決物質的危機，引發了精神危機。母親擔心因家裡的貧窮造成兒子人格和心理上的欠缺，寧願給兒子買昂貴的玩具，但家庭不能解決社會的問題；兒子和小胖的關係變化，說明了社會環境對兒子的影響：兒子為了滿足自己，理直氣壯地不惜傷害自己的朋友。這正是當今社會重物質輕精神、無視道德人情現象的反映。

四 藝術手法的運用

1. 心理描寫

畢淑敏的小說不以曲折的故事情節取勝，也不刻意塑造奇特的人物，她很注意對特定環境下人物內心世界的刻畫。作品中的心理描寫靈活多樣：

（1）直接描寫式

這是最為常見、廣泛運用的一種人物心理描寫法，以句子中含有"想"等關鍵的字眼作為明顯的標誌。"想"字或出現在心理活動之前，或出現在心理活動之後："我想用母親溫馨的心捻成毛線，為兒子編一間溫暖的小屋，可惜我不是整個世界。"

這個直接描寫，非常恰當地將媽媽對兒子的愛和她自己無能為力的無奈心理寫了出來。文章中幾次提到編織，和"媽媽"的生活內容相關，所以這個比喻就很貼切，很好地揭示了人物的性格特徵，將媽媽的善良和愛心表現了出來。

（2）抒情獨白式

這種刻畫人物心理的方法，是用抒情的筆法展示人物的內心矛盾和思想鬥爭。例如："也許我應該先告訴兒子……但如果說那恐怖的前景，而一切又沒有發生，我豈不是玷污了一顆純真的心！只要還有一絲可能，我也願意維持這種真誠直到最後。"

作者用抒情的筆法寫"我"進退兩難的複雜心理活動：是告訴兒子現實的複雜與無情，還是保護兒子心中對社會的美好的印象？"我"的內心鬥爭非常激烈，心情極度矛盾、複雜。最後，"我"不忍心將殘酷的現實講出來，懷有一線的希望。

（3）夢境想像式

夢境能揭示人物的性格特徵，深化文章的主題等。夢境描繪的是真實的夢境，而夢境想像可以是如夢一樣的想像：「我閉上眼睛，心中像煮開的牛奶，不見波浪地蕩漾。兒子將有一個小小的快樂送給我：也許是張一百分的卷子，也許是個紙盒小瓶做成的手工。」

作者描寫了母親如同夢境一般的想像 。媽媽和兒子親密的關係、媽媽對兒子的愛和期望、母愛的細膩深情，在一種虛擬的想像中表現出來，也為下面的情節轉折作出了鋪墊。

（4）心理分析式

這是通過剖析人物的心理來展現人物的內心世界，讓讀者對人物的所思所想更加明瞭。例如：「而且丈夫會說什麼呢？他總說我慣着孩子，同闊人家比……」

（5）神態顯示式

這是通過寫人物的神情來顯示人物內心的感情。例如：「兒子的身體雖已轉向掛着厚重皮門簾的商場大門，腳卻像焊在水磨石地面上。尤其是脖子，頑強地擰向櫃台，眼睛在長睫毛的掩護下，眨也不眨地盯着變形金剛們。」

對兒子神情、動作的描寫，都很恰當地表現出了人物的內心感受，將人物對玩具強烈渴望的心理活動很好地揭示出來。

（6）行動表現式

行動表現式是通過恰當地描寫人物富有鮮明個性的動作，傳神地揭示出人物的心理活動。「我的手慢慢地舉起來。……我猛地將手擊在他的頭上。」

這個動作描寫，反映了媽媽極度失望、氣憤的心情。兒子的回答，讓她在意外的同時不覺大怒，過去的話、教導全部失去了作用，情急無奈中，第一次舉手打了兒子。

賞析心理描寫時要注意：

第一，心理描寫要成為塑造人物形象的有效手段，要求抓住人物的本質特徵，使心理描寫符合人物的性格，成為多方面展現人物性格並完成人物形象塑造的有機組成部分。

第二，心理描寫要實事求是，恰如其分，切合人物的年齡、身份和性格特徵。要把心理描寫和肖像描寫、行動描寫、語言描寫等多種寫作手段有機地結合起來，才能產生良好的效果。

第三，人物的心理活動受環境的影響，心理描寫要結合特定的環境來展現人物的心理活動。

課堂活動

1. 找出小說《不會變形的金剛》中媽媽的矛盾心理的具體表現。如："我不願……又怕……"
2. 解釋造成媽媽心理矛盾的原因是什麼。

2. 細節描寫

細節，可以是一個動作、一個表情、一個心理活動、一個與人物密切相關的環境片段，等等。好的小說的細節與刻畫人物形象直接相關，與故事的主要情節一致，與人物的性格特點相符合。這樣的細節組合在一起，構成了典型形象，能夠表現人物的命運，揭示主題。

細節是小說的生命。小說是虛構的，是假的，但給人的感覺是真的。要讓虛構的小說產生真實的效果，就靠細節起作用。細節的真實與典型，能使離奇的故事變得真實可信。

細節往往能表現出在語言之外潛藏的內容，現代小說對細節的描寫越來越重視，短篇小說可以沒有完整的情節，但一定要有細節。

課堂活動

分析作品，找出小說中的細節描寫片段。

> **提示**
>
> 攝取細小動作，抓住細微的痕跡，勾勒細小的景物，描摹個性神態，捕捉語言細節，這些細節的描寫都能體現人物性格特點，令作品真實感人。如"她狠狠地掄起手掌，舉到半空，卻輕輕落在身上"。作者用細緻入微的動作細節，刻畫出媽媽對兒子又愛又恨的心理活動，使人物的性格真實而鮮明。

五　作品中的人物與作者的關係

作品中的人物形象是藝術的形象，是作者創造的，但不等於作者。通過作品中的人物，讀者可以看到作者的生活經驗、文化修養、審美情趣、精神氣質：

1. 作者的世界觀和價值觀決定了作品主要人物的塑造。作品中的主要人物往往是作者理想人格的體現。

2. 作者的個性氣質體現在作品中。人物形象往往就是作者個人性格的化身。《老人與海》中的硬漢子形象就被公認為有作者海明威的影子。

3. 作者的生活經歷，對生活的理解和認識、看法和態度也展示在作品中。畢淑敏是一個母親，作品中母子關係相關的內容和她生活經歷有關。

只有對現實人生懷有一種深沉熱愛的作家，才會觸及類似的話題，表現現實生活中的困苦、矛盾，展示關懷他人的人文情懷，對普通人的遭遇有感同身受的心理自覺和細膩體察。作者注意到了弱勢群體的人格尊嚴：母親有自己的行為規範和道德觀念，儘管物質貧窮，但精神上並不殘缺，她對兒子的關懷不僅是物質上的，更是精神上的，為此，她最後打了兒子，表示了她的失望。作品恰到好處地處理了人物之間的關係，引起人們的思考。

好的文學作品，應該懷有一顆慈悲之心，應該關注廣大的下層百姓，關心他們的生活狀況，更關心他們的內心需求，展示一種更加廣博的胸懷，超越個人生活圈子、個人得失的情緒。

課堂活動

閱讀《不會變形的金剛》，回答下列問題：

1. 作者通過故事想告訴讀者什麼？

2. 作者是哪一個階層人的代言人？她的理想或希望是什麼？

3. 你的感受是什麼？找出與作家和作品的共鳴點。

寫作練習

對小說《不會變形的金剛》進行全面賞析，寫出一篇評論文章。

第 16 講 ｜ 文學評論的一般要求

學習目標

明確試卷一的評估要求

把握書面評論文的要點

什麼是文學評論？

在本課程中，文學評論指的就是對文學作品進行閱讀分析和鑒賞，課程要求考生在規定的時間內，對一篇沒有讀過的文學作品進行詳細的考察，根據自己的分析、判斷寫出一篇書面的賞析評論文章。這就是試卷一的評估要求。

書面評論的寫作，能夠顯示出寫作者對詩歌、小說和散文作品中各種複雜要素的理解，能夠表現出考生是否具有依據作品實際對作品進行令人信服的解讀和評論的能力。文學作品的評論沒有固定的格式和公式化的標準答案，本課程鼓勵學生在掌握了充分依據的基礎上，進行個性化的探索，提出自己個人的觀點和見解。在評論時特別要注意對作品的細微之處進行分析和探究。

優秀的書面評論文章，能夠展示出考生對選文作品中作者所採用的各種文學表現手法和技巧有清醒的認識和敏銳的感受，並能以作品的事例為依據賞析其作用和藝術效果，在嚴謹完整的論述中，表達自己個人對作品的感受和獨到的見解。

高級課程：文學評論的要求

對高級課程的考生來講，試卷一稱作"文學評論"。考生要完成一篇針對指定作品進行賞析的評論文章，這篇文章要符合正式的論文形式要求。中文的評論文章有一定的規範，本章中我們會有所講解。簡單來講，優秀的論文應該提出一個明確令人信服的觀點，應該有充足有說服力的論據，應該有完整嚴密的結構形式，能夠展開條理清楚、結構嚴謹的論述。

試卷一評估項目：

類別	形式要求	寫作時間	佔分比重
SL： 附有引導題的文學分析	回應引導題的文學分析	1.5 小時	20％
HL： 評論論文	作品分析評論論文	2 小時	20％

考官將從以下方面考核學生的能力：首先看考生的論文中有沒有用一些具體的作品事例作為依據支持論點，對選文作品進行充分的解讀，由此看出考生對選文理解的深入和準確的程度。其次，看考生能不能明辨作者所使用的語言詞彙、結構順序、表現手法技巧等在作品中的具體作用；能不能對作者所做出的種種選擇有什麼意圖，產生了什麼樣的作用和效果，形成了怎樣的風格特色展開討論。最後要根據文章的書寫來看考生是不是具備了書面寫作的能力，能不能以規範的論文形式、準確的語言表述、嚴謹的條理論述自己的見解和感受。

普通課程：附有引導題的文學分析的要求

對普通課程的考生來講，試卷一叫作"附有引導題的文學分析"。新的指南明確規定了普通課程的評論寫作與高級課程評論寫作有不同的要求。

普通課程的試卷一附有兩道引導題。普通課程考生的評論寫作要通過對兩道引導題的回應來表現自己對選文作品準確深入的理解。此外，評論的文章也不要求寫成正式的論文形式。

這樣的不同符合普通考生的實際情況。首先，普通課程寫作考試的時間只有 1.5 小時，比高級課程少，讓他們把有限的時間花費在文章的組織結構上，不如用在文學特色的分析上更加有意義。所以普通課程的考生只要直接展開對問題的回應，表現自己對作品內容的理解，側重對選文的解讀就可以了。

另外，這樣的要求非常明確地區分了兩個不同級別的課程在程度和水平上的具體差別。這個差別就表現在書寫文章的結構要求上。普通課程的考生可以不以規範的論文形式進行條理清楚、結構嚴謹的論述，只需要根據引導題的提示，對作品進行深入分析和評論。

無論是對高級課程的考生還是普通課程的考生來講，文學評論的寫作都需要多方面的準備和訓練，包括養成詳細閱讀文本的習慣，掌握文學欣賞的方法，能夠從字裡行間感受作品的藝術特點和文學意味，並對作者選擇特殊的手法和技巧所產生的作用效果作出言之有據的論述。下面我們就從閱讀談起。

閱讀的訓練

一　閱讀多種文體的作品

1. 注重對詩歌作品的閱讀欣賞

　　詩歌是本課程考生的必讀內容，在考卷所提供的兩篇作品中，有一篇必定是詩歌作品。考生必須在日常的學習閱讀中，對不同內容特點、不同藝術風格、不同流派的詩歌有意識地多讀，多品味，掌握詩歌的文體特點，學會從詩歌的意象、意境、章法、節奏、韻律、詞采等方面理解和分析評論。可以閱讀一些優秀的詩歌評論文章，提高自己理解與評論的技巧。

2. 注重對短篇小說或微型小說的閱讀欣賞

　　在過往的考題中，我們可以看到所選取的作品中，有許多是選自中國大陸當代作家的短篇小說或小說節選，和我們同時代的社會生活內容有密切的關係。有些作品反映中國當代現實社會中人際關係、價值觀念的問題，如政治運動和商品經濟帶來的影響，人際關係中的勢利、相互利用，人們對社會歷史現象的反思，等等。一些微型的小說作品，就好比是當代社會現象的速寫。作者有意地針砭時弊，揚善抑惡，表達對社會的關懷與思考。學習這樣的作品讓我們感到，文學不僅僅是個人情緒的抒發表達，而且是對廣泛社會問題的關懷思考。在評論這樣的作品時，一方面要注重對文學技巧、手法的賞析評論，同時也注重思考文學作品本身的內涵與意義，從而對文學的社會意義有深刻的認識。

3. 注重對各種類型文學散文的閱讀欣賞

　　散文在生活中應用廣泛，種類繁多，既有具有深厚文學傳統的作品，也有與時俱進的創新之作。抒情、敍述、言理的散文，都是我們閱讀和評論的對象，都要熟悉它們的特點，掌握分析賞評它們的方法。

以上三大類的作品，我們在本部分的上編中都作過了認真的講述，閱讀作品時可以參看有關的講解部分。

4. 注重對各種類型文章的閱讀欣賞

值得注意的是，除了散文和小說作品之外，在試卷一的考題中，也會出現其他類型的文章，如論文、傳記、劇本、具有文學價值的報刊文章等。考生要注意廣泛地閱讀，老師也要進行有針對性的指導。

二　在規定時間裡的有效閱讀

一般來說，閱讀這樣的一篇作品要學會使用速讀和細讀相結合的方法，才能在有限的時間先盡快全面掌握文章的整體大意，然後找出作品字裡行間最有代表性的實例，作為自己分析評論的依據，這樣的分析才可能是準確和深入的，你的評論才能具有說服力。要達到有效閱讀應注意：

1. 閱讀的時候要有意識地進行限時訓練

（1）在規定的 20 分鐘內完成文章的閱讀，找出文章的內容要義和文體的特點。

（2）在文章中重點圈畫出你所要分析的事例。

2. 閱讀完成後要有意識地進行限時寫作

（1）在規定的 15 分鐘內完成一篇論文的寫作提綱，列出你的評論文章寫作的主要內容要點。

（2）列出你的論點、論據。

經過反覆地訓練，培養自己在閱讀時的注意力和對文學作品賞析的敏感度，讓自己的思維更加活躍，也更加有條理。

課堂活動

反思一下自己的閱讀習慣，想一想你需要在哪些方面有所改進和提高，才能滿足評論文章寫作的要求。

寫作的準備

無論是普通課程還是高級課程的考生，完成這樣的一篇書面寫作，都需要以下兩個方面的能力訓練：

一 快速閱讀與全面理解

這篇論文寫作的基礎是閱讀和理解作品。首先，考生面對的是兩篇尚未閱讀過的全新作品，其中一篇是一首詩歌，另外的一篇可能是一篇小說、散文或故事（全文或節選），也可能是一篇傳記、遊記，還可能是一篇議論性的論文。你對它們的內容、形式風格都不能預測，你需要運用自己平時積累的閱讀知識和技巧閱讀它們，理解它們。

其次，這篇作品的閱讀時間是有嚴格的規定的，你要在很短的時間內閱讀全文，並且找出文章的特色，才可能在規定的時間內完成你的論文寫作。所以，快速的閱讀和全面的理解是你必須訓練的能力。

你能不能做到一氣呵成地閱讀整篇作品，把握當時的直觀感受？以前的學習中有沒有相關的練習？

？想一想

二 確立賞析評論的重點

閱讀作品就是為了發現和確立自己賞析和評論的要點。所以要仔細閱讀，注意利用文章中和文章外所有的信息，如寫作的年代等，判斷作品的時代背景和內容；通過作品中具體的描寫來判斷作品的情感色彩和內容傾向。

一邊閱讀，一邊要進行必要的記錄，把作品中值得注意、可能會加以分析評論的字句標注出來，細加品味。還要把自己閱讀時的感想和發現簡單地記錄下來。

通過閱讀，找出作品最有特點、最引起你關注的地方，從這些地方着手歸納你對作品整體的看法，確定自己對選文的總印象。

1. 要有意識感受作品整體的氛圍，體會作品傳達的情緒信息。學會從作品的字裡行間找到具體的描寫內容，透過具體的描寫，分析和判斷作品體現了作者什麼樣的寫作意圖和情感色彩。從具體的描寫找到抽象的情感和哲理。

2. 要學會從作品的描寫內容和文辭色彩上，判斷作品內在的深刻含意，從表面的描寫找到內在的含意，以"小"見"大"。如作品的時代特徵，作品表現的社會問題，作品具有的深刻象徵寓意、對人生的啟示等。然後學會用概括的語言，歸納作品的主題立意和思想情感的特色。

3. 針對突出的藝術特色進行賞析：在閱讀時發現作品有哪些突出的藝術特

色，可從以下幾點中選一側重點來賞析評論：

（1）作品的結構特點：開頭，轉、承，結尾的組織方法，對作品表現內容和思想情感的作用和效果如何。

（2）作品使用了什麼樣的詞語、句式，什麼語氣和語調，如何進行描寫、議論和抒情，效果如何。

（3）作品使用了哪些修辭手法。

（4）作品構成了什麼樣的藝術風格。

以上哪一點你認為最突出、最值得分析和評論，就要確立論述的角度，展開分析。

第 17 講 | 普通課程的評論文章寫作

Part 2

學習目標

熟悉普通課程的寫作要求

掌握回應引導題目的策略

　　迄今為止，我們已經學過了如何賞析不同文體作品的一些方法和技巧，現在我們需要運用這些方法來完成寫作評論。

　　針對一篇指定的文學作品進行書面的寫作評論，是本課程所設定的兩個書面考試中的第一個，就是試卷一。試卷一要求考生針對一篇未曾讀過的文學作品，在閱讀理解作品的基礎上，發現這篇作品在表達的內容上和表現的手法上具有哪些值得注意的特別之處，思考鑒別這些特別之處產生了什麼樣的文學效果，具有什麼樣的文學價值。然後，考生要對這些發現從個人理解的角度作出具體的分析、欣賞和評論。最後，考生要用清楚明白的語言文字把自己的分析、發現、思考完整、條理地書寫出來。

　　對不同程度的考生來講，書面評論有兩種不同的方法。

　　普通課程的學生在拿到考卷作品的同時，會看到附在考卷下方的兩道引導題目，其中一道側重內容，一道側重於作品的藝術風格特色，提示考生從這樣的角度來分析和評論作品。這是一種回應引導題目的作品評論寫作。考生可以就兩個問題進行回應，也可以按照自己的分析和理解對問題以外的內容進行分析評論。

課堂活動

　　用 15 - 20 分鐘時間，通讀選文《月牙兒》，普通課程的考生請根據選文後的題目，分析評論的要點。

　　我又老沒看月牙兒了，不敢去看，雖然想看。我已畢了業，還在學校裡住着。晚上，學校裡只有兩個老僕人，一男一女。他們不知怎樣對待我好，我既不是學生，也不是先生，又不是僕人，可有點像僕人。晚上，我一個人在院中走，常被月牙給趕進屋來，我沒有膽子去看它。可是在屋裡，我會想像它是什麼樣，特別是在有點小風的時候。微風仿佛會給那點微光吹到我的心上來，使我想起過去，更加重了眼前的悲哀。我的心就好像在月光下的蝙蝠，雖然是在光的下面，可是自己是黑的；黑的東西，即使會飛，也還是黑的，我沒有希望。我可是不哭，我只常皺着眉。

　　我有了點進款：給學生織些東西，她們給我點工錢。校長允許我這麼辦。可是進不了許多，因為她們也會織。不過她們自己急於要用，而趕不來，或是給家中人打雙手套或襪子，才來照顧我。雖然是這樣，我的心似乎活了一點，我甚至想到：假若媽媽不走那一步，我是可以養活她的。一數我那點錢，我就知道這是夢想，可是這麼想使我舒服一點。我很想看看媽媽。假若她看見我，她必能跟我來，我們能有方法活着，我想——可是不十分相信。我想媽媽，她常到我的夢中來。有一天，我跟着學生們去到城外旅行，回來的時候已經是下午四點多了。為的是快點回來，我們抄了個小道。我看見了媽媽！在個小衚衕裡有一家賣饅頭的，門口放着個元寶筐，筐上插着個頂大的白木頭饅頭。順着牆坐着媽媽，身兒一仰一彎地拉風箱呢。從老遠我就看見了那個大木饅頭與媽媽，我認識她的後影。我要過去抱住她。可是我不敢，我怕學生們笑話我，她們不許我有這樣的媽媽。越走越近了，我的頭低下去，從淚中看了她一眼，她沒看見我。我們一群人擦着她的身子走過去，她好像是什麼也沒看見，專心地拉她的風箱。走出老遠，我回頭看了看，她還在那兒拉呢。我看不清她的臉，只看到她的頭髮在額上披散着點。我記住這個小衚衕的名兒。

　　像有個小蟲在心中咬我似的，我想去看媽媽，非看見她我心中不能安靜。正在這個時候，學校換了校長。胖校長告訴我得打主意，她在這兒一天便有我一天的飯食與住處，可是她不能保險新校長也這麼辦。我數了數我的錢，一共是兩塊七毛零幾個銅子。這幾個錢不會叫我在最近的幾天中挨餓，可是我上哪兒呢？我不敢坐在那兒呆呆地發愁，我得想主意。找媽媽去是第一個念頭。可是她能收留我嗎？假若她不能收留我，而我找了她去，即使不能引起她與那個賣饅頭的吵鬧，她也必定很難過。我得為她想，她是我的媽媽，又不是我的媽媽，我們母女之間隔着一層用窮作成的障礙。想來想去，我不肯找她去了。我應當自己擔着自己的苦處。可是怎麼擔着自己的苦處呢？我想不起。我覺得世界很小，沒有安置我與我的小鋪蓋卷的地方。我還不如一條狗，狗有個地方便可以躺下睡；街上不准我躺着。是的，我是人，人可以不如狗。假若我扯着臉不走，焉知新校長不往外攆我呢？我不能等着人家往外推。這是個春天。我只看見花兒開了，葉兒綠了，而覺不到一點暖氣。紅的花只是紅的花，綠的葉只是綠的葉，我看見些不同的顏色，只是一點顏色；這些顏色沒有任何意義，春在我的心中是個涼的死的東西。我不肯哭，可是淚自己往下流。

我出去找事了。不找媽媽，不依賴任何人，我要自己掙飯吃。走了整整兩天，抱着希望出去，帶着塵土與眼淚回來。沒有事情給我作。我這才真明白了媽媽，真原諒了媽媽。媽媽還洗過臭襪子，我連這個都作不上。媽媽所走的路是唯一的。學校裡教給我的本事與道德都是笑話，都是吃飽了沒事時的玩藝。同學們不准我有那樣的媽媽，她們笑話暗門子；是的，她們得這樣看，她們有飯吃。我差不多要決定了：只要有人給我飯吃，什麼我也肯幹；媽媽是可佩服的。我才不去死，雖然想到過；不，我要活着。我年輕，我好看，我要活着。羞恥不是我造出來的。

這麼一想，我好像已經找到了事似的。我敢在院中走了，一個春天的月牙兒在天上掛着。我看出它的美來。天是暗藍的，沒有一點雲。那個月牙兒清亮而溫柔，把一些軟光兒輕輕送到柳枝上。院中有點小風，帶着南邊的花香，把柳條的影子吹到牆角有光的地方來，又吹到無光的地方去；光不強，影兒不重，風微微地吹，都是溫柔，什麼都有點睡意，可又要輕軟地活動着。月牙兒下邊，柳梢上面，有一對星兒好像微笑的仙女的眼，逗着那歪歪的月牙兒和那輕擺的柳枝。牆那邊有棵什麼樹，開滿了白花，月的微光把這團雪照成一半兒白亮，一半兒略帶點灰影，顯出難以想到的純淨。這個月牙兒是希望的開始，我心裡說。

我又找了胖校長去，她沒在家。一個青年把我讓進去。他很體面，也很和氣。我平素很怕男人，但是這個青年不叫我怕他。他叫我說什

217

麼，我便不好意思不說；他那麼一笑，我心裡就軟了。我把找校長的意思對他說了，他很熱心，答應幫助我。當天晚上，他給我送了兩塊錢來，我不肯收，他說這是他嬸母──胖校長──給我的。他並且說他的嬸母已經給我找好了地方住，第二天就可以搬過去。我要懷疑，可是不敢。他的笑臉好像笑到我的心裡去。我覺得我要疑心便對不起人，他是那麼溫和可愛。

他的笑唇在我的臉上，從他的頭髮上我看着那也在微笑的月牙兒。春風像醉了，吹破了春雲，露出月牙兒與一兩對兒春星。河岸上的柳枝輕擺，春蛙唱着戀歌，嫩蒲的香味散在春晚的暖氣裡。我聽着水流，像給嫩蒲一些生力，我想像着蒲梗輕快地往高裡長。小蒲公英在潮暖的地上生長。什麼都在溶化着春的力量，然後放出一些香味來。我忘了自己，我沒了自己，像化在了那點春風與月的微光中。月兒忽然被雲掩住，我想起來自己。我失去那個月牙兒，也失去了自己，我和媽媽一樣了！

（選自《老舍小說全集》第十卷《櫻海集》，長江文藝出版社 2004 年版）

1. 選文《月牙兒》節選中的人物和情節內容給你什麼樣的感受？
2. 作者如何有效地傳達故事內容及敘述者的聲音？

根據作品完成下表：

作品中籠罩的氣氛、你的直觀感受：
有哪些人物，各有什麼特點：

選文的結構特點：

突出的表現手法和技巧：

語言特點：

作品的風格特色：

提示

　　對普通考生來說，選文後出現的引導題目非常重要。題目本身就提供了一個角度讓你通過這個角度對作品進行詮釋，所以，要認真分析這些題目，全面回答題目的要求。

　　優秀的小說作品，在講述一個特定環境下發生的故事時，總是能營造出一種氣氛，故事的當事人對周圍發生的一切有一種特殊的感覺，或者是緊張急促的，或者是充滿驚險的，或者是愉快輕鬆的，或者是煩悶愁苦的，等等。讀者能不能準確、細微地領會和把握這種小說的氣氛與小說中人物的感覺，正是文學敏感性強弱的具體體現。這是寫作評論不可忽視的一個方面。

　　小說中籠罩的氣氛和滲透在故事中的情緒感覺是從詞語的選用，語調、語氣的運用中，從小說場景、陳設、景物描寫中，從當事人物聽到、看到的，人物說出的話、做出表情和動作描寫中流露出來的、表現出來的。這種感覺貫穿在字裡行間，在賞析的時候要舉出具體的例子，可以這樣明確地表達：第幾行寫了人物什麼樣的動作、表情，給人什麼樣的感覺；第幾行的場景描寫，給人什麼樣的感覺，等等。

回答引導題時要注意以下幾點：

1. 討論選文描寫感覺的詞語特色，探索選文中隱含的情緒感覺。

2. 分析選文中情節發展的描寫如何引起讀者的閱讀興趣。

3. 分析敘述的角度手法產生的作用和效果。

4. 分析敘述的人稱與角度如何傳達文章的內容信息。

作品評論寫作要領

一 言之有據，論證充分

通過論文的寫作，要求學生掌握對作品進行獨立的文本分析和批評的方法。

所謂的文本批評，是把文學作品本身作為一個獨立的分析評論對象，具體分析和賞評作品的語言、結構、表達技巧等各個方面，從中發現這篇作品的特色及其成就。因為時間的關係，閱讀者不可能參考作品以外的其他研究資料，比如有關作者的生平史料、作品寫作的時代背景材料等，考生只能以作品本身為唯一可信的資料進行分析和評論。這種方法，要求欣賞評論者深入文本細讀，對文本的語言、結構、各種寫作的技巧和手法、語言的風格特色的細微之處詳加分析，作盡可能詳盡的詮釋與賞析。

因為你的主觀評價是建立在作品的客觀基礎之上的，所以你的每一個觀點的分析和論述必須都有作品中的實際事例作為依據。比如，你注意到作品中是用象徵的手法來表現深刻的哲理，你就要清楚地說明什麼是象徵的手法，作品中哪裡使用了這種手法，具體的例子在作品中的第幾段、第幾行，以什麼來象徵什麼，作者這樣寫的效果如何。離開了具體準確的作品實例就不能分析和評論。你所舉出的例子，必須是正確的、典型的、有代表性的、能夠體現作品特色的，才能表明你對作品的充分理解，才有說服力。

所以要切記，你的分析和評論，不僅要能自圓其說，還一定要有充足的證據，有了依據才能言之有理，充分說明你的賞析和評價是可信的。

二　邏輯條理連貫完整

　　無論是根據引導題目來回答問題，還是自己命題寫出一篇完整的評論文章，都要求考生能夠使用清晰條理的句子、段落，完整地組織自己的論點論據，把自己對作品的分析和評論有層次、有邏輯地表述出來。文章的結構要完整、統一，論述要連貫，結論才能明確有說服力。

　　作為評論者，自己的觀點和態度一定要明確，全文的中心要突出。在文章的每一個段落中，都要有一個核心，圍繞這個核心展開論述，舉出作品中的例子，對它們進行分析、歸納、議論和評述，在充分評論的基礎上，再得出自己的結論。

　　在每兩個段落之間，注意有邏輯性的連接和過渡；每一個部分都要成為文章整體的一個有機部分，相互連接，缺一不可。使用最有效的結構和最完美的組織方式，讓自己的觀點得到最有效清楚的表達和展示。

三　語體文辭準確有效

　　文學作品的書面評論，要求使用正確的評論語體、語調和語言的表述方式。考生要明白自己的任務是分析、欣賞作品，評價作品的成就特色，所以不要把論文寫成讀後感式的抒情文章，也不要寫成介紹作品的敍述文章，而是寫成一篇有論證有評議的評論文章。

　　在選擇詞語的時候要小心斟酌，尤其是使用文學術語、理論概念時，要注意準確明白。組織句子和選用一些修辭手法表達內容時，要注意語法的準確。選用的文字和詞彙首先要明白清楚，在簡明準確的基礎上做到更加豐富多彩，用流暢生動的語言表達自己的見解。

　　時刻記住，你所使用的所有語言文字，你的句式、語氣和語調，都是為了表達你的見解和論點，讓它們更加具有說服力。和這個目的不相符合的語言，不要使用。

　　語體合適恰當，表達清晰流暢，詞語選擇、術語運用準確，句子的結構合適，字詞書寫和標點符號無誤，就能達到語言項的滿分要求。

第 18 講 | 高級課程的評論論文寫作

學習目標

明確評論論文的寫作規範

把握評論寫作的技巧方法

高級程度的考生拿到的考卷上沒有提示，考生要完全依據自己的理解和分析對作品展開評論，並且把自己的分析論述寫成一篇題目鮮明、結構完整、條理清晰、有個人見解的文學作品評論論文。

通過論文的寫作，要求學生對作品所表達的內容和思想感情有充分的理解和準確的詮釋。考生還要理解作者使用了什麼樣的文學手段和方法使作品的情感和內容得到了充分的表現。

在寫作作品評論論文時，考生所面對的是一篇具體的文學作品，一首風格獨特的詩歌或者是一篇散文。對作品的賞析，不同的讀者有不同的角度和關注的重點，所以並沒有一個標準的答案。原則上來講，只要考生根據自己對作品的閱讀理解，在作品的字裡行間找出自己認為此篇作品最突出、最值得評介的具體內容，確立自己的觀點、闡述自己的看法就可以了。這樣的文章主要體現的是閱讀者對文章的感性欣賞，主觀評價。

可是在具體的寫作過程中，考生往往會發現，自己在閱讀時發現作品有許多值得分析和評論的地方，但不知如何把這些點統一起來，完整地表達自己對作品的賞析評價。有的考生只複述作品的內容大意，不明白內容與形式如何統一；有的考生只顧到了一些小的方面，忽略了整個作品的總體特色；也有的考生只顧分析文章中的修辭手法的使用，卻不知其作用和效果……這樣就不能表現出考生對整個作品的深入、準確的理解。這些問題其實都是屬於一個考生如何把握自己詮釋作品的角度問題。

理解作品，給予盡可能準確的個人詮釋，一定要挖掘出作品表達的思想情感，明確作品的主旨立意。考生要訓練自己在閱讀作品時，深入思考和分析判斷的能力，善於使用歸納的語言，概括出作品的情感內涵，理解作品表現出的

作品中哪些細緻的描寫給你留下了深刻的印象？這些描寫的作用何在？和作品要表達的情感內涵有什麼關係？

？ 想一想

作者對生活的認識感悟。注意把握以下三點：

　　1．抓住作品的文體特點，理解詮釋作品。比如，詩歌作品要抓住意象，理解意境。

　　2．抓住作品的核心內容，理解詮釋作品。比如，寫景抒情的散文，抒發了什麼感情。

　　3．抓住作品的風格特色，理解詮釋作品。比如，具有諷刺意味的議論文，揭示了什麼社會問題，表達了作者什麼樣的看法和態度。

　　理解了作品之後，找到一個恰當的角度把作品的藝術形式和內容結合起來分析。

 寫作練習

　　請根據自己對《月牙兒》的閱讀與歸納，明確下面幾個要點，為自己的評論文章勾畫出一個提綱：

1. 確立自己文章的總論點：
2. 概括選文的整體特色：
3. 列出一些突出的藝術手法和技巧使用的例子，分析作品中具體使用的情況及其產生的效果：
4. 自己有什麼看法和評價需要表達：

5. 結尾的主要內容是什麼:

6. 自己將要使用什麼語氣、字句:

　　完成表格以後，二人一組，討論彼此的答案是否合理，有無可以改進的地方。

評論論文的內容要點

一　對作品的立意與意蘊進行詮釋和賞評

　　無論你讀到的是哪一種文體的作品選文，是詩歌、散文還是小說，要明白所有的文學作品都是為了表達作者對生活的感悟、表達自己的情感創作的，每一篇選文都有自己寫作的意圖，每一部作品都有各自的主題意蘊。當然，有時候作者的立意與讀者看到的作品主題相一致或接近，有時候卻有較大的不同。在評論作品時，首先要從你的角度，理解作品的立意和主旨，在理解的基礎上才能較好地對作品進行詮釋和賞評。

　　有幾個問題可以促進你對作品的立意主旨進行思考，閱讀時要善於向自己提問，帶着問題去作品中尋找答案：

　　1. 選文給讀者展現了一幅什麼樣的生活圖景？選文為讀者講述了一個什麼故事？

　　2. 選文中表現出了一種什麼樣的情感色彩？快樂、悲傷、氣憤……？

　　3. 作者對作品中的人物、事件或者是景物等持什麼態度？讚揚、反對、嘲諷、痛恨……？

　　4. 選文告訴了讀者一些什麼樣的信息？講述了一些什麼樣的道理？描繪了什麼樣的體驗？

5. 文中所描寫的場面或故事給了你哪些啓示？閱讀選文讓你產生了什麼感想？

考生要明白文學作品表現生活的特殊性，善於從具體的、細節的、有限的描寫中，找出深刻廣泛的意義，能夠做到以小見大、發現言外之意。

比如，從作品描寫的一件日常生活小事中，看出其值得深究的意蘊。從一個具體的環境描寫中，看出豐富的象徵意義，看出作品揭示的時代社會問題。

考生要善於使用概括的語言，把自己的發現歸納出來，從自己個人理解的角度詮釋作品，思考這樣的作品內容具有什麼樣的作用和價值意義，明白它們對讀者的影響和啟迪。

課堂活動

請用概括的語言回答下面的問題：

老舍《月牙兒》中，有哪些關於"冷"的具體描寫？這樣的描寫有什麼象徵意義？你對這些描寫有什麼看法和評價？

二　對作品的藝術形式特點進行分析賞評

前面我們詳細介紹過不同文體的作品，在表現內容時採用的手段不同；不同的作家在使用語言文字時的特點不同，造成了不同的作品風格。作品評論的另外一個重要的任務，就是要對不同作品的文學手法和寫作的技巧、作品的風格特色進行欣賞和評論，看看這樣的手段和方法對作品內容的表達起到了什麼樣的作用，產生了什麼樣的效果。有幾個問題可以促進你對作品的思考，閱讀時要善於向自己提問，帶着問題去作品中尋找答案：

1. 作者在選文中採用了什麼樣的寫作手法？比如說，用第幾人稱進行敍述？什麼樣的敍述角度？

2. 作品的結構有甚麼特點？開頭和結尾有沒有值得注意的地方？

3. 作品中使用了什麼修辭手法和寫作技巧？

4. 作者使用了什麼樣的詞彙和語句表現自己的情感？

5. 作品中的這些特點給讀者什麼樣的影響？對表現作品的內容起到了什麼作用？

有些作品，採用了開門見山的開頭，開放式結尾，給人想像的餘地，刻意讓讀者有所思考。有的作品以第一人稱的手法，盡量拉近敍述者與事件的關係，造成真實感人的效果；作者以第一人稱的手法、以當事人的口吻和角度講述故事，闡發自己的觀點與評價；重在對人物的內心感受的刻畫與剖析。有的作品，在語言上表現出了強烈的個人感情色彩，突出了俏皮、幽默、諷刺等鮮明的個人風格。

考生要能從具體的作品中發現這些藝術特色，把它們當成分析和賞評的重要內容。

充分論述，突出個人觀點和見解

針對作品中的每一個藝術特點加以評論時，都要做到充分，有理有據，要有這樣幾個層次的內容：

1. 對所要分析的藝術手法或者特點都要加以明確的說明：是什麼？比如，象徵手法，就要說明什麼是象徵手法，表明你對這個概念術語的充分理解。

2. 找出作品中具體的例子，告訴讀者在哪裡。

3. 對具體的例子加以分析：怎麼樣？

4. 加上自己的見解和評論：作用和效果如何？

要有意識地突出強調自己的見解和看法，在對作品實例的具體分析中展示出來。分析效果與作用，可以考慮以下不同的方面：這樣的描寫對凸顯作品主題，對塑造作品人物、形象，對啟發讀者的作用和效果如何，在評述和議論中突出個人的觀點和看法。

第 19 講 | 文學評論寫作的演練

學習目標

瞭解評論寫作的評估標準

做到言之有據地自圓其說

　　根據考生的程度和能力，本課程為作品的評論論文寫作，規定了兩種不同程度的書寫形式。

第一種形式：完整的段落（適合普通課程的考生）

　　為了幫助考生在有限的時間內完成對作品的評論，考官在給出作品的同時，也給出兩道分析思考的引導題目。一道是關於作品的內容理解和詮釋方面的題目，一道則側重在作品的藝術形式和風格特色方面。考生必須直接就這兩道引導題目作出思考和分析判斷，根據作品中的實際作出明確的回答。在回答問題時，要注意自己的表述要準確條理，具有邏輯連貫性。

　　如果考生能在充分回答了這兩方面的內容之後，對作品的其他方面的特色也作出分析和評價，可以提高考生的實際得分。

　　對此類考生來講，作品評論的文章應該注重內容的完整與表述的條理。首先，圍繞引導題目作出全面的回應，文章的段落要分明，每一段要有一個核心的論點，然後圍繞這個論點舉例說明和論述；各段的銜接要能承上啟下，有邏輯的關係，最後再將它們彙總起來，得出結論。

用 15 – 20 分鐘閱讀余光中的《月光光》這首詩歌，運用前面學過的詩歌賞析方法進行賞析，回答下文的引導題：

月光光

月光光，月是冰過的砒霜
月如砒，月如霜
落在誰的傷口上？
恐月症和戀月狂
迸發的季節，月光光
幽靈的太陽，太陽的幽靈
死星臉上回光的反映
戀月狂和恐月症
崇着貓，崇着海
崇着蒼白的美婦人

太陰下，夜是死亡的邊境
偷渡夢，偷渡雲
現代遠，古代近
恐月症和戀月狂
太陽的贋幣，鑄兩面側像

海在遠方懷孕，今夜
黑貓在瓦上誦經
戀月狂和恐月症
蒼白的美婦人
大眼睛的臉，貼在窗上

我也忙了一整夜，把月光

掬在掌，注在瓶

分析化學的成分

分析回憶，分析悲傷

恐月症和戀月狂，月光光

〔選自《余光中集》（第 1 卷），百花文藝出版社 2004 年版〕

引導題：

1. 詩歌選取的意象有什麼特點？表達了詩人什麼樣的情感體驗？

2. 詩歌的節奏韻律、句式結構具有什麼作用？產生了什麼樣的藝術效果？

你理解題目的要求了嗎？顯然，第一題是關於內容的。我們知道詩歌的最基本要素是意象，意象構成意境，表達詩人的情感。回答這個問題，請參考我們在詩歌講解中的內容。第二題是關於藝術形式和風格特色的，有關的內容我們在詩歌部分也已經提及。

你必須對這兩個問題作出解答。你可以把兩個問題分開來回答，也可以把它們看作一個整體進行回答，只要在你的文章中表現出你對兩個問題的深入理解就可以。除了這兩個問題，你還可以對自己認為重要的其他方面進行分析評論，但是首先必須要回應這兩個問題。

下面是一篇回應引導題的分析文章，請仔細閱讀：

《月光光》一詩的核心意象是“月”，每一段中都有一些看起來怪異、奇特的意象，看似描寫了月光下的景象，實際上表達了矛盾、痛苦、渴望以及掙扎的內心情感。

詩歌借用了傳統詩歌中常見的意象“月亮”，可以讓人聯想到這個意象中所蘊涵的思念、親情、渴望團聚等美好溫情的意蘊。但是，詩人徹底推翻了這個意象中的傳統意蘊，“月是冰過的砒霜”，月成了毒藥，引出了耐人尋味的內涵：可以讓人避之唯恐不及，可以使人容易上癮不能自拔，所以讓人染上了“恐月症”，變成“戀月狂”。這個意象突兀，奇特，耐人琢磨，蘊涵了一種相互矛盾、彼此衝突、駭人驚醒的感覺，非常強烈地引起讀者的注意。

通讀全篇就更能發現，詩歌極力使用各種比喻的手法，賦予月光以慘淡的死亡色彩：“幽靈”、“死星”、“回光”、“黑貓”都和

229

死亡相關連，構成了奇特、冷艷的意象群體，給人一種痛苦、絕望的感覺，來表達出詩人的情感體驗，突出了意象本身的相互矛盾、相互對立又相互依存的內涵，意在表達自己的感情體驗：作者思鄉思親，但是思之不得，渴望漸漸變成了絕望，美好的嚮往變成了不可自拔的陷阱，只好掙扎。這種體驗，又何止思鄉，現實生活中，許多事情都是這樣複雜矛盾的多面體，現代人的內心深處也積壓着種種極為深刻複雜難以解脫的矛盾與掙扎，這樣的情感不是傳統那種單一、純粹的意象所表達的情感。"戀月狂和恐月症"、"幽靈的太陽，太陽的幽靈"、"太陽的膺幣，鑄兩面側像"，都突出表達了這種矛盾、對立又相互依存的現實狀況。

此外，詩人還故意一反傳統的表達模式，營造出一種淒清冷艷的意境來，產生"陌生化"的藝術效果，來抒發自己內心獨特的感情體驗：想要抓住的傳統不再，不想面對的現在不能擺脫。因此，利用了傳統的意象卻顛覆了其中的內涵，就使詩歌具有了創新、獨特、反對傳統、表現自我的藝術效果，從而大大擴大了詩歌的表現領域。

為了表現出詩人尖銳激烈的矛盾情感，詩人巧妙設計了詩歌的句式結構。全詩分了五個小段，每段排列整齊，體現出了作者對形式美感的追求。以三字句為主，體現了一種傳統中國民歌童謠的句式特點，其中也間有五字句和六字句，甚至四字句，顯得靈活多樣自由隨意。每一段都重複出現"恐月症和戀月狂"一句，但有規律地顛倒變換前後的位置，突出強調矛盾衝突的意蘊，又在句式上富於變化。這種句式結構，配合了情感表達的現代感，在整體上工整的情況下，可以根據情感的變化而變化字句。

詩歌的結構特點還符合了詩歌情感的表達需要，顯得匠心巧妙。詩歌營造的畫面是由大到小，由遠及近，由遙遠的天空，到遼闊的海面，再到人物自身，最後回到了"我"的內心："我"要分析月光對人的正面和負面的影響像分析化學成分一樣，但實際上這是不可能的。於是，詩再一次把焦點集中在詩人的困惑矛盾的內心世界和深刻複雜的情感上。

詩歌的美還體現在節奏韻律上。詩歌的韻律和諧，讀來朗朗上口，具有歌詞的韻味。多次重複出現"月光光"的字音，像是在不斷地強調着自己的主旋律，構成了循環往復的音樂美。

這首詩歌想像大膽，選用了奇特的意象，營造出誘人的意境，表現了詩人內心深處極為複雜的情感：對傳統的留戀，對現實的面對，在傳統與現代之間的掙扎、苦痛，這是一個經歷了歷史變遷必須面對未來的人所特有的情感體驗。作品結構形式完美，節奏輕快上口，音韻流暢，具有一種生動活潑的風格特色，是一首形式優美內涵豐富的好詩。

課堂活動

根據這篇評論《月光光》的文章，分析此類寫作的一般結構。

提示

此類分析文章的結構一般分為三部分：

第一部分，介紹作品的主要內容或者特點。

第二部分，開始回應第一個問題：關於意象的特點。可以先用概括的語言介紹整體的特點，再舉出具體的例子加以分析。

第三部分，回應第二個問題，說明結構形式和音韻節奏的特點及其作用。

最後，整體總結，談談詩歌的風格特色。

教師評語

普通級課程試卷一附有引導題文學分析，評分標準包括：

A. 理解與詮釋

B. 對作者選擇的欣賞

C. 組織

D. 語言

對此類文章的考核主要體現在以上四個方面。

這篇分析文章對兩道引導題目作出了明確的回答。寫作者能抓住問題的關鍵，從正確的角度入手分析，並且舉出了作品中的例子進行了細緻的分析，這些都顯示出寫作者對選文有較好的理解，並有能力對作品進行有理有據的詮釋和解讀。

寫作者對詩人在詩歌中為了表達情感的需要而採用的各種手段和方法，具有敏感和清醒的認識，對詩歌的意象、意境和結構方式，都有中肯到位的分析評論，評論中表達出自己本人對藝術效果作用的看法和感受。

本文的結構是完整的。先回應了第一個引導題目，再回應第二個，這樣的方法簡單，容易掌握和操作。每個段落的中心內容突出，有論點、論據，也有分析和評論。結尾處有意進行了回應，將前面的兩個問題有機地結合在一起討論，起到了突出強調的作用。

本文的語言語體合乎要求，寫作者使用評論的口吻和語言闡發自己的見解。文章中使用了一些具有文學性的詞彙和術語，起到了好的效果。

本文的寫作者還可以就詩歌的其他方面的特點如詩歌的風格進行分析評論，那樣可以得到更高的分數。

第二種形式：評論論文（適合高級課程的考生）

對程度較高的考生，考官只提供文學作品，沒有任何的引導題目可供參考。考生必須對選定的作品進行認真的文本細讀，抓住作品的特點進行全面的分析和評論，評論的要點包括文本的內容主旨、思想情感、結構方式、手法技巧的使用、語言風格的特色，等等。雖然有許多種方式方法進行文學作品的評論，但是一篇優秀的賞析評論，必須是完整的文章，考生要注意整體的結構，掌握作品分析評論文章的寫法要求，完成論文的寫作。顯然，論文不但注重內容要求，同樣注重文章寫作形式的要求。

對此類考生來講，作品評論的文章應該是一篇結構完整的論文：

一　有標題

選擇一個自己評論的角度，確定自己評論的核心問題。一個好的標題能起到"點睛"的作用，明確自己的論述焦點和對象。

二　結構要完整

在寫作前，你要對整體的結構有一個清醒的規劃。如何開頭？開頭要達到什麼目的？如何展開評論？最後又如何結尾？

　　一般來講，文章的開頭非常重要，在開頭的部分，需要包含兩個主要的方面。

　　試回答這樣的兩個問題：這篇文章的主要內容和最突出的藝術特點是什麼？在這篇評論文章中你要從哪個方面進行重點評論？

　　當你回答了這樣兩個問題，你就已經明確了你的主要評論角度，提出了你的主要論點。所以，文章的開頭部分就是評論文章提出論點的部分。

　　展開評論的部分，是文章的主體，你可以針對不同的內容和特色把你的文章分成好幾個段落分別進行評論。首先針對選文的內容立意進行概括詮釋，然後針對選文的藝術特色進行舉例分析，還要針對作品的特色進行個人見解的闡述議論。為此，你可以根據內容的需要確定段落的劃分，每一個段落都有一個重點，都有實際的事例，都有自己的分析和評論。

　　許多同學表示文章的結尾比較難寫，最常見的俗套是，用一句"綜上所述"開頭，再把上面說過的內容重複一遍，加上一個結語"這篇選文是一篇優秀的……好作品"。這是一種生硬的首尾照應。

　　實際上，結尾和開頭部分很相似，也要能回答一些問題。比如問問自己：有沒有突出和強調你在文章中論述了什麼重要的觀點？你的結論是什麼？選文中最讓你難以忘懷、最引你反覆思考、最給人啟發的是什麼？選文作者最大的成就和貢獻、最突出的風格特色是什麼？如果你能回答上述問題中的一個，就可以寫出一個好的結尾來。

　　以上幾個部分分別組成了文章的開頭、展開論述、結論各部分。總的來說，作為文學作品的評論者，你要做的事就是用一篇完整的文章，對一篇作品進行分析作出自己的評價。在文章中，你應該寫到這篇文章是誰寫的、寫了什麼內容、用什麼手法寫、最突出的特點是什麼、這樣寫達到了什麼樣的藝術效果、產生什麼樣的作用或影響、你最欣賞的地方是什麼、你對它的整體評價是什麼。

三　語言的運用

　　1. 語體、語氣：時刻把自己當成是一個閱讀者、一個評論者，採用評論者的語氣、口吻進行寫作。

　　2. 書寫時要用書面語進行規範的文字表達，避免方言口語的表達，準確使用各種標點符號。有意識地掌握一些評論術語，用準確明白的術語和詞彙來表達自己的觀點。準確應用相關的理論知識。

3. 過渡句恰當巧妙，靈活使用轉折複句、遞進複句等，不能只用"第一、……第二、……"。

4. 使用恰當的文學語言、修辭語、修辭手法、成語、名人名言，增強表達力和說服力。

課堂活動

下面是另一篇關於詩歌《月光光》的評論論文，請根據此類文章評分標準的四個方面進行分析評判：

新穎獨特、中西結合
——談余光中《月光光》的意象特色

善於用最有限的文字表達最深刻複雜的情感，正是優秀詩歌的標誌之一。《月光光》這首詩歌，採用了許多非常新穎獨特、中西結合的意象，詩人主要透過"月"的意象表達出懷鄉憶舊、渴望親人團聚的心情。與此同時作者對這種傳統意象進行了全新詮釋，融入了西方現代的意識。因此，《月光光》呈現出一種"傳統"和"現代"之間的掙扎和矛盾，這也是一種中西文化的差異和衝突的表現。詩人用了不同的藝術手法，呈現出種種離奇、幽暗、冷僻的畫面，情景交融地抒發了詩人獨特的情感體驗，表達出深刻、矛盾複雜的內心掙扎與困惑。

眾所周知，意象是詩人對客觀物象經過加工、寄託了主觀情感而創作出來的藝術形象。《月光光》的意象以"月"為核心。在傳統的中國詩詞中，"月"是一個常見的意象，凝聚了思念、團圓、純潔、情愛或者宇宙生命等的情感意緒，千百年來這個意象始終和一種美好的、溫暖、明亮的親情和充滿了希望的意緒聯繫在一起。但在這一首詩裡，詩人雖採用了月的意象，卻用一系列的比喻徹底打破了這個意象的傳統意蘊。月亮變成了"冰過的砒霜"，和致命的毒藥、冰冷、無情、死亡、悲慘融為一體。不僅如此，詩人又給月光不斷地賦予了"幽靈"、"死星臉上回光"等特質，一再強化這個意象具有的陰森死亡的色彩，從而徹底顛覆了"月"這個意象在詩歌裡的傳統情感意蘊。

詩中另一個意象是"貓"。"貓"在中國文學裡不常見，可以說這是一個西方文學傳統中的意象。在西方文學作品中，"貓"是不祥之兆，通常都象徵着死亡。和月亮冰冷陰森相伴，黑貓也營造着恐怖死亡的感覺。黑貓在"瓦上誦經"，更加給人恐怖的感覺：不僅在喻示着死亡，而且還在詛咒着死亡的加速降臨，不能不讓人為之不寒而慄。

"美婦人"這個意象在全詩中兩次出現，她"大眼睛的臉，貼在窗上"，她像是思念的對象也像是思念的另一個主體，在等待和思念的痛苦和無望中變得蒼白，在月光下如此淒慘、冰涼。

為什麼詩人要用這些意象去刻畫一幅那麼淒慘的景象呢，為什麼要對月光意象的傳統蘊涵故意地反其道而行之？是為了故弄玄虛嗎？我在閱讀的時候對此深深存疑。"太陰下，夜是死亡的邊境"，這裡以太陰指月亮，沿用了中國古人對月亮的稱呼，有意表現月光具有時空、生命的穿越感，詩人透過夢境"偷渡"，回到了思念太久的過去，有一種"夢裡不知身是客，一晌貪歡"的意味，將眼前的月亮和古代月光連在一起，將過去和未來聯繫在一起，故而離古代近現代遠。不僅如此，月光還能穿越生死，讓自己見到了故去的親人，也許那個"蒼白的美婦人"就是一個夢中的影像，她"大眼睛的臉，貼在窗上"，在盼望着，在期待着，因為太久的期待令她蒼白了容貌，令她淒慘冰冷。這正是做夢的人和夢中人共同的處境。

詩人用了擬人手法描寫"海在遠方懷孕"。海，是指海峽兩岸？還是指對面的故鄉？或者都是。懷孕，喻示了一種孕育之中的生命和希望，可這生的希望還很渺茫，黑貓就在誦經悼亡。前後兩組意象的矛盾衝突，表達了新的希望和生命剛剛誕生就面臨破滅死亡的危險，這是一種多麼不盡人意又讓人無可奈何的悲哀！

詩歌就是象徵的藝術，這首詩歌充滿了象徵寓意，從海的象徵意義，讓讀者明白了台灣和大陸的分裂和隔閡，才令人明白了渴望與絕望的根源。作者要表現的還是那份滲透在骨子裡的思鄉之情。

詩歌中每一段裡都重複着"恐月症和戀月狂"，用重複出現反覆強調的辦法，突出概括全詩所抒發的矛盾心情。順序的不斷顛倒，表現了不同時期詩人的情緒的變化，兩個症狀，不斷地在反覆着、折騰着，但是兩者始終相互交叉不能分割。一方面詩人眷戀象徵着故鄉的月亮，思念故鄉；另一方面，月光如"砒霜"一般，在他的思念的傷口上引起刻骨的痛苦。因此詩人既眷戀又恐懼月亮。這是一種多麼矛盾複雜忐忑憂懼的感情！

讀詩至此，我才開始明白，詩人利用了傳統的意象卻顛覆了其中的內涵，中西結合創造意象、營造意境絕不是故弄玄虛，而是獨創性地採用極端的手法，反映他的思念和痛苦之情到底有多濃有多深有多複雜和多矛盾。從詩歌的藝術表達來看，這樣的創新達到了詩歌創新、獨特、反對傳統、表現自我的藝術效果，從而大大擴大了詩歌的表現領域。

除了大量的比喻、擬人，詩人還善於詞語活用，把"祟"這個名詞當作動詞運用，描寫了月色如何像鬼神災害一般籠罩着貓，籠罩着海，籠罩着蒼白的美婦人，更加營造了一份恐懼不安的感覺。

這首詩的節奏韻律很好地配合了詩歌的內容表達。詩歌的韻律和諧，讀來朗朗上口，具有歌詞一般流暢的韻味。多次重複出現"月光光"的字音，像是在不斷地強調着自己的主旋律，構成了一種循環往復的音樂美。

詩歌用豐富的意象營造出幾個典型的畫面，由大到小，由遠及近，由遙遠的天空，到遼闊的海面，再到人物自身，最後回到了"我"的內心，詩人決心像分析化學成分一樣，科學細緻準確地分析一切未知的現象，表明作者堅定的決心和一種美好的願望。

這首詩歌想像豐富，創意大膽，意象的創造中西結合，極具奇幻色彩，從而展現出詩人內心深處極為複雜的情感，給我留下深刻的印象。

教師評語

A. 對作品的理解與詮釋：

考生準確理解了作品的內容，抓住了題目的要點，對作品總體的把握是準確的，對作品中特別的元素進行了相關的評論。

B. 對作者選擇的賞析：

考生明確指出了作者選擇使用的一些具體手法和風格特色，對意象的特色、象徵的手法等進行了一些具體細緻中肯的文學分析，有個人的見解並能展開充分的論述。考官能夠看到更多有關作品的結構形式、韻律等方面的分析，表現出考生對詩歌特色的掌握。

C. 組織與發展：

對高級考生來講，一定要注意論點的展開以滿足結構上"展開"的特殊要求。單是提出問題、舉出例子是不夠的，一定要有條理地展開充分的論述。

這篇論文開頭和結尾考慮周全，結構巧妙完整。考生從一開始就進入了話題，先是提出了自己的疑問，然後經過詳細的論證解答了疑問，也就闡明了自己的觀點，與此同時還對相關的問題展開了充分的討論，精確的引用和恰當的解讀起到了有效的輔助作用，得出了很有說服力的結論。

D. 語言：

評論的語體合適恰當，語言自然清晰，句子的結構處理合適，詞語選擇準確，能用準確明白的術語和詞彙來表達自己的觀點。字詞書寫和標點符號符合規範，達到了滿分的要求。

評論論文的修改

對書面文章的修改，一般包括增、刪、改、調四種方法。增，就是增加、補充有關內容和一些詞句；刪，就是對某些材料或語句進行必要的刪減；改，就是對原文的內容或者文字語言進行必要的改編和加工；調，就是對結構順序或某些詞句編排進行邏輯順序上的調整。學習文章的寫作，提高寫作的能力，都離不開對文章進行不斷的修改。

一　明確評論文章的要求

評論文章有特定的要求：你要對一篇沒有學習過的作品（詩歌、散文、短篇小說或節選）進行分析和鑒賞，從文體上考慮，你要寫的是一篇評論論文；評論論文，必然要符合論文的一般要求，要有論點（總論點、分論點）、論據、論證；評論論文格式上要有開頭、展開論述、結論各部分；每一段要有一個核心的論點，然後圍繞這個論點舉例說明和論述；各段的銜接上要能承上啟下，用邏輯的關係將它們銜接起來，最後一段再將它們彙總起來，歸入你的總結論。

假設你不是文章的作者，而是文章的編輯，你的任務是發現文章的問題，根據評論文章的內容與形式的要求，對你的文章進行認真的修改。可邊修改，邊提問，最後得出清楚的結論。

練習給自己的文章起一個畫龍點睛的題目。

? 想一想

二　請從以下幾個方面入手，批改和修正你的文章

1. 瞭解標題的作用：選擇一個自己評論的角度，確定自己評論的核心問題。一個好的標題能達到"點睛"的目的，明確自己的論述焦點和對象。大小標題的區別在於大標題是整體的概括，小標題是具體的界定。

2. 文章的第一部分必須開門見山，有一個明確的交代，說明你對此篇文章的看法與觀點，提出總論點。你要講的是：在你看來，這篇文章裡作者主要寫了什麼？有什麼特點？注意，不要在這裡抒情，不要把論文當成散文來寫。

3. 在文章的第二部分，你要注意的是有沒有簡明、清楚地概括出這篇文章的核心立意或主旨，說明作品的主旨有什麼特殊意義價值，以及這個立意的闡述是如何開展的，分成了幾個層次，有什麼特點，可以用哪些例子，你從哪一個側重點上來概括它，你的這個側重點是不是可以承上啓下，把你的論點和下面的論述聯繫起來。

4. 在文章的第三部分，你要考慮你的文章中對哪些藝術的手法進行了分析，有沒有包括"是什麼"、"在哪裡"、"產生了什麼效果"這樣的內容，你使用了哪些例子講明白你的觀點，文章中引用的事例是否恰當，能不能有理有據，透徹深入，每一種手法的論述是不是獨立分成了一個小的段落，顯得清楚明白、條理完整。

5. 明確自己的觀點，考慮以下問題：文章中有沒有自己的觀點和見解？你對分析的例子有什麼與眾不同的看法和觀點？文章中或者結尾處有沒有表現出你和作品之間的關係？作品如何影響了你？你從中感悟到什麼？你對作品的整體評價是什麼？這和你文章開始的論點有無相互的關聯和彼此的照應？

6. 注意文章的整體結構：文章的段落安排是否合適？上文與下文的連接是否符合邏輯？文章的內容是否完整？最後一段和第一段之間有無銜接，有無首尾照應？

7. 注意文章的語體是否符合論文的要求。想一想你的文章寫給誰看？有沒有以下幾個問題影響你的表達？文章的句子是否：太口語化，如同閒聊？太抒情，如同在寫散文，而不是寫論文？太囉唆，不簡潔明白，重複的詞語句子很多？

8. 注意行文格式是否合適，符合一般標準：標點符號的使用不準確，如書名號不會用。中文的書寫格式不對。如每段要遞進兩格。分段不合適，沒有按照內容的要求進行。句子不通，基本的語法結構不對。詞語意思不準確。

當你完成一篇文章的寫作後，可以先檢查自己的文章，看看自己的問題何在，然後和同伴相互交換檢查，對照評分的標準相互打分。

課堂活動

和其他同學交換自己的評論文章進行相互修改，按照評分的標準給對方打分，並提出修改的具體意見，評分時注意下面的問題：

1. 評論文章的標題合適嗎？

2. 在你的評論文章的第一段裡，是否能找出文章的主要觀點，即文章的論點、核心的內容？

3. 文章中對選文內容的概述是僅僅複述故事，還是抓住了中心要點？

4. 對藝術手法的分析評論是否準確，是否有實際的例子說明？

5. 語言和句子是否通順、明白？

6. 文章中有沒有表現出個人的見解？

7. 在最後一段裡是不是寫出了結論？結論是否明確？

8. 這篇文章是否可以在規定的時間裡完成？

9. 文章的作者應該如何進行修改？

Part 3
電影與文學的賞析評論

教學內容

- 第 4 部分：自選作品（選擇 3：文學和電影）

學生能力培養

- 瞭解並理解所學作品。
- 對所學作品作個人的獨立回應。
- 通過口頭表達掌握表述能力。
- 學會如何抓住聽眾的興趣和注意力。

（有關文學作品和電影作品比較學習方面的能力）

- 對電影和它們的文學原著進行批判性比較分析。
- 分析將一部文學作品改編成電影時作出各種選擇的理由。
- 理解人物在具體時間和空間中的演變。
- 瞭解象徵手法的運用，以及如何將其從一種媒體轉移到另一種媒體。
- 瞭解並評價一些重要元素，例如電影中的音樂、音響和蒙太奇。

（《指南》第 20 － 21 頁）

個人口頭表達（普通課程）評分標準

A 對作品的瞭解和理解

- 考生在何種程度上顯示出對用於表達的作品的瞭解和理解？

B 表達方式

- 考生在何種程度上注意到了有效與適合的表達方式對這項活動的重要性？
- 考生在何種程度上運用了吸引聽眾興趣的策略？（例如聲音的清晰程度、目光接觸、手勢、對輔助材料的有效運用）

C 語言

- 語言的清晰和適當程度如何？
- 語體和語言風格在何種程度上適合所選擇的表達？

（《指南》第 61 － 62 頁）

個人口頭表達（高級課程）評分標準

A 對作品的瞭解和理解

- 考生在何種程度上顯示出對用於表達的作品的瞭解和理解？

B 表達方式

- 考生在何種程度上注意到了有效與適合的表達方式對這項活動的重要性？
- 考生在何種程度上運用了吸引聽眾興趣的策略？（例如聲音的清晰程度、目光接觸、手勢、對輔助材料的有效運用）

C 語言

- 語言的清晰和適當程度如何？
- 語體和語言風格在何種程度上適合所選擇的表達？

（《指南》第 70 － 71 頁）

第 20 講 ｜ 把小說文本改編成電影

學習目標

瞭解小說與電影的學習重點

掌握電影改編的規律與原則

自選部分的研讀內容

對比本課程的新舊指南，可以發現這一部分內容的改動是比較大的。新的指南，擴大了本部分的選擇範圍，集中體現了新課程的前瞻性和創新的意識，值得特別的關注。

新指南	舊指南
Part Four: Options 自選作品 Option 1: The Study of Prose other than Fiction leading to various forms of student writing 選擇 1: 非虛構性散文 Option 2: New Textualities 選擇 2: 新興文本形式 Option 3: Literature and film 選擇 3: 文學與電影	Program Four: School's Free Choice 學校自選作品

文學的觀念是不斷發展的，隨着社會的發展、科學技術水平的不斷提高、人們生活內容的更新變化，文學的樣式不斷增多，文學正以我們難以想像的速度發展變化，日新月異。面對這樣的現狀和前景，我們的師生要具有挑戰自我的勇氣和信心，具有探索新的文學領域的視野和手段。

為了讓學生關注文學在現實社會生活中的應用與發展，在這一部分的內容中，要特別鼓勵學生對傳統文學形式以外的新型文學樣式進行閱讀和學習。除了一些熟悉的小說、詩歌、散文、戲劇之外，也要鼓勵學生選擇一些非虛構性的文體作品如遊記、自傳、議論文、演講稿、信札等作為自己口頭演示的對象進行賞析和批評。

這類文體的實用性強，應用廣泛，是人們日常生活中越來越重要的一個組成部分，不容忽視。賞析此類作品，鼓勵學生在熟悉和掌握這些作品的基礎上嘗試寫作，在提高欣賞評論水平的同時，也提高寫作的能力，為將來的個人寫作實踐打下良好的基礎。

在這一部分的學習中，教師要有目的地給學生提供更多的機會接觸迅速興起的文學文本與媒體手段結合成的新文學樣式，注意發現其中的美學與知識價值和文學特色，採用個人口頭表達的方式從文學欣賞和批評的角度進行作品演示。通過這樣的學習活動，增加考生對文學發展的高度敏感和熱切關注。試想，已經進入了網絡時代的人們，想要對日益興盛的網絡文學熟視無睹，是不可能的。我們的學生應該具有超越時代、超越地域的視野，要善於關注文學的發展與變化，關注文學在實際生活中的廣泛應用。

在日常生活中，學生置身於各種視聽材料中，往往見多不怪，習以為常，沒有進行批判性的思考和探究。通過這部分內容的學習，可以引發學生們的深刻反思，把課堂學習和日常生活結合起來，養成批判性的學習習慣。

對作品進行賞析批評的口頭演示活動，旨在培養學生富有遠見、不墨守成規、勇於批判、大膽創新的學習精神，讓他們養成用發展的眼光欣賞、探索文學的學習習慣，探求新的文本樣式和傳統文本之間的聯繫、傳承以及差異，探索文學不斷變化的原因與背景，思考文學的傳承與更新、文學與社會科技的發展的關係和人們生活需要的相互作用等問題。

關於“文學與電影”

本書選擇了課程第四部分“文學與電影”選項作為學生研習對象。“文學”，在這裡指正式出版印刷發行的文學作品，特別是小說作品；“電影”指的是根據所選小說作品改變而成的電影作品。

閱讀文學原作，然後觀賞由小說改編成的電影，這是一個很有意義的學習過程。我們需要瞭解書面文學作品如小說和電影這種不同的文學藝術形式之間相互依存的關係；從觀賞電影作品的學習實踐中，我們需要瞭解製作電影所需要的特殊條件和電影藝術特殊的表現手段；比較電影作品在改編過程中對原作進行的取捨改動的原因與得失，從而瞭解創作者的意圖以及由此產生的作品效應。通過對電影作品的分析，感受電影作品的意蘊和情感，品味電影藝術的魅力，掌握欣賞電影的方法。

電影和文學作品一樣，源於生活高於生活。由於電影的視覺直觀效果，我們往往感到它比文學作品更加接近日常生活。電影把我們日常生活中的情境在一個特定的焦點上集中了起來，給我們日常生活習以為常的一些畫面、聲音、動作等等賦予了某種特殊的意義，使得平常的一切變得不平常，由此激發了我們內心的情感，引發了我們對生活的思考。我們從電影中看到了一個熟悉又陌生的世界，這幫助我們理解和思考我們生活其間的真實世界。所以說，觀賞電影給我們提供了一個機會反思我們的日常生活。因此，在評論電影作品的時候，我們要鼓勵考生聯繫自己的生活體驗，發現問題，敢於質疑，敢於批判，最終達到改善人類的生存環境，完善人性的美好與善良，造福社會和人類的目的。

學習重點

本部分以小說作品和根據作品改編的電影作品作為比較學習的對象，加以學習和研讀。學習的重點在於研究分析一部文學作品如何被改編成電影作品，改編的原則、改編的具體內容、改編的目的與效果，明白哪些具體的方法和手段是實現這些目的和效果所必需的。

一　比較賞析的重點

1. 作品主題意識的比較賞析：小說的主題與作者的性別意識和電影的主題與導演詮釋的比較賞析。

2. 作品結構形式的比較賞析：小說的結構與形式特點和電影的結構與形式特點的比較賞析。

3. 作品風格特色的比較賞析：小說作品的風格特色和電影的風格情調的比較賞析。

我們也會對作品的效果影響進行比較賞析，包括小說的成就影響和電影的成就影響的比較賞析。通過比較賞析，可以清楚地瞭解電影作品和文學作品在敍事的策略、手法運用上有什麼相同和不同之處，因此造成的閱讀視聽效果有何差別，也可以看到和文學作品比較，電影對人們的社會生活有哪些獨特的作用和貢獻。

在比較分析的過程中，將着重探討電影作品所使用的語言和手段。隨着科學技術的發展，隨着電子產品在日常生活中的運用日益普遍，電影的製作已經不是只屬於專業人員的事情。事實上，中學生也常常利用手中的電腦，通過電影的製作進行學習和交流。這一部分的學習希望有助於學生掌握不同的藝術形式所使用的不同元素、不同技巧、不同手段，瞭解電影的改編和創作過程中的核心要點，掌握電影製作的基本知識和技能，能更好地運用電影手段滿足我們日益豐富的生活需要。

二　學習和討論的問題

1. 導演對小說原著的詮釋，電影對文學作品所作的改編。
2. 電影作品對原小說作品進行改編的原則與規律。
3. 比較研究電影作品與文學作品所使用的敘事策略。
4. 掌握適合文學和電影各自特點的表現手段和技巧方法。
5. 掌握閱讀文學作品和視聽電影作品所需要的不同技能。

電影的改編

一　文學作品是電影的基礎

電影起源於文字的形式，小說原著是電影劇本的基礎，電影劇本的好壞在很大程度上決定了電影的成敗。因此，如何對優秀小說進行改編是編劇、導演以及讀者、觀眾關注的重要問題。

好的小說奠定了電影改編的基礎。因為好的小說具有引人注目的人物形象，引人入勝的故事情節以及深刻的思想意蘊，有利於改編成具有複雜的情感場面、扣人心弦的電影劇本。此外，好的小說已經取得了一定的認可，小說原有的歷史地位使得改編成的電影在觀眾的心目中佔有了舉足輕重的位置。因為這些原因，一般來說好小說很容易被成功搬上屏幕。

另一方面，好的電影改編可以使小說更加成功。一個小說改編成優秀的電影，可以提高原作的知名度；好的編劇和導演可以讓一部普通的小說變成一部偉大的電影。一個偉大的導演能使小說的核心精神在電影中得到很好的保持甚至更加突出，讓小說的語言風格得到更加鮮明的展現，有時候，電影中的人物

你看過《阿甘正傳》這部電影嗎？對名作改編的電影作品，你是先讀書？還是先看電影？

 想一想

245

比小說原作更加形象生動深入人心。好的電影改編消除了小說原作中多餘與敗筆之處，使小說最精彩的部分更加精彩，從而把一部小說變成一個電影藝術的精品。

由美國作家溫斯頓‧格盧姆的中篇小說《阿甘正傳》改編的同名電影就是一個很好的例子。改編者和導演具有敏銳的眼光和藝術天賦，對優秀作品進行了成功的創造。原作的故事包含了一種持久的信念和精神，給讀者留下深刻印象。改編後的電影細緻完美，演員演技精湛，令人難忘。

二　好的改編必須有所取捨

我們都知道，根據小說改編而成的電影很少能和原作完全一樣。有些小說的內容廣泛，篇幅可能很長，而電影比小說更多地受到時間和篇幅的影響，不能太長，必須要根據適當的要求，對小說作出改編來適應電影的需要。電影不能包括小說原有的一切，必須有所選擇。

三　小說被改編成電影的原則

1. 忠於原作的精神內涵

小說在先，電影在後，電影是脫胎於小說作品的。所以，電影的改編要盡可能忠實於小說原作的精神內涵。

大多數的電影改編，希望盡可能地保留原作的真實。有的小說探討了極為嚴肅的主題，這樣的主題在改編後的電影裡也應該成為突出表現的主題。當然，有的時候，為了更好地突出強調原作的主題精神，電影就要對小說的內容進行適當的改變。因此，改變的第一個原則就是：小說的精神不變，小說中的具體內容可變。

英國小說《簡愛》被改編成為一個很成功的電影作品，看過小說和電影的觀眾會發現，電影對小說最後的部分內容有所捨棄。小說原作中的這一部分，是用來突出表現女主角是一個獨立的女人，可以獨立自主地實現個人的生活目標。這個意思，在電影作品中已經被突出強調夠了，這個主題在影片中已得到很好的確立，無須用更多的鏡頭加以證明，所以結尾的省略是明智有效的。此外，電影還對原作中一些不太重要的情節進行了省略處理，這些省略沒有影響原作的精神。經過了這樣的省略處理，電影的內容變得更加緊湊、更加簡明，主題也更加醒目，影片的可視性更強，觀看的效果更好。類似這樣的省略，對電影的製作來講是十分必要的。

魯迅的《祝福》是一個短篇小說。在改編成電影時，劇作家夏衍根據作品的精神和主題特點，對原作進行了有意的再創造，增加了一些很有必要的內容，使得人物更加完整豐富，故事更加生動感人。這樣的改動讓作品更加容易被觀眾所理解和接受，也更好地表現了原作的精神，電影的改編非常成功。類似這樣的增添，對電影的成功改編也是十分必要的。

2. 文字語言變成電影語言

小說和電影的表現手法不同，電影本身有自己的語言。小說的語言是文字，電影的語言是影像和聲音，把文字語言變成聲像語言就必須對小說進行改變，有所取捨，才能符合電影的需要，增加電影的故事感。

如何把書面的文字語言變成電影的聲像語言呢？文字語言與電影語言之間有什麼的差異，又該如何轉換呢？這也是我們賞析電影作品時要注意的一個重點。

由此可見，改編的第二個原則就是，把小說的文字語言，改編成符合要求的電影語言。

3. 結構的調整編排

小說改編成電影，是把一個書面的文學作品轉變成另外一種綜合藝術形式的作品。不同的藝術形式不僅在表現的手法上有不同的要求，在結構的形式上也有不同的特點。電影作品的結構編排，要符合電影表現的需要。有些敘事電影的結構和小說原作的情節結構非常相似，但是也有的電影結構和小說原作有很大的不同。如果小說原作的故事情節是一個按照時間順序發展的線性故事，在電影中可能被改編成一種時空飛躍、前後倒置的非線性的故事，這樣的改編是為了使劇本的故事變得新穎別緻，更加吸引觀眾，這種手法可以把一個平常的小說故事，變成一個不尋常的故事。

電影《城南舊事》在改編時基本上採用了和原作相同的結構形式，由於它遵循了原作的精神內核，改編非常成功。所以，這項改編的原則就是：故事的內核不變，但是結構可以改變，目的就是把小說故事成功地改編成一個電影故事。

4. 風格特色的保留

在電影改編時，還要注意忠實遵循小說原作的風格特色，因為小說原作的精神實質不僅僅存在於作品的內容中，也同時依附在作品的語言風格特色之中。比如有的小說具有深刻的諷刺意味，有的小說具有幽默風趣的特色，還有的小說突出了神祕的或者是魔幻的色彩，這些風格特色都是小說所要表達的內容主旨和思想情感的必要組成部分。沒有了這些風格色彩，小說的精神就會受到損害；沒有這些風格特色，小說原作優美的文字所帶給讀者的美感享受就不復存在了。

所以，成功的電影改編，必須要保持小說原作的風格特色，甚至需要突出和強化這些特色，為小說原作增添色彩。有些電影在小說的改編過程中，運用了一些電影的元素來突出小說原作特有的民族情調、時代風貌和文化的特色，效果很好。比如，張藝謀的電影很善於運用中國文化和民族的元素，來突出原作的風格特色，取得了很大的成功。所以，這項改編的原則就是：小說和電影的處理方式不同，但是要保持小說原作的風格特色。

課堂活動

閱讀小說《山楂樹之戀》，比較電影，談一談電影改編取捨了原作的哪些內容？是不是符合以上的改編原則？

第 21 講 | 電影與其他藝術形式

學習目標

比較電影與其他的藝術形式

明確電影藝術的特點與功能

電影是一種綜合藝術形式，它以畫面與聲音為媒介，直接訴諸觀眾的視聽感官，在運動的時間和空間裡用聲像來塑造藝術形象、敘述故事、抒發情感。

電影結合了多種藝術形式的特點。首先，它和文學作品的關係非常密切。文學作品是用文字間接創造形象的，小說用文字講述故事塑造人物，這些文學作品成為電影的劇本。此外，電影還從文學作品中借鑒了許多敘事方式和敘事手段，根據具體文學作品的文體特點，電影可以形成不同的風格特色。比如，根據具有詩歌風格的原作，可以改編成富有抒情性的詩歌電影；吸取採用小說的敘事手法和結構形式，可以改編成敘事電影。《城南舊事》根據原作的風格特色，改編成了富有散文意味的電影作品。

其次，電影從繪畫、雕塑、攝影等造型藝術中，吸取了造型藝術的規律和特點。電影在線條的運用、光影的處理、色彩的選擇、形體的構置等多個方面廣泛地吸收了各種藝術作品的營養，增強其視覺效果。

電影從音樂中吸取了節奏感的表現技巧，使音樂成為電影藝術作品的重要元素，電影音樂成為了概括主題、抒發情感、渲染氣氛的重要藝術手段，電影歌曲更成為了電影藝術不可缺少的重要組成部分。

電影在編劇、導演、表演、戲劇性衝突、戲劇性情境等方面毫不客氣地吸納了戲劇和舞蹈等舞台表演的綜合藝術特點，同時，又借助了銀幕視聽語言的運動性和時空轉換自由的特長，遠遠突破了戲劇和舞蹈的舞台局限。

電影吸收了各門藝術的長處和特點，豐富和充實了自己的藝術表現力。它綜合了戲劇、文學、繪畫、雕塑、音樂、建築、攝影、舞蹈等多種藝術元素。電影既是視覺藝術，又是聽覺藝術；既是時間藝術，又是空間藝術；既是造型藝術，又是表演藝術。編劇、導演、演員、攝影、美術、錄音、音響、道具、服裝、化妝等多種職能部門集合在一起，才能完成一部電影的製作。

課堂活動

電影和我們所熟悉的攝影、繪畫、文學、戲劇藝術等有何區別？根據你的理解，補充下面的內容：

各類藝術形式	構成與特點	作用與效果
繪畫、攝影	捕獲一個固定時刻的畫面、圖像	可以俘獲觀眾的視覺注意力
音樂	音響、旋律、和聲、節奏	可以俘獲觀眾的聽覺注意力
戲劇	故事、場景、表演	重新再現已經發生的一幕，引起人們對生活真實的關注
文學作品	使用和選取文字描繪出種種情境	渲染氣氛和環境／抒發內心情感
電影和圖畫攝影	各種圖像的再現／展現不同場景的許多圖像／突破時空的界限	電影具有更好的再現的技術，從某種意義上說，電影已經完成了繪畫和攝影的使命，電影能夠使場景或圖像更加栩栩如生
電影和小說	1. 小說通過作者所使用和選取的文字描繪出的細節和情節來塑造形象。試圖盡可能詳盡、生動地描繪出人的精神和心靈的世界，電影可以提供和傳達出比小說的描寫更加清晰可見的畫面和景象 2. 小說是通過作者的創作，影響了讀者，讓讀者和他產生共鳴；電影通過導演的創作，影響了觀眾的接受	
電影和音樂	音樂已經成為電影的重要組成部分。旋律、和聲、節奏、音響都成功融合在電影中，音效、背景音樂、插曲等等在整個電影製作中扮演重要的角色	表示動作，增加懸念、抒發情感時，音樂有著重要的作用
電影和戲劇	電影和戲劇有著許多相同的地方，如表演藝術、故事、場景、表演、衝突等等，以及觀眾觀看的現場感、激發觀眾情感 1. 劇場受到更多的局限，如出場的人物和場景的變換 2. 劇場只能重新創建一個已經發生的一幕	1. 電影可以突破這些局限，迅速從一個場景到另一個位置 2. 電影可以捕捉到現實生活中的場景或行動，表現正發生的現實

隨着電影技術的進步，電影成為一種獨特的藝術形式。它離不開其他的藝術形式，卻遠遠超出了任何一種單一藝術形式所產生的作用，它能夠以不同的組合方式實現不同的藝術效果。

電影可以和任何藝術形式加以結合，諸如小說、報紙專欄、圖畫等，各種組合都能產生不同的藝術效果來捕捉觀眾的注意力。

電影把人們的生活搬上銀幕，影響改變了電影時代人們的社會生活方式和內容，影響了人類未來社會的發展。

 寫作練習

以你個人為例，你覺得電影對我們生活有哪些方面的影響？據此寫一篇 350 字的發言稿。

第 22 講 ｜ 兩種文本的比較閱讀

學習目標

比較小說與電影文本的異同
針對具體作品展開深入分析

閱讀不同的文本

　　小說是一種書面敘事文本。好的小說文本用細節生動的文字提供給讀者所需要的各種信息。作者是一個看不見的敘述者，在向讀者介紹或者是解釋文本中的重要內容，詳盡描述人物的身世背景，所以讀者能全面清楚地瞭解人物性格形成、變化、發展的過程。

　　讀者閱讀小說的時間、地點和場合是比較自由的，比較好把握，一般來說想看的時候就可以看。此外，小說閱讀可以一次完成，也可以多次完成，閱讀小說允許反覆，可以把自己認為是重點、難點的部分重複細緻地閱讀，逐步理解。讀者可以根據自己的理解能力，經過反覆的閱讀瞭解故事的前後脈絡，瞭解人物的全部經歷。讀者在閱讀中，可以不同層次地發現和感受到作者文字的意義，不但理解作品中的內容，也能想像自己的角色。因為讀者有足夠的想像和思考分析的時間，就可以對小說的精神內涵、生命體驗作出深層的思考，把小說的內容和自己的生命體驗相互融合，在閱讀中想像自己的角色，對作品作出自己的詮釋和解讀。

　　電影作品的敘事不是靜止的文字，而是運動的視像。觀眾閱讀電影的時間和場地往往不像閱讀小說一樣隨意，多少會受到時間、地點、環境的限制。閱讀電影往往是一氣呵成，不能在你不明白的地方突然停頓下來，沒有更多的時間讓你思考。這種圖像的敘事不可以因為觀眾們不同的閱讀速度和理解能力而隨意停頓下來。此外，圖像是直觀的、有限的，在看電影的時候，現場的觀眾可能不知道人物的全部經歷，也沒有機會知道想要知道的一切。觀眾的想像和感受是和影片的播放同時進行的，閱讀大多是一次完成。

　　兩者比較，我們可以看出，書面敍事文本包含了一個讀者可親自參與的特殊私人空間，讀者可以更加自由靈活地瞭解和掌握故事要傳達的信息。在閱讀電影時，電影把這個特殊的空間改變了，觀眾失去了一些原有的決定權來瞭解和掌握作品，電影的製作者扮演了比作者更加重要的主導角色，導演和電影的製作者、表演者等主宰了觀眾的閱讀活動。因為電影的敍述角度和方式與小說不同，觀眾不能像閱讀小說一樣通過文字間接地理解作品，而是通過視像、聲音、色彩等直觀地理解作品。

　　電影必須用特定的手段，讓現場的觀眾直觀地、及時地看到一個人物的內心想法和意圖；電影必須採用和小說不同的模式、敍述角度，提供給觀眾想要獲得的信息；電影必須結合比其他虛構敍事更複雜的方式來適應觀眾的閱讀理解的需要。

　　閱讀小說是通過閱讀抽象的文字，借助想像的力量創造出藝術的形象，理解作品；閱讀電影，是通過視覺的圖畫和聽覺的聲音，直觀地接受藝術的形象，感受作品。因此，我們在閱讀的時候，要注意使用不同的方法。

課堂活動

　　小說用文字來表現情節、人物、環境。電影用什麼樣的方法來表現這些要素？請以一部作品為例，回答問題。

提示

　　小說刻畫人物使用對話、心理獨白、外貌描寫等手法。電影刻畫人物使用人物的對白、畫外音、表情特寫、色彩對比等。

比較賞析的重點

認真閱讀小說原作是進行比較研究的基礎。熟悉了小說作品如何講述故事，以什麼樣的角度、什麼樣的人稱講述等內容，就可以與電影作品的敘事方法相比較。

一　小說與電影的敘事結構與順序

小說的敘事魅力，在於藝術地安排情節，把故事說得引人入勝，由此塑造出鮮明的人物性格，開掘出作品深刻的主題。所以，無論是小說還是電影必須重視故事情節結構的安排。

電影敘事的情節結構，不是由畫面本身，而是由畫面背後的敘事邏輯或因果關聯決定的。同樣的故事採用不同的講述方法，構成了不同的藝術特色，從而不同程度地感染讀者。

以電影《霸王別姬》為例。李碧華的原作是按照時間順序展開故事的，故事從 1929 年程蝶衣和段小樓在天橋第一次見面開始寫起。而電影開頭，採用了一個體育場場面的片頭，從 1977 年兩人分別 22 年之後開始。這樣就把小說的故事放進了一個倒敘的框架中，以電影的方式來講述故事。最後的結尾再回到體育場上，以程蝶衣在舞台上拔劍自刎作為結束，回應了觀眾對片頭的懸念，前後的照應更加完整，更好地突出了電影故事震撼人心的藝術效果。

二　小說與電影中的角色和人物

敘事電影提供給觀眾的信息和小說故事提供給讀者的信息應該是相同的，但是兩者採用完全不同的敘述方式，有時敘述者和敘述的角度也不相同，因此，電影中的人物和小說中的人物也不可能完全一樣。

比較閱讀時要注意：原作中誰是小說中的主要人物？在電影的敘事中，哪一個角色是主要角色？哪一個角色能夠成為電影的聚焦點、成為電影的中心？這些角色和原作中的主要人物有無差別？他們在電影中和小說中有何相同與不同？是不是提供給觀眾相同的信息？

除了主要的角色以外，小說作品和電影作品中的其他人物有什麼變化？電影的作品和小說相比，增加或者刪除了哪些人物？這些人物出現和消失的原因、起到的作用何在？他們和作品的主要人物是什麼關係？對主要人物的性格和命運有什麼影響？對作品表現的主題內容有什麼作用？

其次，要善於分析人物的性格特點，分析小說原作中人物性格的描寫和刻畫有什麼特點，這些特點在電影中如何得到體現，具體表現的手段和方法是什麼，效果如何，是否鮮明突出，符合原作的精神。

在《山楂樹之戀》中，小說作品中的女主角靜秋也是電影作品的核心人物，作品中對她的外形描寫和電影中有所不同。另外，作者把她家中的成員進行了有意的改動：在原作中她有一個哥哥、一個妹妹，在電影中，哥哥改成了年幼的弟弟。這樣的改動更加突出了她生活環境的艱難，也簡化了和哥哥相關的情節線索。

課堂活動

比較原作和電影作品，分析《山楂樹之戀》中有關靜秋相貌、身材的文字描寫，比較電影中的人物形象，談談你的看法。

三　**比較小說與電影對環境的營造**

電影的場景與環境營造是通過對畫面和場景作簡單的切割、轉換實現的，把小說原作中描寫的內容轉換為視覺媒介，用畫面韻味打動觀眾。

小說用文字的細節描寫突出環境的特色，電影用光線、色彩、鏡頭共同構成一種視覺效果來描寫現場的環境，這種視覺效果表現出多種文學的意味，如場面的描寫、氣氛的營造、人物內心的刻畫，等等，起到了小說語言描寫的作用。

分析比較時，要注意小說的背景描寫有什麼特殊的意義，電影作品如何處理和展現類似的內容，小說的環境特點在電影中有沒有得到準確的體現。

在小說《霸王別姬》的開頭，作者用文字描繪了天橋賣藝的場面；而電影中使用的是特殊的色彩、聲音等等，展現當時的環境，更加直觀、準確和生動。

影片還使用了強烈的色彩對比來渲染童年學藝的場景，在渲染場景、展現人物生活成長的環境的同時，強化了人物內心情感，把人物命運的悲慘感展現給觀眾。

有的電影作品使用了字幕進行場景轉換，如《山楂樹之戀》中，用字幕的形式寫出了小說故事發生的時間和地點，客觀上起到了規定故事環境和交代時代背景的作用，省略了許多鏡頭和畫面。

課堂活動

分析小說《山楂樹之戀》中有關兩人河邊相會的場面描寫，觀看電影中相應的情節片段，看看電影用了哪些鏡頭把小說的文字變成了畫面、影像。

第 23 講 ｜ 電影語言的特點及其運用

學習目標

瞭解電影視聽語言的知識

掌握電影作品的賞析方法

　　電影誕生於 19 世紀末，是科技發展的產物。1895 年，法國的盧米埃爾兄弟放映了他們自己拍攝的日常生活電影《火車進站》、《水澆園丁》等，標誌着電影的誕生。

　　依賴於科學技術的進步與發展，電影經歷了從無聲到有聲，從黑白到彩色，從普通銀幕到寬銀幕、立體電影、全景電影的發展變化。進入 20 世紀 90 年代以後，計算機高科技手段給電影藝術帶來了更加充分的發展空間。蒙太奇、畫面、鏡頭、燈光、聲音等是電影藝術的基本語言。

蒙太奇

　　蒙太奇是法語 montage 的譯音，原是建築學上的用語，意為裝配、安裝。在電影創作中，蒙太奇是指將攝影機拍攝下來的鏡頭、畫面、聲音、色彩等諸多元素，按照創作者的意圖、邏輯推理順序、作品的觀點傾向、審美要求等原則編排、剪輯組合起來的手段，這是電影藝術獨特的表現手段。

　　蒙太奇具有多種功能，如敍述故事的功能：它可以把不同時間、地點拍攝的鏡頭組合成完整逼真的影視情節，達到交代故事情節發展過程的作用。分切組合鏡頭的技巧關係到電影作品質量的高低。

　　蒙太奇具有表達情感的功能：通過對從不同角度、不同側面拍攝畫面的鏡頭的連接組合，可以表現和渲染人物的情感，如近景特寫可以突出展現人物的內心感受。

蒙太奇具有創造風格的功能：把不同的鏡頭藝術地組織、剪輯在一起，使之產生連貫、對比、聯想、襯托、懸念等效果；通過色彩、光線、圖畫、運動方式等變化和不同的鏡頭組合，產生快慢不同的節奏，創造出不同的作品風格。

單獨的鏡頭只是靜止的"圖像"，蒙太奇把鏡頭巧妙地連接起來，使時間和空間、音響和畫面、畫面和色彩等有機地融合為一體，展現出一種完整的、不間斷的、連續的運動圖景，就能表現出深刻的思想意義。所以說，蒙太奇賦予電影以生命。

使用同樣的鏡頭，只要改變鏡頭排列的次序，就完全改變了一個場面的意義，收到完全不同的效果。這種連貫起來的組織排列，就是影片的結構方式。

畫面

移動鏡頭可以擴展畫面的空間容量，造成畫面構圖的變化，達到不同的視覺效果。不同的鏡頭可以表現風格迥異的場景和人物：

遠景是指遠距離拍攝所形成的視野開闊的畫面，起到介紹環境的作用。

全景是指在某種特定環境中，被拍攝主體構成的整體畫面，起到展示環境與人物的作用。

中景是指被拍攝主體的主要部分所構成的畫面，引起觀眾對人物的注意。

近景是指被拍攝主體的局部所構成的畫面，突出人物表情，展現內心活動。

特寫是指被拍攝主體的某個特定的、不完整的局部畫面，突出人物特徵，展示關鍵細節，使觀眾能細緻地觀察人物細部的表情。

課堂活動

從你看過的一部電影中選出三個表現不同內容的特寫鏡頭，並加以解釋：這三個特寫鏡頭，分別給觀眾什麼樣的印象？

鏡頭

俯視鏡頭能使觀眾產生一種居高臨下的視覺心理，多用來展示比較開闊的場面和空間環境。仰視鏡頭易使觀眾產生一種壓抑感或崇敬感，多用來營造一種悲壯和崇高的效果。

一 轉換鏡頭：在特定時刻把鏡頭轉向別處

鏡頭的轉換運用了蒙太奇的剪接手段，根據導演想要表現的重點場面進行了切換，不是把事件發生的全部過程展現給觀眾，只是把一些具有暗示性的鏡頭顯露出來，加上背景音樂或者是其他鏡頭來表現這個事件。這樣留下了很大的空間和餘地，讓觀眾憑藉自己的經驗和理解加以想像，這樣的效果超越了有限的畫面，有無窮無盡之感，造成一種深遠的藝術效應。

在陳凱歌導演的《霸王別姬》中有幾個典型的鏡頭轉換的實例：

1.砍手指的場面：程蝶衣的媽媽把他的手指砍下時，鏡頭轉向另一個場景。

2.張公公侵犯程蝶衣的場面：當公公侵犯程蝶衣時，鏡頭便轉開。

3.程蝶衣自殺的場面：沒有展示程蝶衣自刎的全過程，而是轉向段小樓的面部表情。觀眾聽到程的喘氣聲，看到的卻是段小樓臉上震驚的表情，鏡頭再轉向，讓觀眾最後看到程胸口的血跡。這樣的鏡頭轉換，有效地利用了觀眾豐富的想像力，造出一種震撼人心的非常效果。

二 鏡頭特寫：局部放大加以突出

如人物的面部表情、眼睛等，通過鏡頭的特寫，把人物內心的情感印跡，用外在的圖畫揭示出來，給觀眾提供了豐富的想像空間，渲染了一種特定的情緒。

為了突出主要演員的性格特點和內心情感活動，常常用特寫的鏡頭聚焦在人物細微的面部表情，用演員的表情、神態來表現他們的感情、心理活動、心理變化，給觀眾留下強烈的印象，加深對人物的感情變化的理解。

在陳凱歌導演的《霸王別姬》中也有典型的鏡頭特寫的實例：電影在故事發展的不同階段，對主要的演員分別進行了面部表情的突出展示，表現人物內心的情感變化。達到了突出人物的性格特點的目的。

三 鏡頭的角度

電影通過鏡頭的拍攝角度，來表現人物的心理情感和電影的內涵。《城南舊事》中，導演採用了低角度拍攝，全片 60% 以上的鏡頭是小主人公的主觀鏡頭，觀眾看到的畫面都是英子看到的，凡是英子看不到的東西觀眾也看不到。這樣的鏡頭角度是為了用一個小孩天真、美好、單純來反襯這個社會的複雜、黑暗；表現人物的善良與單純。

《霸王別姬》中，也有利用不同的拍攝角度來表現人物和主題的鏡頭，比如，小豆子逃出了戲班子出城時，導演使用了廣角鏡頭拍攝了全景，顯示外面世界的廣大，暗喻了人物內心的變化。

電影的構圖，是通過人、景、物的位置安排，線條、體積、位置、視點、亮度、色彩等配合的方式來完成的。

影視影像是以光影成像的。光和色的處理，能表達不同的情感和創作意圖。

色彩的處理與選擇可以創造出獨特的審美價值和審美效果。不同色彩的比例、面積、位置等的配置，造成畫面不同的濃與淡、明與暗等視覺感覺；通過色彩的變化製造對比強烈的藝術效果，突出影片的寓意和內涵。

燈光

燈光的使用首先起到了營造氣氛的作用，奠定了故事發生時特殊的環境和背景，把觀眾的注意力引入了規定的情境之中，甚至造成了一種懸念：將會發生什麼事？

課堂活動

觀看電影《霸王別姬》的片頭，試分析，這樣的視覺效果和什麼樣的內容情感相聯繫？什麼樣的故事將會在這樣的環境中展開？這樣的故事可以突出什麼樣的作品主題？

其次，燈光的強弱也具有一種象徵和暗示的作用，對整個的故事情節和電影的主要內容有一種很有效的伏筆和預示的作用。

燈光還能表現出人物的情感，有時候，可以把人物內心的具體感受外化展現給觀眾，幫助觀眾瞭解人物內心的活動狀態。以電影《霸王別姬》片頭人物出場片段為例：程、段二人進入體育場的開頭，使用了背光，人物的背後光亮，眼前黑暗，攝影師用了遠景。程、段站在黑暗的體育場，觀眾只能看見二人模糊的身影，營造出了一種神祕、沉重的氣氛。

燈光的運用也有象徵和暗示的作用，象徵着人物的來處曾經是輝煌光亮的，但是他們此刻還在黑暗中，前面的處境也更加黑暗，於是就給後面程蝶衣的自殺埋下了伏筆。

背光中，觀眾看不到人物的面部表情，也隱喻着人物內心情感的暗淡、混亂，這一點，和人物對話中含糊不清的內容互為表裡，揭示出人物的心理狀況。

聲音

聲音與視覺畫面一起共同構築銀幕空間，起到敍述故事、塑造人物、渲染氣氛、表達感情的作用。當聲音由畫面中的人或物體、環境發出時，視覺影像與出現的聲音相互一致，被稱作聲畫同步，聲音使畫面具有現實逼真感。

當聲音由畫面外的人或物所發出時，聲音和畫面相對獨立，被稱作畫外音。

還有一種特殊的"靜默"現象，它是指在有聲影視作品中，所有聲音在畫面上突然消失的現象，能產生一種特殊的效果。在電影中，突然出現的沉默與死寂，可以造成一種非常感人或者是非常嚇人的效果。

電影中的聲音一般可分為人聲、音響和音樂三大類：

一 人聲

人聲主要由對話、獨白、旁白組成。人聲具有塑造人物形象突出人物性格特點的作用。電影中常常通過處在畫外的人聲"畫外音"調動觀眾的想像，擴展銀幕空間。

獨白的效果：可以突出主題，產生震撼人心的效果：電影《霸王別姬》中，程蝶衣有一句獨白的台詞，"我本是男兒郎，又不是女嬌娥……"反覆出現，先錯後對，朗讀的聲音伴隨着人物挨打、受罰的痛苦場景，也從猶疑不決變成自然肯定。這句獨白在影片中反覆出現，電影用了話語聲音，創造了一個恐懼、冷漠的氣氛，渲染了這種氣氛情緒的同時也造成一種懸念，讓觀眾瞭解內容，同情人物。其次，這句獨白是人物性格成長變化的一個重要的體現，表明了程蝶衣對自己的性別身份在環境的逼迫下，從拒絕到被迫接受再到完全認同的過程，這個過程如此痛苦、殘酷，人物的內心感受就從這句獨白中展現給了觀眾。

二　音響

音響是指影視作品中所有的背景和環境聲音。作為背景或環境出現的人聲和音樂一般也可以被看作音響。包括自然音響，如水聲、動作聲、腳步聲等；機械音響如汽車、火車、槍炮等；社會環境音響如人群聲等。

音響可以造成逼真感；音響可以被用來強化或烘托人物的心理，如用雷鳴電閃放大的聲音效果來表現人物的震撼心理；用火車輪的轟鳴聲來表現人物的焦急感等。音響可以表達人物或者作品的思想情感，產生感人的藝術效果。音響還可以補充視覺形象的不足，表達視覺形象無法表達的生活內涵，創造出電影的空間。

電影《霸王別姬》中的聲音有許多種：人聲、樂聲、自然的聲音，等等。根據不同的需要，在不同的場景採用了不同的音樂。例如，在劇場裡，可以聽到不同樂器的吹打伴奏聲，配合着前台和後台演員忙碌的場面，加強劇院的現場真實感。畫外的音樂更能暗示給觀眾畫面以外所發生的事情。在程蝶衣被撢下舞台的一幕裡，菊仙和蝶衣在台後說話，隱約能聽到台上的對唱。這種音響，營造出一種分離的感覺，凸顯出蝶衣與眾不同、與環境格格不入，展示出把舞台當成自己生命全部的程蝶衣被擠出了舞台，成了一個沒有地位沒有價值的人時的內心感受。觀眾由此清楚地看到了程蝶衣從戲內到戲外的命運轉折。透過那些嘈雜的聲音觀眾能感受到人物的內心情緒的混亂與複雜。

畫外音的作用在於採用畫外音解說，可以跟觀眾直接對話。這種講故事的方法既能重複講述小說中過去的故事，又能講述發生在當下的電影故事，因而具有獨特的電影效果。在觀看畫面的同時，聆聽講述，能創造一個更生動、更親密的感覺，把觀眾引入電影的情境之中。

《城南舊事》裡，秀貞發瘋的故事是通過秀貞哀傷的畫外音講出來的，講述的同時，導演沒有讓鏡頭停留在秀貞和英子兩個人身上，而是伴着秀貞的講解讓鏡頭隨着英子的眼睛移向這對戀人曾經居住過的門廊窗戶，緩緩地移動鏡頭，再現了被剝落的牆壁和窗戶，把人物內心的情感印跡，用外在的圖畫揭示出來，給觀眾提供了豐富的想像空間，渲染了一種特定的情緒。

秀貞故事的悲慘結局也是借用了畫外音來告知觀眾的。在小英子的幫助下，秀貞母女倆相見後慘死在火車巨輪之下，影片中小英子並沒有親眼看見兩人的慘死，影片沒有展示這個鏡頭，而是通過畫外音告訴觀眾：畫外傳來賣報的叫喊聲：「瞧一瞧，母女倆被火車軋死了。」此處的畫外音表現手法含蓄，給觀眾以想像的空間，所以耐人尋味。

電影《霸王別姬》中，也有許多地方運用了畫外音的手法，配合鏡頭的轉換來敘述故事、揭示人物的命運。比如程蝶衣在舞台上拔劍自刎的場面，就起到了虛實相間的作用，給觀眾造成了強烈的震撼。

聲音的使用還能達到修辭手法上伏筆、誇張的效用。電影《霸王別姬》中小豆子媽媽切掉他的六指前，充分利用了畫外音為後面的情節作出了鋪墊。畫外音是「磨剪子來，鏹菜刀，……」的喊聲，和後面的鏡頭相互結合，為後來小豆子的媽媽切去他六指的一幕埋下伏筆。

背景的音樂和人聲也有相同的作用：小豆子的尖叫聲，二胡及鼓的伴樂，誇張地營造出恐怖、悲慘的氣氛，揭示了小豆子鮮血淋漓、悲慘遭遇的真相。

三 音樂

電影中的音樂包括器樂和聲樂兩部分，構成電影的視聽美感。

音樂是電影的第二語言，電影音樂是電影的亮點，可以起到抒發感情、豐富情節故事、展現環境、營造氣氛等作用。電影音樂包括場景音樂、畫外配樂、電影插曲、節奏旋律、充滿活力的舞蹈等，因為有了音樂元素，電影有了色彩。古典音樂和程式化的電影技巧，突出了電影作品不同的文化和時代特色，在音樂的作用下，作品具有了不同的風格和情調。

電影《城南舊事》中選用了李叔同作詞的《送別》作為電影的插曲和背景的音樂，在影片中反覆出現，突出了影片的情緒和風格特色。

課堂活動

根據你看過的影片，回答下列問題，並簡單寫下你的答案：

1. 電影中的聲音元素有哪些？

2. 影片音樂對塑造人物形象所起的重要作用有哪些？

第 24 講 ｜ 電影的表現手法

學習目標

瞭解電影的表現手段

掌握賞析電影的要素

本部分要求學生熟悉電影的語言特點和常用手段，掌握具體的方法，並且能根據作品實際例子進行賞析。在前面的章節裡，我們曾舉例分析了一些電影作品中鏡頭、燈光、色彩、聲音的運用，分析作品的時候要盡可能準確地瞭解有關的信息，全面賞析評價其藝術的效果和作用。

課堂活動

播放影片片段，讓學生直觀感受。在觀看的過程中，同步閱讀文本，理解導演所要傳達的作品的主題意蘊和風格特點。

電影的音樂語言：以《城南舊事》為例

電影《城南舊事》成功地利用了音樂的元素，在音樂的處理上緊扣原作的主題與風格，產生了非常好的藝術效果。

《城南舊事》中的《驪歌》（《送別歌》）是李叔同作詞、英國人奧德維作曲、流行於 20 世紀 20 年代到 40 年代的一首樂歌，歌曲中洋溢着一種依戀、惆悵、懷舊的情緒，受到了當時青年學生和知識分子的喜愛，一度廣為流傳。電影把它作為主題音樂，體現了一種特殊的時代感，突出了電影作品的離情別緒。對表現作品的主題來講，樂曲起到了畫龍點睛的作用。

課堂活動

你喜歡電影中的插曲嗎？為什麼？請進行分析評論。

提示

　　本片的導演吳貽弓出身於書香世家，他的父親當年曾是李叔同的學生，吳貽弓選用此曲，表明他對曲中蘊涵的中國傳統文化理解深厚，以此來突出電影中懷念童年故鄉、悲歡生死別離的情感，起到了相得益彰的藝術效果。

　　賞析評論時，需要反覆收聽和觀看，感受音樂的作用，準確地理解電影音樂在影片中烘托人物情感和心理變化的作用以及在故事敍述中的結構作用。

課堂活動

《城南舊事》電影中，除了主題音樂，還有兩首插曲，分析它們在整個故事中有什麼作用。

　　影片中《小麻雀》的插曲出現了三次：第一次是小英子邊跳邊唱"小麻雀呀，小麻雀"，她因為要在學校遊藝會上扮演《麻雀和小孩》中的小麻雀而高興、興奮。第二次是小英子在課堂上再次唱起這首歌，狂風雷雨突降，一種不祥之感，為下面聽到小偷訴說引起的憂傷情緒作了鋪墊。小英子在畢業典禮會場第三次唱"小麻雀呀，小麻雀呀"，她心情複雜，驕傲、擔心、孤獨和傷感交織在一起。

　　插曲的出現，伴隨了人物的成長和情感的變化，對發展劇情、刻畫人物起到了作用。

　　影片中《送別歌》也多次出現：

　　小英子在父母的陪伴下參加遊藝會時高興、幸福地唱《送別歌》。小偷被捕後小英子再次唱《送別歌》，情緒困惑、感傷。《送別歌》既配合了具體的故事情節，又與影片中生死別離的人物關係編織在一起，加強了影片的藝術魅力。

　　《送別歌》先後出現了七次，前後呼應，形成了影片最基本的　事節奏。學校畢業會和教室裡兩次演唱，都起到了承上　下、　述故事、鋪墊情節的作用。以鋼琴演奏和笛子變奏出現的五次音樂，都抒發了離別的悲傷和哀愁的情感，影片結尾是生死離別的情節高潮，如泣如訴的音樂配合影片的畫面，把情緒烘托起來推向高潮。

　　《送別歌》在內容情調上和深沉、複雜的心理活動的交織，與《麻雀與小孩》形成對比，在影片的故事情節、人物性格發展上，起到了以聲相助、托景傳情的作用。兩首歌反覆出現，既反映了劇中人物情感變化和心理的波動，也有效地把幾個生活場景、事件連在一起，起着起承轉合的結構作用，融合出平和、舒緩的　事節奏，營造出淡淡的哀愁與濃濃的相思的意境。《送別歌》作為線索把整部《城南舊事》串聯起來，使全片籠罩着淡淡的哀愁與濃濃的韻味。

寫作練習

　　電影中的聲音有哪些？在電影中的功能與作用是什麼？請寫出一個大約 3 － 4 分鐘的發言稿。

電影手法的運用與效果

　　小說作品通過文字的描寫，靈活運用象徵、夢幻、隱喻、對比等文學手法講述故事、刻畫人物、營造環境和氣氛；電影作品可以運用燈光、色彩等電影手段實現象徵、對比等藝術的效果。

一　色彩的運用

　　電影中色彩的運用具有多方面作用。首先色彩具有敘事的功能，不同內容、不同故事情節的電影，可能會有不同基調。此外，色彩具有一種總體象徵的作用，色彩的運用給作品增添象徵的意味。色彩的使用還能起到烘托環境、表現主題、塑造人物形象的作用。

二　《霸王別姬》電影中台上和台下色彩的對比運用

　　台上顏色鮮艷、台下觀眾席色彩暗淡，形成了鮮明突出的強烈對比：台上的色彩艷麗鮮明，呈現出紅黃為主的暖色調，新鮮奪目，令人嚮往愉悅；台下的色彩灰暗朦朧，呈現出黑色和灰色的冷色調，陳舊暗淡，使人沉悶悲哀。這種對比體現了作品中蘊涵着的象徵意義：人生如戲，戲如人生，人可以成功演戲，卻不能掌控人生。電影講述的是一代京劇藝人坎坷的遭遇和悲劇的命運，從兩個方面對照表現出來：

　　人生經歷暗淡悲慘、無限的痛苦；舞台表演輝煌華麗、巨大的成功；色彩的兩種基調，紅黃的主導色彩，突出了引人注目、熱烈、成功的狂歡和喜悅的氣氛；黑灰的主導色彩，突出了沉重、悲哀、慘烈痛苦的人生現實，造成了壓抑恐懼的氣氛。大悲和大喜的情感震盪，突出了影片強烈對比的風格特色。

　　影片的色彩構成了強烈的視覺形象效果，色彩成為抒情表意的視覺符號，為影片營造出一種整體的氣氛、風格和情調。

三　電影的畫面

　　原作《城南舊事》小說中，作家以舒緩的節奏，運用象徵、對比、反覆等藝術手法創造出了一種近乎抒情散文的意境。影片中對這一特點進行了有效的畫面處理：

　　請看宋媽故事中的幾個畫面：原作"花盆裡的花都謝了，只有菊花盛開着"；電影畫面：樹葉落光了，枯枝在寒冷的風中搖曳，花都凋零了，菊花也開了。這個畫面交代了故事發生的時間——深秋時節，同時，以花喻人，以花的現狀象徵人的命運，非常成功地運用了畫面來體現象徵、對比手法的作用，含蓄地暗示了宋媽的悲劇命運，也為林家即將遭遇沉重打擊的變故埋下了伏筆。電影和原作在情緒基調上是相互一致的。

課堂活動

分析電影《城南舊事》使用了哪些元素，產生了象徵、對比等作用。如構圖、鏡頭、色彩、燈光、音響、音樂，等等。可採用圖表的方式加以說明。

電影的角色

一　電影的角色與表演

演員的出色表演，對一個電影的成功起着非常關鍵的作用。我們都知道，電影有了好演員才能吸引觀眾，即使是配角，只要演員演技出色，也可以給電影帶來有趣、神奇的視看效果。

賞析電影演員的表演時，要結合小說原作中有關人物的文字描寫，抓住人物的性格特點，對照電影中的角色，看看演員的表演是不是到位，是不是準確再現出了小說中塑造的人物形象。

好的演員能把人物複雜的性格特點從各個方面表現出來。人物的外表特色、內心活動、優點和缺陷都要真實地表現出來，才能使人物更加豐滿和真實。在《霸王別姬》中，飾演程蝶衣的演員張國榮演技高超、表演到位，除了形體的動作以外，他也用了聲音的變化和豐富的面部表情，把一個京劇藝人性格被扭曲、命運悲慘的人生展現出來。沒有張國榮細膩、含蓄、精湛的表演，电影的效果就会被大大削弱。

電影《城南舊事》中的角色和書中角色的形象十分吻合，只在細節上有所變化，比如：小英子在書裡有兩條長辮子，而電影裡卻是一頭短髮。小英子天真直率好奇好問，不斷地提出問題，人物的性格鮮明生動。小演員表現出色，突出地使用了她明亮的眼睛觀察整個世界，觀眾也從她的眼睛裡看到當時各種社會景象。孩子眼中的世界似真似幻，直接襯托出成人世界現實生活的醜惡與無情，表達了作品深刻的主題。

電影角色的行為和思想，既能表現和突出電影的視覺效果，又凸顯原作小說中的人物形象，展示電影作品對小說文本的忠實改編。

二 《霸王別姬》中的角色與表演

小說中的人物程蝶衣，一生下來就處在一個無可選擇的生存困境裡，性別被扭曲、人格被扭曲，他的性格也讓環境硬"逼"得扭曲了。這些都迫使他在後天形成一種對人、情、戲的偏執與狂熱。

張國榮扮演的程蝶衣在戲裡戲外都是"真的"虞姬，把霸王當成他的唯一。他把對京劇藝術的追求和對師兄的情意合而為一，台上台下都假戲真演，甚至根本不分真假，始終走不出劇情。

作品描寫了人物一生兩次性別身份的轉換：小豆子變成台上虞姬的艱難過程，這個過程是鮮血淋漓的，卻是成功的；也寫出了從台上的虞姬到台下程蝶衣角色的轉換，這個過程是痛苦的、矛盾的、最後也是失敗的。

第一次身份性別的轉換：戲班子裡近乎非人的苛刻訓練，張太監對小豆子的凌辱，使小豆子終於徹底被京劇所代表的文化精神所轉化：他認同了本不屬於自身的女性身份，小豆子變成了舞台上的程蝶衣。影片是以小豆子學演《思凡》這場重頭戲，來展現昔日苦命又飽受屈辱的小豆子如何變成事業成功但性別身份扭曲的程蝶衣。和前面的鏡頭結合在一起，觀眾看到了一個倔強的少年，如何在個人悲慘的身世、舊社會文化、特殊歷史的聯合摧殘下，被打上了悲慘命運的烙印。

程蝶衣從一而終的人生理想既體現在他對京劇藝術的不懈追求，也體現在他對師兄的感情依戀。他唯一的人生價值和意義只是和師兄演戲。所以，他只認"戲"，不認其他一切，日本人、國民黨、共產黨等對他來講都一樣。他在台上台下都是一樣的"不瘋魔、不成活"。最後，"自個兒成全了自個兒"，在戲台上拔劍自刎完成了"從一而終"的人生理想，到死也沒有從戲裡出來。

程蝶衣是一個悲劇人物，他的悲劇飽含被拋棄、被玷污、被蹂躪的悲慘經歷；展示了他寧願為戲而死在戲中，也不為生而接受現實，到死都"執迷不悟"的掙扎，表現出為成全自己的理想、忠實自己的情感，和歷史、命運所作出的悲壯抗爭，既悲且壯，是個人的，更是時代和社會的，感人至深。

張國榮巧妙地把握住角色，把主人公的兩次艱難轉變的過程展示給了觀眾，把人物複雜的雙重性格塑造得栩栩如生，他的每一次舉手投足、每一個閃爍的眼神，準確傳神，把人物的惶惑與矛盾、激情與悲傷表現得非常逼真。

張國榮精緻細膩的表演，把握住程蝶衣飽受苦難、極度迷戀的性格特點，有時出奇地平靜委婉，有時悲哀地苦苦哀求，觀眾看到程蝶衣仿佛時時在掙扎，卻越陷越深。影片裡設計了大量的鏡像，展現出程蝶衣受盡壓抑的多重人格，充分表現了他的內心情感。

特寫鏡頭突出了他的眼神，一顰一笑，眉目含情，淒美迷狂，出神入化。

課堂活動

觀看演員的表演，說說演員的表演對電影作品的主題表現起到了什麼作用。

寫作練習

　　觀看電影《霸王別姬》，請和小說對照，比較程蝶衣／菊仙在作品中的描寫和電影中的演出，做一些必要的記錄：

程蝶衣／菊仙	描寫手法	作品實例	效果／評論
小說中的人物性格			
電影中的人物性格			

　　根據你的觀察記錄和以下參考題目，寫一篇關於電影《霸王別姬》的評論文章。

　　1. 小說中用了什麼描寫的手法突出人物的性格？電影用了什麼手法突出人物的性格？請分析說明。

　　2. 作品的描寫和電影中的對比：根據作品中人物的動作和語言，說說人物的性格特點是怎麼樣的。

　　3. 小說原作如何描寫人物？電影和原作有無差別？

　　4. 你通過觀看這些畫面，看出程蝶衣／菊仙是一個什麼性格特點的人物？這和小說中的人物原型是不是相符？電影作了哪些修改？效果如何？

第 25 講 │ 電影的賞析與評論

學習目標

瞭解賞評的口頭表達方式

尋找恰當的賞評角度與話題

通過對電影作品的賞評，可以達到我們深入理解小說原作與電影作品的目的，同時達到瞭解電影的藝術特性和電影創作的基本規律的目的。在欣賞實踐中，從多重角度去賞析具體的電影作品，加深對電影藝術手段運用的理解，辨析電影改編的成敗所在，並探究其原因，作出個人的鑒賞評品。

這個過程是愉快有趣的，也是細緻複雜的。從閱讀小說作品到考察電影作品，再對兩者進行比較，考生必須多掌握有關小說和電影的知識，要着眼於作品的細微之處，又必須把握作品的整體。要養成從多個方面多個角度去欣賞和評價作品的習慣。

採用個人具有創意的口頭表達方式，表達自己的見解，是我們學習"電影與文學"的評估要求。我們重點學習下面幾部電影作品，都是根據同名小說作品改編的。

1.《山楂樹之戀》：小說作者艾米，電影導演張藝謀。

2.《霸王別姬》：小說作者李碧華，電影導演陳凱歌。

3.《城南舊事》：小說作者林海音，電影導演吳貽弓。

4.《活着》：小說作者余華，電影導演張藝謀。

改編者對原作的詮釋

在小說作品中，有一個鮮明突出的主題經由敍述者強調出來，讀者在閱讀過程中得到領會。觀看影片就像是在進行泛讀，雖然很多細節性的信息在觀看的時候由於詞彙量、語速等原因沒有獲取，但整部片子的主題思想還是可以被觀眾把握的。原作的主題在電影的改編過程中是否被足夠地、適當地、很好地傳達了出來，在電影中有沒有得到充分的表現？這是一個值得注意的問題。

比較賞析，首先要研究改編的電影是忠實保留了、還是偏離了小說原作的故事情節，偏離的距離究竟有多大？

如果電影和小說之間的差異非常顯著，首先需要發現和指出這些具體的差異在哪裡，是什麼，進一步要探討這些差異究竟是突出了、增強了還是減損了原作的精神內涵。

一 《城南舊事》的主題與性別意識

1. 小說的主題與作者的性別意識

林海音祖籍台灣，五歲時隨父母在北京城南居住。林海音的自傳體短篇小說集《城南舊事》以她七歲到十三歲的生活為背景，描寫了她在北京城南的童年生活。小說由五篇短篇小說組成：《惠安館》、《我們看海去》、《蘭姨娘》、《驢打滾兒》和《爸爸的花兒落了》連綴成一個長篇。小說透過主角英子童稚的雙眼，展現了大人世界的悲歡離合。作品採用了回憶往事的書寫形式，表現了作者對童年生活的懷念，抒發了對人世間悲歡離合的感慨。

《城南舊事》中《惠安館》、《蘭姨娘》、《驢打滾兒》三大篇都描寫了女性的遭遇，講述了老中青三代不幸女人的故事。雖然英子只是個孩子，但她具有女性的敏感聰明和關注女性的直覺，她能夠看到造成女性不幸的原因與男人有直接關係，表達出她鮮明的性別意識和女性作品的主題。

2. 導演的詮釋與電影的主題

《城南舊事》原作小說中有五篇短篇小說，描寫英子童年的北京生活。導演選擇了其中三個故事，表現人生的生死離別。第一個故事是小妞及瘋子秀貞的故事，最後以秀貞帶着小妞出走被火車軋死結束。第二個故事是有關小偷的故事，英子在荒草園認識了以偷東西來養家糊口的小偷，後來小偷被抓，生死難料。第三個故事是小英子的父親去世，宋媽要回老家。導演選擇這三個故事匯集於一片，突出了離別的主題。

影片巧妙地借助三個離別故事，用鏡頭和體現老北京特色的景物——長城、香山紅葉、駝隊、井窩子、毛驢、人力車、荒草園、轆轤等來表現離別的主題。

3. 導演吳貽弓的詮釋

導演抓住了原作童年的回憶這個焦點，明確了自己的創作意圖。在編創過程中，吳貽弓說自己一直沉浸在作者心靈的童年裡，也一直沉浸在自己心靈的童年裡。可見，原作作品中作者的經歷，激發了導演自己的童年記憶，找到了和原作的共鳴點，激發他改編電影的創作慾望。

評論界普遍認為，《城南舊事》電影作品不失為一部值得觀眾反覆回味的好作品。因為電影忠實原著，兩者相互輝映，所以看過影片就仿佛讀過原著一樣。

但是，作者個人的女性性別意識沒有在電影中得到體現，電影在這方面和原作有了很大的差別。

任何種類的藝術作品創作，都是要體現創作者主觀詮釋的角度和創作的意圖，導演把小說作品改編成電影作品就是在原作基礎上的又一次創作，必然要突出導演個人對原作的解讀和詮釋。

課堂活動

閱讀小說《城南舊事》，分析作者對女性的描寫，感受她的女性意識。比較電影作品，談談電影和原作在這一方面的差距，分析其原因。

二　《霸王別姬》的主題與書寫意識

1. 作者的書寫意識

　　小說《霸王別姬》的作者李碧華是一個地道的香港人，在整部作品中，嘗試透過性別／政治去描述香港與中國內地的關係，表現香港人的一種民族認同觀念。作者在小說裡展現了香港特定的歷史時空和文化脈絡，小說後半部加上一九八四年段小樓流落香港、最後與程蝶衣在香港重聚的故事。

　　李碧華沒有經歷過真實文革，作品中對時代、社會狀況的描述，是根據歷史文獻加上主觀的感覺描寫出來的。從小說的一些描寫中，可以看出作者的自我定位，作為一個香港人，李碧華在書中折射了當時的香港人對回歸後怎樣定位自身的真實想法。本土／民族意識可以說是小說作品要揭示的主題。

2. 導演的詮釋

　　電影的故事情節和小說前半部基本一樣，而刪去了小說後半部段小樓流落香港的故事，整個場景、故事都發生在北京，結局改為程段二人在體育場演出霸王別姬，程蝶衣自刎而死。

　　顯然，導演陳凱歌的作品和以香港為本位的李碧華原作小說的主題意識是不同的。電影是以中國人為本位的視點改編和拍攝的，在作品中徹底抹去了作者在原作中的香港意識。電影作品中絲毫看不出與香港回歸的任何聯繫。電影中霸王別姬戲的重點意義在於如何從一個本土中國人的觀點審視中國傳統文化在近代中國的經歷，或者說，審視中國傳統文化對個人命運的影響和作用。

　　陳凱歌對小說作了改動，在作品的主題寓意方面打上了他本人的鮮明印記。導演抓住了人物性格的特點“迷戀”這個焦點，找到了和個人相通的感受，激發了的激情，創作了電影作品。陳凱歌要突出展現的是一種人的典型性格——執着癡迷。外在社會的紛繁變化都不能改變和動搖一種人物的執着癡迷，這種性格成就了人物也毀滅了人物，決定了人物的命運。陳凱歌突出了人物性格偏執的特點，表現出人物在極限處境下作出的人生選擇、生存狀況和必然命運。

　　小說作者和導演之間的差異導致了小說作品和電影作品的差異，導演的詮釋決定了電影的主題。

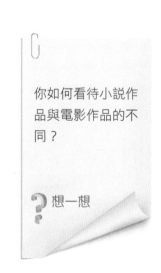

你如何看待小說作品與電影作品的不同？

? 想一想

文化元素及其作用

電影中的文化元素就是指電影中使用獨特的文化符號表現獨特的文化理念。

解讀電影作品包含的文化元素就是站在電影觀賞者的角度，解讀電影作品中包含的文化信息，幫助瞭解作品的深層含意。文化元素的解讀可以加深觀眾對不同文化的正確認識和辨別能力，從而提高對文化的敏銳性和感受力。

電影是一種文化融合的產物，具有民族的特色。有些電影的內容借用一些早期的敘事原型或神話素材作為創作的重要元素或者靈感，其中一些往往貫穿了我們的文化歷史，如花木蘭的傳說故事、三國、水滸的故事等被改編成了許多影視作品。此外其他音樂、繪畫、戲劇藝術形式等，都被作為重要的元素進入電影的製作。不同的文化元素，經過電影導演們的選擇被或多或少融入了電影中，還有一些成為了電影的骨架。

中國傳統文化元素，如色彩、場景、民族音樂、民俗儀式等在現代電影中表現出來，成為中國電影的特徵標記。比如，紅色在電影中的使用已經成為了一種中國傳統文化視覺符號元素。

音樂和樂曲也包含着文化的元素，比如京劇聲腔、唱念做打的程式、臉譜服裝，都是典型的中國文化的產物。《霸王別姬》中，中國傳統戲曲的特殊文化元素，又給這部電影賦予了不可模仿的中國傳統的文化特色，不但很好地體現了中國傳統文化的特色，而且將中國傳統的文化通過新的載體繼續傳承下去。

中國傳統文學的意境也是具有鮮明民族文化特色的元素。此外，在現代電影中出現的傳統民俗儀式也是中國傳統文化元素獨特的組成部分。一些色彩、場景、物件等文化元素被電影作品使用，不僅是為了畫面的好看，更是因為這些表達形式手段本身具有深刻和典型的表意功能，它們積澱和蘊涵了中華文化的歷史和民族的特性，成為作品表現主題、塑造人物重要的甚至是必不可少的組成部分。正如京劇的文化藝術造就了程蝶衣這樣的人物一樣，中國傳統文化的元素對一部具有中國特色的電影作品來說，成為了揭示作品主題、展現人物命運的必要手段，它們所發揮作用、所蘊涵的象徵意蘊是無法替代的。

電影作品的故事情節內容、景物的選取、色彩的運用、音樂和曲調的配合、武打動作的程式，等等，都可能從一個角度或者一個層面體現出文化的元素，對作品的成功有着重要的影響。所以，考生在分析評論一部電影作品時也要善於對電影作品中的民族文化元素進行細緻的分析。

電影賞析的一般步驟

一　簡介電影的情節內容

賞評一個作品，要先對作品進行一個簡明的介紹，用概括的語言對小說作品和電影故事的主要情節、主要人物進行簡要描述，必要時可以借助一些圖片資料、聲像資料來簡單、扼要、清楚地向讀者介紹作品的主要內容、重點情節等，目的是使後面將要展開的比較分析更加容易被聽眾理解、認同和接受。

第一步：概要介紹小說的故事和人物。

第二步：概要介紹電影的故事和人物。

第三步：概要介紹電影和小說在故事情節和人物方面存在的差別。

課堂活動

簡要介紹艾米的小說《山楂樹之戀》和張藝謀導演的電影作品《山楂樹之戀》的主要內容。

二　明確指出所要評論的主要問題，提出自己的看法和觀點

比如，你可以針對作品的結構形式進行比較賞析評論。先闡明一些相關的概念，說明電影的結構形式特點。電影的結構：按照蒙太奇規則構成的場面和段落，電影的結構形式可分為時空順序、時空交錯、單線結構、複線或多線對

比結構、多側面多視角立體網絡式結構等。

敍事電影常常採用傳統式結構，也叫戲劇式結構，主要借鑒和運用戲劇結構原理，有一條首尾相貫的情節主線，有起承轉合的高潮和結尾。不過和戲劇相比，電影有表現的優勢：蒙太奇的電影語言，使舞台上不能表現的東西，在電影中得到表現，使電影不受時間和空間的限制，有更大的轉換自由，表現力更加豐富。另外，電影能將鏡頭最大限度地迫近人物，用特寫的手段表現人物臉部最細微的表情，鏡頭的特殊作用，彌補了話劇舞台視覺效果的不足。

此外，電影也可以採用非傳統的結構，就是任何非戲劇式結構之外的其他結構形式，如小說式結構、散文式結構、時空交錯結構以及“意識流”等其他非戲劇式的結構形式。

你要根據特定作品的具體特點，進行細緻深入的分析，展開有理有據的口頭賞評。

 寫作練習

閱讀《山楂樹之戀》，比較小說原作和電影，你認為這部作品中的哪一個方面最能引起你的注意？你想針對什麼問題談談自己的看法？根據自己的看法寫出一個提綱。

三 **舉出作品中實際的事例進行具體分析**

比如，分析這個結構特點具體細微的表現是什麼，明確所舉出的例證的詳細準確的情況，加以清楚的描述，增加說服力和可信度。

以賞析《城南舊事》的結構為例：

第一步，比較小說的結構與形式特點：長篇小說《城南舊事》由《惠安館》、《我們看海去》、《蘭姨娘》、《驢打滾兒》、《爸爸的花兒落了》五個既獨立又連貫的短篇小說組成。作者按照時間先後的順序，講述童年的故事。作品採用了回憶往事的書寫形式，表現了作者對童年生活的懷念和對往昔的追憶。

第二步，分析電影的結構形式特點：電影的改編，採用了"串珠式"的結構，把三個沒有因果關係的故事順序串聯在一起。每一個故事都是起於相遇，終於告別，都是一首離合曲：跟秀貞和妞兒告別，跟"他"告別，跟爸爸告別，跟宋媽告別，跟自己的小學生涯告別，跟童年告別……電影與小說的結構形式相同，也採用了回憶往事的方式，敘述角度是第一人稱視角，從頭到尾都是小姑娘林英子一人敘事。

第三步，明確自己的看法：你如何看待這種結構的形式？特點是什麼？對作品的主題、人物、情節起到了什麼關鍵的作用？

四 展開自己的議論和評述

可以就小說作品和電影作品展開比較，也可以把一部電影和另外的電影作品展開比較評論。在這一部分裡，要敢於提出自己個人的見解，善於從一個觀眾的角度對自己選定的主要問題進行全面分析和評論。

課堂活動

你有沒有看過一些好的小說被改編成令人失望的電影？想一想是什麼原因導致了這樣的結果。給予分析和評論，完成下表。

問題	作品實例	評論
有一些人物角色的出現幾乎沒有任何意義		
增加了一些新的場景，想要表現小說的重要內容，但是沒有表現出來		

Part 3

問題	作品實例	評論
本來應該有一個很好的情節、場面出現，但是電影讓人感到失望		
儘管有明星演員，電影還是沒能把握住小說人物性格的複雜性		
影片的主題偏離了原作的創作意圖和精神內涵		
其他		

寫作練習

根據下面的題目，寫出一篇賞析評論的演講提綱：

1. 分析影片中空間環境的象徵寓意。

2. 舉例說明影片中鏡頭運用的巧妙之處。

3. 光與色在影片中有哪些作用？

4. 觀看這部電影對你的生活有什麼影響？

第 26 講 ｜ 口頭表達的簡介

學習目標

明確口頭表達的具體要求

熟悉口頭表達的評估標準

本課程針對這一部分的學習內容，設計了個人口頭表達的評估方式，目的是訓練和培養學生的口頭語言表達能力。課程要求學生針對這一部分中已經學過的不同文體的作品，選擇自己喜愛的一部或幾部作品為基礎，設定一個角度、選擇一個論題、採用一種恰當的表達方式，對這個論題進行口頭表達，展示自己對作品的理解。

教學目的

本課程設立以口頭表達演示的方式對所學作品進行考核評估的項目，目的是為了在文學課程的學習中，有效地提高學生獨立認知能力和具有批判性的思考判斷能力，培養學生對所學的文學作品能夠使用口頭語言表達方式清晰、流暢、生動準確地表達出自己的分析、評論、闡述。

在口頭表達演示活動中，提倡學生面對文學作品能夠有一種即興的、自發的、個性化的、有獨特見解的表達，這樣的表達可能是感性的、個人情緒化的，正因為如此它也是非常寶貴的。我們知道，在以往的評論寫作過程中，因為有了更多的考慮、修改和比較長時間的精心準備，那種初讀文學作品時產生的直觀、即興、衝動、激情的感受往往被掩蓋、沉澱或者磨滅掉了，變成了更加理性的東西。從這個意義上講，自發、即興地對作品進行口頭賞析與批評活動更能見出一個學生對文學作品個人的見解和思考，這是其他的評論形式所不可替代的。

其次，口頭的賞析批評活動具有更加自由和靈活的特性，更加符合不同程度、不同特點的學生以自己最擅長的方法表達自己對文學作品的感受、評價和論述。不同的學生可能有不同的學習習慣，接受知識的方式不同，表達自己觀點看法的方法有所不同；採用各種不同的口頭表達演示方法，就可以適合不同學生的不同特點，使他們更好地利用自己的所長，創造性地表達對作品的理解、詮釋和批評，更加深入瞭解所學習的作品，提高文學藝術的鑒賞力。

口頭賞析評論的學習，提供給學生更多機會去學習更加豐富、不同種類和樣式的作品，鼓勵學生從自己的角度理解分析，對作品作出獨立的、言之成理的、具有個人見解的表達演示。以這樣的方式培養學生對一種既定的看法、約定俗成的文學定論進行個人的反思、判斷和批評的能力，養成對現存的結論和觀點敢於提出質疑、提出自己的看法，能夠進行深入細緻的分析判斷，反對人云亦云、全盤接受的學習習慣。

在口頭的表達演示活動中，學生有更多的機會練習他們的口頭語言表達，熟悉和掌握口頭表達的規範技巧，學會如何抓住聽眾的興趣和注意力，學會如何和聽眾進行直接的交流，學會如何回應聽眾的問題，提高個人口頭表述的自信心和實際能力。這一些基本的能力和素養，越來越成為一個人整體素質中必不可少的一個部分。

教學的具體內容

1. 普通課程的考生要選兩部作品，高級課程的考生要選擇三部小說，進行閱讀賞析，瞭解作者的創作意圖，作品的內容和風格特色、藝術價值；針對根據文學作品——小說原作改編的電影作品，進行閱讀、分析，瞭解導演改編創作的思路和對原作的把握與理解。

2. 對小說文本和電影作品進行認真的比較分析，找出將文學作品改編成電影時導演對原作的取捨、改編的具體內容，哪些部分被吸取、哪些部分被捨棄。

3. 批判性地分析研究這些取捨選擇的現象，探討其原因、影響選擇的因素、效果與目的，分析和評價這樣選擇的利與弊何在，值得借鑒的經驗和值得吸取的教訓是什麼。

4. 瞭解電影表現手法與技巧的使用，掌握電影的語言特色，如象徵手法、蒙太奇、電影音樂的運用等，分析和評價文化元素在作品中使用的效果。

5. 在課堂學習的基礎上，鼓勵學生們選擇自己感興趣的話題進行深入研習，比如，作品中的現象與我們的生活有什麼關連，電影反映了生活中的什麼問題，對我們的生活和社會發展起到了什麼樣的作用，電影採用了什麼樣的手段和方法表現出上述的一切，表現的效果與作用如何，等等，最後以口頭表達演示的方式，將研習的結果展示出來。

6. 培養學生比較分析電影和文學原著的能力。通過學習，可以培養學生以下幾種能力：批判性地比較分析電影和它們的文學原著，探討為了一部電影改編的需要而對一部文學作品進行取捨改編的原因和理由；理解作品人物如何在具體時間和空間中發生演變和發展；理解電影中對象徵手法的運用，瞭解這些手法從一種媒體如何被轉移到另一種媒體；瞭解並評價一些重要元素，例如電影中的音樂、音響和蒙太奇。

口頭表達的演示要求

這項評估的目的是提高學生在未來實際應用中口頭語言運用的能力和表達交流的自信心。所以你不只是要選擇和準備將要演示的材料，也要考慮使用何種適當的表達方法，還要考慮採取適合論題的活動形式。你需要認真考慮你選擇的話題是否適合聽眾，你的演示是否能引起聽眾的興趣，你要考慮聽眾可能會對這個話題提出一些什麼樣的問題。

首先要選擇一種恰當的、和所要演示的作品風格和內容相互適應的演示方式，還要運用一些演示的技巧來吸引聽眾的興趣，比如一些輔助的手段，一些身體語言包括手勢、動作、表情、眼神，等等。使用的語言必須適合演示活動的類型和特點以及傳遞的內容：如果考生試圖採用角色扮演的方式轉述一個人物角色的聲音，就可以使用一種非正式的語體；如果考生選擇作一個話題的分析評論演講，就應該採用正式的語體。

口頭表達演示可以選擇單人、雙人和小組的方式進行。但是每個考生都必須保證有 10 — 15 分鐘的演示時間，有充分的表現機會達到評分標準的各項要求。決定選用小組方式進行演示的考生，一定要考慮到這個要求。演示應該是在班級中面對聽眾進行，演示之後緊接着要有一個相關的話題討論活動。

考生在任何情況下都不能照着準備好的講稿來讀，這是評分標準中嚴格規定的一項要求。

如果你選擇角色扮演的方式，就需要進行一個意圖說明，解釋你採用這種方式要達到什麼樣的演示目的，以及達到了什麼目的。如果考生使用一些輔助手段進行演示，如圖片、電影片段、電子海報（PPT），應該明白什麼才是正確有效的使用方法。比如，考生不能照讀電子海報的內容，而應該熟悉自己要演示的內容，隨時保持和聽眾的交流。

不同的考生不能重複演示相同的內容；考生要把演示當作正式的考試來嚴肅對待。演示時間為 10 到 25 分鐘，包括提問和討論。不允許過多超出規定時間。

口頭表達的評分規則

在口頭表達演示的準備與練習過程中，考生必須熟悉和掌握評估的各項要求和標準。共設 A、B、C 三項，每項最高分為 10 分，三項總共 30 分（《指南》第 61 − 62 頁）：

A. 對作品的瞭解和理解

考生在何種程度上顯示出對用於表達的作品的瞭解和理解？

B. 表達方式

考生在何種程度上注意到了有效與適合的表達方式對這項活動的重要性？

考生在何種程度上運用了吸引聽眾興趣的策略？（例如聲音的清晰程度、目光接觸、手勢、對輔助材料的有效運用）

C. 語言

語言的清晰和適當程度如何？

語體和語言風格在何種程度上適合所選擇的表達？

A. 對作品的瞭解和理解：理解作品、掌握知識

此項標準意在考查考生對自己選取的口頭表達演示作品的內容是不是有深入、透徹、準確的理解，是不是全面、充分地掌握了具體作品所涉及到的相關知識。考生必須在自己的口頭表達演示中明確地表現出來。

B. 表達方式：方法技巧、演示效果

此項標準意在考查考生對自己的口頭表達演示要採用的形式是不是進行了有目的的選擇，在演示的過程中是不是使用了一切恰當的演示技巧和方法（比

如，演示方法、表情動作、展示手段、輔助材料的運用，等等），這些選擇和使用是不是非常符合考生所演示的內容，是不是達到了有效地表達作品的內容、展示自我的觀點和見解、吸引聽眾、達到互動交流等效果。

C. 語言：清晰準確、語體吻合

此項標準意在考查考生對自己的口頭表達演示所運用的語言形式是不是具有明確的意識，比如：考生用來演示的詞語、句子是不是準確、清楚和明白；是不是採用和口頭表達演示相適應的語氣、語調、語音；這些選擇是不是符合所演示的作品的內容、情感和考生的觀點評論；考生個人的語言風格和特色是不是有機地融進了考生的演示，對考生的演示增添了色彩，達到了最好的演示效果。

高級課程和普通課程的評分標準有所不同，雖然考查的技巧內容相同，但是高級課程要求考生對話題的理解更加深入，在表達方式、風格特色上要更加周密，在和聽眾的交流上使用更加有效的方法。

在新的指南中，個人口頭評論和個人口頭表達的評分標準不再完全一樣，而是有了變化。特別是對高級課程的考生，個人口頭評論共有兩個部分，和普通課程考生的評分標準有了明顯的區別，請師生明辨。

論題選擇

個人口頭表達的評估，要根據自己學校第四部分選擇的作品內容來完成，選擇題目的範圍廣泛自由。選題的原則大致有三個：

首先是要選擇自己感興趣的作品；其次，要考慮題目的大小適當，容易展開深入細緻的演示；還要考慮演示的具體的方式，可以採取正式的個人專題演說的形式，也可以採取更為靈活多樣的演示手段，比如角色表演、作品改編創作的表演，等等。個人口頭表達和個人口頭評論考試的區別在於，後者是一種文學作品評論的口頭表達，前者是一種個人理解基礎上的創意演示，更加自由靈活。

一般來講，考生可以針對文學作品內容與形式各個部分進行個人口頭評論演示。如作品的文化背景、主題問題，作品創作技巧、風格特色的問題，作家對自己作品的評價看法問題，從不同的角度以不同的觀點來詮釋作品的問題等，都可以是演講表達的選題對象。

無論選擇了什麼題目，都要體現出考生對作品透徹的理解、對適當的演示活動方式和良好的交流策略的掌握。

演示活動的方式

從上編可知，本書考慮到考生的興趣和課程的要求，選擇了小說與電影文學作品來完成這一部分的學習和考試。

一 口頭表達演示自己創作的作品

選擇其他選項的考生可以根據自己所學的文學創作的知識，遵循某種文學體裁和風格來撰寫一個自己的作品，並對它進行口頭表達演示。

比如，選擇一首正在學習的詩詞為對象，對它進行表演，或者模仿這個作品進行創作寫作，演示的同時，考生要作一個詳細的創作意圖解說，清楚地解釋自己這樣做的原因、動機、目的是什麼。

對學習"電影與文學"為內容的考生來講，考生可以根據小說原作的一個片段，按照自己的理解，使用電影的語言手段，自己改編製作一個電影的片段，然後對這個電影片段進行口頭表達演示。值得注意的是，演示的同時，考生要作一個詳細的創作意圖解說，清楚地解釋自己這樣做的原因、動機、目的是什麼。

你的演示可以談論電影作品如何對小說原作進行了哪些方面的改編，目的和效果如何，或者談論你的作品中使用了哪些音樂、鏡頭等手段，起到了什麼樣的作用和效果。

你的演示要表現出你對小說原作的理解、對電影語言手法的知識與運用的瞭解掌握。

二 口頭表達演示本部分學過的作品

1.針對一個作家某一部作品的某一個特別的方面作出詮釋。考生可以對一個導演改編的電影中的每一個方面進行口頭表達演示，評價其作用效果、成敗優劣。

樣題：從《城南舊事》電影看小說作家的性別意識能否在電影改編過程中保留。

2. 對一部作品已有的某種詮釋進行考察和分析。考生可以對一部電影的某個已有定論的方面進行口頭表達演示，表達自己的看法。比如，人們都認為某一個電影作品的音樂非常成功，但是你有自己的看法，你可以對此進行口頭表達演示。

樣題：《城南舊事》的電影插曲對於表現小說原作風格的作用。

3. 根據詳細資料，研究某一位作家特定作品的創作背景或者政治觀點和傾向。你可以談論一個導演（編劇）為什麼要對小說進行這樣的改編，這改編體現了導演（編劇）什麼樣的觀點和傾向，電影的導演是如何詮釋小說原作的。

樣題：從電影《霸王別姬》中人物的結局，看導演陳凱歌的思想傾向與創作觀念。

4. 針對一部作品中具體的形象、文學的技巧和手法及其使用的意義作用等進行口頭表達演示。我們在上編分析了小說和電影中的一些文學手法的使用問題，你可以根據具體作品的實際情況進行自己的口頭表達演示。

樣題：小說作品中的象徵手法在電影中是如何使用的？

5. 選取作品的兩個片段、兩個章節、兩個人物，進行比較演示。你可以選取一個小說的章節，和與其內容相應的一個電影片段進行比較，說明電影對小說改編的情況或者各自的藝術效果。你也可以選取兩個電影的片段，說明某種電影、文學手法和技巧的使用及作用。

樣題：比較小說《山楂樹之戀》的開頭和電影的開頭。

6. 展示出對同一部作品的兩種相互對立的、不同的觀點和批評，介紹對一部作品相互對立的兩種解讀。

樣題：兩個同學可以結合成一組，從不同的角度對同一個電影的片段表達自己的看法。

7. 選擇某個作品關鍵部分的人物所說的一段獨白或對白，進行分析和評論；演示一個作品中的人物，採用回憶的方式對往事進行追溯、反思。你可以改寫或者增加一段人物的獨白，演示一個人對過往的回憶。

樣題：角色扮演程蝶衣在自殺前的一段獨白。

8.演示一位作家針對他人對自己作品中的一些內容作出的詮釋進行反駁或者辯解（可以假想這位作家正在一個法庭上，為自己的作品被誤解作出自己的辯護；作家面對檢查機關對自己作品檢控的不實之辭和罪名，進行辯解）。

樣題：電影《活着》的導演（或是小說作者）發表的一個公開演講，抗議作品遭到了封殺。

值得注意的是，考生的選擇並不僅僅限於上面的相關建議和提示，考生完全可以創造性地自行選擇自己喜歡的、自己擅長的方式來演示有獨到見解的話題進行個人的口頭表達活動，前提是考生必須能夠充分解釋清楚這樣做的理由。

課堂活動

從課堂上學習過的一個作品中選取一個片段作為口頭表達演示的對象，課後進行充分的準備。在小組中進行演示。徵求同學們對自己演示作品的反映和建議。

第 27 講 ｜ 口頭表達的準備

準備口頭表達的步驟

一 找到感興趣的作品

個人口頭表達的考試，需要花費很多的課外時間進行充分的準備才能成功。首先要選擇一部自己感興趣的作品。這就要求考生在開始學習第四部分作品的時候就要有所準備。在平時的學習中，養成隨時記錄的習慣，記錄當時感興趣的、有意思的話題和內容，在日後選題時可以作為參考。選定所要演示的作品或者作品的片段，選擇自己感興趣的話題。

二 選擇恰當合適的話題

在一個口頭的演示中，不可能就整個作品來談，所以要從作品中選擇一個角度、針對一個具體的話題作為演示的內容。比如，針對人物形象的塑造、針對作品的表現手法、針對作品的主題或者風格，等等。一定要找到一個焦點，選擇一個合適的角度。

三 對照評分的標準，考慮自己所講的內容是否合乎各方面的要求

雖然不同形式的口頭表達演示因為所選題目性質和範圍的不同有着不同的側重點，但是，整個口頭表達演示的考核對所有考生有三個共同的重點要求。前面我們已經在評估的項目中有所說明。根據評分的標準，無論所選擇的題目和表達形式如何，均要求考生表現出：

1. 對所選作品的知識（包括內容和藝術特色方面）的全面掌握，對作品有詳盡透徹的理解。

2. 對所討論的話題採用適當巧妙的形式加以演示，吸引聽眾的注意，產生好的效果。

3. 運用恰當的語體、語氣、詞彙、語調、句子結構、成語等準確表達自己的內容。

四 選擇適當的演示方式，利用和發揮自己的專長和特點

確定自己演示的形式和方法，無論是課堂演講、角色表演，還是其他形式的創作，都要認真考慮，一方面要適合演示的內容，另一方面可以配合自己的特長。考生自己有責任選擇個人最喜歡和拿手的方式。喜歡戲劇表演的同學可以結合角色的扮演完成個人的口頭表達演示；喜歡自我創作的同學可以製作自己的作品完成這項活動；長於議論的同學不妨選擇個人演講和討論的方式演示自己的論題。但是要明白，形式是為內容服務的，自己選擇的方式一定要能夠很好地表達自己的內容。

五 把自己的選擇綜合在一起，列出一個表格來，進行審查

針對話題的要點，寫出計劃或者是一個演講的提綱，然後可以和同學商量，修改細節，加以明確。當自己認為考慮成熟後，就可以和老師約定時間。（如右表）

六 完善內容

和老師進行交談後，針對自己的演講話題廣泛搜集資料，完善自己的計劃和提綱的內容；把搜集到的材料加以整理、加工充實到自己的演示內容當中。

七 設計表達演示的整體結構

將材料組織在一個連貫一致的結構中。個人口頭表達演示的組織結構在很大程度上取決於所選擇的論題以及和話題相互適應的活動方式。有些活動，例如有組織的討論和口頭表達，很適合採取有邏輯順序的正式討論的結構形式，而另外一些活動，像角色表演，就不適合採用這種結構方式。選擇一個恰當的、巧妙的形式，把自己的演示納入一個完整的整體結構，對口頭表達演示的成功是極為重要的，考生一定不要忽略了這個要求。無論選擇了哪一種活動方式，演示的整體結構都必須完整統一，連貫一致。

選題計劃表

日期：＿＿＿＿＿＿＿＿＿　　　姓名：＿＿＿＿＿＿＿＿＿

項目	具體內容
選講作品	
講論題目（或選題設想）	
表達方式的設想及具體規劃	
如何滿足評分標準的要求	
所需材料和設備	
講述概要（講論提綱或結構安排）	
教師審核意見	

Part 3

課堂活動

請每個同學說一句話："你聽見了沒有？"大家觀察，他說話時：帶着什麼樣的表情、在什麼樣的場合、面對什麼樣的對象？並請說話者來回答：你在對什麼人說？你想表達什麼感情？什麼樣的態度？你的話達到了什麼目的？產生了什麼效果？

提示

通過這個練習我們可以明白什麼是語氣。語氣就是說話人的口氣，由此直接傳達出說話人的情感和態度。相同的一句話，用不同的口氣說出，就會表達出不同的情感信息，表現出不同的意味和意思。有兇狠、刻毒的語氣——威脅，聲色嚴厲的語氣——質問，親暱、輕佻的語氣——撒嬌，可憐巴巴的語氣——乞求，可見，語氣就是感情，就是態度，就是意思和意味。用不同的語氣，可以表示不同的情感態度。

八 為表述選擇適合的語氣，確定後要加以反覆演練

在閱讀作品時，要借助作品中的具體描寫把握文本的語氣，比如要看字詞的感情色彩、句子的結構、節奏的快慢、修辭手法的運用包括比喻、誇張、象徵、抒情、感歎、排比，等等。

在口頭表達演示時，要利用表演者的聲調、語音、句式、敍述的語調來突出自己的語氣。演講者要注意體會所演示的內容，揣摩敍述者的身份、心理和語言間的密切關係，要注意語氣的變化合乎內容的要求。

精心準備

一 演示提綱

首先，你的演示要有一個整體的規劃，在開始之前要想好以下幾個問題：

1. 你為什麼要談這個話題？話題的意義何在？你通過這個話題的演示想要達到一個什麼目的？說明一個什麼道理？解決一個什麼問題？表明一種什麼情感、觀點？得出一個什麼結論？

2. 明確提出你的話題。你要演示的具體對象是什麼？你演示的核心問題 / 內容是什麼？你打算從哪幾個方面、哪幾個層次來展開演示這個話題？

3. 你有哪些相關的材料、哪些輔助的道具、哪些必須使用的手段來協助你演示自己的話題？

4. 你能舉出哪些作品中的實際例證來論證你的話題？你的聽眾對此將會有什麼樣的反應？

準備好了以上的問題，你就可以考慮和老師進行一次交流，談談你的計劃。

一般來講，你要寫出一份表演或者演示用的提綱。如果你是要對一個話題作一個專題的口頭演講，你最好寫出一個完整的講稿。如果你要把文本作品改編為一個電影作品，你需要寫出一個劇本，這些必要的準備都有助於你很好地進行你的演示活動，成為你取得成功的一個保證。

二 自查項目

在你的寫作過程中思考這樣的問題：

1. 你的演示重點是不是突出？觀點和態度是不是鮮明？

2. 你的演示活動是不是連貫和流暢？每一個段落或部分之間是如何上下聯繫的？有哪些動作、表演、詞語和句子起到了承上啟下的作用？

3. 你如何分析、評論、演示你的對象或作品的？闡述出了你個人的哪些觀點和見解？這些見解和觀點能不能打動 / 吸引 / 說服你的聽眾？

4. 假如你的聽眾向你提出問題，那會是一些什麼問題？你準備如何回答？

5. 在演示的最後，要對自己的演示有一個明確的概括，你可以用什麼樣的語句、動作或表演給你的聽眾留下深刻的印象，使自己的結論更加有說服力？

6. 當你完成了你的演示準備工作後，你要問問自己，你的演示有沒有達到你最開始的目的？你需要哪些必要的補充和完善？

課堂活動

　　兩人一組，根據下面的演示話題，安排一個口頭表達演示活動，討論一下你們該如何進行相應的準備。

　　就《局外人》"海灘殺人"的片段內容，進行你們的口頭表達演示活動，請就此做出必要的準備。這個作業分為三步：

　　第一步：課外準備。

任務	具體內容	方法
選擇合適的材料		
選擇合適的形式		
組織完整的結構		
選擇適合的語體、清晰的語言		

　　討論並反思：

　　1.你的材料充足嗎？

　　2.你的形式是否合適、新穎，是否有創意，有吸引力？

　　3.你的結構完整連貫嗎？

　　4.你的語體、語調、語氣、詞語‧句子準確明白嗎？

　　5.你的表情、動作、表演豐富多樣、恰到好處嗎？

　　第二步：課堂表演——各組進行表演，請其他同學現場觀看。

　　第三步：課堂討論——全班同學發表觀感，提問、展開討論，給予評議。

第 28 講 ｜ 口頭表達的演練

學習目標

完善口頭表達的設想規劃

進行有效地自我演示練習

　　在本書的第三部分，我們選擇了"電影與文學"的內容，所以要求考生根據這一部分的內容完成個人口頭表達演示考試。如果你也選擇了同樣的內容，下面的練習內容你可能輕易地完成。如果你沒有選擇相同的內容，你可能會從下面的方式上得到一些有用的啓發。

日期：＿＿＿＿＿＿＿＿　　　姓名：＿＿＿＿＿＿＿＿

選講作品： 根據林海音同名小說改編的電影 《城南舊事》	談當代中國小說和改編的電影作品之間值得關注的問題
選題設想： 1. 改編取捨了什麼？會不會影響對原作的閱讀與接受？ 2. 風格特色如何體現？ 3. 人物的內心活動如何表現？ 4. 象徵手法如何使用？ 5. 時尚的表現手段會不會影響原作歷史時代感的表達？ 6. 電影是如何表現文字書寫的結構，增強敘述故事的效果的？	哪一個題目可以用來作為你的個人口頭表達的題目？
表達方式的設想及具體規劃： 1. 用電子海報作一個正規的個人演講，對改編作一個批判性的反思 2. 選取一個電影的片段進行分析 3. 扮演電影中的一個人物角色，表現人物的內心活動 4. 對作者或者導演作一個假設的訪問	哪一種方式你會採用？
如何滿足評分標準的要求： 1. 引用原作的一些文字片段、圖片；精選電影的一些場景、鏡頭；播放電影的插曲和畫外音 2. 設計一些問題和聽眾互動、吸引聽眾參與；眼神和手勢的輔助 3. 引用一些精彩的評論語、採用各種句式 4. 聲音要響亮、動聽	你會如何選擇和使用？
所需材料和設備： 電腦、電子海報、電影片段、顯示屏幕、音箱、圖片	你怎樣進行準備？
講述概要（提綱或結構安排）： 1. 作小說作者介紹、作品重點介紹、電影導演介紹、自己的論點介紹或創作表演意圖的說明，介紹自己的設想、理由、目的 2. 分三個部分介紹自己的觀點，每一個部分側重一個角度；或者展開自己的演示、深入地展示自己的理解 3. 作出一個結論，請聽眾提問，並回答提問	你的結論是什麼？你能不能達到你的目的？ 你準備如何回應聽眾的提問？

Part 3

請根據以上的內容進行自我練習。

二 內容要求

1. 明確演示的對象，確立自己的觀點。

2. 簡要概括要點：比如要比較和評論一個影片的改編，先要對這個作品的原作和改編的電影有一個概括的介紹，給聽眾清楚明白的印象。

3. 充分表達和演示：對藝術特色和風格、傳統手法的繼承運用、個人風格的獨特創新等方面的問題，用生動的實例、新穎的手段展開演示。

4. 見解獨到：對於作品的影響、效果、作品內涵意蘊、對社會問題的觀察評價、對人生問題的感悟等方面，敢於和善於表達個人的見解，不只是重複已有的定論。

充分演練

一 表述的方式

1. 你準備用什麼樣的口氣來講？嚴肅？親切？如何引入話題？如何吸引聽眾的注意？如何讓大家參與思考？

2. 你使用的詞彙、句子正確嗎？意思明白準確嗎？

3. 你的速度和音量恰當嗎？聽眾會有什麼樣的反應？

4. 你要分幾個部分來講？哪一個部分是你的高潮？哪一個部分是你的重點？在重點部分你會用什麼樣的手段確保突出了你的觀點，讓聽眾充分注意到？

5. 你如何回答聽眾的提問？

6. 最後，你會採用什麼樣的方法結束你的演講，給人留下完整、清晰、生動的好印象？

二 語言的要求

1. 句子宜短不宜長，句子中詞語的順序要恰當。

2. 速度宜慢不宜快，把自己對作品的理解和感情色彩加上。

3. 不要生造詞語，不明白的內容不要講。

4. 把概括的語言和舉例的語言分開，引用原作要用朗誦的語調突出。注意語氣、語調、語句、語詞的使用，突出個人的風格。

5. 回應現場提問，注意方式方法，注意態度、口吻。

6. 口頭表達演示的結構完整，有條理、有層次，注意關聯詞語、過渡句子的使用。

7. 形式與內容的結合，相得益彰，相互促進，要錦上添花，不要畫蛇添足。

自我評議

一　審視以下幾個問題

1. 你為什麼要談這個話題？話題的意義何在？你通過這個演講要達到一個什麼目的？說明一個什麼道理？解決一個什麼問題？

2. 明確提出你的話題，你要針對哪一部作品、哪一個方面、什麼問題準備你的演示？

3. 你要演講的核心問題是什麼？你打算從哪幾個方面、哪幾個層次來談這個話題？

4. 你如何舉出作品中的例證來論證你的話題？

5. 你的每一個段落之間是如何上下聯繫的？有哪些詞語和句子起到了承上啓下的作用？

6. 你如何分析和評論你的例子？闡述哪些觀點和見解？這些見解和觀點能不能說服你的聽眾？你使用了什麼樣的語調、語氣、詞語和句子的結構表達出你對作品什麼樣的感情和解讀？

7. 在演講的最後，要對自己的內容有一個概括，明確提出結論。要明白自己的分析和舉例都是為了使自己的結論更加有說服力。

8. 結束前問自己：演講有沒有達到最開始的目的？聽眾會不會同意你的結論？會有什麼問題提出？你會如何回答？

二　個人口頭表達程序

1. 個人選定所講作品、片段，確定選題。

2. 與老師約談並確定題目。

3. 寫出講稿，也可以準備一些 PPT（電子海報）、圖片等輔助你的口頭表達。但是要特別注意合理使用電子海報，要把它作為你口頭表達演示的輔助工具，不能過於依賴它，不能把它作為你的底本照本宣科，而忽視了你和聽眾的及時交流。

4. 請老師審閱講稿，個人進行修改並加以練習。

5. 課堂上獨立演講不超過 10 分鐘。

6. 大家參與提問，對你的論點、論據和結論提出意見，約 5 分鐘。

7. 回答提問，解答相關的問題。

8. 老師在現場對考生進行評估。

參考樣板

請仔細閱讀下面的選題計劃樣板：

第四部分：自選作品

第三個選擇：文學與電影

個人口頭表達選題計劃（見下頁）

選講作品： 小說：《活着》作者余華 電影：《活着》導演張藝謀	電影與文學——比較兩者的敘述手法
選題設想： 電影與文學 ——比較兩者的敘述手法	目標： 比較電影和小說的敘述策略與手法，主要集中在以下幾點： 1. 小說和電影的敘述角度： 小說採用第一人稱的手法，電影採用第二人稱的手法；第二人稱的敘述是否更加客觀？第一人稱的小說傳達的信息比第二人稱要少？我們從小說得到的信息要比電影少嗎？ 2. 小說和電影中的場景描寫： 聲音和圖像構成的場景描寫要比小說中更吸引讀者嗎？聲音和圖像在電影作品中扮演了什麼樣的角色？小說中文字描寫的場景因為沒有了聲音和圖像的元素就減少了吸引力？
表達方式的設想及具體規劃：扮演電影中人物角色 演示的步驟：寫一個腳本，在班級進行表演，每人扮演一個電影中的角色演示	重新寫作一個電影中的場景描寫片段，然後演示出來。我們對現有的場景片段不太滿意，希望找到更好的途徑連接小說和電影，更好地表達小說的情感，突出小說的主題
如何滿足評分標準的要求： A. 引用原作的一些文字片段、圖片；精選電影的一些場景、鏡頭；播放電影的插曲和畫外音 B. 設計一些問題和聽眾互動、吸引聽眾參與；眼神和手勢的輔助 C. 引用一些精彩的評論語、採用各種句式；聲音要響亮、動聽	1. 引用原作的一些文字片段 2. 精選電影的一些場景、鏡頭；播放電影片段 3. 設計一些表演的動作眼神和手勢，吸引聽眾 4. 聲音、語氣、語調符合人物的性格特點，要響亮、動聽
所需材料和設備： 電影片段、顯示屏幕、音響設備	一些必要的舞台道具
講述概要（提綱或結構安排）： 作一個創作表演意圖的說明，介紹自己的設想、理由、目的	意圖說明： 在表演開始之前，向老師和聽眾做一個意圖說明的講解，說明為什麼要選這個話題、採用這樣的演示形式的目的是什麼

課堂活動

　　電影《活着》因為各種原因被禁止上演，作為導演（或是小說作者），你要發表一個正式的公開演講，說明作品為什麼不應該被禁止上演，抗議作品遭到封殺。請完成下列步驟：

1. 請根據你的演示內容，填寫你的選題表格。

2. 完成演示活動。

國際文憑大學預科項目

中文 A 文學課程指導

第 二 版

2nd edition

國際文憑大學預科項目　IB DIPLOMA PROGRAMME

中文 A 文學課程指導

CHINESE A LITERATURE COURSE STUDY GUIDE

董 寧 ___ 編著

第二版　2nd edition

三聯書店（香港）有限公司

責任編輯　李玥展　鄭海檳
書籍設計　吳冠曼
排　　版　周　敏

書　　名　國際文憑大學預科項目中文 A 文學課程指導（第二版）（繁體版）（上、下冊）
編　　著　董　寧
出　　版　三聯書店（香港）有限公司
　　　　　香港北角英皇道 499 號北角工業大廈 20 樓
香港發行　香港聯合書刊物流有限公司
　　　　　香港新界大埔汀麗路 36 號 3 字樓
印　　刷　美雅印刷製本有限公司
　　　　　香港九龍觀塘榮業街 6 號 4 樓 A 室
版　　次　2012 年 1 月香港第一版第一次印刷
　　　　　2017 年 2 月香港第二版第一次印刷
規　　格　大 16 開（215 × 275 mm）下冊 248 面
國際書號　ISBN 978-962-04-4108-0（套裝）
　　　　　© 2012, 2017 Joint Publishing (H. K.) Co., Ltd.
　　　　　Published & Printed in Hong Kong
封面照片　© 2017 微圖

目錄

Part 3　電影與文學的賞析評論

下冊

Part 4　相同文體作品的比較分析

Part 5　翻譯文學作品的跨文化解讀

Part 6 文學經典的跨時代解讀

附錄

後記

Part 4
相同文體作品的比較分析

教學內容
- 第 3 部分：按文學體裁編組的作品

學生能力培養
- 瞭解並理解所學作品。
- 清晰瞭解所選體裁中的文學慣用手法。
- 瞭解所選體裁中將作品內容表達出來的文學慣用手法。
- 比較所選作品間的相似和不同之處。

（《指南》第 19 頁）

試卷二　論文（普通課程）評分標準

A 知識與理解
- 考生對與問題相關的在第三部分中學過的作品有怎樣的瞭解和理解？

B 對問題的應答
- 考生對論題的具體要求理解得如何？
- 考生在何種程度上回應了這些要求？
- 聯繫論題的要求，對作品的比較和對照進行得如何？

C 對體裁的文學慣用手法的鑒賞
- 聯繫論題和所採用的作品，考生在何種程度上識別和鑒賞了作者對文學慣用手法的應用？

D 組織與展開
- 對思想觀點的表達組織得如何，是否連貫並得到了充分的展開？

E 語言
- 語言的清晰、變化和準確程度如何？
- 在何種程度上選擇了適當的語體、風格和術語？

（《指南》第 38 － 40 頁）

試卷二　論文（高級課程）評分標準

A 知識與理解
- 考生對與問題相關的在第三部分中學過的作品有着怎樣的瞭解和理解？

B 對問題的應答
- 考生對論題的具體要求理解得如何？
- 考生在何種程度上回應了這些要求？
- 聯繫論題的要求，對作品的比較和對照進行得如何？

C 對體裁的文學慣用手法的鑒賞
- 聯繫論題和所採用的作品，考生在何種程度上識別和鑒賞了作者對文學慣用手法的應用？

D 組織與展開
- 對思想觀點的表達組織得如何，是否連貫並得到了充分的展開？

E 語言
- 語言的清晰、變化和準確程度如何？
- 在何種程度上選擇了適當的語體、風格和術語？

（《指南》第 46 － 49 頁）

第 29 講 | 把握文體特徵和概念術語

學習目標

熟悉長篇小說的體裁特點

理解和運用相關概念術語

　　本課程要進行兩次書面寫作評估：試卷一、試卷二。 試卷一要求對一篇沒有閱讀過的文學作品進行閱讀和分析，表達自圓其說的分析。 具體的要求及考核標準，我們已在本書第二部分作出講解。

　　試卷二要求對已經學過的兩部以上的作品進行比較評論，完成一篇論文。考核的重點在於，培養學生對文學作品全面深入的理解，對所選體裁的作品中使用的文學慣用手法有清晰的分析研究。能採用比較的方法，運用相關的文學理論知識作出有說服力的論述和評價。這就是本部分我們學習的內容。

　　從下面的表格你可以看出，新的課程和現行課程相比，這一部分沒有什麼大的變化，只是更加強調了考生對不同文學體裁的慣用手法和技巧的賞析。普通課程和高級課程的寫作要求也基本相同：

新指南	舊指南
Part Three: Literary Genres 按文學體裁編組的作品 SL 和 HL 相同： 試卷二： 一篇命題論文寫作，佔總分的 25% 規定時間： SL: 一個小時三十分鐘 HL: 兩小時	Program Three: Groups of Works 組別作品 SL 和 HL 相同： 試卷二： 一篇命題論文寫作，佔總分的 25% 規定時間： SL: 一小時三十分鐘 HL: 兩小時

　　考生可能會問，為什麼把試卷二叫作命題論文？這與試卷二的考試形式特點密切相關。在試卷二的考卷上，針對每一類題材作品都列出了三道論題，考生要根據自己所學，從同一題材的三道題目中選取一道，根據題目的具體要求

寫出一篇評論論文。也就是說，試卷二的論文是一篇回應命題的論文，所以我們把它稱作命題論文。

在命題論文考卷的題目中，可以看到許多關於小說文體特點的概念和術語，這些概念和術語涉及小說文體的某個特點：小說表現生活、小說敍述描寫的技巧，等等。只有理解了命題中的這些概念和術語，才能正確回應命題，完成論文的寫作。所以，考生必須對與長篇小說賞析評論相關的一些概念術語準確理解、熟練掌握，並能結合所學的具體作品加以運用。

長篇小說的特點

文體就是文學作品的體裁樣式。常見的文學體裁包括小說、詩歌、散文、戲劇，等等，每一種都有相對固定的藝術特性，都有各自的審美規範，都有常用的藝術手法和表現技巧。在本書的第一部分，我們分別對不同文學體裁的文體特點進行了講解。在這一部分裡，我們將以長篇小說這種文體為講述重點，讓學生掌握這種文學體裁的慣用手法和表現技巧來完成命題論文的寫作。

1. 時間的跨度大，着重寫人物的生活歷程，描寫人物之間縱橫交錯的各種社會和階級關係。長篇小說容量大，內容繁多，通過對各種人物的塑造和對廣闊的社會生活的描寫，揭示出複雜的人際關係和社會現象。

2. 多條情節線同時發展，故事的頭緒多，情節結構複雜，在一條主線之外，還常常有幾條副線。

3. 人物眾多，主要人物的性格複雜，有發展和變化。次要人物也性格鮮明，有自己的人生故事，代表社會一個層面，襯托主要人物和故事主線。作品中往往有幾組不同類型的人物。

4. 敍述者的角度與方法多種多樣，可使用多種人稱。

有關小說的重要概念

一 虛構與幻想

小說建立在虛構的基礎上，不等於生活真實。作家的敍事策略就是將真實與虛假巧妙地編排組合，抹去真實與虛假的界限，給虛構的世界披上一層真實的外衣，讓讀者完全相信故事的真實性，從而營造出亦真亦幻的藝術效果。小說家需要幻想，不同作品的幻想內容有差別，幻想的時空也有所差別。小說的幻想可以是對外在世界的幻想，如神話。也可以是在日常生活中對人的內在心靈的幻想，如心理小說對人的內心深處的挖掘，就是將虛幻與真實結合在一起的。

二 典型化

小說是通過描寫典型環境中的典型人物來反映社會生活的。人物、情節和環境是構成小說的三個基本要素。寫進小說中的人、事和環境都是經過典型化了的。小說的典型化包括這麼幾個方面：

1. 環境的典型化

環境的典型化是指在大的社會生活背景下選取最能反映社會生活本來面貌的局部生活場景，展現人物。

2. 情節的典型化

情節的典型化是指選取能夠充分展現人物精神世界的生活故事，來展示主題內涵。

3. 人物形象塑造的典型化

人物形象塑造的典型化是將一類人性格方面的共同點濃縮在一個人的身上，突出人物性格的特別之處；典型人物的身上要體現出一定的社會時代的印記，要有其所代表的一類人的共性，更要有自身所具有的獨特個性。分析人物的具體方法是注意從人物的肖像、語言、行為和心理描寫中概括出人物的思想性格，從人與人之間的關係、人與環境之間的關係來分析作者在人物身上所寄寓的感情與思想。

三 審美

審美是一種主觀的心理活動的過程，是人們對事物的美醜作出評判的過程。人們根據自身的品味和評判標準，辨別領會事物的美。一般來講，人們所處的時代、社會和文化背景會對人們的評判標準產生很大的影響。

審美是人類和自然以及人類社會之間形成的一種無功利的、情感的聯繫方式。閱讀文學作品是一個審美活動。在閱讀過程中，讀者一方面娛樂自己，另一方面完善自己，通過對各種現象的評判，淨化人的情感，改進周圍的世界。一些小說作品，將人生的痛苦當作一種審美現象進行觀照，從藝術而不是道德評價的視角來觀察和感悟生命，以審美的態度來審視人生的挫折和痛苦。讀者如能將這些作為一種難得的財富，加以咀嚼和收藏，心靈會得到淨化，人格會得到提升，會更加瞭解人生，獲得生命的勇氣和力量。

四 共鳴

共鳴本是物理學的名詞，原指物體因共振而發聲。藝術共鳴，是指讀者在欣賞作品時被激起強烈的情感反應和心理認同的現象。在文學鑒賞活動中，共鳴是一種普遍的心理感應現象，欣賞者被文學藝術作品感動，與作品中的人或物融合，消除了主客體之間的距離，達到了相互融合和親密無間的契合，這種現象，叫作共鳴現象。好的作品，說出了讀者想說而未說出的話，抒發了讀者心中的情感，因而能贏得讀者的喜愛和讚賞，讀者閱讀時，受到作品中思想感情、人物命運等強烈感染，進入一種忘我的境界，深切感受到作品的意向和情感，從而引起共鳴。

五 小説化

小說化就是使用小說創作的慣用手法進行創作，包括：

1. 想象與虛構：在歷史背景真實的情況下虛構人物、情節和環境。

2. 塑造典型人物形象：人物是靈魂，使用各種手段，突出人物塑造。

3. 巧妙安排情節結構：使用獨特的敍事視角，寫情節生動曲折富有懸念的故事。

優秀的小說總是採用小說化的手法，描寫人物曲折起伏的生活命運，探索人類的心靈世界，吸引讀者。

同樣的詞語還有"詩化"、"散文化"、"戲劇效果"等。"戲劇效果"指運用戲劇創作中慣用的藝術手法和技巧，使作品充滿着戲劇性的張力，產生很好的戲劇效果。

六 內涵與意蘊

內涵與意蘊不等於我們常說的主題思想。主題思想，又叫中心思想，是從作品中概括出的一種看法、觀點、態度和評價。如《駱駝祥子》的主題是：社會黑暗腐敗、個人主義有害。這是一種看法，也是一個高度概括的理性觀點。內涵與意蘊包含了這樣的觀點，但是又遠遠超出了它的範圍。

內涵與意蘊包括了作品的思想意義、情感信息、生活感悟、心靈體驗等豐富的內容，有些可以被歸納為一種觀點和看法，有些是無法被理性歸納的。比如情緒和情感的體驗感受，可以意會卻無法言傳，它們朦朧、模糊，需要閱讀者的領悟來把握，不同的欣賞者有不同的感性領悟和理解能力，感覺也會有微妙的差別，所以不能用一個確定的句子概括出來，給它們一個固定、統一的歸納。

內涵與意蘊是通過作品的客觀實際體現出來的，不是作家主觀的創作意圖可以決定的。作家對生活的描寫是有限的，作品表現出的內涵意義常常超越了作者的描寫，讓讀者看到和想到更加豐富的東西。也有一些作品，並沒有讓讀者看到作者最想要表現的東西，反而讓人看出了另外的東西，也說明內涵與意蘊不等於作家的創作意圖和創作思想。

七　敍述角度

敍述文學中"誰說故事"、"站在什麼立足點上說故事"，被稱為敍述角度。敍述角度有三種：第一人稱、第二人稱和第三人稱。敍述的角度不同，表達效果就會不同。

第一人稱敍述是指作者創造出"我"這樣一個人物形象，往往最直接地表達了作者本人的觀念和情感。小說中敍述的都是"我"的所見所聞、所做所感。這種敍述方式，突出事情的親歷性，真實而有感染力。小說使用第一人稱的敍述角度，使作品貼近生活，讓讀者擁有親切逼真的閱讀感覺，易引起讀者共鳴。

第二人稱敍述是指在第二人稱敍述的小說中，"我"的形象往往是"隱形"的。小說的敍述者常常提到"你"，向"你"介紹說明小說的故事和人物，邀請"你"進入小說的境界。這個"你"往往就是讀者。第二人稱敍述有對話效果，便於傾訴強烈的感情。使用第二人稱，能夠更好地抒發作者的情感。用第二人稱寫的小說不多，但是因為它特點明顯，效果強烈，在眾多小說中有突出的地位。

第三人稱敍述，靈活自由，不受時空的限制，可以全面地表現生活。使用第三人稱，可以增加事件的曲折性、懸念感。作者只寫看到人物的所作所為，而不寫人物的所思所想，審慎、含蓄，讓人回味不盡。

八 伏筆

伏筆，是小說文體慣用的寫作手段之一。它是指為了引起讀者的興趣，暗示下一步情節的發展，作者採用描寫的方法突出一些與當前主題無關的東西。這些描寫並不能立即告訴讀者清晰明確的信息，預示將會發生的事情，但是當後面的情節出現的時候，讀者就會恍然大悟：原來前面是這麼一回事。為了不讓情節顯得太過突兀，伏筆的鋪墊是十分必要的。最簡單的例子，就是某個角色偶然"說漏嘴"的一句話、提到一個還沒有出現過的名字，後面這個人物就成了一個關鍵人物。當這種伏筆細節被讀者發現的時候，讀者會覺得合情合理，並有一種探索和發現的樂趣。如果沒有伏筆，情節的轉折就缺乏必要的鋪墊，情節不合情理，就無法取信於讀者，更不能感染讀者。

九 故事情節

故事情節是小說中所描寫的事件及其發展變化的過程，一般由一系列矛盾衝突構成。分析情節，要學會先理清故事的脈絡，尋找故事的線索，最後要抓住典型的場面描寫。分析故事情節是把握人物性格、理解小說主題的一種手段。首先，情節最大的作用是刻畫人物，所以，要看情節對刻畫展示人物性格的作用。其次，看故事情節的真實合理性。看作者使用了什麼樣的手法、如何使情節變得逼真可信、合情合理。賞析情節一定要感受到情節的曲折多姿、扣人心弦，還要進一步分析作者使用了什麼樣的敘述描寫的技巧才達到了這樣的效果。比如說，前後照應、伏筆、鋪墊、對比等，都是小說作家設置情節慣用的手法。在分析評論小說的時候，我們要多想想這樣的情節對表現作品的主題，突出人物的形象和性格特徵起到了什麼樣的作用。

十 細節

細節，可以是一句話、一個動作，也可以是含有因果關係的一連串動作。小說的敘事策略是將真實與虛假巧妙地編排組合，營造出亦真亦幻的藝術效果。為了達到這個目的，情節要離奇，出人意料，而細節一定要真實，令人置信。細節在小說塑造人物中扮演了重要的角色。只有依靠細節的描寫，才能刻畫出人物性格的特徵。小說的情節是靠一系列細節組成的，沒有細節就沒有情節，生動典型的細節，對增強情節的真實生動性，強化情節，推動故事發展有獨特的意義。小說是靠細節打動讀者的。逼真精細的細節能給讀者留下最深刻的印象，緊扣讀者心弦，從而增強作品的可讀性。

課堂活動

1.複習有關小說的重要概念，簡要說明什麼是小說的核心要素。

2.請舉出小說作品的實例，談談長篇小說和詩歌散文相比有什麼不同的作用與功能。

提示

可以從以下幾個方面考慮：文體特點、題材內容、作用效果（包括對讀者需求的滿足），等等。

第 30 講 ｜ 全方位多角度賞評小說

學習目標

學習從不同角度分析作品

養成全面賞析小說的習慣

多角度賞析小說

和試卷一重點考核學生對文本本身的理解不同，試卷二重點在於考核學生對作品全方位的理解和把握。考生既要對文本本身有深入透徹的理解，準確把握文學體裁的慣用手法和技巧，也要對與作品的其他方面有所瞭解，包括作者的創作情況和閱讀者的接受情況。為此，我們對作品的學習一定要從全方位、多角度入手，不能僅僅限於理解作品本身的內容。

以長篇小說為例。小說是什麼？這個問題看起來很簡單，但是我們可以從不同的角度得出不同的答案：

第一，小說是作者創作的一個藝術世界，以此表達了他／她對於社會人生的看法。

第二，小說是一個獨立的文本，構成了一個完整的藝術世界。

第三，小說是讀者閱讀賞析的一個獨特對象，閱讀者從中得到了審美的感受。

以上的不同答案都是成立的，因為它們從各自不同的角度回答了問題。

試卷二命題論文的題目，就是針對不同文體的作品，從不同的角度出題，來考查考生是不是能對作品有比較全面的瞭解和掌握。不同角度和內容的考題，起到引導考生從不同的角度關注小說的文體特點，具體深入地分析和評論作品的目的。

就小說來講，命題論文的題目一般涉及三個不同的方面：作者的角度、文本的角度、讀者的角度。

一 作者

一部小說的誕生首先是由作者決定的，作者和作品的關係具體體現在：

作者為什麼寫——創作的意圖、動機。

作者怎樣寫——作品的形式。

作者寫了什麼樣的內容——題材。

作者採用了什麼樣的寫作方法——結構和風格。

二 文本

文本即作品本身。一部小說的成功與否當然是由文本本身體現出來的。賞析小說的文本時應考慮以下問題：

這部作品如何成功地使用這種文體所獨有的表現手法、結構方式、寫作技巧等？取得了怎樣顯著特殊的效果？和同類文體的作品相比，此作品在內容和形式的各個方面有何獨到創新？具有什麼樣的審美價值和意義？

注意從小說的三要素着眼賞析文本，瞭解小說作品的具體內容，掌握作品中使用的藝術手法，賞析作品所達到的思想和藝術水平的高度，肯定它的價值和意義。

三 讀者

讀者是評論者和接受者。對一部小說來講，讀者和評論者絕對不是可有可無的。沒有了讀者和評論者的積極參與，小說的創作就沒有完成。在小說的閱讀和接受的過程中，讀者的能動參與非常重要。每個讀者因生長環境和生活經歷不同，教育程度不同，對同一個作品會有不同的理解和評價，而且有"權利"將自己的見解表達出來。在試卷二中，常常會有相關作品在讀者心目中如何產生震撼這樣的論題。這樣的論題就是要評論者思考讀者和文本、讀者和作者的關係問題。

考生要從讀者、評論者的角度來看小說，明確評價一部作品的意義和價值，從讀者角度來看作品產生的社會效果。考生要關注三個方面：

1. 寫小說的人——作者。

2. 作者想要寫出的作品——創作的主觀意圖。

3. 讀者看到的作品——客觀的文本實際。考生不但要關注作者想要說的故事，更要關注文本已經說出來的故事，分析它怎樣說的，效果怎樣，對人生社會有什麼作用和影響。

課堂活動

請看下面的題目，根據題目的具體內容，指出問題的提問角度是文本、作者還是讀者。

1.〝在小說中，小角色的作用也非常重要。〞圍繞上述論點，試對所選的作品進行比較分析。

2.〝小說作品成功的一個重要因素是作者將自己的生命體驗寫入小說中。〞結合你閱讀所選作品的經驗，談談你對上述觀點的看法。

3.〝好的作品開拓了讀者的心靈世界，引起強烈的情感震撼。〞試結合所學作品，談談你對上述觀點的理解，並用小說中的事例說明。

全面賞析小說作品

要想全方位瞭解一部作品，並對它作出正確的評價論述，就必須認真閱讀作品、反覆思考、全面把握。這是回應命題論文的關鍵所在。

分析欣賞一部長篇小說，和分析欣賞小說、散文、詩歌的片段相比，要經歷一個更長的過程，更需要全身心投入，要考慮和顧及到更多的方面。

我們把長篇小說的閱讀理解過程分為三個層面（或者說是三個階段），它們之間是相互聯繫、層層遞進的。在不同的層次和階段，我們能解決相應的問題，得到相應的滿足。

第一個層面是觀賞的層面，這是小說欣賞的第一個階段。在這個階段，讀者看到作品構建的這個虛擬想像世界的情景，被故事中的人物、情節所吸引，體會到了閱讀帶來的愉悅和快感。這個時候，閱讀者還只是進入了閱讀的表層，如果是為了娛樂性的閱讀，這個層面就已經達到了目的。

第二個層面是認同的層面，是小說欣賞的第二個階段。在這個階段中，讀者走進了作品世界的內部。閱讀作品時，作品的內容和讀者的生活經歷、體驗發生了直接或者間接的聯繫，讀者能認同作品中的人物與情節，認同人物性格發展變化的成因。認為作品的細節真實可信，讓讀者有一種現場感和親歷感。讀者能看出作者採用了哪些有效的藝術表現手段構成了作品的特色，被作品深深地打動和感染。這個時候，閱讀者就走進了作品的內部深層。這是任何一個分析和賞評作品的人所必須經歷的過程。

第三個層面是反思與領悟的層面，是小說欣賞的第三個階段。在這個階段中，閱讀者要從自己深陷其間的作品中走出來，回到現實的世界中。反思和回味小說作品的內容帶給自己的感受。透過小說的情節、人物描寫，發掘出其中蘊涵的信息、意思和寓意，領悟出作者在具體描寫中滲透出的對人生、社會的看法、感悟、見解等。這個時候，閱讀者就走出了作品，看到了隱藏在作品背後的不可見的內容，看出了虛構的故事和真實世界之間的密切聯繫。只有這個時候，閱讀者才能做到把作品當成一個完整的審美對象，從中引發自己對現實人生的思考、反思，以及對作品作出個人的評價。

可以說，第一個層面的成功，是由作者決定的，作者努力奉獻給讀者一個可供娛樂欣賞的文本。第二個層面的成功，必須依靠閱讀者的參與。它需要閱讀者具有文學的感受、想像和聯想的能力，也需要閱讀者具有對各種文體的慣用手法知識的掌握和瞭解。第三個層面的成功，必須依靠閱讀者的思考分析和綜合判斷的能力，才能完成從個別到一般，從特殊到普遍，從有限到無限，從文學作品到現實人生的過渡，完成對文學作品的解讀與評價。

想一想，如果我們要歸納出一部小說作品的主題思想和意蘊內涵，我們必須完成哪一個層面的閱讀？

分析小說的主題立意和分析散文的主題立意不同，一定要從故事、人物、情節具體的描寫中去發掘，所以必須是在完成了第三個層面的閱讀才能獲得。

為了更好地完成本部分的評估，考生必須在學習所選作品時，把握兩個關鍵：

1. 全方位瞭解和掌握有關小說作品的知識，熟悉小說作者創作、文本本身的特點以及讀者閱讀接受的相關情況。

2. 多層次、多角度研讀小說作品本身，對作品進行深入細緻的分析與解讀。

 寫作練習

根據下面的一道命題，依據自己學過的一部小說作品，寫一篇短文：

"小說的主題越是深刻，小說作品越是具有藝術的感染力。" 成功的小說作品如何表現作品的主題？

第 31 講 | 分析作者與作品的關係

學習目標

瞭解作者與其作品的關係

掌握小說創作的一般規律

老舍與《駱駝祥子》

《駱駝祥子》的作者老舍，出生於北京滿族正紅旗一個貧苦的家庭。老舍一生認真教書，勤奮寫書創作，為人善良正直，做事很有原則，富有犧牲精神。

老舍的作品關注城市貧民的苦難，表現出他對下層社會百姓的深切同情與關懷，在作品中展示了城市底層貧民百姓的日常生活。代表作《駱駝祥子》刻畫了從農村來到城市拉人力車的貧民祥子的形象，展示了他最終被毀滅的社會悲劇。

老舍從民間文學、古典文學和西洋文學三大領域裡吸取養分，勇於創新，在表達形式和語言技巧上取得很高的成就，有文學語言大師的稱號。作品的語言以北京方言為主，感情真摯，通俗易懂，風格幽默。

以《駱駝祥子》為代表，老舍的作品充滿了對故鄉、國家、民族，對下層百姓深沉真摯的感情。作品渲染了北京的民俗風情，剖析了獨特的民族心理，表達了對貧民人生命運的憂慮，顯示出對人生、社會深刻的領悟，使作品超越了時代的局限成為文學經典。小說具有獨特的幽默風格和濃鬱的民族色彩，從內容到形式做到了真正的雅俗共賞。

課堂活動

查找有關老舍的生平資料，瞭解他的文學活動經歷。

寫作練習

老舍的生平經歷和他的文學創作實踐有什麼關係？請用自己的語言予以概括。

提示

老舍的個人生平經歷特點：貧民出身、經歷過艱苦奮鬥。這些特點影響到了他的創作實踐：同情和關注社會下層的百姓。回答時可以從下面幾個方面討論：

1. 作品中的主要人物形象
2. 作品中的環境描寫
3. 作品詞語的使用
4. 作品的主題內涵
5. 作者對人物的態度情感

老舍出身下層階級，貧困生活中掙扎的經歷增加了他對窮人的同情和關注。他主動接近下層百姓，體驗生活，深入思考，自覺做窮人的代言人，寫他們的命運。他個人的經歷因此具有了社會性和階級性。老舍個人明確的寫作立場和目的，不懈的努力，成就了這部經典之作。

由此可見，成功的作品，體現了作家細膩、深刻和真確的生活洞察力，濃縮了作家的人生體驗、人生的感悟力和藝術的想像力，《駱駝祥子》的成功，就是這些因素高度結合而成的產物。

從《駱駝祥子》可以看出，作品成功的關鍵要素主要有兩點：

1. 內容的自覺意識——找到一個最能表達自己人生感受和思考的角度，描寫的內容與對象，總是作家最為熟悉、感受最深的。

2. 形式的個性特色——找到了書寫的最佳渠道和途徑、能體現個人感情見解的獨到書寫方式，確立了自己的書寫形式與風格特點：方言化、簡明、通俗、形象生動。

錢鍾書與《圍城》

錢鍾書生長在一個書香之家，自幼打下了良好的國學基礎。清華大學外國語文系畢業後赴英國牛津留學，獲副博士學位。後到法國巴黎大學進修法國文學。1938 年回國，任清華大學教授。曾在湖南藍田國立師範學院擔任英文系主任。

《圍城》是錢鍾書唯一的一部長篇小說，於 1944 年動筆，1946 年完成。

課堂活動

查找有關錢鍾書的生平資料，瞭解他的文學活動經歷。

寫作練習

你認為錢鍾書的生平經歷對他的文學創作實踐有什麼影響？具體表現在哪些方面？用自己的語言予以概括。

以小組為單位，以老舍和錢鍾書兩位作者和他們的作品《駱駝祥子》和《圍城》為例，進行比較分析。你是否能對作家的生平與他們作品創作的關係，得出一些規律性的結論？各組把答案寫下來，展開比較討論。

作者和作品風格的關係

作者使用了符合自己個性特點的書寫方式、自己擅長的語言表達方法，如選取的詞語、比喻都和自己的生活、知識、描寫的對象有關係。

老舍在《駱駝祥子》中使用了方言，文字簡明通俗，比喻形象生動，和人物的生活密切相關。

錢鍾書的作品往往採用了文人學者表達方式，引經據典，中西融合，比喻深奧，純粹學者文人的口吻，確立了自己的書寫形式與風格特點。

兩個人都有幽默的地方，但是造成幽默的原因和效果顯然不同。

比較《駱駝祥子》和《圍城》兩部作品中比喻手法的使用特點，用具體的實例說明，它們體現了作品怎樣的風格特色。

作者和主要人物的關係

每一個作品的情節內容和主要人物形象的塑造，都打上了作者自己的烙印，是和作者分不開的。讀過張愛玲小說《怨女》的讀者，都可以看出她的生平經歷對於作品中的情節、人物、環境的描寫有很大影響。

課堂活動

以張愛玲的《怨女》為例，分析作者和作品中主要人物有什麼關係。

提示

小說作品中的人物一般受到兩方面的影響：

其一，人物所生存的社會時代背景和生活的具體環境必然影響到人物的行為和命運。這樣的背景與環境往往也是作家最為熟悉和瞭解的。比如，張愛玲的這部小說中，社會的背景就是舊上海的特殊環境。那是一個新舊交替的時代，傳統的中國文化價值觀念正在迅速沒落和衰敗，新的文化價值觀念尚沒有建立起來，傳統的大家族正在崩潰和瓦解。在這樣的大環境下，人物生活的具體家庭環境必然受到影響，傳統的家庭觀念、人際關係、價值觀、等級觀念無法維繫，混亂不堪，受到了新的個體自由、價值觀念的沖擊。女性人物具有了一些新的女性自我意識，但是這種意識是扭曲的、不正常的，具體表現在敢於表達個人的慾求、希望爭取自己的利益，但表達和追求的手段是極其不正常的。這些都決定了人物的性格和命運。

其二，作家個人的生活經歷和人生體驗必然影響到作品中人物形象的塑造和作者對人物的態度傾向。作家個人的價值觀、人生觀和世界觀，對不同人物的態度情感，都會體現在作品情節的設計上和人物的言行中。比如，這部作品的情節主要是大家族中的明爭暗鬥、人與人之間的恃強凌弱、親人之間毫無真情等人性的黑暗與醜惡，這些都是和作家的親身經歷分不開的。這些表現在作品的人物身上，可以看出女性主人公不是被歌頌、肯定的正面人物。她們對世界充滿仇視，雖然長相漂亮、性格精明，但是結局悲慘，因為她們受到了社會和環境的迫害之後，再去加倍地迫害其他人，成為家庭和社會的毒瘤。

作品的內容也必然影響到作品的風格特色。作品的語詞、色彩、修辭手法、感情色彩、語氣與語調都有鮮明的特點，更好地傳達出了作品的內涵和意蘊。

Part 4

寫作練習

　　比較不同的小說，以作品為例，分析作者與作品的關係，思考作者對作品的影響會體現在哪些方面。找出一些規律，寫出你的答案。

環境與人的命運

環境是小說的三要素之一，在第二部分我們介紹了有關內容。這裡主要是根據具體的作品進行具體分析。

作品的環境描寫特指小說作品的時代背景、社會環境在作品中的具體體現，也就是我們常說的小說中社會環境和自然環境的描寫。

作家筆下的社會環境是作家精心設計的，在作品中它可以是作品真實社會環境的一個縮影，如《駱駝祥子》中對"大雜院"的描寫。

自然環境的描寫也可以是人物命運的一個縮影，具有深刻的象徵意義，祥子風雨中拉車的片段就是一個很好的例子。

對小說進行閱讀賞析時，我們要從小說作品中發現環境描寫的主要作用是什麼：環境描寫對塑造人物、突出主題起到什麼作用？作品通過什麼樣的手段和方法實現了這樣的作用？產生了什麼樣的效果？作品中有哪些環境描寫的精彩片段？這都是閱讀中應該留意的。

《駱駝祥子》中的環境描寫

這部小說的背景是中國上世紀 20 年代末期的北京。祥子的家鄉中國農村破落衰敗，出身農民的祥子在家鄉無法生存，背井離鄉來到城市求生。因為沒有任何財力、智力以及人際關係的本錢，祥子只能做一個出賣自己勞動力的勞動者，他選擇了做一個人力車夫，渴望用拉洋車的勞動建立自己的生活。

作品詳細生動地展示了祥子置身其間的社會環境，讀者可以看到當時的時代狀況、他周圍的社會環境、他生活和居住的具體環境。這些環境描寫和作品的故事情節相互結合，突出了祥子坎坷悲慘的生活遭遇，寫出了他拼命掙扎、三起三落直至徹底沉淪的悲慘命運。

同時，小說非常出色地描寫了人物置身其間的自然環境。有關自然環境描寫在小說作品中的作用效果、自然景物的象徵寓意、與人物情感命運的關係等等問題，我們在本書的 Part 2 中作了詳細的介紹，分析作品時，可以參考有關的部分。

課堂活動

請簡單談談小說《駱駝祥子》的社會背景，舉例分析《駱駝祥子》作品的環境描寫，填補下面的有關內容：

小說作品的環境	作品中實際描寫	環境描寫和人物的關係	環境描寫和主題的關係	環境描寫的作用
上世紀 20 年代末中國的時代背景與社會背景		提供人物成長、變化的環境	揭示出相應的社會問題，體現作者的思考	表現時代社會的特點（時代社會的縮影）
主要人物的生活環境與社會環境			環境的描寫突出表現作品的意蘊內涵	幫助讀者理解主要人物的性格形成與發展
主要人物居住、活動的具體環境				幫助讀者理解作品的主旨和內涵

Part 4

閱讀分析《圍城》中的環境描寫

一　時代背景

《圍城》寫作的時代背景正是日本帝國主義侵華時期。鴉片戰爭以來，帝國主義列強的大炮軍艦打開了中國的國門，中華民族的古老文明與西方文明開始了前所未有、歷史性的交鋒，碰撞衝突、交匯融合。在這樣的歷史背景之下，一大批留學生回到國內，開始他們的人生追求，其人生經歷具有特定時代、特定文化背景的典型意義。

《圍城》展示了那個時代上層知識分子群體生存狀況，表現了抗戰環境中一部分知識分子彷徨無助、精神空虛的生活，描寫了在東西方文化夾擊下的知識分子的生活困境和精神病態，象徵性地揭示了人生追求和現實困頓的重大矛盾。

二　作品具體環境

作品中的具體環境有：上海、江南農村、內地大學、社會、家庭、學校、工作場所。

作者着意揭露了現代中國上層知識分子的醜態，同時也對官場腐敗、政府無能、學術虛偽、社會落後等都進行了嘲弄諷刺：十里洋場上海的政界、銀行界、新聞界和工商界的醜陋，江南小縣到湖南路途的污濁景象，自由區國立大學的醜惡黑幕等，反映了國難當頭、民族陷入空前危機、動盪混亂的廣闊社會生活。作者對投機政客、偽君子逐利傾軋、蠅營狗苟的行徑進行了辛辣的諷刺批判。

　　在這樣醜惡的環境中，只有那些投機倒把發國難財的人、那些沒有良心和廉恥的惡人才能成功。方鴻漸所代表的一些尚有良心、怯懦老實的普通人只能是失敗者。他的求學是失敗的，他的事業是失敗的，他的戀愛也不可能成功，他的悲劇命運是個人的，更是時代和社會的。

課堂活動

分析小說《圍城》中環境描寫與人物命運的關係：
1. 時代環境的描寫
2. 社會環境的描寫
3. 人物居住、活動具體環境的描寫

學習目標

瞭解作者塑造人物的意圖

分析作品人物的相互關係

《駱駝祥子》的主要人物與作者的創作意圖

一 祥子的形象

祥子是城市底層社會勞動者的形象，“精進向上——不甘失敗——自甘墮落”是他悲劇的命運三部曲：

1. 奮進向上：祥子初到北平，懷抱着尋求生路的希望，開始了個人奮鬥。他年輕力壯、善良正直，他堅韌頑強，努力實現成家立業的夢想——買自己的車，娶個好妻子。

2. 不甘失敗：祥子連遭厄運，在命運面前不甘失敗，竭力掙扎和抗爭，表現祥子不屈不撓的頑強精神。

3. 自甘墮落：祥子為葬妻最後一次賣掉車子，車的希望徹底破滅。小福子慘死，娶妻的希望也徹底破滅。祥子只剩下潛藏在人性下的野性、獸性，成了沒有了靈魂和希望的行屍走肉。殘酷的現實吞噬了美好的祥子。

二 從祥子看作者的創作意圖

祥子的悲劇展示了舊社會對勞動者的無情壓榨和摧殘，祥子的上進奮鬥、掙扎淪落的過程，就是舊社會把人變成鬼的過程。個人奮鬥救不了祥子，祥子的路不是勞動人民擺脫貧困的正確道路。從上面的兩個方面我們清楚地看到了作者的創作意圖，領悟了他對人生、社會深刻的揭示。

課堂活動

閱讀作品《駱駝祥子》，完成下表的相關內容：

人物：祥子	作品實例	分析評論
樣貌	"像一棵樹"堅壯，沉默，而又有生氣。有鄉野的特點。	
主要情節 （人生經歷）	1. 高等車夫：要強，樸實，有幹勁，有自信，有理想，省吃儉用，早出晚歸，想買一輛屬於自己的車，想娶個能吃苦耐勞的鄉下姑娘，多買幾輛車，開個車廠。 2. 頑強奮鬥：沒命地拉車、拚命攢錢。三年奮鬥，他買上了車，但不到半年，竟被人搶去。他不放棄夢想，再度奮鬥。祥子憑藉其堅韌的性格和執拗的態度與生活展開搏鬥，構成了小說主要情節。 3. 失敗墮落。	
性格特點之一： 勞動人民的許多優良品質 他熱愛勞動，對生活具有駱駝一般的積極和堅韌的精神	1. 夜晚路黑，祥子拉曹先生摔倒，自己也負了傷，他痛心疾首，決定以辭工、讓工錢來補償這一由於客觀原因造成的過失。 2. 祥子不願聽從高媽的話放高利貸，不想貪圖劉四的六十輛車，不願聽虎妞的話去做小買賣。	1. 祥子把職業信譽看得高於自己的安危。主動承擔自己的責任，表現出祥子具有勞動者的淳樸、忠厚的優秀品質。 2. 說明祥子不想剝削別人。他夢想的生活是以自己的勞動求得一種獨立自主的生活。
性格特點之二： 善良淳樸	1. 祥子對老馬和小馬祖孫兩代的關切，表現出他的善良和正直。 2. 祥子在曹宅被偵探敲去了自己辛苦攢來的積蓄以後，最關心的卻是曹先生的委託，就因為曹先生在他看來是一個好人。	祥子的悲劇之所以能夠激起讀者強烈的同情，除了他的社會地位和不公平的遭遇外，這些性格也閃耀着動人光輝。
性格特點之三： 為了理想而嚴格自我約束的意志美	捨不得花錢買藥、喝糖茶。	
性格特點之四： 積極向上的個人奮鬥精神	"祥子知道事情要壞，可是在街面上混了這幾年，不能說了不算，不能耍老娘們脾氣！"	積極向上的個人奮鬥精神是祥子個人主義精神品格的核心。他一貫要強和奮鬥，也正是不安於卑賤的社會地位的一種表現。

Part 4

人物：祥子	作品實例	分析評論
性格特點之五： 祥子的個人奮鬥帶着小生產者的狹隘、保守和自私		
		平常祥子好像能忍受一切委屈，但在他的性格中也蘊藏有反抗的要求。他在楊宅的發怒辭職，對車廠主人劉四的報復心情，都可以說明這一點。

《圍城》的主要人物與作者的創作意圖

一　方鴻漸的性格特點

　　方鴻漸的性格既善良又迂執，既正直又軟弱，既不諳世事又玩世不恭。方鴻漸的思想性格，反映了當時一部分知識分子的精神面貌。他的遭遇，也正是當時一部分較正直的知識分子的遭遇和困厄。

二　方鴻漸的性格充滿了矛盾

　　愛情上，他追求純真樸實的愛，討厭世俗的愛情，同時又膽小怯懦極愛面子，這種矛盾令他成為情場上的失敗者。

　　生活上，他希望過真誠愉快自由的家庭生活，同時又軟弱無能，擺脫不開舊家庭和社會生活的束縛，致使剛成立的小家庭陷於破裂的危機。

　　事業上，他有一定的正義感，對生活中的壞現象感到憤怒不平，也進行過掙扎，但又抱有幻想，反抗不徹底，在環境的壓迫下總是處於尷尬的境地。

　　在他身上有對封建文化的抗拒，也有傳統觀念的影響；有20世紀資本主義文明的熏陶，也有對西洋文化的鄙夷。正是那樣的社會造成了他的性格矛盾，這種矛盾也注定了他的命運。

三　方鴻漸的悲劇

　　在《圍城》中，方鴻漸從一事無成地留學歸來，到失戀、失業、家庭破裂，方鴻漸的生活只能用"失敗"兩個字來概括。

　　方鴻漸悲劇產生的原因是多方面的，有主觀原因，也有客觀生活環境的影響。他自身的因素在於：

1. 本性怯懦無力抗爭：面對現代社會殘酷的生存競爭，缺乏與之對抗的勇氣和力量，本性怯懦，不敢直接面對，一味地回避，寧肯自認失敗也不敢面對現實。

2. 傳統文化的影響：方鴻漸出生於傳統士族家庭，道家文化的處世態度對他影響極深，成了他懦弱無能、無力抗爭性格的重要"遺傳"因素。面對新舊文化的尖銳衝突，面對各種錯綜複雜的人際關係，他只能委曲求全、妥協退讓，在矛盾和痛苦中徘徊遲疑、苦悶掙扎，導致了他的悲劇。

3. 中西文化衝突：方鴻漸留學西洋，受到了西方現代文化尊重個性、重視人的價值、鼓勵個人發展的影響，有了追求自由生活的理想和願望。新舊文化、東西文化的矛盾衝突在他的心靈深處積澱很深，構築了他的"精神圍城"。在兩種價值取向迥然不同的文化的夾擊下，他無法找到適合自己的人生坐標，思想和言行都處於無所適從的境地，對社會人生的態度充滿矛盾，形成了對立的人生態度和雙重人格：認真又玩世，正直又脆弱，這樣的性格特點，導致他的人生悲劇。

四　方鴻漸悲劇的社會根源

1. 現實世界的虛偽醜惡、荒唐無聊是導致他悲劇的重要原因。方鴻漸生存的環境，是中國淪為半殖民地的社會，封建主義與資本主義、傳統文化與外來文化、侵略與反侵略相互交織。他沒有能力做勇敢的鬥士，又不肯與現實的污穢合流，只能是一個夾縫中的小人物。

2. 中國的傳統生存結構、社會上拉幫結派、人與人之間明爭暗鬥，也是導致方鴻漸悲劇的一個重要原因。方鴻漸尚有知識分子的清高正直，拉關係結幫派他不想也不會，決定了方鴻漸被人疏離、顛沛流離、找不到歸屬的悲劇人生。

五　從方鴻漸的形象看作者的創作意圖

方鴻漸的悲劇展示了特定的時代和文化衝突之中知識分子的人生境遇，揭示了造成這種悲劇的歷史與文化的原因。人生的困境不可避免、方鴻漸的路行不通。從上面的兩個方面我們清楚地看到了作者的創作意圖，領悟了他對人生社會的深刻揭示。

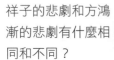

祥子的悲劇和方鴻漸的悲劇有什麼相同和不同？

想一想

其他人物與主要人物的關係

課堂活動

請引用你讀過的一本小說的具體描寫，歸納出作品中某個人物的特點。從這個人物的身上，體現了作者對人物什麼樣的情感傾向？

這個人物對於表現這個作品的主題意義和意蘊內涵起到了什麼樣的作用？

分析一個小說中的次要人物，目的在於通過對這個人物的描寫分析，看他／她和主要人物的關係，通過這種關係來看他／她對主要人物的影響和作用。

瞭解了這些，就可以進一步看到在這個人物的刻畫中，作者表露出的對和人物相關的現實社會持有的態度、看法、思考和評價，由此我們就可以理解作品要表達的主題內涵的深層含意。

一　分析其他人物的步驟

1. 先從文本的字裡行間看具體的描寫，把握人物的特點。

2. 分析人物之間的關係，看出對主要人物的影響和作用。

3. 理解作品的主旨內涵。

例如《駱駝祥子》以祥子為中心，展示了窮苦百姓的苦難生活。他們在社會的底端努力攀登、掙扎，但是，無情的社會，把他們的肉體全部榨乾，醜惡的現實，讓他們的精神徹底腐爛。祥子周圍的人物虎妞、劉四爺、夏太太、兵匪等，都對祥子的命運產生了影響，都從一個不同的層面揭示了整個社會的黑暗。這就是作品要揭示的主題。

二　《駱駝祥子》中的虎妞

1. 人物介紹

女主角虎妞，是人和車場劉老闆的女兒。虎妞的樣子又老又醜，三十多歲了還是個未嫁的老姑娘。

2. 性格特點

性格複雜、大膽潑辣、強悍狡猾、好吃懶做。她在小說中兼有雙重身份：車場主劉四的女兒和人力車夫祥子的妻子。前者讓她沾染了剝削階級好逸惡勞、善玩心計的市儈習氣；後者使她被父親拋棄，陷於貧窮，最後死於難產。她的出身經歷決定了她缺乏教養，粗俗刁潑；沒有母親只有父親的家庭，使她身心受到損害，成為被父親長期剝削的對象，正常的需求得不到滿足，她對愛情與幸福的追求長期被壓抑，心理也因之變態。虎妞是那個醜惡的社會環境和家庭環境的犧牲品。

3. 對祥子的影響作用

她那種畸形的糾纏與索取，給祥子的個人奮鬥很大打擊。虎妞式的、近乎粗野的“疼愛”，對祥子構成了心靈和肉體兩方面的摧殘：她欺騙他、拿他做洩慾的工具，使他失去自由和淳樸的感情；她貶低和干涉他的人生理想和努力，使他的精神意志遭到毀滅。她任性、懶惰，追求享受，是祥子向上進取的負擔和障礙。不合理的社會和家庭剝削造成了她的不幸，她又造成了祥子身心崩潰的悲劇。

寫作練習

分析《駱駝祥子》中使用了什麼樣的手法刻畫虎妞的形象，效果如何。

三　《圍城》中的孫柔嘉

1. 人物介紹

孫柔嘉有一副柔弱、天真、溫順的外表，受過高等教育，大學剛畢業，年輕有志向。

她的樣貌不是很漂亮但也不醜，外表看起來天真羞澀。

2. 主要情節

孫柔嘉精心選擇了方鴻漸和他結婚，婚後一心要馴服丈夫，讓他為自己的理想生活服務，結果失敗。

3. 性格特點

工於心計、專橫善妒、自私刻薄，只要男人，不要愛情。

煞費苦心追求婚姻，但不是為了愛情。孫柔嘉深諳女性籠絡男子的一套，把自己扮演得楚楚可憐，欺騙得到婚姻，用心良苦地馴服男人。她總想控制方鴻漸，並按照自己的願望去規範對方，這與方鴻漸的生活理想和個性構成尖銳的對立，表現出專橫善妒、自私刻薄的性格特點。方鴻漸不嫖不賭，正直為人，她認為他"全無用處"，"本領沒有，脾氣倒很大"。她欣賞的是能勾心鬥角的男人，因為沒有達到目的，與方鴻漸徹底決裂。

對她的描寫，凸顯了方鴻漸的性格特點：優柔寡斷、懦弱又死愛面子，方鴻漸始終不敢面對現實，希望和孫柔嘉的婚姻湊合下去。他們婚姻的結局，破滅了方的愛情和婚姻的夢想。

4. 對方鴻漸的影響作用

孫柔嘉處心積慮用欺騙的手段獲得和方鴻漸的婚姻，但並不珍惜兩人之間的感情。婚後為了滿足自己的需求對對方進行了專橫刻薄的馴服，不顧對方的感受，使方的人格自尊受到嚴重打擊。她把自己的人生理想強加在男人身上，和虎妞非常相似。

虎妞不甘心做一個普通車夫的妻子，孫柔嘉也不甘心做一個正直普通的男人的妻子，她們貶低和干涉丈夫的人生理想和努力，使他們的精神意志遭到摧毀。對孫柔嘉而言，愛情無足輕重，依靠男人過不勞而獲的生活才是她追求的目標。她不斷琢磨一些法子來對付方鴻漸，這樣的所作所為，造成了方鴻漸理想破滅、身心崩潰的悲劇。

5. 刻畫手法與效果

小說用對比的手法，刻畫出一個傳統與現代矛盾組合的人物形象。

（1）外表與內心的對比：孫柔嘉有一副柔弱、天真、溫順的外表，顯着女學生的膽怯幼稚；內心"不但有主見，而且很牢固"，"羞縮緘默" 外表下漸露"專橫與善妒"個性。

（2）言語與行動的對比：從孫柔嘉身上可以看出獨立自強的職業婦女與甘心為男性附屬品的對比，以及受過高等教育的新式女子、現代女性與傳統文化束縛的舊式女子的雙重形象。

（3）婚前與婚後的行為對比：結婚前後她對方鴻漸的態度反差極大。婚前天真好奇，事事沒有主張。婚後則世故現實，什麼事都固執己見。婚前她服從方鴻漸，怕生得一句話都不敢說。婚後卻要方鴻漸服從於她，干涉丈夫的理想與選擇。她還經常夥同姑母琢磨一些法子來對付方鴻漸，苦心經營的婚姻最終破裂。

課堂活動

比較虎妞和孫柔嘉的形象，談談她們在作品中對主要人物命運的影響。

寫作練習

選擇一部長篇小說，通過填寫下表來分析。

	作品實例	分析評論
作者使用的人物描寫手法技巧中，有哪些是此類文體中慣用的、常見的？	語言描寫： 人物對比：	
這些人物描寫手法哪些具有作者個人的特色、具有創新的意義？		
這些人物描寫手法產生了什麼樣的作用和效果？		

 課堂活動

仿照上文前兩個案例，任選一個《駱駝祥子》中的其他人物進行分析：劉四爺、曹先生、小福子等。

人物	作品實例	分析評論
樣貌		
主要情節（經歷）		
性格特點		
對祥子的影響作用		

第 34 講 ｜ 賞析小說情節的特點

學習目標

賞析情節與人物性格塑造的關係

理解作品中具有象徵寓意的情節

《駱駝祥子》中具有象徵寓意的情節

《駱駝祥子》中"三起三落"，用情節的起伏變化來揭示人物命運的沉浮，突出了那個特定時代勞動者的個人命運的必然性。其中幾個典型的情節片段具有深刻的象徵寓意：

1. 祥子為曹先生拉車被大石頭絆倒，情景交融，暗示人物總是在意外中遭到生活的打擊，在他的生活道路上沒有人能提醒他，幫助他，只有陷阱一樣的大石頭等待他。

2. 曹先生家庭環境如"沙漠中的綠洲"，是祥子渴望而得不到的生活環境，反襯祥子在黑暗社會的人生道路上如駱駝一樣的跋涉。

3. 風雨中拉車的描寫，祥子就像是"風雨中的一片樹葉"，象徵了在社會中的掙扎，這一個片段就是祥子一生的一個寫照、一個縮影，具有深刻的象徵意義。

作者善於通過結構佈局將生活中的普通事件加以綴合，將種種可能與不可能的因素交織在一起，製造出離奇的、反差很大的、對比鮮明的、波瀾起伏的、出乎意料的故事情節，增強吸引力。比如，在作品開頭人物對美好生活的期望追求和人物悲慘的結局之間的反差。

情節的發展越是讓人們意想不到，就越是能夠引起讀者心靈的強烈震撼，對讀者產生強烈的影響，激起讀者深刻的思考。試想，看到祥子奮鬥一生換來的是身心俱毀，讀者怎能不為之震撼。

請分析《駱駝祥子》中對比手法的運用，討論其作用與效果。

《圍城》中具有象徵寓意的情節

1. 鮑小姐與方鴻漸的"戀情"：妓女一樣的鮑小姐，主動勾引和玩弄了方鴻漸，然後拋棄了方鴻漸，她輕而易舉地得到了滿足和成功。方鴻漸被動接受了勾引，又被動地成了被拋棄的失敗者，遭到了無法訴說的心理傷害，黯然退場。這段"婚外情"，暗示着方鴻漸將來的命運，是一個具有象徵寓意的情節。

本來躊躇滿志的方鴻漸，輕易地被這樣一個女人打敗了，敗得沒有還手之力、十分窩囊。這開頭的插曲，暗示着方鴻漸這樣尚有一點良知但是意志不夠堅定的人，在人生的道路上只有失敗的結局。

隨心所欲的鮑小姐一舉成功，也具有深刻的寓意。這種人為了得到自己想要的東西，可以採用一切手段，不講良心，不講廉恥，只要個人得利，一切都可以出賣，包括國家和民族的利益，這正是書中許多得意者所為。

2. 方鴻漸的羅曼史：方鴻漸所愛的是唐曉芙，最後被動地娶了孫柔嘉。這個刻意安排的情節，讓不愛的人們"終成眷屬"，讓相愛的人永遠分離，標誌着方鴻漸陷入了不可自拔的困境，突出了"圍城"的主題。

作品說明，在那樣的環境中，只有惡人、強人才能如願成功，像方鴻漸這樣尚有良心的弱者只能是失敗者。他個人的命運是和時代社會的狀況分不開的，求學、事業、戀愛都不可能成功。

展現人物的命運的情節

還是以《駱駝祥子》和《圍城》中的情節為例：

一　《駱駝祥子》的情節

1.祥子的"三起三落"：車是祥子的一切，祥子為車付出了一切，最後連車都懶得拉。圍繞着得車和失車，作者寫出了祥子三起三落的悲劇命運。

年輕力壯的祥子吃苦耐勞，經過三年的努力，他用自己的血汗換來了一輛洋車（一起）。但是沒有多久，連人帶車被軍閥的亂兵抓去（一落）。

祥子賣駱駝，拚命拉車，省吃儉用，幾乎存夠了買車的錢；特務追蹤，偵探詐去了他僅有的積蓄，主人躲避，他丟了比較安定的工作。他沒有因此而喪失信心與勇氣，準備從頭做起（二起、二落）。

擺脫不開虎妞的引誘與欺詐，祥子和虎妞結婚，用虎妞的積蓄買了鄰居二強子的車，為了虎妞的喪事，又不得不賣車（三起、三落）。

黑暗的社會用槍、用錢、用權勢、用悲慘的命運來壓迫祥子，祥子只有苦苦掙扎煎熬。有車的願望"像個鬼影，永遠抓不牢"，最後，理想完全破滅。三起三落的情節具有內在的聯繫，又不斷地發展，導致祥子的生活理想在現實面前最終破滅，祥子自己落到了自甘墮落、人變野獸的境地。

這部小說不僅描寫了黑暗社會對祥子的物質剝奪，還刻畫出對他精神的毀滅。三起三落的情節展示了黑暗的舊社會吞噬他的全過程，展示了他性格發展變化的軌跡，控訴了不合理的社會罪惡，揭示了祥子悲劇命運的根源。

2.駱駝的含義：第一次丟車時祥子偷回了三匹駱駝。駱駝成了一種象徵，代表着祥子的墮落：誠懇踏實的祥子，得了駱駝丟了自愛，有了錢失了尊嚴。

祥子被虎妞誘姦，喪失了性的自主權；在娶了虎妞後喪失了面子和經濟自主權，喪失了理想的婚姻。

小福子的死給祥子最後一次打擊，使他成了"行屍走肉"。祥子漸漸由車夫變成了"駱駝"。

祥子不願反抗是造成他悲劇的主要原因之一。被大兵威脅、被虎妞誘惑、被孫偵探欺詐、被夏太太引誘……，祥子不敢大聲辯解，不敢抵抗，只有默默承受，像駱駝一般。

3.悲劇的結尾：祥子的結局符合生活的邏輯，也符合祥子性格發展的邏輯。祥子的結局與開頭形成一個尖銳的對比。祥子性格的前後變化，深刻體現了作品對社會的控訴。祥子沒有死，這樣的結局把他置於比死亡還要痛苦萬倍的境地，給讀者以驚懼與震撼。這個結尾，使讀者可以清楚地認識到殘酷的現實和社會的黑暗。

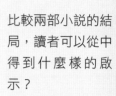

比較兩部小說的結局，讀者可以從中得到什麼樣的啟示？

想一想

二 《圍城》的情節

方鴻漸"三進圍城"：方鴻漸從國外歸來第一次"進入圍城"，求學失敗；方鴻漸歷經千辛萬苦到達三閭大學任教是第二次"進入圍城"，事業失敗；方鴻漸和孫柔嘉結婚是他第三次"進入圍城"，婚姻失敗。一次又一次陷入了生存和理想的矛盾苦悶之中，這就是人生的困境。因此，方鴻漸回歸的情節有着極其深刻的象徵意義。

課堂活動

1. 小說《駱駝祥子》如何對社會現實進行了揭露和批判？請舉例說明。

2. 小說如何使情節曲折動人，又如何刻畫性格豐滿的人物？

Part 4

第 35 講 | 賞析小說的主題與內涵

學習目標

掌握小說提煉主題的方法
深入理解小說的意蘊內涵

《駱駝祥子》的主題

　　小說展現了整個社會的黑暗以及城市貧民命運悲慘。個人奮鬥行不通，祥子是個人主義的末路鬼。小說揭露了當時社會對勞動者的剝削、壓迫，表達了作者對勞動人民的深切同情，批判了自私狹隘的個人主義。

　　作者對掙扎在社會最底層的勞動者懷有深切的關懷和同情，作品描寫了人力車夫祥子由人墮落為"獸"的悲慘遭遇，歌頌了祥子勤勞、樸實、善良、向上的優良品質，深刻揭示了造成祥子悲劇命運的原因。作品以祥子買車所經歷的三起三落為情節發展的中心線索，將筆觸伸向廣闊的城市貧民生活領域，通過祥子與兵匪、偵探、車場主、虎妞以及同行等各個方面的關係，描繪了一幅動蕩不安、恐怖黑暗的社會生活圖景，從社會、心理、文化等層面展示了祥子從充滿希望到掙扎苦鬥，直至精神崩潰走向墮落的悲劇一生。

　　小說通過對祥子思想性格變化過程的真實描寫，揭示了祥子悲劇命運的社會根源。在農村，地主階級的殘酷壓榨，使祥子一家傾家蕩產。被迫來到城裡後，仍逃脫不了受壓迫受剝削的命運。這一切都是黑暗社會造成的，在這樣的社會環境下，任憑祥子如何拼命掙扎，都擺脫不了苦難命運，只能"痛苦的活着，委屈的死去"。不平等的社會制度不但吞噬了祥子的車子和積蓄，還吞噬了他身上具有的美好品德和奮發向上的意志。

《圍城》的主題

    《圍城》並不僅僅是一部愛情小說。它的內容是多方面的，主題和象徵是多層次的。在小說中，方鴻漸說："我近來對人生萬事，都有這個感想"，點明了"圍城"困境貫穿於人生各個層次。"圍城"的象徵意義超越婚姻，表現了人類的"圍城"困境：不斷地追求，但隨之而來的卻是不滿和痛苦；希望與失望循環往復，沒有止境。小說的中心情節就是主人公進出於事業、愛情、家庭幾座"圍城"，結果無一成功。這象徵當時人生的困厄，反映了那個時期上層知識分子的生活和心態，具有強烈的社會意義，也包含深刻的人生哲理。

 寫作練習

    《駱駝祥子》和《圍城》的作者如何提煉作品的主題？

Part 4

學習目標

把握作家使用的技巧手法

全面賞析小說的藝術成就

《駱駝祥子》的藝術成就

　　《駱駝祥子》是現代文學史上最優秀的長篇小說之一。作品的字裡行間熔鑄了作者的血淚，情感真摯動人，具有很高的藝術價值。作品的地方特色、民俗氣息、文字魅力也給讀者極大的美感享受。

一　對當時社會現實的反映

　　祥子的悲劇就是一個社會悲劇。祥子的"做一個獨立的勞動者"的善良願望最終破滅，帶有歷史的必然性。瞭解祥子的悲劇，就瞭解了那個造成悲劇的社會，瞭解了一個悲劇的時代。

二　對人物性格的展現

　　祥子的悲劇命運與個人的性格有着莫大的關係。在祥子的悲劇中，他與虎妞的婚姻是一個重要的因素。虎妞與祥子的婚姻是畸形的，與祥子的婚姻理想——娶一個乾淨利落、身體強健的樸實鄉下姑娘——南轅北轍。但是，在虎妞騙祥子說她已懷孕的情況下，善良的祥子無法擺脫虎妞，祥子性格的軟弱無力決定了他不能掌握自己的命運。所以說，祥子的悲劇又是一個性格悲劇。

　　祥子的悲劇還應該是一個精神悲劇。祥子對個人的力量、勤勞品質過於自信，盲目地認為自己與別的車夫不同："同是在地獄裡，可層次不同。"這種想法導致他與其他車夫之間產生隔膜，甚至仇恨，這就決定了他的孤獨與脆弱，使自己遠離了周圍的朋友，孤立無援，無力抗拒一次又一次的打擊，

Part 4

必然陷於精神崩潰的境地。他不明白憑着個人的奮鬥是無法與強大的社會黑暗勢力抗衡的。

三　人物形象真實、立體、豐滿

把人物的外在環境與人物的心理世界交融為一體，準確地描寫人物的外部行動，着力刻畫人物的內心世界，使人物立體化。人物形象真实豐滿，對人物缺陷的描寫，增添了人物形象的藝術魅力。人物與人物巧妙地反襯，對比描寫，突出了人物的性格特徵。駱駝一樣吃苦耐勞、沉默寡言、淳樸寬厚的祥子，外貌老醜、個性潑辣、厲害粗魯、心理和行為畸形變態的虎妞，奸詐無情、卑鄙冷酷的地痞惡棍劉四爺，這三個形象是中國現代小說的經典人物。

四　結構嚴整，主線分明，前呼後應

小說的結構完整，組織嚴謹。分成開端、發展、高潮及結局四部分，環環相扣。開端部分為發展部分埋下了伏線。發展部分為高潮起了鋪墊的作用。高潮的部分虎妞難產命危，祥子最終仍不敢接受小福子。高潮過後滑落到結局部分，小福子自殺，祥子淪落為無賴，偷、騙、出賣阮明。

作品有縱、橫兩條線索。從縱向上看，以祥子三起三落的人生經歷為線索，構成祥子的"奮鬥——幻滅"史。從橫向看，以祥子為中心，向四周層層擴展，寫出北平平民階層乃至世俗社會的一系列的人物形象，強化了祥子悲劇的深刻社會意義。

五　善於描寫

1. 細緻地描述人物的心理活動和心理變化。寫祥子從兵營逃跑前緊張激動的心理活動，使用大量的口語短句，結構單純，與祥子心情相映襯，對應着人物的脈搏。

2. 借景物寫心理活動。寫祥子偷了駱駝摸黑上路時驚恐萬狀，眼中看到的景物發生變化，表現了人物的心理活動。

3. 用人物的語言與神態，勾勒出人物的性格和心理。祥子回到四爺家的一段文字，寫出三人的神態與心理：虎妞的"你讓狼叼了去……"中的"叼"，見出了潑辣、撒嬌的抱怨。祥子笨嘴拙舌的"哼"，看出他心中的不平委屈、心酸怨恨。劉四爺不動聲色，只用眼睛在他身上"繞了繞"，顯示出他的老謀深算。

課堂活動

討論：小說《駱駝祥子》有哪些突出的藝術特色？對表現主題起到了怎樣的作用？例如，小說是如何對人物的心理進行描寫的？

六 善用對比和比喻

小說中的人物在開頭和結尾形成縱向的對比：結尾時的祥子與開始時的祥子就形成強烈的對比。小說中也有人物之間的橫向對比，如虎妞與小福子的對比。

小說比喻巧妙，形象鮮明，非常生活化。用大雜院裡的一對小鳥比喻小福子和祥子，用木籠裡的大兔子、小孩子手裡被線拴着的螞蚱比喻祥子，用一隻飛不出大雜院的蜜蜂比喻虎妞，就是比喻的精彩事例。

小說語言樸實自然，情感鮮明強烈、富有感染力，生動明快，具有鮮明的地方色彩和濃厚生活氣息。人物語言高度個性化。不同身份的人使用不同詞語有不同色彩和韻味，表現人物的性格特色生動傳神。善於運用內心獨白，繪影繪聲。爽快直接的北京方言、富於地方特色的風俗人情，具有鮮明的民族色彩和大眾的風格。

七 藝術風格

作品採用大量的敘事、抒情夾議論的心理描寫，訴說祥子的痛苦心聲，在刻畫了人物性格的同時表達了作者熾熱的感情。濃鬱的北京地方方言、環境和風俗人情的描寫，顯示了作品清新和富有魅力的藝術風格。

課堂活動

哪些因素構成了《駱駝祥子》和《圍城》不同的藝術風格？根據作品分析進行論述。

《圍城》的藝術成就

一　藝術風格

　　《圍城》是一部學者小說。作者學貫中西，博通經史，對人生社會洞察入微。作者聯想活躍，筆墨縱橫不定，讓人獲得各種角度的審美享受。作品含深刻的哲學蘊味，談古論今，旁徵博引。語言極有特色，妙語連珠，高超的諷刺幽默手法、精妙新奇的比喻層出不窮，知識容量豐富深廣，構成了其獨特的藝術風格。

二　強烈的諷刺性

　　《圍城》語言幽默俏皮，議論精闢，有強烈的諷刺性，讓人在掩卷大笑之餘，陷入沉思。作者在描寫一系列舊中國上層知識分子形象時，常常採用既含蓄而又挖苦的手法寫出他們不光彩的一面，形成了獨特的錢鍾書式的諷刺與幽默。

1. 諷刺醜陋的知識分子

　　以幽默的手法對人物進行諷刺。三閭大學校長"老科學家"高松年，是心術不正、好色貪杯、玩弄權術的學界官僚。女才子蘇文紈"才貌雙全"，有博士頭銜卻只會抄襲詩作。"詩人"曹元朗的作品令人作嘔……小說在諷刺表面現象的同時，挖掘了人物的心理狀態。

2. 諷刺醜陋的社會現象

　　諷刺了各種社會百態："文化沙龍"的矯情無聊、三閭路上的奇聞不斷、校園內的人情世故、職業官場的計謀韜略、大家庭中的口舌是非等。方鴻漸在張買辦家相親的趣事是很好的一例，諷刺無知淺薄、盲目崇洋的現象。

3. 諷刺獨特的文化現象

　　作品對中西文化進行了文化的批評諷刺。對食古不化的舊式和全盤西化的新式兩種人物都予以嘲弄。所謂的知識分子，個個掛着教授、學者的頭銜，學貫中西，其實並沒有知識。這種現象值得深思。

4. 諷刺現代文明的弊端

　　《圍城》揭示了一個深刻道理：造成方鴻漸一類人文化性格的因素，是中國傳統文化的糟粕與西方現代文明的墮落。同時，現實社會的黑暗、人與人之間的險惡關係也是重要的社會因素。作品對人生努力的徒勞、選擇的偶然性、人與人之間關係的相互牽制與束縛都作了形象化的描述，諷刺現代文明的弊端，展示出人生的困境與人性的悲哀。

三　戲說調侃的行文風格

作品對事物進行另類的詮釋和無情的批判，戲說調侃、輕鬆詼諧。把文憑戲說成遮羞包醜之物，"小小一方紙能把一個人的空疏、寡陋、愚笨都遮蓋起來"，把圖書館調侃成笨蛋的頭腦、"學問的墳墓"，幽默詼諧、生動新穎。

四　生動精妙的比喻

比喻的運用增添了諷刺幽默的效果。比如蘇小姐的愛情被比喻成了捨不得穿的好衣服，過了時，貶了值。李梅亭的眼白比作剝掉殼的熟雞蛋，令人惡心。類似的妙喻犀利尖刻，效果獨特。這些比喻具有以下特點：

1. 讓人意想不到。

2. 結合誇張和擬人，用抽象來比喻形象。比如用相思病比喻小孩子眉間的距離，自然貼切，幽默無窮。

3. 比喻中蘊涵讓人深思的道理。比如把一個人的缺點比作猴子的尾巴，向樹上爬時就露出來。

寫作練習

比較兩部小說的藝術特色，思考：作者使用了哪些小說創作的藝術手法？怎樣達到了異曲同工的效果？請舉出作品中的具體例子加以分析評論並試着寫下來。

第 37 講　│　命題論文的特點和要求

> **學習目標**
>
> 明確命題論文的特點
>
> 掌握評論寫作的要求

命題論文和作品評論論文的區別

本課程規定，這一部分的評估是以命題論文的方式進行的。學生必須掌握試卷二"命題論文"的寫作要求，才能完成這一部分學習的評估。

試卷二"命題論文"和試卷一"作品書面評論"有明顯的不同。在寫作作品書面評論文時，考生所面對的只是一篇具體的文學作品，考生只要根據自己對作品的閱讀理解，找出自己認為此篇作品最突出、最值得評介的角度確立自己的觀點，闡述自己的看法就可以了。用我們的話說，只要能自圓其說、言之有理，就可以寫成一篇成功的作品評論文章。這樣的文章主要體現的是閱讀者對文章的欣賞和主觀的評價。

寫作命題論文比寫一般作品評論文要顧及的方面更多。首先，考生所面對的是一道規定明確的題目，這道題目是文學理論的一個概念，或一項文學規律，或一類文學體裁作品創作中慣用的文學手法和寫作技巧，等等。不理解或者不能透徹理解這道題目，就無從開始寫作評論。命題論文必須是以所給出的題目為核心和起點的。

不僅如此，命題論文要求考生必須採用兩部以上的作品進行比較研究，用更加豐富的作品實例，採用具有說服力的事例來論證相關的文學命題。

所以，考生必須非常熟悉所學過的具體作品，才能全面準確地瞭解作品內容與形式的特點，才能舉出作品中的實際例證，針對具體作品中的文學現象進行分析評論。

寫一篇好的命題論文，考生必須具備一定的文學理論的知識，掌握作品的

>
>
> 命題論文寫作需要
> 注意哪些方面？
>
> **?** 想一想

文體特點，熟練使用比較分析的研究方法。這樣的文章主要體現的是閱讀者對文章的理性分析和評價。

命題論文與作品評論文還有一個區別：後者採用的是一種文本批評的方法，基本上是以文本細讀和分析為主，不需要考慮作者和其他更多因素。作品評論的寫作考試，要求考生分析的是一篇從未學過的文學作品，要在規定的時間內寫出評論。在有限的時間裡，考生不可能掌握更多的關於作者創作作品的情況，所依據的只有作品本身，只能把眼前的一篇文學作品作為賞析對象，從作品的文體特點、藝術形象、語言形式、修辭手法等方面，來分析和賞評作品思想內涵和主題立意的特色及藝術成就。

而寫命題論文的前提條件，是對一種指定文體的作品有全面的掌握和透徹的瞭解。寫作之前，考生已經掌握了整個作品。在平時的學習中，考生必須對作品的各個方面，包括作者的身世經歷，作品產生的時代背景、社會條件、文化影響，文本內容形式、藝術形象、風格特色，作品在文學史上的地位、作用、價值等問題都要作盡可能深入細緻的瞭解，不僅僅把文本的內容與形式，也要把整個作品創作活動當成一個整體現象來研究和評論。

所以，當我們在課堂上學習所選定的文體作品時，就要有目的地注意學習和瞭解有關作品的作家、作品方面的各種情況，在寫作論文的時候才可以根據命題的要求，從作者的寫作、作品文本的特色、讀者的接受等多個方面，全面地考量整個文學作品的創作實踐活動，完成命題論文的寫作。

有了明確的針對性，我們才可以從各種角度針對作品實際進行不同文體的文學作品的分析和批評，闡述文學作品創作的一般規律，掌握各種文學慣用的表現手法。

課堂活動

就下列問題展開小組討論：

什麼是命題論文？它和我們已經學過的作品評論論文相比，有什麼相同和不同？說說它的特點和具體要求。

命題論文的六項要求

命題論文的考試是針對第三部分所學的相同文體作品所設的。命題論文主要考查考生能夠在何種程度上識別和鑒賞作者對文學傳統表現手法或慣用法的應用，並就其產生的效果和作用進行賞析評論。

命題論文重點考核以下五個方面的能力。請參看試卷二命題論文的五項評分標準（《指南》第 46—49 頁），注意每一項中的關鍵詞句的含義，明白其確切的要求：

A. 知識與理解：考生對文體相關的在第三部分中學過的作品有怎樣的瞭解和理解？

B. 對問題的應答：考生對論題的具體要求理解得如何？考生在何種程度上回應了這些要求？

聯繫論題的要求，對作品的比較和對照進行得如何？

C. 對體裁的文學慣用手法的鑒賞：聯繫論題和所採用的作品，考生在何種程度上識別和鑒賞了作者對文學慣用手法的應用？

D. 組織與展開：對思想觀點的表達組織得如何？是否連貫並得到了充分的展開？

E. 語言：語言的清晰、變化和準確程度如何？在何種程度上選擇了適當的語體、風格和術語？

命題論文的考卷，是由四個部分的考題組成的，每一個部分的考題針對一種文體的類別，詩歌、散文、小說（包括長篇和中短篇）、戲劇各一類。在每一部分中，都會有三道題目，考生只能從中選出一道題目完成命題寫作。對你來說，你的學校所選的第三部分的內容決定了你學習的文體作品，決定了你只能回答和這種文體相符合的考題，對此你必須牢記。

根據上面的評分標準，你可以看到，要想成功完成試卷二評估必須遵循下面的幾點要求：

1. 正確選用作品

必須根據第三部分所學的作品內容來完成命題寫作，不可以使用其他的作品。

2. 正確回答問題

必須根據所學作品相關的文體部分的題目完成命題論文寫作，你只能從三道題目中選一道。具體說來，如果你所學的第三部分內容是長篇小說《圍城》和《駱駝祥子》，你就必須從小說部分的三道題目中選出一道題目，根據這兩篇小說的內容完成你的命題論文寫作。如果你用了這兩本以外的作品來寫論文，或者是選擇了戲劇、散文、詩歌部分的題目，都是不合乎要求的。

3. 使用比較對照的方法

你的寫作內容必須是針對兩部或者兩部以上的作品內容進行比較對照，作出分析論述才行，只對一部作品進行分析是不合規定的。

4. 準確引用例證

你的論文中，不需要逐字逐句的原作引文，但是一定要引用作品的準確實例，說明你的觀點，支持你的論述才可以。

5. 突出明確的觀點

你的論文要對題目作出明確的回應，根據問題提出自己的觀點，並針對自己的論點進行闡述。

6. 論述要充分展開

論述自己的觀點時，不單是做到文章的結構層次有條不紊，更重要的是充分展開自己觀點的論述。

命題論文題目的特點

命題論文的題目本身一般是由兩個部分組成的。第一部分是一個命題陳述，根據一條文學創作的常規、文學慣用的表現手法、一種常見的文學現象等寫成一個明確的陳述。第二部分是一個要求或是一個指令，告訴你對這個命題陳述作出判斷、評價和論述，要求你依據你所學過的兩部或以上的作品實際，表明自己的觀點，對命題作出回應。請看下面的例題：

例1：＂小說的情節由一系列事件所構成，這些片段具有內在聯繫，而不是各自獨立。＂在所選作品中，作家如何將主要事件連接？這對你欣賞作品有何作用？

例2：＂小說的環境描寫在作品中往往和人物命運的描寫相互結合。＂圍繞上述論點，請對所選的作品作比較分析。

在每道題目中總有一些關鍵詞決定題目的意思。從關鍵詞分析入手來理解題目，是非常必要的。

在題目的第一和第二部分裡，哪些詞語對你理解題目的意思起着關鍵的作用？

? 想一想

課堂活動

請用自己的語言複述上述題目的意思，把這些題目的含意和要求解釋給同學們聽，看看你的理解是否準確精當。

命題論文的寫作格式

寫作命題論文，不需要為自己的文章寫出標題，只要把題目當作標題就可以，在明確的題目下寫出自己的評論文章。但是，文章不能寫成回答問題的段落，而是要寫成一篇結構完整、觀點明確、例證充分、具有說服力的評論文章，把自己對命題的闡述有機地融入文章的整體之中。

命題論文形式，可以說是一篇沒有標題的完整的論文，要有論點的提出、論據的分析、論述和議論、結論幾個部分，缺一不可。

學習命題論文的寫作，對提高考生的文學鑒賞、分析、批評能力，培養考生的閱讀理解、寫作表達的能力是非常有效的。在學習寫作的過程中，考生要清楚瞭解所選體裁作品的內容及其形式的特點，掌握此類體裁作品中的慣用手法和寫作技巧，學會比較相同體裁作品之間的相似和不同之處，學會使用準確的語言、恰當的結構形式，用具體的作品實例來表達自己的觀點和見解，進行有說服力的評論。

課堂活動

通過學習命題論文的寫作，你認為可以在哪些方面提高自己現有的知識與能力？根據自己的理解填寫下表：

論文寫作所要求的知識與能力	你對於自己的現狀的分析： 熟悉（具備）／ 瞭解（待提高）／ 不熟悉（待學習）
理解作品的知識	
文學理論的知識	
分析作品的能力	
評論作品的能力	
文章寫作的能力	

學習目標

熟悉所學作品的內容
準確理解題目的要求

熟悉作品的內容

我們知道，命題論文必須針對同一體裁、兩部以上文學作品進行比較分析作出評論。評論的依據必須是作品中的具體內容實例。恰當、準確的引用是分析評論的關鍵，也是命題論文的一項明確的要求。但在考場上，考生不允許攜帶作品，也沒有時間來閱讀作品，引用的論據只能憑藉記憶。因此，熟悉並深入地掌握作品，是命題論文寫作成功的關鍵。

如果你所學的第三部分內容是長篇小說，你必須熟知每一部作品中的情節、人物、環境、描寫、敍述的藝術特點，對作品中一些反覆出現的、比較突出的慣用手法和技巧的使用情況、所產生的藝術效果、對讀者的影響等等各個環節都要有清楚的瞭解和把握。只有當你對作品的內容本身、作者的創作、讀者的接受、手法的作用及效果等各個方面有了較為全面的把握，才能根據相應的內容和方法，對不同的題目進行有針對性的回答和闡述。

你知道你應該使用哪一種文學體裁的作品完成你的命題論文的寫作嗎？你學過幾部這類文體的作品？你是否能全面把握這幾部作品？

 想一想

課堂活動

思考並舉例回答下列問題：

1. 你從小說《駱駝祥子》的人物和故事情節中，看到了作者怎樣的生活經歷、文化修養和審美情趣？

2. 你從祥子的身上看到了作者對社會、人生問題怎樣的思考和感悟？

Part 4

3.你從《圍城》的情節中看到了作者怎樣的文化修養、生活經歷和個性氣質？

4.你從《圍城》的人物身上看出了作者對時代社會、中西文化、人生問題怎樣的思考和感悟？

有效的複習

在考試前，一定要對已經學過的第三部分所有的作品進行一次全面有效的複習，注意三個方面的內容：

1.複習作品的具體內容，把和內容相關的方面重新溫習，對一些重要的細節更要有意識地加以記憶，明確其出處，以便引用。

2.對每一部作品中典型的、有效的慣用表現手法要特別重視，對其具體使用的篇章段落要反覆閱讀，要能熟練地舉出相應的例子。把前面學過的重點內容以列表的方式寫出來。

3.把三部作品的相同點和不同點進行對照比較，並把比較的結果用表格的方式清楚地展現出來，每一種手法都舉出一些相應的例子，每一個例子都標明出處，以方便記憶。

複習雖然要花費時間和精力，但是，有效的複習才是成功的保證。要想在論文寫作中體現出你對作品清楚、細緻、全面、深入的理解，你應該做到以下幾點：

1.能引出恰當具體的實例來說明某一種慣用手法在作品中的具體運用情況。

2.能分析其使用的意圖、作用和效果。

3.能清楚地比較幾部作品的相同與差異之處。

課堂活動

自製一個表格，把幾部作品的各項內容特色放在一起進行比較分析。

理解題目的意思

　　和試卷一的作品評論文章相比，命題論文強調有關文學體裁的特點研究，強調考生要對各種文學樣式的作品在長期的寫作實踐過程中所形成的文學規律、書寫套路、慣用手法技巧、獨有的表現手法、結構方式等進行分析研究和評論。比如，詩歌作品中意境、意象的構成特點，戲劇作品中獨白的作用，小說作品中人物塑造方式等，都是重點的評論對象。

一　明辨考題的角度

　　命題論文寫作的另一個關鍵是考生必須在命題所限定的範圍內作文，否則就會出現跑題、偏題的現象。這種現象是導致論文寫作失敗的主要原因。因此，考生必須樹立較強的應考意識，必須準確、全面地理解題意，領會命題的信息，揣摩命題的意圖。這是寫作能否成功的極其關鍵的一步。

　　所謂準確、全面地理解題意，就是我們平常說的審題。審題時要一字一字地讀，要看得認真，不能有半點匆忙或馬虎。要進行多角度全方位的周密分析，盡最大可能找到文題所包含的確切含意。審題時必須注意以下兩點：

　　首先要明確題目的類型、出題的角度和具體內容。命題可以從不同的角度考查你對作品的理解和評論，不僅可以從作品的內容本身，也可以從讀者接受的角度，或者從作者的角度讓你分析作品。

　　比如，一些題目要求你從作者使用的意圖來分析一種文學慣用手法，你可以結合所學作品中的具體情況，從作者的角度來分析這種手法為什麼或者怎麼樣被作者所使用，他的意圖是什麼。

　　一般來說，作者選擇所要描寫的對象和描寫的方法都是和他的生活經歷、文化教養、個性氣質等等相互關聯、密不可分的。所以，從作家的角度來看作品，是一個分析研究作品的重要方法。作家是選擇自己最為熟悉和關注的內容作為寫作的素材的。從作家的身世背景，可以看出他和作品中所塑造的人物之間的關係。

　　作品中的人物不等於作者本人，卻和本人密切相關。作品中的人物是作者的情感、心靈、人生體驗、人生理想以及藝術功力的結晶，是作者心靈與精神孕育的胎兒。從作品的人物身上，我們可以看到作者的人生態度、價值觀念、審美情趣、人生閱歷、文化修養、性格與氣質等。從作者使用的一些塑造人物的手法上，我們可以看到作者想要達到的創作意圖，寫作的風格特色，表現出的作者對人生社會的思考感悟。

所以，審題要能從作品本身、作者、讀者的角度多方面把握作品。

如前所說，命題論文的題目一般分為兩個部分：一句是命題的陳述，如："小說人物的出場方式，對讀者理解人物的性格特色有畫龍點睛的效果。"接着是一句作文的要求："請根據你所學習的作品，進行分析評論。"寫作者首先要對這個命題的陳述作出準確的理解和分析，表明自己的觀點和態度。然後準確地回應命題的要求，用具體的作品內容進行論述和評論。

題目的內容多種多樣，但目的都在於引導考生全面展示對所學作品的深刻的理解。有些題目是從作家的角度來考查考生對作品的瞭解，有些題目是從作品文本的角度來考查考生對作品的藝術特色的瞭解和掌握，也有些題目是從讀者閱讀的角度出發考查這部作品的社會作用和藝術價值。一部作品的成功與否，是由各種綜合因素決定的。無論哪一種角度的命題都有一個共同的目的，就是藉着這個題目給你一個角度，讓你從這樣一個特定的角度入手，運用你的知識與能力展開論述，表達你對作品的深入理解。審題要從以下幾個方面着手：

1. 細讀題目，找出關鍵的字與詞，明確題目的具體要求。

2. 判定此論題所涉及到的是哪一種文體的特徵，要求論述的是哪一種慣用的手法，這種慣用法的具體定義如何，一般的作用和效果怎樣。

3. 從所學的第三部分作品中，你可以選哪兩部作品中的恰當內容進行闡述。

4. 你可以從哪個角度來論述，你的觀點是什麼。

先用自己的語言把題目的意思解釋一遍，把整個題目的要求搞清楚，理解準確。不明白或者不能透徹明白的字詞不要妄加猜測。切記，一定要按照題目的要求來作文，不要根據自己的猜測來回答題目。

二 具體題目分析案例

例 1："小說作品常常以人物個人的悲劇結局來展現社會時代的悲劇。"所選的作品是如何反映這一點的？請作一比較分析。

我們來分析此題的題目：

1. 關鍵詞："悲劇"。"個人悲劇"，指人物所追求的理想、奮鬥目標由於自己本身的性格缺陷或者過錯失誤而不能實現，甚至導致被毀滅的結局。人各有特點，人物特有的外貌、品行、氣質、語言、行為、習慣，由一定生活環境、成長歷程、人生的經歷養成。"社會悲劇"指由時代、社會環境惡劣的影響而導致的人物悲劇。題目的具體要求是，論述作者如何設計作品中人物結局的情節，揭示導致人物悲劇的時代和社會根源。

2. 涉及到的文體慣用手法：情節設計、結局的作用。

3. 可用兩部作品中的主人公：《駱駝祥子》中的祥子，《圍城》中的方鴻漸。

4. 兩部作品中的人物都有同樣的結局，作者設計的結局起到的作用有同有異。

課堂活動

仿照例 1，分析下面的命題：

"在小說中，人物形象的成功塑造在於其性格的完整性和真實性，正是由於作品中人物往往有着這樣或那樣的缺陷，才使得這些人物的形象豐滿而真實。"結合所選的作品中的人物，對這一論點進行分析論證。

例 2："優秀小說作品的情節，總是由一系列具有內在聯繫的事件連接構成的。"在所選作品中，作家如何連接主要事件，產生了什麼樣的作用，請根據作品實際進行分析評價。

我們來分析這一題：

1. "一系列事件"即小說的情節；"內在聯繫"即情節間相互的關聯。

2. 涉及到的文體慣用手法是小說的情節結構。

3. 根據題目可以聯想到方鴻漸三入三出，祥子三起三落。

4. 作家將主要事件連接的方式相近，各有其內在的緊密聯繫，但是作用不一樣，給讀者的感覺也不同。

分析題目時，有意識地明辨出題的角度，有助於你更好地理解題目的要求，結合所選學的作品內容進行有針對性的相關論述。

課堂活動

仿照例2，分析下面的命題：

"小說中的細節和小插曲都是出於作家的精心設計，為體現主題和描寫人物所用。"用小說中的事例說明。

例3："優秀的小說作品，往往具有深刻的象徵意義。"請根據作品的具體內容，對上述觀點加以論述。

解題的關鍵詞應是"象徵"：關於象徵的概念和手法，我們在詩歌的學習部分作了詳細的介紹，可以參看。

在小說作品中，小說的形象、情節、環境描寫、色彩描寫等等都可能具有象徵的作用。這些象徵，對鋪墊作品的情節、營造作品氣氛、塑造小說的人物、烘托小說主題起到了十分重要的作用。比如，有些小說以一段簡潔緊湊且富有深刻象徵意義的描寫開頭，來預示整部小說的基本主題。

寫作練習

試着寫出下列問題的答案：

1.在你所學過的作品中，哪些色彩描寫具有象徵意義？小說如何利用色彩象徵來刻畫人物、揭示主題？

2.在你所學過的作品中，哪些環境描寫具有象徵意義？分析祥子在風雨中拉車場面描寫的象徵意義。

3.賞析評論《圍城》的象徵意義。

> **提示**
>
> 小說的象徵成了思想的載體，作者賦予看似一般的生活現象以深刻的寓意。作品借助象徵手法，揭示出小說的內在含意，善於以人物、題目、概念、典故、細節為象徵，揭示蘊涵其中的象徵意義。

人總是在一定的環境中生存的。小說中的自然環境和社會環境，是人物活動的舞台，是人物性格形成的基礎，是情節發展的依托。自然環境的描寫常常是為製造氣氛、襯托人物的心境、表現人物的情趣而安排的，一般帶有作者的感情傾向；社會環境的描寫是為展示人物間的相互關係和展示人物的性格服務的。

　　小說環境描寫具有象徵的作用。小說中的自然景物的描寫營造出一種意境，成為具有象徵意義的“氛圍”，看似寫景，實則寫人生。如《水滸傳》中林冲故事中的寫景片段，不是一般的景色描寫，而且表現了他的內心情感和精神意蘊。

第 39 講 │ 命題論文的寫作演練

學習目標

掌握論文的核心要點

進行充分的寫作演練

選用恰當的作品內容

本書的第三部分是以長篇小說為學習內容的，包括《駱駝祥子》、《圍城》、《怨女》三部。你必須使用兩部或兩部以上的作品進行比較才能完成命題論文的寫作。

課堂活動

試根據《駱駝祥子》、《圍城》和《怨女》中的任何兩部作品的內容，回應以下問題。寫出你的分析論述提綱。

1. "心理描寫對小說人物的塑造起着非常重要的作用。" 用小說中的事例說明。

2. "伏筆是運用預示和暗示的手法，為情節的發展埋伏線索。" 作者如何使用這個技巧？用小說中的事例說明。

3. "成功的小說作品，善於運用對比的手法來描寫人物。" 請用所學的作品加以論述。

4. "在小說中，小角色的作用也非常重要。" 圍繞上述論點，試對所選的作品作一比較分析。

● **審題案例一**

"作者設計了小說人物的出場方式，對作品塑造人物、吸引讀者起到了畫龍點睛的作用。"請根據你所學習的兩部作品,進行分析評論。

第一,細讀題目,找出關鍵的字與詞,明確題目的具體要求,考慮是否需要思考以下問題:

人物的出場對人物的性格特色如何起到作用?具體起到什麼樣的作用?怎樣吸引了讀者?優秀作品在開頭對人物出場有什麼樣的描寫?表現出人物哪些性格特點?這樣的描寫對整部作品中的人物塑造有什麼作用?能產生什麼樣的藝術效果?給讀者什麼感受?

第二,判定此論題所涉及到的文體慣用手法:小說人物的出場、作品的開頭。

小說的開頭的作用:交代主要的人物,包括人物的性格特色的展現,交代故事發生的背景、安排好懸念。

第三,分析你所學的第三部分作品的實際情況,選擇兩部較有把握的作品用恰當的內容來回答此題。

想一想你印象最深的小說的開頭情況:

1.《駱駝祥子》的開頭人物出場

交代主要人物:"我們所要介紹的是祥子,不是駱駝",講兩者的關係;"我們再說祥子的地位",從一般的車夫到特殊的車夫,"年輕力壯"、"高等車夫"突出祥子的特性。給人物的出場亮相作了充足的鋪墊。"他就像一棵樹",從內到外的美好、強壯,暗示出他應該是一個勝利者。

開頭的作用在於交代故事發生的背景並安排好懸念:祥子會勝利嗎?

2.《怨女》的人物出場

銀娣出場時她的語言與動作表現出鮮明的性格特點。她大罵木匠的無理輕薄:"這死人拉牢我的手,死人你當我是什麼人?死人你張開眼睛看看!爛浮屍,路倒屍。" "豬玀,瘋三,自己不撒泡尿照照。"嚴厲、兇狠、充滿激情與叛逆。她怒斥哥嫂為了生計要她結親:"你怕難為情?你曉得怕難為情?還說我哇啦哇啦,不是我鬧,你連自己妹妹都要賣。爺娘的臉都給你丟盡了,還說我不要臉。我都冤枉死了在這裡——我要是知道,會給你們相了去?"小說的開場描寫出一個敢愛敢恨的女性。

開頭的作用在於交代故事發生的背景,安排好懸念:銀娣的婚姻究竟會如何?

3.《麥田裡的守望者》的開頭

交代主要人物：人物是一個休學的中學生，正在休養，他自己講述一件已經發生過的事情的經過，口氣不耐煩：「我想告訴你的只是我在去年聖誕節前所過的那段荒唐生活。」他是在加利福尼亞州一所精神病療養院講他過去的幾天經過。講述對象，是他的兄長：「我說的這些事都是我告訴 D.B 的，他是我哥哥，他在好萊塢。」「我打算從我離開潘西中學那天講起。」

安排好懸念：這個人物在過去的幾天究竟發生了什麼？

這是一部融傳統的成長故事、現代的寫作技巧和後現代的精神氣質於一體的小說。在開頭藉着主人公之口對傳統的文學敘事方式表現出強烈的蔑視：「可我老實告訴你，我無意告訴你這一切。」「這類事情教我膩煩。」鮮明地刻畫了這個人物的性格特點。

人物的思想混亂、語無倫次，但是十分真誠可愛。他厭惡日常生活的虛偽矯飾，討厭代表某種信仰說教的動聽口號，瞧不起任何「循規蹈矩」的東西，也表現出一種急躁不安的情緒。

課堂活動

思考並回答下列問題：

1. 以上幾部作品，在開頭的人物性格表現上有何相同與不同之處？

2. 哪兩部作品更有可以比較的相似之處？

3. 除了相同的地方，它們在藝術的表現手法上有什麼相同和不同之處？

4. 各自的特點是什麼？有什麼作用效果？

5. 有什麼樣的具體事例可以用來引證和說明？

6. 你的結論是什麼？

二 審題案例二

"在小說中，人物形象塑造的成功在於其性格的完整性和真實性，作品中的人物往往有着這樣或那樣的缺陷。但正是這些缺陷的存在，才使得這些人物的形象豐滿而真實。"結合所選的作品中的人物，請對這一論點進行分析論證。

怎樣看待小說中的人物？以下四個方面你要格外注意：

1. 小說的人物不受真人真事的局限，是虛構的藝術形象。小說人物是作者在綜合了生活中各種各樣真實人物的基礎上，加以改頭換面創造出來的。他們被稱作典型環境中的典型人物。作者寫人物，可以打破時空的限制，借助虛構和想像，進行多層次、多角度的描繪。

2. 寫人物是為了展現人物的性格特色，人物的性格特色需要通過多方面的描寫來表現。人物的性格是多方面的，不是單一的。一個好人，不會是十全十美，否則就不真實了。表現不同的性格側面可以採用不同的描寫方法。比如，人物微妙複雜的感情、內心世界的心理活動、音容笑貌、談吐舉止、行為動作的描寫，等等。不同性格的人，有不同的行為方式。從不同的描寫中，要善於發現人物的性格特點。

3. 描寫人物的性格特色，就要寫出人物性格形成的過程，寫出人物性格的複雜性和豐富性。一個人物性格的形成與發展變化，常常是這個人物與其他人物的互動行為的結果，是人物受到環境影響的結果。人物與人物間的相互影響、相互作用，人物間的關係變化，人物生存環境的變化等，都會成為導致人物性格的發展和變化的重要因素。

4. 多方面、細緻地刻畫人物形象，展示出人物的全貌和豐富的內心世界。為了表現主題和人物性格刻畫的需要，小說可以寫人物的音容笑貌、言談舉止和衣着服飾等外在形態，也可以寫人物的內心活動和情感世界。既可以寫人物過去的活動，也可以寫人物現在的生活。除了直接描寫以外，小說還可以憑藉敍述人的語言，對人物進行多方面的描述。對人物進行大膽的想像和虛構是十分必要的。

課堂活動

"小說的情節是由一系列具有內在聯繫的事件所構成，為表現主題和描寫人物所用。"在所選作品中，作家如何將主要事件連接起來？起到了怎樣的作用？請分析說明。

比較對照的方法

選定了兩部作品的內容之後，千萬要注意，如果你只是把兩部作品中各自使用慣用方法的情況加以複述介紹，然後作一個簡單的歸納回應題目是不可行的。因為這樣不符合論文要求，你沒有使用對比的手法比較分析兩部作品，找出相同點不同點，你的方法是錯的。

你要選取兩部作品中有可比性的具體內容片段、實際例子來進行分析，看一看在作品的表現上兩者是不是有相同和不同之處，分析一下作者使用這樣手法的意圖和目的有什麼相同和不同之處，考慮讀者能得到什麼樣的啟示，這樣的手法能產生什麼樣的影響和作用。在這樣的幾個方面中，你一定可以發現不同作品中有許多相同和不同的具體表現。

比如，你要回應的題目是：

"小說塑造人物時常常使用人物內心獨白的手法。"請根據所學作品談談你的看法。

一般來說內心獨白有這樣一些作用：

1. 揭示人物內心的情感，表達人物的思想傾向。

2. 補充情節，加強作品的感染力。

3. 刻畫人物的性格，突出人物的性格特色。

4. 展現人物之間的關係。

5. 揭示作品的社會矛盾，深化作品的主題。

很顯然，在這樣多的作用中，不同的作品一定既有相同之處，也有不同之處。你可以從兩個方面來分析比較不同的作品，一方面可以看到使用了相同的手法達到了相同的目的、起到了相同的作用。另一方面，使用了相同手法，卻達到了不同的目的。具體的相同和不同是什麼，要說明白。在論文中，兩部作品分析論證的分量要相當，要能夠展開比較。既然是比較，就不能只是平行、互不關聯的論述，一定要有兩者的交叉點。

組織發展自己的論點

從試卷二評分標準 D 項中，你可以看到一個很關鍵的詞"發展"或叫"展開"。就是說在論文的結構安排上不但要清楚有條理，還一定要把自己的論點作深入的拓展論述，讓自己的觀點得到合乎邏輯的充分展示。

你要讓考官從你的文章中看到：

你的觀點是什麼？你從哪個角度提出了你的觀點？你對作品進行了比較對照嗎？結果有哪些？你展示出了不同作品的異同嗎？有哪些相同和不同的具體例子？你的文章是不是始終緊扣了題目，並舉出作品中具體的例子展開了充分的論證？你是否顯示出對此種文學慣用手法準確的把握，並且對作者作出這種選擇有何目的、產生了什麼作用與效果進行了更加深入的討論？

論文的結構安排

論文的結構安排，可以有兩種方式：

1. 以作品為中心，先分析第一部作品，然後分析第二部作品。

2. 以自己的觀點為核心，圍繞觀點舉出不同作品的例子來論述。每個考生可以根據自己的特點靈活選用。

論文的結構要完整，論述要有邏輯性，條理分明，嚴謹完整，首尾照應。一般分為四個部分。

一　釋題

釋題就是闡明本文所要論述的問題和觀點，包括三個要素：一是此題涉及到哪一種文學慣用手法，有何論述的價值與意義。二是"我"對題目的看法即我的主要論點是什麼。三是"我"將以哪兩部或兩部以上的作品來論述這個命題。注意，要對論題的要點及細微處作極好的回應。

二　展開論述

根據第一部作品的內容，展開論述。在這部作品中有幾個突出的例子？在第幾章、第幾節？具體的內容是什麼？各自說明什麼問題？每一個例子的賞析都可以分成一個自然段，每一個自然段，都分別從一個角度來論述你觀點的一個方面。每一個論述，都要說明在哪裡，是什麼，如何表現，這樣的手法被如何使用，作者使用的目的如何，使用的效果和作用又如何。比如說，這種手法在作品中一共出現了三次，要說明三次的不同之處和各自的作用。論述要緊緊結合作品的實際，要有準確的實例引用，這樣才有說服力。各段之間的連接要承上啟下、自然順暢，觀點要層層遞進，逐步深入。

三　分析比較

在論述第二部作品時，一開始就可以指出這部作品和第一部作品有哪些相同和不同。為了對應上一部作品，可能也會舉出三個類似的例子，說明有哪些不同，為什麼不同，這樣的不同說明什麼。

將兩部作品加以分析比較進行論述時，比較一定要符合作品的實際。要對兩部作品的共同點與不同點進行細緻的分析、歸納和總結，此處要特別注意闡述自己個人的見解，表達自己的看法，有條理有層次地展開議論和評論。

為了充分展開你的論述，可以從三個不同的角度來進行比較：作者的寫作意圖、作品中人物或者情節發展的作用、讀者能得到的信息和感受，這樣就能夠有理有據地展開論述。

四　結尾

結尾是全文的總概括，對全文內容統一綜述，將幾個分論點歸結匯總。對所論作家選用的手法作出精要評價；首尾照應，回應題目的要求，重申和強調本文的論點。

整體考量

命題論文寫作的要點

角度巧妙

例證充足

結構完整

語言準確

結論有力

　　文章要寫得好，作者必須對寫作的準則及題目有足夠的認識。在準確恰當的作品引用基礎上要進行詳盡深入的分析。

　　作者還要細心規劃，注意結構完整有條理，段落安排合乎邏輯；論述要循序漸進、層層加深。

　　另外，精當準確的語體和語言表述不可忽略，有意識地使用一些具體、生動的語言和修辭手法，將抽象的概念形象化，表現出語言表達力和批判思考能力。

一　論點鮮明

　　首先，學會立論，表明自己的看法，提出文章的論點。明確提出自己的觀點，就命題的角度和要求，從總的方面提出自己對命題陳述的觀點。必須學會在開頭的部分盡快確立自己的論點，論點要鮮明、突出，不要含糊，下面的論述，都是要圍繞這個明確的總論點，發表自己的看法和評價，說服他人相信和同意自己的觀點見解。

二　例證充分

　　為了使自己的觀點被他人接受，就必須要有充分的證據來支撐。越是典型的、可靠的、有力的論據，就越具有說服力，越能表明自己對作品的深入理解。但是，光是羅列出一些證據不行，必須把不同的論據進行分析和評論，既有議又有論，充分展開論述和評價。

三　使用 "中心句"

　　文章中每一個段落都要有一個主要的意思，要用一句話明白地寫出來（通常在句子的開頭），這一句話就是一個"中心句"。然後根據這個中心句，在段落中展開論述，舉例子、講道理論證自己的觀點。

四　語體正確，語言講究

使用分析、論說、評論的語氣語體。不要在文中敍述和抒情。使用一些表明論述順序和層次的詞語，使文章條理清晰。使用準確的文學術語，引用明白恰當的概念。論述語言要準確、嚴謹，詞彙豐富，使用適當的句式加強文章的氣勢，善用一些恰當的成語，引用一些精闢的評論語等，增強自己的語言表達力。

常見問題

需要注意的是，論文的寫作是論述，不能敍述，不要過多地敍述作品的內容，要善於運用概括的語言和論述的方法展開分析和評論。

有的考生把評論的文章當成讀後感想來寫，使用的語言、詞彙和句式都不符合論文的要求，這說明考生沒有明確意識到應該使用的論述語體。還有的考生，沒有明確題目的要點，只是將自己對作品內容的記憶堆積在文章裡，文章出現嚴重的文不對題的現象。

 寫作練習

比較《駱駝祥子》、《圍城》、《怨女》中任何兩部作品的內容，完成命題論文的寫作：

"人物的內心獨白對小說人物的塑造具有非常重要的作用。"用小說中的事例說明。

第 40 講 ┃ 命題論文的自我審評

學習目標

掌握命題論文的評分標準

取長補短不斷進步和完善

為自己的論文評分

課堂活動

　　請檢查自己的文章，看看自己的問題何在，對照評分的標準為自己的文章打分。

　　審視自己的論文時，要注意以下問題：

　　1. 審題是否準確，對題目的要求和含意是否理解全面正確？

　　2. 對題目的回應是否恰當？文章的論點是否鮮明突出？（第一段裡要提出主要觀點，即文章的論點）

　　3. 文章中使用了哪兩部作品中的哪一方面的內容來論述？選用是否恰當合適？

　　4. 論述的層次和條理如何？對論點的闡述是否有邏輯性？是否舉出了有效的作品實例來論述，還是只是複述故事？說服力如何？

　　5. 對作品的文學性、藝術手法的運用、效果的分析評論是否準確？是否有實際的例子加以證明？

　　6. 語言和句子是否通順、明白？

　　7. 文章的總體結構是否完整？

　　8. 最後一段裡文章的結論是否明確？是否能夠首尾照應？

　　9. 文章是否可以在規定的時間裡完成？

課堂活動

和其他同學互相交換文章進行修改，按照評分的標準給對方打分。並提出修改的具體意見，特別注意一下上面幾個問題。

常見的問題

以下是學生的論文裡常見的問題，應盡量避免：

1. 題目審理不明，對其特定要求理解不夠全面或準確。
2. 關鍵詞沒有抓準，相關的文學理論的問題或概念理解不足。
3. 不合論文寫作規範，論點、論據、論證不明。
4. 文章的總體結構不完整，兩部作品的分量不平均，例子不夠恰當。
5. 文章的語體不符合論文的要求。

課堂活動

也許你所學的內容不是小說作品，但是在寫作的方法上，下面的論文可能對你也有一定的啟發。閱讀下面這篇命題論文樣文，請按照評分標準給它評分：

題目："展示人物的缺陷是小說作家塑造人物形象的一個重要手段，離開了人物的各種缺陷，人物的性格難以豐滿與真實。"結合所選作品中的人物，進行分析論證。

第一部分：釋題

1. 點明兩部作品。
2. 寫人物缺陷的手段。
3. 論點：兩部作品目的相同與效果不同。

人物是小說的靈魂，錢鍾書的《圍城》與老舍的《駱駝祥子》兩部作品風格各異，但是在塑造各自的靈魂人物時都運用了展示人物缺陷的手段，於是我們看到了方鴻漸和祥子都因自身性格有所缺陷而成為真實豐滿的文學形象，作品也因為塑造了這樣的人物而成為小說經典。錢鍾書用幽默調侃的筆調展示了人物因自身的不足深陷困境的無奈，引發讀者對人生的思考；老舍飽含熱淚與深情挖掘了人物因自身的缺陷造成的悲劇真相，強烈控訴了社會的黑暗。

《圍城》中的方鴻漸和《駱駝祥子》中的祥子，分別來自知識分子階層與貧民階層，但在性格方面卻有着相同的可貴之處。首先，二人的內心都非常善良。《圍城》中方鴻漸不喜歡蘇小姐，但卻不忍心傷害蘇小姐；《駱駝祥子》中的祥子拉車時摔了跤，他自己流了血，卻首先關心曹先生有沒有摔傷，並提出以自己的工錢賠償曹先生的損失。其次，他們都嚮往和追求真正美好的愛情，希望得到理想的愛人。方鴻漸深愛唐曉芙，喜歡她毫不矯揉造作的真誠美麗；祥子深愛小福子，喜歡她的吃苦耐勞善良體貼，希望和她共度一生。但是，方鴻漸沒有堅定的信念和追求的勇氣，輕易地放棄了心愛的女子，被動地和一個自己並不喜歡的人結婚，陷入了婚姻的圍城而不能自拔。祥子卻出於自私，拒絕了小福子的請求，間接導致了小福子慘死的結局。小福子的死，摧毀了祥子最後的精神支柱，加快了他自己的毀滅。

兩個人物的性格缺陷導致了他們命運的悲劇。胸有大志滿腔熱情的方鴻漸因為心地善良而又軟弱無能所以處處碰壁，在求學、事業、愛情各方面徹底失敗，陷入了生存和理想的矛盾困境之中。勤奮耐勞的祥子因為自私封閉、孤身掙扎，三起三落失去了物質財富、生活理想以及精神力量，成為一個行屍走肉般的“末路鬼”。他們都不是壞人，但都沒有好的結局，他們是這樣的真實可感，所以更能打動讀者。

為了更好地塑造人物，突出他們性格的特點，作者花費了很多筆墨展示他們不盡相同的性格缺陷。在情節的安排上，《圍城》多次描寫了方鴻漸對待自己婚姻問題時表現出的懦弱與無能：早在大學讀書期間，方鴻漸便萌生自主戀愛的念頭，但在父親的痛罵下，頓時“嚇矮了半截”，一下子便打消了自己的念頭；當他與唐曉芙最後一次對話時，也只是訥訥地說：“你說的對，我是個騙子，我不敢再辯，以後決不來討厭了。”把幸福的愛情結束得那麼輕率；面對孫柔嘉的真實面目，他也沒有勇氣堅持自己的理想，只好向現實妥協投降，墮入婚姻的圍城。這些情節的安排具有深刻的內在聯繫，作者如同抽絲剝繭一般層層深入，刻畫了人物的性格。作者風趣幽默的描寫背後隱含了人物無可奈何的悲痛，讀者從中可以看到作品展現出的人物性格形成的社會環境與文化因素：方鴻漸身上有着傳統思想的影響，又接受了西方文化的影響，在混亂的社會中，思想的矛盾重重，雖然良知尚存，但能力有限，被社會中醜惡的現象壓得抬不起頭來。他的悲劇是

第二部分：展開論述

用比較對照的手法來分析兩部作品中人物的相同之處。分別舉出了作品的例子來說明。

第三部分：分析比較

比較兩部作品具體的刻畫人物的方法有哪些不同：
1.《圍城》的情節安排。
2.《駱駝祥子》的對比描寫。

Part 4

個人性格的悲劇，也是時代和社會的悲劇。

《駱駝祥子》則採用了人物對比描寫的方法，展示祥子性格的缺陷。作者把祥子和老馬進行了對比描寫：老馬年輕時無私助人，“拿別人的事當自己的作”，“跳河的，上吊的”都救過；而祥子為了買上自己的車，不惜與老弱病殘者搶生意，以致“背後跟着一片罵聲”。作者把祥子和小福子相比：後者為了救自己的家人不惜“賣肉”，而祥子卻在小福子表達了要嫁他的意願後，怕她的家庭給他帶來負擔而拒絕了她。作者對祥子和他周圍窮苦人們的描寫傾注了深切的同情，對比的描寫飽含了深情，對祥子痛苦抉擇的描寫揭示出祥子性格的內在原因：祥子來自農村，與生俱來的小農意識、狹隘的眼光和個人奮鬥的思想，讓他過於相信個人的力量，自認為他可以孤身奮鬥擺脫和其他窮人一樣的命運，所以他不想因為幫助別人而影響了自己的生活，但是他沒有意識到，他和其他窮人的命運是一樣的，自私自利、孤身奮鬥不能拯救自己，個人主義是行不通的。

兩部作品用精妙的描寫手法，彩繪了方鴻漸與祥子的人物形象，突出了作品的風格特色，給讀者留下深刻的印象。《圍城》中作者賦予“圍城”深刻的象徵意義，表現了人類不斷地追求和隨之而來的不滿和痛苦的人生境遇。作品讓方鴻漸說出自己的感悟：“我近來對人生萬事，都有這個感想。”可謂點題之筆，概括了他進出於事業、愛情、家庭幾座圍城，結果屢屢敗北的悲劇，具有強烈的社會意義，也包含深刻的人生哲理，體現了學者小說的風格特色。

《駱駝祥子》善於運用形象鮮明、生活化的比喻手法。作品中藉着老車夫的話提醒祥子：幹苦活兒，打算獨自一個活好，比登天還難；把窮人比作小孩子手裡被線拴着的螞蚱，螞蚱只有成群才能把整頃的莊稼吃掉。說明憑着個人的奮鬥無法與強大的社會黑暗勢力抗衡這一生活真理。

《圍城》和《駱駝祥子》兩部作品儘管在刻畫人物的手法上不盡相同，但是它們都突出表現了人物所處的社會環境。方鴻漸與祥子，都是特定時代社會環境的產物，都會受到當時社會文化的制約和影響，他們的性格都有着鮮明的社會文化的烙印，都有各自的缺陷和不足。作者採用了展示人物缺陷的手段，成功塑造了具有時代和文化特色的靈魂人物，藉這樣的人物形象來揭示深刻的主題，闡述人生的感

第四部分：結尾

提出結論：這樣的手法，是作品成功塑造真實豐滿人物的關鍵。

悟和哲理，給讀者以深刻的震撼力和感染力。方鴻漸與祥子兩個真實豐滿的人物形象深入人心，成為兩部小說成功的鮮明標誌。

考官評語

A. 知識與理解

考生對題目要求的領會非常到位，熟悉第三部分選用作品，對所討論的內容有很好的理解。

B. 對問題的應答

文章突出了論述的核心內容，把這個慣用的技巧和手法作為貫穿始終、清楚明確評論的焦點。兩部作品中都舉出了一些具體的事例，顯然考生明白題目的要求，並給予了適當的回應。

C. 對體裁的文學慣用手法的鑒賞

考生採用了對兩部作品進行比較對照的方法，指出兩個作家使用這種慣用手法的共同之處，又進一步分別指出了作家在具體手法上的差異，對兩部作品中作家如何展示人物的缺陷來刻畫主要人物性格進行了多方面的分析。文章雖然沒有能做到對離開了人物的各種缺陷，人物的性格難以豐滿與真實這樣一個問題進行更加明確的比較分析和評論，但是可以看出考生對相關的內容有較好的理解，對作家的選擇給予積極的肯定和讚賞。

D. 組織與展開

文章的整體組織很好，有具體的事例來說明相關話題，並作出了適當的回應。文章具有嚴密的邏輯結構，論點得到了系統的、條理清楚的表述。

E. 語言

語體符合要求，詞語豐富，語言清晰，語法準確，表述流暢有說服力。達到了高水平的要求。

Part 4

命題論文的樣題及答案要點

樣題1：在小說中，作家並不總是按照事件發生的時間順序安排故事情節。選擇兩部所學作品，賞析作品如何在情節安排上改變時間的順序來滿足小說作品的需要。

基本答案：明確定義至少兩部小說作品的敘述順序，並且比較作者在某種程度上改變敘述順序所產生的效果。

優秀答案：更加詳細地討論敘述順序中具體細緻的偏差，並且對這樣的改變如何達到其目的、產生了什麼作用與效果予以更加深入的討論，顯示考生對作者的選擇怎樣影響了各自作品的問題具有清醒的意識。

樣題2：小說作品給人留下難以忘懷的感受往往是由作家精心創造的精彩細節描寫造成的。用你學過的兩部作品探討小說敘述中一些意味深長的細節所產生的作用和影響。

基本答案：比較兩部作品中一些細節描寫所起的作用和影響。

優秀答案：顯示出對小說細節描寫的準確把握。能夠對不同作品中的細節描寫所起的作用和影響作出準確的賞析，提供更加深入的比較，進而評價這樣的描寫如何造成了令人難以忘懷的效果。

樣題3：一些作家選用一種敘述角度是為了突顯小說的故事使之更加明晰清楚；另外的一些作家選擇一種敘述的角度則是為了營造出迷惑和誤導的效果。你所學的兩部作品的作家採用了什麼樣的敘事視角？產生了什麼影響和作用？

基本答案：明確兩部作品中不同的敘述角度，比較不同的作家如何使用它們，產生了什麼不同的效果。

優秀答案：提供對敘述角度更加詳細的分析，表現出考生對敘述者選擇的敘述角度帶給文本接受者的影響有深思熟慮的理解，能夠具體準確地明辨分析和評論敘述的角度在不同文本中的不同作用。

Part 5
翻譯文學作品的跨文化解讀

教學內容

● 第 1 部分：翻譯作品

學生能力培養

● 瞭解作品的內容及其文學質量。
● 將讀者的個人和文化經驗與所學作品相連，從而對作品作出獨立的評價。
● 認識文化因素和上下文關係在文學作品中所起的作用。

（《指南》第 18 頁）

書面作業評分標準（普通課程和高級課程評分標準一致）

A 符合對反思陳述的要求

■ 通過口頭交流，考生在何種程度上表現出自己對文化和背景元素的理解得到了加深？

B 知識與理解

■ 考生在何種程度上有效利用了選題和論文來顯示自己對所選作品的瞭解和理解？

C 對作者選擇的鑒賞

■ 考生在何種程度上對作者在語言、結構、技巧和風格上加以選擇以表達意義進行了鑒賞？

D 組織與展開

■ 考生在何種程度上對論點進行了有效的組織？對作品的引用與論點的展開在多大程度上得到了結合？

E 語言

■ 語言的清晰、變化和準確程度如何？
■ 在何種程度上選擇了適當的語體、風格和術語？

（《指南》第 40 – 42 頁）

第 41 講　│　翻譯文學作品的文化元素

學習目標

明確文化概念，建立跨文化閱讀意識
從多種角度解讀外國優秀的小説作品

　　文學作品是全人類的精神財富，是沒有國界的。無論用什麼語言書寫，優秀的文學作品都是在描寫人類的生存發展，抒發人類的情緒感受，揭示人性的善惡美醜，表現人類共同關心的問題。

　　當然，各國的文學作品都是特定環境下的產物，每一部作品都和具體的歷史時代、社會背景、民族文化、審美意識等有着直接密切的關係，是特定的時代、社會、文化的產物。它們都以各自的文化為基礎，以各自的語言為表達工具，傳遞特定的人生理想、精神信仰、生存價值、思想智慧、制度規範等人類文化的信息。

　　外國文學作品要翻譯成本國的文字，才能被讀者接受和欣賞。文學作品的翻譯過程也是兩種語言和文化交流的過程。在本課程中，外國文學作品被稱為"翻譯文學作品"，就是為了突出翻譯過程中體現出來的跨文化解讀。

　　學習翻譯文學作品，就必須對作品進行文化解讀，瞭解作品中包含的文化元素，只有這樣才能真正理解作品，豐富我們的精神世界，陶冶我們的情操，提高文學欣賞能力。

文化的一般含義

　　文化是一個不斷發展的、內涵豐富的概念。有人認為，文化是一種信念、態度、價值觀，是一個特定的群體生存過程中可以共同分享的規則。也有人認為，文化是人類文明發展的統稱，文化包括了歷史、社會結構、宗教信仰、傳

Part 5

統習俗和日常應用各個方面的內容，包括了抽象的或具體的概念，涉及到宗教信仰、社會風俗甚至是日常生活的各個方面，如教育、政治、歷史、藝術、制度規範、道德法律、計量單位、地名、食品飲料、運動和消遣。由於不同國家和民族經歷了不同的歷史變遷，處在不同的地域環境，所以形成了不同的文化。

文化的差異

不同的文化有不同的重點，有不同的形式與內涵，所以不同文化之間必然存在差異。在文化交流不太發達的時代，人們總是習慣於從自己的角度來看待特定的文化產物。於是，對比較相似的文化就容易理解和接受，對差別很大的文化就難以理解和接受。不同文化之間，可以相互理解、溝通，也可能產生偏見、衝突甚至戰爭。

今天，人們越來越清醒地意識到，面對文化差異的客觀存在，必須首先正視、瞭解這些差異，本着承認與尊重所有文化及其文化成果的原則和態度，進行有效的文化溝通，這樣才能消除彼此的偏見敵意，促進全人類共同和諧地生存與發展。所以，我們必須增強跨文化學習的意識，更好地開展文化的交流。

課堂活動

生活在一個國際學校的環境中，你和你的同學之間有沒有文化的差異？具體表現在什麼地方？談談自己的感受和大家分享。

學習目的

優秀的小說作品能形象地描繪歷史、社會、風俗、人情和特定的文化社會生活，展示人們的觀念、信仰、審美觀和價值觀，這樣的作品本身就是一個豐富的文化載體。通過小說的情節、人物、環境的具體描寫提供給讀者各種有關文化的信息。我們學習翻譯文學作品，就要善於從作品中發現和感受不同文化之間的差異，思考造成差異的因素。

在這一部分，我們精心挑選了幾部優秀的外國文學翻譯作品，供學生學習和賞評。我們希望通過對這些作品的跨文化解讀，深入比較分析和賞評，達到以下幾個方面的目的：

一　提高自我認知

學習翻譯文學作品，必須要結合自己的生活體驗和文化認知，對作品進行具體的文化解讀。閱讀者在閱讀過程中會自覺不自覺地把自己所熟悉的文化體驗與作品的文化內容相比較，增加相關的文化知識，更加清楚地瞭解自己的民族和文化背景。事實證明，越是瞭解自己民族文化遺產的偉大與輝煌，越是能建立一種自豪驕傲的文化歸屬感。從這個意義上來講，閱讀外國文學的作品，可以幫助學生培養民族文化心理的認同感，健全自我認知觀念，這對青少年的成長是很重要的。

二　增進相互理解

今天的學生面對國際化的社會需要，必須在知識層面和情感方面適應未來社會發展的需要。在多元化社會中，我們必須改變只從一個文化的角度思考問題的習慣。通過理解和欣賞來自不同文化背景的文學作品，增加對優秀文學作品中文化元素的學習和瞭解，可以豐富學生對於不同文化族群的歷史文化的認識，擴展文化的視野，幫助學生瞭解文化間異同的存在，減少甚至消除個人的負面成見。

接受多元文化，以開放的視野看待世界，促進不同文化之間的相互理解，才能夠有效地進行不同文化的相互交流和友好合作。一個人應該對自己的文化有清楚的瞭解，也要對周圍世界的不同文化有所瞭解，才能有所比較，才能在不同文化背景的人們之間建立相互理解，實現彼此的尊重和信任。外國的優秀文學作品是一個很好的橋樑，我們要充分利用它，跨越文化的障礙。

小説中的文化元素

課堂活動

你認為文學作品中的文化元素有哪些？請舉出幾個例子加以說明。

可以說，小說文本中有關人生歷史、社會風俗、宗教信仰、傳統習俗和日常生活各個方面的描寫都包含了文化的因素，大到人文教育、政治經濟、風俗習慣、制度規範、道德法律，小到地名、食品名稱等。下面簡單舉幾個例子：

1. 人生價值觀、社會或家庭的價值觀方面體現出不同的文化。東西方有不同的家庭價值觀，中國人珍視幾代同堂的大家庭生活，非常重視家庭的價值觀念，和西方人的家庭觀念有很大的不同。

2. 飲食習慣、食物種類等也具有文化的含義。某些為節日準備的食物跟文化傳統相關，滲透了文化的元素。中國的端午節、中秋節的食品所體現的文化含義西方沒有；西方的聖誕節，食物也體現出東方社會沒有的文化元素。

3. 習俗儀禮也是傳統文化的一部分。婚禮、葬禮，以及在特定時刻舉行的特殊儀式，都或多或少隱含着一些特定的文化含義和特定的象徵意義。在基督教婚禮儀式中男女雙方在公眾場合相互親吻表達感情，對一些國家、民族情感含蓄的人們來講，就是一種不能接受的行為。

4. 對不同文化背景的人們來講，不同顏色具有不同的象徵含義，表達不同的情感傾向。如，白色和黑色在一種文化中的作用和意義跟在另一種文化中是不一樣的。西方人在婚禮上穿白色，中國人在葬禮上穿白色，同樣顏色的文化含義不同。

5. 不同的文化有不同的禁忌。一種現象、一個事件、一些動物在一些文化中可能是吉兆，但是在另外一些文化中可能被當作不好的兆頭，這些事物所具有的文化含義差別很大。

6. 宗教、神話、傳說等都是文化的產物，是文化的重要組成部分。此外，不同的地理環境、不同的自然環境也是不同文化的重要組成部分。中國人相信：一方水土養一方人，一方水土孕育了一種文化，一方人必定具有一些文化的特質。舉例來說，黃土地是中原文化的一部分。雪是愛斯基摩人生活的一部分，生活在這樣兩種環境的人，一定具有不同的文化特點。

課堂活動

你知道哪些中西方神話傳說故事？其中包含了哪些文化的元素？請舉例談談。

舉出一些中西方風俗習慣，談談其中不同的文化元素。

第 42 講 | 從時代社會環境角度解讀翻譯作品

學習目標

把握特定社會歷史時期的文化內涵
理解闡釋作品內在具體的深刻意義

　　文學作品受到一定歷史時代的制約，不同時代的文學作品，都具有它們所處的那個時代的局限，都體現了那個時代的特色，包含了特定歷史時期的文化內涵，可以說，文學總是與社會歷史緊密聯繫的。文學作品通過具體描繪各個歷史時期的政治、經濟、文化生活和社會風尚，真實地反映社會生活，使讀者獲得豐富生動的社會歷史和生活知識，提高讀者認識生活的能力。小說作品主要通過人物形象和環境的描寫來揭示作品的主題意義。因此，從社會歷史的角度看待作品，才能對作品中的各種文化因素，包括文化背景和文化內涵作全面的、整體的分析，闡釋其文化意義。

從作家的角度解讀作品

　　文學作品是對社會歷史生活的藝術再現，作品產生的地域、時代、社會環境不同，反映的社會生活對象也必然不同。把握作家所生活的時代、環境對其創作的影響，有助於我們理解翻譯作品的時代與社會環境。作者的生平際遇對作品的產生有直接影響，作品中直接和間接地表現出作者在一定社會歷史條件下的生活經歷，表現出他對生活的理解、創作理念、思想觀念以及肩負的使命感。所以，在面對一部翻譯作品時，要注重對作家生平際遇的研究，掌握一些有關作家生活和創作經歷的資料。

　　以馬克‧吐溫與《頑童流浪記》為例，馬克‧吐溫生長在美國密西西比河畔，出身貧寒，12 歲便開始了自食其力的生活，先後當過印刷學徒、排字工、送報人、輪船上的水手和領航人，這些生活經歷都滲入了他以後的文學創作中。

從他的成名作《卡拉維拉斯縣馳名的跳蛙》開始，他就有意識地選用民間傳說為題材，使用美國俚語的口語，表現中西部地區的百姓生活，形成了生動、幽默、活潑的風格特色。

馬克‧吐溫時刻關注着美國歷史的發展變化。南北戰爭結束後，黑奴制基本已經廢除，美國的民主有所進步，但並沒有出現一個黑人白人平等、自由民主的局面，黑人仍處在被奴役、被迫害的悲慘境地。馬克‧吐溫從 1876 年開始寫《頑童流浪記》，深刻地意識到堅持反對種族歧視、呼籲人道主義的必要性。1884 年《頑童流浪記》成書，在英國倫敦出版，第二年在美國出版。

《頑童流浪記》的核心內容與美國南北戰爭前後的歷史大事密切相關，作品中反映的種族偏見與民主自由平等的鬥爭體現了真正的時代精神。小說中描繪的生活場景、具體的生活內容展現了美國社會的風情民俗，滲透了時代文化的觀念。這部作品對新一代美國民眾的生活方式、社會風尚、信仰價值、美醜善惡等觀念的形成產生了巨大的影響，是美國文化的珍品。

作家是他那個時代普通勞動階層的代言人。他的作品從普通人的角度來展現時代和社會，表達出了平民大眾的理想和願望。他的生平經歷對他創作作品影響巨大。

作家的生平經歷和作品的內容有什麼樣的聯繫？

? 想一想

課堂活動

《頑童流浪記》的作者在小說中寫的事，距離他所處的時代環境相隔多年。為什麼他要寫一件"陳年舊事"？

從作品的角度解讀作品

一部作品成功的標誌之一，是它真實地反映了一個特定歷史時代的社會生活。作品中常常有一些細節描寫造成逼真的效果，反映出高度真實的時代背景。文學不僅描述了現實，還描繪了現實中人們的思維模式和社會規範。閱讀作品，要善於分析作品的時代環境特點，從這個角度對作品進行文化的解讀，同時要把作品放到社會歷史的大背景中，理解所蘊涵的歷史內容和社會意義。

《頑童流浪記》以哈克這個流浪頑童為核心人物，描寫了他流浪生活的經歷，展現了他的成長歷程。作品描寫了他的家庭生活、接受教養的情況，以及逃離家庭後沿着密西西比河和黑人相伴的歷險，隨着他的足跡，讓我們看到了從家庭、鄉村到城市整個美國社會的全景，讓我們對那個特定時代不同階層的社會情況有所瞭解。

課堂活動

作品中的場景，即時間（蓄奴制時代）和地點（密西西比河流域），在作品中起到什麼作用？

小說的中心情節是講白人孩子哈克和黑奴吉姆在漂流的經歷中如何結下深厚友誼的故事。作品中密西西比河上和沿岸的自然景物奇異而誘人，有關沿岸一帶的城鄉生活真切生動、具體可感，展現了社會風俗、地理環境的文化特色。

馬克·吐溫高超的描寫是符合歷史真實的，哈克的童年具有文學的象徵意義，象徵了美國民族追求民主理想的童年，也象徵了美國新文化的童年。作品具有鮮明的時代特徵，馬克·吐溫從 19 世紀美國兩股歷史大潮——"西進"開發邊疆和"南下"廢止南部黑奴制中，從伐木者、淘金者、水手的生活中捕捉提煉了小說的核心主題：對"自由的追求"，對"新的文化"追求的時代精神。他寫出了那個時代美國民族的生活和精神與靈魂，作品具有強大的藝術魅力，馬克·吐溫因此被譽為美國文學史上的林肯。

另一部翻譯小說《麥田裡的守望者》也有明顯的時代背景——20 世紀 50 年代。20 世紀 50 年代的美國被一些歷史學家稱為"靜寂的 50 年代"或"怯懦的 50 年代"。這十年具有一些鮮明的特點。從經濟上看，二次世界大戰中美國發了橫財，物質生產發展很快，生活水平迅速提高，中產階級的人數激增。從政治上看，50 年代初美國政府遏制共產主義，鎮壓進步力量。國際上冷戰加劇，赤色恐怖、核戰爭的威脅使人們在享受着物質生活的同時承受着各種威脅與高壓。從精神上看，人們的心靈沒有自由，精神生活越來越貧乏，沒有理想和目標，人們過着渾渾噩噩的日子。

在這樣的環境中，美國人對政治漠不關心，甚至以反叛為標誌的青年人都不再反叛，被稱為"沉默的一代"。《麥田裡的守望者》中的人物就是這類人的代表，他們自身充滿了矛盾：對環境敏感，看不慣庸俗虛偽的現實，卻沒有反抗的勇氣。不願盲從，又找不到方向。害怕壓力，但又欠缺抗拒壓力的力量。看到了偽善，卻又不會與偽善鬥爭。對日益變化的環境感到格格不入，卻沒有出路，只好委曲求全，用一種消極抵抗、頹廢的態度表達自己的不滿。賽林格塑造的霍爾頓就是一個典型代表人物。《麥田裡的守望者》描寫了霍爾頓充滿夢幻、矛盾、痛苦、掙扎的成長歷程，這個過程具有典型的時代意義。

綜合以上的分析可知，因為人總是在一定的時代和社會環境條件下生活，所以人不能擺脫社會、時代的影響制約。偉大的小說作品，塑造了不同時代社會所造就出的不同人物，真實表現了時代的文化精神，揭示了歷史發展的趨向以及人類發展的必然的規律。

課堂活動

小說《麥田裡的守望者》發生在什麼樣的時代和社會環境？展示出什麼樣的社會狀況？小說中描寫的時代和社會狀況如何對主題和人物發生影響？

第 43 講 ｜ 從人生體驗的角度解讀作品

學習目標

賞析小說作品對人生社會的描寫

掌握作品中對人性的挖掘與刻畫

課堂活動

思考並回答下列問題，簡要寫出要點：

1. 為什麼要閱讀翻譯小說？這些作品能滿足人們什麼樣的需要？

2. "彼時彼地"的文學作品，在今天社會中另外一個文化語境中的人看來，會有什麼不同？

Part 5

小説中的人生話題

　　文學作品就是寫在紙上的人生社會。小說作品中的情節故事、人生命運的描寫源自真實的社會生活，都是和人們生存發展密切相關的。翻譯小說作品描繪了不同地域、時代、文化背景中的人們是如何生活、如何思考的，讀者可以從中瞭解不同人們的生活內容與生活方式。閱讀翻譯文學作品，滿足了我們對陌生世界人們生活的關注之心，彌補了我們日常生活經歷的不足，滿足了我們的好奇的想像，我們以別人的生活為鏡子，看清了周圍的世界和自己，得到了藝術的享受。

所以說，為什麼要閱讀翻譯文學作品呢？因為閱讀文學作品就是藉着一個有限的文本看一個廣闊的社會，瞭解一些陌生但是具有典型意義的社會歷史和人生經歷。

文學作品是作家對人生的藝術思考，作者用具體、形象的手段，表達出對人生問題的探索、解答和看法。人生的問題，是文學作品中的一個永久的話題。通過文學作品來理解和認識人生，是閱讀目的之一。看一個作品在何種程度上、以何種方式反映人生的問題，是評價一個作品的重要依據。

好的文學作品，能夠表現出人類對自己的存在和發展問題的不斷思考、發現，優秀的作家總是在作品中表現出對人生的意義價值、人生的境遇遭際、人的本性命運、人的慾望情感的矛盾衝突等問題的思考和感悟。

人生的問題包括了人的生存條件、生存環境、生命的過程、生命的價值意義、生存與死亡等。不同時代和社會的人，在這些問題上往往有一定的共同性，在衣食住行、生老病死、愛情婚姻家庭、事業前途命運、人生的理想願望、成功失敗等方面面臨着同樣的問題和矛盾。人生的短暫、失落、幻滅、荒謬、無常、困境、迷惑、人與人的矛盾、人與社會時代的衝突等問題，總是成為不同國度、不同文化、不同種族的作家同樣熱衷表現的題材，也總是能夠引起不同背景讀者的共鳴。

課堂活動

為什麼人們說霍爾頓是一個不朽的文學形象？你喜歡這個人物形象嗎？你從霍爾頓的身上得到了什麼啟示？

人的 "命運" 問題

許多小說作品都反映了人的命運問題。《老人與海》是一個代表。

美國小說家海明威在《老人與海》中，寫了一個老人悲慘的命運。曾經有過輝煌的奮鬥歷史的老人桑提亞哥，在他風燭殘年的時候，仍然一無所有，每天出海打魚。竟然一連八十四天都沒有釣到一條魚，幾乎快餓死了。但他不肯認輸、繼續奮鬥，終於在第八十五天釣到一條身長十八呎、體重一千五百磅的大馬林魚。大魚兇猛無比，老人拚死相抗，他沒有水，沒有食物，沒有武器，沒有助手，左手受傷抽筋，經過兩天兩夜的搏鬥，終於殺死大魚。可是新的敵人立刻趕來，鯊魚兇猛地搶奪他的戰利品，大魚的肉全被吃光，老人拚死拖回的只是一副魚骨頭架子。

這樣的人生命運顯然是悲慘的。這正是作者海明威生活的那個時代和社會人們命運的寫照。海明威曾經參加過兩次世界大戰和西班牙戰爭，和他一樣遭遇的人們經歷了殘酷的戰爭，掙扎、奮鬥、幻滅、失落，精神和身體上都帶着很深的創傷，就如同一無所有的老人一樣。

面對這樣的命運，人該如何對待呢？作品中的老人作出了回答：老人勇敢地承認了自己的失敗，卻又決不懷疑自我的力量。他面對失敗的勇敢、毫不氣餒的頑強，超越了他人生中的磨難，體現了人類的一種精神力量：人可以失敗，但不能認輸。外在的肉體可以接受折磨，但是內在的意志精神卻神聖不可侵犯。悲劇的命運沒有能夠打敗老人，他從精神上戰勝了他的命運。

老漁人桑提亞哥是海明威塑造的最後一位悲劇英雄。貧窮而又不走運的老漁夫桑提亞哥的命運是悲慘的，而他卻又是一個真正的英雄。人的命運是無法選擇的，但是人在命運面前，可以選擇自己的行動。英雄人物總是選擇維護做人的尊嚴，決不向命運屈膝，不惜用生命抗爭到底。通過桑提亞哥的形象，作者熱情地讚頌了人類面對艱難困苦時所顯示的堅不可摧的精神力量。

課堂活動

1. 人類是不是在經歷着一些跨時代、跨地域的共同問題？這些問題在文學作品中是怎樣表現出來的？

2. 彼時彼地的人和事，不同文化背景之下產生出來的文學作品，如何使你產生共鳴？

對人性的剖析

文學作品是以人為表現對象的。文學要表現人的生活、心靈、情感、性格、思想、遭遇、命運，這些都離不開對人性的表現。

什麼是人性？人性就是人的本性、天性，指人的基本屬性，包括了人的自然屬性和人的社會屬性。人性有弱點：自私、勢利、貪婪、懶惰；人性有優點：同情、憐憫、勤奮、善良、嚮往自由，等等。

《西遊記》裡，豬八戒代表了普通的人，表現出普通人的人性：自私、懶惰、好搬弄是非。孫悟空代表了英雄，表現出人性中美好的一面：勇敢、反抗、不畏強權、為了自由而抗爭、願意承擔義務與責任。英雄與普通人的區別就在於英雄不願渾渾噩噩、庸庸碌碌地度過一生，而要通過頑強拚搏不斷進取，來體現人生的價值和意義。

為什麼寫出了人性的作品才是好的作品？

? 想一想

課堂活動

你認為文學作品中如何表現人生哲理、宗教信仰、道德批判？在《遠大前程》中情況如何？舉例說明。

虛榮、懶惰、自私、貪圖安逸享樂等是人的本能慾望，這些人性的弱點在普通人身上普遍存在。對普通的人來講，人性是脆弱的，經不起誘惑和考驗。在不同文化背景的文學作品中都有所表現，比如在美國文學作品《頑童流浪記》中的哈克和英國文學作品《遠大前程》中的皮普身上，我們可以看到對人性的展現。

英國作家狄更斯在小說《遠大前程》中寫了一個名叫皮普的孤兒。皮普的本性是善良的，在和姐姐姐夫生活在一起的時候，他愛勞動，渴望自食其力。他有同情心，幫助了一位可憐的囚犯。他有正義感，不屈從於姐姐的淫威，表現出人性中美好的一面。可以想像如果能在這樣的環境下成長，他會成為一個和姐夫一樣誠實善良的人。

但是，他無法選擇他的生活環境。貪婪和虛榮的姐姐，為了金錢利益把他送進了一個醜惡的"訓練場"中，在那裡，他受到了無情無義的上流人對他的差辱、歧視。皮普受到強烈的刺激和極大的傷害。他人性中本能的慾望受到了挑逗和誘惑，人生的價值和意義徹底改變了，金錢美女、財富地位對他而言變得無比重要起來。

作品通過描寫人物的轉變，形象地展示了當時的社會如何卑鄙地引誘一個少年，改變了他對人生社會的看法，讓他和他們一樣，為了財富和地位不惜一切地去奮鬥。老小姐，作為一個社會的受害者，利用無辜的少年對社會進行報復，非常深刻地表現出了當時社會中一些人極端陰暗醜陋的人性，金錢和財富腐蝕了人們的情感、精神和靈魂，讓他們變成了鬼魅一樣的毒物危害社會。另

產生在不同社會、時代，不同文化背景之下的文學作品，在處理慾望和誘惑的話題時，有什麼相同和不同之處？

？ 想一想

外一些上流人物，表面上光鮮亮麗、衣冠楚楚，實際上都是金錢財富的奴隸，是老小姐的幫兇。他們共同引誘皮普，對他的生活產生影響。

皮普受社會環境的影響，思想轉變，萌發了對財富、出人頭地做上流人的強烈嚮往，開始厭棄貧窮的生活。他從感情的受害者，無意中成為了傷害他人的人，喬對他的無私養育之情、對他的真誠友愛已經遠遠不如上流社會虛偽浮華更加重要了。他曾經對勢利者是那樣的鄙視，現在開始鄙視喬的舉止行為。過去他嚮往成為喬一樣的勞動者，現在他不願與喬為伍。愛情、友情、親情都因為金錢和地位而徹底改變了。

作品進行了細緻深入的描寫，對人物外部和內心作了深入刻畫，形象而生動地展示了人性的美醜善惡的變化，既體現了特定時代的特色，表現了當時社會文化的特點，也具有超越時代文化揭示人性的意義。皮普的慾望，是人性中醜惡的一面，試想，在哪一個社會人們沒有這種追慕虛榮、財富、地位的慾望？在哪一個時代沒有這種因為慾望受到誘惑、為了慾望而毀滅人性的醜劇上演？

隨着生活的變化，皮普的社會地位和身份都發生了變化，幾次變化都不是他個人的選擇和決定，而是社會的擺佈。在這樣的變化過程中，皮普有機會對友情、親情和愛情進行真誠反省，看到了美好人性的真正價值，尤其是因為有了喬這樣重友情輕財富的親人的關懷和感召，他看清了自己的處境，從心裡想要找回自己曾經丟失的東西。作者借對人物的描寫，表達了對社會上貪戀社會地位和財富的人的無情批判，對善良無私真誠生活的人們的讚頌。

課堂活動

思考並回答：你和作品中的人物有什麼相同和不同之處？假如你處在皮普的境況，你會如何對待生活中的困難和逆境？

通過作品體驗人生

閱讀翻譯文學作品，首先看作者寫了什麼樣的人生社會，聯想這些描寫和自己已知的社會人生有多少關聯。注意思考作品中有些什麼樣的人物？遇到了什麼典型的困境和生活遭遇？作品中的人物如何對待生活中的困難境遇？展示出人物怎樣的內心情感？這個作品給人們什麼樣的啟示和影響？人們怎樣能生活得更加合理和美好？

閱讀時還應想想：作品中我們看到哪些自己不熟悉的人生社會？在有關家庭、教育、宗教、習俗等描寫中，哪些和我們個人的感受有所聯繫，給了我們新的感受？從作品中我們瞭解了哪些歷史文化知識和人生社會的經驗？

人生總有缺憾，我們的生活是有限的，借助文學作品，我們有機會經歷各種人生，體驗各種生活，瞭解不同人種、不同時代、不同地域的人的生活狀況、生活方式，在閱讀中瞭解人生的價值意義，關心他人的生活狀態，得出生活的經驗教訓，思考如何使人們更好地生活。

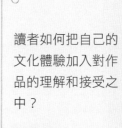

讀者如何把自己的文化體驗加入對作品的理解和接受之中？

想一想

寫作練習

思考下列問題，寫出自己的見解的要點：

1. 在不同文化背景下產生的文學作品，如何切入人生、人情和人性的問題，個人和社會的關係問題？

2. 作者在表現現實、思考人生的時候，如何受到自身所處的社會和文化環境的影響？這些影響如何轉變成作者的見解和情感，體現在藝術形象之中？

3. 俗語說："人同此心，心同此理。"不同文化和社會環境下產生的文學作品，用了哪些相同或相近的切入點？有哪些相同或相近的見解和看法？作為接受主體的你，在閱讀和品味作品的時候，你的文化背景和生活經歷是不是也在起着作用？

Part 5

第 44 講 │ 從翻譯作品的風格特色解讀作品

學習目標

分析小說作家使用的技巧與手段

賞評作品的風格特色和藝術成就

藝術講究含蓄，好的小說作品不直接說明作品的內涵意蘊，要讓讀者在閱讀欣賞中去感受和發現。不同的讀者對同一作品有不同的理解，能看出不同的內涵與意蘊。作為一個欣賞者和評論者，在欣賞作品時，要能夠借助於作品的外在描寫，發掘出作品的深層蘊涵。

作家的情感往往滲透在作品的詞語、句子和形象的塑造中，不同的文體有不同表達特點，詩歌比較鮮明突出，敍事作品則比較隱蔽，每一個作品都有自己獨特的風格特色，需要我們理解把握。

賞析作品的風格特色

一 《頑童流浪記》：美國平民式的幽默

幽默逗人發笑，幽默蘊涵智慧，《頑童流浪記》具有幽默的藝術魅力。作品展現了一個美國式的幽默生動的心靈世界，是美國普通百姓那種豪邁自信、胸襟開放、笑對人生、享受奮鬥的精神氣質的再現。此外，作品的幽默，還體現出一種單純向上、童心童趣的天真爛漫，這一切都表現出美國特定歷史時期成長發展的欣欣向榮和勃勃生機，是美國式的，也是平民式的。

作品一開始就描寫了小孩子綠林好漢式的情境，把讀者帶進了一個孩子氣十足的幽默氛圍中。作品從哈克、湯姆這些孩子結成"強盜幫"，遊戲般的"攔路搶劫"，敢於"殺人"的情節中，展示出了幼稚、率真、豪邁的幽默。接着，密西西比河沿岸生活場景的描寫，充滿了幽默。年幼的哈克經歷了無數的艱苦，

Part 5

遇到了許多危險，始終充滿蓬勃向上的激情。他面對困難甚至死亡，仍然談笑風生幽默不斷。此外，作者特別善於用幽默風趣的手法調侃嘲弄社會上的荒唐觀念、宗教謬說，也善於使用充滿幽默的諷刺，對那些醜惡的社會現象進行無情的揭露，在幽默中突出褒貶之情，讓讀者忍俊不禁、會心發笑。

正如作者所言，這是一個美國的幽默故事。的確只有美國這樣的文化土壤和那個歷史時代才能孕育這樣豪邁幽默的故事。小哈克敢於走出家庭流亡河上，顯示了一種為了自由不惜犧牲生命的勇氣，表現了那個特定歷史時期美國人的精神氣質。他勇於冒險，不叫苦、不後退，表達出真誠坦蕩、無私無悔、勇敢堅定的開拓精神，正是當年美國人非常崇尚的開拓精神，是對自由、對新文化的追求精神。

馬克・吐溫正是捕捉住了那個時代精神，賦予了作品獨特的幽默風格，具有強大的藝術魅力。

二 《麥田裡的守望者》：濃重的悲劇色彩

霍爾頓的生活籠罩着悲劇的陰影：聰明可愛的弟弟夭折，給他內心造成極大的傷害，因為無法忘記弟弟，內心痛苦不已。霍爾頓家境富裕，就讀於名校，可是無法在學校裡待下去，一再被迫轉學，最後被學校開除。離校後，想在回家前放鬆一下，不料碰上了騙子和妓女，慘遭毒打。他想和一位女友交談得到對方的理解，卻失望了。無論是家庭裡、學校裡還是社會上，他找不到任何一個值得信賴的人，得不到任何有效的幫助，得不到同情和安慰。整個社會是這樣的可怕和醜惡，他的擔心恐懼無處不在。他心目中唯一完美無瑕的是她的妹妹，可是她的童真也時時受到學校牆壁上髒話的威脅。在霍爾頓的眼裡，所有美好的東西都被成人的世界毀滅，整個社會是如此的令人失望、危機四伏。作品處處表現出了人物內心的煩悶不安、絕望悲涼，從頭至尾，被一種濃濃的悲劇氣氛所籠罩。

哈克的童年雖然貧窮，充滿了苦難，但是卻沒有沉痛悲涼的感覺，相反他的所做作為給人們一種豪邁、快樂、積極奮進的感受。霍爾頓家境富裕，就讀於名校，但是他的生活卻沒有任何的樂趣和幸福可言，他的內心痛苦不堪，對長大成人的前景憂心忡忡，對未來沒有信心，隨時都會徹底垮掉，令人擔憂。

課堂活動

聯繫到你自己的童年、少年生活，你對"幸福"有什麼新的理解？和大家一起討論。

兩部作品雖然都是美國文學作品，但是由於時代和社會環境的不同，作品的精神氣質、風格特色毫無相同之處。《頑童流浪記》豪邁、幽默、愉快輕鬆；《麥田裡的守望者》則沉重、辛辣、傷感悲涼。前者展示了一種積極無畏、心靈自由的精神力量，後者表現出一種無可奈何、心靈枯萎的精神危機。不同的藝術手法、語言特色、描寫技巧的運用恰到好處地塑造了不同時代和社會環境中的典型人物，讓讀者領略到作品的內容和作品的藝術形式、風格特色相輔相成才能成為藝術精品的道理。

課堂活動

不同的文化背景和社會環境對於人物的成長有什麼樣的影響和作用？比較兩部作品，談談自己的看法。

不同文化背景的小說作品，都表現了人生的問題，展現了當時的社會生活，讓讀者瞭解更多的人生社會。但是由於作家的不同人生經歷，決定了作品有着不同的內容思想、不同的風格特色。

課堂活動

討論下列問題，簡要寫出自己的答案：

1. 不同小說中的人物在成長的過程中面臨着怎樣的困境？他們各自遇到了什麼樣的困難？作者是如何描寫出來的？

2. 小說人物如何面對困難？他們對自己的命運作出了什麼樣的努力？得到了什麼樣的結果？

作品對人物的刻畫

一　《頑童流浪記》對人物的刻畫

作品的核心部分是寫美國人民對民主社會的追求和對解放黑奴的覺悟過程。哈克的覺醒過程成為了焦點。作品對哈克搭救黑奴吉姆的曲折複雜的心理歷程的描寫，突出了作品的主題意義。整個故事根據哈克的心路歷程分三個層次：

1.哈克對黑奴吉姆既同情又加以戲弄。在和吉姆的日夜相處中，一度戲弄吉姆，後來深感慚愧，認識到這麼戲弄人"太卑鄙了，恨不得用嘴親親他的腳"，"再也不出壞主意騙他了"。

2.對吉姆的看法和受到的教育發生了嚴重的衝突，內心一直在劇烈地鬥爭：深悔自己不該幫黑奴逃跑，覺得對不住吉姆的女主人華珍小姐，想要告發吉姆。

3.猶豫，思前想後，決心告發吉姆，但是良知最後戰勝了社會的規範，終於作出了個人的決定：把信一撕，說："那麼，好吧，下地獄就下地獄吧。"從一個普通的頑童，變成了搭救吉姆掙脫奴隸桎梏的英雄，在強大的社會規範面前作出了自己的選擇。

小說高超的心理描寫，真切地展現了一個白人窮孩子成長的經歷和心路歷程：哈克從一般地同情黑奴，又輕視戲弄黑奴，到尊重愛護黑人，最後為解救他，願意犧牲自己"下地獄"。這個過程曲折真實，非常具有典型意義，是符合歷史真實的，具有強大的藝術魅力。

作品採用第一人稱敍事方式，從哈克的視角反映生活，刻畫形象，親切生動，引人入勝。

課堂活動

討論下列問題：

作家借小孩的眼光來描寫，表明了作家什麼樣的態度和看法？這樣的看法在當時的社會中有什麼樣的意義和作用？

二　《遠大前程》對人物的刻畫

小說真實描寫了一個淳樸的鄉村少年成長轉變的過程，揭示了一個醜惡的社會環境如何影響了人的善良美好天性的發展。作品批判了社會的不合理，同時也深刻地表現出了人性的本質。作者善於運用各種藝術手法，表現主人公皮普成長過程中的內心變化，整個故事也分為三個大的部分：

1. 在淳樸的童年，皮普對喬依賴和敬仰，對勢利小人鄙視。作者用了人物第一人稱的自述來揭示人物的內心想法。

2. 在老小姐郝維仙家，皮普對艾絲苔娜萌生了愛情，作者使用了人物的內心獨白表明內心的混亂、動搖。此外，作者用了人物的對話推動情節，揭示了隱藏的人物內心秘密，含蓄又生動。如畢蒂和皮普的對話揭示出皮普心中萌生的對艾絲苔娜難言的愛情。艾絲苔娜對皮普的鄙視和冷漠成為了皮普要成為上流人的動力，導致他欣然來到倫敦開始上流人的生活。

3. 在所謂的上流社會生活中，皮普遇到了很多問題，內心發生着激烈的矛盾和鬥爭，作者善於巧妙地運用比喻的手法展示人物內心的情感。當普魯威斯來到皮普的面前時，皮普陷入了極其複雜的矛盾之中：如何對待這個既是恩人又是罪犯的人？如何面對自己即將改變的人生命運？作者對普魯威斯的描寫方法是：從人物吃東西的動作來表現人物的性格特點，從人物的語言揭示人物內心的想法，同時也表達了皮普這個旁觀者的情感和內心活動：他狼吞虎嚥地吃着，吃相粗魯，響聲很大，樣子貪婪的……他叫他親愛的孩子，說掙的錢都是他的……；"他的話像閃電，使我一下就看清了自己，接着失望、危險、羞恥等各種後果，向我衝擊而來，使我幾乎呼吸困難。"儘管人物受到了金錢財富的誘惑，一度迷失了自我，但是透過人物的心理描寫，我們感到他內心很善良，對是非曲直有比較清晰的判斷。所以，最後他經過了種種的矛盾鬥爭，成長了，決心重新開始自己的人生。

作者把人物的內心世界展示在讀者面前，揭示了作品的深刻含意，讓讀者看到主人公的性格發展離不開社會環境，但也並非完全是社會環境影響的結果，他自身面對誘惑不夠堅定的性格也是重要的原因。這樣的描寫真實感人。

課堂活動

從小說對於人物的具體描寫中，你得到了什麼樣的感悟？聯繫自己的生活談一談，並寫出自己的感悟。

第一人稱的敘述方法

　　小說是以敍述故事來反映生活的，不同的敍述角度和方法可以產生不同的效果。作者根據作品內容的需要選擇合適的人稱，達到相應的敍事效果。在這個問題上，可以看出作者的創作水平和寫作能力。

　　在第一人稱敍述的小說中，作者擬定一個"我"來敍述故事，這個"我"有時候是故事中的一個人物，更多的時候是小說的主人公，也可能是一個旁觀者。

一　《麥田裡的守望者》的第一人稱自敍

　　《麥田裡的守望者》取得的藝術成就，不僅是由於作品獨特的內容，也因為作者創造了一種新穎的藝術風格，採用第一人稱敍述，從一個中學生的角度、用中學生的口吻和措辭來敍述，使用了大量的俗語和粗話，直接體現了小說的反傳統特點，真實可信，給讀者"如聞其聲"的感受，成功地體現了小說的主題。

　　全書通過第一人稱，以一個青少年的口吻敍述了自己的所思所想、所見所聞和行為舉止，也以一個青少年的眼光批判了成人世界的虛偽面目和欺騙行徑。作者以細膩深刻的筆法剖析了主人公的複雜心理，不僅抓住了他的理想與現實相互衝突的心理加以分析，而且也緊緊抓住了青少年青春期的心理特點來表現主人公的善良純真和荒誕放縱。

二　《遠大前程》的第一人稱追憶

　　《遠大前程》使用第一人稱回溯式寫法，讓人物以回憶的方式講述自己的經歷和感受，這樣的好處是作者更直接地表達自己的觀點，更容易、直接地進入人物的內心世界，使小說有一種虛擬的"自傳性"，使人物的故事更"可信"。同時，作者還加上了全能式多視角的方法展開敍述，使小說富有變化：作者身在其中又置身事外。"我"有時跳出"我"的身份，對皮普進行審視和評論，使文章更有條理和層次。第一人稱和第三人稱的"全知全能"的角度互用：皮普的故事按時間順序展開，同時又有對下一步故事發展的暗示。

　　在這兩部作品中"我"就是作品的主要人物，小說的故事圍繞這個主要的人物展開，小說的描寫也是隨着這個主要人物的視角進行。閱讀時，讀者被主要人物引領進故事的世界，和小說的主人公進行直接的交流，不但能看清楚故事發生發展的脈絡軌跡，而且可以感受人物內心細微的變化過程，更加深入地理解人物，與作品產生共鳴。

課堂活動

你認為小說《遠大前程》的敘述方法和人稱的選用對於突出人物的性格特點起到了什麼作用？假如換了第三人稱，會有什麼不同？

景物描寫的作用

一　《遠大前程》對比鮮明的環境描寫

作品中對環境的描寫突出了作品的主題意蘊：環境對人的作用。作者用了大量的鄉村自然美景與醜惡的城市環境的描寫相互對比，寫出不同環境對人的不同影響作用，具有深刻的象徵寓意。鮮明的對比表達了強烈的情感色彩，也體現了作者對人生社會發展的理解和感悟。

首先，作者突出讚美鄉村自然、乾淨、美麗的景色，開頭就對皮普的生長地鄉村進行了細緻的描寫，表達了對家鄉的一種深厚情感。奔騰不息的河流、幽暗平坦的沼澤、無邊無際的大海，像是一幅廣闊的圖畫，自然生動，是一個遠離塵囂、寧靜安詳的世界，令人嚮往。作者描寫這樣的景色，是為了突出在這樣的環境中才可以養育喬和畢蒂這樣具有美好人性的人。他們高貴、誠實、淳樸善良的本性，不受外來的誘惑，始終保持了美好的人性。

與此同時，作者描寫了城市嘈雜骯髒情景：皮普初到倫敦時，史密士廣場"到處都是污穢、油膩、血腥、泡沫"，"四周站滿了人，個個身上酒氣沖天"，擁擠不堪的倫敦，在他的眼中很醜陋，給他留下了十分惡劣的印象。生活在這個環境裡的人也是非常的醜惡：自私、貪婪、虛偽、狡詐，所謂的上流人不是騙子，就是強盜。

這樣的對比描寫正是為了揭示皮普人性轉變的社會根源：環境對人的影響和制約。皮普前往倫敦之前生活在鄉村的自然環境中，養成了淳樸、自然的美好天性，生活儉樸，奢求不多，心靈純潔，道德高尚。當他進入倫敦的文明社會後，在骯髒、墮落的城市環境裡，淳樸的天性不可避免地被污染，開始墮落。最後，他在經歷了人生的波折後返回自然，才重新擁有了美好的人性。

除了鄉村和城市的環境描寫外，作者還突出描寫了沙提斯莊園——老小姐郝維仙的家：這是一所古老的磚瓦結構的房子，院子裝了鐵柵門，鐵條已經生鏽。窗戶用磚頭封死，裝着許多鐵柵欄，特別陰森淒涼。房子裡更是死氣沉沉。作者用了"陰森"、"陰冷"、"空蕩"等詞語，對這樣一個冷酷無情的環境進行了描述，正是在這個環境裡，少年皮普遇到了被復仇慾望折磨得已經瘋狂的郝維仙老小姐和小艾絲苔娜，受到了無情的鄙視，從此改變了他的人生理想，走上了扭曲天性的歧途。

景物的描寫在作品中具有深刻的象徵寓意。對刻畫人物、揭示主題都具有畫龍點睛的作用。

二 《頑童流浪記》人物活動的場景

《頑童流浪記》的主要人物哈克的行動都是在密西西比河流上下以及沿岸村鎮展開的，沿河航行的旅程就是哈克成長的歷程，這個環境就是哈克人生表演的舞台。這些場景對刻畫人物性格、發展故事情節、渲染小說的氣氛、揭示作品主題起到了重要作用：

1. 人物活動的場景搭起了小說的骨架——結構故事情節的主要線索：小說的主要情節就是哈克和吉姆結伴漂流。哈克逃離小島，和吉姆乘木筏沿密西西比河順流而下，原計劃到達密西西比河與俄亥俄河匯流處的開羅城後，再乘輪船沿俄亥俄河北上，進入黑人擁有自由的北方，或經俄亥俄州、賓夕法尼亞州去加拿大。可是在一場大霧中，他們不知不覺地漂過了開羅城，錯失了良機。在順流漂行的木筏上，吉姆對哈克關心備至、體貼入微，兩人結下了真誠的情誼。期間遇到了意外，他們的木筏被撞翻，哈克游上了岸，吉姆生死不明。經過了一番周折才又聚在一起，繼續漂流。在與吉姆相處的日日夜夜裡，哈克經歷了種種變故成長起來。作者通過哈克的眼睛讓讀者看到了沿岸的城鄉生活，看到了虛偽、醜惡的各種社會現象，作者借密西西比河沿岸的場景，串聯起了整個故事。這條大河是這部小說的骨架，也是結構小說的主線。

2. 景物的描寫與人物的心理活動交融在一起，充滿了濃鬱的抒情氣氛，有力地烘托出人物的性格；密西西比河上和沿岸的自然景物壯觀無比，展示出人物豪邁向上的激情和勇氣，驕陽似火的白天、驚心動魄的暴風雨之夜、壯麗的日出等，表現了人物奮發向上不怕困難的精神氣質。

哈克的心理變化和情感的轉變也常常通過景物的描寫展示出來。作者將自然的景色和哈克的心理感覺結合在一起描寫，非常符合人物的年齡特徵和性格特點。在描寫急流猛衝、流水飛濺的景色時，表達出人物樂觀歡快的情緒，展現了人物堅強的性格；在描寫江心沙洲、岸邊白楊、陽光和樹蔭的美麗景色時，表現出人物自由自在、平靜輕鬆的心情；"不論白天、黑夜……萬物在陽光下微笑，百鳥在爭鳴"，多麼自在，多麼舒心！這些描寫，和哈克在島上的生活形成了鮮明的對比：島上的生活不自由、不美好，而河上的生活如此的自由美好。景物的描寫把人物的理想和內心情感展示了出來。

3. 環境描寫還具有象徵意義。密西西比河，不僅有着結構情節展現人物的作用，還具有深遠的象徵意義。河流和島嶼、岸上的描寫形成了一種對照，河上的景物非常美好，象徵了自由。漂流在河上就是置身在自由的疆域，哈克感到無比的興奮和快樂。而在陸地上，他處處受到約束、管教甚至是打罵，毫無自由可言。對河流的描寫，表現出作家對人性、人情、公平正義的讚美，對勇敢、冒險、精神自由的歌頌。

從一些細緻的環境描寫中，可以看到作者有意為後面的情節發展埋下了伏筆，給讀者留下深刻的印象。在作者的筆下，充滿了傳奇色彩的大河，是美國新的民主精神的源頭，具有象徵的寓意。

 寫作練習

環境描寫在小說中可以起到什麼樣的作用？如何體現人物的心理狀態？請舉例分析，並寫出評論。

第 45 講 | 《頑童流浪記》的文化解讀

學習目標

理解作品有關人權與種族問題的內容

思考小說對讀者產生的啓發和影響

賞析美國作家馬克・吐溫的《頑童流浪記》，要抓住作品的時代特徵和主題內涵進行文化解讀，理解作品突出表現的人權平等與種族問題。

人生的困境與困境中的抉擇

文學作品中常常表現一些彼此矛盾的概念，比如，永恆與短暫、渴望與無奈、無限的情感與有限的人生、理想的完美與現實的缺陷，等等，這便是人生的困境。這種困境永遠擺在人類的面前。

人的生存發展並不總是和他們置身其間的社會環境相互一致的。現在如此，過去如此，今後也會如此。作品中的人物常常是面對殘酷的現實作出自己的選擇，不同的選擇決定了他們不同的命運。讀者從作品中的人物身上看到了理想與現實的對立，目標與結局的對立，社會與個體的對立。比如，在任何社會裡，總有一些人追求理想，為了理想竭盡所能，百折不回，不惜犧牲生命。但是，不是所有的人都可以成功，對一些人來說，理想似乎永遠可望而不可及，得到的總是個人挫敗感和失落感。這樣的現實造就了不同的人物。

在《頑童流浪記》中，主人公哈克敢於挑戰社會規範，體現了人的本性良知與社會文明的衝突。社會的道德教條、行為規範是社會文明的產物，一方面可以調節人際關係，制約人的行為，使社會更加有序，更加符合人的生活需要，另一方面也有局限性，隨着社會與時代的發展必須更新和改進，這樣人類才能進步。當時美國社會的種族觀念，就已經成為了社會進一步發展的阻礙。

哈克的成長過程中遇到了什麼困境？哈克受到各種教條、規範的制約，有些是文雅但嚴格的，如寡婦對他行為的規誡。有些是粗暴的，如父親對他的打罵。一些是神聖不可違反的，如白人對黑人的統治權利，等等。哈克的可貴就在於，他沒有被這一切所嚇到，沒有對這一切違心地接受，他在思考、在觀察，用自己作為人的本能良知和生活的體驗作出判斷，敢於挑戰一切不合理的規範，於是他成為了一個英雄。從他的身上我們看到，人不能盲從。真正的愚昧無知，就是自己盲從的同時還要強迫別人和他一樣盲從。

課堂活動

哈克是一個普通的人，也是一個英雄，你從哪些描寫中看到他平凡的一面？你從哪些描寫中看到了他英雄的一面？

追求個人的理想、按照個人的意願生活，往往和社會的制度規範發生矛盾和衝突，構成了人生的困境。這個問題是人生的必然，在不同的歷史時代、不同的文化背景下，這種矛盾衝突的具體的內容和表現方式有所不同，但這樣的衝突是必然的，所以說，這是一個特定時代的社會問題，也是一個超越社會和時代的人生問題，在任何文明社會都會存在。

在中國文學作品中，《西遊記》中的孫悟空也是一個敢於挑戰各種規範與教條的英雄。但是由於中國文化和美國文化的不同、歷史時代的不同，挑戰者的結局不同，挑戰者對社會歷史的影響也不相同。哈克帶來一個新的時代和生活的風氣，孫悟空只能改變個人的生活地位和命運。

中國有哪些小說作品表現出這樣的衝突？有什麼樣的人物可以和頑童哈克相比？

想一想

課堂活動

　　從中西文化的角度，聯繫自己的生活體驗進行分析比較，挑戰社會規範者的結局是悲還是喜？能起到什麼樣的社會作用？

種族平等問題

　　種族的問題、人與人的不平等是阻礙社會發展的一個大問題。

　　《頑童流浪記》的主角哈克跟逃亡黑奴吉姆結伴在密西西比河流浪，兩人風雨同舟，哈克用自己的眼睛看清了事實真相，推翻了心目中對黑人固有的成見，認為那樣的成見是不符合實際的、是罪惡的、是必須要改變的。

　　作者讓哈克作為故事的敍述者，直接地揭示了哈克的成長過程與心路歷程，哈克的心智成熟是通過對吉姆態度的逐漸轉變而展示出來的。他逐步看清了宗教的虛偽，懂得了人與人平等相待的道理。從作品的描寫中我們清楚地看到了當時的社會現實。哈克在聖‧彼得茲堡小鎮是地位低下的邊緣白人，在日常的生活中，處處受到來自上層社會的種種的約束，沒有真正的生活自由，沒有生活的樂趣。所以小小年紀的哈克，躲在樹林中的墓地時，居然萌生了生與死的悲哀，那種發自內心的孤獨悲傷感讓他覺得生不如死。所以說，社會的不平等、種族的壓迫，不但對人的肉體造成傷害，更重要的是禁錮了人們的思想，讓人的精神窒息。作品譴責了奴隸制的罪惡，諷刺了蓄奴者的卑鄙與虛偽，讚揚了反對蓄奴追求平等、不為成規舊俗所羈絆的叛逆者的英雄行為，宣揚了不分種族人人都享有自由權利的進步主張，展現了時代的精神。

這個主題精神的展現，一方面是通過哈克的心理變化展現的，另一方面是通過對吉姆的刻畫描寫突出的。吉姆是哈克成長的伴侶，是他衡量是非的尺度，沒有吉姆就沒有轉變成英雄的哈克。

哈克從看不起吉姆到認為白人應該尊重黑人經歷了一個過程。小說的開始部分，哈克認為黑人滑稽可笑、愚昧迷信，不是狡猾而精於欺騙，就是頭腦簡單，"張着大嘴"說大話。在哈克的心目中，白人天然地要比黑人高貴聰明。

但在和吉姆的交往中，他發現了吉姆的優良品質，比如真誠坦率、捨己為人、忠於友情，等等，同時也發現了他和吉姆的追求是共同的：渴望自由平等、受人尊重。吉姆說因為聽說他離自由越來越近，他渾身上下又發抖、又發燒。哈克感同身受也禁不住渾身上下又發抖、又發燒。共同的感受來自共同的追求，形象地說明黑人與白人是平等的。相濡以沫，同甘共苦，共同的追求和嚮往，徹底改變了哈克的觀念：白人黑人原來是一樣的人，吉姆是他最好的朋友。所以為了救吉姆他可以付出一切。

有關哈克打算出賣吉姆的那個片段的精彩描寫，是作品最為經典的篇章。小說對哈克的心理變化作了極為生動準確的描寫，自然貼切，符合一個成長中少年的年齡特徵，也突出刻畫了哈克的性格特點。哈克善良的心和平等的觀念戰勝了當時強大的社會偏見，表明了社會進步的歷史必然，故事中蘊涵着深刻的主題意義。

種族問題、人權平等的問題，是美國歷史上突出的社會問題，其實也是人類發展進程中一個極為重要的問題。直到今天，這個問題也沒有完全解決。但是，從小說的閱讀中，我們得到了積極的鼓舞：歷史始終是在前進的，人類是在進步的。回顧歷史，我們已經看到生活在今天的人們，具有了更加開放的心胸，為各民族之間的平等相待和友好往來積極努力。我們閱讀不同文化背景的作品也是為了現實這樣的目標。

作品中對黑人吉姆的哪些描寫，讓你看到了他美好的品質？

 想一想

課堂活動

在現實生活中，有沒有不平等的現象存在？請與作品比較並加以評論。

第 46 講 | 《遠大前程》的文化解讀

學習目標

賞析作品有關人物生存的環境描寫

思考個人的命運和環境制約的關係

賞析英國作家狄更斯的《遠大前程》，要抓住作品有關生存環境與個人命運的主題進行文化解讀，理解作品突出表現的社會階級和個人奮鬥的問題。 和美國作家馬克·吐溫相比，狄更斯和他的作品另有突出的特色。

時代與社會背景

狄更斯是19世紀英國偉大的小說家，他關注社會的發展和貧民百姓的生活，他的作品突出展示了當時的社會環境中，由於資本主義發展帶來的各種社會問題對人們生存發展的影響：社會不平等、官僚機構無能、貧民生活艱難、兒童得不到關注、財富分配不均，等等。他希望推行改革，使處於水深火熱中的貧民得到救助。在他對各種不合理的社會現象進行深刻批判的同時，展現了廣闊的生活圖畫，寄託了對理想社會的美好期望，表達了他強烈的人道主義精神。

時代的精神

狄更斯受到了英國文化思想和文學傳統的影響，從盧梭、華茲華斯、布萊克等浪漫主義作家那裡汲取營養，一方面他無情地批判了資本主義社會裡財富金錢地位等對人情人性的污染和影響，揭示了社會環境對人的約束和影響。另一方面強調自然的美好，展示人與自然的和諧關係，讚美大自然對人的培育，表達了對自然的熱愛以及回歸自然的思考，對後世的文學作品有所影響。

主要人物

一　皮普

《遠大前程》主人公皮普也是孤兒，但是皮普和哈克的形象有不同之處。皮普天性淳樸，飽受苦難，同命運不斷抗爭，這和哈克有相似之處。但是皮普被環境改變了，他開始瞧不起自己、自己的家庭，為自己的出身感到自卑，從此一心想當一個上等人。後來經歷磨難，知道他的恩人是一個逃犯，心裡極為矛盾，在激烈的思想鬥爭中，天性中善良的一面佔了上風，終於悟出人生道理，對恩人產生感激之情，開始關心恩人的安危，內心美好的東西開始復蘇。

皮普的回歸與作品中的兩個正面人物的積極作用是分不開的。作品歌頌了喬和畢蒂這樣的真正的優秀人物。他們的共同點是高貴、誠實、淳樸、善良，不受文明社會的誘惑，不被文明的惡習所感染，始終保持了美好的人性。

二　喬

喬是個生活在鄉村的鐵匠，他的舉止、神態、言談、外表看起來像是個愚鈍的鄉下人，但是他內心高貴、淳樸善良。在生活中他是皮普的姐夫兼鐵匠師傅，實際上扮演了皮普父親的角色，在皮普成長的道路上，幾乎每一處都有他的影子。他從生活上關心照顧皮普，在心靈上影響和感召了皮普，最後在皮普生了重病，窮困潦倒，負債纍纍時又解救了皮普。

三　畢蒂

畢蒂也是皮普生活道路上的一個領路人。畢蒂教會了皮普讀書、寫字、算數，給了他啟蒙教育。她心地善良，聰明勤快，樂於助人，給皮普樹立了人生的榜樣，讓皮普明白了什麼才是真正的美，什麼才是真正的愛。最後在他生活出現危機的時候，她又幫助了他。

四　普魯威斯

普魯威斯也是皮普生活中一個重要的人物。由於一次相遇，兩人發生了特殊的關係。皮普年幼時救了罪犯普魯威斯，在普魯威斯的資助下，他開始走向上流社會。普魯威斯的出現給皮普的命運帶來巨大的轉變，最後，他的出現又一次徹底改變了皮普的命運，似乎一再說明了命運的偶然性。皮普的命運一直不能掌握在自己的手裡，而是搖擺在一些偶然的因素之中。作品使用了各種手法，描寫兩人的關係及其對皮普命運的影響。當普魯威斯從海外歸來時，作品描寫了他伴着狂風暴雨的出場，很有象徵意味。"那天夜晚狂風四處衝擊，震動了整座房屋，就像被炮彈襲擊或者被浪淘衝擊一樣……就在這時，我聽到樓梯上響起了腳步聲。"通過寫景鋪墊，給人以想像空間，同時增加了一些神秘陰森的氛圍。不可知的命運就是這樣又一次敲響了皮普的大門。

普魯威斯對皮普的畸形之愛，和老小姐郝維仙對艾絲苔娜的畸形之愛具有相同之處。他們兩人都把培養另一個人當作餘生的目標，對自己培育的那個人都懷有瘋狂的愛。這裡面，既有人類正常的感情糾葛，又有瘋狂的具有毀滅性質的愛。可貴的是，皮普終於懂得了關愛他人的含義，最後覺醒了過來，對普魯威斯報以真情，體現了人性的美好和可貴。

作品主題：社會環境對個人人生的影響

《遠大前程》是狄更斯晚期最成熟的作品之一。狄更斯把自己對人與社會環境關係的哲學思想，在作品中形象生動地展示了出來。狄更斯認為環境對人有着重大的影響，不同的環境可以造就不同的人。

小說描述了皮普在三個不同環境中的不同人生經歷，受到的不同影響，具有不同的思想情感。

皮普是一名孤兒，生活在鄉村中一個貧苦的鐵匠家裡，雖然衣食貧乏，但皮普受到了姐夫的關愛和言傳身教，對這種不乏友愛的生活感到滿意，心地純潔善良。他的人生理想是跟姐夫喬學習鐵匠手藝，希望成為一個自食其力的出色的鐵匠。少年的皮普對那些圍着有錢人打轉的勢利眼們非常鄙視，心中懷有着高尚的情操。不久，他的壞脾氣的姐姐把他送到了沙提斯莊園郝維仙老小姐的家中，他被僱用來陪她玩樂。這是一個恐怖的地方，老小姐在婚禮上受人欺騙，於是憤世嫉俗，一心想要報復，成了一個有錢的怪物，她的頭髮已經白了，頭上披着白色婚紗，別着新娘的花飾，她的衣飾全是白色的，這些顏色的描寫，形象地表現了人物已經不是一個生命，而是一個殭屍般的幽靈。這個幽靈的存在是為了向活着的人進行無情的報復。老小姐內心痛苦不堪，所以要把她的痛苦加倍地發泄在

天性敏感的主人公皮普如何受到了誘惑與刺激，產生擺脫下層人的身份地位，升入上流社會的希望？

想一想

Part 5

別人的身上，表現出人性的醜惡和瘋狂。皮普在這裡陪伴高傲美麗的艾絲苔娜玩耍，受到了郝維仙老小姐和艾絲苔娜的歧視、侮辱，他越來越對自己的生活境況感到自卑。後來突然有人讓他到倫敦接受紳士訓練，皮普欣然接受。

皮普來到倫敦，在那裡受教育，學紳士禮儀，穿漂亮衣服，過上流社會的生活。皮普改變了身份地位，也轉變了生活的觀念，每天和一些道貌岸然的上流人混在一起，受到了污染，漸漸墮落了。他開始嫌棄在鄉村時的生活，再也不想自食其力做一個低下的勞動者了，對一直視作親人和朋友的喬的來訪不感興趣，甚至為他的舉止感到羞恥，沒有了感恩關愛的心，人性中美好的東西漸漸失去。

課堂活動

討論：在奮鬥之中，皮普如何真正認識了這個社會階層的真相：社會的階級地位、金錢佔有對個人身份的影響？

供養他過上流社會生活的神秘人突然出現，皮普發現了這種刻意營造的上流生活中一個個令人吃驚的真相，令他對以前渴望的價值觀深感懷疑，皮普的夢想破滅，而過去曾經美好的生活也已覆水難收。皮普的本質是善良的，能夠鑒別美醜善惡。和畢蒂在一起，皮普感到是那樣的平靜、安詳和愉快，可是和艾絲苔娜在一起就感到"一種使人恐怖的幻覺在我心中擴散，好像我與艾絲苔娜正在開始腐爛……"，一個形象的比喻，揭示出人物內心的感受。所以，在喬的幫助下，最後他又回到了生活的起點。

通過對皮普幾個不同生活階段的描寫，作品形象地展現出一個人的行為、觀念、思想情感、價值觀念的形成，是和他置身的社會環境分不開的，從而揭露了那個時代和社會的醜惡。

課堂活動

分析作品，就下面的問題進行評論：

1. 小說中如何寫到有錢人的虛偽、冷酷無情？

2. 小說如何描寫社會地位低下的窮人心地善良、心靈純潔？如何歌頌了下層勞動人民？

3. 小說如何描寫個人為了社會地位而奮鬥，但地位的提高導致人性喪失？

4. 通過人物的經歷和性格變化，小說如何揭露了社會上金錢至上的醜惡面，揭露了維多利亞時代英國醜惡的社會現實？

第 47 講 ｜ 《麥田裡的守望者》的文化解讀

學習目標

理解不同文化社會背景中的代溝問題
聯繫自己的成長經歷進行跨文化解讀

　　賞析美國作家塞林格的《麥田裡的守望者》，要抓住作品有關社會發展與個人成長的主題進行文化解讀，理解作品突出表現的代溝和青少年反叛的問題。

從個人成長的角度看文學作品

課堂活動

　　前面所提到的三部翻譯小說都涉及到了青少年成長的主題，你從不同人物的成長經歷中得到了什麼樣的啟示？

　　人是時代和社會環境的產物，特定的時代環境造就了特殊的人物。所謂的"時勢造英雄"就是這個意思。同樣地，人在不同的歷史時代和社會條件、文化背景下成長，會有不同的經歷，產生不同的結果。此外，一個人的成長過程，也受到個人的性格特點的局限和影響，所以在不同的社會中就會出現不同的青少年成長的問題。

《麥田裡的守望者》中的主要人物霍爾頓和哈克有相似的地方，都是成長中的青少年，都在成長中遇到了困境。兩個人物都討厭身邊陳規俗套的約束和控制，討厭自己生存的現實環境，都萌生了逃離的念頭。哈克成功地逃跑了，無所畏懼的性格、沒有牽掛的生活，是成功的決定因素。在途中，他遇上了黑人吉姆，這個他開始看不起的人，成了他忠實的夥伴，所以他在成長的道路上不孤獨。他不怕困難勇於接受挑戰，從不退縮，有一種積極向上的勇氣和力量，憑着良知作出了人生的選擇，最後成長為一位掌控自我命運的英雄。他的形象是一個民族奮發向上時期的精神力量的代表，所以他的成長象徵着一個充滿了希望的民族的成長。

但是霍爾頓呢？在成長過程中，霍爾頓遇到了怎樣的困境？又是怎樣應對的？結果有什麼不同？

霍爾頓討厭的是什麼？

霍爾頓討厭周圍的一切陳規舊習對人們的約束。他就讀的名校潘西中學，一切都是陳舊的、俗套的，對他沒有任何的吸引力；老師的說教更是不合時宜的東西，讓他反感。他尤其對人人都相信的憑個人努力奮鬥在社會上贏得身份和地位的"理想"人生模式深惡痛絕。

他對成人社會的行為規範也非常討厭。在霍爾頓看來，虛偽和勢利就是成人世界的標誌，在他的同齡人中，那些外表光鮮體面、內心齷齪邋遢、提前進入成人世界的人，其實都是些委瑣卑劣的人，他對他們感到異常厭惡。

在他看來，成人世界裡到處都是醜惡，人們只有金錢地位名利，沒有真情友愛美善，青少年在成人世界找不到任何的依賴和幫助。他的父母和他無法交流，他們從不關心他內心的真正需求。他的老師給他講大道理只是為了推卸自己的責任，他所崇拜的偶像居然對他進行性騷擾，他的哥哥只是起到了給他增加壓力的作用。公共場合、酒店裡的成人更是強盜一樣欺辱他。這樣的事情並不只是發生在他個人的身上，他的女友比他的情況更壞，在家裡還要受到繼父的欺負。

霍爾頓嚮往的是什麼？

霍爾頓明知道自己即將長大成人，但是他對可能發生的變化充滿了恐懼，所以他在內心深處拒絕長大。在他看來，長大的人，就是掉進了成人世界的懸崖下邊，只有停留在童年時代，才有可能遠離成人社會，遠離他所討厭的一切。

霍爾頓的人生理想就是要做一個兒童世界的守護者：麥田裡的守望者。作者讓他通過獨白的方式述說了自己的心聲："我只想當個麥田裡的守望者。"這段經典的獨白，就是霍爾頓最崇高美好的人生理想的描繪。

但是，霍爾頓是如何實現理想的呢？他選擇了逃離。他幻想自己逃離身邊的一切，到一個遠離塵囂的地方過田園式生活。可是，他並沒有作好應付這種逃離的準備，無論是物質上，還是精神上。他還有着種種的牽掛，所以他沒有像哈克一樣取得成功。

霍爾頓為理想的實現付出了什麼？他看透了成人世界的惡濁和不平，一直想要尋找和確定自己的身份地位。他主動地尋求幫助，但是處處失望。他想要守護和珍的一份純真感情，奮力和無賴斯特拉德萊塔打架。他想用真誠感染他人，想和妓女談談，卻被敲詐成為笑柄。他希望得到理解，卻處處失望。霍爾頓始終都有反抗意識，但受到自身性格和社會環境的制約始終不能反抗成功，他自己作為一個求真求善卻勢單力薄的少年，無法在充滿欺詐和傾軋的世界生存。他的矛盾複雜的心理在這個過程中得到了充分的體現。

霍爾頓的性格相當複雜。他很聰明，能判斷出生活中的是非曲直美醜。他具有善良美好的生活願望，關懷弟弟和妹妹那樣的弱小，對社會的規範有個人的見解，不盲從老師和校長的說教。他也嘗試進入成人的世界，在紐約的酒吧，他裝作成年人喝酒，在旅店找妓女想得到性生活的經驗。霍爾頓對美醜善惡從不掩飾自己的感情和自己的觀點。

但是另一方面，由於生活環境的特殊，作為一個 16 歲的少年，他的判斷和理解力有局限性，使他不能應付自己生活。霍爾頓異常敏感，生活中屢屢碰壁，更促成了他焦躁、易衝動、不自信的青春期心理。學業的失敗、對老師安東里尼過激的反應與後悔矛盾的心情，都彰顯了他的困惑，說明他有很多思考和判斷的"盲點"。一個涉世不深的少年，還沒有能力完整地理解社會人生，沒有能力把握自己，想在一個新的人生層面找到自己的位置，就會處處失意。

作品特別突出展示了人物的心理變化，心理描寫細緻入微，內外的對比描寫，揭示了人物性格的特點。從表面上看，霍爾頓不求上進，抽煙，喝酒，亂談戀愛甚至找妓女，簡直是個糟糕透頂的"壞孩子"，精神頹廢，失去信仰希望。但霍爾頓內心很善良，始終抱有淳樸真誠、保護他人的願望。他敏感多疑，在某種程度上確實反映了青春變化期青少年要求成長、反叛現實的特點，作品深刻地表現了一個時代和社會人們的精神面貌。

讓哈克成功的是他的勇氣、信心和不怕困難的毅力。讓霍爾頓失敗的是對未來無望的精神危機。兩個人的結局是如此的不同。

霍爾頓的成長有一定的寓意，喻示了那個時代人們的心理狀況，那是一個信任危機、精神危機的社會，人們看不到社會的希望，對未來的一切充滿了恐懼和害怕。霍爾頓這個敏感的少年深切地感受到了這一切，他不想進入這個危機四伏的成人世界，可是他個人如何能夠逃離那個時代和社會的命運呢？霍爾頓的失敗是這個時代和社會的必然，所以霍爾頓的悲劇就是那個時代和社會的悲劇。

課堂活動

結合作品中的具體描寫，談談一個人的成長會受到哪些因素的制約和影響。在你的成長過程中有沒有類似的問題？

Part 5

跨文化的比較閱讀與思考：代溝問題

閱讀文學作品，把小說中的不同時代、不同文化、不同地域的人生描寫和個人的現實人生結合起來，從人生的角度來解讀作品，借助文學作品來透視和體驗人生。

課堂活動

在我們今天，代溝以什麼樣的方式存在？你如何看待這個問題？

可以說，“代溝問題”是一個人成長過程中必然存在的問題，也是人類社會發展過程中的一個問題。一方面，青少年時期就是一個反叛的生理期，他們渴望成長、渴望獨立的要求就是通過反叛表現出來的。同時，父母長輩總是把自己認為好的東西加在孩子的身上，表示對他們的關愛。越是聰明的孩子越有獨立的意識，越是關愛的家長越想加以干涉，兩代人之間本能地存有差別。另一方面，社會在發展，青少年和父母一輩人面臨的問題、生活的內容不再相同，交流的方式也不一樣，兩代人之間必然出現溝通不暢的問題。在不同的社會環境和不同的歷史條件下，這個問題的表現方式和程度可能會有所不同。不同的家庭環境下成長的青少年有不同的經歷和性格特色，他們對代溝也有個人不同的切身感受。

課堂活動

當代作家的哪些作品中也反映了代溝的問題？

哈克和霍爾頓是不同時代的青少年，他們各自與父輩兩代人之間的關係有何相同與不同？

更值得注意的是，在一些特殊的歷史時期和社會環境中，正常的代溝也會變成嚴重的社會問題，以至於成為一個具有時代和社會特色的重大問題。《麥田裡的守望者》這個作品，就是一個例子。作品沒有迴避問題的尖銳性，並對代溝問題作了突出的表現，成為了這部作品一個鮮明的特點。

霍爾頓是一個有強烈反叛心理的青少年。作為一個新時代反叛式的少年，他和社會、家庭深深的隔閡在小說中隨處可見。在小說的開始，就寫到他和父母親很少有親密的接觸和溝通，他們常常"大發脾氣"。父母親除了作為他的經濟來源，似乎沒有別的意義。雖然母親對他的關愛讓他感到心動，以至在被學校開除、流浪在外的時候，對母親有深深的負疚感。但是，他和母親之間顯然沒有知心的話語。

和父母的關係如此，和其他的長輩之間的關係也是一樣。他對身邊的長輩態度鮮明。對憑個人努力奮鬥在社會上贏得身份和地位的人們毫不羨慕。從小說的描寫中，我們可以發現，霍爾頓對父母的經歷毫無興趣，對學校的校長更是深惡痛絕，對他的老師也感到荒唐可笑。歷史老師重複校長綏摩博士的話，用人生是有規則的比賽來教訓他，霍爾頓不以為然。他對老師安東里尼本來尊敬有加，但是當發現老師在他睡夢中撫摸他的額頭時，突然感到無法接受，落荒而逃。這就不僅僅是一個溝通不暢的問題，而是和成人世界斷絕聯繫了，是一代人對面前的世界失去了信任、失去了期待的精神危機。

霍爾頓掙扎在一個理想與現實矛盾對立的內心世界裡，我們隨着他的視線觀察社會、反思人生，我們看到了家庭、學校、老師、父母以及整個成人社會大人們的真實面目，不由得會審視我們的教育制度、學校管理、家庭教育中存在的問題。

 寫作練習

簡要寫出下面問題的答案：

1. 在中國文學史上，是不是也有作品在探討貧窮和社會地位低下的問題，以及個人奮鬥的問題？

2. 在中國文學作品中，有沒有和皮普相類似的人物形象？比如說，《駱駝祥子》中的祥子？

3. 一個人的社會地位和他的思想品質有沒有必然的聯繫？社會地位的提升，會不會導致道德品質的墮落？

在新的課程中，翻譯文學部分的改動最大。從評估的形式、內容到評分的標準都和現行課程的規定有顯著的不同。

本部分的評估和學習內容密切結合在一起，分為四個部分進行，總得分為25分：

第一部分：口頭互動交流

第二部分：書面反思陳述

第三部分：課堂命題寫作

第四部分：作品評論論文

在以上四個部分中，書面寫作有三個：

1. 反思陳述（字數：360 － 480 個漢字）

2. 課堂應題寫作（時間：40 － 50 分鐘）

3. 文學論文（字數：1440 － 1800 個漢字）

注意，所有的寫作文稿老師都要存檔，其中第一篇反思陳述和第三篇書面文學論文寫作的原件都要提交校外評審。下面，我們將分節詳細講解。

第 48 講 ｜ 課堂口頭交流活動

閱讀與交流

在閱讀文學作品的時候，可能會發現許多以前沒有意識到的問題。比如對作品中人物的看法，給了你新的感受，讓你有了新的想法，我們從故事中發現了一些人生的奧秘，感受到一些以前沒有過的強烈感受。

每個人都是一個接受主體。有了這樣的看法和感受時，你會有一種渴望：把自己的發現和感受與別人進行交流。在交流的過程中，可能會意外地找到知音，在互動中分享彼此的想法、見解和感受。這種交流可以強化我們對作品的理解，加深我們對問題的思考，得到無比的愉悅和享受。

不同的閱讀者從不同的角度、層次看待同樣的問題。在大多數的交流過程中，參與者會聽到多種不同的聲音，瞭解不同的看法、見解。當你提出自己的見解時，有可能其他的人會提出質疑、引發大家展開辯論，為了尋求準確的答案，再進行更加深入的閱讀思考。這樣，不同的看法和見解，擴大了參與者的眼界，讓大家發現一些自己以前沒有意識到的問題。經過反覆的討論、閱讀和爭論，大家必然會對問題有新的看法，在不同程度上有所提高。

不過，我們必須要承認，並不是每一個問題都有明確的答案。文學作品的欣賞和理解本來就是多樣化的，對不同文化背景下的文學作品，更應該強調個性化理解，不能以偏概全，更不能把自己的意見強加給他人。

在閱讀翻譯文學作品的過程中，情況尤其如此。當我們閱讀來自異國他邦的作品時，彼時彼地的社會歷史情況、文化背景乃至民俗風情給我們提供了極大的理解和想像的空間。我們生活在今天的時代，和翻譯文學作品往往有較大

什麼是包容與理解的態度？如何理解"求同存異"？

？想一想

Part 5

的時空距離。更何況，作為一個接受者，每個讀者都有自己詮釋作品的權利，而對作品的詮釋往往也加入了讀者自己的文化背景和生活經歷的影響。

中國古語說："仁者見仁，智者見智"。不同人的理解，都有可取之處。我們這部分課程的重點，就是給每個同學製造機會，鼓勵大家表達自己的觀點，同時傾聽他人的聲音。

以閱讀為基礎

課堂的互動交流是在個人詳細深入的閱讀基礎上進行的，所以每個同學都要先完成指定作品的詳細閱讀。在閱讀作品時，總是由外到內、由淺到深，先看到作品外在的形式特點，看到它直接呈現給我們的東西，然後才能領會它的內涵和意蘊。但是當我們向別人介紹一部作品時，尤其是分析和評論一部作品時，必須要將隱藏在作品外在形式背後的內在蘊涵挖掘出來，這就需要我們對作品整體有全面深刻的瞭解，不但知其然，還要知其所以然。在這樣的基礎上才能提出問題、討論問題，才能解答問題。

當你向別人介紹一部文學作品時，就要回答下面的問題："這部作品寫了什麼內容？""這部作品表現了什麼？"或者"這本書有什麼意思？"

閱讀小說就要瞭解作品的情節人物，瞭解作品的具體描寫，熟悉作品是交流討論的前提條件。其次，閱讀一部翻譯作品，還要盡可能多地掌握作家的有關情況。他的生平經歷、思想觀點往往和作品的內容有着密切的關係，可以幫助理解作品。

另外，閱讀一些和作品的創作時代、作品內容相關的歷史、文學史的材料，也是十分必要的。翻譯文學作品中所包含的文化元素也許我們並不熟悉，瞭解當時的情況、看看別人的評介，都會對我們的閱讀理解起到很大的幫助作用。

在閱讀的時候有意識地作一些記錄，記下哪些內容、話題對自己有所觸動，哪些地方有理解的難點，哪些地方是自己最欣賞和喜歡的片段。這些記錄都會對下一步討論話題的確定有所幫助。

加深作品理解的一個很好的方法就是針對作品展開討論。

在討論中，大家針對同一個問題發表各自的看法，引用多樣的論據，提出各種不同的概念理論，聯繫到各種不同的人生體驗經歷……這一切可以讓參與討論的學生清楚地瞭解對同一部作品的閱讀可以從不同的角度進行，從不同的角度看待作品會對作品作出不同的評價。在傾聽他人觀點的時候，自己有機會補充自己原有的看法，完善自己對作品已有的觀點。也可以從他人的見解中得到啟發，從而引出自己對一些問題的重新審視。討論交流本身，可以使我們獲得新的知識，加深我們對作品的理解。

課堂活動

回憶一下自己用了多長時間閱讀完《頑童流浪記》一書，哪些內容、話題對你有所觸動？哪些地方是自己最欣賞和喜歡的片段？

口頭互動交流

新的指南規定，對所學習的翻譯文學作品（普通課程兩部、高級課程三部）都要進行課堂口頭互動交流活動。

這個口頭互動交流的活動應該是課程的一個組成部分，而不是額外附加的。比如在課堂上，一些同學提出一些有關理解內容和學習文化上遇到的問題，針對這些問題老師和同學要一起討論交流，目的在於加深理解。

老師要設定一些引導題，這些引導題目，必須要求探究與文化元素和作品內容相關的問題，考察這些問題如何影響我們對作品的理解。課程指南規定要針對作品文化背景方面的問題展開討論，討論的焦點集中在四個方面（《指南》第 30 頁）：

1. 對這部作品來說，時間和場景如何發揮了作用？

2. 關於社會和文化背景，哪些容易理解，哪些難以理解？

3. 作品中提出的問題與你的文化經驗有哪些聯繫？

4. 作品中哪些技巧令你感興趣？

一　主持口頭交流討論

在每一部作品閱讀完之後，每一位同學都要選出一個自己最感興趣的話題、負責主持一個互動交流活動。學生可以單個或者小組一起來主持討論，可以選擇一些視頻或者採用其他的多媒體形式作為輔助手段，加深和加強對文化

在課堂上展開對一部作品的交流討論有什麼作用？

？ 想一想

Part 5

419

怎樣才能組織一個成功的研討會？主持人要起到哪些作用？

想一想

與內容的理解。每次的口頭交流活動的時間不能少於 30 分鐘。

在這個活動中，學生要承擔重要的角色，每一位同學都要擔任一次主持人，來主持課堂互動交流活動，主持引入、展開一個話題，扮演老師在課堂上的角色，主持課堂的討論。

課堂討論一般可以分為幾個步驟進行：

1. 主持人負責選擇話題、搜集材料、召集同學。

2. 參加的同學提前閱讀作品，也可以就規定的話題進行閱讀準備。

3. 主持人現場提出話題，對自己的話題進行一個明確的概括介紹，然後激發大家以作品內容為依據，對這個話題進行討論。

4. 主持人要採用各種交流的手段和方式，引導同學們積極加入到討論中。

5. 主持人要有意識地啟發和調動持不同意見的同學展開辯論，從多方面多角度圍繞這個話題，展開充分的交流和辯論。

6. 主持人要引導發言者和聆聽者之間進行有效的溝通，積極鼓勵所有參與者踴躍發言。

7. 最後，主持人要對討論進行一個小結，客觀、公正地概括討論的情況。

作為主持人，你也可以根據你所提出的話題做出一個概括總結，告訴大家你從這次討論中得到了什麼樣的啟發，大家提出的觀點給了你什麼樣的影響，你對你所提出的話題產生了哪些進一步的想法，這樣的討論對大家理解作品有什麼樣的作用，等等。

這樣的討論，是以主持人為核心的，主持人在整個討論活動中佔有重要的主導地位。為了保證整個活動的順利，主持人要事先做好積極充分的準備工作，其中包括了熟悉作品的內容、選擇有趣的話題，也還要做好語言表述的準備，使用清晰準確、響亮生動的語言來表達和提問，使用表情和動作等肢體語言來傳達信息，表達情感。

有的同學會問：我不善於在公眾場合講話，沒有信心做一個話題的引導人，可是我也有很多閱讀的想法，我該怎麼辦？

前面講過，每一位同學都要做一次主持人，這樣的課程設計目的就在於培養每個學生的相關能力：不但要理解作品，也要能表述自己的理解，還要能在和別人的相互交流中充實和完善自己。引導和主持一次這樣的活動，是對一個學生的語言組織能力、吸收信息和交換信息的能力、人際協調能力、觀點的概括總結能力的綜合訓練。所以，每一個同學都要克服自己的不足，有意識地訓練自己，完成這個任務。事實證明，這種能力經過後天有意識的培養和訓練就一定可以得來。當你經過了訓練，完成了這一任務後，你會從中得到一種成就感和一種滿足的享受。

寫作練習

為了完成一次成功的主持工作，你個人需要進行哪些方面的訓練或者是準備？請簡單地寫出來。

二 小組辯論

對一些特定的話題，可以採取另外的一些活動進行研討。

有時候大家對一些問題持有的觀點和看法分歧較大，為了讓大家充分表達自己的觀點，可以把持有不同觀點的同學們，分別分配在不同的小組，以小組為單位，不同的小組之間開展辯論，小組之內的同學可以相互補充、相互配合與對方進行論辯。辯論的論據一定要是作品中的實際例子。經過辯論，主持人可以作出一個小結，讓大家對各自原來持有的看法有更加清醒的認識，達到取長補短、完善充實的效果。

三 提問與回答

在各種研討活動中，學生們都會遇到如何提出自己的問題和如何回答他人提問的問題。所以，掌握提問和回答的技巧是關係到能否順利完成研討活動的一個非常重要的關鍵。

在發表自己的看法之後，能得到各種不同的提問和質疑，說明你的觀點引起了人們的注意，是一件很值得高興的事。所以無論遇到什麼樣的提問者和什麼樣的問題，都要抱有正面積極、熱情耐心的態度。

要禮貌清楚地提問、認真嚴肅地回答，大膽明確地提問、積極主動地回應，是應有的態度；親切的表情、鼓勵的語調、響亮的聲音、肯定的語氣是必要的手段。

每一個同學在心中都要有明確的聽眾意識，要在準備發表自己觀點、闡述自己見解的同時考慮到對方可能會有什麼樣的感受、提出什麼樣的問題，盡可能提前作好回答的準備。遇到了自己沒有準備、不知道應該如何回應的問題，就一定要誠實地講出來，並且誠懇地徵求他人的看法。

Part 5

熱烈的氣氛、爭先恐後地提問、誠懇明確地回應。一人主講，大家評議。一人問，大家答。一人答，大家問。如果成功地做到了這一切，就達到了研討活動的目的。

確定研討話題

課堂的互動交流活動首先需要確立合適的話題。只有選擇了適當的話題，才能讓參與討論和辯論的同學感到有參與的興趣和慾望，發言表達才有豐富的內容。選擇話題是一件很重要的工作。

一　聯繫自己個人的生活體驗選擇話題

文學是人學，文學作品表現的內容總是要涉及人與自然、人與社會之間的關係，表現人與他人、自我之間的關係，所以閱讀文學作品，能為我們提供一個擴展我們有限的生活體驗和經歷的機會。

聯繫自己個人的生活體驗進行深入的閱讀思考，是理解翻譯文學作品所必需的。可以說只有聯繫自己的經歷才能加深對作品的理解。這一個要求貫穿在每一個研討活動中，也貫穿在整個寫作的實踐中。

聯繫自我的人生體驗可以幫助我們確定研討的話題。在這樣的基礎上確立的話題，是自己感興趣的，這樣的話題才能讓研討言之有物，研討者有話可說。

在確定之前，想一想，閱讀的作品中有哪些問題引起了你的注意？這些問題和你個人的生活體驗有什麼關連？

在閱讀作品以後，要善於發問：從作品中，你瞭解了什麼樣的人、什麼樣的生活？從哪些作品中你能看出不同性別、不同人種、不同時代、不同地域的人的生活狀況、生活方式、生活狀態？通過作品，你思考了哪些生活的價值意義、得出什麼生活的經驗教訓？得到了什麼人生哲理的啟示？

如果你在閱讀狄更斯的《遠大前程》，你對作品中有關人生的問題印象很深：主人公有着強烈願望和夢想要改變自己的生活地位，這種追求受到了現實的制約。這樣的話，你就是在思考個人的追求與社會的制約、人的成長和環境影響的問題。

你自己有沒有遇到這樣的問題？你的個人理想是什麼？它們和社會現實有沒有衝突？你和你同代人在什麼樣的社會環境中成長？

你可以提出一些問題和大家探討，比如，一個人有慾望有夢想是不是壞事？為什麼？

你可以用皮普的人生經歷為例，分析人物的性格特點來表達你的看法，談談一個人如何在特定的環境中追求自己的慾望和夢想，就可以提出一個自己的話題。

一句話，就是要找到一個和自己的經歷和感受有關聯的個人切入角度來結合作品實際進行分析研討。這個切入點可以是多方面和多角度的。比如，作品中所表現出的有關人生社會的問題很多，諸如人的生存條件和環境、事業前途命運、人生的理想願望、生存的意義等，都可以和自己直接和間接的經歷相互聯繫進行思考。

課堂活動

思考下列問題：從哪些作品中你能看出和你相關的青少年成長的問題？引起了你哪些思考？這些問題能不能引起他人的共鳴？是不是一個好的話題？

Part 5

二 抓住時代、社會環境的特點選擇話題

比較你生活的時代和社會環境，緊緊抓住作品所描寫的時代、社會環境的具體特點來思考和尋找有關的話題。

作品的時代歷史環境的描寫，提供了作品中人物生活和表現的舞台，成為人物性格特點形成發展的土壤，這些具體的描寫往往對深化作品的主題起到了直接的影響和作用。抓住這些特點確立一個話題，就能從一個很好的角度展開對作品的論述。

作品的創作時代和作品的內容有什麼關聯？有沒有相互的影響和作用？

 想一想

課堂活動

以《頑童流浪記》為例，分析作品中的時代精神是如何體現出來的。

不同的地理環境的描寫對作品的風格特色有什麼影響？

? 想一想

以馬克・吐溫的《頑童流浪記》為例，作品的場景設置——時間和地點的描寫在作品中起到很重要作用。作品描寫了一次從美國的北方向南方的旅行，沿途的河流、地區很重要，有深刻的意義。故事中的“北方”和“南方”具有深刻的時代意義，如果聯繫美國的南北戰爭來看這些描寫，就更加具有特殊的價值。

你可以就具體的描寫選擇話題。比如，作品對密西西比河的描寫具有象徵的意義，作品是如何進行描寫的？哪些描寫給你的印象深刻？這些描寫對人物的塑造和主題的表達起到了什麼作用？

對不同地域、不同文化背景的閱讀者來說，時代社會、自然環境的描寫本身就具有文化符號的特殊意義，時代、環境描寫得越詳細就越能幫助讀者瞭解當時的歷史、社會的狀況，瞭解人物成長和變化的軌跡……借助這些具體生動的描寫，不同時代和國家的讀者才有可能更加瞭解作品中的人物、理解作品。不僅是作品中自然環境的描寫，社會文化環境的描寫也展示了當時人們的具體生活場景。所以你可以就作品中的有關描寫確立自己的話題。例如，對當時社會現象的描寫：社會的觀念、階級的劃分；關於黑人與白人關係的描寫；社會中人的地位與行為的描寫。這樣的描寫向讀者展示了當時美國黑人和白人之間的關係所造成的社會問題，說明了作者對種族問題的態度，揭示出深刻的主題。脫離了這些具體的描寫，就削弱了作品的價值和藝術感染力。

課堂活動

你認為《頑童流浪記》哪些方面容易理解，哪些方面不易理解？主要原因何在？

三 抓住作品的文化意蘊選擇話題

優秀的翻譯文學作品有豐富的文化內涵意蘊，常常在一部作品中包含了多個方面的問題，如有關教育的話題、有關宗教信仰的問題、有關家庭人生或者是有關當時社會的風俗習慣的內容等問題。從作品的內涵和意蘊上來選擇話題，和自己的生活經歷相互聯繫，思考這些問題和自己個人的文化背景和生活經歷有什麼關聯，就會深化自己對作品的理解。

你可以考慮作家主觀的創作意圖，更重要的是要結合作品的實際來談作品的意蘊。還要善於聯繫到自己，讓你的話題具有更加豐富的內容。

要能夠借助於作品的外在的描寫，發掘出作品的深層的蘊涵。作家的情感往往滲透在作品的詞語、句子和形象的塑造中，注意從平凡的意象、獨特的意境、事件的描寫、人物形象的刻畫，把握作品的深層意蘊。

比如，在《頑童流浪記》中，作家借小孩的眼光來描寫宗教，讀者可以看到這些具體的描寫表明了作家什麼樣的觀點看法，它們和作品的主題有什麼關係，這樣的看法在當時的社會中有什麼樣的意義和作用。

作品對宗教的描寫有很多，諸如寡婦祈禱、講聖經故事等具有諷刺性的情節，作品從小孩角度表現出人物對宗教的懷疑、不信任的態度，更增加了調侃和嘲諷的意味。讀者可以從這些描寫中看出作者對宗教的態度。

所以在選擇話題時，只要能認真思考作品中的思想意義、情感信息、生活感悟、心靈體驗等等豐富的內容如何引發了你的聯想和感悟，就可以選擇出自己感興趣的話題進行研討。

Part 5

課堂活動

《頑童流浪記》哪些部分包含了作者對宗教信仰或者道德觀念的批判？

四 分析作品的寫作技巧確立話題

　　一定要對翻譯文學作品的表現手法和技巧予以重點賞析，這是課程的要求。想一想，你所閱讀的作品在寫作上有什麼精妙之處引起你的興趣？作品在藝術上取得了什麼成就？

　　可以從小說的三要素方面進行考慮，看作品在人物的塑造、情節的編排、背景的設置上有什麼突出的特點。另外，小說的人稱與敍事的角度、作品的語言風格特色，都是比較好的話題。

　　比如，《頑童流浪記》採用了第一人稱的敍述方式，從一個小孩的角度，直接表達哈克淘氣、搗蛋的想法，心理描寫自然、豐富，人物心理變化的過程很生動、真實；讀者能夠清楚地看到人物的心理成長的過程，感覺親切，易於理解和接受。你能不能就此談談第一人稱的敍述方式對塑造特定的人物形象、揭示出深刻的主題起到了什麼作用？

　　另外，小說具有幽默的風格特色，這種幽默、諷刺的語言風格是通過哪些具體的描寫表現出來的？具有什麼特點？

　　小說的環境描寫使用了多感官的描寫產生了極好的藝術效果，表現出人物的心情和感受，能不能談談它如何構成了情景交融的意境？對密西西比河的描寫如何通過突出河上的景物描寫，體現出美好、自由的象徵意義？

　　要學會運用我們在課程中已經掌握的作品分析技巧，從作品中找到具体翔实的證據進行分析和評論，清楚地瞭解作家使用的文學技巧如何成功地展示出了作家的思想，建立了作品獨到的藝術風格。

寫作練習

回答下列問題並簡要寫出你的答案：

哪些因素決定了小說的風格特色？

小說的心理描寫對塑造人物形象起到了什麼作用？

五 小結

話題選擇好，準備充分，就能達到好的課堂討論效果。成功的研討活動能引發學生思考，激發閱讀的興趣，拓展話題，促進深入的閱讀學習。

以《頑童流浪記》為例，請參考下面的參考題目：

1.關於時代和社會環境

（1）小說是什麼時間寫的？小說中寫到什麼地方？那個地方發生了什麼大事？

（2）小說在哪裡第一次出版？小說在美國出版後學術界接受的程度如何？為什麼？

（3）你覺得小說的基調是開心的，還是低沉的？樂觀向上和失望悲觀，哪個在小說中佔的比例更多？

2.關於作者和作品

（1）小說的作者馬克·吐溫有什麼樣的生活經歷？從小說中的什麼地方可以看出來他的生活經歷？

（2）在寫這部小說的時候，美國的"蓄奴制"已經成為歷史。馬克·吐溫為什麼要寫一個"陳年舊事"？

（3）作者馬克·吐溫處於什麼樣的社會階層？他的社會地位是不是影響到他對小說中人和事的看法？

（4）作者經歷了什麼樣的社會更迭和變化？這些變化在他的心目中留下了什麼痕跡？這些痕跡是如何在小說中顯現出來的？

（5）馬克·吐溫是一個非常幽默風趣的人。他的幽默風趣，有哪些是他個人性格所造就，有哪些時代和社會文化的影子？

Part 5

3. 關於小說的 "幽默"

（1）小說中的幽默，只是逗人笑嗎？或者還有許多對政治、時代、社會文化的諷刺？對傳統和歷史的調侃和戲弄？

（2）時代的特點，如何在小說的 "幽默" 中體現出來？馬克・吐溫式幽默的與眾不同，是不是有時代和社會的元素？

（3）馬克・吐溫的幽默，真的那麼輕鬆搞笑嗎？是不是也有灰色、沈鬱、讓人難過、傷心的地方？

（4）讓人難過、傷心的地方，怎麼和搞笑、輕鬆的元素配合起來？在小說中，這些不和諧的東西如何結合成一個整體？

（5）有時油嘴滑舌、撒謊騙人最讓人感覺到幽默的效果，可有時候，我們看到哈克又是一個純真、坦率的人。這兩方面如何結合起來？

（6）中國有句古話："大巧若拙，大智若愚。" 這樣的說法用在小說中的哪個人身上合適？為什麼？

（7）幽默的效果，如何在 "巧" 和 "拙" 的反差中體現出來？"巧" 和 "拙" 的背後，有什麼更多的奧妙？這些奧妙給幽默增加了什麼？

4. 關於讀者和文本

（1）小說你看懂多少？喜歡嗎？哪些地方你看不懂？哪些地方你不喜歡？看不懂和不喜歡的原因是什麼？

（2）哈克生活在美國鄉下，而你可能生長在中國的大都市，小說寫的是 19 世紀的事，而你生活在 21 世紀。這是不是給你讀小說造成了困難？或者使你對讀小說更感興趣？

（3）小說中發生的哪些事，對你來說 "似曾相識" ？小說中的哪些部分，可以勾起你對自己生活的回憶，引發你對自己生活經歷的聯想？

（4）小說中描寫的種族歧視問題、社會平等問題、暴力和犯罪問題、教育問題、宗教信仰問題，在今天的社會是不是已經銷聲匿跡？小說寫到的人和事，是不是已經是陳年舊事？

（5）小說中的哪些觀念，對你來說很陌生，或者很無聊，你沒有興趣？

（6）小說中的哪些觀念和情感，在你的心目中引發了共鳴？

（7）作為一個 "異國他鄉" 的讀者，你能從小說裡讀到更多，還是更少，或者只是不一樣？

（8）如果你是一個 "不一樣" 的讀者，你怎麼看你自己？對你讀到的 "不一樣"的東西，你感到自豪嗎？感到自信嗎？

5.關於小說中的人物

（1）哈克是在什麼環境下長大的？他的家庭情況如何？

（2）哈克的爸爸是什麼樣的人？他的生活方式、行為舉止，在哈克的身上留下什麼痕跡？

（3）哈克"發財"的經歷對他的成長意味着什麼？他是怎樣看錢財的？

（4）哈克最嚮往的生活方式是什麼？哈克怎樣看"文明"？怎麼看"教育"？在寡婦家的生活，給他留下什麼影響？

（5）哈克有很多有關"好孩子"和"壞孩子"的思考和內省。他的結論是什麼？從中如何看出他對社會和人生的理解？

（6）對文明、教育、信仰、品德的思考，哈克是認真的，還是隨便的？是有一個參照標準的，還是隨性所至、雜亂無章的？

（7）哈克如何看湯姆？湯姆的幫派禮俗、湯姆的冒險記錄，是不是都被哈克認同？為什麼？

（8）哈克怎麼看吉姆？在和吉姆的關係上，什麼是最大的障礙？什麼是他經歷的最大考驗？

（9）哈克怎麼看自己？他覺得自己"聰明"嗎？為什麼？

（10）哈克是一個誠實的孩子嗎？在什麼時候誠實，什麼時候不誠實？

（11）哈克是一個樂觀的人嗎？他的思想和情緒中，有沒有灰色而低沉的角落？

（12）哈克是一個十三四歲的孩子。少年的特徵如何在他身上體現出來？他說話、做事、想問題的時候，怎麼可以看出他的年齡特點和社會經歷？

6.關於小說的敍述者

（1）小說是從第一人稱角度寫的。這樣的寫法對表達小說的主題起到什麼作用？

（2）"我"所說的話，一定是作者想說的話嗎？第一人稱的"我"，如何表現作者的觀點和情感？

（3）主人公"哈克"說的話，一定是"我"說的話嗎？"我"有沒有"言不由衷"的時候？有沒有故意說假話、說反話的時候？有沒有自己開自己玩笑的時候？

（4）從小說中的“反話”，如何摸索到作者的寫作意圖？又如何讓人拿不準作者的意圖？

7. 關於小說的情節

（1）小說的情節主線是什麼？小說中也寫到了許多有些“偏離”情節主線的事，這些事有哪些？哪些是真正偏離的，哪些是和情節主線有各種各樣關係的？

（2）小說也寫了很多離奇古怪的事。作者為什麼要寫這些？這些離奇的事，如何幫助你瞭解小說的時代、主題以及作者的寫作動機？

（3）小說的結尾部分顯得荒誕無稽，是不是“狗尾續貂”？或者，作者另有用意？

主持交流活動的演練

前邊我們介紹了如何成功地主持一個課堂討論活動，特別是如何選擇合適的話題。話題要有一定爭議性和討論價值，易於展開課堂討論，如作品的文化背景以及元素的問題、作品的主題重點等。話題要具體明確，易於大家集中討論的焦點，如一個獨特形象、一種觀點、一種技巧和手法等。話題主持人要負責對話題作簡短報告，激發他人的關注，調動其他同學的參與。除了選題之外，一個成功的話題主持人還必須具有口頭表達的基本方法和語言技巧。

一 必要的準備

為了避免討論話題的重複，當你選定話題後要先和老師交流，必要的時候要和班級的其他同學進行交流。

確定話題後就要積極準備相關的材料，重新閱讀有關的章節片段、做一些摘要和記錄。

為了讓你的話題講論成功，一定要認真考慮這樣的話題應該使用什麼樣的方式展開，比如說，是不是需要一些圖片，是不是可以借用一些聲像材料，需不需要借用一些聲像手段來演示時代背景、地理環境等，讓聽眾更加直觀地明白你的講論內容。

寫出一個演講的提綱，考慮使用哪些詞語、哪種語氣語調來準確表達你的內容和情感。確定句子的形式，如什麼時候使用設問句，什麼時候用感嘆句等，增強表達的效果。

想一想如何引導聽眾就你的話題展開討論，你可以使用一些什麼手段和方法讓大家踴躍發言，展開辯論。

二　必要的語言技巧

1. 語體恰當

每一個學生都要瞭解主持討論時應該使用什麼樣的語言表達方式，也就是我們常說的語體，還要能正確運用這種語體。在口頭表達個人的見解時，不能用照本宣科式的書面語，要使用清楚明白、完整流暢的口頭語，自然地闡明和論述自己的觀點。

2. 語言準確豐富

能夠恰當地運用一些術語、句子結構以及一些文學語言如成語等。使用準確、規範的語言和完整的句子是最為基本的要求。在論述不同的內容時，要使用相關的詞語和句子，例如在談到作品中的相關主題時可用以下句式："在小說中，通過對……描寫，突顯了……，使得作品……的主題得到了更加深入的挖掘"。在談到作品中的有關情節時可用以下句式："小說的構思非常巧妙，故事情節跌宕起伏，在小說開頭製造出了許多懸念，隨着情節的發展，最後才真相大白讓讀者恍然大悟。整部作品高潮迭起、引人入勝。"

3. 語言表達生動

反覆演練自己的口頭表達內容，清晰流暢地表達自己。注意自己的音量、音調和語氣是不是恰當。善於利用自己的音色形成自己的口頭語言風格。根據自己的內容需要，營造出輕鬆的、幽默的或者是慷慨昂揚的基調，突出個人語言表達的風格。

4. 學會鼓勵別人發言、提問

在別人發言時不要輕易地打斷。想一想：如果出現爭論僵持不下的情景，你有什麼辦法讓討論繼續進行下去？如果出現冷場的局面，你有什麼辦法引出別人的話題？

掌握一些提問與回答的技巧，利用自己的長處來活躍氣氛，讓大家在一個愉快、輕鬆和友好的氣氛中，暢所欲言，廣泛發表意見，保證討論活動的成功。

三 演練程序

主持話題可以按照下面所列的一般的結構順序：

（1）話題介紹。

（2）論點的提出。

（3）論述與論證。

（4）引導討論。

（5）回應不同的觀點。

（6）提出問題繼續討論。

（7）作總結。

課堂活動

就下列話題進行課堂討論，寫出你的發言提要：

在《頑童流浪記》中，讀者看到了兩代人之間的代溝的問題，哈克和父親就是一個例子。聯繫你的文化背景和生活經歷談談代溝的問題。

1. 作品中有哪些關於代溝的具體描寫？

2. 在家庭問題上、在父母與孩子的關係上，我們自己有過什麼樣的經歷和感受？

提示

如何看待代溝？代溝的存在是歷史的必然，人類總是一代要比一代更強，不同時代的人有不同的希望和追求，青年一代對舊有束縛的反叛是具有積極意義的，表明他們對生活有所追求、有新想法。頑童和父輩的代溝，實際上是新與舊的較量，從哈克的身上表現出新的希望。

不同的文化與社會背景下，兩代人同樣有代溝。閱讀作品讓我們看到了人類發展中共同存在問題，更加理解了我們自身存在的問題。

第 49 講 │ 反思陳述的寫作

學習目標

掌握反思陳述寫作的要求

表明自己的感想與收穫

反思陳述簡介

反思陳述是一個簡短的寫作練習，要在互動交流討論後儘快進行，以保證學生對討論的內容記憶猶新，感受深刻。為了進行有效的寫作，考生可以在討論中做一些必要的記錄，記錄的要點對你寫作反思陳述可能有所幫助。

每一個學生必須就每一部所學作品寫出一個反思陳述，當然也可以寫作多篇，從中選出滿意的一篇。這個陳述除了打印之外，也允許手寫，每篇的字數 360 － 480 個漢字，最後要和文學論文一起上交。這一部分以評分標準 A 項記分，滿分是 3 分。超過了字數限制，要扣一分。

評分標準 A 主要評估的是（《指南》第 40 頁）：

通過口頭交流，考生在何種程度上表現出自己對文化和背景元素的理解得到了加深？

課堂研討是一種非常有效的學習活動，在認真閱讀的基礎上積極參與課堂討論活動，會激發你很多的想法。在討論中一定有一些觀點和看法給你留下了深刻的印象，吸引你重新閱讀和思考。這時候如果你能重新閱讀作品，你一定會有更加深刻的理解，也有更加深刻的感受，這就是我們開展交流討論的目的。

結束了由你主持的研討活動之後，你一定有很多的感想。這個時候需要整理一下自己的思路，把自己參與討論前後的心得感受和想法見解及時地記錄下來，對討論中得到的各種信息和意見看法作一個反思總結。想一想，經過了這個話題的討論，你自己對所閱讀討論的作品是不是有了新的想法和看法？討論活動究竟在哪些方面和程度上改進了你的哪些想法？

經過認真的思考，你要把自己的反思與總結用文字寫出來。你需要重點談談這樣的幾個問題：

1. 你選擇的話題是什麼？概括介紹你的話題的主要內容：主要的觀點是什麼？有哪幾個方面？你的根據是什麼？你的結論是什麼？

2. 你這個話題討論的效果如何？討論中大家提出了哪些相同或者是不同的觀點看法？這些看法和你的看法的主要差別在什麼地方？在什麼程度上有分歧？原因是什麼？依據有哪些？

3. 你對這些看法和觀點進行了怎樣的回應？你如何回應和解答了這些問題？討論中有沒有解決問題？討論的結果怎樣？

4. 討論過後你有沒有重新進行思考和分析？你針對哪些問題或者是問題的哪一個方面進行了再一次深入的思考和閱讀，最後有沒有新的發現？

5. 通過話題討論，你得到了哪些啟發？有了哪些收穫？和最初的理解相比，你對作品的理解有了哪些新的改進和提高？總結你的感受，談談你最新的看法。

在你反思總結的過程中，你可以重點記下你感受最深的內容來。比如，討論的哪方面的問題你最感興趣？在討論中，你受到什麼啟發，使得你想從一個新的角度思考這部作品？這一點越具體越好，比如你可以具體談有關文化和社會環境對作品的影響的問題使你得到哪些啟發。需要重點強調的是，你要明確地寫出討論之後，你對整個作品或者是作品的一個部分或是一個方面有了哪些新的認識。教師可以從中清楚地看到討論活動對你的作用和影響。

反思陳述的寫作要求

一篇優秀的反思陳述的寫作應符合以下要求：

1. 反思陳述是個人的思考和小結，應該使用第一人稱。

2. 寫作中要誠實記錄自己在口頭互動交流活動前後，對作品的理解上有怎樣的演變過程。如果確實在某一方面得到了啟發，就要清楚具體地表明自己在參與討論之後對作品的文化和內容元素有了哪些進一步的理解。但是，如果一個學生感覺他在口頭互動交流活動中什麼也沒有學到，也要如實寫出他依然不明白某些問題的實際情況。

3. 注意格式要求：引導題目要完整地列在上方，所使用作品的書名、作品的作者、出版資料也要明確地寫出。要符合字數的要求。

4. 教師評語會從幾個方面展開：

（1）反思陳述的字數。

（2）是不是清楚地表明考生在聆聽了討論之後對小說作品的文化和內容元素有了進一步的理解。

（3）書寫的內容是不是集中在引導題目討論的問題上，口頭交流的活動是不是使考生至少開始以不同的方式更加深入地思考小說中的問題。如果回答誠實、完整，這一項評分可以得到 3 分。

因此，在這一部分的寫作中，注意不要包括太多太複雜的信息和想法，而偏離了反思的要義。要緊緊扣住反思陳述的引導題，回答出口頭互動交流活動前後，你個人在對作品中的文化和內容如時間、地點、作者的信息、哲學政治、社會等問題的具體想法有哪些變化和改進。

成功的反思陳述的寫作，可以激勵學生對作品的某些方面的深入思考。

每一部翻譯文學作品的學習，都要有相應的口頭互動討論，每一次討論都要寫出一篇反思陳述。對普通課程的學生來說，你要主持兩次討論活動，要寫兩篇反思陳述；對高級課程的學生來說，你要主持三次討論，寫出三篇反思陳述。

第 50 講 | 課堂應題的寫作

學習目標

慎重選擇恰當的寫作題目

結合作品特點闡述個人見解

    課堂應題寫作是翻譯文學部分的第二個寫作。按照課程要求，每一位考生要在課堂規定的時間內（40－50 分鐘）針對每一部作品進行課堂的命題寫作，普通課程的考生寫兩篇，高級課程的考生寫三篇。下課時，文章要交給教師保存。

課堂應題寫作的特點

    1. 寫作的題目由老師來擬定，每一部作品大約有 3－4 道題目。這些題目不能提前給你，在寫作的課堂上你才能夠看到。你可以從給出的題目中選擇一個，你的寫作要緊緊扣住題目，所以我們把這個寫作叫作應題寫作。提供這些題目的目的是為了鼓勵和啟發考生獨立開展批判性的寫作，考生要從題目中選出一道自己認為可以擴展成一篇文學論文的題目來進行寫作。

    2. 另外要特別注意的是，這個寫作只有 40－50 分鐘的有限時間，在規定的時間裡必須完成交稿，因此叫作隨堂寫作。

    3. 這篇寫作在三篇寫作中具有承上啟下的關鍵作用。雖然這一篇寫作不需要遞交校外評審，但是它是整個寫作成功的關鍵。

    4. 這篇寫作沒有字數的要求，教師不予評分。文稿要交給教師保留。

    5. 這篇寫作以開卷的方式進行，考生可以在寫作時翻閱作品，但是不能查看第二手參考資料。

    6. 這篇文章的內容要和你討論的話題、和你的反思陳述有關聯，才能寫出你對文章最感興趣的內容。同時，這篇文章的內容要和你的下一篇論文的內容密切相關。可以說，你的論文的題目就要從這篇文章中產生。

相比較而言，後一個目的更加重要。在這個階段，不必再重點考慮作品文化和內容的元素，要考慮最後的評論論文的內容。考生的文學論文題目，一定要從三篇完成的課堂寫作中產生出來。在考生最後的論文題目和課堂寫作的題目之間，不一定是完全等同的，但是必須有相互的直接聯繫，兩者之間要有明顯可辨的連接軌跡。

課堂應題寫作的題目

教師扮演了一個關鍵的角色來幫助考生把課堂寫作和論文緊密地聯繫在一起。引導題目非常重要，關係到學生能否由此題目展開論文的論述。

老師給出的題目大致會有這樣的一些特點：

1. 突出對文體特點的理解。關於小說的題目會突出與人物的描寫與塑造相關的問題。關於詩歌的題目會突出抒情的手法與特點效果相關的問題。關於散文的題目會突出與文章立意與表達的手法特色相關的問題。解決這些問題，可以參看我們在第二部分的分析與講解，把握文體的特點。

2. 突出對作品的文化與社會背景的理解。回答有關的題目，必須熟悉所學作品的內容，能從跨文化的角度思考和分析問題，回應問題。

3. 突出作品文學藝術的成就與特色。

4. 突出個人的體驗在閱讀作品中的作用和意義。

以下幾個題目可作參考：

1. 你對作品的結尾滿意嗎？作者為什麼這樣寫結局？

2. 作品中人物所作出的決定或是取捨，如何影響到整個作品？

3. 假使作品中有兩代人，作者如何描寫兩代人的不同之處？

4. 作品中哪個部分，作者精雕細刻，意蘊深遠？這樣的處理，對你感受和理解作品有什麼影響？

5. 作品用什麼手法塑造人物形象？次要人物如何在作品中起到至關重要的作用？

6. 自然風景的描寫在作品中起到什麼作用？

7. 在這部作品中，作者如何使用象徵或隱喻的手法並得到神奇的效果？

選擇題目的關鍵

選擇課堂寫作的題目要考慮到論文的寫作，想一想：

對這個題目自己是不是有話可說？有個人的見解想要表達？在自己閱讀的過程中是不是發現過一些具體的實例可以引用論證？是不是能夠通過展開論述體現出自己對作品的內容以及藝術手法的理解與評價？題目是不是和自己的討論話題有所關聯？

好的選題奠定了下一步論文寫作成功的基礎。

下面是一個從課堂互動討論，最後到論文題目確定的過程樣板，注意看一看四個步驟的內容之間有什麼樣的相互聯繫：

1. 互動交流討論——主題：作品中塑造人物的手法和技巧令我很感興趣

2. 反思陳述——主題：對作品用心理描寫的手法描寫人物有了更加清醒的認識與看法

3. 課堂寫作——題目：作品用什麼手法塑造人物形象？次要人物如何在作品中起到至關重要的作用？

4. 論文——確定題目：不可或缺的藝術形象——淺析《頑童流浪記》中次要人物的作用

寫作練習

用以下題目進行課堂應題寫作：

《頑童流浪記》用什麼手法塑造人物形象？次要人物如何在作品中起到至關重要的作用？

提示

下面是關於這個題目的一篇樣文。

作品採用了心理描寫的手法來塑造人物。透過第一人稱的敘述，反映了主角哈克對社會不平等觀念的疑惑和反省。

哈克是一個頑皮天真、寬厚正直的孩子，他在冒險旅程中發現了黑人和白人是一樣的人，意識到被嚴重扭曲的事實真相。作者以獨白式的心理描寫將他的內心掙扎和盤托出。這種描寫手法把單靠外部形象難以表現的心理變化揭示出來，讓讀者透視哈克混亂的內心世界。哈克在戲弄黑奴吉姆後心想：「他（吉姆）說罷就慢慢站起來走到棚子口，悶聲不響就鑽進去了。可是這個舉動已經夠我難受的了，我……恨不得過去親吻他的腳，請求他把那些話收回去。」他為自己戲弄吉姆而感到內疚，這明顯與世俗的想法形成鮮明的對比。他保留着純淨的良知，促使他做出實際行動來表示歉意：「我躊躇了足足十五分鐘才鼓足勇氣，低聲下氣地向一個黑人道歉——不過我總算道了歉，為此我可從來沒有後悔過……早知道開這種玩笑會讓他這麼傷心的話，我是絕對不會這樣做的。」作者直接描寫了哈克思考的過程，突出了哈克的性格特點。

作品突出了次要人物和主要人物的關係，描寫主要人物的成長深化作品主題。作者將吉姆塑造為一個十分正面的形象，一位老實善良可親的黑人，他影響了哈克的成長。在和吉姆一起同舟患難的日子，哈克漸漸被吉姆的忠誠及誠懇感動，徹底改變了對黑人的態度。最後，一心想要告發吉姆的哈克，撕毀了告發信件，「好吧，下地獄就下地獄吧」一句話，標誌了他的成長和覺醒，同時也深化了批判蓄奴制的主題。由此可見，次要人物在作品中起着重要的作用。

（字數：629）

如上所說，在這一階段的寫作，可以不再以口頭交流為重點，不必拘泥於文化的內容，而是應該重點考慮課堂應題寫作和論文寫作之間的關係。請看下面一些題目之間的關聯何在。

例 1：自然景物的描寫在什麼程度上對作品有什麼重要的影響？

課堂應題寫作所選作品：馬克·吐溫《頑童流浪記》

文學論文題目：「淺談河流的象徵意義——《頑童流浪記》中的自然景物的作用」

例 2：哪一位小人物起到了最重要的作用？

課堂應題寫作所選作品：馬克·吐溫《頑童流浪記》

文學論文題目：「不可或缺的藝術形象——淺析《頑童流浪記》中次要人物的作用」

有關題目之間的聯繫，還可以參看《指南》第 31 頁的相關例子。

Part 5

第 51 講 | 文學論文的寫作

學習目標

按照步驟順序完成論文寫作

明確評分標準做好全面檢查

　　完成了幾篇課堂應題的寫作，接下來就要開始進行最後一篇評論論文的寫作了。每位考生要求撰寫一篇正式的、符合嚴格規範和要求的作品評論論文，字數為 1440 － 1800 個漢字。注意，課程指南明確規定，如果超過了字數，論文將會被扣 2 分。

　　這篇文章要在老師的指導下進行，要由考生本人獨立完成。老師會按照評分標準的 B、C、D、E 四項予以考評，這篇文學論文的總分為 22 分。完成的論文要和同一部作品的反思陳述一起上交，提交外部審評。兩篇作品的總分為 25 分。

　　論文評分標準（《指南》第 41—42 頁）有以下幾方面：

　　B. 知識與理解：

　　考生在何種程度上有效利用了選題和論文顯示出自己對所選作品的瞭解和理解？

　　C. 對作者選擇的鑒賞：

　　考生在何種程度上對作者在語言、結構、技巧和風格上加以選擇以表達意義進行了鑒賞？

　　D. 組織與展開：

　　考生在何種程度上對論點進行了有效的組織？對作品的引用與論點的展開在多大程度上得到了結合？

　　E. 語言：

　　語言的清晰、變化和準確程度如何？

　　在何種程度上選擇了適當的語體、風格和術語？

是否對論點進行了有效的組織？對作品的引用與論點的展開在多大程度上得到了結合？

翻譯文學作品評論論文的寫作，主要考查寫作者是否具有以下兩項能力：

1. 深入準確地理解作品的整體內容的能力

在文章寫作中如果只能對作品作出一般性的、籠統的敍述，只能說明寫作者對作品一般性的表面、膚淺的理解。如果能引用一些恰當準確的細節片段來進行細緻的分析和中肯到位的評論，才能表現出對作品深入準確的理解。

2. 書面表達個人見解的能力

通過文章的寫作看出寫作者是否能採用恰當的語體、條理清晰的結構、正確的格式、準確的語言來表達自己對作品的全面理解以及看法和評價。

寫作論文可以分以下的三步進行：

第一步：根據你的課堂寫作確定論題

一　確定題目

完成了對作品的口頭評論之後，你還要對所學的作品進行一個書面評論。既然是評論文章，就要有明確的論題和論點。當你完成了話題討論，對話題進行了反思總結，又再次重新閱讀了作品之後，你基本上已經確定了你寫作的論題了。

二　對照評分標準

有了自己的選題方向，就要參照論文的各項評分標準認真思考一下，你的寫作能不能符合各項標準的要求，比如，論文有沒有表現自己對作品文學手法和技巧的見解？一定要保證自己的文章涉及到了並能夠滿足各項相關的要求。

三　找出原文論據

根據自己的題目和想法，重新閱讀作品，看看能不能在原文中找到一些可以引用的資料來支持自己的觀點和論述，如果沒有，就要改變題目。

四　徵求老師意見

作好了以上的準備，就可以和老師約時間面談。聽聽老師的意見和建議，需要時作出相應的修改。

第二步：準備寫作的提綱

根據自己的題目制訂一個翻譯文學論文寫作綱要，可以明確列出一個表格：

選用作品	
題目（或選題設想）	
評分標準的考慮： B. C. D. E.	
第一手引用資料出處： 例子 章節 頁碼 第二手引用資料出處： 引言	
論文結論要點	

第三步：撰寫初稿

有關評論文章的寫作要求，我們已經在前幾個章節有所涉及，你可以運用有關的知識，完成這一個寫作的任務。

一　內容要求

1.選題具體、不寬泛，有深意、值得展開論述。就此點可以講出自己獨特的見解與看法，表現出獨立思考能力。

2.內容充實，從作品中引出準確恰當的例子，表現對作品的理解深度。

3. 論述有個人的見解和觀點，有足夠的說服力。

4. 結論要中肯，首尾照應。

二 內容要點

1. 表明你對這個具體問題的態度和觀點，也就是提出自己的論點。

2. 必須引用原文中的實例，得出結論，你要具體分析作品的描寫，看它們對作品的主題、對人物的描寫起到了哪些作用和效果。

3. 從這些描寫中，你得到了什麼樣的感悟，你有什麼觀點見解要加以闡述，突出作品和自己個人生活體驗的關聯，善於從自己的角度出發，表達具有鮮明個人見解的看法，展示出自己對作品跨文化的解讀。

4. 總結全文，得出自己的結論，也可以對所論述的問題或者自己寫作的特別收穫進行總結和評價。

課堂活動

選擇一個自己熟悉的話題，進行一個寫作提綱的練習。和同學交換提綱，相互評議。

三 形式要求

1. 標題明確、畫龍點睛。

2. 表達有條理、結構完整。

3. 全文段落清晰、明確。

4. 引用原文要以腳注方式注明出處。注釋的格式應如下所示：

"作家＋作品＋譯者＋出版社＋出版年代＋頁數"。例：海明威，《老人與海》，羅珞珈譯，志文出版社 1980 年版，200 頁。

5. 附有寫作文章的參考材料目錄，按照規範的格式注明出處。參考書目："作家＋作品＋譯者＋出版社＋出版年代＋頁數"。

6. 首尾照應，結構完整。

四 語言要求

1. 語言要規範，使用規範的書面語言，能做到句子通順、語法準確、詞語豐富。

2. 符合文體的要求，語調語氣恰到好處。

3. 詞彙豐富多彩，具有文學性。恰當引用成語、俗語或名人名言。

4. 有意識地展示個人獨特的語言風格。

參考樣文

下面是一篇翻譯文學作品的評論論文，請詳細閱讀：

不可或缺的藝術形象
——淺析《頑童流浪記》中次要人物的作用

一般來說，次要人物在作品中有着陪襯主要人物的作用。但是對一些經典作品來說，次要人物絕不僅僅是為了烘托主角而存在，更有着獨立存在的價值和意義。次要人物本身就是作品不可或缺的重要人物形象，他推動了情節發展，突出了主角形象的特色，並因為自身的存在深化了文學主題。本文試對馬克·吐溫的《頑童流浪記》進行分析，評論次要人物所發揮的重要作用。

《頑童流浪記》的核心情節是哈克和黑奴吉姆一起漂流尋求自由的歷險經歷，主角哈克就是在這個過程中成長起來的。

吉姆的出現使哈克改變了他以往的觀念。吉姆的善良無私、重情重義喚醒了哈克這個"頑童"人性中善良的一面，當哈克陷於大霧裡時，吉姆"拚命划着木筏"[1]，直至"累得半死"[2]也要去救哈克。他對哈克的忠誠，使二人成為了生死與共的好伙伴。哈克心想："吉姆總是對我這麼好，真是個好人。"[3] 在和吉姆與共患難的日子裡，哈克的性格發生了巨大轉變，作者用次要人物的反襯讓主角的形象不再

1　馬克·吐溫，《頑童流浪記》，商周出版，2005。
2　同上注。
3　同上注。

只停留於“頑童”上，而逐漸成為一個有思想、有良知的“反叛者”，吉姆起到了促使主人公性格發展變化的重要作用。

馬克·吐溫也透過哈克與黑奴吉姆的關係展示了哈克勇於追求真理、反抗世俗偏見的美好心靈。小說的開始，哈克與吉姆並不是好友，經歷過無數的困難後，變成了相依為命的好朋友。哈克逃離了父親，與“逃走來”[1]的吉姆結伴。哈克因為好玩而戲弄吉姆，把吉姆弄得很傷心難過，他“瞬時覺得自己真是缺德透頂，恨不得過去親吻他的腳”[2]，他也“躊躇了足足十五分鐘，才終於鼓足勇氣，低聲下氣地向一個黑人認錯——不過我總算道了歉，為此我可從來沒有後悔過。”[3]這段激烈的心理獨白反映當時社會對哈克的影響，哈克的想法真實而典型：“你明明知道他是為了自由而逃跑的，你盡可以上岸去，向別人告發他呀。”[4]他的內心不斷地掙扎，“再有亮光出現，我就上岸告發他。”[5]作品採用了心理獨白的表現手法充分地展示了哈克內心的矛盾和複雜的心情。

是吉姆的行為改變了哈克的錯誤觀念。一開始，哈克對黑人充滿了歧視，想遵從白人的“責任”出賣吉姆，但是他內心出現了矛盾：“我幾乎可以看見他已經獲得自由了……我沒辦法讓自己的良心平靜下來。”[6]哈克最終在吉姆的感化下，得到人生的重要啟蒙，明白了人無分貴賤的道理。哈克最後稱讚吉姆擁有一顆“白人的心”[7]，心路歷程由此產生了轉變。吉姆對哈克的成長和性格塑造有着重要的影響。吉姆的所作所為使哈克一次次打消了告發的念頭，最終作出了他認為正義的決定：

“‘下地獄就下地獄吧。’然後把信撕得粉碎。”[8]

撕碎告發信這一舉動顯示出哈克的性格發展，更標誌着美國蓄奴制的終結。馬克·吐溫藉此次要人物的描寫，展示了主要人物內心世界的變化，使其逐步發展和豐滿，並藉着情節的發展揭示作品的主題。

1　馬克·吐溫《頑童流浪記》，商周出版，2005。
2　同上注。
3　同上注。
4　同上注。
5　同上注。
6　同上注。
7　同上注。
8　同上注。

Part 5

更加引起我關注的是，吉姆這個作品中的次要人物作為黑人形象的代表，以其高尚的品性，推翻了世俗的偏見，揭示了人人平等的文學主題，有着其獨立存在的意義。

他犧牲自由去守護受了傷的湯姆，"他本來能逃走，卻甘願冒着生命的危險幫忙……我喜歡這樣的黑人。"[1] 從這側面描寫中，我們看到吉姆對化解種族仇恨的重要性。此外，吉姆和兩名白人（國王和公爵）產生了強烈的橫向對比。國王和公爵壞事做盡，相反，吉姆卻忠厚善良，再一次推翻了以膚色判別人性的陋習。這樣的對比描寫突出了吉姆對表達作品主題有着不可替代的重要性。吉姆代表的是 19 世紀的黑人階層，是美國社會中一直被非人對待、被奴役被買賣、被任意宰殺的一群。他們被看作是愚昧、醜惡的。但是作品中的吉姆徹底推翻了這種偏見，他的文學形象具有革命性的意義。馬克·吐溫透過塑造一位本性善良的黑奴，掀起一個新的社會觀念，挑戰不平等的社會觀念。

吉姆是《頑童流浪記》中無可取代的人物角色。他的確和主角有着密不可分的關係，對推動情節和塑造主角作出了貢獻，更重要的是，他的存在挑戰了世俗對黑人的歧視，作為一個次要人物散發出自身的光芒，展示出獨一無二的文學意義和審美價值。由此，我明白了：即使是次要人物，在優秀的作品中也有着獨立存在的作用與價值，是一個不可或缺的藝術形象。

參考書目：

1.《翻譯文學史（上）》，鄭克魯主編，高等教育出版社 2004 年版

2.《翻譯文學史（下）》，鄭克魯主編，高等教育出版社 2004 年版

3. 馬克·吐溫《頑童流浪記》，賈文浩譯，商周出版社 2005 年版

4. 馬克·吐溫《哈克貝利·費恩歷險記》，成時譯，人民文學出版社 2006 年版

---

1 馬克·吐溫《頑童流浪記》，商周出版，2005。

　　A. 課堂寫作和論文內容有密切的關聯；論文深入探討了課堂寫作中提出的問題，深入論述作品中次要人物的作用。

　　B. 論文對次要人物的作用問題有所開拓，提出了更加深入的見解，同時對塑造人物的手法也有很好的論述。

　　C. 論文中引用了恰當的資料論證自己的觀點，有說服力，體現了考生對作品比較深入的理解。

　　D. 論文的結構完整，條理清晰；語言也很流暢，格式符合要求，表現了考生有較好的書面表達能力。注意要做好交稿前最後的嚴格檢查，避免字句錯誤。

論文的修改

邊修改，邊自問，發現問題，提高寫作水平：

1. 這篇文章的主要論點是什麼？

2. 文章用了那些例子？引用是否恰當？

3. 自己的觀點見解闡述得是不是明白？

4. 文章的段落安排是否合適？上文與下文的銜接是否符合邏輯？

5. 文章的語體是否得當？句子是否通順？語彙是否豐富？

6. 文章的結論是不是具有說服力？

7. 文章的書寫格式是不是規範？

8. 有沒有改進的可能？

Part 6
文學經典的跨時代解讀

教學內容
- 第 2 部分：精讀作品

學生能力培養
- 對所學作品具有詳盡的知識和理解。
- 對具體的文學體裁能進行恰當的分析。
- 指出作家的語言所帶來的特殊效果，並對人物、主題和背景等元素進行分析。
- 對作品的細節咀嚼，以作出周全和言之有物的回應。

（《指南》第 18 頁）

個人口頭評論（普通課程）評分標準

A 對節選的瞭解和理解
- 通過詮釋，考生在何種程度上表現出對節選的瞭解和理解？

B 對作者選擇的鑒賞
- 考生在何種程度上顯示出對作者在語言、結構、技巧和風格上加以選擇以傳達意義的鑒賞？

C 組織與表達
- 考生在多大程度上作出了條理清晰和緊扣重點的評論？

D 語言
- 語言的清晰、變化和準確程度如何？
- 在何種程度上選擇了適當的語體和風格？

（《指南》第 59 － 61 頁）

個人口頭評論和討論（高級課程）評分標準

A 對詩（詞）的瞭解和理解
- 通過詮釋，考生在何種程度上表現出對這首詩（詞）的瞭解和理解？

B 對作者選擇的鑒賞
- 考生在何種程度上顯示出對作者在語言、結構、技巧和風格上加以選擇以傳達意義的鑒賞？

C 評論的組織與表達
- 考生在何種程度上作出了條理清晰和緊扣重點的評論？

D 對用於討論的作品的瞭解和理解
- 考生在何種程度上顯示出對用於討論的作品的瞭解和理解？

E 對討論題的回應
- 考生在何種程度上對所討論的問題作了有效的回應？

F 語言
- 語言的清晰、變化和準確程度如何？
- 在何種程度上選擇了適當的語體和風格？

（《指南》第 68 － 70 頁）

第 52 講 ｜ 中國古代經典文學作品的價值

學習目標

瞭解中國古代經典的獨特價值

把握跨時代賞析與解讀的方法

經典的定義

經典，在中國古代是指那些闡述了人間天地、萬古不變之道理的各種典籍。如中國的四書五經。我們所說的文學經典，是指一些具有特殊歷史地位和文學價值的文學作品。一般來說稱得上經典的文學作品，應該具有這樣一些特質：

一 經久不衰的長久性

中國文學歷史上的經典作品，都是經得起時間考驗的作品，這些作品所承載的思想內容和精神實質都具有經久不衰的永恆價值，在不同的歷史時代都能吸引讀者，給讀者以啟迪教益，所以，經典的作品不局限於特定的時代，而具有超越歷史時代不朽的精神和永恆的魅力。

二 意蘊內涵的豐富性

經典的文學作品總是具有豐富的意蘊內涵，作品包容性強，作品中的具體形象蘊涵了無限深廣的寓意，贏得多種文化層次讀者的廣泛喜愛，不同時代的閱讀者各取所需，能從作品中得到多角度、多側面、多層次的意義，領略不同的精神境界，吸取各自所需要的精神養料。所以，經典作品是形象具體的又是含蓄無限的。

經典作品的內容有獨特的價值，能記錄歷史真實，揭示歷史規律，反映社會歷史生活的狀況，表現對社會各階層特別是弱勢群體的生存狀態的關懷，批判社會黑暗勢力，弘揚正義忠勇的人生價值，吸引不同時代的讀者。所以，經典的作品是古老的，又是常新的。

三 獨特創新的藝術性

經典作品是一個完整的藝術精品，它的內容總是和獨創的藝術形式相互結合為一體的。文學作品是語言的藝術，所以經典文學作品在語言的使用和表現方法上總是有着創造性的獨特貢獻，奠定了這種文學樣式的基礎，成為後世同類作品的範本和楷模。長篇小說《紅樓夢》的情節結構、刻畫人物的技巧和手法成為了後世小說家取之不竭的寶藏，就是一個典型的例子。

四 繼往開來的傳承性

中國文學史上的文學經典作品大都有一個演變發展的過程，許多作品都是從民間、通俗、流行的非經典演變為經典。一部經典作品可能出自一個作家之手，但是它的形成過程可能經過了許多年代、許多人的集體創造。無論是《木蘭辭》、《西廂記》還是《水滸傳》，在流傳的過程中，融進了無數中華民族的文化元素和精神氣質，凝聚了中國普通老百姓的生活態度、人生願望、文化心理和審美情趣，同時也影響了中國文學的發展和演變。經典作品是流也是源，它承上啟下，起到了繼往開來的作用，起到了傳承中華文化的作用。

可以說，今天的經典曾經是昨日的流行，今日的流行也可能成為未來的經典。

你知道哪些中國文學史上的經典作品？請舉例說明。

? 想一想

今天，人們學習古代的經典作品意義何在？

? 想一想

民族精神與審美特色

各種文學體裁的作品，都是在民族文化的搖籃裡誕生、發展、成長的。無論是文學作品的形式還是內容，都是民族文化孕育而成的。

中國古代文學經典集中表現了中華民族文化的特徵，體現了中華民族獨特的價值觀和思想體系、文化傳統、審美價值。經典作品也集中體現了特定的歷史特徵、時代精神，真實地反映了當時的社會現實。中國的經典文學作品特別關注普通老百姓的生活實踐，展示出普通百姓的生活態度、生命情調、人生願望和追求。這些內容可以激發不同時代的讀者對生活的熱愛。

以中國古代戲曲的代表元雜劇為例，可以看出這種藝術的內容和形式各個方面都集中體現了中華民族的特色。

戲曲是一門綜合藝術，綜合了多種中國古典文學藝術的元素，唱詞如詩

Part 6

451

詞，情節如小說，服飾臉譜如繪畫，表演如舞蹈，戲劇把音樂、舞台表演相互融合；戲曲的內容也涵蓋了大到中國古代的皇朝興衰、家國大業，小到普通百姓的日常生活、喜怒哀樂的各個方面。中國古代戲曲是古代文學藝術歷史文化的高度濃縮，戲曲是中國普通百姓的人生教科書。

在漫長的古代社會裡，能夠識字受教育的人只是少數，對廣大的平民百姓來說，做人的理念規範、人生價值與道德信仰的建立除了出自人們的口耳相傳以外，很大程度上源自通俗文學的傳播與影響，觀看戲曲就是一個主要的途徑。

戲曲傳播廣泛，同樣的內容可以用不同的方言演唱，從人員密集的城鎮到窮鄉僻壤，處處有戲台，各個社會階層的人們不分貧賤富貴，人人都可以從戲曲中吸取養料。

戲曲的內容相對固定，有些曲目可謂代代相傳，這樣就使得戲曲的內容與思想有了歷史的沿襲性。中國傳統的文化精神、道德標準和人生價值觀都可以沿襲下去，成為一代又一代人們共同遵守的行為準則。

中國社會的現實是戲曲產生的土壤，也是戲曲發展的源泉。中國百姓的人生是艱辛苦難的，戲曲給了人們一些生活的希望和信心，戲曲成為人們理想和夢想的一種藝術再現，色彩、聲腔、表演的程式都是極其豔麗、美輪美奐的，都和人們的現實生活形成了鮮明的對比，成為一種生活的補充。

人生的苦難是必然的，戲曲也一定要表現苦難，並且把苦難人生變成了一種審美的享受。一般戲曲故事的人物必定要經歷一番磨難，表演要突出人物在受到磨難時的心理感受，用聲淚俱下的表演引起觀眾的共鳴。觀眾在戲曲的表演中回味了自己的人生，找到了自己人生苦難的合理性和必然性，感到自己苦難歷程中有了同行者，覺得自己不再孤單，堅定了生活的信心。

人生的苦難如此，必然要苦有所值，所以戲曲的結局一定是團圓美滿的，善有善報，惡有惡報，正義最後戰勝了邪惡。看清了這樣的人生結局，受苦難的人們才有生活下去的勇氣和希望。

正是這些原因，決定了中國古代戲曲內容和形式的特色。經典的戲曲作品具有中華民族文化內涵和民主精神，是民族審美心理積澱的產物。

從內容上看，戲曲注重教化作用，表現中國人對家國大業、改朝換代的看法，頌揚歷朝歷代的忠奸鬥爭中忠臣義士敢於反抗、不畏犧牲的英雄行為；表現中國人尊老愛幼的家庭觀念，提倡忠孝節義、安貧樂道、尊師重教，鼓勵鄰里相幫，提倡重情重義；讚頌自由美好的愛情，反對金錢門第的束縛；鼓舞信心勇氣，堅信邪不壓正、苦難終將過去。

從形式上看，戲曲滿足了百姓欣賞與觀看的需求。設在鄉村的露天戲台，場地開闊，觀眾多，所以服裝色彩要鮮明奪目才能有好的觀看效果；距離舞台遙遠，觀眾根本看不清演員的表情，臉譜很好地起到幫助觀眾辨別正反面角色的作用，觀眾可以根據臉譜判定出場的是好人或壞人，瞭解劇情；演出環境的嘈雜，決定了音樂配器以打擊樂為主，聲音宏大；主唱演員聲音嘹亮，讓觀眾聽明白、被感染；長篇戲曲要採用折子戲的方式以便連續上演。

從元雜劇至今，中國的戲曲已經歷經幾百年，濃縮了中華民族無數代人的人生體驗，所以中國人常常把戲曲比作人生，"人生如戲，戲如人生"，表現了中國人對生命過程的哲理的概括，具有高度的智慧。

課堂活動

思考並回答：你看過哪些中國的戲曲（地方戲）？說說它們的內容與形式的特點。你喜歡嗎？為什麼？你如何理解"人生如戲，戲如人生"這句話？

經典作品的普世價值

文學經典應超越民族和時代，對人類具有普遍關懷的普世價值。中國古代的經典文學作品不僅對中國人的成長有深刻的影響，對整個人類文化的發展也有着積極的作用和影響。

普世價值指符合人性根本需要的價值。說到"普世價值"這個詞語，就會想到文藝復興以來西方社會有識之士所倡導的價值觀。這些觀念被認為有放之四海而皆準的價值，適用於任何國家和民族、任何社會狀況和文化環境。一般來說，西方的普世價值包括四個方面：自由、平等、民主、人權。有的同學要問，在中國古代的經典作品中，有哪些符合人性根本需要的普世價值呢？古代的中國人如何看待自由、平等、民主、人權這些問題？

首先，我們要明白，普世價值並非就等於西方價值，而是符合生活在所有地區和時代的人的人性發展所需要的共同價值觀念。普世性與文化的多元性並不矛盾，因為文化是多元的，所以在不同的文化背景之下，普世價值所體現出的具體形態是不盡相同的。

中國文化中體現出最有中國特色的東西、最具有民族的文化價值的東西，往往也符合全人類的普遍價值。比如說對自由的崇尚和追求，正是中國古代經典作品中突出表現的內容之一，是我們民族悠久傳統文化之中普世價值的體現。

"自由"包括了信仰的自由、思想的自由、言論的自由、選擇的自由，等等。中國文化以儒家觀念為主，同時兼容並蓄，突出了自由多元、兼容開放的多種元素，體現了中國人崇尚信仰的自由。在以孔子思想為代表的儒家學說中，就表現出對言論自由的大力提倡；老子、莊子的哲學主張本身就是一種思想精神之自由的價值體現。

在中國歷代不同樣式的文學經典作品中，平等自由、積極進取的思想價值得到了充分的體現：古代的詩歌作品突出了對人性美好、重情重義、忠貞善良的讚頌。李白的詩歌，張揚了積極向上、自信自強、"天生我材必有用"的價值取向和人生態度；以《西廂記》為代表的中國古代戲曲作品宣揚和禮讚了對忠貞愛情、自由民主的追求精神；《水滸傳》宣揚人道主義的使命感，提倡英雄好漢抱打不平、關懷弱小的壯舉，歌頌了不畏強權、人權平等的價值觀念。這些都是中國文學作品中所體現出的傳統文化價值觀。

明清時代，在中國思想文化界產生了具有啟蒙色彩和民主精神的哲學思潮，直接影響到了文學作品。戲劇和小說作品都表現了對封建禮教的揭露批判，對人性、人情的肯定。從《三言二拍》中對宋元時代普通市民百姓的生活願望和審美情趣的描寫，讀者可以感受到中國人對富裕和諧生活的審美追求。《三言二拍》對人情人慾的肯定和歌頌，很大程度上表現出了一種提倡敢於冒險、勇敢追求自由幸福和美滿人生的思想價值。

中華民族崇尚正義、忠貞、自由、平等，這些中國傳統文化中的思想價值都在經典的作品中突現出來。

課堂活動

在你閱讀過的經典作品中，你曾經被哪些內容所打動？為什麼？

第 53 講 | 詩歌的演變與傳承

學習目標

掌握詩歌文體發生發展的脈絡

明辨其內容與形式的傳承演變

　　學習經典文學作品，可以瞭解不同文學體裁的作品隨着不同歷史時代社會條件變化發展的具體狀況，瞭解文學體裁跨越時代的傳承發展。

　　中國詩歌歷史悠久，最早的詩歌作品集《詩經》距今已經有三千多年的歷史了。古代的詩詞，成為今天中國人引以為傲的精神財富。回顧中國古典詩歌傳承的歷程，有助於瞭解詩歌文體的發展規律。

詩歌的發展歷程

一　從口頭到書面

　　中國的詩歌產生於文字發明之前，上古時代只在口頭傳唱，沒有文字記錄。

二　從民間到經典

　　詩歌產生於民間，作者大多是民間歌手，作品本是勞動者創作的口頭歌謠。周王朝為了制禮作樂，才專門派了採詩官，到各地搜集歌謠，用文字編寫成《詩》集。

　　《詩》是中國最早的詩歌總集，共有詩歌 305 首，又稱"詩三百"，漢朝漢武帝時，儒家學者將其奉為經典，稱為《詩經》。

三　從集體歌唱到詩人個體創作

　　屈原創作了《楚辭》，標誌着中國詩歌從民間集體歌唱發展到詩人獨立創作的階段。由於詩人具有較高的天賦才能和文化素養，決定了創作的詩歌作品比民歌作品在藝術上更為精緻，情感上更為細膩，風格上更加個性鮮明。

跨時代的傳承

把《詩經》和《楚辭》視為詩歌的源頭來看待不同歷史時代的詩歌，可以看出詩歌發展流變的脈絡。

有兩個方面值得重視：

一 詩歌創作藝術手法的傳承

1. "賦、比、興"

"風、雅、頌"是《詩經》的內容，"賦、比、興"是《詩經》的重要表現手法。這些內容的核心和具體的表現手法，在後世的詩歌作品中得到了傳承，奠定了中國古代詩歌的民族特色。

"賦、比、興"是《詩經》的重要表現手法。"賦"是直陳其事，描述一件事情的經過。"比"是打比方，用一個事物比喻另一個事物。"興"是從一個事物聯想到另外一個事物。

（1）屈原的騷體詩，繼承發展了《詩經》的"比興"傳統。《詩經》的"比興"較為單純，而《楚辭》的"比興"比較複雜，成為一個形象的系統，具有象徵的特質。《離騷》中香草美人的比興就是範例。從藝術的特色上看，從《詩經》的現實主義到屈原《楚辭》的浪漫主義，是中國詩歌發展的一個里程碑，對後代詩歌產生了深遠的影響。

（2）"漢樂府"是漢代的詩歌，又稱"樂府詩"或"樂府歌辭"，代表了漢代詩歌的最高成就。漢樂府民歌直接繼承了《詩經》的現實主義傳統，發展了《詩經》"賦"的傳統。與《詩經》以抒情為主不同，漢樂府以敘事為主，善於通過情節的鋪敘，通過人物語言、行動的刻畫塑造出富有個性的典型形象。例如《陌上桑》、《東門行》、《婦病行》、《孔雀東南飛》就是代表作品。

2. 詩句格式

《詩經》以四言格式為主，經過了不同歷史時期的演變，詩歌在語言和形式上得到了繼承發展，至唐發展為格律體。

（1）《詩經》四言詩的固定格式，每句四字，押一韻。

（2）《楚辭》的句式加長，變得更加靈活，每句中添加了語氣助詞"兮"，成為兩個三言句連接而成的七言句。

（3）漢樂府採用三言或五言的句子構成，具有口語化的特色。長短靈活隨意，不拘一格。

（4）漢代的《古詩十九首》（《古詩》），每句都由五個字組成，通篇押韻，奠定了五言詩的基礎，標誌着漢文人五言詩的成熟。東晉陶淵明的田園詩是優秀的代表作品。

（5）魏晉南北朝時期，第一次掀起了文人詩歌的高潮。"三曹"、"建安七子"的作品形成"建安風骨"的風格特色。七言樂府詩出現，通篇由七言詩句組成，每句七字，由每句押韻變成了隔句押韻。東漢末曹丕的《燕歌行》是迄今為止最早的一首七言詩。

北朝樂府除以五言四句為主外，還創造了七言四句的七絕體，發展了七言古詩和雜言體詩。北朝樂府最有名的是長篇敍事詩《木蘭辭》，與《孔雀東南飛》並稱為中國詩歌史上的"雙璧"。

（6）唐初，沈佺期、宋之問繼承了前人以聲律入詩的成就，完成了五、七言律詩形式的創造。自此，七言詩和五言詩主宰整個詩壇，詩歌體式定型。

3. 詩詞的格律

詩詞格律的定型，經過了長期的發展演變。從單個的文字產生，到連接文字表述感情，又到文字押韻好讀好聽，再到句式整齊美觀，有一個循序漸進的漫長過程，格律詩體到唐代才完成。

（1）南北朝時"宮體詩"出現，格律已經基本定型。謝靈運的山水詩和庾信的詩賦成為唐代詩風的先聲。他們對形式聲律的追求，為唐代格律詩的定型作了充分的準備。

（2）唐初陳子昂及"初唐四傑"對格律化的貢獻很大。他們改造了宮體詩，使七言長篇詩歌進一步得到發展。

（3）唐詩標誌着詩歌格律的成熟。可以說，唐代以前每一個時期的詩歌都逐步為固定的格律規範化發展打下了基礎，唐詩傳承和開創了古典詩歌的表現手法，完善了古典詩歌的音律美、聲調美、形式美，奠定了詩歌的音韻格律形式，規範的格律詩在唐朝發展到了頂峰。

二　詩歌兩大傳統的承繼脈絡

現實主義和浪漫主義，是我國古代詩歌的兩大優秀傳統。我國文學史上向來以 "風"、"騷" 並稱。"風" 就是指以《詩經》"國風" 為代表的現實主義傳統，"騷" 就是指以屈原《離騷》為代表的浪漫主義傳統。

1. 現實主義詩歌傳統承繼的脈絡

（1）《詩經》的 "國風" 可視為現實主義詩歌傳統的源頭。

（2）漢樂府民歌繼承了《詩經》的現實主義傳統和創作手法，發展了詩歌的敘事成分和批判現實的內容，對後世詩歌產生了極為深遠的影響。《孔雀東南飛》就是一個繼承發展的例子。

（3）杜甫的詩代表了我國古典詩歌現實主義的最高成就。杜甫被稱為 "詩聖"，杜甫詩被稱為 "詩史"，作品反映了社會現實問題和百姓的苦難，奠定了中國現實主義詩歌的優良傳統。

（4）白居易也是唐代最傑出的現實主義詩人之一。他從文學理論和創作上掀起了一個新樂府運動。白居易的詩和南宋愛國詩人陸游的詩，發揚光大了詩歌的現實主義傳統，並取得了很高的藝術成就。

2. 浪漫主義詩歌傳統承繼的脈絡

遠古時代人們口頭創作的神話傳說，是我國文學史上浪漫主義的萌芽。莊子的散文、六朝志怪小說對浪漫主義發展有重要貢獻。

詩歌的浪漫主義發展經歷了幾個階段：

（1）屈原的《離騷》可視為浪漫主義詩歌的源頭。

（2）北朝樂府民歌繼承發展了浪漫主義詩歌傳統。描繪北方大草原景象的《敕勒歌》和塑造女英雄木蘭美好形象的《木蘭辭》都是傑出的代表作。

（3）唐代李白的詩歌，繼承和發展了屈原詩歌的浪漫主義精神，創造出獨特的李白風格，表現了盛唐時代樂觀向上的創造精神和對封建秩序不滿的情緒，具有濃烈的激情和無比豐富的想像力，豐富了浪漫主義的手法，代表了浪漫主義詩歌的最高成就。

（4）唐代李賀，宋代蘇軾、辛棄疾，清代龔自珍都對浪漫主義進行了發揚光大，他們的作品各有特色、成就很高。

3.現實主義和浪漫主義的相互結合

我國古代詩歌的兩大傳統是互相聯繫、互相結合的。

（1）以曹操父子為代表的"建安詩人"和東晉陶淵明的詩，都繼承和發展了"風"、"騷"的傳統。

（2）李白的狂放不羈、抨擊現實的浪漫主義詩篇和杜甫關注民生疾苦的現實主義詩篇，代表了盛唐詩歌的最高成就。

從詩歌的傳承與發展的歷史，我們可以看出詩歌的發展經歷了漫長的過程，形成了現實與浪漫相結合的優秀傳統。

不同時代的每一個優秀的詩人，在自覺地繼承了詩歌傳統的同時，也對詩歌的發展創新作出了傑出的貢獻。優秀的詩人，能夠將浪漫主義和現實主義有機地結合起來，李白就是一個典型代表。

課堂活動

查找相關資料，舉出例子回答下面的問題：

1.什麼是"七絕"、"七律"、"樂府詩"？它們在形式上有什麼區別？

2.浪漫主義詩歌和現實主義詩歌相比，最大的區別是什麼？

第54講 | 戲曲的跨時代演變與傳承

學習目標

掌握戲曲藝術的審美特徵

賞析作品蘊涵的民族精神

中國古代戲曲承傳發展的規律

一　中國古代戲曲源遠流長，種類繁多

戲曲，是一種高度集中的綜合性藝術，它融文學、音樂、舞蹈、美術、武術、雜技、繪畫等多種藝術形式為一體，受到各種傳統藝術美學思想的影響。戲曲產生於民間，戲曲文化與民間美術有緊密的聯繫。戲曲臉譜和中國書法有相似之處，表現出很強的程式化特徵。由此可見，戲曲這種綜合藝術形式的發展，依附於多種藝術形式。

1. 表演

作為一種舞台表演藝術，中國古代的原始歌舞、宮廷和民間的許多娛樂表演，都是戲曲表演的源頭。宋金雜劇中有些表演、戲弄等戲劇性的成分，對戲曲有直接重要的影響。

2. 唱詞

戲曲的唱詞吸收了中國傳統詩詞的形式與特點，從文字句子的形式到情景交融的意境，無不具有詩情畫意的特點，淋漓盡致地表達出人物的情感。

3. 音樂

戲曲的音樂曲調，採用了諸宮調中曲白相生的體制、音樂聯套的方式。

二　戲曲的跨時代承繼和發展，經歷了一個由簡到繁、由單一到綜合不斷完善的漫長過程

例如諸宮調，是一種較為簡單的藝術形式，演唱者以第三者身份來敍述故事，是一種說唱表演，還不是戲曲。但是，諸宮調有人物形象，有故事情節，有說有唱，還有樂器伴奏，它的題材內容、組織結構、音樂曲調和講唱方式都被元雜劇所吸收和發展。

宋雜劇、金院本是比較簡單的表演，演出角色已經有了明確的分工。元雜劇生旦淨末丑的角色分配，繼承了已有的傳統，但是分工更為細密，主次更為明顯。

參軍戲中使用的唱念做打表演程式也在元雜劇中得到了繼承和發展，戲曲的表演程式由此確立。小丑的角色穿插其間，念白部分常常插科打諢，富於幽默趣味。

元雜劇的語言、人物塑造、戲劇性的衝突等等受到了中國傳統文學作品多方面的影響。受古代詩詞的影響，唱詞典雅的文辭，優美的韻律和節奏，情景交融的抒情性，奠定了中國戲曲抒情詩一樣的風格。敍述語言、人物對白注重個性化，生動傳神，具有傳統小說的神韻。隨着社會風尚的變化，元雜劇受到通俗文學的影響，增添了時代的魅力和審美情趣。

元雜劇吸取了各種養料，結合不同的元素，將音樂結構與戲劇結構統一起來，達到體制上的規整，在繼承與創新中不斷發展，使元雜劇成熟和完善起來，成為了具有故事情節、戲劇衝突、人物形象、歌舞表演的中國戲曲。元雜劇富於時代特色，具有藝術獨創性，被視為一代之文學。元雜劇的產生也標誌了文學發展史上一個重要的轉折期。從此，具有敍事性的戲曲作品結束了傳統抒情文學體裁的統治時代。

三　元雜劇以中國北方的大都（今北京）為中心發展起來

大都擁有眾多的作家和優秀的劇作，如關漢卿、王實甫、馬致遠、白樸、紀君祥以及他們的代表作品《竇娥冤》、《西廂記》、《漢宮秋》、《梧桐雨》、《牆頭馬上》、《趙氏孤兒》。

元雜劇的體例形式

元雜劇劇本的內容，主要包括曲詞、賓白、科範三部分。曲詞是劇中人物的唱詞，用來抒發人物的情感，賓白是劇中人物的說白，用來交代戲曲的故事情節。元雜劇以唱為主，說白是賓，又叫賓白。賓白包括獨白、對白、帶白、插白、旁白等樣式。獨白，是一個人獨自說白；對白，是二人或二人以上的對話；帶白，是唱曲的過程中偶爾插入的說白；插白，是主唱的角色在唱曲時，另一角色插入的說白；旁白，是劇中人物對話時，面向觀眾的說白。元雜劇把有關動作、表情、效果等舞台指示叫作"科"或"科範"。科範，是劇本中關於動作、表情、效果等的舞台指示。

元雜劇的結構，一般是一本四折，演一個完整的故事，前面加一楔子。"楔子"，用在最前面，作為劇情的開端，相當於序幕。後面有"題目正名"。"題目正名"一般是兩句或四句對句，總括全劇的內容，以最後一句作為劇名。折，相當於場和幕，以同一宮調的一套樂曲唱完為一折，相當於現在的一場。一本四折，就是指戲曲情節發展的四個段落，符合戲劇衝突的形成、發展、高潮和結局的四個階段。也有的作品突破了一本四折的體制，如《西廂記》就有五本二十一折。

元雜劇的角色分工細密，主次明顯。一本戲中主要人物為正角色，男主角稱為正末，女主角稱為正旦。只有主要角色獨唱，稱"一人主唱"，這種"一人主唱"可以極大地發揮歌唱藝術的特長，酣暢淋漓地塑造主要人物形象。末、旦之外，還有副末、貼旦、淨、孤、卜兒等角色，他們只有科白，沒有唱詞，只演不唱。

元雜劇每一折用一套曲子，這些曲子都屬於同一宮調，一韻到底。

戲曲這種綜合藝術發展的規律說明，一種新的文學藝術形式的發展，總是受到各種文學藝術形式的影響，元雜劇在對各種藝術形式進行了不斷的吸收和不斷的自我創新之後才有所成就。只有繼承沒有創新的文學只能是照搬，沒有繼承就談不上創新。一種新時代的文學藝術形式的產生需要經歷漫長的跨時代的傳承。

課堂活動

你認為中國的戲曲和西方的戲劇有什麼不同？能不能舉例說明？

第 55 講 | 小說的跨時代演變與傳承

學習目標

瞭解小說傳承的一般規律

掌握小說慣用的手法技巧

中國古典小說的承傳規律

一般來講，中國古代小說的文體發展經歷了三個大的發展階段：唐傳奇（文人筆記體）、宋話本小說（通俗說話體）、明清長篇小說（章回體）。

從這個發展的過程中，可以看出小說文體的時代傳承。比如，在唐傳奇的階段，小說分為了“傳”和“記”兩個類別，以“記”為名的作品，主要以記敍事件為中心，如《離魂記》等，從後來的《西遊記》的書名上，可以看出其影響；以“傳”為名的作品，主要以描寫人物為中心，如《李娃傳》、《鶯鶯傳》等，從後來的《水滸傳》中還能看到這樣的影子。

從這個發展的過程能夠看出小說文體發展的一般規律：

一　篇幅由短到長，內容由簡到繁，由寫實到虛構

沒有藝術想像和虛構，就沒有小說。小說作品的基本立意、人物形象、生活情節的藝術特徵都是通過藝術想像和虛構，才找到與之相應的表達形式。中國古代小說作品的素材大多取自歷史傳說故事，早期作品實多虛少，後來漸漸虛多實少，作者的創作成分越來越多，作品的想像力和文學表現力越來越豐富。

比如，較早的長篇小說《三國演義》以歷史事實為依據，是歷史演義小說的代表，它採取真假相半“傳其有”的方式，虛擬歷史事件的具體場景和人物的生活細節，來豐富故事情節和人物形象，其藝術虛構能力標誌着講史小說的最高成就。《水滸傳》是英雄傳奇的代表作，英雄傳奇和歷史演義雖孕育於同一母體中，但在較大程度上擺脫了對歷史事實的依賴，更接近文學的本質特徵。

《水滸傳》不是敷衍歷史，而是以虛構"傳其無"。《水滸傳》除了"宋江"這個人名和歷史的大框架外，它的故事、人物基本上都是出於藝術虛構，和歷史上宋江起義的事件並沒有多大的關係。《水滸傳》是英雄傳奇的代表作，與歷史演義取自歷史事實和史家著述有別，英雄傳奇多取自民間傳說故事，前者實多虛少，後者虛多實少。

《水滸傳》虛構了重大的戰役：三打祝家莊等；虛構了人物形象：林沖、武松等一百零八將；虛構了社會環境：官逼民反；虛構了人物的性格特徵；虛構了具體場景（八百里梁山泊，見第 78 回的具體描寫）和歷史事件；虛構了具體的故事情節、人物的造反經歷和人物的行為舉止；虛構了人物的生活細節、語言以及心理活動；虛構了"替天行道"的主題思想和結構主線。《水滸傳》的藝術成就，正好說明小說創作中虛構的必然性與必要性。

古代小說經歷了這樣的發展變化，使得小說的文體形式越來越成熟，小說的文體特點越來越鮮明和突出，後世的作品越來越重視小說創作中的藝術虛構。

二　小說由雅到俗，表現出它的市民性、通俗性，成為俗文學的代表

從內容上看，描寫的對象漸漸轉向普通人的生活和情感，表現世俗的審美理想和價值取向；從形式上看，小說的語體風格由古雅的文言變為百姓的通俗口語。

比較不同時期的長篇小說可以看出，歷史演義從頭到尾演繹歷史事件，講"一代之史"，英雄傳奇重在歌頌英雄俠士的偉業壯舉，寫"一人一事為主"的人物傳記。人物形象，歷史演義帶有貴族化的傾向，主要寫帝王將相；英雄傳奇則包括廣泛的各階層人物，下層人士、市民生活氣息和市井生活情趣從中可現。英雄傳奇的產生，進一步確立和顯示了白話長篇章回小說的藝術創造性和文學特徵。

話本小說和唐傳奇相比，就更加明白地看出由雅到俗的發展趨向。

三　文體特點的傳承

最值得注意的就是，無論哪個階段的小說，都體現了小說文體的共同特點：注重故事情節的生動曲折，注重對人物形象的刻畫。在優秀的小說作品中，總是將兩者結合起來，把小說人物的描寫和刻畫與生動的故事情節結合起來。隨着小說的發展，小說的這兩個文體要素得到了不斷的繼承、突出，也得到越來越完善的深化和創新。

就以我們所選的話本小說和長篇章回小說為例，通過對《三言》選篇和《水滸傳》的學習，我們可以看出小說文體特點的傳承與發展變化。

1. 話本小說的情節和人物描寫的特點：常中出奇

和唐傳奇相比，在《三言》中的話本小說作品中，已經注重運用懸念、伏筆、誤會、巧合等手段，使故事的情節一波三折、起伏變化、委婉生動。

（1）小說追求驚奇而真實可信的藝術效果。

用普通的情節來演繹驚奇的故事，用日常生活的細節描寫寫出人間的常理、常情。如《賣油郎獨佔花魁》，故事是市井奇聞，但描寫真實，使人信服。

此外，用誤會、巧合、懸念、對比、反襯等手段，借用意外如天災人禍和事件的描寫，將故事進行巧妙的組合編排，使故事發展變化多端，給讀者以驚喜、離奇的感受。

小說中常常用"也是合當有事"這樣的句子，把前面故事的鋪墊和後面離奇事件的發生相互連接起來，由此將"常"的描寫轉入"奇"的境界。一般格式是：起於常，轉為奇，歸於常。作品的故事不是直線展開，而是跌宕起伏，一波三折，以其曲折多變而引人入勝。

（2）話本小說刻畫人物的方法和特點：多樣靈活。

在描寫人物時，注重細節的描寫和環境描寫，注重通過人物語言的描寫來刻畫人物：一是借助動作、表情、語言以及精彩、細膩、生動的心理描寫和細節描寫來揭示人物的心理活動。二是描述語言生動，各種階層、行業、身份、地位人物的話語各不相同，有生動鮮活的口語，又有精美的書面語，突出人物的性格特點。

2. 章回小說的情節和人物描寫的特點：以奇取勝

《水滸傳》的情節突出了以奇取勝的特點，繼承發展了古代小說的情節講求變化多端、波瀾起伏的傳奇性。

（1）高度誇張和生動的細節描寫相互結合，造成一種驚心動魄而又入情入理的藝術效果。

（2）塑造人物時，很少對人物的外部形態作精細的描寫刻畫，而是擅長結合人物的生活環境和自身的命運，把人物放置於具有戲劇性衝突的場景裡和氛圍中，展現傳奇性的情節，凸顯人物的性格特點。比如，林冲山神廟殺仇人的一段描寫，採用了"花開兩朵，各表一枝"的辦法，寫出了門裡門外兩種情景，同時再現不同人物的手法，讓林冲親耳聽到了仇敵的談話，瞭解了自己的處境，接着作者細緻地描寫了林冲連殺二人的動作，把人物的內心仇恨、勇武無畏的英雄氣概展現出來。小說中環境的描寫情景交融，渲染了英雄悲壯的情懷，突出了人物的內在精神氣質，構成了小說獨特的意境和風格。

（3）《水滸傳》在寫人物時，經常採用設置懸念的手法。作者巧妙地設置一連串的懸念，懸而不決，串串相連，推向高潮，最後才展示出人物的命運。

（4）善用巧合，也是作品加強傳奇性的一個重要的藝術手法。《水滸傳》的巧合，注重以生活的必然性為基礎，能夠做到出乎意料之外，但在情理之中，把傳奇和真實相互結合了起來，更加生動感人。魯智深的故事中巧合不斷，但都合情合理，處處充滿了偶然的因素，又具有必然的依據，使得情節曲折離奇，引人入勝。懸念與巧合的結合使用，展示了人物奇特的人生命運，使矛盾衝突迭起，人物的行動始終在新奇的變化中，懸而未決，吸引讀者，構成了以奇制勝的小說情節特色，增強了小說的藝術魅力，對後世小說產生了重大的影響。

從小說的傳承發展可以清楚地看到，文學作品中的一些表現技巧和手段是在繼承的基礎上發展變化的。正是有了這樣的一種繼承和發展，小說藝術才能夠不斷地完善與成熟。

課堂活動

1. 中國古代小說在情節的安排上有什麼特點？能否從作品中舉例分析說明？

2. 中國古代小說在人物的塑造上有什麼特點？這樣的人物能給讀者帶來什麼樣的感受？請舉例分析。

章回小說的回目

我國古代章回小說的回目標題大致上經歷了一個"粗糙——工整——精緻——簡約——多元"的發展演變過程，這一過程中所體現的豐富的文化意蘊尤其值得我們注意。

一 回目的形成

"回目"起源於宋元話本。宋元話本的講史類作品篇幅很長，說話藝人在講故事時將長篇故事分成了許多個小的段落，不同的段落根據故事內容分節立目，方便說話藝人講述。對聽眾來說，這些回目可以起到預告內容、吸引收聽的作用，於是回目就流傳下來。

此外，元代雜劇的"題目正名"也對章回小說的"回目"產生了一定的影響。元代雜劇的題目正名出於文人之手，都是兩兩相對的偶句，對仗工穩、詞采優美且讀起來朗朗上口、易讀易記。章回小說的"回目"吸收了這些特點。

二 回目的作用

章回小說最顯著的特徵就是它的回目。回目在小說創作和傳播中具有一定作用。

1.廣告的作用

話本小說中的回目和元雜劇的"題目正名"類似於今天的"海報"的形式，具有廣告的作用。

2.概括故事內容

用最精練的語言概括某回書的故事梗概。它的基本格式是人名、地名、事件的相加。以《水滸傳》為例，每回的回目都用偶句作目，每條回目都對仗工穩、平仄和諧。

3.突出文學藝術性

一些文人創作的章回小說，除了用回目概括故事內容外，還注意到它的藝術性、趣味性。好的回目可以帶有強烈的感情色彩，甚至造成情景交融的妙境。還有的回目根據內容的需要，採用了幽默詼諧的方法，達到諷刺的效果，如《儒林外史》第三回回目："胡屠戶行凶鬧捷報"。"行凶"與"捷報"，造成一種詼諧調侃的效果，充滿了諷刺的意味。

　　回目，是作品內容最好的介紹，讀者在未讀正文之前，一看回目，就能產生濃厚的閱讀興趣。所以回目具有一定的實用價值。

課堂活動

1. 請舉出幾個《醒世恆言》中的回目，分析其作用。
2. 請舉出幾個《水滸傳》中的回目，分析它們有什麼特點。

第 56 講 │ 李白詩的抒情特色及藝術手法

學習目標

瞭解李白詩歌的巨大成就影響

領悟經典作品的獨特表現手法

流傳至今的唐詩有近五萬首作品，出自近百名傑出詩人之手，豐富多彩的風格特色，表現了中國古代詩歌藝術的成熟和完善。無論在格式、題材還是內容方面都有了極大的豐富和拓展，格式更加規範的格律詩也在此時達到巔峰。這一切成就，使唐詩達到我國古代的詩歌藝術高峰，無可企及。

唐代政治經濟的昌盛發達、開放自由的社會環境、思想活躍的繁榮氣象、以詩取士的科舉制度、全民皆詩的空前盛況、廣泛頻繁的中外文化交流等都是哺育唐詩成長的土壤和搖籃，沒有了這一切，就沒有唐詩的興盛與繁榮。

在唐朝，李白、杜甫分別代表了我國古典詩歌中浪漫主義和現實主義的最高成就。限於篇幅，我們僅以李白為重點分析對象。

李白的詩歌之所以取得空前的成就，是和詩歌所表現的內容分不開的。李白的詩歌，是盛唐氣象的最佳寫照，藝術地再現出盛唐蓬勃向上的精神和浪漫主義色彩，李白和他的詩歌，就是盛唐氣象最典型的人格與藝術的象徵，是盛唐文化的傑出代表。

正是如此，李白的詩歌和這個不朽的時代一起，具有了不朽的價值。

課堂活動

討論並分析：唐詩的興盛受到了哪些因素的影響？

盛唐李白

盛唐是一個思想、信仰自由開放，文化精神多元繁榮的時代，是盛唐帝國多元開放的社會環境造就了李白。

李白具有濃厚的道家思想，嚮往尋仙修道，同時還有強烈的縱橫家思想和俠客思想，為人仗義瀟灑。他一直希望出仕為官，為國家建功立業，又表現出儒家入世精神的思想傾向。李白才識過人、抱負遠大，在仕途上雖然也經歷了挫折，但始終充滿了樂觀向上的精神，在追求人生理想的道路上，從來沒有退縮過。他以詩歌來猛烈抨擊黑暗政治和腐朽的權貴，表達強烈的叛逆精神和對光明理想的熱烈追求，他的詩歌作品顯示出超凡的創造力、博大雄偉的氣魄，與多元和開放的盛唐帝國的時代精神是一致的。

李白代表着對自由解放的追求，李白詩歌表現出特立獨行、蔑視權貴、衝破世俗束縛的精神氣質，使李白成為唐朝自由開放的時代象徵。詩歌充分表現了詩人非凡的抱負、奔放的激情、豪俠的氣概，也集中代表了盛唐詩歌昂揚奮發的情調。

李白詩歌的情感熱烈激昂，風格雄健奔放，想像奇特炫麗。誇張的手法、豐富的想像，構成了李白詩歌最突出的特色。他被譽為"詩仙"，是中國古代詩歌史上一個最偉大的浪漫主義詩人。

課堂活動

回答下列問題：

在你心目中李白是一個什麼樣的詩人？你讀過哪些李白的詩歌？你認為他的詩歌最突出的特點是什麼？

作品特色

一　意象奇異

李白的詩歌具有濃烈的個性化、超現實的奇思異想、強烈的幻想色彩，精彩驚人。

李白還善於選用奇特的意象，構成新奇的整體意境，造成令人驚奇的審美效果，表現他的超凡脫俗的情感。如李白的《蜀道難》、《夢遊天姥吟留別》等，描繪了奇特的自然景象，選取了新奇的意象，構成了氣勢磅礴、雄奇壯偉的意境，突出渲染山水景物的奇特險峻，表達出豪放奔湧、氣勢激揚的情懷，造成令人震撼的藝術效果。

有關意象與意境的問題，請參看第二部分的有關講解。

課堂活動

你能不能從李白的詩歌中舉出幾個山水景物的意象？說說它們的特點。

二　誇張與想像

想像是詩歌的翅膀，沒有想像，就沒有詩歌。想像力豐富是浪漫主義詩人的標誌。李白的想像力，表現在誇張手法的運用上。他的精彩詩句可以看作是誇張最形象的注釋。膾炙人口的"桃花潭水深千尺，不及汪倫送我情"（《贈汪倫》）、"蜀道之難，難於上青天"（《蜀道難》）等詩句，用誇張變形的手法，創造出詩歌意象，使描寫的形象更加突兀生動，將情、景、物、我融為一體，營造詩歌全新的意境。

誇張充分表現了李白強烈的情感感染力，給讀者鮮明具體深刻的印象。"黃河之水天上來，奔流到海不復回"（《將進酒》），把一種人生苦短的悲哀慨歎、一種無可抑制的愁緒，排山倒海般傾瀉而出，給人震撼，發人深省，令人敬畏。

李白善於把想像與誇張相結合，把誇張與比擬相結合，使誇張新穎、別致，有獨創性。"危樓高百尺，手可摘星辰"（《夜宿山寺》），這樣的誇張，神奇新穎，變化無端，突現他的感情氣勢，構成詩歌的生動意境。

三　句式靈活

李白的詩歌，結構縱橫跳躍，句式長短錯落，造就一種朗朗上口、昂揚明亮的語感，形成奇美壯麗的風格。他的詩常常衝破句法格律的規範，用散文化的詩句，直抒胸臆。李白的詩歌，把握了格律詩歌的奧妙，在長短參差的句式中隨心所欲地展示着自我心靈的世界，用奇特的意象勾畫營造出社會人生的曲折變化，在抑揚頓挫的格律音韻中抒發着洶湧澎湃、無限豐富的激昂之情。李白的浪漫精神和表現手法對中國的詩歌發展影響深遠。

李白詩歌如何表現出浪漫主義的色彩？

？想一想

古典詩歌的抒情特色及手法

一　濃烈情感的含蓄表達

中國古典詩歌是以抒情為目的的，無論是山水詩、詠物詩，還是敍事詩，其抒情色彩都非常濃厚。中國詩歌的抒情又是含蓄的，詩歌採用含蓄蘊藉的手法抒發濃烈情感，是中國古典詩歌的特色，體現了民族文化的特點，具有獨特的審美價值。

含蓄的手法，早在先秦詩歌中就有運用，《詩經·蒹葭》開啟了含蓄朦朧手法的先河。

含蓄，即含而不露，而不是淺白直露。含蓄符合中國人的審美心理和審美習慣，是中國古典詩歌追求的一種審美境界。詩歌講究情在詩外、意在言外，具有含蓄之美，給讀者留下想像回旋的餘地，令人百讀不厭，讓讀者自己去發掘其豐富的內涵及深沉蘊藉。

詩歌的含蓄包括兩個方面：一是指詩歌內容隱約深邃，具有一定的隱蔽性和不確定性，不能一下子明言透徹，值得讀者反覆揣摩；二是表現手法的曲折多樣，如採用比興、借代、暗示等曲筆的寫作手法，留出想像空白，傳達言外之意，讓讀者從作品有限的描敍中體會和發掘作品中蘊藏的深刻意蘊。作品意蘊豐富，為不同的讀者進行多層次、多角度的挖掘解讀提供了可能，體現了詩歌的藝術性。

二　詩歌抒情的慣用手法

1. 利用比興

比興能使詩歌含蓄多味。比興托物寓情，要讀者自己從中感受體會，這比直接告訴讀者自然要含蓄多味。

2. 製造空白

詩歌寫作時，特意留下大片空白，讓無限的情感通過有限的畫面空間表現出來，讓觀者產生無限的想像。詩歌中的內容和表達的感情不予直接說出，更不能全部說出，而是點到為止，留下空白，給欣賞者留下思考和想像的空間。比較李白的《贈汪倫》和《黃鶴樓送孟浩然之廣陵》：第一首直接點出與友人的別情："桃花潭水深千尺，不及汪倫送我情"；而後一首的表現手法婉曲含蓄，它沒有表明要抒發什麼情，沒有直接說出自己的感受，而是從自然景物着筆，描繪一個送別者久久佇立，看着友人的影子漸漸消逝在碧空之下，眼前只剩下滾滾江水在天地間流淌，還不忍離去。"孤帆遠影碧空盡，惟見長江天際流"把惜別的深情隱含在景物的描寫之中。這種留有空白、不直接點出的手法就使得作品含蓄蘊藉，耐人尋味。

3. 意在言外

這是詩歌創造含蓄美的重要手法之一。如李白的《玉階怨》，詩歌描寫一位宮女室內室外徘徊望月的動作情態，作者只是描寫了人物的動作舉止，全詩僅落筆於眼前的"玉階白露"、"羅襪"、"簾"等細小物上，反映的卻是一種深刻的內心感受，這種感受需要讀者結合字面的描寫來發掘，從字面上的描寫不能找出，只有靠想像的力量來領會，寓意深沉、意在言外。詩歌作品中常常使用以此寫彼、意在言外的手法，達到作品的含蓄蘊藉的藝術效果。

4. 假想代擬

詩人為了曲折含蓄地表達自己的內心情感，採用假想身份、代他人抒情的方法來作詩。從一些詩歌作品的題目上就可以分辨。如鮑照的《代白頭吟》，把自己設想成一位棄婦，描述她的處境和哀怨的心理。

中國古典詩歌中，《詩經·蒹葭》中的"秋水伊人"就有着多重意蘊，作品抒發對意中人的追求，暗示理想的難以實現。屈原《九歌》中的《山鬼》、《大司命》、《少司命》、《河伯》諸篇，皆為代擬。後來，詩歌中出現了許多假想代擬女人的閨怨作品，藉此曲折表達作者人生感受，達到含蓄蘊藉的藝術效果。

詩歌中常用代擬手法來表現思婦孤獨愁苦的內心世界，來寄託自己的人生苦短、懷才不遇、理想不能實現、現實沒有出路的情懷；也用來描寫自己思親懷鄉和孤獨寂寞的遭遇體驗。詩人通過想像，極力摹寫一位思婦的舉止情懷，展現出傷離恨別徹夜無眠的情景和思緒。借助衰瑟淒清的景物來渲染和烘托，突出其哀苦之情。

李白的《妾薄命》和《長相思》都是這類作品的代表。《妾薄命》寫漢武帝金屋藏嬌的故事，暗寓陳皇后被漢武帝遺棄的事實。作者借用"妾"的身份和經歷，實際上是在表達李白自己在現實中被玄宗賜金放還遭遇的感慨，以臣妾心態訴說對"賜金放還"的哀怨。

李白的樂府詩《長相思》，暗寓了自己政治理想和人生理想的追求，是以對美人的思念含蓄曲折地表達自己理想追求的失落和悵惘，流露出對現實社會的不滿與批判。

三 情景交融的意境

在傳統美學思想影響下，中國古代詩人的抒情言志，很少採用直抒胸臆的方式，而是把感情和景物相結合，曲折含蓄地表達出來，創造出蘊藉渾然、韻味雋永的美學境界。

在具體的創作中，可以化不盡的"意"為有限的"境"，化抽象的"虛"為形象的"實"。詩人把自己的思想和感情通過由景、物、人、事結合而成的"境"表達出來。詩歌中的情意往往要變成具體的自然景物圖畫形象地展現出來，自然景物就成為一個個鮮明生動的"意象"，構成詩歌的意境。

李白《贈汪倫》中用"歌聲"這個"虛"代"汪倫"這個"實"，把汪倫"送我情"（虛）化為深千尺的桃花潭水（實），用"實"的水創造"虛"的意境，用深水比深情，"化虛為實"，造成一種情景交融的意境。

四 完美和諧的結構

中國古典詩歌內在的意境和神韻，是借助外在的辭采、聲律和結構來表現的。意境的優美、神韻的和諧，要靠完整的結構形式，靠文字的聲律、辭采來體現。結構又稱章法，不同的作品根據所要表達的情感內容的不同有所變化，精巧細緻。在分析評論時，要多加注意。下面僅舉幾例：

1. 前後倒置

按正常的敘述方式，詩歌的結構順序應該是先交代人物和地點、因由事件，然後再描述由此而產生的結果。但為了造成先聲奪人的氣勢，給人一種突兀感，留下強烈的視覺印象，詩歌可以先寫結果和造成的感受，從而突出詩人要強調的主旨。李白的五言絕句《勞勞亭》就是一例："天下傷心處，勞勞送客亭。" 首兩句倒置，作者先說傷心的感受，再訴原因，突出強調詩人送別時的離情感受。體現了詩歌的結構是以情感的表現為中心來安排的。

2. 順序承接

按照時間或事件發展的順序結構詩句，句子上下、段落前後相互承接，展示從前到後的發展過程。如李白《哭晁衡》。

晁衡是指日本人阿倍仲麻呂。他來長安學習中國文化，學成後留在唐朝宮廷任職，與當時在長安的李白結下深厚的友誼。後傳說在返日途中被溺而亡，李白聞知寫下此詩，表達了痛失友人之情。

首句先敘述事件經過："日本晁卿辭帝都"，寫友人隨遣唐使返國時離別長安的情景。第二句"征帆一片繞蓬壺"，描述晁衡返國途中的情形。後兩句抒發自己的感受和情懷。

以賦先行陳述，以比興抒發情感。用明月沉海，暗喻友人溺水，順序承接，一氣呵成。

3. 呼告高歌

用高亢的呼喊聲開始詩歌，造成突如其來、引人注目的效果，表達強烈的激情，如李白《將進酒》。

Part 6

賞析《將進酒》

《將進酒》屬於唐代古詩中的“歌行體”。“歌”和“行”在漢代都是“樂府詩”中的樂曲名，到了唐代，變成了詩韻的名稱，和音樂脫離關係。這種詩體以七言為主，雜以長短句，是一種亦歌亦詩，節奏感很強的詩歌，宜於感情的抒發。

將進酒

君不見黃河之水天上來，奔流到海不復回。君不見高堂明鏡悲白髮，朝如青絲暮成雪。人生得意須盡歡，莫使金樽空對月。天生我材必有用，千金散盡還復來。烹羊宰牛且為樂，會須一飲三百杯。岑夫子，丹丘生，將進酒，君莫停。與君歌一曲，請君為我傾耳聽。鐘鼓饌玉不足貴，但願長醉不用醒。古來聖賢皆寂寞，惟有飲者留其名。陳王昔時宴平樂，斗酒十千恣歡謔。主人何為言少錢？徑須沽取對君酌。五花馬，千金裘，呼兒將出換美酒，與爾同銷萬古愁。

[選自《李白詩選》，三聯書店（香港）有限公司 2005 年版]

一　寫作背景

李白遭受排擠被迫辭官離開長安，充滿了憂憤苦悶。漫遊到梁、宋時和友人元丹丘、岑勛一起飲酒，寫下了《將進酒》。

二　詩歌層次

全詩分為三個層次：

1. 第一層，開首採用“呼告”的手法，用了兩個“君不見”句。這是“歌行體”開首的慣用語，有一種突兀而來、振聾發聵的效果。

詩中有兩個自然意象：黃河之水從天而降，東流入海，永不再回，比喻生命急速流逝；明鏡之中，黑髮變成雪白，比喻歲月短暫無情，一去不返。兩個比喻，將無情的事實用誇張和對比的手法呈現在人們面前，造成一種強烈的迫切感，產生驚心動魄的效果，隱含了功業未成、光陰逝去的憤慨之情。

從形式上看，這兩個句子是排句，從手法上看是誇張。古詩講究起句的氣

476

勢突兀，氣勢迫人，充滿動人心魄之感。

2. 第二層，詩人發表了對人生的看法：生命如此有限，就要及時行樂、盡情地享受歡樂時光："人生得意須盡歡，莫使金樽空對月"。自信生命的價值："天生我材必有用"表現了詩人慷慨豪放、輕財好施的性格。體現詩人豪邁狂放的性情、浪漫的氣質。

詩中"且為"、"會須"都是說將飲酒而尚未飲酒前的情景，是詩人設想虛擬的情境，表現出了詩歌的想像力。

"岑夫子，丹丘生，將進酒，君莫停，與君歌一曲，請君為我傾耳聽。"這裡用了"君"和"我"的人稱代詞，前者指代岑夫子和丹丘生，後者為作者自稱，這種直接稱呼對象的方法，在修辭上叫作"呼告"，開頭的"君"和結尾的"爾"相呼應，全篇結構完整。

3. 第三層，詩人描寫了飲酒的場面和飲酒的原因。詩人同朋友共飲，唱起了酒歌，表達了詩人對現實的看法："古來聖賢皆寂寞"，蘊涵了對現實社會的批判，以曹植的傳說佳話為例（"陳王"指曹操的兒子曹植，被封為陳王）。詩人縱情飲酒，借酒消愁，表現出蔑視金錢、功名，願意長醉、不願同流合污的意願，塑造了詩人狂放不羈、豪放嗜酒、揮金如土、充滿豪情的藝術形象。

三 詩歌主旨

借酒逢知己盡情痛飲的描寫，抒發了詩人內心的愁悶與狂放不羈的情懷。本詩表露了作者複雜的思想感情，他既有蔑視富貴金錢的曠達人生觀，卻又滿懷懷才不遇的感慨，借酒表達對黑暗政治的不滿、內心的愁緒，展現了詩人對人生的態度。

課堂活動

1. 簡述《將進酒》這首詩，表達了詩人對人生什麼樣的看法和感慨？抒發了什麼樣的內心情懷？展示出詩人怎樣的獨特性格？

2. 李白在這一首詩中運用了哪些藝術手法？作品藝術風格上有何特色？請就詩歌的藝術成就進行分析評論。

作品富有李白的個性和自由的意志，流露出複雜而矛盾的情緒，傲視聖賢、蔑視富貴、及時行樂的思想，都借豪邁奔放的詩句宣洩出來，語調慷慨激昂、情感跌蕩起伏。

1. 對人生的看法：從"黃河之水天上來"及"朝如青絲暮成雪"兩句，可見李白體悟到生命的短暫、青春的易逝，認為"人生得意須盡歡，莫使金樽空對月"，主張人應及時行樂、痛飲暢歡。

2. 憤世嫉俗：作者悲歎人生短促，借酒澆愁，看似頹廢消極，實則對人生有清醒的洞察：生命多麼短暫，現實生活多麼的不盡人意！"長醉不醒"是作者憤世嫉俗的抗爭行為。"古來聖賢皆寂寞"一句，正道出了詩人懷才不遇的痛苦心情。

借曹植以自比：曹植曾在平樂宮大宴賓客，奢華豪飲。此處詩人自比曹植，表達有志難展的憤慨。曹植文才出眾、胸懷大志，卻於曹丕、曹叡兩朝備受猜忌，有志難展，這與詩人的遭遇相似。

3. 對個人前途充滿自信：詩人在仕途上雖不如意，但他並沒有向現實低頭，他對自己充滿信心，認為"天生我材必有用"。

4. 對金錢富貴的看法：他認為金錢、富貴的生活並不重要，他要用"五花馬、千金裘""換美酒"，"與爾同銷萬古愁。"這幾句詩表現了作者豪邁不羈、任情任性的情態，一擲千金的豪情。此外，更表現出一種反客為主、不拘常理的豪邁性格特點。

李白在這首詩中運用了以下藝術手法：

1. 動靜結合：首兩句寫動，接續的兩句便陡然迴轉，寫出寧靜沉重的氣氛：黑髮逐漸變白，是無聲無色的；人對鏡傷感年華逝去，也是默然不語的。這種肅穆靜謐的氛圍與前面河水奔流的動感兩相對照，相互襯托。

2. 真實與誇張相互融合：誇張是李白詩歌的特色。李白把誇張與真實結合得天衣無縫。詩的開頭先是誇張，"黃河之水天上來"充滿了豐富的想像力；下句"奔流到海不復回"是事實的描寫，兩句銜接自然，成為驚人的佳句。"高堂明鏡悲白髮"一句，是一般事實的描述，但"朝如青絲暮成雪"一句，卻是極度誇張的比喻。把事實與誇張結合在一起，象徵了時光飛逝，人生苦短的景況，充分表達了作者的感慨，具有浪漫的色彩。"一飲三百杯"，誇張喝酒之多；又有"聖賢皆寂寞"，誇張寂寞聖賢之多；再有"萬古愁"，誇張愁悶之久，多麼生動形象！

3. 結構嚴謹，前後呼應：以"呼告"的形式開頭和結尾相呼應，詩歌結構完整嚴謹。

4. 修辭、句式：本詩是一首樂府詩，以七言句為主，雜以三言偶句及五、九言散句，使全詩句式多變靈活生動。修辭手法很多，包括：

（1）用典："陳王昔時宴平樂，斗酒十千恣歡謔"。

（2）比喻："朝如青絲暮成雪"。

（3）對偶："岑夫子，丹丘生"、"五花馬，千金裘"。

（4）設問："主人何為言少錢？徑須沽取對君酌"。

（5）誇張："黃河之水天上來"、"朝如青絲暮成雪"、"萬古愁"等。

第 57 講 | 戲曲的特色與《西廂記》的魅力

學習目標

瞭解元雜劇興盛繁榮的背景

賞析作品內容與藝術的特色

元雜劇的繁榮，是和元代的社會歷史條件分不開的。元代異族統治的社會現實造就了元雜劇優秀的專業創作者，也成就了許多優秀的表演藝術家，這些作家和演員結合為團體，形成行業性組織。在中國歷史上文人與藝人第一次相互合作彼此促進，共同締造了中國戲曲的黃金時代。

元雜劇的興盛受到了哪些因素的影響？

? 想一想

元雜劇的內容具有鮮明的時代社會特色

一 反映百姓的生活狀況

元雜劇的作者是具有較高文化修養的傳統文人。蒙元統治者廢除了科舉制度，斷絕了知識分子躋身仕途的可能，把他們貶到社會底層。曾經養尊處優的知識分子，成為普通百姓的一員，他們中的不少人認識到自己個人的命運是和整個時代、民族的命運是相互聯繫在一起的，百姓的生活和情感理想與他們密切相關。所以，在戲曲創作時，他們要表現的內容與詩詞不同，不是為了抒發個人主觀心緒意趣，而是以反映時代、反映社會現實矛盾和百姓的人生感受為己任。一些優秀的劇目因為反映了百姓人生而成為不朽的經典作品，如關漢卿的《竇娥冤》。

二 揭露社會問題，具有批判現實精神

許多作品反映了底層百姓的願望，揭露了社會的黑暗，批判了元代的"權豪勢要"。前期雜劇突出表達了元代社會的民族情緒，塑造了一系列敢於反抗

Part 6

民族壓迫的人物形象，用歷史上的英雄事蹟來寄託民族情感。關漢卿的《單刀赴會》、紀君祥的《趙氏孤兒》就是代表。

三　歌頌美好愛情，表現民主自由思想

元雜劇中有一大批描寫愛情、婚姻、娼妓、家庭問題的作品，表達了作家對婦女的關注、同情和讚揚。其中著名的代表作《西廂記》提出了 "願天下有情人都成了眷屬" 的婚戀理想，成為千百年來人們對愛情最美好的祝願，作品表達了男女青年要求戀愛自由、婚姻自主的願望，具有進步的自由民主色彩，顯示出反封建的主題。

《西廂記》的特殊貢獻

《西廂記》是中國四大古典名劇之一，是元雜劇中最優秀的愛情劇，對後世愛情小說、戲劇的創作影響很大。

《西廂記》的故事，源於唐代詩人元稹的小說《鶯鶯傳》。小說敘述了一個普通的愛情悲劇故事：少女崔鶯鶯和書生張生戀愛最後被張生拋棄。這樣的結局在當時非常普遍。王實甫卻讓張生與鶯鶯在婢女紅娘的幫助下得以美滿結合。這個結局具有鮮明的反封建意義，體現了元代社會的時代精神。

一　揭露封建禮教和婚姻制度不合理

以崔母為代表的封建家長為了家族利益，維護封建禮法，對年輕人的愛情百般阻撓。在他們看來，決定婚姻的是功名利祿、門第富貴、父母之命、倫理道德，而不是男女雙方的感情和意願。可見封建社會的禮教和封建的婚姻制度根本不符合人情人性。

二　宣揚有情人終成眷屬的理想可以實現

在紅娘的幫助下，經過一系列鬥爭，崔張終成眷屬。

三　展示情與理的戲劇衝突

《西廂記》的主要戲劇衝突展示在老夫人與鶯鶯、張生之間。鶯鶯的母親老夫人代表了封建家長，也代表整個封建的社會觀念。一開始她的勢力很大，

在矛盾衝突中處於支配者的地位。

老夫人道貌岸然，卻背信棄義、口是心非，為了維護門第與禮教，竟置女兒的愛情與幸福於不顧，從而激起了鶯鶯的強烈反抗，和張生、紅娘一起走上了叛逆的道路。

《西廂記》正是通過這一對矛盾衝突，通過崔、張兩人勇敢追求自由幸福並最終獲得美滿婚姻的結局，表達了反對禮教及封建婚姻制度的主題思想。

《西廂記》的故事內容並不複雜，但作家把它寫得波瀾起伏、富於曲折變化。情節隨着戲劇衝突的緊張與緩和而忽縱忽收。孫飛虎搶婚、老夫人賴婚、小姐賴簡，劇情從歡樂輕快變為痛苦憂鬱，人物的情緒由高興變為沮喪，矛盾衝突不斷、情節跌宕起伏。"拷紅"的波瀾、"逼試"的難題，崔、張就是在這些驚濤駭浪中經受了一連串的考驗，加深了他們的愛情。這一系列情節符合人物性格的發展，全劇自然生動、高潮迭起、衝突不斷、真實感人。

四　生動鮮明的人物形象

《西廂記》的愛情佳話滋養了中國人的情感世界。它塑造了追求婚姻自由、背叛封建禮教的女性形象鶯鶯。為了追求愛情婚姻，她戰勝了封建禮教束縛，置門第富貴、功名利祿於不顧，主動愛上了一個窮秀才，走上了違背綱常、反抗禮教的道路。

張生是一個世俗化的書生形象，具有酸秀才的書卷氣特點，他熱戀時的癡狂舉止給作品增添了喜劇色彩。

紅娘是一個有豪俠氣概的丫環。"身為下賤"、心靈高尚，為成全崔、張愛情婚姻，緊要關頭挺身而出，戰勝了地位高貴的老夫人。紅娘成了犀利俏皮、機智潑辣、樂於助人的代名詞。紅娘的刻畫表現了作者的民主思想。

《西廂記》善於描寫人物的心理活動。作者把人物埋藏在內心深處的渴望與追求用一些著名的唱段或者簡短說白、意味深長的"潛台詞"展示出來。

《西廂記》的語言以當時民間口語為主體，化用了一些唐詩、宋詞以及經史子集中的語句，白話口語與文學語言在這部作品中得到了完美的統一。《西廂記》的人物語言突出個性化，在戲劇衝突中準確而生動地表現人物思想性格，推動戲劇衝突的進一步發展。劇中的每一個人物都有自己的語言風格：鶯鶯的語言文雅含蓄、情深意長；張生的語言誇張感嘆、灑脫不俗；紅娘的語言犀利潑辣、俏皮爽快，和人物的身份、地位、性格特點相符。

課堂活動

你最喜歡《西廂記》中的哪一個人物形象？為什麼？作品如何對他／她進行了刻畫？

中國戲曲藝術的美學特徵

中國戲曲有鮮明的民族特徵，集中體現了中國藝術綜合、寫意、程式的審美特徵。

一　詩情畫意的唱詞之美

我們課堂學習的戲曲是文字寫成的劇本。戲曲的劇本與其他文體相比，具有戲劇的特點：人物、事件、場面高度集中，展示尖銳的矛盾衝突；運用唱詞、賓白等元素來塑造人物形象，展示人物性格。劇本體現了獨特的文字之美，唱詞具有詩詞的語句，圖畫般的意象，構成情景交融的意境。

二　優美動情的音樂之美

戲曲融說唱、舞蹈於一體，有情節、人物，以歌舞演故事，載歌載舞。音樂之美體現在人物的唱詞、唱腔、配樂和伴奏之中。唱詞講究詩歌一樣的節奏韻律；唱腔和曲調旋律優美動聽，強化渲染豐富的感情。

三　濃墨重彩的圖畫美

戲曲綜合展示了中國古代的藝術美。舞台上的佈景、人物的服飾、臉譜的設計、表演的動作造型，唱詞道白一句一段一幅畫，表演動作一招一式一幅圖，美不勝收。

四　程式之美

　　程式就是規矩、格局、模式，是在長期實踐中定型了的規範。中國藝術很講程式。詩有格律，畫有筆法，詞有詞牌，曲有曲譜，書法有格式。程式化也就是審美化，通過程式將生活的真實形態變成可以觀賞的東西，變成審美對象。中國戲曲的舞台演出自始至終由一系列程式構成，一舉一動都有程式。離開程式，就演不成戲；不懂程式，就看不懂戲。中國戲曲的程式是對生活的提煉、美化和誇張，所以比生活更美。

五　虛擬寫意性

　　虛擬性是中國戲曲的特點。所謂的虛擬，就是以虛代實，追求神似。戲曲用虛擬的手法來處理舞台時空的有限與現實生活時空無限之間的關係。舞台沒有複雜的佈景，只用很少的道具，主要通過演員的表演來刻畫人物、表現故事。讀書寫字、飲酒睡覺、千軍萬馬、翻山越嶺都是通過演員的表演來完成的。用虛擬化的動作，給人實在的感覺。在沒有實物的舞台上，全靠演員的表演，讓觀眾感到這些東西的真實存在。戲曲寫意性的特點表現在戲曲語言音樂化。寫意，就是不照搬真實，而是突出神似。用虛擬誇張的形式，把生活的本質東西反映出來，比實際生活更美，更傳神。戲曲寫意性是中國文學傳統的民族特色，也是戲曲的審美特徵。戲曲的表演，將藝術真實與生活真實分別開來。假戲真做，真事假演，以假為真，講求神似。

六　敍事抒情性

　　雜劇是敍事的，有人物有情節有戲劇衝突，但重視抒情性，劇本講究文辭華美，具有詩情畫意；一人主唱的曲調唱腔，充分刻畫人物內心的情感，淋漓盡致地表達人物的喜怒哀樂。

課堂活動

　　如何理解中國戲曲 "程式化" 與 "寫意性" 的審美特徵？請舉例談談你的看法與見解 。

《西廂記》精彩片段賞析：《長亭送別》

一 《長亭送別》在《西廂記》整個劇本中的位置

《西廂記》一共五本。第一本"張君瑞鬧道場"：寫崔、張愛情的開始。第二本"崔鶯鶯夜聽琴"：寫崔、張愛情逐漸成熟。第三本"張君瑞害相思"：寫鶯鶯、張生、紅娘內部的矛盾衝突，凸現了他們的性格。第四本"草橋店夢鶯鶯"：寫崔、張、紅娘和老夫人的第二次正面衝突，是全劇的高潮。第五本"張君瑞慶團圓"：寫戲劇矛盾的最終解決。

第四本的第一折"酬簡"，第二折"拷紅"，鶯鶯與張生私定終身，老夫人震怒，便拷問紅娘。無奈之下，老夫人被迫接受兩人的關係，同時強令張生立即進京趕考，中舉才能迎娶鶯鶯。崔、張的愛情出現了新的考驗。

第三折《長亭送別》的矛盾衝突焦點是對待科舉功名的態度。鶯鶯與張生"昨夜成親，今日別離"，內心十分痛苦。另外，她還擔心張生不得功名不敢回來，或者他中舉後變心再娶。所以，鶯鶯的情感十分複雜。她的唱詞深入細緻、淋漓盡致地表現了這種複雜的心理變化，塑造了鶯鶯的形象。

二 《長亭送別》賞析

這折戲的規定情境是鶯鶯、紅娘、老夫人等到十里長亭為被迫進京趕考的張生餞行。情節的發展可分為三個部分：第一，赴長亭途中。第二，長亭別宴。第三，長亭分別。開頭的對白一段文字，交代了出場人物，交代了這折戲的時間和將要展開的場面、情節，同時也交代了鶯鶯的心情。

幾隻曲子抒發了鶯鶯痛苦哀愁的情感。【正宮】【端正好】："碧雲天，黃花地，西風緊，北雁南飛，曉來誰染霜林醉？總是離人淚。"通過鶯鶯對暮秋景色的感受，渲染了特定的環境氣氛，表現了人物內心深處痛苦壓抑的感情。作者沒有直接說愁道恨，而是借途中眼前的景物來言情道恨。前四句選了最具秋天季節特徵的景物——天、地、風、雁、林、葉、花等多種自然物作為表情的意象，具有鮮明的圖畫和色彩感，且動靜交織，所有的美麗景物在淒緊凜冽的西風中融成一體，外化了人物內心的複雜情感，構成了令人黯然神傷的意境。

這種讓人觸景生情、抒發情感的方法就是中國古典詩詞情景交融構成意境的方法。給無情的自然現象賦予觀者之情，叫作移情於物。

唱詞用字講究。"染"字，使無情的霜林與鶯鶯心中的淚水相連，有了感情色彩。"醉"字，使楓林的色彩與鶯鶯那種不能自持的狀態連在一起。這是鶯鶯移情於景的獨特感受。

優美的曲詞表達了鶯鶯內心的情感，和鶯鶯的教養、性格相吻合。採取寓情於景的手法起到了刻畫人物性格的作用。

【滾繡球】以內心獨白的方式描述了當時的場面，寫出了鶯鶯內心複雜的愁與恨。鶯鶯希望長長的柳絲能夠繫住馬兒，留住張生；希望樹林的枝杈能夠掛住夕陽，讓美好的時刻停下，但是她只能做到和張生盡量靠近一點。作者使用了聯想和誇張的手法，突出了孤獨無助的愁苦之情，對封建門第觀念予以控訴和批判。

注意，戲曲在表達感情時，善於直接剖露人物心靈，具有淋漓盡致、直白裸露的特點。這是有別於傳統詩詞的抒情特點的。

【叨叨令】更加突出了這個特點。鶯鶯從眼前想到了別後，痛苦難忍，放聲傾訴，"熬熬煎煎"、"犧犧惶惶"、"嬌嬌滴滴"、"昏昏沉沉"、"重重迭迭"一串雙音詞的重疊句子，造成一種嗚咽哭泣的感覺，強化了人物濃烈的情緒。整個唱段嗚嗚咽咽，如泣如訴。

以上三支曲子，前兩支含蓄、凝重，第三支曲子用了一連串排比句式和重疊詞，透徹地宣泄了內心的情感，突出了雜劇表達情感的特色。

第二部分九支曲子借鶯鶯的眼中所見、心中所想表達餞別的情景和鶯鶯的感受。

【脫布衫】先寫鶯鶯眼裡的景色"下西風黃葉紛飛，染寒煙衰草萋迷"，再寫鶯鶯眼裡的張生"酒席上斜簽着坐的，蹙愁眉死臨侵地"，繼而寫出鶯鶯的心情和感受。【小梁州】"閣淚汪汪"，"把頭低，長吁氣"既是寫張生，也是寫自己，展現兩人經受着同樣的離愁煎熬，表達了有情人"心有靈犀"共同忍受的別離之苦。

值得注意的是，【上小樓】和【幺篇】兩支曲子中，突出了鶯鶯對科舉功名的態度。"但得一個並頭蓮，煞強如狀元及第"，鶯鶯珍視真誠的愛情，輕視世俗的功名，對封建禮法"折鴛鴦在兩下裡"的專橫勢利的做法表示了強烈的不滿和怨憤。戲曲對人物的心情不是點到為止，而是深入挖掘、反覆渲染。這幾支曲子都十分形象、層層深入地表現鶯鶯愁怨滿腔、肝腸寸斷的內心情感。【快活三】和【朝天子】都用了移情的手法，"暖溶溶玉醅，白泠泠似水，多半是相思淚。"把酒比作淡水、相思淚，既是比喻，又含有誇張和想像，表達恨愁滿腹、食不下嚥的感受，形象生動。

鶯鶯對張生的擔心很值得重視：分手在即，鶯鶯"口占"絕句一首，表達內心深恐被遺棄的隱憂。這個情節值得深思，鶯鶯和張生雖然同處於離別的傷悲之中，但是她比張生的痛苦和擔憂更加深重。在當時社會，女性被動從屬於男性，不能掌握自己的命運。以鶯鶯的聰明，她意識到了癡情的以身相許並不能得到幸福的保障，實際上是一種冒險的行動。她的痛苦具有更加深層的意義。唱詞表現了她勇敢堅強的性格。

接下來的曲子，刻畫了鶯鶯對張生體貼關懷的柔情蜜意和內心的憂慮。不斷的叮嚀：路途保重、飲食調理……表現了她的無限關切與款款深情；"眼中流血，內心成灰"顯示了她無盡的憂慮。最後她忍不住表明"我只怕你停妻再娶妻"的心跡，要求張生"君須記：若見了那異鄉花草，再休似此處棲遲！"

張生帶着鶯鶯的囑咐走了，故事已經結束，但是人物的情緒還沒有平靜。【一煞】和【收尾】中，鶯鶯佇立目送，愁緒萬端，依依不捨。唱詞首尾相應，情景交融、意境無窮。

"長亭送別"，展現了情景交融的三個別離畫面，我們從中看到了鶯鶯美好的心靈，體驗了純潔的感情。

三　藝術特色

《長亭送別》以抒情詩的語言，敍寫人物複雜的情緒感受和內心細微的情感活動，刻畫人物性格，展示了人物純潔真摯的美好心靈世界。

四　語言特色

《西廂記》的語言既是詩的語言，又是劇的語言，是文學性與戲劇性的高度統一：

1. 善於化用唐詩、宋詞中的語言，典雅凝練、意境新鮮。用秋景寫離情，情景交融，將抽象的感情化為具體的形象，化虛為實，以實寫虛，以移情的方法加以表現，詩意厚濃。

2. 將方言俗語入曲，句式口語化。"從今後"、"土和泥"、"我為什麼懶上車兒內"等詞語的大量運用增加了曲詞的俚俗色彩。

3. 借典故抒情，例如："我這裡青鸞有信須頻寄"。

4. 借助誇張、對比、襯托、排比、對偶等手法刻畫人物心理。"淚添九曲黃河溢，恨壓三峰華岳低"誇張之極。類似"車兒投東，馬兒向西"的對比描寫句子很多，形象地刻畫了場景，揭示了人物的心理感受。

5. 人物語言高度個性化。不同人物的唱詞和對白符合每人的身份，體現出人的個性特徵。

課堂活動

你認為《西廂記》的結局如何？為什麼？這樣的結局突出了作品怎樣的主題思想？ 請發表你個人的見解。

第 58 講 | 話本小說對時代命題的藝術呈現

學習目標

分析作品中市民意識的藝術體現

瞭解時代社會對小說作品的影響

　　"三言"是《喻世明言》、《警世通言》、《醒世恆言》三部短篇小說集的簡稱，由馮夢龍在宋元話本的基礎上收集加工而成，有明確的勸喻、警誡、喚醒世人的社會功能。"二拍"指凌濛初的白話小說創作專集《初刻拍案驚奇》和《二刻拍案驚奇》。三言和二拍是話本小說的代表。話本小說最精彩的內容是描寫了當時社會的人情世態，呈現了市民意識。

課堂活動

就下列問題發表你的見解：

1. 什麼是市民意識？為什麼明代會有這樣的市民意識的產生？

2. 市民的意識和思想傾向與傳統的意識有何區別？

市民意識的產生

　　晚明時期，中國的城市經濟空前繁榮，尤其是東南沿海一代，商業和手工業相當發達，城市市民增多。新興的市民階層和傳統的農民在生活方式上、思想情感上有着根本的區別，形成一種新生的市民意識。

　　市民意識就是指市民的道德觀、人生觀、價值觀、審美觀。具體來講，就是對人生目的、實現的途徑與手段、金錢的價值作用、男女的情愛關係、女性的地位等等的看法與態度，和中國傳統的封建意識有很大的區別。

　　《醒世恆言》集中體現了當時新興的市民意識。我們將其歸納為主要的三類：

一　對商業、商人的重視和肯定，改變了傳統的輕商意識

　　商賈題材的小說是三言中最富有時代特色的作品，反映了當時頻繁的商業活動和市民生活。

1. 改變了商人的地位

　　傳統社會認為"萬般皆下品，惟有讀書高"，商人的社會地位底下。在話本小說中，經商被抬高到和讀書一樣的地位，商人成為時代的寵兒。在市民看來，商人的價值遠遠超過窮酸的文人學士和那些官宦子弟。這是對傳統的門第與仕途價值的反叛，反映了市民階層一種新的價值取向。

2. 改變了商人的文學形象

　　話本小說中的商人被描寫成善良、正直、淳樸而又能吃苦、講義氣、有道德的正面人物；傳統的奸商形象所代表的貪得無厭、為富不仁、猥瑣吝嗇的特點看不到了。白手起家的商人只要有決心，有能力，努力奮鬥，就可以改變自己的地位。"富貴本無根，盡從勤裡得"，否定封建社會中固有的等級觀念和道德標準，提倡不靠吹牛拍馬謀功名，也不靠意外的時來運轉，以合法的手段發財致富，建立市民階層獨特的以貧富論尊卑的社會秩序。

3. 展示商人經商的藝術

　　薄利生財，不以利小而不為，從商業道德，守商業信譽，尚冒險精神，表現了中國傳統文化對商人生活的滲透，塑造了不少"德商"、"義商"形象，

他們不是蠅營狗苟、錙銖必較的小人，而是將因本求利當作正當的謀生手段，義利可以兼得，商人們也有道德規則、行為品格。

4. 反映了商人的生活

包括愛情、事業、婚姻、家庭、友誼。話本小說把商場作為人物活動的重要背景，對商人進行精心刻畫，集中展示商人身上所閃耀的人性光輝。作品中的小商小販、巨商大賈都有圓滿的結局。《施潤澤灘闕遇友》敍述了施復發家致富的過程，一個從事手工紡織的家庭，不到十年，就由一張織機的小戶擴展到擁有三四十張織機的大戶。同樣情況還可以在《徐老僕義憤成家》中看到。

5. 敢於言利

讚揚商人，也是歌頌金錢的力量，敢於言私言利，和傳統的恥於言利的觀念形成了鮮明的對照。小說強調了金錢的力量和作用，表現了晚明時代的鮮明特點。

相關的代表作品有《醒世恆言》第十八卷：《施潤澤灘闕遇友》。

課堂活動

請自行閱讀《施潤澤灘闕遇友》，回答下列問題：

1. 作品中哪些片段反映了當時城市經濟的繁榮景象？

2. 施復撿到金子時有什麼樣的想法？內心活動和情感變化是如何表現出來的？請舉例說明。

3. 作品中哪些段落反映了當時人們如何從事和經營日常生意活動？請舉例說明。

4. 作品中哪些段落反映了生意人之間的友誼及家庭成員間的關係？

5. 作品中哪些片段反映了施復的生意頭腦和經營策略？

6. 作品通過什麼樣的藝術手法表現人物的性格與行為？舉例說明（對話、細節描寫、心理描寫）。

二 以愛情婚姻題材的小說來表現城市愛情婚姻的悲歡離合

這些題材體現了尊重女性、提倡男女平等的市民意識，對失節女子予以理解寬容，體現出進步的人道色彩。

1. 男女關係上比較自由、平等，表現了合乎人道的新戀愛婚姻觀：男女相悅就可以為婚。女性在婚姻中有選擇和決定的權利。《賣油郎獨佔花魁》便是一例。作品讚揚了以男女雙方互相尊重愛慕為基礎的自由婚姻，批判了傳統的只論金錢地位的買賣婚姻。

2. 女性社會家庭地位的提高：在封建禮教社會裡，女性沒有社會地位，家庭的事情也由男人來決定。在話本小說中有不少以家庭生活為題材的作品，凸顯了婦女在家庭中享有和男人平等的地位，如《施潤澤灘闕遇友》中施復的老婆喻氏就是一個例子。作品描寫了夫妻之間平等相待，互相尊重，遇事商議，共同勞動，使家業興旺發達，體現了男女在家庭生活及經濟活動中的平等，反映了婦女在社會和家庭生活中地位的提高。作者頌揚女性的聰明才智，反對傳統的"女子無才便是德"的觀念。

3. 改寫了女性的傳統形象：在時代風氣和文化思潮的浸染下，市民階層的女子已經有了比較獨立的人格。小說中的不少女性人物力求擺脫傳統道德規範的束縛，追求個人的尊嚴和人格獨立，追求自己的愛情和幸福。話本小說中的女性和傳統的女性相比，受封建思想影響較少，具有市民階層的思想和情趣。作品中表現了與以往傳統貞潔觀不同的新觀念，比如，妓女的身份並不影響到她婚姻的幸福。女性形象突破了傳統倫理道德的束縛而產生出獨特的魅力。

相關的代表作品有《醒世恆言》第三卷《賣油郎獨佔花魁》，可以從以下幾方面對其進行賞析：

1. 人物形象：塑造了女性的正面形象。王美娘幼年被欺騙，少年被強暴，被迫淪為妓女，在被迫無奈之中，經過思考確立了明確的目標，成為自己生活的主宰者。她的行動是主動地選擇而不是等待被選，這和傳統的女性生活不同。身為下賤，心比天高，才藝雙絕，敢愛敢恨，有自己的主張，最後得到了自己希望得到的生活，受到尊重和愛護。

賣油郎這個人物是一個從農村到城市的小商人。他誠實，聰明，有經營頭腦，重情重義。小商人成為情場贏家，擊敗了士族子弟，市井商人取得了勝利。

2. 藝術特點："無巧不成話"、"無巧不成書"，"巧合"是情節結構的一大特色。心理描寫也十分有特色，突出了人物的內心變化，細緻深入、生動形象。

課堂活動

請閱讀《賣油郎獨佔花魁》，回答下列問題：

1. 作者認為男女雙方的情愛基礎是什麼（才貌相當、有共同語言）？決定婚姻成功的因素是什麼？

2. "巧合"在作品中如何體現出來？全書的情節怎樣構成？（共有幾處巧合？起了什麼作用？）

3. 秦重的性格特點有哪些？作品是如何表現的？男主人公的內心活動和情感變化是如何表現出來的？（分析精彩片段）秦重生意成功的原因是什麼？請舉例說明。

4. 莘瑤琴的性格特點有哪些？作品是如何表現的？是什麼打動了女主人公，使她兩次改變了主意？她的內心活動和情感變化是如何表現出來的？請舉例說明。

5. 主要人物形象有哪些？各有什麼特點？他們分別體現了市民階層中什麼樣的思想意識？劉四媽是個什麼樣的人？請給予分析評論。

6. 舉例說明情節如何跌宕起伏、一波三折，怎樣的曲折多變、引人入勝。

三　公案小說揭示了中國社會現實的狀況，反映了當時的社會尖銳的現實問題，寄託了人們對改變社會現實的希望

公案小說，是話本小說的一個重要部分。它的存在，一方面說明了一種閱讀興趣的需要，另一方面更是小說反映現實的必然產物。

1. 公案小說突出表現了明代政治腐敗、社會黑暗的現實。話本小說中有不少作品對官場的腐敗和社會的黑暗進行了揭露批判。作者在鞭撻貪官、奸臣、酷吏和種種社會黑暗勢力時，體現了市民化的色彩，表達了新興市民的意志和願望。《灌園叟晚逢仙女》反映了階級壓迫的現實，生動地展示了普通勞動者的生活與思想狀況，真切描繪了他們所受的殘酷迫害，借用神仙幻化的故事，表達了人們揚善懲惡的美好願望。《十五貫戲言成巧禍》通過一對青年男女的無辜慘死，揭露了封建官吏的殘暴昏庸。這兩篇作品都是公案小說的上乘之作。

2. 故事的核心是道德與現實的衝突，是體面、良心與金錢誘惑的較量。作者在解決矛盾時，用正直的知識分子的良知來觀照社會現象，帶有強烈的教化、規勸百姓的意圖，插入很多抽象說教。《十五貫戲言成巧禍》中把成禍的原因歸為人言，就是一例。

3. "三言"內容的局限：馮夢龍纂輯"三言"，收錄宋元話本與明代擬話本。其中《醒世恆言》反映了中國封建社會中後期的方方面面，表現了大部分下層市民百姓的理想和願望，表現了不少新的內容，具有重要的認識價值。

但是在一些作品中，不可避免地流露出各種封建意識，如傳宗接代、神鬼迷信、輪迴報應等。《徐老僕義憤成家》、《施潤澤灘闕遇友》在主要表現援救弱者和患難相助精神的同時，也宣揚了為善得報、因果報應的封建思想。一些小說的大團圓結局也值得分析和探討。

課堂活動

《醒世恆言》中不少作品宣揚了因果報應的宿命思想。你對於這種現象有什麼看法和見解？請聯繫具體的作品予以評述。

話本小説的藝術特點

話本小説繼承了"說話"的傳統，形成了中國白話短篇小説的藝術特色。

文學作品的形式特點是由作家所處的社會地位、生活經歷和審美趣味所決定的，同時也會受到讀者的審美趣味的影響。話本小説是為了滿足市民的文化娛樂需要而創作的，這一目的決定了作品的題材內容、形式體制、表現手法及藝術風格等方面通俗娛樂引人入勝的特點。

話本小説注重故事情節的傳奇性，善於運用偶然性的巧合，善於設置懸念伏筆來構成故事的衝突。故事情節完整、脈絡清晰、因果照應、頭尾連貫，符合民眾的欣賞習慣與審美心理，具有民族特色。

在描寫人物時，注意從語言和行動方面來刻畫人物，展示人物的命運。真切自然、層次清晰的心理描寫和豐富傳神的細節刻畫，塑造出性格鮮明而又充滿藝術魅力的人物形象，展現了明代社會市井平民的思想性格和精神風貌。

語言方面則是以口語為基礎的白話，具有通俗易懂、生動活潑的特色。

話本小説的體例形式

話本小説的體例形式和話本小説的社會功能、審美價值相互關聯。

一　話本小説的結構模式

話本小説多為事理相套的結構模式：入詩——入論——正話——結論——結詩。

1. 入詩：又叫開篇，一般用詩、詞、曲、韻文（詩篇、對句、駢語）開頭，開門見山，開宗明義。達到招引聽眾、調節敍事節奏的作用。

2. 入論：散文形式，對入詩展開議論，多用"常言道……"起頭。

3. 入話：用與正話相類或相反的一個或幾個小故事來承上啟下。

4. 正話：有敍述、描寫、評論三種，來闡發故事的哲理蘊涵。一是理，一是事，先講道理，再講故事，最後總結道理。

5. 結論：正話的結束，也是故事的結局。

6. 結詩：用一首詩詞結束全篇，多用"有詩為證"起頭。

二 韻文（詩篇、對句、駢語）的作用

1. 加強抒情、議論、感歎的效果，強化相關情節的意義與作用。

2. 起到渲染氣氛、調節節奏、增加文字的情致和神韻的作用，產生閱讀的藝術效果。

3. 中斷敍事的時間順序，對相關的情節有意加強。有意造成敍事停頓，給讀者以思考和聯想的空間。

4. 使用格言箴語，宣講世俗哲理，增強說服力。

課堂活動

1. 話本小說和現當代的短篇小說在結構形式上有什麼區別？

2. 談談你對話本小說“大團圓”結局的看法。

Part 6

第 59 講 | 《水滸傳》的歷史價值與人物塑造

學習目標

賞析長篇章回小説的成熟魅力

瞭解作品對後世小説的積極影響

《水滸傳》的歷史價值

《水滸傳》是中國第一部成熟的長篇白話小說，標誌着白話長篇章回小説的成熟。《水滸傳》揭示了一條歷史的規律："官逼民反"、"亂自上作"。所以這是一部生動的小說，也是一本瞭解封建社會的教科書。

1. 揭露封建統治的黑暗，宣告它的必然滅亡。作品形象地展示出封建統治由上而下徹底全面的黑暗腐敗，已經到了無以復加的地步，必然被反抗推翻。

2. 以英雄好漢的方式推翻、破壞統治階級的日常統治。在強大的惡勢力面前，英雄好漢鋌而走險，奮起反抗，路見不平，拔刀相助，伸張人間正義。

3. 標榜忠義，背離封建傳統的道德觀念。表面上把"忠義"當成梁山好漢行事的基本道德準則，實際上是利用這個概念進行反抗鬥爭。"忠"本來是必須對皇帝和朝廷的忠誠，但是在此處成了"替天行道"的代名詞，梁山義軍的武裝反抗，攻城略地，也被解釋為"忠"。

在小說中"義"得到了高度的禮讚，鼓吹以仗義行俠的方式在社會上懲惡揚善，以群雄落草、佔山為王反對封建統治。這種俠義顯然是反朝廷的。小說將這種觀念合法化，給這種觀念賦予了神話的色彩和無上的價值。

皇帝不可期，世道不公平，"俠義"的行為方式，在下層百姓看來是正義和崇高的，輕生重義、仗義為俠的英雄好漢，給苦難深重的百姓帶來了希望。

4. 塑造了一系列反抗權勢的好漢形象。《水滸傳》成功地塑造了宋江、武松、林冲、魯智深、李逵等眾多英雄好漢的形象，性格特色鮮明，被後人稱為經典作品中的經典人物。作品揭示了這些人物的命運，展示了他們生存的社會歷史環境，揭示了他們性格發展變化的根本原因，突出了作品深刻的主題意義，對後世小說人物的塑造有着重大的影響。

課堂活動

有人說《水滸傳》揭示了中國封建社會改朝換代的歷史規律。你對此有什麼看法？請發表你的個人見解。

英雄傳奇的人物塑造

《水滸傳》塑造人物形象有突出的特點：把人物放在真實的歷史環境中，結合人物身份和經歷來刻畫人物性格；把人物放在尖銳鬥爭、生死存亡的命運關頭來描寫人物性格；善於運用比較法、反襯法來突顯人物的性格。人物性格複雜，隨生活環境的變化而發展。人物形象具有理想色彩、神奇的魅力，同時又有較豐富真實的細節描寫，真實感人。

一　人物與環境

《水滸傳》注重根據人物各自的社會地位和個人遭際，寫出他們豐富多樣的社會屬性和個性。人物是典型環境的產物，不同環境中的人物，各有各的身份、經歷，有不同的個性特徵。

二　性格發展變化

《水滸傳》中的人物不是固定不變的，不斷變化的環境、遭遇，影響着人物思想性格的變化和發展。林冲的例子最為鮮明。小說揭示了其性格變化的根源和軌跡，使性格的發展自然而然，真實可信。

三　多面複雜性

　　《水滸傳》從不同的側面剖析人物的性格，展示出人物性格的多面性和複雜性。宋江是一個典型的代表。

四　強烈的傳奇性

　　把人物的傳奇性與現實性很好地結合起來，刻意渲染、高度誇張英雄人物性格的某一方面特徵，把英雄超人的神奇與普通凡人的真實融合為一體，造成讓人驚奇又生動逼真的效果。如對武松超人的勇和力的描寫，實在神奇。但在高度的誇張中滲透了生活的情理，使之驚心動魄又入情入理。

五　善於突出人物的內在神韻

　　《水滸傳》很少對人物的外部形態作精雕細刻，而是圍繞人物獨特的命運，在戲劇性的強烈氛圍中，通過人物的行動突出人物的內在神韻。如，林冲殺人的描寫，把林冲的心頭恨、渾身勇表現出來。

課堂活動

《水滸傳》中如何描寫林冲出場？作者使用了哪些手法？達到了什麼效果？

提示

　　林冲在書中第七回出場。

　　1. 側面烘托，未見其人，先聞其聲：＂智深正使得活泛，只見牆外一個官人看見，喝彩道：'端的使得好！'智深聽得，收住了手，看時，只見牆缺邊立着一個官人。＂從智深引出林冲的出場，這也是小說人物出場的一個特色：從一個人引出另外一個重要的人物。層層漸進的側面描寫，引出主要人物及其特點：＂……這官人是八十萬禁軍槍棒教頭林武師，名喚林冲。＂

　　2. 直接描述：＂怎生打扮？但見：……那官人生的豹頭環眼，燕頷虎鬚，八尺長短身材，三十四五年紀。＂突出了人物的外貌特點和神武的氣質本領：外貌如張飛，武藝如趙雲。

　　3. 語言描寫，樂於結交天下好漢：＂林冲大喜，就當結義智深為兄。＂為下面的情節發展製造懸念：＂林冲正準備與魯智深結拜，……林冲聞言'慌忙'別了新交兄弟魯智深，急忙跳過牆缺……＂

　　人物的出場很好地展示了人物的外貌與身份的特點，突出了人物性格的特色，同時又為下面的情節鋪設了很好的懸念。

課堂活動

林冲的主要性格特徵是什麼？性格的其他方面如何表現出來？

提示

　　林冲具有英雄的本色，正直武勇，但是，一開始他對現實存有幻想，表現出他性格中逆來順受、忍辱負重、不肯反抗的一面。直到忍無可忍之時才奮起反抗，一旦反抗了就不再妥協。

　　作者將他置於尖銳激烈的矛盾衝突中展示他的性格發展的過程：由忍讓到絕望、對統治者有了清醒的認識，到激烈的反抗。

　　林冲遇到本管高衙內"先自手軟了"，這五個字，不單是人物神態動作描寫，更挖掘出了林冲的內心世界，展示林冲能忍的一面。

　　高衙內設毒計使林冲誤入白虎堂，把他發配到滄州，逼得他妻離家破，林冲還是忍。給妻子寫了休書，表現了林冲的善良、忠厚，又表現了他的幼稚。

　　性格的轉折從火燒草料場開始，退無可退忍無可忍，林冲從凡事忍讓的普通人，變得積極勇敢，堅決不屈，奮起反抗，由一個八十萬禁軍教頭變為與朝廷勢不兩立的梁山草寇，一個有血有肉的英雄豪傑。

請閱讀《水滸傳》第十回，分析作者使用了哪些文學的技巧和手法描寫這個人物，請列表分析。可參考下表。

藝術手法	作品實例	作用
環境描寫	時遇暮冬天氣，彤雲密佈，朔風緊起，又見紛紛揚揚下着滿天大雪。	自然環境描寫，烘托人物心理→林冲內心的悲憤
	（第三天）時遇殘雪初晴，日色明朗	突然的環境變動，引起了讀者注意 懸念→環境的變化是否意味着林冲的惡運會有所轉變？
語言描寫	林冲便說道：“非是大官人不留小弟，爭奈官司追捕甚緊，排家搜捉，倘或搜捉，倘或尋到大官人莊上時，須累大官人不好。”	反映人物性格→心思縝密，考慮到別人的處境→不願連累別人
	林冲說道：“酒保，你也來喫碗酒！”	林冲的精細→知道梁山泊不便問，所以先請他喝碗酒
	王倫道：“我這裡是個小去處，如何安着你？”……宋萬也勸道：“柴大官人面上，可容他在這裡做個領頭也好。不然，見得我們無義氣，使江湖上好漢見笑。”	三人對林冲去留的對話反映出三人的性格，人物的對比，突出了王倫的性格 為日後的情節埋下伏筆→火併王倫
	仰天長嘆道：“不想我今日被高俅那賊陷害，流落到此，天地也不容我，直如此命蹇時乖！”	酒店有一嘆，如今因未能納得投名狀而不知前途又一嘆→首尾呼應，令讀者更能體會當中的悲慘
細節描寫	林冲奔入那酒店裡來……側身看時，都是座頭。揀一處坐下。倚了哨刀，解放包裹，掛了氈笠，把腰刀也掛了。	處事小心謹慎→小心翼翼，盡可能避免不必要的麻煩
動作描寫	又喫了幾碗酒，悶上心來	和其他人物的對比→與其他好漢喝酒不同：其他人喝時，心情暢快，林冲卻是喝悶酒
	因感傷情懷，問酒保借筆硯，乘着一時酒興，向那白粉牆寫下八句	心中悲憤無處宣泄，用筆墨，盡訴心中情
	林冲再不敢答應，心內自己不樂	反映性格：忍
內心獨白	驀地想起：“我先在京師做教頭……有國難投，受此寂寞！”	反映林冲的內心感受、無限的悲憤委屈 突出主題→本有美滿的生活，卻慘遭高俅陷害（亂自上作），令他不得不上梁山（官逼民反）

本課程規定對這一部分的學習內容，採用個人口頭評論的方式進行評估。這一部分的設計，目的在於提供恰當的機會，讓學生靈活運用在課堂內外學習到的文學知識以及分析欣賞的技巧與手法，通過不同形式的口頭講評，提高語言的運用能力、信息交流能力、情感見解的表達能力。

為此，要提供給學生多種多樣的口頭講評訓練機會，提高口頭表達技巧。

第 60 講 ｜ 學習經典的態度方法

學習目標

明確學習經典作品的目的要求
繼承文學傳統的藝術表現手法

課堂活動

就下面的問題展開討論：

1. 你認為為什麼要學習中國古代的經典文學作品？

2. 中國古代的經典作品曾經如何影響了我們民族的過去？表現在哪些方面？

3. 經典作品和我們現代人的生活有什麼聯繫？

4. 你的父母一代如何看待經典作品？

5. 你和你的同代朋友們如何看待經典作品？

6. 未來的下一代會如何對待中國古代的經典作品？

為什麼要學習經典

一　瞭解與認同中國文化

　　學習中國古代的經典作品，有助於學生對中國文化的瞭解和認同。我們從經典作品中，瞭解各種文化歷史的遺產，掌握這些文化遺產中蘊涵的中國文化精神。例如，在閱讀話本小說時，讀者能感受到中國人即使在苦難歲月也擁有樂觀、從容的態度，擁有生活的智慧和勇氣，因此可以明白為什麼中華民族歷經磨難，仍能生生不息，不斷發展壯大。民族的文化精神是其根本原因。

課堂活動

　　你讀過哪些中國古代的經典文學作品？讀完後，你有什麼收穫？請舉例說明。

二　繼承文學藝術的表現手法

　　文學歷史有鮮明的承繼脈絡，沒有傳承就沒有創新。中國現代當代文學作品中許多藝術表現手法都可以在經典作品中找到根源。

課堂活動

　　舉出一些經典作品為例，談談作品在哪一些具體的技巧和方法上開啟或影響了後世同類作品的形成與發展。用具體的例證說明評析。

許多語言和文學課程都選用了經典作品或作品的片段作為教材。因為經典文學作品是經過反覆的藝術加工和提煉的，是語言文字運用的典範，從中能學習到準確規範、精練優美的語言文字，能學習運用語言文字的技巧，這樣的學習是一種活學活用的有效學習。

學習經典作品應有的態度

我們學習文學經典，既是學習者也是批評者。作為學習者，就是要讓自己置身其中，細細地閱讀欣賞，感受體驗，對作品的具體內容進行有效的分析評論。

我們也是經典作品的批評者。中國古代的經典文學作品中寫的是很久以前發生的事，和我們的生活有相當的距離，未必都適合今天人們的觀點和理念。我們在學習具體作品時，必須要有批判繼承的態度和眼光，要站在今天的角度和立場上深入思考，分析，鑒別，判斷，在不斷學習的過程中，探索其藝術形式成型的根源、藝術魅力的奧妙，審視其時代特性，作出判斷和評價，有目的、有選擇地接受和吸收。

有所否定地繼承，才能有創新發展，一味肯定和照搬，就成了模擬和抄襲。

從文學發展的歷史過程中，瞭解文學的承繼與創新的關係。這樣的學習，可以更新我們的知識，加深自己對文學經典的理解，發展和創造我們時代的文學經典。

課堂活動

1. 在經典作品的學習中，如何運用批判性思維？請舉出一些例子加以說明。如何表現出你的批判意識和批判精神？

2. 結合自己的生活實際，對經典作品提出自己的質疑，對已經有了定論的一些評價和觀點提出自己的見解。如對"武松是一個完美的英雄"這個說法談自己的見解。

第 61 講 ｜ 精彩片段的口頭評論

學習目標

掌握口頭評論的要求步驟

熟悉口頭評論的評估標準

普通課程的評估要求

個人口頭評論是本課程的一項重要考核內容。對普通課程的考生來說，要求考生針對所學過的第二部分作品的精彩片段進行有論有據、條理完整、清晰流暢的口頭分析和評論，評論包括了針對內容和藝術特色各個方面。具體的做法是：

教師從所學的作品中摘選出一個片段（大約 20 － 30 行左右），作為你的考卷。考卷上附有兩道引導題，其中一道是側重於節選片段內容方面的，另一道是側重節選片段的語言特色、藝術手法方面的。考生要圍繞兩道題目展開分析和評論。

評估前考生不能知道要考的作品篇目和具體的題目，考場上現場抽題決定。這個評估會給考生 20 分鐘的準備時間，然後要求考生在 8 分鐘內完成個人的口頭評論，用大約 2 分鐘的時間回答教師的後續提問，整個評估的時間長度為 10 分鐘。10 分鐘的評估要現場錄音，錄音必須連貫不能中斷。

教師要保留錄音評估的記錄，準備提交外部複查。

評估中，考生要精確指出片段節選出自何處，要對作者採用了哪些手法技巧進行創作、其風格特色如何、對讀者產生了什麼影響等問題進行口頭評論。評估的要點在於精確分析片段特色，所以必須引用選文的字句來論證你的觀點，來支持你的評論。

完成這樣的評估，只有 20 分鐘的準備時間，顯然是不夠的。考生必須做到平時全面積累，充分準備。

Part 6

知識的準備

一　全面掌握所選作品的相關知識，掌握縱向發展的線索和脈絡

1. 要求

閱讀分析經典的文學作品，首先要對這部作品在文學發展史上的情況有一個概括瞭解，掌握這部作品產生的年代、社會背景、成書的過程等有關資料，瞭解文學作品產生發展的時代背景及其發展的脈絡。

2. 方法

閱讀相關的文學歷史教材，如唐代文學史、唐代詩歌發展史、元明清文學史、中國小說發展史等，重點掌握經典文學產生的概況。

考慮回答下面的問題：

（1）作者是哪個時代的人？

（2）作品主要表現什麼內容？

（3）作品在文學史上有什麼地位？前人如何評價？

二　細讀經典作品的原作

只有對作品有了整體的瞭解和掌握，才有可能對作品進行準確有效的賞析和評論。閱讀古典文學作品常常會遇到語言的障礙，除了文言文以外，古代的白話文和現代的白話文也有很大的差別。要善於借助作品中的提示、註解等等輔助材料，有時候還要借助工具書準確地理解一些術語和概念。

另外，一般來講，經典作品在長期的流傳過程中已經被改編成了多種不同形式的藝術作品，如電影、戲劇、圖畫，等等。要學會恰當利用它們，增加閱讀的興趣，達到更好地理解原作的目的。在比較閱讀的過程中，還能比較各種改編作品和原作的相同與差異之處，激發思考，開闊思路，讓自己從不同的角度和層次來分析評論一部作品。

原著必須要細讀，但是閱讀原著可以利用多種方法。以《水滸傳》為例，學生要先瞭解這本書的基本成書過程，瞭解作品的思想傾向，瞭解本書在文學史上的地位；其次要熟悉全書的故事情節線索和人物，掌握本書的整體結構。

在閱讀的過程中，可以使用現有的各種各樣的改編產品，如電影、電視劇、繪畫、戲劇節目等幫助閱讀加深理解。

三 準確把握整體內容與藝術特色

深入分析作品塑造人物的主要手法和作用效果，賞析作品的語言特色與作品風格。

口頭評論的要求

1. 教師會從課堂上學習過的幾部作品中，選出精彩的片段作為考卷供學生作現場的分析評論。在評估的卷面上，會有兩道引導題目，幫助學生集中分析評論的焦點。這兩道題目，一定是和這個片段中最突出的內容與形式特色相互關聯的，可以提供給你清晰的思路以便着手進行分析評論。作為評論者，你可以根據題目的要求來組織你的個人口頭評論，你也可以選擇不對問題進行直接的回答，而是按照自己的思路組織自己的口頭評論。但是在評論的內容中，要涵蓋問題的要求，表示你對這些問題的全面理解和看法。

2. 口頭演講的時間是有嚴格限制的，一般來說不能超過 10 分鐘。要保證在規定的時間之內完整、全面、順利地完成自己的評論。

3. 回答老師的現場提問，也是個人口頭評論的一項重要的內容。回答問題的過程，可以看出一個學生的反應能力、和他人交流的能力以及對問題的應變能力。在你的個人評論結束後，老師會立即根據你的評論提出一些問題，你一定要認真仔細地聽，及時對問題作出適當的回答。老師的問題也會提供一些機會讓你更加自由地發揮，一定要利用這個機會，表達自己個人的見解。

4. 個人口頭的評論，不僅是考生展示個人對作品內容和藝術特色的理解和見識的機會，也是展示自己口頭語言表達能力和技巧運用水平的機會。

在平時的閱讀學習中，要做到全面理解作品的內容，對一些自己認為有特色的片段，更要注意仔細分析，做到心中有數，對自己臨時拿到的考題有話可說。

普通課程的評分標準有四項，總分 30 分：

A. 對節選的瞭解和理解（10 分）：

通過詮釋，考生在何種程度上表現出對節選的瞭解和理解？

B. 對作者選擇的鑒賞（10 分）：

考生在何種程度上顯示出對作者在語言、結構、技巧和風格上加以選擇以傳達意義的鑒賞？

C. 組織與表達（5分）：

考生在多大程度上作出了條理清晰和緊扣重點的評論？

D. 語言（5分）：

語言的清晰、變化和準確程度如何？在何種程度上選擇了適當的語體和風格？

基礎訓練

根據以上的要求，在平時的學習中一定要有目的、有計劃地培養和鍛鍊自己的口頭表達的能力。比如，要閱讀一些優秀的作品評論文章，取長補短，開放胸襟，提高評論水平。其次要善於和他人交流，積極參與課堂內和課堂外的討論活動，互相傾聽、相互間展開討論，相互促進和提高。特別要做到以下幾點：

一　養成集中精力、在規定的時間裡完成指定文章的閱讀和評論的習慣

限時閱讀是一項非常重要的基本功，無論是寫作還是口頭評論，在規定的時間完成規定要求，你的工作才是有效的、才能被認可，超過了規定的時間，就是無效勞動。在平時的學習中，一定要嚴格要求自己專心致志，有明確的時間意識，提高學習效率。

可以在課外進行一些限時練習，比如自己選擇一個作品的選段，讓自己在規定的時間裡作出評論，在練習中發現自己的不足，不斷提高。

課堂活動

從《水滸傳》第三回中選擇一個精彩片段，在10分鐘之內作一個口頭評論。

二　仔細閱讀，準確理解作品的詞句意思，迅速確定片段評論的核心要點

在閱讀作品時，必須明確片段中關鍵詞句的意思，凡不認識、讀音不準、理解不透的字詞一定要搞明白，不要放過；要學會如何概括這一選段的核心內容；學會判斷和分析這一個選段突出的藝術特點，哪些地方可以看到最有力的實例？能不能引用？引用這個例子能說明什麼問題？起到什麼作用？引用一定要準確無誤，評論才能有理有據。

三　養成使用標準的語言、恰當的語體，清楚明白、準確有效地表達自己的習慣

口頭表達最基本的要求是規範、清楚、明白。所以，口頭講述的詞語句子首先要完整，意思明白。另外，口頭評論的語言要符合講評內容的要求，語氣、語態、語調和語速都要能相互配合。有時候為了表達自己的觀點，可以選用不同的句式，讓自己的表達形成自己的風格，更好地表達相應的內容。

另外，要注重日常的語言積累，豐富自己文學評論的術語和詞彙，使用一些恰當的過渡句、關聯詞、文學評論的概念術語、成語俗語、詩詞警句，等等，來豐富自己語言的表現力，增強說服力。

四　善於整體規劃，養成打 "腹稿"，寫提綱的好習慣

口頭評論，好比用自己的口頭語言寫作一篇完整的評論文章，整體的結構非常重要。在平時的學習中，應該養成打 "腹稿" 的習慣。口頭評論之前，面對自己的考卷，先在心裡設計一個整體的結構框架：我要評論的主要問題是什麼？我提出的主要論點是什麼？我可以分幾個層次討論這個問題？哪些作品中的例子可以作為我的論據？我的主要論證方法和角度是什麼？最後，我的結論是什麼？在每一個層次之間，我用什麼樣的關聯詞和過渡句將它們有機地銜接起來？

為了幫助自己全面整體地規劃，打好腹稿後，要寫出一個簡單的提綱或者備忘錄。有了這個備忘錄，基本上可以做到自己的評論有層次和條理，不跑題，不偏題。

注意個人口頭評論的整體結構與內容要求：

1. 開頭部分

開頭語包括：姓名、考號；考題出自何作品、作者、章節、背景資料；相關內容簡介、主要風格特色簡介；自己口頭評論的要點、順序的簡介。

2. 主體部分

主體部分回應第一個問題，引用片段中的資料、分析評論；回應第二個問題，引用片段、分析評論。

3.結尾部分

結尾強調本選段最主要的內容與特點。明確概括此片段在整個作品、整個作家創作中的地位、價值以及對讀者的影響和作用。

語言訓練

要學會使用評論文學作品的術語、詞彙,準確地分析、品評作品片段的藝術特色。明確在整個口頭評論過程中,要使用恰當準確的語言:

1. 開頭與結尾的用語。

2. 引用原文時要讀出一些情感色彩,體現作品的特色和你的理解。

3. 評論語言的運用:用概括性的語言簡介相關的內容、歸納自己的主要觀點;用文學評論的概念來闡述自己的觀點;表達觀點和見解要明確。

4. 突出強調個人的見解:要用"我以為"、"我認為"這樣的詞語。

課堂活動

將下面的幾組詞語整理、排序,組成完整的句子,進行口頭評論的語言練習。

如:"使用了……手法,表現了……,產生了……"

1. 藝術手法的使用:對比、烘托、誇張、象徵、心理描寫、肖像描寫、自然景色(環境)描寫、動作的刻畫、細節描寫。

2. 怎樣發生作用:描寫、刻畫、說明、剖析、概括、表現、展示、體現、流露、凸現、揭示、披露、詮釋、表達、烘托。

3. 表達的內容:氣氛、故事情節、社會環境、歷史(時代)背景、社會現實、內心世界、性格特徵、人物形象、精巧構思、高遠立意、人物心靈的隱微、心靈的豐富複雜、行動刻畫、構思巧妙。

4. 產生的效果:動人心魄、目不暇接、妙趣橫生、栩栩如生、精彩紛呈、感人至深、活靈活現、準確生動、影響深遠、身臨其境、如見其人、如聞其聲、簡潔生動、清晰明白。

"作品通過自然景色（環境）描寫的手法，烘托了……。"

"一系列栩栩如生的細節描寫，將人物心靈的豐富展示在讀者面前。"

選用恰當詞語

要想讓自己的口頭評論具有一定的吸引力、感染力，就要在語言的運用上下工夫。

首先要選用恰當的詞語來表達相應的內容。比如，描寫人物的性格特點就有很多約定俗成的詞語可以使用，只要用得恰到好處，就能產生形象生動、引人入勝的效果。但是對不同特點的人物，一定要選用不同的詞語才能很好地突出各自的特點。

課堂活動

1. 選用下面的詞語，來概括《水滸傳》中的不同人物形象，並舉例說明：

粗中有細、精細過人、不懼權貴、路見不平拔刀相助、委曲求全、天真率直、善惡分明、驍勇善戰……

例句：魯智深粗中有細，行動很大大咧咧，但考慮事情時卻細緻周到，可以說是心思細密。

2. 選用下面的詞語，來概括《醒世恆言》中的商人形象，如《徐老僕義憤成家》中的徐老僕：

精打細算、考慮周全、深謀遠慮、信息靈通、精細周全、互惠互利、公平交易、敢於冒險、忠誠善良、忠心報主、童叟无欺……

其次，使用一些必要的修辭手法來表現作品的特色。可以用一些比喻、排比的手法，形象生動地表達自己評述的特點。請看下面這一段口頭評論：

511

在《水滸傳》一些景物描寫的片段中，自然景物就好像是一條鮮明的線索把故事的情節發展和人物的性格轉變串聯了起來。沒有了自然景物"風雪"的描寫，就沒有了林冲故事情節的展開；沒有了自然景物"風雪"的描寫，就沒有了林冲殺人的場面，也就表現不出他的性格轉變，甚至，沒有了"風雪"的描寫，就沒有了作品情景交融的意境，就沒有了感人至深的小說氣氛。

課堂活動

想一想，可以使用一些什麼樣的語言句子，來概括和形容作品的特色、作品的結構、人物的語言、巧合的運用、小道具的作用、情節、伏筆的效果？

口頭評論的注意事項

一 關注引導題

從引導題目入手，以題目為主導線索，找出核心論點來編排組織自己的評論。

二 寫出講話提綱、要點

1. 利用有限的準備時間，寫出一個條理清楚、重點突出的講話提綱，列出自己的要點，以此備忘。

2. 根據要點，在原文上畫出相關的詞、句，以備講時引用。

3. 按照先後順序，使用關聯詞："首先……其次……然後……最後……"。

三　講評結構完整、內容全面

1. 開頭：名稱介紹。

2. 評論：表達觀點及引用，特別強調精讀片段中所使用的文學技巧與表達方式的特色及具體作用。

3. 闡述個人的觀點，突出自己的獨立思考能力和成果。

4. 結論：要考慮到選段在整個作品當中的地位、作用和意義，對整個作品發展的作用。要考慮到選段在這個作家的整個創作當中的地位、作用和意義。特別強調精讀選段中所使用的文學技巧與表達方式的特色是整個作品文學藝術特色的體現或典型代表。

四　語言表達流暢、聲情並茂

1. 語速要適中，不要太快、太急，要以慢求穩，清楚地表達內容；盡量減少因講話太快而出現的錯誤。

2. 採用演講的方法，語體語調要合適。不能背誦稿件一般，也不要太隨便，閒聊的方式不可取。

3. 口頭表達要融入自己的感情。語氣、聲調要與表達的內容和諧統一，用準確的語言、聲音表達自己對作品的深刻理解。

五　積極主動回答提問

1. 認真傾聽老師的提問，理出要點來，全面回答。

2. 不要偏離題目，盡量表現自我的觀點。

自我檢查與備考要點

一　養成自我檢查的習慣

注意思考以下問題：

1. 你是否清楚瞭解題目要求？

2. 你是否準確概括了作品內容？

3. 你的表達是否合乎要求？

4. 你選取的例子是否恰當、有代表性？

5. 你的講述結構是否完整？

6. 你的觀點是否有所創新，有批判性？

二 現場準備

現場準備時要注意：

1. 細讀作品片段，用彩筆畫出重點詞句。

2. 明確片段中的人物形象、性格特點，確定自己要論述的核心點。

3. 把自己要評述的內容次序排列出來。

4. 寫出講演的大綱：總論點、分論點、例子、結論。

5. 寫出開頭及結尾的關鍵詞和句。

口頭評論樣板

下面是《水滸傳》第六回："九紋龍剪徑赤松林，魯智深火燒瓦罐寺"的原文節選：

> 話說魯智深走過數個山坡，見一座大松林，一條山路；隨着那山路行去，走不得半里，抬頭看時，卻見一所敗落寺院，被風吹得鈴鐸響；看那山門時，上有一面舊朱紅牌額，內有四個金字，都昏了，寫着"瓦罐之寺"。
>
> 又行不得四五十步，過座石橋，入得寺來，便投知客寮去。
>
> 只見知客寮門前，大門也沒了，四圍壁落全無。
>
> 智深尋思道："這個大寺如何敗落得恁地？" 直入方丈前看時，只見滿地都是燕子糞，門上一把鎖鎖着，鎖上盡是蜘蛛網。
>
> 智深把禪杖就地下攛着，叫道："過往僧人來投齋。"
>
> 叫了半日，沒一個答應。
>
> 必到香積廚下看時鍋也沒了，灶頭都塌了。
>
> 智深把包裹解下，放在監齋使者面前，提了禪杖，到處尋去；尋到廚房後面一間小屋，見幾個老和尚坐地，一個個面黃肌瘦。
>
> 智深喝一聲道："你們這和尚好沒道理！由灑家叫喚，沒一個應！"
>
> 那和尚搖手道："不要高聲！"
>
> 智深道："俺是過往僧人，討頓飯吃，有甚利害？"

老和尚道：“我們三日不曾有飯落肚，那裡討飯與你吃？”

智深道：“俺是五台山來的僧人，粥也胡亂請灑家吃半碗。”

老和尚道：“你是活佛去處來的，我們合當齋你；爭奈我寺中僧眾走散，並無一粒齋糧。老僧等端的餓了三日！”

智深道：“胡說！這等一個大去處，不信沒齋糧？”

老和尚道：“我這裡是個非細去處；只因是十方常住，被一個雲遊和尚引着一個道人來此住持，把常住有的沒的都毀壞了。他兩個無所不為，把眾僧趕出去了。我幾個老的走不動，只得在這裡過，因此沒飯吃。”

智深道：“胡說！量他一個和尚，一個道人，做得什麼事？卻不去官府告他？”

老和尚道：“師父，你不知，這裡衙門又遠，便是官軍也禁不得的。他這和尚道人好生了得，都是殺人放火的人！如今向方丈後面一個去處安身。”

智深道：“這兩個喚做什麼？”

老和尚道：“那和尚姓崔，法號道成，綽號生鐵佛；道人姓邱，排行小乙，綽號飛天夜叉。——這兩個那裡似個出家人，只是綠林中強賊一般，把這出家影佔身體！”

智深正問間，猛聞得一陣香來。

智深提了禪杖，踅過後面打一看時，見一個土灶，蓋着一個草蓋，氣騰騰透將進來。

智深揭起看時，煮着鍋粟米粥。

智深罵道：“你這幾個老和尚沒道理！只說三日沒飯吃，如今見煮一鍋粥。出家人何故說謊？”那幾個老和尚被智深尋出粥來，只得叫苦，把碗、碟、鉢頭、杓子、水桶，都搶過了。

智深肚飢，沒奈何；見了粥，要吃；沒做道理處，只見灶邊破漆春台只有些灰塵在上面，智深見了，人急智生，便把禪杖倚了，就灶邊拾把草，把春台揩抹了灰塵；雙手把鍋掇起來，把粥望春檯只一傾。那幾個老和尚都來搶粥吃，被智深一推一交，倒的倒了，走的走了。智深卻把手來捧那粥吃。才吃幾口，那老和尚道：“我等端的三日沒飯吃！卻才去那裡抄化得這些粟米，胡亂熬些粥吃，你又吃我們的！”

智深吃了五七口，聽得了這話，便撇了不吃。

以下是一位考生對此片段的口頭評論記錄稿：

本片段有三個突出的特點引起了我的注意。

第一，對景物環境的描寫：採用了步移法，景隨人現，由遠及近、由大到小、由外到內、由物到人，由人物的外在動作到人物的內心活動，層次分明。人在景中、情景交融；景是人物眼中的景，隨着人物的行動、透過人物的觀察漸次展現在讀者的眼中；從交代魯智深這個主要人物的來路着手寫起，隨着他的行蹤寫出了山、林、路、橋及寺院，給讀者以豐富的想像空間："話說魯智深走過數個山坡，見一座大松林，一條山路；隨着那山路行去，走不得半里，抬頭看時，卻見一所敗落寺院，被風吹得鈴鐸響；看那山門時，上有一面舊朱紅牌額，內有四個金字，都昏了，寫着'瓦罐之寺'。"

《水滸傳》景物環境描寫的特點，具有鮮明的中國特色。這裡的景物描寫不是孤立的、大段的景色描寫，不是為寫景而是為寫人才寫景。景物環境的描寫，如同一根主線，將故事的情節發展和人物性格的發展變化串聯了起來。這裡景物環境的描寫突出了一個"破敗不堪"的特色和氛圍，渲染了作品的氣氛，和活動在這個環境中的人物內心感受相互映襯，達到了情景交融的效果，增強了作品的感染力。

"破敗不堪"的景物環境描寫，引人注目，是故事情節發展的一個重要因素，引起了讀者的疑慮，造成了小說懸念。同時描繪出人物活動的典型環境，為人物的行動、展示人物性格作好了鋪墊。

"昏了"顯示年代久，"蜘蛛網"顯示破舊不堪，"鎖"、"燕子糞"顯示無人光顧，"鍋"、"灶"無煙火顯示敗落荒涼。這樣的描寫正是導致這一回故事情節發展的原因。魯智深不僅一再發問"為什麼"，還要進一步問"什麼人"幹的，最後還要思考"怎麼辦"，故事情節一步步深入展開，同時也刻畫出魯智深是一個外表粗魯、內心精細的人物。他的性格決定了他一定要搞一個水落石出，可見這樣的環境描寫是為情節的發展和人物的描寫服務的。讀者根據這個片段中對人物善良、嫉惡如仇性格的描寫，可以推斷出後面情節的發展：魯智深這個不妥協不屈服的人，對面前的不公平之事絕對不會不管不顧，一定要奮鬥下去。

第二，精彩的細節描寫，生動逼真。本片段中多有細節描寫，除了有關環境的細節描寫外，也有許多人物的表情動作的細節描寫，比如：“只見滿地都是燕子糞，門上一把鎖鎖着，鎖上盡是蜘蛛網。”“見幾個老和尚坐地，一個個面黃肌瘦。”“雙手把鍋掇起來，把粥望春檯只一傾。那幾個老和尚都來搶粥吃，被智深一推一交，倒的倒了，走的走了。”

這些細節的描寫，首先是增添了作品情節的曲折性，伏筆和懸念，為下面的情節發展作了鋪設；其次，這裡的“一傾、一推、一交、倒、走、撇”，細緻的動作描寫，構成了真實生動、鮮明的圖畫感，也突出了人物的性格特點。

第三，凸顯其英雄的品格，為故事情節的發展作了充分的鋪墊：作品的景物描寫和細節描寫營造出一個特殊的藝術環境，在這個環境中刻畫出典型的人物形象——魯智深，人物一出場，性格的主要特色是粗魯、急躁。

動作和語言的描寫：“智深喝一聲道：‘你們這和尚好沒道理！由灑家叫喚，沒一個應！’”“智深道：‘胡說！這等一個大去處，不信沒齋糧？’”到後來，表現出他的善良：“智深吃了五七口，聽得了這話，便撇了不吃。”表現了他捨己為人、大慈大悲的內心情懷和性格特色。

這樣的描寫尤其給後面的故事發展埋下了伏筆。前面突出他身處逆境為民除害的英雄本色，根據人物這樣的性格特點，我們可以判斷，智深一定會追查到底為民除害，即使有困難也絕不會罷休。片段留下了懸念，更加生動的故事就要發生，因此引起讀者的閱讀興趣。

綜上所述，景物環境、細節刻畫都是這個片段最突出的藝術手法。尤其是以景物環境的描寫作為主線，起到了推動情節的發展、刻畫人物的性格、表現作品主題的作用。作家把景物的描寫和人物的行動、人物的感情、人物的心理活動和客觀的社會環境的描寫相互統一起來，讓特定的情境創造為表現人物性格的特點服務，造成了人、境、事、情相互融合的小說意境。

值得注意的是，情景交融、細節描寫、塑造人物的手法，都是整個《水滸傳》所具有的藝術特色，本片段只是一個突出的代表而已。比如，林冲故事中風雪的描寫、楊志故事中天氣炎熱的描寫都有相同的作用。僅從這一個片段我們已經領略到了這部作品的藝術魅力。我個人非常喜歡這部作品，認為它不愧是中國古代的四大名著之一。

考官評語

1. 抓住了本片段最突出的特色，分析中肯、細緻深入，表達了對作品的很好的理解。能夠掌握片段中的關鍵問題所在。

2. 評論條理明晰、結構完整。能對片段進行精確的分析，具體到字、詞、句子，找到了關鍵的描寫點，指出是什麼：細節描寫、景物、動作，等等；進行了細緻的分析，說明了為什麼和怎麼樣：有什麼作用，起到了什麼樣的效果，對整個作品的影響。

3. 能把作品的片段和整個作品聯繫起來分析評論，表現出對作品整體的把握。熟悉作品中相關的典型事例：林冲和楊志故事。

4. 語言準確、有說服力。運用了評論古典小說作品的專業術語"情景交融"的"意境"。

5. 可以先概括一下這個片段的主要內容，或者簡介這一段和前面故事的關聯，這樣在後面就可以說明此片段在整個作品中的地位和作用，也可以更好地說明這一個片段在整個人物性格的發展過程中的意義。

6. 針對片段中對人物動作描寫的特點和作用可以有更加明確的評論：小說中作家不直接描寫人物的內心活動，而是描寫其外在的動作、表情神態，通過這些外在的細微變化，來揭示人物內心深處的情感活動。這也是整個作品的一個特色在本章中的具體體現。

7. 如果能深入闡述一下這樣的特色對中國後世小說文體的影響則更加好，可以表現出對文體的跨時代傳承的知識。

課堂活動

兩人一組，請根據評分標準給上面的評論打分。說說你們的理由和根據。

學習目標

把握作品整體內容與藝術特色
舉出實例細緻條理地展開論述

詩歌作品的個人口頭評論

　　新的指南明確規定，在個人口頭評論的評估部分，高級課程和普通課程的考生評估的內容是有所區別的。普通課程的考生可以選擇不同類型文體的作品選段進行口頭評論，而高級課程的考生必須使用所學的詩歌作品來完成口頭評論的評估。

　　此外，高級課程考生的評估內容共包括了兩個部分，除了口頭詩歌作品評論之外，還要比普通課程的考生多出一個作品討論的部分。其中，詩歌的口頭評論評估時間為 10 分鐘，考生在 8 分鐘之內完成個人的口頭評論，2 分鐘時間為後續提問的時間。緊接着進行的作品討論時間也是 10 分鐘。整個評估的時間一共是 20 分鐘。和普通課程考生一樣，高級課程的考生在口頭評論前有 20 分鐘的準備時間，但是在評論和討論之間沒有停頓，作品討論評估沒有準備時間。20 分鐘的評估都要現場錄音，錄音必須連貫不能中斷。老師要保留記錄，準備提交外部複查。

　　有關口頭評論的一般方法要求是和普通課程的考生一樣的，在準備時可以參考前面所講的內容。

　　評論詩歌作品，一般是評論一首完整的詩歌作品，也可能是一首長詩作品的節選片段。考生首先要對詩歌的內容進行全面的理解，要掌握詩歌作品的內容特色與表現手法的特點，還要善於分析考卷上提供的引導題目，理清自己的思路，對詩歌作品展開有條理的結構完整的評論。

　　請看下面的一篇樣稿：

Part 6

長相思

（唐）李白

長相思，在長安。

絡緯秋啼金井闌，微霜淒淒簟色寒[1]。

孤燈不明思欲絕，卷帷望月空長嘆。

美人如花隔雲端。

上有青冥之高天，下有淥水之波瀾。

天長路遠魂飛苦，夢魂不到關山難。

長相思，摧心肝。

［選自《李白詩選》，三聯書店（香港）有限公司 2005 年版］

1　絡緯：昆蟲名，俗稱紡織娘。闌：欄杆。簟：竹蓆。冥：深遠。摧：毀壞，傷害。長相思：相思綿綿不絕。

引導題：

1.《長相思》描寫了一個怎樣的藝術形象？作者用這個形象表達怎樣的情感？

2.這首詩中運用了哪些藝術手法？作品藝術風格上有何特色？請簡述。

下面是一篇考生口頭評論講稿記錄：

開頭部分：簡介寫作背景

　　"長相思"原是漢代詩歌中的句子。六朝詩人開始用這個句子作為詩歌的題目（篇名），寫思婦閨怨內容的作品。李白的這首《長相思》被認為是李白被迫辭官離開長安後所作，借寫美人相思，來寄寓自己渴望實現政治抱負的情感，在豪放飄逸的同時突出其含蓄委婉的情調。

開頭部分：簡介作家

　　李白是盛唐浪漫詩人的代表作家，被譽為詩仙。他的詩歌具有豪邁的氣概和激昂的情懷，灑脫不羈、想像奇特。實際上，他的詩歌不止具有吞吐山河的壯美，也有一種含蓄委婉的秀美。這首詩歌就集中體現了後一種風格特色。

李白的這首詩，承繼了中國古典詩歌具有象徵隱喻的文學傳統。我國古典詩歌具有以"美人"比喻所追求之理想人物的傳統，如《楚辭》"恐美人之遲暮"。李白用了美人的思念之情來寫自己的理想追求。詩歌最突出的藝術特色就是：採用了比興的手法，借用纏綿悱惻不能自已的男女相思之情來託喻自己的君國之思。

開頭部分：簡介本詩特色

作品一開始就描寫了一個癡情的相思者形象。這個相思者表面上看起來是一個閨中的思婦形象，實際上是一個政治理想的追求者。這個形象具有堅定、勇敢的性格，敢於正視現實的環境，上下求索，即使有種種困難也決不放棄。

主體部分：開始回答第一個問題

第一句，"長相思，在長安"，點出詩中主人公思念的對象是長安。為什麼，沒有明言。

以下四句：

絡緯秋啼金井闌，微霜淒淒簟色寒。

孤燈不明思欲絕，卷帷望月空長嘆。

先描寫環境：由外到內寫水井旁邊階下紡織娘淒切地鳴叫，秋蟲鳴天氣涼，霜氣寒，"微霜淒淒"通過逼人寒氣感覺到寒意透到臥室內，肌膚所感簟子冰涼，用"簟色寒"暗示出美人夜不能寐。

這兩句中，使用了秋蟲、秋霜、金井、簟等典型意象，描畫出了一個從庭院到臥室再到人物自身和內心的縱深畫面，有聲有色、情景交融，營造出了一種夜深人靜、孤單淒涼、寒冷難當的氣氛和意境，突出表現出了那種相思情深、淒慘悲苦日夜都在折磨人的身心的強烈與難耐，讀來讓人感同身受。

下面轉入人物描寫：孤燈床前，照着一個孤棲幽獨、不眠者的形象，她深陷在相思懷念中無法自拔，"思欲絕"，思念到了極端痛苦無法忍耐的地步，也到了無計可施的地步。寒冷孤單久睡難眠，翻身坐起來，拉開帳子窗簾，望着空中一輪可望而不可即的明月不住地長嘆。一個"孤"字不僅寫燈，更是寫孤單的人，是人物內心孤獨感的寫照。"不明"的燈光是寫景，更是寫人物內心的疑慮之情，因為遠離久別而不明近況，相思者對對方充滿了擔憂和猜想。"空"這個字也用得極好，人寄情明月，明月如何知道？這裡暗喻了相思者是單相思，得不到回應，這樣的相思是無望的，因此也是更加痛苦的。從這種種情景，我們彷彿看到了傳統詩歌作品中借望月寫思念情感的書寫

Part 6

傳統，傳統的意象，傳統的手法，刻畫了傳統的形象：一個懷念丈夫的思婦形象躍然紙上。至此，詩中反覆抒寫的似乎只是男女相思，詩人把這種相思苦情表現得淋漓盡致。

"美人如花隔雲端"，是詩中關鍵的一句，把全詩分成了兩個部分。"如花美人"似乎很近，近在眼前，看得很清楚；實際很遠，遠隔雲端。忽遠忽近，與月兒一樣，可望而不可即。這就有意點明這裡寫的不是一般思婦懷人的男女之情了。

這是一個明顯的轉折，從真實的庭院臥室的實際生活寫照，到"雲端"這個虛幻想像的意象。作者採用了暗喻象徵的手法，顯示出相思者的真實身份。結合開頭兩句的暗示，就更加可以明白。"雲端"與"長安"之間有了清楚的聯繫。這個特定地點暗示詩歌表現的是一種政治托寓，表明此詩意在抒寫詩人追求政治理想不能實現又不能忘卻的苦悶。

至此可以明白，思念者是詩人自己，"美人"是詩人追求的政治理想，長相思，就是詩人不能忘懷的精神追求。孤燈長歎就是詩人自己的形象寫照，整個詩意深含於形象之中，隱而不露，體現了一種含蓄蘊藉的風格。

主體部分：開始
回答第二個問題

以"美人如花隔雲端"一句為界，前一部分寫相思之苦，使用了環境描寫渲染氣氛，曲折地傳達出人物內心的感受，而不是直接描寫人物內心的感受，作者是通過環境氣氛層層渲染的手法，來表現這一人物的感情的。先寫所聞——階下紡織娘淒切地鳴叫。其次寫肌膚所感，正是"霜送曉寒侵被"時候，人更不能成眠了。"微霜淒淒"當是通過逼人寒氣感覺到的，也是由於內心的無望造成的。作品將中國傳統詩歌的借景抒情、含蓄蘊藉之美發揮到了一種極致。

後一部分寫追求理想的艱難歷程。

上有青冥之高天，下有淥水之波瀾。

天長路遠魂飛苦，夢魂不到關山難。

同樣採用了場景渲染的藝術手法，充滿了詩人浪漫的幻想，可以看出作品對屈原《離騷》表現手法和風格特色的繼承與發揚。用壯闊的意象表示艱難：上有幽遠難極的高天，下有波瀾動盪的淥水，還有重重關山，"天長路遠"，象徵前進路上的阻礙、困難，儘管追求不已，還是茫茫不見，從這樣的意象中表現了詩人的政治理想遙不可

Part 6

及、不能實現，而詩人對此無法釋懷、魂牽夢縈，無比地苦悶難言。

詩人把自己如此強烈的思想情感，深深地隱含在詩歌的意象描繪之中，構造出了情景交融的意境，讓讀者在閱讀的過程中逐步意會，而不是直接地抒發。這樣的表現手法正是中國詩歌表情達意的典型方法，含蓄蘊藉、美感強烈、耐人尋味，將思想情感深含於形象之中。

此詩集中體現了中國古典詩歌的特性：強烈的抒情性與表達的含蓄蘊藉。

本詩還有很多突出的藝術特色，體現出詩歌的成就。如，“之”字的用法造成非常強的韻律感：“上有高天，下有波瀾”加“之”字，讓詩句顯得音調曼長好聽，形成詠嘆的語感，傳達無限感慨，把那種纏綿悱惻的感覺表達出來。這種句式在李白的詩篇裡有很多，如“蜀道之難難於上青天”、“棄我去者，昨日之日不可留；亂我心者，今日之日多煩憂”、“君不見黃河之水天上來”，等等，句中“之難”、“之日”、“之水”很有特色。

精練的字詞運用有助於刻畫人物心理感受：“孤”、“寒”、“空”，即是人物內心的寂寞和空虛的寫照。

詩人還靈活地運用長短句，整首詩歌有七字長句也有三字短句。前面由兩個三言句發端，四個七言句拓展；後面由四個七言句敘寫，兩個三言句作結。“長相思”三字回應篇首，而“摧心肝”則是“思欲絕”在情緒上進一步的發展。由於這個追求是沒有結果的，於是詩人以沉重的一嘆作結：“長相思，摧心肝！”結句短促有力，給人以執著之感，詩情雖則悲慟，但絕無萎靡之態。全詩從“長相思”展開抒情，又用“長相思”一語收攏。

此詩結構特點鮮明，結構完整勻稱，在形式上頗具對稱之美，韻律感極強，有助於抒情。

乍一看來，這是一首寫男女相思的情詩，細細品味之後，才明白這首詩是以詩言志，抒發自己政治抱負不能實現的苦悶之情。此詩是一個以詩歌言志向的成功範例。

> 結尾部分：進行總結

李白詩歌從內容到形式都對後代的影響極為深遠。他的詩歌是中華民族文化藝術的寶藏。

　　1.考生緊緊圍繞問題進行了論述，還對問題以外的詩歌藝術特色進行了論述，顯示出比較深入的思考。考生對作品的詮釋焦點集中，闡述中引用了非常有說服力的事例，表明了對作品很好的理解。

　　2.考生的賞析集中注意力在詩歌的抒情手法上，但是對其他的技巧和手法、詩歌的結構也進行了中肯的論述。雖然考生沒有明確介紹前面提到的"比興手法"，但是在分析的過程中看出考生對這個手法的理解。顯然，考生對前面我們介紹過的詩歌傳承和李白詩歌特色的內容有全面的掌握。

　　如果能對此詩在李白整個作品中的地位和價值作出更全面的評介，效果則更好。

　　3.口頭評論的開頭的結構是精心安排的，整體結構完整條理清楚。

　　4.考生的語言流暢生動、詞語豐富。

口頭評論的評分標準

　　詩歌作品的口頭評論標準有六項，共 30 分：

　　A. 對詩（詞）的瞭解和理解（5 分）：

　　通過詮釋，考生在何種程度上表現出對這首詩（詞）的瞭解和理解？

　　B. 對作者選擇的鑒賞（5 分）：

　　考生在何種程度上顯示出對作者在語言、結構、技巧和風格上加以選擇以傳達意義的鑒賞？

　　C. 評論的組織與表達（5 分）：

　　考生在何種程度上作出了條理清晰和緊扣重點的評論？

　　D. 對用於討論的作品的瞭解和理解（5 分）：

　　考生在何種程度上顯示出對用於討論的作品的瞭解和理解？

　　E. 對論題的回應（5 分）：

　　考生在何種程度上對所討論的問題作了有效的回應？

　　F. 語言（5 分）：

　　語言的清晰、變化和準確程度如何？在何種程度上選擇了適當的語體和風格？

　　從上面的評分標準可以看出，主要針對口頭評論的有 A、B、C、F 四項，針對作品討論的有 D、E、F 三項，但是總的分數又是相互交叉聯繫不能分開的。

課堂活動

請根據評分標準為上文中的詩歌口頭評論打分。

引導題樣板

根據不同的問題和作品特點，考卷上的個人口頭評論引導題目不盡相同。下面的一些題目可供參考：

一　詩歌類

1. 作者採用了什麼樣的方法激發了讀者的想像力和情感的共鳴？

2. 詩歌在結構形式上有什麼特點？

3. 詩歌的藝術風格有什麼特色？這種特色是如何形成的？

4. 詩歌塑造了一個什麼樣的抒情主人公？這種抒情方法繼承了什麼樣的詩歌傳統？

5. 李白的這首詩表達的思想情懷有何典型意義？為什麼能夠引起讀者的共鳴？

6. 詩中採用了什麼樣的意象來表達出什麼樣的情感？產生了什麼樣的藝術效果？

7. 人們稱李白是"詩仙"，是浪漫詩人的代表，你認為他的浪漫主義特色主要體現在哪裡？

二　小說類

1. 這個人物成功的故事反映了作者什麼樣的創作意圖和思想傾向？

2. 話本小說在結構上和現當代的短篇小說有什麼不同之處？從本片段中舉例說明。

3. 本片段的描寫中哪些地方體現出話本小說的突出藝術特色？

4. 小說的結局如何表現出了當時市民階層什麼樣的思想意識和審美觀念？

5. 林冲這個人物的曲折經歷，在當時社會中有何典型意義？

Part 6

6. 片段中這個人物和其他人物的關係如何？作者為什麼要這樣寫？

7.《水滸傳》的一個突出藝術特色是真實與神奇的完美結合，結合這一片段的描寫，談談你的看法。

三 戲曲類

1. 從哪些地方你可以看到元雜劇在形式上的特點？

2. 片段在形式上的特點對表達主題起到什麼作用？

3. 片段中有哪些精彩的心理描寫？談談這些心理描寫對刻畫人物性格的作用。

4. 本片段的戲劇衝突如何體現？如何揭示了作品的主題？

5. 在片段中，劇情的高潮在哪裡？你為什麼這麼說？

6. 請就片段中的語言藝術特色進行分析評論。

第 63 講 ｜ 作品討論的口頭評論

學習目標

抓住問題關鍵結合個人感受
全面深入評論展示獨立見解

討論的要求

對高級課程的考生來說，除了精彩片段的個人口頭評論之外，本課程還要求考生能夠就自己學過的第二部分的另一部作品進行更加全面和深入的評論。

這個評論是以討論的形式展開的。在結束了詩歌評論之後，主考老師會立即接着和考生進行另外一部作品的討論。討論採用老師問、考生答的方式進行，錄音不能中斷。老師的提問是一個引導，考生要針對問題展開回應，充分表現自己對作品的理解與評論。討論的時間不超過 10 分鐘。

首先老師會對課堂學習過的一部作品提出一些問題，引出討論的話題。比如，如果談論的是小說，話題可能就是小說文體的一些核心問題——人物形象、情節結構、主題的表現等。如果是詩，話題就可能是意象、意境、韻律等。如果是戲劇，話題就可能是戲劇的衝突、場景的設置等。你要以作品整體為依據，完成這個討論形式的口頭評論。你的口頭評論不局限在老師的問題上，你要能用自己的結構方式表達自己對所討論作品的分析評論。注意以下的幾個方面：

一　表現自己對所評論作家與作品的整體掌握

把所評論的作品與這個作家的整個作品進行聯繫，將其放在作家的整個創作中來考慮和分析，如是一首詩歌，要考慮到這樣的一首詩在這個作家的整個詩歌創作中具有什麼樣的地位、作用和意義，是不是這個作家的一個典型的代表作品，它代表了這個作家的哪一種創作的風格特色，代表了作家作品中的哪一類主要內容、情感。如果這個作品是一個長篇小說的節選，你就要分析思考這篇作品在整個小說作品中的地位，它和作品的其他部分有什麼樣的聯繫，考慮這個片段對整個作品中人物形象的塑造和主題思想的表達有什麼樣的作用和意義。還要考慮回答下面的問題：

1. 作者的寫作風格和特色如何？

2. 這篇作品是不是代表了作者的風格特色？

3. 這篇作品在作家整個作品中佔有什麼樣的地位？

如果你能很清楚地回答這些問題，就表明你對作品有了一定的瞭解和掌握。

二 表現自己對具體作品關鍵內容特色的理解與掌握

你的討論必須有一個突出的重點，那就是要特別強調作品所使用的文學技巧與表達方式的特色及其效果和作用，這正是文學評論的重點所在。

為了表明你對作品的深入準確的理解，你的評論中要具體引用一些作品中的事例來說明你的觀點。在對這些例子進行分析評論的時候，一定要注意表達自己個人的見解，對他人的觀點不能一味地照搬和重複，而是要清楚地表達自己的觀點和見解。

三 展示個人觀點的組織安排和口頭語言的表達說服能力

你要採取評論的方式和語言來進行作品的討論，千萬不要復述作品的內容大意，不要講述故事的情節發展。應該抓住作品最突出重要的內容，提出一個主要的觀點，逐層地分析和論述。特別注意完整性、邏輯性、合理性，做到層次分明、條理清楚、首尾照應、結論突出，具有說服力。

口頭語言表達要融入自己的感情，聲調、語氣要與表達的內容和諧統一。

四 突出強調自我的見解

敢於對已經有定論的觀點提出自己的質疑，表現自己批判性的思維能力。充分表現出自己獨立思考和批判的精神。

下面是就本部分所學的另外一部作品長篇章回小說《水滸傳》的討論樣板，供作參考：

眾所周知，《水滸傳》是一本描寫英雄好漢的傳奇小說，在作品中眾多的英雄人物裡，你最喜歡哪一位？和其他的英雄好漢相比他有什麼突出的特點？

我最喜歡的英雄好漢是武松。武松和其他的英雄人物相比有很多不同，比如說武松從不喝酒誤事，從不因為粗心誤事，等等。他最大的特點有三：

第一，武藝高強、英勇善戰。"景陽岡打虎"就是一個很好的例子，武松打虎，毫無準備，意外中，哨棒又折斷，把武松置於"徒手當怒虎"的險境，但是他臨危不懼，赤手空拳三拳打死了老虎，表現出英雄人物勇猛勝於虎的超人武藝。

第二，重情重義、嫉惡如仇。武松對待自己的胞兄武大，重情重義，對他生活上的關照很細心體貼，包含了對兄弟養育之情的感激，也體現了對貧苦弱小者的關懷。哥哥受到惡勢力的欺壓，被毒害致死，當然激起了武松為貧苦者報仇的決心。武松對善良弱小者的關懷和對惡霸勢力的打擊形成了鮮明的對照，這正是作品中所有的英雄好漢所具有的美好品質。

第三，膽大心細、善始善終。殺潘金蓮和西門慶的一系列故事，生動地刻畫了武松機智聰明細心謹慎的性格特點。為了查清哥哥的死因，他多方調查取證，處事周全，表面上不動聲色，暗地裡準備充分，最後為哥哥報仇。這不僅僅是為自己的哥哥，也是為哥哥所代表的最可憐的百姓出了一口氣，讓人痛快。

武松的形象顯示出豪放粗獷的陽剛美和崇高美，讀他的故事，讓我感到一種粗獷剛勁的力量。所以我非常喜歡這個人物形象。

作者用了哪些方法和手段，塑造了武松這個英雄人物？這些手法與技巧的運用，體現了整個作品在人物塑造上具有什麼樣的藝術特色？標誌着作品取得了怎樣的藝術成就？

考生

　　我覺得作者把神奇與真實結合在一起，刻畫了武松的形象。從打虎的描寫片段我們可以看出，作者對武松的勇武神威進行了誇張的描寫，顯示出神奇的藝術特色，加強了情節的奇異性。但同時又使用了細節的刻畫，使作品具有真實感人的魅力。這個特點也是整部作品刻畫人物的一個特點。

　　有人說武松是《水滸傳》中最完美的一個英雄，你贊同這種說法嗎？談談你的看法。

老師

考生

　　我喜歡武松，《水滸傳》中最膾炙人口、最富有傳奇色彩的人物是武松。但是我不認為武松是一個完美的英雄。武松身上有一些並不完美的地方，尤其是用我們現在人的觀點來看，簡直就是不能容忍的缺陷。我舉一個例子：

　　武松殺人太多，濫殺無辜。只看“醉打蔣門神”、“大鬧飛雲浦”、“血濺鴛鴦樓”等幾個章回就能看到。武松殺了許多該殺之人，但也殺了一些不該殺的人，在“血濺鴛鴦樓”中，為了出自己的惡氣就濫殺無辜，明顯是一個缺憾。這一點上，武松就不如魯智深。這樣的描寫可能也是出於作者的喜好，他要用這樣的內容來表現英雄的氣概。但是從今天的觀念來看，濫殺無辜損害了英雄的形象。

　　我們今天的學生閱讀《水滸傳》，你認為有什麼意義和價值？你自己在閱讀的過程中有什麼收穫？

老師

考生

《水滸傳》是長篇章回小說的代表作，也是章回小說成熟的標誌。它在小說文體的發展傳承史上具有重要的意義。在長篇小說的情節結構、人物形象的塑造、情景交融的景物描寫、敘述語言和人物語言的使用等方面都達到了藝術的高峰，取得了極高的成就，值得後人借鑒。作為一個學習文學的學生，這是一部必讀的作品。另一方面，作品的內容具有無可替代的價值和意義。這是我國第一部歌頌了農民起義的作品，揭示了封建社會改朝換代的歷史根源，對我們瞭解和認識這樣的社會現象，具有重要的價值和作用。

我在閱讀現代小說的時候常常能看到《水滸傳》的影響，說明這部小說具有經典的價值，盛傳不衰。

好，今天的討論到此結束。

老師

考生

謝謝老師。

考官評語

從這個例子中可見，討論的話題主要是考查學生對作品幾個方面的知識和瞭解：作品的主要內容、人物、手法和技巧，還有個人對作品的分析與見解。

1. 考生對所討論的內容有透徹的理解，也作出了合乎情理的分析判斷，顯示出了對作品的內容有着較為充分的理解。在論述神奇與真實結合的特點時，如果能舉出一些具體的例子就會有更強說服力。

2. 考生對老師提出的問題進行了有理有據的回應，大部分的分析都是相關聯的、具有個人見地的，表現出良好的獨立思考能力。

3. 考生使用了恰當的語體、清晰的語言，語法和句子結構的準確程度較高。偶爾有一些停頓和重複，但是總體上是流暢生動的。

課堂活動

請根據評分標準為上文的作品討論打分。

討論的題目

在小說作品中討論最多的問題，必然是人物和人物塑造的方法，其次還有敍述的角度、人稱對內容主題表達的作用、情節結構的特點、小說給讀者什麼印象，是否滿足了讀者的審美心理，等等。

下面是一些作品討論樣題：

一　小説作品

1. 小說中的哪個人物你最感興趣？他在小說的人物形象群中佔有什麼樣的地位？

2. "屈從"和"反抗"的主題，在《水滸傳》中是怎樣表現出來的？在哪些人物的身上，這樣的主題顯示得最明顯？

3. 《水滸傳》的作者是怎樣看"反叛"問題的？作者對反叛朝廷的梁山好漢持什麼態度？

4. 《水滸傳》中有許多血腥場面的描寫，這些場面描寫對小說主題的表達起到什麼作用？

5. 戰爭的場面在《水滸傳》中非常突出。在戰爭場面描寫中，英雄好漢的人物性格如何得到彰顯？他們之間的相同和不同之處如何表現出來？

6. 你怎麼看《水滸傳》中的"暴力"問題？你覺得作者是用什麼觀點來寫暴力的？你的觀點和作者的觀點有什麼不同？為什麼有這樣的不同？

7. 這篇話本小說的開頭寫的是什麼？結尾又是怎麼安排的？這樣寫有什麼妙處？

8. 這篇話本小說的開頭和結尾有什麼特點？在多大程度上給閱讀者帶來了心理和情感上的滿足？

9. 你怎麼看"大團圓"的結局？這篇短篇小說中，你覺得這樣的結局合適嗎？

10. 作者設計小說的結局體現了他的寫作意圖。作者的意圖與你的感受和評價有什麼距離？為什麼有距離？

11. 你認為小說最精彩的章節在哪裡？為什麼你認為這個章節精彩？

12. 小說情節的高潮部分是怎樣寫出來的？在高潮發生之前，有沒有一些懸念和暗示，讓讀者感覺到高潮即將到來？

13. 小說的結局是不是有出人意料的地方？結局為什麼和你的預料不一樣？

14. 這部小說有教化作用嗎？在你看來，作者是不是想通過小說來講一個道理，宣揚一種道德或政治觀念，讓你相信？

15. 小說人物的塑造注重了真實與神奇的結合。你認為選段如何體現了這一點？

二　戲曲作品

1. 在《西廂記》中，鶯鶯複雜的內心情感是怎樣表現出來的？

2. 在你看來這幕劇最吸引人的是什麼？作家運用了什麼樣的手法和技巧達到了這個目的？

3. “巧合”在《西廂記》中是怎麼運用的？有什麼突出的事例，得到什麼精彩的效果？

4. 《西廂記》的結局是“大團圓”式的。你覺得這個結局怎麼樣？

5. 《西廂記》的故事是怎樣環環相扣、向前推進的？

6. 《西廂記》中的哪些故事環節你覺得很精彩，哪些你覺得不太好？

7. 《西廂記》的主要衝突在哪裡？圍繞這個衝突點，不同的人物有什麼不同的觀點和見解？

8. 《西廂記》的主要衝突是怎樣一步一步引出來的？作者用了什麼樣的技巧，巧妙地把你引向衝突的核心地帶？

9. 戲劇是表演藝術。在讀劇本的時候，你如何想像劇場表演的情況，體會表演的效果？劇本中的哪些內容和提示，幫助你想像劇場的表演情況？

10. 中國傳統戲劇有自己特有的體例形式。從《西廂記》來看，這樣的體例形式你熟悉嗎？你喜歡嗎？在你看來，這樣的體例形式是容易理解，還是很難讀得懂？

11. 作品中有哪些突出的文化元素給讀者留下了深刻的印象？它們對作品的成功起到了什麼作用？

我們在前面專門介紹了經典作品的價值以及文體傳承發展中的一些知識，希望學生能對巧合、懸念、塑造人物的方法等一些藝術手法的傳承發展、作用效果進行具體深入的分析評論。

附錄一
國際文憑大學預科項目語言 Ａ：文學課程評估一覽表

內容	校內評估			校外評估							
	個人口頭表達	個人口頭評論		文學分析評論（試卷一）		論文（試卷二）		書面作業			
		普通	高級	普通	高級	普通	高級				
作品	第四部分	第二部分	第二部分	所有部分	所有部分	第三部分	第三部分	第一部分			
作品或選文數量	一部或多部作品	一部作品的片段評論	一首詩的評論和另外一部作品的討論	一首詩或一篇散文的分析	一首詩或一篇散文的評論	兩部作品	兩部作品	所有作品			
引導題或問題數量		兩個引導題	評論部分兩個引導題	兩個引導題		12題選一	12題選一			3-4個引導題	
完成作業數量	1	1	1	1	1	1	1	1	3	3	1
完成作業方式	課堂展示	和老師完成（錄音）	和老師完成（錄音）	寫作（閉卷考試）	寫作（閉卷考試）	寫作（閉卷考試）	寫作（閉卷考試）	口頭交流	反思陳述	應題寫作	論文
每篇字數									360—480字		1440—1800字
時間	10-15分鐘	10分鐘	20分鐘	1小時半	2小時	1小時半	2小時	每部作品30分鐘		每篇40-50分鐘	
評分和上交方式	校內評分留存記錄	校內評分送交樣板復審	校內評分送交樣板復審	校外評分	校外評分	校外評分	校外評分	校內存檔	校內評分校內存檔	校內存檔	送交校外評分
分值（%）	15	15		20		25		3			22

附錄二
文學課程評估目標

評估項目	課程的哪些部分針對該項評估目標？	該項評估如何得到體現？
1. 知識與理解	試卷一	作為讀者的學生顯示如何解讀以前從未見過的選段。
	試卷二	文章在對至少兩部同一體裁的作品展開評論時，學生顯示出對作品內容以及文學慣用手法所傳達出的意義的理解。
	書面作業	基於對作品文化底蘊的理解，學生在一篇正規的文章中從某一文學角度探討該作品。
	個人口頭評論（和高級課程的討論）	對普通課程學生的評審，要看他們對第二部分中一部作品節選內容的詳盡瞭解。對高級課程學生的評審，要看他們對一首詩的節選或整首詩內容的詳盡瞭解。 對高級課程的學生來說，後續討論部分要看他們對第二部分中另一部作品的瞭解和理解程度。
	個人口頭表達	學生應在一項自選作品中，表現出對第四部分中至少一部作品的瞭解和理解。
2. 分析、綜合與評價	試卷一	學生應分析一段以前未見過的選段，並對作者在語言、結構、技巧和風格等方面的選擇作出詮釋。
	試卷二	學生應綜合至少兩部作品中的思想觀點，並以此回答一道與文學體裁慣用手法相關的問題。
	個人口頭評論	學生應對學習過的一部作品中的短篇節選進行分析，並對其文學技巧產生的效果進行評價。
3. 選擇並運用的表達形式和語言技能	試卷一	學生應撰寫一篇形式正規、結構清晰連貫、語言得體的論文。 高級課程的學生應撰寫一篇文學評論。
	試卷二	學生應撰寫一篇論文，對至少兩部作品進行比較，回答一道問題。
	書面作業	學生應通過個人書面作業闡述其觀點的形成和發展，然後將其轉變成一篇正式的論文。
	個人口頭評論（和高級課程的討論）	學生應採用正式的口頭語體作出有條理、有重點的評論。
	個人口頭表達	學生應根據作業要求和聽眾類型選擇適當的語言。 3 項評估標準之一是要評估學生所做的口頭表達對於論題和聽眾的有效性。

（《指南》第 11 – 12 頁）

附錄三
書單模板

Subject: CHINESE A: Literature 中文 A 文學課程

Session year: 2011-2013

Session month: MAY

SL Programs of Study

Part One: Works in translation

　　1. 查爾斯・狄更斯《遠大前程》(DICKENS, Charles, Great Expectations, 1861)

　　2. 馬克・吐溫《頑童流浪記》(TWAIN, Mark, Adventures of Huckleberry Finn, 1884)

Part Two: Detailed study

　　1. 抱瓮老人輯《今古奇觀》(Short stories)

　　2. 席慕容《七里香》(Poetry)

Part Three: Literary genres (Short stories)

　　1. 白先勇《台北人》

　　2. 西西《像我這樣一個女子》

　　3. 畢淑敏《畢淑敏短篇小說選》

Part Four: Options (Option 3: Literature and film)

　　1. 小說：艾米《山楂樹之戀》

　　　　電影：張藝謀（導演）《山楂樹之戀》（2010）

　　2. 小說：余華《活着》

　　　　電影：張藝謀（導演）《活着》（1994）

　　3. 小說：李碧華《胭脂扣》

　　　　電影：關錦鵬（導演）《胭脂扣》（1987）

Subject: CHINESE A: Literature 中文 A 文學課程

Session year: 2011-2013

Session month: MAY

HL Programs of Study

Part One:Works in translation

    1. 查爾斯・狄更斯《遠大前程》(DICKENS, Charles, Great Expectations, 1861)

    2. 馬克・吐溫《頑童流浪記》(TWAIN, Mark, Adventures of Huckleberry Finn, 1884)

    3. 三島由紀夫《潮騷》（MISHINMA, Y, The Sound of Waves, 1955）

Part Two: Detailed study

    1. 李白《李白詩選》(Poetry)

    2. 王實甫《西廂記》(Drama)

    3. 抱瓮老人輯《今古奇觀》(Short stories)

Part Three: Literary genres (Short stories)

    1. 白先勇《台北人》

    2. 西西《像我這樣一個女子》

    3. 畢淑敏《 畢淑敏短篇小說選》

    4. 王蒙《王蒙短篇小說選》

Part Four: Options (Option 3: Literature and film)

    1. 小說：艾米《山楂樹之戀》

      電影：張藝謀（導演）《山楂樹之戀》（2010）

    2. 小說：余華《活着》

      電影：張藝謀（導演）《活着》（1994）

    3. 小說：李碧華《胭脂扣》

      電影：關錦鵬（導演）《胭脂扣》（1987)

後記

　　2004 年，我從悉尼來到香港李寶椿世界聯合書院擔任國際文憑大學預科科目的教師，從此加入國際文憑中文教學隊伍，後來又在啟新書院任教至今。在這之前，我做過大學中文系的講師、國內私立學校的副校長、海外中文學校的校長，一直和文學教學保持着密切的關係，始終思考着文學教學的使命問題。彷彿"眾裡尋他"，驀然相會，我和國際文憑中文文學課程相遇在一個特殊的時空，一見鍾情。我過去的人生體驗、我對教育的思考、我未來的努力方向，都在這個平台上恰到好處地聯繫在一起。

　　我覺得，國際文憑文學課程能滿足學生心智成長的需要。這些年來，我接觸到了許多在校的大、中學生。和他們成熟健壯的外貌相比，不少孩子內在情智顯得的孱弱，對周圍世界的瞭解有限，對人生的理解膚淺，對未來缺少想像和激情。他們忙於考大學，只讀課內教材，沒有精力讀"課外書"。其實，所謂課外書，尤其是文學作品，正是每個人不可少的精神食糧。如果能看課外書，還能滿足學業的要求，豈不是兩全其美？從國際文憑課程中，我找到解決問題的答案：國際文憑文學課程，就是要讓學生在課內閱讀"課外書"，把精彩的文學作品引入同學們的生活，讓學生用正確的方法、從合適的角度獲取精神養料，健康成長。

　　國際文憑文學課程為每一個有教育理想、有探求精神的教師提供了廣闊的空間和寶貴的機會，他們可以在這個空間展示自我，不斷創新，實現理想。大多數老師是因為懷抱教育的理想才來從事教師職業，但是中學應試教學是一件枯燥乏味的工作，拘束太多，理想漸被消磨。國際文憑文學課程恰恰給予教師選擇教材、安排課程、採用教學方法的自由和自主權，每一個教師都可以充分發揮自己的專長，結合個人的喜好，應用自己的學識，在教學中不斷鑽研，取得教學研究的成果，顯示個人的才智和風格。

　　國際文憑文學課程更新了文學課的教育觀念。今天的教學是為未來的世界培養具有知識和能力的國際公民，他們應該是具有國際視野，關懷人類發展，有批判性、創造力和奉獻精神的人才，而不只是精通某一些學科的專家。即便你是一個傑出的文學教師，如果你沒有透徹掌握國際文憑課程的理念和宗旨，就不算是一個稱職的國際文憑文學課程的教師。一個文學教師可能只看重本專業的知識，關心本課程的教學內容，能以各種專業的教授方法，嚴格要求學生掌握文學課程的知識，做得非常出色。而一個優秀的國際文憑文學課程教師，首先要考慮和看重的是每一個學生整體的發展和需要。一個成功的國際文憑教師，不但要熟悉自己本學科的教學要求和規範，也要考慮到接受者的實際情況，要熟悉和瞭解整個國際文憑課程的安排，從教學整體出發，考慮教學如何幫助學生全面發展，使學生終身受益。

國際文憑課程的理念挑戰了傳統的師生關係。在中國古代，知識掌握在少數先哲的手中，由他們傳播開來，教師的絕對權威決定了"師道尊嚴"的師生關係。在今天，知識的傳播渠道廣泛，學生的知識和能力在某些方面超過了教師，師道尊嚴的基礎已經不復存在。在國際文憑課程中，教師和學生的關係是引導者和學習主體的關係。教師是學生學習過程中的陪伴者，不是學生唯命是從的權威。教師必須注重學生的個體特性，尊重學生的學習習慣，建立一種師生互相激勵、共同探索的學習模式，和學生共同研討，有效地完成文學課程的學習任務。

從 2004 年開始從事國際文憑文學課程的教學至今，我感受良多。在海外國際學校教授文學課很不容易，教學材料缺乏，學生程度參差，都是老師們常常抱怨的事。有的老師沒有受過文學專業的培訓，更是舉步維艱。我想每一個教師都有過努力工作、克服困難、廢寢忘食的經歷。回首以往，我們也得到了豐厚的報償：許多中文基礎並不夠好的學生愉快地完成課程的學習，從此愛上了文學。在我的身邊，越來越多的學生踴躍選擇中文文學的課程。作為一個中文老師，還有什麼比這更讓人自豪的呢？我們所做的是一件很了不起的事，其中獲得的榮耀和滿足感，讓我們每一天的忙碌都有了價值和意義。

教授文學課程帶給我如此的欣悅和豐富的享受，我在付出的過程中不斷收穫，這本教材也因此誕生。

從 2011 年開始，"國際文憑大學預科項目語言 A 文學課程"出台，新課程指南啟用，廣大師生迫切需要明確教學目標，準確把握課程的核心和重點，以便根據具體的要求規劃教學。我根據新指南的要求和細則編寫了這本學習指導，奉獻給國際文憑中文文學課程，或能起到一解燃眉之急的作用，最終達到拋磚引玉的效果。由於時間匆忙，才疏學淺，書中的錯誤與疏漏在所難免，敬請各位同行指正。來日如有再版的機會，一定予以修正。

董寧
2011 年盛夏於香港